国家社科基金
GUOJIA SHEKE JIJIN HOUQI ZIZHU XIANGMU
后期资助项目

词体正变观研究

A Study on Zheng Bian Theory in Ci-Poetry Style

王卫星 著

上海人民出版社

国家社科基金后期资助项目
出版说明

后期资助项目是国家社科基金设立的一类重要项目,旨在鼓励广大社科研究者潜心治学,支持基础研究多出优秀成果。它是经过严格评审,从接近完成的科研成果中遴选立项的。为扩大后期资助项目的影响,更好地推动学术发展,促进成果转化,全国哲学社会科学工作办公室按照"统一设计、统一标识、统一版式、形成系列"的总体要求,组织出版国家社科基金后期资助项目成果。

全国哲学社会科学工作办公室

目　　录

序

卫星的博士论文要出版了,这也是她的第一部专著,真是可喜可贺。

卫星从本科开始随我读书九年,自博士毕业至今,又倏忽过去十个年头了,期间她先去武大从陈水云教授做了两年的博士后研究,继而回到中大在博雅学院做了两年驻院学人,然后回中文系进入科研岗,三年后转岗中文系正式入职。这一路走来,在不算稳定踏实的工作与学习状态中,我不知道她是否有过彷徨或焦虑,但终究还是柳暗花明,阳光打在了她身上。

我其实挺佩服她的执着和韧性。我也一直认为,并非所有的执着和韧性都能得到等价的回报;但轻言放弃的人,往往会被生活所放弃。她的入职生涯是如此,她对待博士论文的修订也是如此。她在博士毕业后的这么多年中,一直没有放弃对这篇博论的修改,尤其是在成功申请到国家社科基金后期资助项目之后,更是调整增补了大量内容,形成了现在这本书的格局。与当年毕业时的博论相比,虽然似曾相识,却也面目大新了。

卫星关注诗词,说来也有因缘。她在读本科时适逢中山大学与香港中文大学、澳门大学联合主办跨区域诗词大赛,中大也适时成立了岭南诗词研习社,并编辑《粤雅》诗词专刊。社团、刊物与赛事,激发了她此前沉潜的创作欲望,并很快在诗词界崭露头角。我曾问过她读大学前是否写过诗词,她的回答是否定的。但诗词的机缘来了,她便积极参与中大的各项诗词活动,耳濡目染既多,再稍经点拨,她的诗词才华便被焕发出来。这也真的说明,诗词这种文体,若无天赋支撑,其实很难臻于高境。我一直鼓励她多创作,因为研究诗词,若无创作的体验,终究是一件遗憾的事情。所谓诗心词心,如果果然经历了"换我心为你心"这一过程,显然要更容易触摸到作品的脉搏和气息,并能更精准地把握住作品的精气和灵魂。

卫星的性格内敛清婉,在诗词之中,似乎更接近词的体性。她在申请硕博连读时,就已经将对词体的探究列入了计划。此后她与我谈词体研究进展的时候,眼神总是透着格外的光芒,因为她似乎总是处于"发现"的快乐之

1

中。这种光芒即便内敛如卫星，也是无法遮掩的，这也让我感觉到她与词之间，似乎注定有着不解之缘。学人的类型虽然有多种，但毫无疑问，性格、兴趣、能力与研究对象高度契合是其中最理想的一种。我想，卫星应该是可以列入这一种的。

中国的文学批评，无论是关于思想内容，还是关于文风文体，往往要先树一个雅正的标准以为楷式。这不仅是出于追根溯源的需要，也是持以沿波逐流的标尺。孔子说《诗三百》可以用"思无邪"三字概括之。这"无邪"便不仅指思想的"正"，也包含说风、雅、颂各得其体的意思。因为在传统的文学批评家看来，"正"的思想需要"正"的体制来表达，否则便缺失了正宗的部分特性。孔子批评"郑声淫"，便是认为"郑声"在内容与文体上的双重不"正"了。词体初萌于六朝，发展于盛、中唐，晚唐五代臻于文体之成熟，而大放光彩于北宋，南宋则渐趋于变。所以论词体之本色当行，学界往往举五代北宋以为正鹄。我这里用比较模糊的"往往"二字，并非故意隐约其辞，而是关于文体的正与变，实际上各持立场。有人把尊体视为文体之"正"，离之则非；有人把破体视为文体之"大"，近之方是。所以维护文体之"正"的，或被视为文体的局促者；而变革文体的人，也可能被视为文体发展之功臣。晚清王鹏运、况周颐说词的"三要"是"重拙大"，南宋诸贤不可及处在是，则是将"变"视同于"大"，而"大"则是另外一种意义上的"正"；王国维的《人间词话》论"境界"，则以五代北宋为心追神想的对象，仍是要回归到"正"。所以我说在晚清那么强势的南宋词风中，王国维不动声色地以一部《人间词话》贡献于世，试图以一人之力碾压一时之风，实际上带有革命的动机。简单来说，关于文体正与变的看法，必然带来价值标准和审美标准的动态特性。因为文体之"正"与文体之"大"，并不是一个轻易能下判断的问题。

这意味着，卫星触碰这个问题，也注定是一场艰难的学术挑战。要在"尊体"与"破体"、"正"与"变"、"变"与"大"、"大"与"正"之间拿捏好分寸，殊非易事。这次再度检读书稿，我觉得卫星总体做得是令人满意的。她倾注了大量心力，在纷繁复杂的词史和词学文献中梳理正与变的关系，并能从大量具体的作品和论述中，抽绎出理论，允当兼顾文献与理论两翼的切实践行者。这与我一直推崇的做足微观、适度中观、谨慎宏观的学术理念也颇为契合。

她这书最大的发明，我认为是创用了纵、横分类法。这一方面是出于论述的便捷性，另一方面也是为了加强全书的系统性。所谓"纵"是指在韵文各体之间的因承与发展；所谓"横"是指在词体内部的源流与变化。换言之，她是在大韵文背景下来探讨词体观念的发展轨迹。她因此总结出弃横从纵、舍纵取横、立横追纵、纵横并行、立纵尊横五种基本类型。既考量各家观念之差异及形成背景,又揭示其正变观可能存在的混淆和因此造成的误读。这是全书的主体,读来有格局,有判断,令人耳目一新。

作为一种理论的词学正变观,终究要落实到词史的发展上,才能见出理论的基石和辐射力。可能与卫星擅长诗词创作有关,她在研究唐宋词史时,比较多地使用了词调分析法。作为音乐文学之一体,虽然唐宋词乐无存,但词调多少还遗存了若干音乐的元素,尤其在唐宋之时,词调与声情的结合尚未远离,故以此勘察词史,确实有迹可循。这与传统研究词史多从词心词境着眼形成了区别。其实,"因情立体,即体成势"(《文心雕龙·定势》)久已成为文体认知的基本维度,词体当然也概莫能外。卫星对唐宋名家词的用调情况做了细致的分类统计和系统分析,从中寻绎词之体势与意境的关系,实际上在一定程度上弥合了词史研究长期与词调研究相对疏离的状况。这一探索容有再扩大、再深入和再提升的空间,但无疑是值得鼓励的一个研究方向。

事实上,结合词史、词论,对词调全面系统的研究已经成为她的下一个课题,此前发表的系列相关论文,也已经在学术界产生一定的影响。如果说这部讨论词之正变观的著作,提供了她对词学问题的基本立场和看法的话,接下来她立足词调绾合词史词学的专题研究同样值得期待。

我相信卫星的学术之路会一直是稳健而有创造力的。

彭玉平

2021 年 3 月 10 日

绪　　论

正变观是具有浓厚国学色彩的批评理念，奠基于先秦，本是应经世治国、指导政教的需要而生的，包含着返璞归真、纯化风俗的朴素愿望。在儒家的推重下，颇具继承性、流行性与权威性。其中，"正"居于主导地位，有两重含义：一是正直、正道，与邪曲相对，含褒义；二是初始、根本，与后继相对。在事物发展过程中，源实现了从零到一的突破，地位和作用至关重要，是流产生及发展的前提，故又兼有了关键、基准义；而"变"居于从属地位，为后继义。判定"变"的正邪要以"正"为参照：继"正"而不改则为正，继"正"且改之则为邪。因此，正变观以"正直"与"源始"合一、崇正推源为核心特征，评价、指导流变为最终目的。

在现实中，事物的最初状态未必是最佳状态，"变"也未必要依附"正"才能彰显其妙，故正变观在当今社会面临着耐人寻味的两种境遇：一方面，在学界被普遍视为陈腐理论，或理解为"不以正变分优劣"的一般源流观，或定义为"排斥变"的保守源流论，致使其理论特色及价值难以彰显。另一方面，其精神及成果却被广泛应用于日常生活中，"正宗"一词仍通行于各行业批评中，在大多数语境下仍是褒义词，提到正宗宗主时，联想到的通常不是陈腐，反而是开创。这种现象是值得思考的，因为今天已经没有了封建皇权、儒术独尊，也没有了源必然要优于流的成见，为何对正宗的偏好和崇拜却仍然存在呢？

源流论流行于古今中外，但正变观却是国学特有的，从先秦时期开始就备受儒家推重，在汉代至清末一直长盛不衰，被广泛运用于礼乐、政教、文史等各类批评中，至近现代则是理论批判与实际应用并存，这种现象本身就证明正变观并非一般的源流论，具有不可替代的特色与优势。

其实，正变观能在历代众多源流论中脱颖而出，广泛流行，正因其是一种特殊的源流论——令其展现特色、焕发活力的理论核心便是崇正推源，这一特色决定了其理论优势与缺陷是相反相成的，不仅与现代学界提倡的"尊重第一、崇尚首创"精神实质相通,而且能使人在流变的大势中反思本源之妙。又因源流关系具有相对性——源能分流,流能开源;故正变观的实际立场及应用方式灵活多变,所提倡的守正复古与达变创新也是相反相成的。对正变论者而言,正变观只是立论工具,崇正推源是手段,抑制邪变并指导流变向符合论者心目中"正"的方向发展,才是最终目的。

词体正变观与前代正变观一脉相承,又因词体特征而独具特色,有助于维护并推尊词源的纯真古雅之美及词体的独至之妙,是论者评词标准、词史、词体观的体现,而其演变又是词学史的缩影。源流关系具有相对性,故历代词体正变论聚焦于纵横两大正变体系:最早出现的是纵向正变论,探讨的是词体在文人青睐的各韵文文体演变中的源流情况,以正始文体特征为参照,合则为"正",离则为"变"。至尊正始首推《诗经》,被公认为雅正典范,具有箭垛效应,可兼容各种文学优点与审美需求;而横向正变论探讨的是词独立成体后,体制内部的源流情况。以词体定型的初始特征为参照,合则为"正",离则为"变"。词自成一体的特征,在各文体演变的纵向源流中,理当居于流变地位;但在体制内演变的横向源流中,却能自立正宗,故论者在"纵""横"间权衡后所选定的正变立场不同,对正变的判定也不同。

由于一脉相承的文体各有特色,故"纵""横"正始是存在矛盾的,这种矛盾不可能消除——文体能在横向上自立,正因其在纵向上具有别于先源文体的特色;却可以适度调和——因其间存在源流继承关系,故特色必有相通处。一般而言,"纵""横"正始的时间相距越近,性质差别越小,调和矛盾越容易;反之,则矛盾越尖锐,调和越困难。

在各体诗中,楚骚距离纵向正始《诗经》相对近,故成为认可度仅次于正始的诗体正宗;而词体在时间上,是各体诗文的余波末流;在性质上,所配燕乐本"非中夏之正声",柔婉的特色又类似公认为邪变的靡靡之音,因此,纵横正变体系间矛盾比先源文体更为尖锐,互相交织后形成的正变类型也更复杂:历代正变论对词体在纵向上究竟是流靡邪变,还是风雅遗音;在横向上,究竟宜自立正宗,还是宜为诗体附庸,多有争议,据此选定的正变立场也复杂多变,形成了弃"横"从"纵"、舍"纵"取"横"、立"横"追"纵"、"纵""横"并行、立"纵"尊"横"五种基本类型,明确正变立场是正确解读词体正变观的基础。

词体正变观作为古典词学中流行的重要批评理念,近十年来逐渐成为学界研究的热点,相关研究颇有成效,但尚缺乏全面系统的综合研究,对个案细致深入的研究也较少,往往习惯以今人所理解的"正""变"定义与所推崇的词学观念去解读古典词体正变论,故对其基本定义、理论特色、立场差异、产生时间等一些关键问题存在误解。

而探讨唐宋词史的正变建构,是检验词体正变论是否合理的有效途径。因唐宋作为词体纵横源流的交汇点,在两大源流中都具有关键地位:纵向源流发展到唐末五代,词体从诗体中脱胎而出,由此开创了横向源流体系,逐渐发展为一代之文学。纵向源流发展过了宋代,曲体又从词体中脱胎而出,而词体在横向上也逐渐步入平稳发展期。因此,唐宋既囊括了词体发展的黄金时期,又是研究宋代以后词史的基石。学界相关研究成果丰硕,但尚缺乏将词体体势与意境相结合的系统研究。

有鉴于此,本书在继承前辈研究成果的基础上,综合考察词体正变观的历史渊源及历代演变,依据正变立场来划分正变类型,据此探讨诸家各派的词体正变观;并采用体势与意境相结合的词调研究法,以享有词祖词宗之誉的名家为研究中心,探讨唐宋词史的正变建构。力求更好地纠正研究误区,还原其理论,评价其得失,并利用其理论优势为现代词学服务。

第一节　研究现状综述

词体正变观是近年学术界研究的热点。目前的研究成果主要有(各类论文按发表时间先后排序,同一作者有多篇相关论文的则以第一篇发表时间为准):

博士论文:陈美朱的《明末清初诗词正变观研究——以二陈、王、朱为对象之考察》①、周明秀的《词学审美范畴研究》②第三章"正变:词体源流论范畴"、第四章"本色:词体正统观念论范畴",从美学范畴的角度来研究词体正变观;李睿的《清代词选研究》③下编第二章第三节"开启新体例的词选——《词辨》",对周济《词辨》"以正变选词"的意义进行了探讨;曹明升的《清代宋词学研究》④第一章第二节第二部分"以正变为骨力"及第三章第二节第二

---

① 陈美朱著:《明末清初诗词正变观研究——以二陈、王、朱为对象之考察》,台湾成功大学2001年博士学位论文。

② 周明秀著:《词学审美范畴研究》,华东师范大学2003年博士学位论文。

③ 李睿著:《清代词选研究》,华东师范大学2006年博士学位论文。

④ 曹明升著:《清代宋词学研究》,扬州大学2006年博士学位论文。

部分"正变视野下的稼轩论"中,涉及对清代宋词论中"正""变"意识的研究;秦惠娟的《民国时期词学理论新变研究》①第三章第一节为"传统词史正变观回溯";曹利云的《宋元之际词坛格局及词人群体研究》②第五章第三节为"世变与词风正变及词史观念的初步形成",间有论及宋元之际词论中的正变意识。

　　硕士论文:赵静的《张惠言研究》③第二章第二节"援'诗教',引文赋,区正变"中,对张惠言正变观进行研究;郑海涛的《明代词坛与词风嬗变研究》④第五章第二节"正德—万历词坛的正变之辨"。

　　期刊论文:高建中的《婉约、豪放与正变》⑤、殷光熹的《简论词体中的正变说》⑥、邵明珍的《试论词体正变说的历史发展》⑦、刘石的《苏轼词"正""变"之争的是与非》⑧、曹济平、何瑛的《历史地辩证地认识常州词派》⑨、胡建次的《中国古典词学批评中的正变论》《清代词学批评视野中的正变论》(第二作者为周逸树)《清代词学批评中正变论的嬗变及其特征》《承传与融通:古典词学批评中的正变论》《中国古典词学正变批评的发展及其特征》等⑩、陈水云的《康熙年间词学的辨体与尊体》⑪、彭玉平的《陈廷焯正变观疏论》《选本编纂与词学观念——晚清陈廷焯词选编纂探论》⑫、陶易的《张

　　① 秦惠娟著:《民国时期词学理论新变研究》,中央民族大学 2009 年博士学位论文。

　　② 曹利云著:《宋元之际词坛格局及词人群体研究》,南开大学 2010 年博士学位论文。

　　③ 赵静著:《张惠言研究》,四川大学 2004 年硕士学位论文。

　　④ 郑海涛著:《明代词坛与词风嬗变研究》,陕西师范大学 2009 年硕士学位论文。

　　⑤ 高建中著:《婉约、豪放与正变》,《词学》第二辑,华东师范大学出版社 1983 年版,第 150—153 页。

　　⑥ 殷光熹著:《简论词体中的正变说》,《西北师大学报》1988 年 02 期,第 61—69 页,95 页。

　　⑦ 邵明珍著:《试论词体正变说的历史发展》,《宁波大学学报》1995 年 04 期,第 31—36 页。

　　⑧ 刘石著:《苏轼词"正""变"之争的是与非》,《古典文学知识》1995 年 04 期,56—59 页。

　　⑨ 曹济平、何瑛著:《历史地辩证地认识常州词派——兼评常州派尊体是"虚假、歪曲"说》,《中国韵文学刊》,1998 年 01 期,第 84—90 页。

　　⑩ 胡建次著:《中国古典词学批评中的正变论》,《南昌大学学报》1999 年 02 期,第 81—85 页;《清代词学批评视野中的正变论》,《赣南师范学院学报》1999 年 04 期,第 21—25 页;《清代词学批评中正变论的嬗变及其特征》,《贵州文史丛刊》1999 年 04 期,第 50—54 页;《承传与融通:古典词学批评中的正变论》,《社会科学研究》2003 年 03 期,第 171—176 页;《中国古典词学正变批评的发展及其特征》,《东方论坛》2005 年 05 期,第 11—15 页,第 40 页。

　　⑪ 陈水云著:《康熙年间词学的辨体与尊体》,《华中师范大学学报》1999 年 06 期,第 131—137 页。

　　⑫ 彭玉平著:《陈廷焯正变观疏论》,《词学》十二辑,华东师范大学出版社 2000 年版,第 162—168 页;《选本编纂与词学观念——晚清陈廷焯词选编纂探论》,《学术研究》2006 年 07 期,第 139—143 页。

惠言与周济词论之比较》①、朱绍秦、徐枫的《清代词学"正变观"的新立论——论周济正变观与张惠言的异同》②、郭皓政的《论〈词径〉在词史上的地位和意义》③、杨柏岭的《正变说与晚清词家的词学史观念》④、朱惠国的《张惠言词学思想新探》⑤、刘贵华的《明清词学中的正变批评观》⑥、丁建东的《〈花间集〉批评与词史观的构建》⑦、薛祥生的《山左词人词论概说》⑧、孙克强的《清代词学正变论》⑨、周潇的《清代浙派词学"雅正"内涵的演变》⑩。

在学术专著中也有章节论及：刘庆云的《词话十论》第七部分"风格论"的"概述"中论及词体正变，"崇婉抑豪与正变说"中辑录了部分古典正变词论⑪、梁荣基的《词学理论综考》第四章"正与变"⑫、徐柚子的《词范》第六章第三节"正声与变调说"⑬、杨海明的《唐宋词美学》第四章第一节"词分正变：变体词的判别标准"⑭、丁放的《金元明清诗词理论史》第三章第一节"分别正变，主张融合，另创新体"⑮、李世英、陈水云的《清代诗学》第九章第二节"清代词学的正变说"⑯、邱世友的《词论史论稿》第六章"张惠言论词的比兴寄托"第三节"词的历史正变和比兴寄托"、第八章"刘熙载词品说"第三节"词的正变观"⑰、吴熊和的《唐宋词通论》第四章第一节"唐宋词分派的由来"⑱中

① 陶易著：《张惠言与周济词论之比较》，《皖西学院学报》2001 年 01 期，第 16—18 页。
② 朱绍秦、徐枫著：《清代词学"正变观"的新立论——论周济正变观与张惠言的异同》，《华中师范大学学报》2002 年 02 期，第 67—71 页。
③ 郭皓政著：《论〈词径〉在词史上的地位和意义》，《潍坊学院学报》2004 年 03 期，第 85—88 页。
④ 杨柏岭著：《正变说与晚清词家的词学史观念》，《华北煤炭师范学院学报》2003 年 04 期，第 1—6 页。
⑤ 朱惠国著：《张惠言词学思想新探》，《石油大学学报》2005 年 01 期，第 89—93 页。
⑥ 刘贵华著：《明清词学中的正变批评观》，《湖北师范学院学报》2005 年 04 期，第 13—16 页。
⑦ 丁建东著：《〈花间集〉批评与词史观的构建》，《湖北广播电视大学学报》2006 年 06 期，第 71—74 页。
⑧ 薛祥生著：《山左词人词论概说》，《山东师大学报》1997 年 03 期，第 69—74 页。
⑨ 孙克强著：《清代词学正变论》，《中山大学学报》2008 年 06 期，第 44—51 页。
⑩ 周潇著：《清代浙派词学"雅正"内涵的演变》，《厦门教育学院学报》2008 年 03 期，第 25—27、39 页。
⑪ 刘庆云编：《词话十论》，岳麓书社 1990 年版，第 177—178、207—210 页。
⑫ 梁荣基著：《词学理论综考》，北京大学出版社 1991 年版，第 77—86 页。
⑬ 徐柚子编著：《词范》，华东师范大学出版社 1993 年版，第 120—125 页。
⑭ 杨海明著：《唐宋词美学》，江苏教育出版社 1998 年版，第 338—359 页。
⑮ 丁放著：《金元明清诗词理论史》，安徽大学出版社 2000 年版，第 357—359 页。
⑯ 李世英、陈水云著：《清代诗学》，湖南人民出版社 2000 年版，第 256—263 页。
⑰ 邱世友著：《词论史论稿》，人民文学出版社 2002 年版，第 160—166、205—210 页。
⑱ 吴熊和著：《唐宋词通论》，商务印书馆 2003 年版，第 151—161 页。

也涉及古典词论以正变分词派的问题、王定璋的《宋词寻故》中"婉约、豪放有无主次正变之分"①、陈水云《清代词学发展史论》第二章第三节"辨体、正变、尊体"②、刘文忠的《正变·通变·新变》③上篇第六章"宋金元文论中的'正变'论"末段与第七章"明代文论中的'正变'论"末段论及词体正变观、罗立刚的《史统道统文统——论唐宋时期文学观念的转变》第十二章"文体正变观的初步建立"④、蒋哲伦的《词别是一家》中"'意内言外'与词学正变观"⑤、方智范等著的《中国古典词学理论史》第五章"明代词论"第三节"论词的正变"⑥。邓乔彬的《词学廿论》"论豪放词"第四节提到词体正变问题⑦;李冬红的《花间集接受史论稿》第二章第二节"花间集批评与词的正变观的沿革"⑧、朱德慈的《常州词派通论》第三章第三节"正变论"⑨、李丹的《顺康之际广陵词坛研究》第四章第二节第二部分"正与变"⑩。

总体而言,词体正变论在最近十年关注度升高,不仅研究成果增加,研究视角也有所拓展,既有历代通论的整体研究,也有专论某代、某人、某派的专题研究,从不同角度阐释了词体正变观,对本书研究颇有借鉴价值。然而,相关研究由于对词体正变观正式产生的时间存在误解,故研究重点在明清两代,对唐宋金元词体正变观的研究甚少。又因对"正""变"定义的理解出现偏差,对"正""变"立场的差异缺乏足够的重视,故将"纵""横"正变均归入横向正变中的现象十分普遍,难以客观全面地把握古典词体正变观的内涵。下面就比较突出的几个问题作简要述评:

一、词体"正""变"的渊源及定义

古典正变观的产生远早于词体,故要了解词体正变观中"正""变"的定

① 王定璋著:《宋词寻故》,四川教育出版社 2003 年版,第 398—400 页。
② 陈水云著:《清代词学发展史论》,学苑出版社 2005 年版,第 90—103 页。
③ 刘文忠著:《正变·通变·新变》,百花洲文艺出版社 2005 年版,第 82、113 页。
④ 罗立刚著:《史统道统文统——论唐宋时期文学观念的转变》,东方出版社 2005 年版,第 355—378 页。
⑤ 蒋哲伦著:《词别是一家》,上海社会科学院出版社 2005 年版,第 33—51 页。(首刊于 1992 年《江海学刊》)
⑥ 方智范、邓乔彬等著:《中国古典词学理论史》,华东师范大学出版社 2005 年版,第 153—159 页。
⑦ 邓乔彬著:《词学廿论》,上海古籍出版社 2005 年版,第 71—74 页。
⑧ 李冬红著:《花间集接受史论稿》,齐鲁书社 2006 年版,第 134—153 页。
⑨ 朱德慈著:《常州词派通论》,中华书局 2006 年版,第 69—86 页。
⑩ 李丹著:《顺康之际广陵词坛研究》,上海古籍出版社 2009 年版,第 195—200 页。

义,溯源是必要的。因此,许多学者通过追溯词体"正""变"渊源的方式,来界定其内涵:

（一）相关研究中,《毛诗序》的正变观最受关注。如杨海明、刘庆云、周明秀、秦惠娟、邵明珍、杨柏岭、蒋哲伦等绝大多数学者都将词体正变观的渊源上溯到此,揭示出风雅正变、诗体正变、词体正变一脉相承的关系。诸家普遍认为《毛诗序》中,风雅虽分"正""变",无寓褒贬;[①]而后世正变论则分为两种:一则源于《毛诗序》,对"变"不持贬义,研究中习惯将这种态度称为"通达";一则崇"正"抑"变",一般将这种态度视为"保守"。

然而,正变观是以崇正推源为核心特征的,风雅虽分"正""变",无寓褒贬的观点并不成立。古人对"变"确有包容和贬抑两种态度,但态度不同,并非因论者有通达、保守之分,只因"变"有邪变与权变之别。其实,"正""变"之分在先秦就已产生,并且自产生之初,就以崇"正"为理论核心,"正""变"间必然存在等差。《毛诗序》的正变观也不例外:所谓风雅正变,实际上包含有两套正变系统:一是诗的意格正变,与时政兴衰紧密相联;二是诗中所反映的世运正变,由具有正统地位的周王室兴衰决定。这两个体系都与先秦儒家的诗乐正变观一脉相承。在《毛诗序》中,用以划分风雅正变的是世运正变,"正"为盛世,"变"为衰乱世,褒贬之义明显。至于诗的意格正变,是随着时势被动变化的,属于权变一类,可达到规正时变、世变的目的,故其价值也是受到肯定的,但毕竟不及"正",因此,才要以归"正"为最终目标。而汉以后正变观实与前代一脉相承,"正""变"地位并无所谓转变。因此,如果忽视了正始在正变观中始终如一的至尊地位,对具体正变论的解读也必然会出现偏差。

（二）历史上的"正统"观念也是正变溯源论关注的重点,梁荣基、刘文忠、周明秀、李冬红、刘石等不少学者都指出史学正统论、文学正变论、词学正变论一脉相承。其余学者虽没有明确指出二者间的渊源关系,但大都注意到文学正变论中隐含着文学史观,在探讨正变渊源时,不仅局限于文学领域,而能够文史结合,确是难能可贵。但在讨论二者如何传承时,却有两种观点值得商榷:

一种认为史学中的正统、闰统论,是只论源流,无寓褒贬,故而词学正变论理应严守史学传统,不应崇"正"抑"变"。如梁荣基认为"本来正变的产

---

① 周明秀、秦惠娟、蒋哲伦、杨海明指出其"变"有诗变与时变之分,尽管时变有衰落之义,但变风、变雅主要指的是诗变,故不含贬义,其余论者则直称《毛诗序》中的"变"不含贬义,未顾及诗变、时变之别。

生,主要是'史'的因素,而优劣之分,是纯属于'文学批评'的问题……词的发展,可以分正变,但不能以正变定优劣,两者之间应该划分清楚"。这种观点在相关研究中颇为流行,不少学者都认为古典词体正变论仅属源流论或风格论范畴,与优劣论没有必然的联系,故如王士禛一类不以"正""变"分优劣的正变观才是最融通,最高明的。

另一种则认为中国素有崇尚正统的观念,因此在文、史学上都以崇"正"抑"变"为主流,但也不乏"正""变"异位的现象。如周明秀认为"虽然文化模式中的深层价值观是崇正抑变",但对豪放、清空、质实之类的变体词,评价不一定低于正体婉约词,只因"变体变化的初衷和依归,正是词的思想情感内容的雅正。"刘文忠认为"正""变"关系可定为"主导"与"附庸",但受客观规律制约,"实际上……'变'总是排斥不了的。有时甚至出现'正变'互相异位的现象。"

关于史学上的正统观,饶宗颐在《中国史学上之正统论》一书中阐释甚详。上述两种理解,第一种显然不妥,史学上的正统具有不容置疑的优势地位,与源流论断难等同。追溯到字源,则"正"字本身就兼有"源始""正直"之义。因此,不分等差的正变观,是名存实亡,无所谓高。第二种也有似是而非之处。正变论并不排斥实际中"变"的现象,只是要在理论中将"变"设法纳入"正"的范畴:在史学上论朝代更迭,如果排斥现实的"变"就无法将新政权合理化,因此"正统理论之精髓,在于阐释如何始可以承统,又如何方可谓之'正'之真理"。①无论是贬为"变统",还是推为"续统",对应的都是现实中的"变"。更重要的是在正变体系中,"正"的主导、至尊地位是注定的,一旦变更就无法自圆其说。

文论中的"正"也不例外,尽管其权威无法与史学正统相比,但崇"正"的取向仍是不可逆转的。诚如周明秀所言,历来论词未必以婉约为高。但这并不意味着"正""变"异位,只是"正""变"立场不同而已:以婉约为"正",是立足于横向正变;而以豪、雅为高,是立足于纵向正变,在纵向正变中,这类词既然堪称"雅正",就不能算是变体,反是正格了;诚如刘文忠所言,正变理论体系的建构本身就有与客观规律相冲突之处。这也正是后世许多正变论常常自相矛盾的原因——他们分明看到了"正"的缺陷与"变"的必要,只因在文论中采纳了正变论,故终须受其理论限制,无法公然将"变"置之于"正"之上。即如在词体正变观中,提出词体只宜分正变,不宜分优劣的,是极少

---

① 饶宗颐著:《中国史学上之正统论》,上海远东出版社1966年版,第76页。

数采用"纵""横"并行类正变立场的论者,但在实际理论建构中,却也不能不分优劣,且自相矛盾处颇多。如学界普遍称赏的王士禛,在纵向上持"词本诗而劣于诗"的观点,故对他而言横向的"正"只是相对的,当然不足以分优劣。因此,今人在研究正变观时虽不必完全赞同其理论,却应如实反映其内涵。

(三)刘文忠的《正变·通变·新变》一书,尽管有关词学的研究甚少,但对正变观的溯源却最为详尽。不仅将正变观的渊源上溯到先秦,而且对历代文论中正变论的综述辨析也颇为详细。尤其是对先秦"崇正抑变"观念、《诗大序》"风雅正变"说及其发展演变、《文心雕龙》"正变"论及其前后辨体批评萌芽的考证阐释,对词体正变观的研究极具借鉴意义。

二、词体的正变立场

词体正变观在继承前代正变观基本理论建构的同时,也具有自己的特色。相关研究在定义词体"正""变"时,对词体特色都十分重视,将其视为划分"正""变"的依据。但词体特征兼有横向之"正"与纵向之"变",而"纵""横"相互交织又构成多种综合正变立场,论者立场不同,对"正""变"的划分便不同;对词体独立价值的评价不同,对"变"的评价也不同。大多数学者未注意到此,仅将词体正变定义为横向正变,认为符合词体特征则为正体,否则便是变体。但在具体研究时,却不可避免地将诸多纵向、综合正变论纳入研究范围中,与横向正变论一视同仁,致使无法客观阐释其内涵。也有一些学者意识到词论中"纵""横"正变立场的差异,但对"纵""横"综合后所产生的多种正变立场仍缺乏细致的分析,且因在理论建构上存在缺陷,或与实例分析没能很好的结合,仍常有混淆立场的现象。

在理论建构上,罗立刚的《史统道统文统——论唐宋时期文学观念的转变》一书,对各体正变论进行了宏观研究,故对文体"正""变"立场的把握最为准确。指出"在'诸体一源'的思维框架下,形成了以源之一'体'为正,他'流'诸体皆变的文学观念。以'诸体异源'代替'诸体一源',便演绎出诸体各有'正'源,各有'变'流的文学观念,且诸体'正'源之间又必然有一个正变问题"。对正变立场已有明确的认识,故对破体、辨体成因的分析也颇为到位。但其中仍不乏可商榷之处,如将"诸体一源"称为"尊体",认为其推尊正体,而忽略诸体之异;"诸体异源"称为"遵体",即其遵从文体的不同体性。并用"代替"来形容二者之间的变化。这种分析过于强调二者之异,而忽视二者之同:"尊源"及"尊体"的观念是二者所共有的,只是推尊对象不同,各尊其所"正"而已,不应视为"一源"论的专利。其实,"异源"说与"一源"说本是相辅相成:"诸体一源"论同样认识到诸体之异——"诸体"的提法,便证明其对各体"变"后自立的特点有不同程度的认识;而"诸体异源"论也并不否认诸体之同——罗立刚所谓"异源"论产生后诸体正源之间的正变问题,实质上便是"诸体一源"论,因而"代替"之说不能成立。在理论建构上的欠缺,直接影响到其对词体正变观的把握:如将苏轼、王灼、陆游等人的"诗词同源"论理解为推尊词体论,其实这类词论要推尊的是词源——诗体,对词体恰是持其"变"不"正"的贬抑态度的;又如将豪放、婉约之争等同于"一源"论与"异源"论之争、"道"与"文"之争、破体论与辨体论之争,其实四组概念之间没有必然的对等关系。

殷光熹、蒋哲伦的研究,对词体立场的表述与词体实际最为接近,明确将纵向正变也纳入词体论中。殷光熹指出词体正变论,"从文体演变角度说",有"诗余"之论;"从词体本身的风格来说,历来大都把婉约视为正宗,把豪放视为变格。"此后的曹利云所见略同①,但殷光熹在实例分析中未能运用此理论,重新陷入立场不分的误区;而曹利云的论文研究重点是宋元之际类似变风雅的"由世变造成的词风的改变",而非词体正变,故对此时词体正变观渊源及地位的认识不甚明晰:认为此时词学取向大致分为两派——"两浙之宗周姜"、"河朔、江西多祖述东坡、稼轩","就词体内部风格的选择来看……没有形成明确统一的认识,在现存的文献当中也找不到关于这方面正变的直接论述。可是从文体之间看……词人们普遍以雅正为尚,推尊词体……试图使得词体在小道、变体的传统认识中趋向于'正'"。然而,此时横向词体正变论仅存在于"宗周姜"一派中,明确以婉雅为正体;反而是纵向词体正变论存在分歧,尽管普遍以雅正为尚,但宗周姜一派采取立"横"追"纵"的正变立场,希望尊体;而祖述东坡、稼轩一派则采取弃"横"从"纵"的正变立场,希望推尊的是宏壮变体词,对词体却是持贬抑态度的。

蒋哲伦指出词与诗不同,诗只有一统,而"词除了自身的统绪外,还要考虑接续诗的统绪"、"词的变体恰恰是诗的正宗,诗的别调又转化为词的主流",其中,诗统为"豪放言志",词统为"婉约缘情"。而常州词派"意内言外"论的实质是以寄托的方式来沟通二统,但寄托的内容"志"与词体的本质"情"实有不可调和之处。蒋哲伦在实例分析中注意到具有调和诗统、词统

---

① 曹利云认为正变论在词学中常常被用来言说"词体内部风格之不同,单以人们常言及的婉约、豪放二端视之,多以婉约风格为词之正宗,而豪放之词为变调;甚至在文体之间指称,以诗文为正,而以词曲为变格"。

倾向的正变论,十分可贵,但对诗词正变统绪的理解仍有偏差:首先,正变立场之分并非词体专有,而是各文体正变观中普遍存在的,详细论述参见本书第一章。再者,纵向正变之争并非言志与缘情所能概括,寄托的内容也不能片面理解为言志,还包括声乐、寄兴、缘情等多个方面;而横向正变也不仅限于风格,还包括声情等,并在后期加入了雅的因素,故也非婉约与豪放所能概括。

总之,辨明古典"正""变"的定义,是正确把握词体正变观的基础。目前研究对此有不少精准见解,但总体上仍缺乏足够的重视:对"正""变"定义的溯源也不够详细,因此,在理论建构中未能明确"正"中包含的源始、最佳、守常等的义项及"正""变"定位的相对性,在实例分析时也无法全面客观地评述词论的"正""变"取向。

三、词体正变观产生的时间

词体正变观产生于何时,在词体正变研究中是关系全局的重要问题。学界对历代词论中正变观的研究,多集中在明清部分,而对唐宋金元的词体正变观,不仅没有断代专论,在历代通论中也是语焉不详。这固然与明清词论中正变说的空前兴盛有关,也与学界对词体正变观产生时间的误解有关。

大多数学者认为词体正变论至明代才正式产生,而此前仅以本色论或刚、柔风格之争的面目出现,并没有明确提出"正""变"的概念,因此只能算是正变论的先声。考察相关词论,这种"先声论"并不成立:词体"正""变"的概念在唐宋时期就已提出。其中,纵向正变论的产生早于词体本色论与刚、柔之争;横向正变论也不限于本色论——本色论仅是横向正变论中较为著名的一种,不能涵盖词体正变论。至于刚、柔之争,虽与"纵""横"正变论颇多交集,但未涉及正变论的实质:横向正变论关注的是符合词体特征与否,故大多提倡柔婉;而纵向正变论关注的是符合词源雅正与否,本与刚柔无涉。只是由于阅历、学养、个性的不同,有的词论者认为宏壮词更合"正",如王灼,有的词论者则认为婉约词更合"正",如张炎,故而才引发争议。

吴熊和、罗立刚、李冬红等学者认识到此时词体正变论具有相对的独立性,不须依附于本色论或刚柔之争。但吴熊和研究的是词派正变,而此时词派论未成熟,故关注不多;罗立刚的研究以文为主,兼及词而未成体系;而李冬红未注意到正变论的"纵""横"之分,仅将研究局限于横向正变论,故误认为此时的豪、婉之争"还未有正变意识的介入",未能动摇宋代以来"以婉约为正宗"的观念。其实,"以婉约为正宗"仅是横向正变论的特点,不能全面反映当时的正变观。此时对"正"的定位,在横向正变论中虽基本一致,在纵向正变论中却错综复杂,不仅对源头为何诸多争议,仅在以《诗经》为源头的一派中,就有强调满心而发者,有强调言情有节者,有强调声依永者,有强调词典雅者,不一而足。而在豪、婉风格之争中,正变意识的介入也十分明显:不仅直接涉及在纵向正变论中,以何为"正",如何能"正"的问题;而且涉及在论正变时选择何种立场的问题,舍"纵"取"横"、弃"横"从"纵"、综合"纵""横"三种主要正变类型业已形成,此时出现的综合"纵""横"类正变观所持的立"横"追"纵"正变立场,也成为在明清词论中一直占据主流的正变立场。

因此,唐宋金元时期是词体正变理论体系形成和发展的重要时期,绝非可以忽略的预备阶段。

四、对词体正变之争的认识与评价

在历代词体正变论中,对"正""变"的见解因人而异,正变之争不可避免:论者的"纵""横"立场不同,对"正""变"的定位也不同;即使是同一立场的论者,由于对"正"的认识不同,对"正"本质特征的理解也有差异。正变之争使得词体正变论更具研究空间及研究价值,因而成为学界关注的重点。

由于相关研究大都认为唐宋金元时期正变观尚未形成,相应的,对此时正变之争的探讨,也转入到豪、婉风格之争与所谓的词体本色之争中。如上文所论,豪、婉之争与正变之争有本质的不同,不可混为一谈。至于本色之争的提法,在学界对词体本色的研究中已存在——与正变论研究的沉寂不同,对唐宋金元本色论的研究颇为兴盛。相关研究普遍认为古典词论对词体本色特征一直存在争议。这种观点影响到正变研究领域,不少学者都将正变之争等同于本色之争,然而从时人词论中,却很难看到所谓的本色之争。词体本色的特征及价值定位在古典词论中是约定俗成的,在历代词论中基本未变:特征定位为词体别于先源文体自立的柔婉特征,价值定位为最佳必备,在本书第二章第二节中将有详论。曹利云的论文对此时世变对词风变化影响的分析颇为详尽贴切,对了解此时词体正变观的成因及特色颇有帮助。

明清尤其是清代词体"正""变"之争,是词体正变研究的热点。随着研究的深入,许多有代表性的词论被纳入研究视野中,反映出此时正变观异彩纷呈的盛况。其中,有关明代的研究,注重强调其正式性和一致性:认为明代词论中形成以婉约为"正",豪放为"变"的主流;但也有少数论者持以豪放为"正"的反主流观点。这种认识,在一定程度上反映出明人词论对"正"

"变"的重视,以及论词以体制为先,普遍提倡婉约词风,少有争议的状况。有关清代的研究,则注重强调其多样性和独创性:

一则对正变观的分类更为细致。有学者按流派(云间、浙西、阳羡、常州派等)分论的,如胡建次、邵明珍。其余诸家学者分类虽不以流派为主,但也注意将同一流派的词论纳入一类集中讨论,并对各派正变观的背景、特点、渊源、论争作了详细探悉,明清词派众多,自成体系,归类研究有助于了解各自特点及内部渊源。有学者按研究内容(时代、风格、本色、具体词人等)分论的,如梁荣基、秦惠娟、曹明升等。也有学者按正宗风格(婉约、清雅、风雅)分论的,如孙克强。在梳理纷繁词论上各有独到之处。值得关注的是,刘贵华将正变批评分为"正变观"与"非正变观",颇有创意。所谓"非正变观",指能"撇开'正变'的纠缠;或对所谓'正变'之词一视同观"的词论。从名称上看,"非正变观"似乎不应纳入正变研究范围,但从其定义与举例看,实是指论及源流、词体,却不以"流变"为劣的词论,这种词论本与正变论无关,但在相关研究中往往被误归入正变论之中。有鉴于此,刘贵华将其别列一类,颇有见地,有利于纠正相关研究中的弊端。

二则对引领"正""变"之争的词派、词论、词作关注更多,并开始出现比较系统的专题研究——词派中云间、浙西、常州词派;词论者中王士禛、刘熙载、张惠言、周济、陈廷焯;词作中《花间集》、苏轼、辛弃疾词是研究的重点,对增进正变研究的深度颇有裨益:研究者对专题的选择,不仅在古典正变观中具有代表性,也反映出正变研究热点。其中,邱世友认为张惠言视为划分"正""变"依据的风骚比兴之义,"正是'文小'、'声哀'、'低回要眇'的词所吸取的文学传统",一语道破其正变论综合"纵"(词源)、"横"(词体)的特点,蒋哲伦也注意到此,并据此对常州词派的"意内言外"论作了细致分析,比起认为张惠言仅依据诗教雅正分"正""变"的同类研究更为全面;彭玉平从正变论崇"正"(本原明确)崇"始"(源流分明)的本质内涵入手,系统梳理相关词论,详细对比其前后选本,得出其后期正变观词史线索更为分明,以"沉郁"为本原,上通风骚,在融通之中有严格之处的论断,比起同类研究一味强调其无所不包,突破陈规,更为客观地反映出陈廷焯正变观的特点。朱德慈、李冬红、黄志浩的相关研究,虽未注意到"正""变"立场,但详尽程度远胜同类研究,对诸家具体词论及渊源关系的分析也不乏精准之见。

然而,在明清研究中因"正""变"定义不明导致的弊端更为明显:

一则忽视"正""变"立场的研究方法未能纠正,明清正变观较之前代,综合正变论数量大增——除占据主流的立"横"追"纵"类外,又出现了立"纵"

尊"横"、"纵""横"并行的新类型,相应的正变之争也变得更为复杂。而相关研究大多不分立场,故而难得要领:在具体分析时,往往只看到其与前代内容之异——不仅以豪、婉分正变;而没有意识到其与前代本质之同——崇正推源,以正源为基准判定流变的正邪得失。有的论者虽认识到"正""变"立场的存在,但由于对正变论产生时间的理解有误,故对前代同类词论未作全面考察。以上种种,导致论者误认为明清正变观打破了前人所定的"陈规",完全是随心所欲而无定则。其实,此时的综合正变观,是在遵循传统"正""变"定义的前提下,以调和"纵""横"差异的方式,来迎合自身对词学的门径理解及审美趋向,可谓从心所欲而不逾矩。

二则正变观本身涉及词史、词体、词评、词派等多个方面,但涉及绝非等同,而不少论者却将有关词史、词体、词评、词派的词论都冠以词体正变观之名,将有关自然本色、个性本色、词源本色的词论都冠以词体本色论之名,纳入研究范围中,而不考虑其是否真正具备词体正变观的特质。这种拉杂不清的弊端在明清前相关研究中就已出现,明清时期涉及这些方面的词论数量大增,许多著名词论都在其中,故而混淆的现象也更为严重。

三则有些学者误读了词论的内涵。以上种种,导致此时正变观研究呈现出无所不包、无规可循的混乱局面。

在研究中不顾"正""变"立场,不仅不能正确认识,也难以客观评价。大部分学者在评价历代正变之争时,仅立足于横向正变,将是否肯定豪放词,作为判定融通与保守的首要依据,对所谓"融通"词论的评价普遍高于"保守"词论。其实,在正变体系中,有褒必有贬,本身并无通达、保守之分,只是立足点不同,各是其所"正",非其所"不正"而已。

因此,首先,"保守"的提法有待斟酌,上述各派词论,各有沿袭、创新,只是"守""创"的内容不同,故不能仅将某派称为保守。其次,要评价某个正变论是通达还是严格,重点要看的不是其对"正"的态度,而是其对"变"的态度:窃以为肯定柔美为词体本色的陈师道,对"变"的态度,就比推尊宏壮词的王灼等人更为通达,且看他对苏轼词的评价是"极天下之工",不仅包容而且欣赏;而王灼、汤衡对唐五代词,虽也肯定其美,但总体评价是非"向上一路","不幸而溺",未免责之过苛。明代主流词体正变观以婉约为"正",也未必是保守,此时随着对词体认识的加深,对词体特色的把握更为准确,且注重调和"纵""横"差异:在讨论"正"时,不仅重申婉约能沟通词体"纵""横"正宗,且比前代主流词论更注重彰显婉约词在反映生香活色、真情真趣上的独特优势;在讨论"变"时,更为透彻通达,不仅肯定其有极工之处,而且认识到其与词人个性、词作体裁、词调风格间的联系。取向单一,只因他们论词尤重体制,故大都重视横向正变,形成以婉约为"正",豪婉共赏的主流。因此,谓其审美及创作取径过狭则可,谓其正变观囿于传统则不可。至于清代不以豪婉分"正""变"的词论同样是崇正抑变的,只不过转以婉挚醇雅、温厚沉郁等分正变而已。较之前代,在风格选择上固然宽松,在同一风格词的选择上却更为严格,故是否融通还要具体分析,不能一概而论。再者,从文体发展的角度看,严格的词论也未必不及融通的词论。要客观地判定其价值,有必要具体考察其独创程度、立论背景及影响等。

综上所述,目前学界对词体正变观的研究颇有成效,但对许多关键概念及问题的认识仍存在较大偏差。正变观本身就具有很强的系统性及承继性,如果不能将研究建立在综合把握其理论特点的基础上,其理论优势就难以彰显,具体词学内涵也容易被误解。因此,要更为准确地把握其理论建构的渊源与特色,有必要立足于"正""变"定义,明辨"正""变"立场,以词论为核心,结合相关的时代背景、词作、词选、词类等,对历代词体正变观进行系统全面的研究。

第二节　研究范围、思路与方法

本书共七章。

前五章系统考察历代各派诸家词体正变观的渊源及特色。

古典语境是正变观产生及流行的温床:正变观的兴起、流行与儒家推重密切相关,故在古典语境中才能更好维系崇正推源的理论特色,使名副其实,从而充分发挥其独特功效。近现代在新文化、新思潮的影响下,儒学丧失了"独尊"的地位,新变观日益流行,正变观失去了得力靠山,理论核心受到普遍质疑,难以维系,理论特色也逐渐丧失,常常被视为保守过时理论而弃置不用,或被当作一般源流论使用,或赋予其新的内涵。因此,本书研究只限于古典语境中的词体正变论及与之相关的理论,但在探讨词体正变观的影响及得失时,会参考近现代词体、词史观。在研究中,以散见于各词话、词集序跋、笔记等文献中的词体正变论为重点,综合相关的时代背景、词学理念、词派、词家、选本、词作等进行研究,以便全面、深入地把握其特点及影响。

基本研究思路是以对词体正变观理论渊源的考辨为基础。鉴于目前学界因对正变观缺乏正本清源的考论,对其内涵及外延缺乏明确界定和严格区分。本书第一章广泛钩稽文字、礼乐、政教、文史等方面的相关文献,依据"正""变"字源、早期正变观、早期诗学正变观、早期文体正变观的线索对词体正变观进行由远及近,由疏及密的系统溯源,揭示其基本内涵、核心特征、立论要素、成因、目的及得失。

以时代为主线,系统研究中唐至清末的词体正变观及相关理论。加大对被学界忽视的唐宋金元词体正变观的研究力度,重点阐述此时已奠基的三大基本正变类型,以突显其在词体正变观发展史上具有的奠基地位,而非可以忽视的预备阶段。对明清的研究也以此为依托,重点考察诸家各派灵活运用正变原则来构建词学体系的方式,力求在明确继承的基础上界定创新,如实反映出词体正变观形成及演变的脉络。

依据"纵""横"两大正变体系的发展演变历程来建构论文框架,以把握词体正变观稳定的特色、多变的立场与纷繁的源流,纠正相关研究中因混淆正变立场而造成的误读。在此基础上,综合考察重要词派、词家词体正变观的特色、成因及得失,词体正变观对选本、词作的指导作用,词体正变之争的焦点、实质及其中反映的词学风尚,以便更好地把握其理论特色与作用。

对古典词学中与词体正变观关系密切的词体特征、推尊词体、以诗为词、诗余、文体代兴等观念的内涵进行探讨及辨析,以更好了解其理论构成,纠正相关研究中概念混淆的现象。综合借鉴词体正变论与现代词学研究的成果,对一些在学界备受关注及争议的词体、词史问题提出新见解。

采用的研究方法主要有:

一、入内还原与出外观照相结合,以增加论述的客观性和实用性。第一步,回到古典语境中,探讨词体正变观的理论优势和缺陷、历代词体正变论辨析词体、建构词史的方式、原因及影响,纠正研究误区。第二步,超越古典语境的局限与目前研究的误区,结合词体发展的实际情况,重新审视词体正变观,评价其得失,发掘其现实意义。

二、依据正变立场划分正变类型,以增加论述的便捷性和系统性。词体涉及的源流体系呈复杂的网状结构,其中最为重要,最受词体正变论关注的有两大体系:一是词体在文人青睐的各韵文文体演变中的纵向源流;二是词独立成体后,体制内部的横向源流。故本书据此来定纵横坐标,并依据纵横两大立场互相交织的情况,将其划分为五种基本类型进行研究。

三、综合考察诗词体正变观。在纵向正变体系中,词体被公认为由各体诗演变而成的文体,正宗特征的拟定也以诗体正源为参照,故各论者的诗词正变观通常一脉相承;考察文体演变实况,诗体也确实是最值得重视的词体近源之一。因此,本书在考察历代诸家词体正变观时,会综合其诗词体正变观进行探讨,以更好地了解纵向词体正变观的发展脉络,辨明正变立场。

第六、七章重点研究唐宋词史的正变建构。分别探讨在词体正变论中最为关键也最受古今学界重视的两大问题:一是两大词祖与词体本色,二是各大词宗与词体流变。

唐宋词史既是古今词学研究的热点,又是词体正变论中具有奠基意义的论题——正变观以崇尚正始为理论核心,而唐宋作为词体定型及一代文体地位逐步确立的时期,在词体发展史上最有资格占据横向正始的地位;又以明辨源流为立论基础,而词体、时代及词家源流正是构成词史的基本要素。因此,以唐宋词史的正变建构为切入点,以唐宋词发展实况为主要依据,来探讨词体发展史上备受古今学界重视的关键问题,有助于客观认识词体正变观的优缺点,还原其在当今学界被曲解或忽视的内涵,进而探讨当今学界正确认识、客观评价及有效利用词体正变观的方法及意义。

词体正变论对唐宋词史建构的探讨,最终要落实到对名家词源流正变关系的探讨中。要了解词体本色与词体意识的成因,应重点关注的是享有词祖名号的两大词人——李白与温庭筠。而要明辨词体流变及其动因,则应重点关注唐宋间堪称词体正始、正变关键与历代各派词正变离合缩影的各大词宗。只因崇正推源、尊祖敬宗的正变观念通行于古典语境中,故在各领域被奉为祖宗的人和物,不仅要具有先源的地位,还要具有尊崇、典范的地位。有时尊崇、典范的地位甚至可以反客为主地超越源流关系,成为界定祖宗的首要标准。祖的时间更早于宗,故地位更高,界定要求自然也更严。即如在历代帝王世系中,理论上只有对国家有大功德,能够永享祭祀的帝王才会追加某祖、某宗的庙号。隋唐后,皇帝为维护自己和祖先的名誉而滥用庙号,导致庙号贬值了,但"祖"的含金量仍然很高,只有最早的一两位有重大贡献的皇帝庙号才能称"祖",其余则称为"宗"。

在词学领域也是如此,词祖、正宗在古典词论中都是具有显赫地位,堪为后世典范的,词祖尤具至尊地位,故在界定时会综合考虑主客观各方面的因素。探讨在古典词学史上被尊为词体正始,享有祖、宗之誉的词人词作及其成因、影响,不仅有助于还原唐宋词流派史观,也有助于以一种同情之理解地态度来借鉴及反思古典词学建构词史的方式。

创用的研究方法主要有:

一、体势与意境相结合的词调研究法

在研究词体本色及流变、历代诸家词特色与渊源时,注重结合用调习惯、词调体势与适用技法,来分析意境的成因与特色。即如《文心雕龙·定势》云:"因情立体,即体成势。"体即体制、体裁,势即姿势、趋势。体势即由体制、体裁的特点而成就的风格状态与趋势。体势与情境是相辅相成的,所以应依照要表达的情境来确立体制、体裁,然后顺应此种体制、体裁所形成的风格状态、趋势来抒写情境。

就词体而言,体制、体裁的特点主要表现为词调的格律特点。词体格律与近体诗一脉相承,却比近体诗复杂得多:近体诗全由五、七言基本律句按粘对规则组合而成,只是按句式与篇幅不同分为五七言绝句、五七言律诗与排律;而现存词调多达千余,许多词调都有变体,格律各不相同,相应的体势也各有特色,因此,词体特色是由唐宋各流行词调的体势特色综合而成的。如果不把握词格律、体势与意境间相辅相成的关系,就无法正确认识与评价唐宋词体、词史观。唐宋文人词调大都以律句为主,故与古体诗相比,更精工谐美;与近体诗相比,更灵活多变,别于近体诗律的特色主要有:

1. 分片。各片既相对独立,又互有关联,其前结、过片也因此承担了意脉转换枢纽的关键作用。令词篇幅本就短小,分片后更具婉约之美;慢词篇幅较长,章法变化更多,通过灵活分片,既能展现出短篇的紧凑精炼,又能拓展为长篇的宽松舒展。

2. 换头。即上下片格律唯起句变化,其余各句完全相同。从而使起句与过片的意境更醒目,作用更关键。

3. 句式更灵变:(1)近体诗只有五、七言句,而词句可在一至十言间灵活变化。句式与篇幅一样,越短体势越急促、精炼,越适合表达精密幽约的情境;反之,越和缓、舒展,故长短变化能带动节奏徐疾变化与意境转换。(2)近体诗只有奇字句,词则灵活采用奇字句与偶字句。相比之下,奇字句句法节奏变化更多,更具参差跌宕之势;而偶字句更具对称灵动之势,尤其是最常见的全由双音节构成的偶字句,声律对称圆滑如贯珠,适合铺陈。(3)近体诗只有偶句成节的单一结构模式,词则灵活采用单、双、三、四句一节的结构。

4. 句法更灵变。使用近体诗中所无的领字与折腰句,领字能接短成长,折腰句能截长为短,从而更具错综变化之美。

5. 押韵频率更灵变。押韵越频繁,节奏感越强,体势越趋向精密、圆转、顿挫;反之,则趋向朴实、疏放、流畅。近体诗各句字数相同,除首句入韵者外,都是两句押一韵;而词句字数与几句押一韵都不固定,故押韵频率变化极多。

6. 转换韵脚。韵脚声调不同,换韵能使节奏跌宕变化,平仄韵交替尤能突显意境变化。近体诗不换韵,而词的换韵方式多样,可分为三格:(1)平仄韵转换格。通常同韵各句合成一境,意境随平仄韵转换而变换。此格因韵脚平仄对比鲜明,故最能突显意境切换。(2)平仄韵错叶格。通常各句以隔开辅韵的主韵为界,合成若干意境,每换一辅韵,便随之换一境。此格换韵方式最复杂,难以驾驭,故作者相对少。(3)平仄韵通叶格。此格为同一韵部中的平仄韵通押,故韵脚转换不易察觉,相应的意境转换也最不明显。

7. 兼用拗句。相比之下,律句精巧、和谐,拗句则质朴、顿挫。古体诗对声调平仄本无规定,但在近体诗格律定型后,作者会有意识地使用违反格律规定的拗句,以求保留古风,此法为词体所借鉴,有意在以律句为主的词调中穿插拗句,使之在与律句的对比中,突显意境的变化,呈现出自由、质朴、顿挫、拗怒的异常之美。放入短句密韵中,能使巧拙相参、婉中有骨;放入长句疏韵中,则能呈自由跌宕之势,有古风。

8. 对法更灵变。对称的体势更易促成对称的意境。词调体势既然比诗灵变,故对句字数不拘,相应的对法也更灵活多样,主要有以下几种:(1)工对。指词中各句词性、句式都整齐相对,若平仄、词类也相对,便算极工对了。最适用工对的体势是相连两句格律对仗(字数相同,平仄对仗),其次是相连两句格律相同。(2)宽对。指各句间词性、句式虽不相对,但在意境上能形成对比、对照、对应等关系。①(3)参差对。这是笔者创用的概念,指相邻各句字数不相同却相近;词性、词类相近,但排列方式不一,能形成参差与对称相反相成的效果。最适用参差对的体势有二:一是三、四句一节的结构;二是相连几句中有两句格律对仗,余下的句子字数稍有不同。此种对法未受学界关注,却是词调中特有的精妙对法。(4)鼎足对。相连三句字数相同,内容相对,呈鼎足之势。鼎足对通常为工对,更适用于三句中有两句格律对仗的体势中。(5)扇面对。即隔句对,呈扇面之势。扇面对可以是工对或宽对。

---

① 本书所谓"工对""宽对",都是针对词体而言的,与律诗术语不同。因律诗各句字数相同,除首句入韵者外,各联上下句平仄相对,故中间两联对仗要求严,必须词性、句式、词类都相对,才算工对;而词调相邻句子字数未必相同,平仄相对的更少,故工对要求理应相对放宽。

二、词调分类法

在研究中,依据体势对唐宋文人词调进行分类,先按学界常用的三分法划分小令、中调、长调,以 62 字(含 62 字)以内为小令、63—90 字为中调、90 字以上为长调①。再根据流行词调的体势特色,按以下方法进一步分类:

小令可分为三大类:

1. 基本律句主导类,即一半以上句式沿用近体诗的五、七言基本律句。此类词调在唐宋流行词调中所占比例最大,传世词调流行时间最早、跨度最大,在传承中体势稳定性最高,堪称唐宋词调的主力军,能彰显诗词体的传承关系与词独到的体势特色。可细分为二式:

(1) 纯奇字句式,即全由奇字句式构成。此式词调中最常用的是三、五、七言句,极少数采用九言句。其中,仅限于三、五、七言句的词调与流行诗体最为接近,在盛唐已产生,在中唐文人词中已占据主流,是同类词调中流行时间最早、程度最高者。

(2) 奇偶句混合式,即兼有奇字句式与偶字句式。此式词调在盛唐已产生,在《花间集》中初兴,在南唐词中更受青睐,在宋代颇为流行。

2. 混合类,即杂用各种句式,无主导句式,与当时流行诗体差别最显著,最能彰显词自成一体的特色,堪称促成词体定型、奠定词体本色的关键词调。此类词调始见于盛唐李白词,在中唐文人词中销声匿迹,在温庭筠引领下盛行于《花间集》中,南唐后流行程度虽下降,影响却深远。

3. 其他句式主导类,即一半以上句式是除基本律句外的特定句式。唐宋此类词调中,产生时间最早、数量最多的是六言主导类,其次是四言主导类,还有个别是三言主导类。

长调可分为两大类:

1. 四六主导类,即一半以上句式是未使用折腰句法的四、六言句式。

2. 混合类(附三言主导类),杂用各种句式,无主导句式,仅有个别词调如《六州歌头》以三言句为主。

如此分类,因宋代流行长调与前代流行令词相比,一大特色是大量采用了四、六言偶字句式与各式折腰句。相比之下,未使用折腰句法的四、六言

---

① 小令、中调、长调的分法始见于南宋《草堂诗余》,原本规定是:"五十八字以内为小令,五十九字至九十字为中调,九十一字以上为长调。"鉴于唐五代基本律句主导类词调,如《蝶恋花》(60字)《渔家傲》(62 字)《定风波》(62 字)等,体势与 58 字以内的令词差别不大,故将小令上限提到62 字。

偶字句式更接近骈文,故四六主导类在长调中所占比例颇大,文气相对圆转流丽,更适合铺叙情景,学界公认柳永、周邦彦等名家词具有以赋为词的特色,这其实与他们都擅写四六主导类长调颇有关系。而未使用折腰句法的五、七言奇字句式,更接近汉唐流行的古近体诗①,文气相对疏朗;四字以下超短句、七字以上超长句与各式折腰句,比其他句式更为奇丽跌宕,因此,放入四六主导类词调中,颇为醒目,往往能发挥着调节节奏、丰富韵律、强调内容、振起文气的重要作用。而以这些句式为主的混合类与三言主导类词调,变化更多,容量更大,文气相对跌宕激烈,能增强情感力度,更适合赋奇景、抒热情、发宏论。

中调的分类方法是:以基本律句为主者,按小令的分类法进行分类,并入同类小令中探讨;否则,按长调的方法进行分类,并入同类长调中探讨。因长调与小令除篇幅外,最显著的差别是基本律句所占比例大幅度下降,四六言句所占比例大幅度上升。流行小令大都以基本律句为主,流行长调则未见以基本律句为主者。中调作为小令与长调间的过渡环节,体势介于小令与长调之间,而各有偏重,因此,不宜作为独立的类型进行探讨,更适合根据体势偏向,并入小令与长调中进行探讨——体势特色不如小令与长调那样鲜明,其实也是历来流行中调较少的根本原因。

三、诗词对照的阐释与鉴别法

诗词作为一脉相承的韵文文体,体势、意境多有相通,唐宋人在认知词体特色时本就是以诗体为主要参照的,因此,诗词对照法能更为直观地辨伪、辨体与辨疑。方法主要有二:一是将词调体势与当时流行的诗体体势相对照,将即体成势的意境与类似诗境相对照,以明辨词体。二是将同一作家的诗词相对照,因同一作家诗词中有着相对恒定的世界人生观与定势、取境、造境习惯。

诗词对照的作用主要有三:1.鉴别真伪。如对李白名下诸词,在无传世文献足以证实或证伪的情况下,将诸词与李白名下诗的体势与意境相对照,通过对比相似程度来辨别真伪,是一种切实可行的鉴别方式。因李白名下诗绝大部分可以肯定为李白所作,从中可看出李白一贯的作风,少数存疑诗作也因与李白作风相近才会被归入其名下。2.明辨词体。对比同一作家题

---

①　汉代以来古近体诗大都是五、七言句占主导的,五七言古诗中较常见三言句与超长句,却很少见四六言句。

材、意境、意象相类的诗词,可以更为直观地感受诗词体势的特色与异同。只因作风与内容既然相似,那么词调体势及即体成势的意境特色就自然彰显。3.阐释词境。历来学界对唐宋名家词有无寄托,有何寄托多有争议,对不少名篇的题材、意蕴等也是众说纷纭。仅就词中内证而言,可谓见仁见智,恨不能唤起作者来一一作答。现实中让作者重生虽无可能,但对于诗词兼擅的作者而言,其留下的诗歌却是阐释词境的有力旁证。

使用此法的原则如下:在诗词对照时,应注重宏观与微观相结合,具体落实到字、词、句、篇上,兼顾体势、意象、意境、章法、技法、风格、神韵等多个方面来进行细致深入的对比。而在使用诗词对照法鉴别真伪时,首先应界定出足以判断真伪的相似标准,明确要达到何种相似度,才能确认为同一人所作或刻意模仿的神似之作。在此基础上,应加强例证的针对性与全面性,提高诗词间契合度与可比性。

笔者认为要判断诗词相似程度的高低不仅要看数量,而且要看质量,低质量的相似表现为习用意象沿袭,如用柳、雁等意象寄托相思等,而高质量的相似主要有:

1. 精彩独造处相似,即诗词中精彩、独到的意象、意境、技法等相类。造诣高的名家词普遍善创善因,即便是传承前人意象或使用习用意象也能推陈出新,展现出为他人所难及的精彩、独造处,而不同名家的精彩独造处各不相同。

2. 取境习惯相似,即诗中经常出现的意象、意境等也出现在词中。最值得关注的并非前人与时人都习用的简单意象,而是能体现作者独特好尚的意象组合、体悟与章法。

3. 多重相似,即一首(一组)诗与一首(一组)词在意境、章法、技法、神韵等多个方面都相似,多重相似的篇幅越大,作者相同的可能性越大。因此,在鉴别真伪时,须重点关注上述三种高质量的相似。

通常来说,不同作者创作的高水平作品,若非刻意模仿,精彩、独造与习用处可能偶有巧合,却不可能大量重合。而大幅多重相似的作品出自同一人之手的可能性最大,纵使作者不同,也必定是存在直接渊源的高仿品。

四、界定传承关系与划分传承程度的标准与方法

界定传承关系与划分传承程度,有助于明辨历代诸家词源流与鉴别真伪——在探讨名家佳作的流传情况时,从后世诗词集中寻找传承的痕迹也是一种比较可行的辅助方法,只因名家佳作必有流传,文献记载可能失传,

而传承痕迹却不可能完全消除。为了与时人习用意象沿袭相区别,本书界定传承关系与痕迹主要依据以下标准:

1. 精彩独造处相似。如上所述,精彩独造处堪称佳作名片,最多人效法,也最易明辨出处。

2. 稀有处相似。佳作中一些他作罕见的意象、意境与技法,如果出现在后世词中,则很可能存在传承关系。

3. 多处相似与习惯传承。多处相似指同一词作、词句中,有多处意象、技法等都与某一名家词相似,这意味着可以排除巧合,落实传承关系。习惯传承指某一词人词作中能寻到多处明显承自某一名家词的意境技法,这意味着此人对此名家词颇为喜爱,已形成模仿的习惯,故在其他词作中传承此名家词的可能性也大大提高。不同作家作品中同时出现一些不甚精彩、独到、罕见的意象技法,通常情况下是无法判断传承关系的,但若符合多处相似与习惯传承,则有可能存在传承关系。

存在传承关系的名家名篇,按传承程度又可分为以下几等:1.嫡传神似。即传承者与被传承者存在直接渊源,因秉性相近,故能学得神髓,主流与擅长词风相近,精彩处各成其妙,而风神相通。如李煜与秦观词。2.大量传承而自成一格。即传承者与被传承者存在直接渊源,以被传承者为主要取法对象,大量传承其体势、意象、意境与技法等,但因秉性不同,故主流词风自成一格,各有专擅。如温庭筠与韦庄词。3.较多传承。4.偶尔传承。较多传承与偶尔传承是按有显著传承痕迹的作品数量来划分等级的,三处以上的为较多传承,以下为偶尔传承。大量传承显然已形成传承习惯,较多传承也具有一定程度的传承习惯。

第一章　词体正变观的历史渊源

第一节　正变观的渊源及特色考论

一、"正""变"字义及关系

要考察正变观的基本内涵,须追溯到字源。"正"字形演变如下图:

甲骨文　　金文　　小篆　　楷书

先看甲骨文中的"正"字,下面的"止"象人的足形。上面符号的含义,有学者认为是"表示方向、目标",则"正"为指事字,"会朝这个方位或目标不偏不倚地走去之意"[①];而大部分学者认为是表示城邑,则"正"为会意字,"会直对着城邑进发之意,是'征'的本字"[②]。笔者认为以上两种解读可融会贯通,除公认的正直含义外,还有一层必须要重视的含义,就是初始、基本。"止"象人足,本有基本、初始之义,结合向特定目标进发的字形,又有始发点、基准之义,正所谓"千里之行,始于足下。""正"字的"止"在目标符号的正下方,表示向目标进发的方式是径直、循正道的,若是征伐城池,也是光明正大的征讨,含褒义。"正"字金文将目标符号填实,篆文则简化为一横,而基本含义并未改变。

参看许慎《说文解字》训"正"云:"是也,从止,一以止。"[③]显然是根据"正"演变后的字形来解释的。分别考察"是""一""止"的含义:(一)《说文解

---

① 张章主编:《说文解字》上册,中国华侨出版社2012年版,第11页。
② 谷衍奎编:《汉字源流字典》,语文出版社2008年版,第133页。
③ 许慎著:《说文解字》,中华书局1963年版,第39页。

字》训"是"云:"直也,从日正"①。段玉裁《说文解字注》注云:"以日为正则曰是。从日正会意。天下之物莫正于日也。左传曰:'正直为正,正曲为直。'"②"是"与"直"都是会意字。"直",甲骨文为 🝖,会一眼望去,一线之正直昭然若揭之意。而"是"会日当中天,光明正直,莫过于此之意。(二)《说文解字》训"止"云:"下基也。"③段玉裁注"基"云:"墙始者,本义也。引申之为凡始之称。"④(三)《说文解字》训"一"云:"惟初太始,道立于一。造分天地,化成万物。"⑤"一"是指事字,作为序数的开端,被认为是天地之始,万物之本。结合"止"字立足、初始、基本的义项,许慎用"一以止"释"正",所强调的应是"道立于一"之意,这尽管不是"正"字的本形,却可见其基本含义在字体演变过程中的稳定性。

综合来看,"正"有两重含义:一是正直、正道,与邪曲相对,含褒义;二是初始、根本,与后继相对。在事物发展过程中,源的地位和作用至关重要,是流产生及发展的前提,因此,"正"又兼有了关键、基准之义。在正变论中,常与"正"相联的"统""本""宗"等,都不出此二义⑥。

"变"字的产生晚于"正"字,基本含义与"正"字相对应。据学者考证:"甲骨文和金文里都没有'变'字,金文里只有'辨'字……'变'字的实物文字最早仅见于公元前 328 至 311 年间所作石刻秦国的'诅楚文'……现存先秦经典中较早的'变'字,在隶变以前原文大概都写成'辩'字。"⑦《说文解字》所载篆文为"變",训云:"更也,从攴,䜌声。"⑧其实,"变"不仅是形声字,也是会意字。《说文解字》训"攴"云:"小击也"。象以手持杖,轻轻扑打之形。训"䜌"云:"乱也,一曰治也,一曰不绝也,从言丝。"⑨基本含义是后继不绝,恰与本义为"头绪"的"统"相对——连绵不绝是丝的显著特征,也是纟字旁

---

① 许慎著:《说文解字》,第 39 页。

② 段玉裁注:《说文解字注》,上海古籍出版社 1981 年版,第 69 页。

③ 许慎著:《说文解字》,第 38 页。

④ 段玉裁注:《说文解字注》,第 684 页。

⑤ 许慎著:《说文解字》,第 7 页。

⑥ "统"字,从糸,充声,本义是丝的头绪,即蚕茧抽丝的开端,也是整理丝绪的关键所在;"本"字,从木从丁,本义是木根,即木生之始,也是木最重要的部分;"宗"字,从宀从示,宀谓屋、示谓神,本义是祖庙,兼有尊崇、始祖之义。

⑦ 周策纵著:《古巫医与"六诗"考:中国浪漫文学探源》,上海古籍出版社 2009 年版,第 154 页。

⑧ 许慎著:《说文解字》,第 68 页。

⑨ 同上书,第 67、54 页。

的基本含义①，由此引申出治、乱两义——治丝易乱，乱丝须治。与"攴"结合成"变"字后，会轻轻扑打以整理丝绪之意，经过整理，后续的丝绪可治可乱，绵延不绝。因此，"变"的基本含义是后继，而后继的方式及效果则不同，即如理丝，可维持治，也可改治为乱，可持续乱，也可改乱为治。参看《说文解字》以"更"训"变"，段注"更"云："更训改，亦训继。不改为继，改之亦为继。"②与"变"字含义正可互相发明。

综合来看，"变"为后继之义，与"正"的"初始"意项相对，由于后继方式的不同，"变"的含义又分为两种：一是继"正"且改之——改"正直"即为"邪曲"之义。二是继"正"而不改——秉承"正直"之义。

从"正"字源的含义可知，人们很早就发现"源始"与"正直"是存在某种联系的；由于源与流，正直与邪曲本是相反相成的，故在"正"字的定义中，其实已包含了对与"正"对应的两种现象——继"正"而不改与继"正"且改之的认识及判断，后来"变"字的基本含义即是由这种认识和判断发展而来的。

二、正变观的内涵及特征

结合相关文献，先秦时期已流行一种独特的政教观念，其基本内涵即由"正"字的双重含义——"源始"与"正直"综合发展而来，只是由于"变"字通行较晚，故在纪录此种观念的早期文献中，很少出现"正""变"字样对举。下面就来考察一下时论对"正"及与之相对的"变"现象的理解：

（一）在色彩上，有正色，指纯正、初始的颜色，即未加杂色的纯色；而与之相对的是由两种纯色混合后形成的间色，其改变了初始的纯色，属于继"正"且改之的变色，在礼教上尊正色而抑间色。即如《礼记·玉藻》云："衣正色，裳间色。"郑玄注："谓冕服，玄上纁下。间，间厕之间。"孔颖达疏：

> 玄是天色，故为正；纁是地色，赤黄之杂，故为间色。皇氏云："正谓青、赤、黄、白、黑，五方正色也；不正，谓五方间色也，绿、红、碧、紫、骝黄是也。"青是东方正，绿色东方间，东为木，木色青，木刻土，土黄，并以所刻为间，故绿色，青、黄也。朱是南方正，红是南方间，南为火，火赤刻金，金白，故红色，赤、白也。白是西方正，碧是西方间，西为金，金白刻木，故碧色，青、白也。黑是北方正，紫是北方间，北方水，水色黑，水刻

---

① 纟字旁的字，如系、统、绪、继、续、纪、终、绝等，大都包含有源流之义。
② 段玉裁注：《说文解字注》，第124页。

火，火赤，故紫色，赤、黑也。黄是中央正，骝黄是中央间，中央为土，土刻水，水黑，故骝黄之色，黄、黑也。①

可知正色与间色是源流关系：五大正色是青、赤、黄、白、黑，而间色——缥、绿、红、碧、紫、骝黄，分别是由正色——赤黄、青黄、赤白、青白、赤黑、黄黑杂合后生成的——正色的色泽较浑厚，庄重典雅；而间色的色泽较鲜艳，明媚轻灵，故被认为是"不正"的邪变之色，在礼教中素有"正"尊"变"卑、崇"正"抑"变"的观念：作为朝代象征的颜色必须是正色，历代依据德运，决定其所崇尚的正色，即如夏、商、周分别尊尚的黑、白、赤色，都是正色；在服饰上，上衣所用的玄色为正色，象征天色；而下裳所用的缥色为间色，象征地色，天尊地卑；再如祭祀时的牺牲也都要用正色，而具体所用的正色通常为朝代所崇尚的正色，即如《明堂位》云"夏后氏牲尚黑，殷白牡，周骍刚"，若没有此种正色的牲口，也只能用其他正色的牲口来代替，而不能采用间色的牲口为牺牲。

（二）在音乐上，有正声，指纯正、初始的乐声；而与之相对的是在正声基础上生成的音，其改变了初始的乐音，属于继"正"且改之的变声，在礼教上尚正声而黜变声。就音调而言，即如《六韬·五音》云：

> 夫律管十二，其要有五音：宫、商、角、徵、羽，此其正声也，万代不易。②

音调按三分损益法，宫生徵，徵生商，商生羽，羽生角。宫、徵、商、羽、角是最先生成的五个基本音，分别对应十二律中的黄钟、林钟、太簇、南吕、姑洗；而五音之后，又相继生成的应钟、蕤宾、大吕、夷则、夹钟、无射、中吕等音则被认为是变音，如应钟为变宫，蕤宾为变徵。就音乐而言，最古的音律，仅用五个基本音，因此被认为是正声；而流行新乐在音调上加入了变声，改变了古乐风格——正声的音长较长，和缓浑厚；而变声的音长较短，激越繁促。因此，被认为是"不正"的邪变之声，在礼教中素有"正"尊"变"卑、崇"正"抑"变"的观念：如上述《六韬·五音》就将正声尊为"万代不易"的十二律之"要"。庄重的庙堂之乐只能采用正声，变声则难登大雅之堂。在春秋时兴

---

① 郑玄注，孔颖达疏：《礼记正义》，《十三经注疏》，北京大学出版社2000年版，第1043、1045页。

② 曹胜高、安娜译注：《六韬·鬼谷子》，中华书局1997年版，第118页。

起的郑、卫之音,作为格调柔靡的变声,更被斥为淫邪之声,受到谴责。如《论语·卫灵公》即主张:"放郑声,远佞人。"

作为礼乐制度规范,声、色正变是礼乐正变的表现,关系到世运的兴衰,故《论语·阳货》云:

> 恶紫之夺朱也,恶郑声之乱雅乐也。

《正义》释云:"此章记孔子恶邪夺正也……朱,正色。紫,间色之好者。恶其邪好而夺正色也……郑声,淫声之哀者。恶其淫声乱正乐也。"①孔子厌恶变色取代正色,变声搅乱正声,正因为邪变当道是礼崩乐坏,国运衰微的象征。

(三)在史学上,有正统观。"统"从糸,充声,本义是丝的头绪,正统即朝代用正当的方式开始或继承——新建朝代若能继"正"而不改,仍为正统;而与之相对的是用非正当的方式取代正统的闰统、篡统,属于继"正"且改之的变统。在礼教上,尊正统而斥闰统。在我国现存最早的一部编年体史书《春秋》中已存在正统观,即如姚宗颐指出:"治史之务,原本《春秋》,以事系年,主宾旷分,而正闰之论遂起。欧公谓'正统之说始于《春秋》之作'是矣!"②《公羊传》释《春秋》开篇"元年春王正月"云:

> 元年者何?君之始年也。春者何?岁之始也。王者孰谓?谓文王也。曷为先言王而后言正月?王正月也。何言乎王正月?大一统也。公何以不言即位?成公意也。何成乎公之意?公将平国而反之桓。曷为反之桓?桓幼而贵,隐长而卑……隐长又贤,何以不宜立?立适以长不以贤,立子以贵不以长。桓何以贵?母贵也。③

指出《春秋》大义在用正"五始"的方式来阐明鲁隐公即位的正当性,正始即为正统。即如何休注"大一统"云:"统者,始也,总系之辞。夫王者,始受命改制,布政施教于天下,自公侯至于庶人,自山川至于草木昆虫,莫不一一系于正月,故云政教之始。"王褒《圣主得贤臣颂》云:"共惟《春秋》法五

---

① 何晏注,邢昺疏:《论语注疏》,北京大学出版社 2000 年版,第 273 页。
② 姚宗颐:《中国史学上之正统论》,第 1 页。
③ 公羊寿传,何休解诂,徐彦疏:《春秋公羊传注疏》,北京大学出版社 2000 年版,第 6—16、49 页。

始之要,在乎审己正统而已。"颜师古注:"元者,气之始;春者,四时之始;王者,受命之始;正月者,正教之始;公即位者,一国之始,是为五始。"①参看《礼记·大传》云:"圣人南面而治天下,必自人道始……改正朔,易服色。"孔颖达疏:"改正朔者,正,谓年始;朔,谓月初,言王者得政示从我始,改故用新。"②

　　总之,在正统观的影响下,历来改朝换代,新建立的朝代必先要改正朔(一年、一月之始)、易服色(所尚之正色),以自立统绪,即如"夏以斗建寅之月为正,平旦为朔,法物见,色尚黑;殷以斗建丑之月为正,鸡鸣为朔,法物牙,色尚白;周以斗建子之月为正,夜半为朔,法物萌,色尚赤";而在一朝之中,礼重长幼嫡庶之序,能承继正统的必须是正室之长子,正所谓"君子大居正"③、"立适以长不以贤,立子以贵不以长",同样是秉承正统观念——正室即是尊,长子即是始。历代论史无不强调本朝为正统,并将所推崇的朝代划归正统,正因正统兼有创始与正当之义,可以正名,可以垂范后世。因此,不依传统道德规范取得天下的朝代,即使建元,甚至实现一统,也未必能被后世史家列入正统;而取得了正统地位的王朝,其后继帝王虽衰落偏安,也仍被推为正统。如《春秋》强调"王正月",推尊周王室,就因其是当时的正统,虽衰弱也尊于诸侯的闰统。

　　(四)在天象上,有正常,被认为是事物的原本状态;与之相对的是非常,被认为是正常变异后呈现的状态,相当于变常。即如《黄帝内经·六节藏象论》云:"苍天之气,不得无常也,气之不袭,是谓非常,非常则变。"④古人所定义的天象常态,其实也包含了变化,《系辞传》所谓:"在天成象,在地成形,变化见矣"。但这种"变"是规范的,常见的,表现为气象平和,日月星辰按原有的方式存在、运行等;而非常则表现为狂风暴雨等剧烈的气象变化、日食、月食、星辰以异常的时间状态出现等。在正变论中,非常同样被认为是晚于正常产生的。如《庄子·逍遥游》云:

　　　　夫列子御风而行,泠然善也,旬有五日而后反……此虽免乎行,犹有所待者也。若夫乘天地之正,而御六气之辩,以游无穷者,彼且恶乎待哉!

---

① 转引自《汉书·王褒传》,班固著,颜师古注:《汉书》,中华书局 1999 年版,第 2130—2131 页。

② 郑玄注,孔颖达疏:《礼记正义》,第 1166 页。

③ 公羊寿传,何休解诂,徐彦疏:《春秋公羊传注疏》,第 49 页。

④ 郭霭春主编:《黄帝内经素问校注》上册,人民卫生出版社 1992 年版,第 145 页。

郭庆藩案云："辩与正对文,辩读为变。"郭象注云："天地以万物为体,而万物必以自然为正,自然者,不为而自然者也"①,据朱自清考证,这是最早将"正""变"对举的文献②。在庄子理论中,自然无为是最先存在的天地之基,能化生万物,所谓"夫虚静恬淡寂漠无为者,万物之本也"③,故六气之变也本于自然而生,正常的"自然"与非常的"六气之变"是源流关系。

对人类而言,正常的天象比非常更舒适乐见,相应的,在先秦文论中,正常也是尊于非常的。如在庄子理论中,被定位为"正"的自然无为,地位是至高无上的,不仅是万物的根本,而且是绝对自由的象征。因此主张一旦违背"正",就会受制于"变",如列子御风而行,其"行"犹有往返之方向,故要受风变化的限制,无风则不能行。惟有秉承"正",以自然无为之心,顺应"六气之辩",其行才能无待而常通,实现绝对的自由。而天象正变又往往同世运兴衰联系起来:

> (日食是)不善政之谓也。国无政,不用善,则自取谪于日月之灾。④(《左传·昭公七年》)

> 春秋二百四十二年之间,日食三十六,彗星三见宋襄公时星陨如雨。天子微,诸侯力政……并为战国,争于攻取,兵革更起,城邑数屠,因以饥馑疾疫焦苦,臣主共忧患,其察禨祥候星气尤急。⑤(《史记·天官书》)

> 凡天文在图籍昭昭可知者……皆有州国官宫物类之象。其伏见蚤晚,邪正存亡,虚实阔狭,及五星所行,合散犯守,陵历斗食,彗孛飞流,日月薄食,晕适背穴,抱珥虹蜺,迅雷风祅,怪云变气:此皆阴阳之精,其本在地,而上发于天者也。政失于此,则变见于彼,犹景之象形,乡之应声。⑥(《汉书·天文志》)

可见,汉代盛行的天人合一观念,源于春秋,都以非常之变为国家失政的表现,以天象正变对应人事国政兴衰,目的是将世人对天变的恐惧转化为对人事得失的反思。

---

①　郭庆藩辑,王孝鱼点校:《庄子集释》上册,中华书局 1961 年版,第 17、20—21 页。

②　朱自清著,邬国平讲评:《诗言志辨》,凤凰出版社 2008 年版,第 146 页。

③　郭庆藩辑,王孝鱼点校:《庄子集释》中册,第 457 页。

④　左丘明传,杜预注,孔颖达正义:《春秋左传正义》第四册,北京大学出版社 2000 年版,第 1429 页。

⑤　司马迁著:《史记》第四册,中华书局 1959 年版,第 1344 页。

⑥　班固著:《汉书》第五册,中华书局 1964 年版,第 1256 页。

综上所述，先秦正色、正声、正统、正常观念中"正"的内涵，都是"正"字源的双重含义合一后形成的；而与之对应，与后来"变"字内涵相同的概念也已存在并流行，这意味着正变观已经形成了，其核心特征即是"正直"与"源始"合一（以下简称"正""始"合一），崇正推源。

三、正变观的立论要素

鉴于上述内涵及特征，考察正变观时必须重视以下要素：

（一）设定源头，理清源流，是确定"正""变"的首要条件。

在正变体系中，最为重要的是源头：其最早产生，在时间上具有绝对的正始地位，而此后的源流关系则是相对的。如在音乐上，五音中唯有宫音是源头，因此最为重要，定乐律首要定宫音；而其他音调的源流定位则是相对的，如徵音，相对宫音为流，相对商音则为源。更重要的是，只有源头能兼有时间之"正"与性质之"正"，而此后的时间与性质之"正"则不完全重合——时间在前者，在性质上改"正"入邪则为"变"，时间在后者，在性质上拨乱返本则为"正"。因此，源头是正变论中最可靠的参照物，只有明确源头，才能据此以定"正""变"。当然，在许多源流体系中，源头本来就是无定论或根本无从考究的，因此，在具体正变论中所确立的源头，未必是实际的源头，而只是一个在性质上能具备正直的特征，并且在时间上能在所论源流体系中居先的象征性源头。例如史学正统论，常将上古三皇五帝视为源头；而独尊儒术后的文学正变论，常将儒家诸《经》视为源头，等等。

（二）明确源头中承载"正直"的本质，是判定正变的关键依据。

在源流中，只有源头同时具有"正"的双重含义，正统地位不容动摇，也最受推崇。正变论通常以源头为参照，来考察流之正邪。流之于源，不可能一成不变，但只要源头中承载"正直"的本质未变，就是继"正"而不改，虽"变而不失其正"，否则，就是悖入邪曲之道。因此，在源头中"正"之"本"不可变，而"正"之"末"必须变。界定判别"正""变"所依据的本质，也是正变论关注的核心问题。

"正"之"本"可以是某种恒定的特征。如《论语•雍也》云："子谓仲弓，曰：'犁牛之子骍且角，虽欲勿用，山川其舍诸？'"[①] 此则以牛喻人。犁牛是杂色文的牛，不宜用作牺牲，而其子却是纯赤色的，正是周朝所尚的正色牺牲。因此，对犁牛子而言，判别"正""变"的依据不同，定位也不同：若依血

---

① 何晏注，邢昺疏：《论语注疏》，第80页。

统,则不"正";依材质,则"正"。孔子认为其堪为牺牲,即是主张选用牺牲,乃至选用人才的"正"之"本",应在自身材质而不在血统、门第。

"正"之"本"也可以是有秩序、合乎正常规范的"变"。即如上述天象正变论,以各种天象气象运行的常态为"本"以定正变。又如史学正变论,战国邹衍创立的五德终始说,以五行相胜的原则为"本"以定正变。此后正统之"本"为何,成为诸家论争的焦点。以对秦朝正变的判定为例:秦建国后,采用战国邹衍创立的五德终始说,以五行相胜的原则为"本",定周为火德,秦为水德,水胜火,故秦能上承周之火德,为正统;而汉刘向、刘歆父子《世经》则改变了五德终始说的内涵,以五行相生的原则为"本",定周为木德,汉为火德,木生火,故汉能上承周之木德,为正统;而秦之水德居于木、火之间,非其次序,便被归为闰统了。后世又有反对五德终始说,而以《公羊传》所谓"大居正""大一统"为"本"者,如欧阳修《正统论》云:"正者,所以正天下之不正也;统者,所以合天下之不一也。"①以秦一统天下,故归入正统之中;再有依据"正直"的内涵,而以功德为"本"者。如章望之《明统论》云:"予今分统为二,名曰正统、霸统。以功德而得天下者,其得者正统也……得天下而无功德者,强而已矣,其得者霸统也。秦、晋、隋,其君也。"②以秦无德,故归入霸统之中。凡此种种,不一而足。可见对"正"之"本"的界定不同,对具体朝代的正变判断也不同。

(三)明确实现"正"之"本"所需具备的诸原则,并能在诸原则间权衡轻重,适时权变以合"正"。

实现"本"所需具备的原则通常不只一个,在某些特殊的情况下,这些原则会彼此冲突,这时就需要权变。即如《易经·系辞下》云:"巽以行权"注云:"权,反经而合道,必合乎巽顺,而后可以行权也。"③《公羊传》云:"权者反于经,然后有善者也。"④权变要求在诸原则间权衡轻重,因时制宜的改变一些相对次要的原则,以维护更为重要的原则,故能反常而后合"正"。参看《论语·子罕》云:"可与共学,未可与适道;可与适道,未可与立;可与立,未可与权";⑤孟子云:"执中无权,犹执一也。"⑥都阐明要掌握、维护正道,就

① 欧阳修著,洪本健校笺:《欧阳修诗文集校笺》,上海古籍出版社2009年版,第496—497页。

② 转引自《正统辨论》注,苏轼著,郎晔选注:《经进东坡文集事略》卷十一,文学古籍刊行社1957年版,第149页。

③ 王弼注,孔颖达疏:《周易正义》,北京大学出版社2000年版,第370页。

④ 公羊寿传,何休解诂,徐彦疏:《春秋公羊传注疏》,第115页。

⑤ 何晏注,邢昺疏:《论语注疏》,第137页。

⑥ 赵岐注,孙奭疏:《孟子注疏》,北京大学出版社2000年版,第431页。

必须通晓权变,若是一味折中固守而不知变通,则无异于偏执。例如《穀梁传》中多次提到的"变之正"就均属于权变以守"正"的类型。略举一例,"僖公五年"云:

> 夏,公孙兹如牟。公及齐侯、宋公、陈侯、卫侯、郑伯、许男、曹伯会王世子于首戴……秋,八月,诸侯盟于首戴。无中事而复举诸侯,何也?尊王世子而不敢与盟也……桓,诸侯也,不能朝天子,是不臣也。王世子,子也,块然受诸侯之尊己,而立乎其位,是不子也。桓不臣,王世子不子,则其所善焉何也? 是则变之正也。
>
> 天子微,诸侯不享觐,桓控大国,扶小国,统诸侯,不能以朝天子,亦不敢致天王,尊王世子于首戴,乃所以尊天王之命也。世子含王命会齐桓,亦所以尊天王之命也。世子受之可乎? 是亦变之正也。天子微,诸侯不享觐,世子受诸侯之尊已,而天王尊矣,世子受之可也。①

范宁《穀梁传注疏》释"变之正"云"虽非礼之正,而合当时之宜",颇能概括此类权变的特点。又如《孟子·离娄上》云:"男女授受不亲,礼也。嫂溺援之以手者,权也。"②人道之"本"固然要求守"男女有别"之礼,但更重要的是要循仁爱、亲亲之义,因此,不为恪守有别而见死不救,即是"非礼之正,而合当时之宜"的权变,属于"变之正"。

尽管如此,正变观毕竟是崇"正常"而抑"非常"的,故权变作为非常之"正",其地位较之正常之"正"仍是等而下之的。

(四)厘清正变体系,明确正变立场,是正确解读正变观的基础。

上述对"正""变"内涵及特征的定位,是专就单一的正变体系而言的。在实际运用中,特定事物可以从属于纵横交错的多个正变体系,故"正""变"的地位具有相对性,正变立场不同,判定"正""变"所依据的"本"就不同,对事物的"正""变"定位也不同。因此,明确论者的正变立场,是正确解读正变观的基础。

例如史学上的正统论,特定的帝王,在纵向上处于各朝代更迭的源流中,用以判定"正""变"的"正"之"本",可以是"五德终始""大一统""功德",等等,不一而足;而在横向上,则处于本朝世系更迭的源流中,用以判定"正"

---

① 范宁集解,杨士勋疏:《春秋穀梁传注疏》,北京大学出版社2000年版,第136—137页。

② 赵岐注,孙奭疏:《孟子注疏》,第241页。

"变"的"正"之"本",通常只限于血统,至于血统中的继位顺序,通常由嫡庶长幼次序判定。然而,"纵""横"正变体系间是存在矛盾的,在纵向上属于闰统的王朝,在横向上也有严格依血统次序继位的帝王;而属于正统的王朝,同样有违背血统次序篡位的帝王。在通常情况下,历代正统论普遍采用"纵""横"兼顾的正变立场来调和矛盾。只有同时符合"纵""横"正统的帝王才具有正统的地位,但此种调和方式在遇到非常情况时便难以奏效。先秦正变源流涉及的时间较短,这种非常状况尚未出现,至后世则陆续有现。以宋代为例,若以道德为"本",北宋是身为臣子的赵匡胤,逼迫后周恭帝逊位后才取得天下的,属于篡统,而非正统;而南宋作为北宋遗脉自立一朝,其承继前代的方式符合正统要求,但若视为北宋篡统之后,又为闰统。因此,一些学者为调和矛盾,只好遵从权变的原则,将北宋定为变统,反而以南宋为正统,但仍难以自圆其说,消除矛盾,故颇受非议。

总之,后世正变论涉及的范围更广,源流时间更长,故包含的正变体系比先秦时期要复杂得多,体系间的矛盾也更为明显。因此,在正变论中,厘清正变体系,据此划分正变类型,明确正变立场,就显得尤为重要了。

四、正变观的成因、目的及作用

正变观既以"正""始"合一为核心特征,崇尚"正直"就必定要推尊"源始",而判定"变"之正邪也必定要以正始为基准——这也是正变观与其他源流论最根本的区别,其他源流论虽也提到"变",但并不认为"源始"与"正直"合一,故肯定流变也不须以源头为参照。客观而言,事物的最初与最佳状态本不重合,那么,这种看似不合理且守旧的观念是因何产生的呢?究竟有何优点,能令其在众多源流论中脱颖而出,得到政教的青睐呢?又为何能在后世流行开来,被广泛应用于各个领域的批评中呢?回到正变观产生的先秦语境中,结合立论背景,便会发现其"正""始"合一的内涵自有其依据与优势:

最根本的原因是事物最初的状态一般都具有自然质朴、淳厚平和的特点,而越发展就越趋于精巧文饰、奇崛激烈。如正色与变色有简朴沉厚与艳丽浅明之别,正声与变声有和缓浑厚与激越繁促之别。这种区别本身固然无优劣之分,但先秦正变观的最终目的不是判断事物本身的优劣,而是指导礼乐政教,以经世治国。《论语·八佾》云:"林放问礼之本",子曰:"大哉问!礼,与其奢也,宁俭。"朱熹注云:

> 礼贵得中,奢、易则过于文,俭、戚则不及而质,二者皆未合礼。然凡物之理,必先有质而后有文,则质乃礼之本也。①

即指出孔子重质轻文,宁俭勿奢,只因质朴代表了事物的最初状态,是礼之本,故《礼记》云:"大乐必易,大礼必简。"那么,质朴为何比精巧更适用于礼乐政教呢?《礼记·大学》指出明德治国之本在修身,而"欲修其身者,先正其心……所谓修身在正其心者:身有所忿懥,则不得其正;有所恐惧,则不得其正;有所好乐,则不得其正;有所忧患,则不得其正。心不在焉,视而不见,听而不闻,食而不知其味。此谓修身在正其心"②。可见,要正其心,便要心无旁骛,情绪不受干扰,趋于平和。

按这个目的,初生的质朴之物,用于礼乐政教,正可使人清心寡欲,有利于修身养性;而新生的精巧之物,具有多姿多彩、动荡人心的特点,则容易导欲增悲,使人沉溺其中,喜怒哀乐随之激发,就难以保持平和心性了。故《荀子》云:"大国之主也……于声色、台榭、园囿也,愈厌而好新,是伤国。"③《礼记·哀公问》记孔子言礼云:

> 民之所由生,礼为大……安其居,节丑其衣服,卑其宫室,车不雕几,器不刻镂,食不贰味,以与民同利。昔之君子之行礼者如此……今之君子好实无厌,淫德不倦,荒怠敖慢,固民是尽,午其众以伐有道,求得当欲不以其所。昔之用民者由前,今之用民者由后,今之君子,莫为礼也。④

二论互相发明,可知正变观排斥新变,只因认为治国安民,成于简朴而败于奢饰:古代的统治者,在衣食住行上都呈现出质朴无华的正始状态,故能专心理政,与民同享财富,是知礼的圣明之君;而当时的统治者,在各种新变的引诱下,一味追求淫奢,故荒怠政事,夺民财来满足一己私欲,导致古礼不行,德政不再。

而事物源流发展的上述特点,又使人们习惯性的将质朴、正直与源等同起来。尽管事物的某些状态本无先后之分,但人们按习惯性思维,仍以质朴

---

① 朱熹注,简朝亮述疏:《论语集注补正述疏》,北京图书馆出版社 2007 年版,第 91 页。
② 郑玄注,孔颖达疏:《礼记正义》,第 1859、1867 页。
③ 王先谦著:《荀子集解》,中华书局 1988 年版,第 226 页。
④ 郑玄注,孔颖达疏:《礼记正义》,第 1603—1604 页。

平和为先,奇崛激烈为后。如天象变化本无源流之分,只有常与非常之别,但因天象之"常",平和安详,这种特征较有利于人类的生产生活,令人喜爱;而天象之"非常",怪异猛烈,这种特征常会给人类带来灾难,令人畏惧。因此,古人在天象上大都倾向于以"常"为"正",表示肯定;而以非常为"变",表示排斥。并进一步按照"正直"即是"源始"的习惯性思维,认为正常化生非常。同理,人事上的正变,其"正直"与"源始"合一也主要是根据上述对"正""变"的习惯性认识,人为促成的。如史学的正变,在历代更迭的源流中,将上古设想为盛世典范,三皇五帝设想为至圣明君,并以此为基准确立正统。在改朝换代时,既要重定正始,自立统绪,又要设法接续前代正统,这些都是要通过确定"源始"来标榜"正直"。又如人心不古的说法,老子对小国寡民的幻想等,都属此类。

那么,正变观的目的何在呢? 难道仅仅是为了缅怀过去、逃避现实、仇视新变吗? 当然不是,其能成为长期流行的经典理论,正因其理论建构本就是为了指导现实服务的,而上述正变要素又是其得以存在并发挥作用的基石:假使事物所处的正变体系单一,时间与性质之"正"又完全重合,则源必定优于流,世间万事,一成则不必变,无须发展了,这种固步自封的正变论自然是没有存在价值的;但实际上,正变体系具有复杂性、源流关系具有相对性、时间与性质之"正"具有差异性、"正"之中有"本""末"之别、实现"本"的原则又有主次之分,这就使得在正变体系中肯定"流变",指导现实成为可能——就性质而言,在单一的正变体系中,流变虽不能胜源头,却可以胜近源,只要能保持"正"之"本",就应肯定;若能改近源之"邪"而返归源头之"正",就更值得提倡了。在复杂的正变体系中,正变的界定就更为灵活。如果流变足够大,能自立统绪,或是归入其他统绪以论正变,则有可能获得"正"的地位。

试看孔子的崇"正"抑"变"说,目的就是规正"变"。故《史记》云:"仲尼悼礼废乐崩,追修经术,以达王道,匡乱世反之于正,见其文辞,为天下制仪法,垂六艺之统纪于后世。"《公羊传》云:"拨乱世,返诸正,莫近诸《春秋》。"对世运而言,"匡乱世反之于正"实质上也是变革,只是这种变革是在"正"的指导下进行的:当时邪好变色惑乱正色,邪俗变声搅乱正声,致使国君沉湎其中,荒废政事,故要推重上古崇"正"的历法礼乐制度。当时作为正统的周王室衰弱,无法统治强大的诸侯,僭越现象严重,故要修订《春秋》,推尊正统。而庄子的以"正"御"变"说,目的则是顺应"变"。表面上看,其具有正变观的基本特征——"正"先于"变",自然无为化生万物;而且"正"尊于"变",

无为地位至高无上。然而，这种"正"之"本"既然是"无为"，则名虽为驾御，实则为放任，主张顺应六气的变化而不加干预，即如郭象所谓"夫唯与物冥而循大变者，为能无待而常通"，实质上是借崇尚"正"之名，行顺应"变"之实。

再看史学上的正统论，则兼有规正"变"与顺应"变"的双重目的。其对"正"的界定，一方面要规正"变"，以维护王朝统治秩序及社会道德规范；另一方面又要顺应"变"，将朝代的更迭合理化。《礼记·大传》云："圣人南面而治天下，必自人道始矣。立权度量，考文章，改正朔，易服色，殊徽号，异器械，别衣服，此其所得与民变革者也。其不可得变革者则有矣：亲亲也，尊尊也，长长也，男女有别，此其不可得与民变革者也。"《礼记正义》释云："权度量以下诸事是末，故可变革，与民为新，亦示礼从我始也。"可见，对新王朝而言，"亲亲"以下诸事是王道之始，人道之本，故不变才能维系纵向正宗；而权度量以下诸事是人道之末，故惟变才能自立横向统绪。改朝换代的新王朝，或是在血统上建立与前代的渊源关系，以正统遗脉自居，如东汉、西蜀；或是将所取代的政权归为闰统，然后以拨乱反正者自居，如西汉、北宋等；都是利用正统理论来肯定新变，以使本朝政权合理化。而后世史家论前朝"正""变"，也不仅是要还原历史，更是要以史为鉴——既要维护稳定，又要肯定救弊起衰的变革。因此，不可能完全脱离或回避承载"正直"内涵的道德标准，只是在德名与史实之间各有偏重而已。

综上所述，先秦正变论对具体事物的"正""变"探讨，往往与世运兴衰、国家治乱紧密相联。只因社会越发展，人类需求、欲望也越多，人们不满于物欲横流的现状，并将其归咎于新变，即如《论语·阳货》云："子曰：'古者民有三疾，今也或是之亡也。古之狂也肆，今之狂也荡；古之矜也廉，今之矜也忿戾；古之愚也直，今之愚也诈而已矣。'"《正义》曰："此章论今人浇薄，不如古人也……古者淳朴之时，民之行有三疾，今也浇薄，或是亦无也……肆，谓极意敢言，多抵触人也；'今之狂也荡'者，谓忿怒而多怫戾，恶理多怒；'古之愚也直'者，谓心直而无邪曲；'今之愚也诈而已矣'者，谓多行欺诈自利也。"①可见，在孔子看来，古之纯朴，连弊端也是难能可贵；而今之精巧，如上述变声、变色等，愈妙则愈能惑人，倍增邪曲。因此，希望通过提倡以尊源返本为理论核心的正变观，促使时人反思本源之妙，遏制新变之弊，最终实现返璞归真、醇化风俗的政教目的。

---

① 何晏注，邢昺疏：《论语注疏》，第272—273页。

第二节 《毛诗序》与风雅正变论

汉代自"罢黜百家，独尊儒术"后，正变观更为盛行，其对《诗》风雅正变的探讨，将正变观正式引入文学批评领域。《诗》具有诗乐合一的特点，既是我国最早的诗歌总集，又是儒家推重的经典，故成为历代韵文文体的纵向正变论中认可度最高的象征性正源头，各论者依据心目中能承载"正直"本质的《诗》特征，来划分正变。因此，要研究被视为古诗、乐之流的词体正变观，首先要考察《诗》正变观，而要考察《诗》正变观，则须从其奠基之论——《毛诗序》的风雅正变论入手。

由《毛诗序》奠基的《诗》风雅正变论，能集中体现出正变理论特色及得失，也能为历代诗体正变观道其先路，故成为历代研究的热点。诸家学者对其渊源及内涵的考察已颇为详尽，关注较多的问题是：1.风雅的"正""变"是否有高下之分；2."诗"之正变与"时"之正变的关系；3.如何看待正风雅中有哀怨之音、变风雅中有颂美之音的矛盾现象。4.如何解读及评价变风中爱情诗。当今学界颇重视风雅正变与各体诗正变一脉相承的关系，但因对正变观崇正推源的理论特色缺乏重视，故对"时"内涵的阐释过于笼统，未能深究历代风雅正变之争的根源，且大都存在将"崇正"之论视为保守，而将"不以正变分高下"之论视为通达的评价误区。因此，本书在继承前人研究成果的基础上，结合正变理论的渊源及特色，来考察"时"之正变，揭示其中的双重含义（当时正统世运与政治时况）在适用范围上的差异及共存时的矛盾，据此来探讨上述问题的成因及实质，并与上节所论述的正变观特点互相印证。

《毛诗序》的作者是西汉儒家毛亨、毛苌。据三国陆玑《毛诗草木鸟兽虫鱼疏》记载："孔子删书授卜商，商为之序，以授鲁人曾申，申授魏人李克，克授鲁人孟仲子，仲子授根牟子，根牟子授赵人荀卿，卿授鲁国毛亨，亨作《诂训传》，以授赵国毛苌，时人谓亨为大毛公，苌为小毛公。"[1]其余文献对传授过程的记载各异，但都肯定《毛诗序》与源出于孔子的儒家思想是一脉相承的，其风雅正变观也不例外。《诗大序》云：

---

[1] 陆玑著：《毛诗草木鸟兽虫鱼疏》，中华书局1985年版，第70页。

　　诗者,志之所之也,在心为志,发言为诗,情动于中而形于言,言之不足,故嗟叹之,嗟叹之不足,故咏歌之,咏歌之不足,不知手之舞之足之蹈之也。情发于声,声成文谓之音,治世之音安以乐,其政和;乱世之音怨以怒,其政乖;亡国之音哀以思,其民困。故正得失,动天地,感鬼神,莫近于诗。先王以是经夫妇,成孝敬,厚人伦,美教化,移风俗。故诗有六义焉:一曰风,二曰赋,三曰比,四曰兴,五曰雅,六曰颂,上以风化下,下以风刺上,主文而谲谏,言之者无罪,闻之者足以戒,故曰风。至于王道衰,礼义废,政教失,国异政,家殊俗,而变风变雅作矣。国史明乎得失之迹,伤人伦之废,哀刑政之苛,吟咏情性,以风其上,达于事变而怀其旧俗也。故变风发乎情,止乎礼义。发乎情,民之性也;止乎礼义,先王之泽也。①

提到的"变风""变雅"出现于世运变化后,与世运未变时的风雅是源流关系。其中没有直接提出"正风""正雅"的概念,有"变"必然有"本源",却不一定有"正",要判定是否存在正风雅,关键要看其对风雅的论述是否具备"正直"与"源始"合一的核心特征,如果本源风雅如部分学者认为的那样,不具有高于变风雅的地位,那么,就不能称其为正风雅了。反观《诗大序》,本源风雅产生于先王治世,具有先王之"始"与世运之"正"(即治世)合一的特点,是判定后世风雅是非高下的依据,故可称为正风、正雅。综观《毛诗序》风雅正变观,实际上包含有两套正变体系:一是诗的意格正变,与时政兴衰紧密相联;二是诗中所反映的世运正变,由具有正统地位的周王室的"王道"兴衰决定。这两个体系都是由先秦儒家诗乐正变观派生的,彼此间既有交集,也有矛盾。

一、由时政决定的诗意正变体系

　　先考察诗意正变体系。先秦正变观的一大特点是审物之正变以知政之兴衰,《毛诗序》对诗意正变的定位也是如此。这个体系的纵向正源为上古诗乐,郑玄《诗谱序》认为诗的纵向源头是舜时的《虞书》,而《诗大序》开篇对诗起源的论述:"诗者,志之所之也,在心为志,发言为诗,情动于中而形于言,言之不足,故嗟叹之,嗟叹之不足,故咏歌之,咏歌之不足,不知手之舞之

---

　　① 本书引用《毛诗》原文均来自:毛亨传,郑玄笺,孔颖达疏:《毛诗正义》,《十三经注疏》,北京师范大学出版社 2000 年版。

足之蹈之。"也与《虞书》"诗言志,歌永言,声依永,律和声"的论述如出一辙,都阐明古诗的特点是诗、乐、志、情结合,因此,认为诗、乐意格正变与作为政之"本"的人心正变是紧密相联的。其中,乐意格正变的特征及其与人心、政治正变的关系,在先秦儒家正变观中已基本确立了,《毛诗序》对诗意格正变的定位即是以这种基本确立的特征及关系为依据的。具体而言:

(一)以安乐肃穆、和缓浑厚之乐为"正",乐正则心正政和。先秦《荀子》率先尊《诗》为经,其"乐论"云:

> 夫乐者,乐也……先王恶其乱也,故制雅颂之声以道之,使其声足以乐而不流,使其文足以辨而不諰……足以感动人之善心,使夫邪污之气无由得接焉……故乐者,天下之大齐也,中和之纪也……先王之所以饰喜也……乐中平则民和而不流,乐肃庄则民齐而不乱……如是,则百姓莫不安其处,乐其乡……是王始也。①

可见诗正声的特点是以"中平肃庄"之音表达安定喜乐之情,先王用以规正、安定民心,故是治国的根本。反观《诗大序》论诗乐源头——颂、正风雅的意格云"治世之音安以乐,其政和","先王以是经夫妇,成孝敬,厚人伦,美教化,移风俗",正与荀子对正声的论述契合无间。

(二)以激越繁促之乐为"变"。而变声又分为两类:一类在风格上虽非正声,但尚不至于纤艳浅俗,没有邪变声导欲劝淫之弊,不至于搅乱心、政。故虽然在通常情况下被视为不"正"之"变",但在非常情况下却被视为权变,是能规正心、政的"变之正"。

例如慷慨雄壮之音,在通常情况下是不被认可的。《论语·先进》云:"子曰:'由之瑟,奚为于丘之门?'"《正义》释云:"子路性刚,鼓瑟不合雅颂,故孔子非之……所以抑其刚也。"②可见,孔子之门容不下子路之瑟,就因其音过于刚猛雄壮,并非安和之正声。然而,在非常情况下却是受认可的"变之正"。如《武》,作为周武王征伐之乐,特点应是雄壮而非安乐的。在商纣王无道、民不聊生的政治背景下,《武》正代表民意民声,具有振弊起衰,拨乱世而反之于"正"的政教功用。因此,虽非礼乐之"正",却合当时之宜,属于权变。故《荀子·乐论》云:

---

① 王先谦著:《荀子集解》,第 379—380 页。
② 何晏注,邢昺疏:《论语注疏》,第 165—166 页。

> 齐衰之服,哭泣之声,使人之心悲;带甲婴轴,歌于行伍,使人之心
> 伤;姚冶之容、郑卫之音,使人之心淫;绅端章甫,舞《韶》歌《武》,使人之
> 心庄。故君子耳不听淫声……凡奸声感人而逆气应之,逆气成象而乱
> 生焉;正声感人而顺气应之,顺气成象而治生焉。唱和有应,善恶相象,
> 故君子慎其所去就也。①

就将《武》列入正声之中。然而,《武》作为非常之"正",较之作为正常之"正"
的《韶》,仍有不及。故《论语·八佾》云:"子谓《韶》:'尽美矣,又尽善也。'谓
《武》:'尽美矣,未尽善也。'"孔安国释云:"《韶》,舜乐名,谓以圣德受禅,故
尽善。《武》,武王乐也。以征伐取天下,故未尽善。"②可见,尽管《韶》《武》
都是合当时之宜,自成其"美",但若从垂范后世的角度看,以征伐取天下的
承统方式,较之禅让,在"善"上仍逊一等。

反观《诗大序》对变风雅意格的定位,就属此类权变,变风雅产生于衰、
乱之世,特点是"乱世之音怨以怒,其政乖;亡国之音哀以思,其民困",并非
正常之正声,但因秉承了"先王之泽",仍不失礼义,与正声同具有"正得失"
"经夫妇……移风俗"等政教功用,只是实现方式不同:前者是通过"美"来实
现的,而后者主要是通过"闵""刺"来实现的,变换方式是为了因时制宜。即
如《诗大序》云:

> 国史明乎得失之迹,伤人伦之废,哀刑政之苛,吟咏情性,以风其
> 上,达于事变而怀其旧俗,故变风发乎情,止乎礼义。发乎情,民之性
> 也;止乎礼义,先王之泽也。

认为诗乐内容由美盛明变为刺衰乱,风格由"安以乐"变为"怨以怒""哀以
思",但仍能"止乎礼义",不至于邪曲,因此是达于事变的表现。所谓"达于
事变",即能把握世运之正变,适时权变之意,当然是值得肯定的——惟有此
"变",才能使"其上"明白盛世之得与衰乱世之失,"怀其旧俗",产生拨乱反
正的愿望,最终实现上述政教功用。

通观先秦儒家正变论,在实现"正"的诸原则中,政教功用的原则最为重
要,均以能经世治国,修身正心,规范礼乐者为"正",反之则为"变"。上述各

---

① 　王先谦著:《荀子集解》,第381页
② 　何晏注,邢昺疏:《论语注疏》,第98—99、49页。

种权变能受正变论者肯定,都因其得政教功用之"正",《诗大序》也将政教功用的原则置于风格、内容等原则之上,肯定变风雅为"变之正",这种肯定是渊源有自的。《论语·为政》云:"子曰:'《诗》三百,一言以蔽之,曰:'思无邪。'"《正义》释云:"此章言为政之道在于去邪归正……《诗》之为体,论功颂德,止僻防邪,大抵皆归于正,故此一句可以当之也。"①可见,儒家创始人孔子,就已本着政教功用的原则,将《诗经》作品的意格均视为"正"了。

再看被《诗大序》称为"诗之至"的"四始":

> 是以一国之事,系一人之本,谓之风;言天下之事,形四方之风,谓之雅。雅者,正也,言王政之所由废兴也。政有大小,故有小雅焉,有大雅焉。颂者,美盛德之形容,以其成功告于神明者也。是谓四始,诗之至也。然则《关雎》《麟趾》之化,王者之风,故系之周公。南,言化自北而南也。《鹊巢》《驺虞》之德,诸侯之风也,先王之所以教,故系之召公;《周南》《召南》,正始之道,王化之基。

在《毛诗正义》《郑笺》中,都言"四始"指颂、大雅、小雅、风。但历来学者对"四始"所指却颇有争议。如刘文忠认为其不包括变风雅,依据是既然称为"至",就应"是《诗经》作品中备受推崇的部分,从政教上说,它是'正始之道,王化之基'……'四始'之'始'字,与'正始'之'始'字,其含义是相同的……'四始'在某种意义上说,也就是'四正'"认为"四始"即是"四正"②。其实不然,从《诗大序》对"四始"的论述看:"以一国之事,系一人之本,谓之风",可见风是以一国之政事,系于一人之本心。国政之善系于正风之美乐,而国政之恶则系于变风之怨刺,风的作用正是通过观人情正变来体察国政得失;"天下之事,形四方之风,谓之雅。雅者,正也,言王政之所由废兴也。政有大小,故有小雅焉,有大雅焉",言王政之所由兴的是正雅,而言王政之所由废的则非变雅莫属。

可见,"四始"其实是包括变风雅的。其"正始"地位不是就《诗经》而言的,而是就一切诗而言的:汉代流行孔子删诗说,而包括变风雅在内的《诗经》作品都是得到孔子首肯的"无邪"之作。因此,《诗经》作为一个整体是可以被称为诗之正始的,作为"变之正"的变风雅也自在其中。所谓的"四始",

---

① 何晏注,邢昺疏:《论语注疏》,第15—16页。
② 刘文忠著:《正变·通变·新变》,百花洲文艺出版社2005年版,第12页。

即是指颂、大雅、小雅、风这诗之四体中所体现的国政兴废之始,正如《毛诗正义》云:

> "四始"者,郑答张逸云:"风也,小雅也,大雅也,颂也。人君行之则为兴,废之则为衰。"又笺云:"始者,王道兴衰之所由。"然则此四者是人君兴废之始,故谓之四始也。"《诗》之至"者,《诗》理至极,尽此也。

具体而言,颂体现的是王德兴盛之始;大、小雅、风分别体现的是大政、小政、人情兴废之始。其中,正者为兴之始,而变者为废之始。"四始"分别在不同的世运中起到反映、规正国政的作用,因此,诗之道于此为至。

当然,权变可以取得相对的正宗地位,却不能具有绝对的正宗地位。按正变传统,权变之风雅仍是不及正宗之风雅的。《诗大序》谓"变"为"先王之泽",而非如新变观将"变"视为自新之途,遗泽当然是薄于源始的。其在国风中,特别标举《周南》《召南》为"正始之道,王化之基",即在强调其具有优于权变的正宗地位。在《史记·孔子世家》中也提到"四始":

> 孔子语鲁大师:"……吾自卫反鲁,然后乐正,雅颂各得其所。"古者诗三千余篇,及至孔子,去其重,取可施于礼义,上采契后稷,中述殷周之盛,至幽、厉之缺,始于衽席,故曰"关雎之乱以为风始,鹿鸣为小雅始,文王为大雅始,清庙为颂始"。三百五篇孔子皆弦歌之,以求合韶、武、雅、颂之音。①

对《诗经》中诗意正变的判断与毛诗略同,但"四始"所指则不同,专指四体的第一篇,可谓毛诗"四始"之"四始",就不包括权变了。

(三)另一类变声风格特点是柔曼轻艳、薄俗纤靡,最容易搅乱心、政,故被一律归入邪曲之变中。先秦儒家乐论中所谓"淫""邪""乱""奸"之乐,大都指此种与古雅正声相对的新变之乐,主要以郑、卫之音为代表。

如《论语·卫灵公》云:

> 颜渊问为邦。子曰:"……乐则韶舞。放郑声,远佞人。郑声淫,佞人殆。"

---

① 司马迁著:《史记》第六册,第 1936—1937 页。

孔安国释云："郑声、佞人亦俱能惑人心,与雅乐、贤人同,而使人淫乱危殆,故当放远之。"[①]可见,郑声是与正声相对的邪曲之变。又如上述《荀子·乐论》中提到的与正声相对的,诱发逆气,淫心乱国的"奸声",也属此类。《礼记·乐记》中对魏文侯问乐于子夏的一段记载[②],尤能反映作为古乐的正声,与此种作为郑、卫流行新乐的邪变声之间的差异:据魏文侯阐述"吾端冕而听古乐,则唯恐卧;听郑卫之音,则不知倦",可见古乐在感官上颇为乏味,而新乐则颇能动人。据子夏阐述,正声特点是"和正以广",对修身治国的作用是"君子于是语,于是道古,修身及家,平均天下",属于"德音";而邪变声特点是柔曼谐俗,所谓"奸声以滥,溺而不止"对国人的影响是"'郑音好滥淫志,宋音燕女溺志,卫音趋数烦志,齐音敖辟乔志'。此四者皆淫于色而害于德,是以祭祀弗用也",属于"溺音"。可见,对正变论者而言,新乐的动人之处正是其邪恶之处——一改正声的质朴温厚,极声色之变,无伦理之别,因此,是起邪欲,乱正德的邪变之尤。

而正变观的局限性也昭然若揭——无论正变论者如何循循善诱,力陈"正"之好与"变"之恶,但"变"在感官上优于"正"毕竟是难以否认的事实。因此,在令人乐而忘倦的"变"产生后,仍主张选择令人昏昏欲睡的"正",这不仅违背了人之常性,也难以实现音乐表达喜乐的初衷——孔子能以"三月不知肉味"的虔诚态度倾慕正声,与其说是乐其音,不如说是乐其"正",但这种正既已违背人之常性,就难以与众同乐了。

反观《诗大序》对风雅意格的论述,显然并不认为《诗经》中存在此类变声。孔颖达《毛诗正义》中还特别强调了风雅正变与此类邪变的区别:

> 治世谓天下和平,乱世谓兵革不息,亡国谓国之将亡也……此云乱世、亡国者,谓贤人君子听其乐音,知其亡乱,故谓之乱世之音、亡国之音。《乐记》所云"郑、卫之音,乱世之音;桑闲、濮上之音,亡国之音",与此异也。淫恣之人,肆于民上,满志纵欲,甘酒嗜音,作为新声,以自娱乐,其音皆乐而为之,无哀怨也。《乐记》云:"乐者,乐也,君子乐得其道,小人乐得其欲。"彼乐得其欲,所以谓之淫乐。为此乐者,必乱必亡,故亦谓之乱世之音、亡国之音耳,与此不得同也。

---

① 何晏注,邢昺疏:《论语注疏》,第239页。
② 郑玄注,孔颖达疏:《礼记正义》,第1304—1316页。

可见,《乐记》中的乱世、亡国之音即是此类变声,其与《诗大序》中提及乐音的区别在于:同是喜乐,《诗大序》中的治世之音是乐正道,故乐而不淫;而此类变声是乐邪欲,故乐而劝淫。同处于衰乱世,《诗大序》中的乱世、亡国之音为乱世、亡国的结果,变风雅哀思怨怒的意格与乱世、亡国的基调一致,故能警醒世人,是"达于事变"的表现,即如叶燮《原诗·内篇》云"时变而失正,诗变而仍不失其正";而此类变声为乱世、亡国的原因,可理解为使世乱,使国亡之音。其娱乐功用与乱世、亡国的基调相反,杜牧《泊秦淮》云"商女不知亡国恨,隔江犹唱后庭花",就生动的反映出此种变声与世运的关系,故属于"溺音",会令人溺于衰乱而不自知,荡而不返,是导致"事变"的元凶。

　　《毛诗序》在解读诸诗时,以强调政教功用为主,而不甚关注诗乐本身的艺术水平、真实意蕴,这不仅与先秦论音乐、颜色等事物的正变,首重政教功用,而不重本身优劣的传统有关;也与其对变风雅的意格定位有关:《诗经》中本不乏儿女私情题材的作品,不少都是处于衰世而无哀怨的,如直陈其意,就很难与邪变之音相区别,如下文提到的朱熹风雅正变观,即是采用直陈其意的方式,结果即是将此类作品归入邪变中。而《毛诗序》的解读却可将此种意格纳入"变之正"中——主张《诗经》的记录者是"国史"一类的贤人君子,其对儿女私情的记录,并不是为其淫乐所惑,而是别有寄托,从中体察到世乱、国亡的征兆,因此,反映的情绪其实是悲悯哀思,而非喜乐无节的。如《郑风·褰裳》,本是描写儿女情话的,其中女子示爱的语言泼辣大胆,风格欢快诙谐,而《小序》的解读却是"思见正也。狂童恣行,国人思大国之正己也",认为其是以儿女私情为喻,表达对国家政局的担忧,属于"变"中思"正"之作。又如《郑风·东门之墠》,本是描写女子思念情侣的,而《小序》却将作者设定为恪守正礼,不满于此种淫风泛滥的旁观者,所谓"刺乱也。男女有不待礼而相奔者也"。既然是刺无礼,目的当然是维护正礼,而情感当然是怨怒不满,而非津津乐道了。这种解诗方式,应与先秦赋诗言志之风的影响有关,难免有牵强附会、歪曲本事之嫌,却也为在当时流行的正变话语系统中,肯定变风雅的价值创造了条件。这种以儿女之私寄托家国身世之感的解读方式,对后世影响颇大,在词体正变论中,更是发挥了重要作用,相关论者继承并完善了此种方式,最终实现了推尊词体的目的。

　　总之,《毛诗大序》对诗意格正变的定位源自先秦儒家对乐意格正变的定位。以产生于盛明政治中的安乐意格为"正",以产生于衰乱政治中的怨怒、哀思意格为权变,并据此界定正变风雅的价值。然而,具体考察《毛诗小序》对正变风雅的阐述就会发现,仅凭意格是无法区分正变风雅的,这是因为在《毛诗序》中还存在一个世运正变体系,这个体系才是其划分风雅正变的真正依据。

二、由正统决定的世运正变体系

考察世运正变体系,先秦儒家在判断音乐正变时,首先关注的是其使用是否符合正统规范,其次才是本身意格的优劣。如《论语·八佾》云:"孔子谓季氏,'八佾舞于庭,是可忍也,孰不可忍也?'"[1]按周礼规定,八佾是天子才能使用的乐舞,其本身意格当然属于正声;但为鲁卿季氏所僭用,违背了正统规范,就变成孔子不能容忍的邪变了。而《毛诗序》的风雅正变观也是如此,其划分正变的真正依据是象征正统的世运正变,所谓的"盛世""乱世""亡国",都是就正统"王道"的兴衰而言的。具体而言,"正"之"本"是正统周王室的政治。正变源流即是周王室兴衰史。源头为周文王治世,故最受关注,《毛诗小序》在解读正风雅时,称美最多的便是文王时期的政教。世运正变体系的"变"表现为"王道衰,礼义废,政教失,国异政,家殊俗",属邪曲之变。《毛诗序》云:

> 治世之音安以乐,其政和;乱世之音怨以怒,其政乖;亡国之音哀以思,其民困。

将世运正变等同于时政正变,以与诗乐意格的正变相对应。但这两种正变体系实际上是无法完全对应的:

(一)治世的时政未必和,诗乐也不尽为正声。周王室正变在史学上属于横向正变的范畴,在周文王这个横向源头之上,仍然有一个代表绝对正宗的纵向源头,那就是上古先王治世。周文王统治在横向上固然是正始,在纵向上却承接商纣王统治下的衰乱世,故在时政上具有正变交汇的特点,其"正"是通过拨乱反正之"变"来实现的。因此,正风雅中也会反映出衰乱政治,表现出怨怒、哀思的意格。如《麟之趾小序》云:"《关雎》之应也。《关雎》之化行,则天下无犯非礼,虽衰世之公子,皆信厚如麟趾之时也。"这里所言的衰世,即是就商代世运而言的,而所谓的"麟趾之时",即是代表绝对正宗的上古先王治世。故《麟之趾》被《毛诗》按横向立场归入正风,但对其意格的阐述却更像是纵向之变风,具有处于衰世而能承"先王之泽"的特点。其

---

[1] 何晏注,邢昺疏:《论语注疏》,第31页。

实,《毛诗序》中所述的文王之化,即是化商纣王留下的衰乱世之民俗,以成就周王之盛世。如《汝坟小序》云:"文王之化行乎汝坟之国,妇人能闵其君子,犹勉之以正也。""闵"即哀怜忧虑之意,故常出现在变风小序中,表示因世运衰微而滋生哀以思之音。诗中妇人云:"王室如毁。虽则如毁,父母孔迩。"结合《小序》,则其中王室应指商纣王,父母则指文王之化,全诗所表达的即是衰世之民受文王之化,而生返"正"之心。又如《行露小序》云:"召伯听讼也。衰乱之俗微,贞信之教兴,强暴之男不能侵陵贞女也。衰乱之俗微,贞信之教兴者,此殷之末世,周之盛德,当文王与纣之时。"《野有死麕小序》云:"恶无礼也。天下大乱,强暴相陵,遂成淫风。被文王之化,虽当乱世,犹恶无礼也。无礼者,为不由媒妁,雁币不至,劫胁以成昏,谓纣之世。"更为明确的表现出文王时政治正变交汇的特点。总之,文王之世的正变定位,是在纵向上规正商世之邪变,上承麟趾之时;在横向上自立正始,下开周世。故虽是盛世正声之始,仍有乱世、亡国变声之余。

(二)衰世的时政未必尽衰,诗乐也不尽为变声。在同一时代中,由于具体统治者不同,不同地区的政治兴衰也不同,故处于周王衰世中的诸侯国也未尝不可有善政。变风雅之中也会体现盛明政治,表现出安乐的意格。如变风中的《墉风·定之方中》《卫风·淇奥》《秦风·车邻》《秦风·驷驖》等,《小序》认为他们分别是称美卫文公、卫武公、秦仲、秦襄公善政的,既然是称美,就必然具有正声"安以乐"的特点。即如《毛诗正义》云:

> 王道衰,诸侯有变风;王道盛,诸侯无正风者;王道明盛,政出一人,太平非诸侯之力,不得有正风;王道既衰,政出诸侯,善恶在于己身,不由天子之命,恶则民怨,善则民喜,故各从其国,有美刺之变风也。

这与孔子"天下有道,则礼乐征伐自天子出;天下无道,则礼乐征伐自诸侯出"[①]的思想是一致的。因此,只有反映周王室治世的《周南》《召南》属于正风,而反映诸侯善政,却处于周室衰落期的作品,即使符合安乐的正声要求,也依然会被归入变风之列。

考察汉代郑玄的《毛诗笺》对《毛诗序》风雅正变观的阐发,可以更为清晰的认识到汉儒划分风雅正变的依据是周王世运正变,而非与时政正变相对应的诗乐意格正变。《诗谱序》云:

---

① 何晏注,邢昺疏:《论语注疏》,第254页。

文、武之德,光熙前绪,以集大命于厥身,遂为天下父母,使民有政有居。其时诗,《风》有《周南》《召南》,《雅》有《鹿鸣》《文王》之属。及成王,周公致太平,制礼作乐,而有《颂》声兴焉,盛之至也。本之繇此风雅而来,故皆录之,谓之诗之正经。后王稍更陵迟,懿王始受谮亨齐哀公。夷身失礼之后,邶不尊贤。自是而下,厉也幽也,政教尤衰,周室大坏,《十月之交》、《民劳》《板》《荡》,勃尔俱作,众国纷然,刺怨相寻。五霸之末,上无天子,下无方伯,善者谁赏? 恶者谁罚,纪纲绝矣! 故孔子录懿王、夷王时诗,讫施于陈灵公淫乱之事,谓之变风变雅。

将"诗之正经"与"变风变雅"对举,明确提出了风雅正变说,并详细阐述了周王室的兴衰史与风雅正变划分的关系:正风雅被认为是作于西周治世(周文王、武王、成王、康王时期)的作品,而变风雅则是西周乱世、将亡国(周懿王、夷王至定王时期)的作品。《大小雅谱》云:"大雅《民劳》、小雅《六月》之后,皆谓之变雅,美恶各以其时,亦显善惩过,正之次也。"所谓"以其时"即是以其时政,可见《雅》的意格,或称美或恶刺,是由时政兴衰决定的,大小雅中不少作品都是称美周宣王中兴的,周宣王虽属于周室正统,但因其中兴未能善终,尚不足以扭转衰微的世运,因此仍属于衰世之作;而《雅》之正变却是由周室世运兴衰决定的,"大雅《民劳》、小雅《六月》之后"均是衰世之作,故无论美刺都属于变雅。《秦风谱》云:"至曾孙秦仲,宣王又命作大夫,始有车马礼乐侍御之好。国人美之,翳之变风始作。"意格虽美却被归入变风,也因其作于周之衰世,反映的是诸侯善政。

综上所述,《毛诗序》尽管在阐述风雅正变的价值时,依据的是诗意的正变,但在具体划分风雅正变时,依据的却是正统周室的世运正变。其所界定的正风雅与变风雅,其实是反映周代正始之世的风雅与反映周代邪变之世的风雅,而非是意格正直的风雅与意格权变的风雅。由于意格正变与时政兴衰并不能完全重合,故正风雅与安乐,变风雅与怨怒、哀思也不能完全对应,正风雅之中可有变声,而变风雅之中也可有正声,这种反常的现象使得其建立在意格之上的正变价值观与建立在世运之上的风雅正变划分出现矛盾。这也是其正变观在后世受到质疑的重要原因。

三、风雅正变说的继承与演变

后世论者以不同的方式对风雅正变的内涵作了继承和调整,但对正变的界定却少有超越上述两个体系的,只因侧重及解读不同,对正变的具体定位也不同。

（一）对《毛诗序》意格正变体系的质疑

最有代表性的是宋代朱熹的观点。其《诗集传序》云：

> 凡诗之所谓风者，多出于里巷歌谣之作，所谓男女相与咏歌，各言其情者也。惟《周南》《召南》亲被文王之化以成德，而人皆有以得其性情之正。故其发于言者，乐而不过于淫，哀而不及于伤，是以二篇独为风诗之正经。自邶而下，则其国之治乱不同，人之贤否亦异。其所感而发者，有邪正是非之不齐，而所谓先王之风者，于此焉变矣。若夫雅颂之篇，则皆成周之世，朝廷、郊庙、乐歌之词，其语和而庄，其义宽而密。其作者往往圣人之徒，固所以为万世法程，而不可易者也。至于雅之变者，亦皆一时贤人君子，闵时病俗之所为，而圣人取之。其忠厚恻怛之心，陈善闭邪之意，尤非后世能言之士，所能及之。此诗之为经，所以人事浃于下，天道备于上，而无一理之不具也。①

朱熹的风雅正变观与《毛诗序》一派正变观的分歧集中在意格正变体系，而最大的分歧，在于对处于衰乱时政中的变风的意格定位。《毛诗序》认为其"变"的表现为哀怨有节，"止于礼义"，不存在淫乐邪音，故定位为权变；而朱熹则云："向来看《诗》中郑诗、邶、墉、卫诗，便是郑卫之音，其诗大段邪淫……若只一乡一里中有个恁地人，专一作此怨刺，恐亦不静。至于皆欲被之弦歌，用之宗庙，如郑、卫之诗，岂不亵渎……大序说'止乎礼义'，亦可疑，小序尤不可信，皆是后人托之，仍是不识义理，不晓事。"②他认为"变"的哀怨未必有节，刺诗搅乱人心，其中郑卫之音更属于淫乐一流，故定位为邪变。

而这种分歧的根源在于二家对《诗经》解读者的身份定位存在差异，历来解诗者都公认诗是作者性情的体现，作者身份不同，性情正邪就有别③，诗的意格正变也不同：《毛诗序》依据孔子删诗、国史采诗的传统观念，将《诗经》的解读者定位为记录者，即孔子、国史一类的贤人君子，其性情正直由学养出，不因时政兴衰而动摇，即使在衰乱世中也可守"正"驭"变"，因此，对诗的意格都力图作合"正"的阐释；而朱熹则云："毛、郑，所谓山东老学究……故诗意得之亦多。但是不合以今人文章如他底意思去看，故皆局促了《诗》

---

① 朱熹注：《诗集传》，中华书局 1958 年版，序言。
② 黎靖德编，王星贤点校：《朱子语类》，中华书局 1986 年版，第 2090 页。
③ 与先秦论声、色正变的宗旨一致，性情同样以平和、有德为正，激烈、失德为邪。

意。""只尽去小序,便自可通。于是尽涤旧说,诗意方活。"①认为《毛诗序》的解读法虽有功于政教,但难免牵强附会,不能很好地反映诗的原意,而且会局限后世读者的思维,故主张站在诗作者的立场来解读《诗经》,在明确原意的基础上再作政教评价。关于诗作者的身份,朱熹认为不尽为贤人君子:颂、雅作者固然是性情正直的"圣人之徒",故对变雅意格的定位与《毛诗序》是一致的,所谓"雅之变者,亦皆一时贤人君子,闵时病俗之所为,而圣人取之",属于权变;而风则"多出于里巷歌谣",作者来自民间,这就与《毛诗序》产生分歧了。按传统儒家观念,民间作者大都是随波逐流的,属于被教化的对象,并不都能像贤人君子那样坚守正直,其性情正邪是受时政兴衰影响的——在盛世中,"《周南》《召南》亲被文王之化以成德,而人皆有以得其性情之正",民间作者受贤人君子之化,性情同样正直,故对正风意格的定位是"乐而不过于淫,哀而不及于伤",与毛诗略同;而在衰世中,"国之治乱不同,人之贤否亦异,其所感而发者,有邪正是非之不齐",民间作者受乱政所感,便会产生怨刺、淫乐等邪思,因此,朱熹在阐释乱政中变风意格时,并不讳言其"邪"。

在儒家性情正变的话语系统中,朱熹与《毛诗序》的风雅正变观相比,各有利弊:朱熹的解读更有助于把握诗的本意,揭示出诗意与性情的关系——既然作者性情有正邪之别,对诗的意格而言,时政的正变只是外因,而人性情的正邪才是内因,能最终决定意格正变。然而,认为性情的正邪由作者身份决定,并据此将其定义的邪变之作均归入民间,却不足为训。客观而言,柔情、怨刺等意格与邪思不应等同,作者身份与性情正邪也无必然联系。且据朱东润《国风出于民间论质疑》一文考证,风的作者本不乏贵族君子②,而《毛诗序》的解读更有助于推尊变风。即如对《郑风·褰裳》,《毛诗小序》的解读是以儿女私情为喻,表达对国家政局的担忧,属于哀思之作。而朱熹的解读则是"淫女语其所私者曰:'子惠然而思我,则将褰裳而涉溱以从子。子不我思,则岂无他人之可从,而必于子哉!''狂童之狂也且',亦谑之之辞。"这种解读显然更接近于诗的本意,但也因此消解了其微言大义的光环,使其由哀思的权变下降为淫乐的邪变了。

值得注意的是,朱熹在《诗集传序》中表明其对《诗经》政教功用的理解是"本之二南,以求其端;参之列国,以尽其变。正之于雅,以大其规;和之于颂,以要其止。此学诗之大旨也",这与毛诗又归于一致了。因为朱熹对诗

---

① 黎靖德编,王星贤点校:《朱子语类》,第2089、2085页。
② 朱东润著:《诗三百篇探故》,云南人民出版社2007年版,第1—45页。

意格的阐释固然是站在作者的立场，但评价却又回到了贤人君子的立场。按此种立场"以尽其变"，所产生的当然也是哀怒有节的"达于事变"之情了。

在世运正变体系的界定上，朱熹与《毛诗序》无根本分歧，故在解读原意时仍是要受到正变原则的限制，崇正始而抑流变的；其在解读变风时，能够摆脱道德限制，直陈本意，是因为"变"的性质本有正邪之分；但在解读正风时，却不能如此自由。正风中本不乏描写柔情之作，受商纣衰乱时运影响，也存在着怨刺意格，与变风中被视为邪变的意格实无本质区别。朱熹对此非无意识，如《朱子语类》云："问：'《殷其雷》比《君子于役》之类，莫是宽缓和平，故入正风？'曰：'固然。但正、变风亦是后人如此分别，当时亦只是大约如此取之。圣人之言，在《春秋》《易书》无一字虚。至于《诗》，则发乎情，不同。'""问：'《摽有梅》何以入于正风？'曰：'此乃当文王与纣之世，方变恶入善，未可全责备。'"①就关注到所谓正风的意格其实也不尽纯正。但在《诗集传序》中仍称其皆得"性情之正"，在解读时也诸般回护，务必使其不失"正"。只因"正"的性质只能是正直，朱熹既然认可《毛诗》对正风的划分，就不能公然质疑其性质的正直了。

（二）对《毛诗序》世运正变体系的质疑

最有代表性的是清代马瑞辰的观点，其《毛诗传笺通释》论风雅正变云：

> 风雅正变之说，出于《大序》，即以序说推之而自明。《序》云："风，风也，教也。"又云："上以风化下。"盖君子之德风，故风专以化下为正。至云"下以风刺上"……"自下刺上，感动之名，变风也。"盖变化下之名为刺上之什，变乎风之正体，是谓变风。《序》云："雅者，正也，言王政之所由废兴也。"此兼雅之正变言之。盖雅以述其政之美者为正，以刺其政之恶者为变也。文、武之世，不得有变风、变雅。夷、厉、宣、幽之世，有变风，未尝无正风；有变雅，未尝无正雅也。盖其时天子虽无道，而一国之君有能以风化下，如《淇奥》《缁衣》之类，不得谓非正风也。宣王中兴，虽不得为圣主，而有一政之美足述，如《车攻》《吉日》之类，不得谓非正雅也。风雅之正变，惟以政教之得失为分。政教诚失，虽作于盛时，非正也；政教诚得，虽作于衰时，非变也。论诗者但即诗之美刺观之，而不必计其时焉可也。②

---

① 黎靖德编，王星贤点校：《朱子语类》，第 2100 页。
② 马瑞辰通释：《毛诗传笺通释》，中华书局 1989 年版，第 9—10 页。

马瑞辰的风雅正变观与《毛诗序》一派貌合神离,分歧集中在世运正变体系。《毛诗序》主张按世运正变来划分风雅正变,导致风雅正变与意格正变不一,故马瑞辰主张当按时政兴衰,而非世运正变来划分风雅正变。所谓"风雅之正变,惟以政教之得失为分。政教诚失,虽作于盛时,非正也。政教诚得,虽作于衰时,非变也"。由于诗中意格正变实际上是由时政兴衰决定的,故按马瑞辰的方式划分风雅正变,理论上可保证风雅正变与意格正变合一——正风雅之声尽为"化下""美政"的正声,而变风雅之声尽为"刺上""刺政"的变声了。

然而,仔细考察其对风雅正变的论述又有自相矛盾之处,其实存在双重标准:对作于衰乱世运中的诗,固然按时政划分;对于盛世中的诗,仍按世运划分,故强调"文、武之世,不得有变风、变雅",而无视盛世中也有衰乱时政诱发变声的现象。而这种矛盾的产生,其实是与正变原则的限制有关的:文王之世作为周代之始,其在横向上的正宗地位不容动摇。如果由始至终都按时政兴衰来划分风雅正变,那必然要承认文王盛世中也存在变风雅,这就违背了"正直"与"源始"合一的正变原则了。按正变原则,尽管源不可有"变",流却可以有"正"。因此,马瑞辰依据意格正变,将衰世中称美善政的诗作列为正风雅,是言之成理的。其实,朱熹在阐释风雅正变时也采用过类似的双重标准,只是较为隐晦——其提出的按世运划分风雅正变,以确保正风雅"正""始"合一,然后,再当按时政兴衰来判定变风正邪,以确保变风正邪与意格正变相对应。这种双重标准,优势在于可在正变原则允许的前提下,将风雅正变与意格正变的冲突降到最低,但因其本身就存在矛盾,终难自圆其说。

四、小　　结

《毛诗序》风雅正变观及其演变,印证了正变观的核心特色是崇正推源、以正变分高下,若否定这一特色,就等于否定了风雅正变论存在的事实及价值。

《毛诗序》中用以划分风雅正变的实际标准是世运正变,"正"为盛世,"变"为衰乱世,褒贬之义、正邪之别明显。至于诗的意格正变,是随着时政兴衰被动变化的,其中"怨以怒""哀以思"的意格,参照先王正诗,虽改变了"安以乐",却因此而能秉承更关键的"礼义",故属于得当时之宜的权变一类,可达到规正时变、世变的目的,故其价值也是受到肯定的,但毕竟不及"正",因此,才要以归"正"为最终目标——通过权变之诗,警世救衰,复兴时政，进而匡扶正统王室，使其重归盛世之正，如此，诗也就自然归复到"安以乐"的正宗了。总之，权变虽非邪变，但也只是归正的途径及工具，与"正"仍有高下之分。

汉以后风雅正变观实与前代一脉相承，各论者的正变立场不同，或立足于世运，或立足于时政，或二者兼取；即使是立场相同的论者对同一诗篇的正变界定也不同，或解为悲悯警世的权变，或解为淫靡邪变，但崇正始、守"正"驭"变"，容权变、抑邪变等关键内涵始终未变。从中可见"正直"与"源始"难以合一的正变理论缺陷是诸家理论矛盾的根源，也可见与这一缺陷相反相成的理论优势：一方面，能促使人们在"变"的大势中反思本源之妙——对诗之本源，既揭示出其固有的自然纯真之妙，又赋予了其典雅无邪之美，目的是防治诗在发展过程中因逐流忘本而产生的种种弊端——对我国诗学格调及趋向产生重大影响的诗教雅正观念即据此建立，有助于抬高诗格，推尊诗体；另一方面，能灵活利用正变原则，通过源流的相对性、正变立场的多样性、正变特征的独创性，来表达创见，肯定并指导流变向论者期待的新方向发展。

风雅正变，堪称文学正变论最重视的论题之一，只因《诗》作为儒家经典，占据了正始地位，具有榜样力量和基准作用。历代论者探讨风雅正变，除了要界定变风雅本身的正邪外，还有一个更重要的原因就是借风雅之变来肯定其他文学之变——由于孔子已用"思无邪"来作为《诗》的总评，又有了《毛诗序》的奠基之论，故后世大多数论者都倾向于将正变风雅都尊为正宗。

在历代韵文文体正变论中，最受重视的便是风雅正变，词体纵向正变论也不例外。只因《诗》作为公认的正宗源始，是判定各体韵文正邪最权威的参照点，各体韵文要在纵向源流中争得正宗地位，最有效的方法就是攀附《诗》，而《诗》中最适合攀附的又是"体兼正变"的风雅。在《诗》中，颂的题材、风格、感情色彩相对单一：均为颂美题材、安乐情感、质朴典雅意格，这固然能确保有正无变，无愧于绝对正始的至尊地位，但也因此而难以攀附——试看在后世最受瞩目，堪称"一代之文学"①的各体韵文：楚骚，汉赋，六朝骈语，唐诗，宋词，元曲，均是凭借丰富精彩的题材、风格、思想、情感、文采、技

---

① 即在特定时代中最富有生命力，成为当时文士主要抒情工具的文体。王国维《宋元戏曲考》序云："凡一代之有一代之文学：楚之骚，汉之赋，六朝之骈语，唐之诗，宋之词，元之曲，皆所谓一代之文学，而后世莫能继焉者也。"（王国维著：《王国维文学论著三种》，商务印书馆 2010 年版，第 46 页。）

法等,才能风靡一时的,而且大都经历了衰乱时势,不乏在衰乱中孕育或穷而后工者,因此,与颂体存在较大的差异,很难通过宗法颂来拟定门径,或通过攀附颂来自尊其体。而风雅在题材、风格、思想、情感、文采等方面都比颂丰富得多,变风雅还兼容怨刺,与后世流行的各体韵文多有相通之处,可供取法,也可藉以尊体。因此,成为各体韵文正变论者争相攀附的正宗及划分纵向正变的最佳依据。而要攀附与效法,首先要明辨风雅的"正"之"本"及善变之处,这也正是历代风雅正变论盛行的原因及论争的焦点。

第三节 《文心雕龙》的文体正变论

词体正变观与前代文体正变观一脉相承,而文体正变观在西晋挚虞的《文章流别论》中正式出现,至南朝刘勰《文心雕龙》①中大体已备。在《文心雕龙》文体正变论中,被认为源出《诗经》的一脉韵文文体,最受重视——因其富有文采、韵律,最符合时人的文学审美好尚,也最接近刘勰对"文章"的理解,与词体关系也最为密切——因其与同为韵文的词体是源流关系。因此,本节将以此脉文体正变观为研究重点,考察文体正变观的渊源、特色及价值。

一、理论渊源及特征

魏晋是文体意识自觉的关键时期。曹丕《典论·论文》云:"文本同而末异,盖奏议宜雅,书论宜理,铭诔尚实,诗赋欲丽。此四科不同,故能之者偏也,唯通才能备其体。"②陆机《文赋》云:"体有万殊,物无一量……诗缘情而绮靡,赋体物而浏亮,碑披文以相质,诔缠绵而凄怆,铭博约而温润,箴顿挫而清壮,颂优游以彬蔚,论精微而朗畅,奏平彻以闲雅,说炜烨而谲诳。"③都对文体差别及特点有了初步的认识,曹丕是反对"贵远贱近"的,二家对文体的论述都不具有崇正始、辨源流的特点,故不属于正变观,但其对文体正变观的影响不容忽视:曹丕将特征相近的文体归为一科,揭示了各文体间的关联性;而陆机对文体分而论之,则突显了文体的独立性。后世论者集二家之

---

① 本书引用《文心雕龙》原文均来自:刘勰著,黄叔琳注,李详补注,杨明照校注拾遗:《增订文心雕龙校注》,中华书局 2000 年版。

② 曹丕著:《典论·论文》,李善等注:《六臣注文选》,中华书局 1987 年版,第 967 页。

③ 陆机著:《文赋》,李善等注:《六臣注文选》,第 311—312 页。

长,如下文重点讨论的挚虞即是在把握诗、颂、赋三体关联性的基础上分论其个性,而刘勰论文体,均采用分科与单论相结合的方式,对文体特征的认识就更进一步了。

再看二家对诗、赋的定位:曹丕将诗、赋归为一科,因为二者共同的特点是"丽",都以文采见长。而陆机对诗、赋这两种文体的重视程度明显高于其他文体——不仅将诗、赋列于诸体之首,而且对其余诸体只是概括风格特点,而对诗、赋还特别点明其"缘情""体物"的内容特色,这种重视颇能反映出论者的文体观:将文章理解为文采,又认为诗赋比其余文体更具文采,故给予特别重视。这种文体观在当时颇为流行,并为《文心雕龙》所采纳——不仅在总论中,将自然中的文采视为文章之源,而且在文体论中,将诗、赋等韵文归为一类,列于诸体之首。

现存最早对文体正变作系统论述的是西晋挚虞的《文章流别论》①,惜已亡佚,从后人辑录的残篇看,其对古诗一脉的文体探讨最为详尽,文体正变论的基本特征大致可见:

(一)正变观以"源始"与"正直"合一为理论核心,崇正推源;文体正变观也不例外,其产生是以论者对文体价值,尤其是初始价值的肯定为前提的。挚虞此文名为《文章流别论》,开篇即云:"文章者,所以宣上下之象,明人伦之叙。穷理尽性,以究万物之宜者也。"推尊文章的价值,就为肯定文体价值奠定了基础。其详论《诗》一脉源流云:

> 王泽流而《诗》作,成功臻而颂兴,德勋立而铭著,嘉美终而诔集。祝史陈辞,官箴王阙。《周礼》太师掌教六诗:曰风,曰赋,曰比,曰兴,曰雅,曰颂。言一国之事,系一人之本,谓之风;言天下之事,形四方之风,谓之雅;颂者,美盛德之形容;赋者,敷陈之称也;比者,喻类之言也;兴者,有感之辞也。后世之为诗者多矣。其功德者谓之颂,其余则总谓之诗。颂者,诗之美也。古者圣帝明王,功成治定,而颂声兴,于是史录其篇,工歌其章,以奏于宗庙,告于鬼神,故颂之所美者,圣王之德也……赋者,敷陈之称,古诗之流也。古之作诗者,发乎情,止乎礼义。

与汉儒《诗经》正变观一脉相承,具有"始""正"合一的特点:肯定《诗》兼有时

---

① 本书引用挚虞著《文章流别论》均见:严可均辑:《全上古三代秦汉三国六朝文》,中华书局1987年版,第1905—1906页。

间之"正"——是后世颂体、诗体、赋体等韵文文体的源头;与性质之"正"——秉承先王盛世正声之遗泽而作。

（二）特定文体的正变论,可以包括纵、横两个体系:纵向正变探讨其在各文体演变中的源流情况;而横向正变则探讨其独立成体后,体制内部的源流情况。①每个体系都具有"正""始"合一的特点,以源中所包含的"正"之"本"为参照,来衡量流变之正邪。

据《文章流别论》论述,在纵向上,颂、诗、赋三体一脉相承,其正变划分须以正始为基准,包含着源流高下的判定,越接近正始,地位及评价越高:至尊的是颂体,源头是纪录先王盛世时称美王德正声的诗,代表是《诗》中的颂,被尊为正始;其次是诗体,为古颂之流,源头是最早纪录衰乱世权变声的古诗,代表是《诗》中的风雅②,"发乎情,止乎礼义",故属于不失"正"的权变;再次是赋体,为"古诗之流"。颂体与诗体都是《诗》中本就包含的文体,而赋体则比较特殊,其本非《诗》之体,只是由《诗》之用——"赋"发展而来的。所谓"前世为赋者有孙卿、屈原,尚颇有古诗之义",即是以纵向正源——古诗为参照来评价赋,认为赋体的横向源头秉承了古诗"发乎情,止乎礼义"的特点,故"变"不失"正"。

在横向上,颂、诗、赋三体又各成一体,自有其正变。先看颂体,因《诗》中的颂为诸体韵文正始,故颂体的纵向与横向源头是重合的,既然内容是称美王德,以告神明,则"正"之"本"应是典雅和乐,谨慎信实。挚虞论颂之流云:"或以颂形,或以颂声,其细已甚,非古颂之意。"内容由简趋繁,由德扩展到形、声等细枝末节,故是"变",而"变"之正邪是参照古颂正源确定的:

> 昔班固为《安丰戴侯颂》,史岑为《出师颂》《和熹邓后颂》,与鲁颂体意相类,而文辞之异,古今之变也。扬雄《赵充国颂》,颂而似雅,傅毅《显宗颂》,文与周颂相似,而杂以风雅之意;若马融《广成》《上林》之属,纯为今赋之体,而谓之颂,失之远矣。

其判断所举颂文高下最根本的依据,就是与古颂正源的相似程度:"鲁颂"是古颂正体,故称班、岑诸颂"与鲁颂体意相类",便等于肯定其承继了"正"之

---

① 所谓的"纵""横"只是相对特定文体而言的,如从总体上看文体正变体系应为网状结构。

② 《文章流别论》云:"王泽流而《诗》作……后世之为诗者多矣,功德者谓之颂,其余则总谓之诗。"颂体的正源显然是《诗》中的颂,而诗体的正源即应是《诗》中除颂以外的风雅,其论中提到的古诗也应以风雅为代表。

"本"，虽文辞之"末"有变，也是顺意古今语境演变的结果，故不失其"正"；而风雅体兼正变，不如古颂正体纯正，故称扬、傅诸赋似风雅，即表明其作为颂，"变"已稍离其"正"；至于今赋，则非古诗之体，铺陈浮夸，与古颂正体的差距更甚于风雅，故称马融诸赋"纯为今赋之体"，于颂体而言"失之远矣"，当属于邪变了。其中，对傅毅《显宗颂》的评论比较特殊，既谓"与周颂相似"，又谓"杂以风雅之意"，因此被刘勰斥责为模棱两可的"虚论"，由于原颂已亡佚，今人无法判断是非，但依据正变原则，仍可知挚虞对此颂的正变定位当在似颂者与似风雅者之间。

再看诗体，挚虞的定义是"言其志谓之诗。古有采诗之官，王者以知得失"。又论诗体源流云：

> 古之诗，有三言、四言、五言、六言、七言、九言，古诗率以四言为体，而时有一句二句杂在四言之间，后世演之，遂以为篇。古诗之三言者，"振振鹭、鹭于飞"之属是也，汉郊庙歌多用之。五言者，"谁谓雀无角，何以穿我屋"之属是也，于俳谐倡乐多用之。六言者，"我姑酌彼金罍"之属是也，乐府亦用之。七言者，"交交黄鸟止于桑"之属是也，于俳谐倡乐世用之。古诗之九言者，"泂酌彼行潦挹彼注兹"之属是也，不入歌谣之章，故世希为之。夫诗虽以情志为本，而以成声为节，然则雅音之韵，四言为正，其余虽备曲折之体，而非音之正也。

从其对古诗正体的论述中，可体会到正变论中，真实源头与象征性源头的差异：诗的真实源头本是每句字数不一的，怎样的作品可称为最早的诗？最早的诗究竟为几言？这些问题都是后世论者无法回答的。因此，古人选择了在诗体发展相对成熟的时期所辑录的诗集《诗经》为象征性源头，而《诗经》以四言为主，挚虞"古诗率以四言为体"的结论即是本于《诗经》而言的。四言既然是源头《诗经》的规范体制，就代表了"正"之"本"，故后世诗以能秉承四言规范者为正体，其余舍本逐末，演《诗经》杂言以为篇者，就是变体了。

最后看赋体。挚虞的定义是："情之发，因辞以形之；礼义之旨，须事以明之：故有赋焉，所以假象尽辞，敷陈其志。"以古诗正源的"发乎情，止乎礼义"为"正"之"本"，据此论赋体源流云：

> 前世为赋者有孙卿、屈原，尚颇有古诗之义，至宋玉则多淫浮之病矣。楚辞之赋，赋之善者也。故扬子称赋莫深于《离骚》。贾谊之作，则

> 屈原侍也。古诗之赋,以情义为主,以事类为佐;今之赋,以事形为本,
> 以义正为助。

认为赋体以最早的荀子、屈原诸赋为正始,尚颇有古诗"发乎情,止乎礼义"之义;稍后的宋玉之赋则开邪变之始,表现为"多淫浮之病",失情义之"正"。由于《楚辞》之赋大体合"正",故被视为象征性源头,赋体正宗,据此以衡后世诸赋之正变:汉初贾谊之作可上承屈原,故为流中正体;枚乘《七发》"虽有甚泰之辞,而不没其讽谕之义",体兼正邪,此后"其流遂广,其义遂变,率有辞人淫丽之尤矣",而司马相如之赋正是"淫丽之尤"的代表,为流中邪变体的反面典型。其对赋体演变的概括是"古诗之赋,以情义为主,以事类为佐;今之赋,以事形为本,以义正为助",颇为精准。但在评价时,对赋体演变却大体持否定态度。所谓:

> 情义为主,则言省而文有例矣;事形为本,则言当而辞无常矣。文
> 之烦省,辞之险易,盖由于此,夫假象过大则与类相远,逸辞过壮则与事
> 相违,辩言过理则与义相失,丽靡过美则与情相悖:此四者,所以背大
> 体而害政教。是以司马迁割相如之浮说,扬雄疾"辞人之赋丽以淫"。
> 　　呜呼!扬雄有言:"童子雕虫篆刻",俄而曰:"壮夫不为也!"孔子疾
> "小言破道",斯文之簇,岂不谓义不足而辨有余者乎!赋者将以讽,吾
> 恐其不免于劝也。

认为此种"变"劝百讽一,产生背离情实礼义的"四过",因此,是导致赋体意格失"正"的邪变——"背大体而害政教"。

　　(三)正变立场是建构正变体系的基础。挚虞采用的是立"纵"尊"横"的正变立场,其对颂、诗、赋横向正体特征的定位分别是"诗之美者""王者以知得失""发乎情,止乎礼义",其实都是纵向正源《诗》的特征。这种立场的优点在能够精准地把握文体特征的演变,并借助纵向正始的绝对正宗地位来推尊新兴的文体;而缺点在于并不能真正肯定文体的个性。如赋作为新兴的文体,真正的优势并不在于"发乎情,止乎礼义",反而在于铺陈夸饰。而挚虞一味攀附纵向正源,虽有助于肯定赋体价值,却也因此将标志赋体成熟的铺陈夸饰视为邪变,就太过保守了。

　　《文心雕龙》对《诗》一脉文体正变体系的建构借鉴了挚虞的体系,并在《颂赞》篇中采纳了挚虞对颂体正变的大部分论述,对"正"之"本"的阐释也

更为详尽；然而，正变立场却发生的变化，这也是其能独树一帜的主要原因。

二、由自然正始到文章正变

《文心雕龙》云："盖《文心》之作也，本乎道，师乎圣，体乎经，酌乎纬，变乎骚；文之枢纽，亦云极矣。"正变观的理论建构在"文之枢纽"部分已经确立，目的是利用正变观在推尊源始上的优势，依次推尊文章、经典、文体。基本框架是：

自然文采→人之文（文章）→圣人→经典→诸文体

↘神之文（天命微显之书）→纬书

正变观的核心特征是"源始"与"正直"合一，故要证明某种事物性质正直，首先要证明此性质本于源始。而堪称绝对正始的是化生万物的自然，故总论第一篇《原道》即以明辨"文"源于自然为目的。开篇即云："文之为德也大矣，与天地并生者"，文既与自然同时产生，便具有了绝对正始的地位，至高无上。论据是人之性灵"实天地之心，心生而言立，言立而文明，自然之道也"，进而将出于自然的声色文采，与出于人心的文章均视为文，这样的定义就将文章产生的时间提早了许多，先于人类产生，而能与天地同寿了。

刘勰将人之文与天地之文共通的"正"之"本"设定为自然文采，其实包含了对文质的辩证认识：自然作为源始的象征，情物真实，不加修饰，故历来被认为是"质"的代表，有别于夸饰渲染的"文"；而刘勰却举例说明自然界其实是文质兼备的，虽无"外饰"，也能成华采，相应的，人心也可不失情实而成文采，这就确立了文质间相辅相成的关系——"《易》曰：'鼓天下之动者存乎辞'，辞之所以能鼓天下者，乃道之文也。"认为人的文章能成其功用，因其为"道之文"，而道即自然，由真情、真物、真理构成，故"道之文"作为文章正宗，是文质兼备的。

那么，如何掌握"道之文"呢？刘勰认为："道沿圣以垂文，圣因文以明道，旁通而无滞，日用而不匮。"（《原道》）"妙极生知，睿哲惟宰。"（《征圣》）只有圣人才能领会自然的启示，掌握文质结合的正确方法——"志足而言文，情信而辞巧"，"衔华而佩实"，从而掌握"道之文"。因此，总论第二篇《征圣》即在说明要从圣人处寻求自然文道。

按照正变原则，最伟大的圣人生于上古，而刘勰要征的圣人却主要是周代的周公、孔子。所谓："变通会适，征之周孔，则文有师矣。"理由是圣人对自然文道的认识是循序渐进的，而孔子能集前圣之大成：《原道》在梳理了孔子以前文章演变后，得出的结论是前圣之文，由质趋文，而"夫子继圣，独秀前哲,熔钧六经,必金声而玉振",肯定孔子文章集前圣之大成而有所超越,是文质兼备的最佳典范;但这并不意味着前哲原道的睿智不如孔子,所谓:"爰自风姓,暨于孔氏,玄圣创典,素王述训。莫不原道心以敷章,研神理而设教"。这番解读,就将孔子"独秀前哲"的超越归功为"述训"的传承了。换言之,对自然文道的认识需要过程,自文章产生以来,圣人不断从自然中领会文道,施行文教,至孔子臻于完善,故均属文章正源。客观而言,这种结论不大经得起推敲,文采随文章发展渐增固是事实,而文质的比例怎样才算得上最佳,却无定论,既然孔子可超越前哲,后辈未尝不可超越孔子;但就正变论者而言,唯有如此才能自圆其说。

而圣人文章的典范即是经典:"经也者,恒久之至道,不刊之鸿教也。故象天地……洞性灵之奥区,极文章之骨髓者也。"总论第三篇《崇经》即在阐明经典是圣人反映自然文道的文章正宗。此篇追溯经典渊源,以上古三皇五帝时所作《三坟》《五典》《八索》《九丘》为正始,然而"岁历绵暧,条流纷糅,自夫子删述,而大宝咸耀。"也就是说,受时代限制,正始经典的精义,要通过孔子的整理、阐释才能发明,而"五经"公认是孔子集大成之作。班固《白虎通义·五经》云:"孔子居周之末世,王道陵迟,礼乐废坏……闵道德之不行,故周流应聘,冀行其道德。自卫反鲁,自知不用,故追定'五经'以行其道。"①可见汉儒认为"五经"是孔子为祖述前圣之德,规正周室世运所编订的。

正如古人选择诗发展相对成熟的时期,所辑录的历代诗集《诗经》为诗体的象征性源头,刘勰也选择其认为文章发展成熟,文质完美结合的时期,由孔子集前圣之大成而定的"五经"为诸文体的象征性源头。故云:

> 论说辞序,则《易》统其首;诏策章奏,则《书》发其源;赋颂歌赞,则《诗》立其本;铭诔箴祝,则《礼》总其端;记传移檄,则《春秋》为根:并穷高以树表,极远以启疆,所以百家腾跃,终入环内者也。

即以"五经"为诸文体的正始,"百家腾跃,终入环内"是典型的正变思想,既然万变不离其宗,能衡量万变正邪的标准当然就是正宗,故主张"禀经以制式……文能宗经,体有六义:一则情深而不诡,二则风清而不杂,三则事信而不诞,四则义直而不回,五则体约而不芜,六则文丽而不淫。扬子比雕玉以作器,谓五经之含文也。"即以"六义"为"正"之"本"。正变观素以指导新变,

---

① 班固著,陈立疏证:《白虎通义》下册,商务印书馆 1937 年版,第 373 页。

有助政教为最终目的,刘勰也不例外,故云:"三极彝道,训深稽古。致化归一,分教斯五","文以行立,行以文传,四教所先,符采相济……建言修辞,鲜克宗经。是以楚艳汉侈,流弊不还,正末归本,不其懿欤?"强调文为四教之首,故修德论文都要以正宗为准则,而文教正宗以五经为典范。后世文章不重视向经典中寻求正道,才导致文不附质,变入邪道,故主张"正末归本",拨乱反正——其文体论的目的也在于此。

"文之枢纽"前三篇均是为确立文章正宗而作的,道——圣——经均是正宗典范,由天地自然之文到人之文,以使绝对正始通于文章正始,下开文体正始。而《正纬》《辨骚》两篇实已经进入文体论,仍归入"文之枢纽",只因二篇阐述了文"变"的开始,与前三篇相配合正可明文章"正""变"之由。具体而言:

纬书是汉儒附会经义,宣扬天命神示的书——命名者认为正如织布须经纬配合,经书也须用纬书来配。纬书既与经书相配,理论上应具正宗地位。但刘勰认为所谓"纬书"是后人假托的,《正纬》篇即在阐明纬书实不可配经书,当时流行的纬书大都为邪变。

《原道》篇中,能秉承自然文道的文章其实有两种,一种是上述的圣人之文,另一种是天神之文。即如"《河图》孕乎八卦,《洛书》韫乎九畴,玉版金镂之实,丹文绿牒之华,谁其尸之?亦神理而已"。其中提到的《河图》《洛书》即是天神之文,受到经典的认可,也是后世纬书的源头。刘勰受正变原则局限,不能质疑经典的真实性,但又不愿因此而承认纬书的存在,故《正纬》篇云:"夫神道阐幽,天命微显……故《系辞》称'河出图,洛出书,圣人则之'斯之谓也。但世夐文隐,好生矫诞,真虽存矣,伪亦凭焉。""图箓之见,乃昊天休命,事以瑞圣,义非配经。"主张经书记载的图箓是真实的,这些图箓与经书一样,反映了自然文道,代表了文章正宗,但图箓是神之文,而经书是圣人之文,二者并不相配,故反对后人将其归于圣人名下,冠以纬书之名,并假造出大量与神、圣皆无关的纬书,附会经典。刘勰举出四种理由,证明除经典记载的图箓,其余纬书大都为附会经典的伪书,无真纯之质,但有虚伪夸饰之文,致使"朱紫乱矣"——认为此种伪造之书有如紫之夺朱,属于乱"正"之邪变。所谓"前代配经,故详论焉",即表明《正纬》篇的主要目的是防止此种邪变搅乱经典。同时,又辩证地认识到纬书并非一无是处,其"事丰奇伟,辞富膏腴,无益经典,而有助文章。是以后来辞人,采摭英华"——文章正宗本是文质兼备,纬书荒诞不实,质固不足征,但文采丰富,仍有助于文章发展,故主张"芟夷谲诡,糅其雕蔚"。

这种对邪变价值一分为二的态度,在正变论中是比较融通的,而这种融通能契合于正变原则,则是以刘勰对正变特征的巧妙定位为前提的:前代定义的文章正宗特征——盛世、乐、美等,与邪变特征——衰乱世、怨、刺等,互相对立,泾渭分明,肯定"正"就必定要排斥"邪变"。文章由古至今的演变显然是由质趋文的,因此,如刘勰按照通常的方式分正变,应以上古文章"质之至"的特征为"正"之"本",那么就必然要否定与之相对的"文"。然而,刘勰为了宣扬其文质兼备的文章理想,在界定文章源头时,巧妙地用自然取代文章之始,这样就可以利用自然界文质兼备的特点,来肯定"文"的价值,并利用文、质的相对性,来诠释文章之始——先是在上古质朴文章中找出文采踪迹,以确立"文"的正宗地位,进而将正宗典范由上古文章推进到春秋经典,以增加正源的文采。因此,其定义的文章正宗特征为文质结合恰到好处,而文、质本是相反相成的,相应的邪变特征为文盛质衰,与"正"之间只是程度不同,就不至于被全盘否定了。

总之,"文之枢纽"部分阐明秉承自然文之正道而生的文章有两种:一为神之文,以经典提到的《河图》《洛书》等图篆为正宗,而后人假托神圣之名而造的纬书,则为邪变;二为人之文,以集圣人大成的五经为正宗,诸文体源出于五经,而文体之"变"是由骚体开始的。关于《辨骚》的具体内涵,在下文中将并入《诗经》一脉文体集中讨论。

三、由文章通变到文体正变

《文心雕龙》在"剖情析采"的创作论部分将其对文章发展的态度概括为"通变"。"通变"一词最早见于《系辞传》"《易》穷则变,变则通,通则久"[①],与崇尚正始的正变观并非一路:占据主导的是"变","变"而后能"通",认为事物发展是一个不断更新的过程,故"变"是事物发展的原动力。而刘勰的"通变"理论则异于此,其认为文章发展是一个循环往复的过程:"百家腾跃,终入环内","夸张声貌,则汉初已极,自兹厥后,循环相因,虽轩翥出辙,而终入笼内"。因此,占据主导的是"通",只有通晓事物变化规律后才能掌握"变"的正确方法。而"通"强调的是继承,故其通变观其实是建构在正变观之上的——从正始经典中掌握自然文道,从"正""变"源始中掌握变化的规律。目的是借助正变观在推尊源始上的优势,为其文质兼尚,推尊儒家经典,纠正文变时弊的文学主张奠定基础。

---

① 王弼注,孔颖达疏:《周易正义》,第431页。

《通变》篇论述从上古黄帝至当时的文章演变云：

> 黄歌断竹，质之至也；唐歌在昔，则广于黄世；虞歌卿云，则文于唐时；夏歌雕墙，缛于虞代；商周篇什，丽于夏年。至于序志述时，其揆一也。暨楚之骚文，矩式周人；汉之赋颂，影写楚世；魏之策制，顾慕汉风；晋之辞章，瞻望魏采。摧而论之，则黄唐淳而质，虞夏质而辨，商周丽而雅，楚汉侈而艳，魏晋浅而绮，宋初讹而新。从质及讹，弥近弥澹。何则？竞今疏古，风味气衰也。

阐明文章发展的规律是由质趋文。上古黄帝时的断竹歌特点是"质之至"，此后文采渐增。其间有一关键的界限，在商周篇什与楚骚之间，此前文章虽日趋于文，但常葆其质，承载着"序志述时"的内涵，刘勰将黄唐、虞夏、商周特征分别概括为"淳而质""质而辨""丽而雅"，褒扬的程度渐增；而以后文章则是文渐盛而质渐衰，楚汉、魏晋、宋初的特征被概括为"侈而艳""浅而绮""讹而新"，贬抑的程度渐增。

正变观以"始"与"正"合一为核心特征。那么，为何在上述文论中，在文质结合方面得到最佳评价的是商周之文，而非最初产生的黄世之文呢？因为在刘勰建构的文章正变体系中，在人类文章源始之上，还有一个产生更早，地位更高的自然文道，其特点是文质兼备。因此，以自然文道这个绝对的正始为参照，在文质结合上当然以商周时期"质"未衰而"文"最盛的文章为最佳。能判定文章正变的除文质结合标准外，还有历来尊崇的政教标准，以上古黄帝时为最佳。综合两种标准，刘勰将由黄帝至周代文章，统一设定为文章正源，其中又以周代文章为最佳典范，而周代正是孔子生活的时代，故这种正变定位其实是为推崇儒家文道服务的；楚骚则是文章邪变的开始，此后变愈失正，文章也每况愈下。

刘勰根据自然文道，将文质兼备定为文章正宗的关键特征，正变论素有重"质"轻"文"的传统，"质"作为事物的根本，地位是高于"文"的。刘勰总评文章风气云"从质及讹，弥近弥澹"，就延续了这种传统，但对重"质"轻"文"原因的阐释却颇具创意，所谓：

> 青生于蓝，绛生于蒨，虽逾本色，不能复化……故练青濯绛，必归蓝蒨；矫讹翻浅，还宗经诰。斯斟酌乎质文之间，而櫽括乎雅俗之际，可与言通变矣。

传统文论崇尚的正声、正色等,相对变声、变色,都具有质朴的特点,故这种"质"本身即是"正",代表事物最佳的状态,因此要强调保守,而改变了"质"的"文"即是邪变。而刘勰论中的"质"本身并不是"正",以其为文章取法的最佳典范,只因其能变化成"文",有助于实现文质兼备的最佳状态。按这种解读,质与文是主体与附庸的关系:"质待文","质"是根本,可以也必然能变化成"文",最终达到最佳;"文附质","文"是新变、附庸,本身不是邪变,与"质"相辅相成,价值应受肯定,但"不能复化",勉强变化便会因丧失质而"浅",因违背自然而"讹",流为邪变,因此重要性不如"质"。这种解读颇为辩证,既能肯定变化的重要性,为肯定文采提供理论依据,又能婉转契合于正变观崇尚正始的原则,为"还宗经诰"奠定理论基础。故云"理正而后摛藻,使文不灭质,博不溺心,正采耀乎朱蓝,间色屏于红紫,乃可谓雕琢其章,彬彬君子矣"。主张依据自然之正来驾驭人文之变,使质与正采相配,成就文质彬彬的正道。

　　《文心雕龙》中多次提到正奇,正奇与正变的内涵不尽相同,但有交集。"奇"原是一个会意字,"奇"是会意字,"会拄棍用一只脚站立的瘸子之意",引申为特异、反常之义①,故在与"正"对举时表示常与非常的关系,只有在特定的场合中才具有类似"正变"的源流正邪的义项。在《文心雕龙》中,正奇与正变的内涵却颇为接近:"正"是自然文道(特点是文质兼备,质为主,文为辅)与儒家礼乐政教规范(特点是典雅和乐);而"变"与"奇"在性质上则有合"正"与反"正"两种情况。刘勰对礼乐政教正变、正奇的定位与前代基本相同,故下面重点阐述其独创性较强的自然文道正奇观:一种"奇"符合自然文道,能辅助"质"的发展,是良变。如《风骨》云:"熔铸经典之范,翔集子史之术,洞晓情变,曲昭文体,然后能孚甲新意,雕画奇辞。昭体故意新而不乱,晓变故辞奇而不黩。"《情采》篇云:"水性虚而沦漪结,木体实而花萼振:文附质也。虎豹无文,则鞟同犬羊;犀兕有皮,而色资丹漆:质待文也。"可见,以文章正经与文体正体为基础的新奇,采附于骨,犹文附于质,相辅相成是自然之道。另一种"奇"则违背自然文道,属邪变。如《风骨》云:"若骨采未圆,风辞未练,而跨略旧规,驰骛新作,虽获巧意,危败亦多,岂空结奇字,纰缪而成经矣。"《定势》云:"自近代辞人,率好诡巧,原其为体,讹势所变,厌黩旧式,故穿凿取新,察其讹意,似难而实无他术也,反正而已。故文反正为乏,辞反正为奇。效奇之法,必颠倒文句,上字而抑下,中辞而出外,回互不

———————

① 张章主编:《说文解字》上册,第283页。

常,则新色耳。"即指出这种不顾自然文道,本不能复化而勉强变化,穿凿求新的"奇",是文章日趋浅讹的症结所在。

《通变》云:"参伍因革,通变之数也。""通"强调的是守"正",防止邪变;而"变"强调的是革新,促进良变。刘勰的通变观是以"通"为主导的,要确立正变关键首先要明确"通"的部分。什么是"通"呢? 刘勰认为:

> 夫设文之体有常,变文之数无方,何以明其然耶? 凡诗赋书记,名理相因,此有常之体也;文辞气力,通变则久,此无方之数也。名理有常,体必资于故实;通变无方,数必酌于新声。

指出"通"的部分在文体。所谓:"变则可久,通则不乏……望今制奇,参古定法。"文辞气力变化才能长久,故要望今制奇,适时新变;而文体名理相因,保持恒定才能驾驭文辞气力上的新变,故要参古定法,强调守常。因此,其文章通变论以文体正变论为核心。所谓:

> 渊乎文者,并总群势;奇正虽反,必兼解以俱通……若爱典而恶华,则兼通之理偏,似夏人争弓矢,执一不可以独射也;若雅郑而共篇,则总一之势离,是楚人鬻矛誉楯,两难得而俱售也。

主张好的文章须灵活运用各种文势,原则是正邪对立的文势不能共存,如雅是正声,郑是邪变,共存则自相矛盾;而相辅相成的文势必须兼通,如文与质,兼备才能完美。同理,成熟的文体也是按照上述原则会总融通各种文势,形成一种总体的趋势,这就是正体特征。即如《定势》云:"情致异区,文变殊术,莫不因情立体,即体成势。"只因感物之情,古今无异,故特定情感与体势间的对应关系,也是古今相通,要做到"因情立体,即体成势",首先要明确各文体的横向正体特征——即在文体定型时确立,并在发展中被证明是文体最适宜表现的特征。故云:

> 括囊杂体,功在铨别,宫商朱紫,随势各配。章表奏议,则准的乎典雅;赋颂歌诗,则羽仪乎清丽;符檄书移,则楷式于明断;史论序注,则师范于核要;箴铭碑诔,则体制于弘深;连珠七辞,则从事于巧艳:此循体而成势,随变而立功者也。虽复契会相参,节文互杂,譬五色之锦,各以本采为地矣。

主张依据各文体正体的总体趋势配合运用各种文势,并延续曹丕的思路,对相近的文体进行分类,阐明各类文体正体所应具备的特征。①需要特别说明的是,文体正体指的是横向正体,故其正体特征是此种文体最适宜表达的特征,而非最符合政教规范的特征,其文体正变观的一大创举正在于此。

刘勰概括定势的必要性云:"密会者以意新得巧,苟异者以失体成怪。旧练之才,则执正以驭奇;新学之锐,则逐奇而失正:势流不反,则文体遂弊。秉兹情术,可无思耶!"即在强调只有依据文体最初确立的正体体势来驾驭各种新变,才能使其向良好方向发展,否则就会变入邪道,文体本身也会衰落。这种观念有助于维护既定文体的特色,肯定新兴文体的价值。然而,打破正体体势的新变对文体而言是双刃剑:适度的新变可以拓展文体的表现力,增加文体的适用范围,而过度的新变最终会消解文体独立的特征,使文体走向衰落,又促成新文体的产生。文体的确立是合乎自然的,而文体的发展及衰落,却也是自然趋势。

四、文体正变论概述

《文心雕龙》文体论部分,对特定文体正变的论述包括纵、横两个体系。具体考察与词体的关系最为密切的《诗经》一脉文体正变,基本体系架构为:

（注:加下划线粗箭头表示文体之变）

---

① 此段对文类特征的概括比较笼统,主要沿用曹丕"奏议宜雅,书论宜理,铭诔尚实,诗赋欲丽"的文体观,故与"文体论"部分对相应文体特征的描述是存在抵牾的。即如此段将源于《诗经》一脉的"赋颂歌诗"特征概括为"清丽",应是套用曹丕"诗赋欲丽"之说;但在"文体论"中,清丽只是《诗》一脉的末流五言体诗的正体特征,根本无法涵盖此脉文体的共同特点。因此,要了解刘勰对各文体正体特点的真正看法,还须回到"文体论"中。

概言之，纵向正变体系为：上古诗乐至《诗》一脉正源中包含三种文体——诗、颂赞、乐府，演变出一种文体——骚；而《诗》与骚又演变出一种文体——赋。

文体论第一篇《明诗》云："大舜云：'诗言志，歌永言。'圣谟所析，义已明矣。"第二篇《乐府》云："乐府者，'声依永，律和声'也。"刘勰将《舜典》"诗言志，歌永言，声依永，律和声"的论述一分为二，用以阐释诗与乐府，就表明《舜典》中辞乐结合的古歌诗是二者共同的源头，此时诗体与乐府尚无分别；但经过演变，诗体不必配乐，而乐府大都配乐，故在定义时要分别强调"志"与"律"，而《明诗》与《乐府》篇分别聚焦于古诗"辞"与"乐"方面的演变。《诗》既收集了历代诗，又采集了民间乐府，义归"无邪"，因此是二者共同的正源。第四篇《颂赞》则指出颂体也是以《诗》中的颂为正源。而正源《诗经》中，能据以判断正变的标准包括：

（一）礼义政教标准。这类标准与先秦儒家诗乐观、汉儒《诗》正变论一脉相承：所谓"诗者，持也，持人情性；三百之蔽，义归无邪，持之为训，有符焉尔"，即是以"发乎情，止乎礼义"为"正"。对《诗》意格的总体评价是"无邪"，再次重申了其诗体正源的地位，故对其中包含的颂、诗、乐府正体的定位也是"无邪"，但"无邪"之中犹有等级：以安乐、称美为正宗，哀怨、闵刺为权变。故云："四始之至，颂居其极……风雅序人，事兼变正；颂主告神，义必纯美。"说明在《诗》中，颂正体"义必纯美"，地位最高，意格最纯正；而诗与乐府正体源出风雅，"事兼变正"——兼有正宗、权变，故当等而下之。

（二）文质结合标准。以《诗》的文质结合方式为"正"，故其中包含的颂、诗、乐府正体的文质结合方式当然也是正宗。这类标准是刘勰独创的，文质结合标准理论上要求文质相得益彰，但受政教标准、正变原则的影响，又有鉴于当时文坛文盛质衰的弊端，刘勰的文质观中常流露出重质轻文的倾向：《诗》以前的文章虽缺少文，但代表了先王圣德，故评价有褒无贬，属于合自然文道的正宗；而《诗》以后的文章中因文害质的现象，就常受谴责，被归入邪变，总体评价也不如《诗》。

《辨骚》篇云："自风雅寝声，莫或抽绪，奇文郁起，其《离骚》哉！固已轩翥诗人之后，奋飞辞家之前，岂去圣之未远，而楚人之多才乎！"《诠赋》篇云："《诗》有六义，其二曰赋……受命于诗人，而拓宇于《楚辞》也。"阐明在时间上，骚体的产生晚于《诗》，与作为《诗》六义之一的"赋"，同为赋体之源。又云："《楚辞》者，体慢于三代，而风雅于战国，乃雅、颂之博徒，而词赋之英杰也。"在性质上，认为骚体不及正源《诗经》，而胜于流变赋体。具体原因有：

（一）依据礼义政教标准，《明诗》篇云："自王泽殄竭，风人辍采……逮楚国讽怨，则《离骚》为刺。"骚体正体既然是衰世怨刺讽谏之作，就属于权变，故不及《诗》中纯正的颂与正变兼备的诗、乐府。《诠赋》篇则说明赋体虽有新变，仍存正本——"文虽新而有质，色虽糅而有本"，能在一定程度上发挥风轨劝诫的功用；但形式上浮夸的特征，讽一而劝百，致使"逐末之俦，蔑弃其本"——定力不高的普通读者舍本逐末，不受其讽谏之助，反被其以声色劝淫，诱入邪变。因此，比起权变的骚体又逊一筹。

（二）依据文质结合标准，文章演变是由"质"趋"文"的，刘勰既以《诗》为正宗，对骚体、赋体文质演变的评价当然是每况愈下。《辨骚》论《骚》与《诗》特征的异同，正变立场颇为鲜明：与《诗》中风雅合处，有"典诰之体""规讽之旨""比兴之义""忠怨之辞"，均含褒义；而与经典异处，则有"诡异之辞""谲怪之谈""狷狭之志""荒淫之意"，均含贬义，可见异处也即是邪变处，总评为"夸诞"，即表明这种邪变是因"文"有余而"质"不足造成的：诡异、谲怪，谓其多浮夸之文而少真实之质；而狷狭、荒淫，则谓其多纵横、纤靡之文，而少合礼义之质。客观而言，《骚》与《诗》相比，诡异、谲怪固是事实——当然，按今天的观点看，这是想象力、表现力丰富，并非缺点，但狷狭、荒淫却可商榷。刘勰受汉儒影响，将《诗》中的怨怒与儿女情附会取义，解作不怒、不淫，才会认为《骚》的狷狭、荒淫异乎经典。

《诠赋》云：

> 荀况《礼》《智》，宋玉《风》《钓》，爰锡名号，与诗画境，六义附庸，蔚成大国。述客主以首引，极声貌以穷文。
>
> 观夫荀结隐语，事数自环，宋发巧谈，实始淫丽。

认为荀况、宋玉之赋凭借"极声貌以穷文"的特征"与诗画境"，自立其体，文盛质衰当然更甚于骚体，更偏离正宗。刘勰对赋体的要求是"风归丽则，辞翦荑稗"，当承自扬雄"诗人之赋丽以则，辞人之赋丽以淫"[①]之说，希望赋体能秉承骚体"丽以则"之风，节制文采过盛的邪变，赋不如骚的正变定位显而易见。

刘勰主张"质"倚重德，而"文"倚重才，以崇德为主，也难掩爱才之心。故虽在判断总体高下时严守正变原则，以"质"为根本；但在具体鉴赏时，却

---

① 汪荣宝著：《法言义疏》上册，中华书局1987年版，第49页。

以"文"为主要依据。以《辨骚》为例,其云:

> 观其骨鲠所树,肌肤所附,虽取熔《经》旨,亦自铸伟辞。故《骚经》《九章》,朗丽以哀志;《九歌》《九辩》,绮靡以伤情;《远游》《天问》,瑰诡而惠巧,《招魂》《大招》,耀艳而采深华;《卜居》标放言之致,《渔父》寄独往之才。故能气往轹古,辞来切今,惊采绝艳,难与并能矣。

对骚体"自铸伟辞"后新变出的"惊采绝艳"特点,刘勰在总评时一律斥为"夸诞",认为是战国乱世变风的产物,打破了《诗》完美的文质平衡,属于邪变,故"乃雅、颂之博徒",但此则在具体鉴赏时,却颇多褒扬之词,大力肯定其才气辞采压倒古今,对邪变特征的评价如此之高,在以往正变论中是不多见的。

在横向上,各文体自立正宗,在体制内各成"正""变",而划分依据是正体特征,具体而言,直接出于《诗》的颂、诗、乐府三体"纵""横"正宗重合,故判定纵向正变的政教与文质标准仍然通用,同时又依据各自正体特征制定出新的标准:

(一)诗体,在后世的发展以辞为主,故兼用句法为标准分正变。《明诗》云"四言正体则雅润为本,五言流调则清丽居宗",以《诗》最常用的四言体为正体,偶见于《诗》,滥觞于汉,在魏晋占据主流的五言体为变体。总体而言,正体的地位是高于流调的:对四言体,刘勰认为正体特征是"雅润",源头《诗》评价至高自不必言,流为"汉初四言,韦、孟首唱",评价是"匡谏之义,继轨周人",即是肯定其能返归正体,有功政教。此后标举的四言体诗人还有张衡、嵇康,评价是"张衡《怨篇》,清典可味""嵇志清峻""平子得其雅,叔夜含其润",均符合雅润正宗。刘勰没有列出四言体邪变,推尊正体的意图十分明显。

对五言体,刘勰认为其自立的正体特征是"清丽",即清新华美,按历来正变话语系统,清丽不及雅润,但也自成其妙。总体而言,对其源流的评价则是正体与邪变并举,褒贬参半,越接近《诗》越"正":被认为是"五言之冠冕"的《孤竹》,特点是"直而不野,婉转附物,怊怅切情",属于五言中相对质朴真挚,合乎礼教之作。孔子云:"质胜文则野。"[1](《论语·雍也》)故《孤竹》质直而不野,颇合圣人要求,与《诗》相去不远;而评价最低的五言诗是玄

---

[1]　何晏注,邢昺疏:《论语注疏》,第86页。

言诗末流:"正始明道,诗杂仙心;何晏之徒,率多浮浅";"江左篇制,溺乎玄风,嗤笑徇务之志,崇盛亡机之谈。"这类诗论"质"则空虚,无功政教;论"文"又淡薄无采,文质皆不足取,属于邪变;而居于正邪间的是"慷慨以任气,磊落以使才。造怀指事,不求纤密之巧;驱辞逐貌,唯取昭晰之能"的建安诗、"稍入轻绮……采缛于正始,力柔于建安"的太康诗、"俪采百字之偶,争价一句之奇,情必极貌以写物,辞必穷力而追新"的南朝宋初诗,虽然文渐盛,质渐衰,去正宗愈远;但相对邪变而言,文、质各有可取,仍可谓中兴。

　　其实在四言、五言体之间,还存在"属辞无方"的骚体诗,每句字数都无定则,但刘勰并未讨论其正变,或许是因为骚体是依据楚地方言而作的,与《诗经》产生的地域不同,在体制上本来就无明显的源流关系。此外还有许多未成主流的句法体制,刘勰也只是一笔带过,谓其"巨细或殊,情理同致,总归诗囿,故不繁云"。其实,四言、五言体既自成其体,也自有其正变体系,但因四言、五言体句法整齐、吟咏情志,更符合后世对诗体的认识,因此,统一将二者的横向正变归入《明诗》篇中,而没有像骚体那样分篇论述。

　　总之,刘勰论诗体虽在原则上崇"正"抑"变",但也能结合实际,肯定"变"的出现不可避免,故并不强求弃变体从正体,而是希望能依据实际情况,兼用正、变体去实现正直功用。所谓"华实异用,惟才所安","神理共契,政序相参。英华弥缛,万代永耽",即主张在变体产生后,应依据作者才质,灵活采用正变体制,以实现反映自然文道,辅助教化的正直功用。

　　(二)乐府,在后世的发展以辞乐结合为主,故兼用词乐契合程度为标准分正变。《乐府》云:

　　　　乐体在声,瞽师务调其器;乐心在诗,君子宜正其文。
　　　　诗官采言,乐盲被律,志感丝篁,气变金石。是以师旷觇风于盛衰,季札鉴微于兴废,精之至也。

以诗乐契合,文质相称为"正",反之则为邪变。刘勰认为"乐本心术,故响浃肌髓,先王慎焉,务塞淫滥……自雅声浸微,溺音腾沸",邪变兴起于先秦衰乱之世。主要表现为:1.辞乐配合,但违背礼乐政教。如先秦溺音。2.辞乐不相配,出现《定势》所谓"雅郑而共篇,则总一之势离"的情况。或辞正而乐邪,如西汉后期"郊庙,惟杂雅章,辞虽典文,而律非夔旷";或乐正而辞邪,如魏三祖乐府"志不出于淫荡,辞不离于哀思。虽三调之正声,实《韶》《夏》之郑曲"。因此,要再三强调须以正体为则,使雅正辞乐配合,正所谓"和乐精妙,固表里而相资","淫辞在曲,正响焉生","岂惟观乐,于焉识礼"。规正邪变的价值取向随处可见。

当然,刘勰也认识到这种返"正"任务的艰巨性,所谓:"俗听飞驰,职竞新异,雅咏温恭,必欠伸鱼睨;奇辞切至,则拊髀雀跃;诗声俱郑,自此阶矣。凡乐辞曰诗,诗声曰歌,声来被辞,辞繁难节。故陈思称'左延年闲于增损古辞,多者则宜减之',明贵约也。"意识到辞由质朴趋向繁华,就必然会导欲增悲,使乐府意格由雅趋郑,故主张用简约其辞的方式来规正格调,这种方法以前的正变论者已多此提到了,其难于实行之处前章已论,就不再赘述了。

(三)颂体,在《诗经》中内容已限定为"美盛德而述形容……颂主告神,义必纯美……乃宗庙之正歌,非宴飨之常咏也",故理当以此为正体特征。而变体分为权变与邪变两种:权变指类似变风雅之变。春秋已产生,如"野诵之变体",由纯美变为美、刺兼有,由用于宗庙,歌颂王德变为用于乡野,诵普通人事。又如"三闾《橘颂》,情采芬芳,比类寓意,又覃及细物矣"。由颂美王德,以赋为主,变为称美细物,义兼比兴;邪变则指以文害质之变。产生于汉代,如"班傅之《北征》《西巡》,变为序引,岂不褒过而谬体哉!"褒扬太过就变为夸饰,不利于客观的反映本质。又如"马融之《广成》《上林》,雅而似赋,何弄文而失质乎!"颂体是《诗》中正体至尊,而赋体是邪变末流,故颂而似赋,以文害质,当然是邪变了。

(四)再看骚、赋二体,在纵向已属变体,故"纵""横"正宗存在差异,刘勰依据其体势特点,采取立"横"追"纵"的正变立场:

一方面不强求其全合于正源。即如《定势》云"模经为式者,自入典雅之懿;效骚命篇者,必归艳逸之华",结合相关论述可知,刘勰认为《诗》最初依据作者质朴无邪之情,形成了典雅的正体体势;而楚骚最初凭借作者的惊才壮志,形成了艳逸华彩的正体体势。《诠赋》论赋体正体云:"极声貌以穷文,斯盖别诗之原始,命赋之厥初也。"阐明赋体以夸张铺陈声色而别于诗体,自成其正体。因此,骚、赋体势一旦别于《诗》自立正体,后人使用骚体、赋体就会"自入""必归"到艳逸华彩、夸张声色的文势中;如再强求合于《诗》的质朴典雅,就违背了"即体成势"的自然文道,不能创作出好的作品。也因如此,刘勰对骚、赋体的纵向价值定位虽不如《诗》,但鉴赏具体作品时,褒扬最多的却是合正体的特征,而未必是合正源的特征。

另一方面又希望其受到正源的规正。从刘勰对骚、赋源流的述评看,最推崇的是最接近纵向正源的文体正始特征,而非文体全盛时的特征。论骚体,认为横向源头是屈原《离骚》,有"四事"同于正源风雅,故为骚体最高,汉代以后作品"遵蹑其迹,而屈宋逸步,莫之能追",进而罗列正源优胜之处为:"叙情怨,则郁伊而易感;述离居,则怆怏而难怀;论山水,则循声而得貌;言节候,则披文而见时。"可见,"正"胜于"变"之处在于情、景、时均真切可感,能秉承正源"序志述时"之"质"。此后"枚、贾追风以入丽,马、扬沿波而得奇,其衣被词人,非一代也"。正因骚体正体文有其质,才能复化出赋体奇丽之文。论赋体,横向源头为"荀况《礼》《智》",大体契合正源,即如《才略》云"荀况学宗,而象物名赋,文质相称,固巨儒之情",故为赋体最高,至汉代赋体文采渐盛,发展达到全盛时期,但以文害质的弊端也随之产生,如"相如……师范屈、宋,洞入夸艳,致名辞宗。然覆取精意,理不胜辞,故扬子以为'文丽用寡者长卿',诚哉是言也!"因此,推尊正体就可以在顺应体势的前提下返归正源。刘勰对骚体的要求是"凭轼以倚《雅》《颂》,悬辔以驭楚篇,酌奇而不失其贞,玩华而不坠其实",对赋体的要求是"丽词雅义,符采相胜……文虽新而有质,色虽糅而有本"都强调创作、阅读时要以质、雅、本色等能上承纵向正源的横向正体特征为根本,来驾驭新变特征。

五、小　结

《文心雕龙》的文体正变观再次印证了正变观的特色及价值,更彰显出文体正变观的特色:正变理论缺陷在于"正直"与"源始"难以合一,文体的最初状态未必是最佳状态,故刘勰受正变原则局限,将文体变化理解为循环往复,又将儒家五经视为文质结合的最佳典范,并不符合客观规律——就文体而言,表达特定意格既可循旧体,也可创新体,故骚、赋等文体虽非《诗》中所有,却也不应等而下之。

然而,也正是这种缺陷成就了其在指导新变上的独特优势:其崇正推源的理论核心实际上反映出人类返璞归真、正本清源的朴素愿望,故刘勰将其用于指导文体创作,有助于针对时弊,给予文体的自然发展以道德、体制等人为规范。在纵向上,用以划分正变的礼乐政教标准大体继承了先秦儒家的诗学正变观,而文质结合标准则独具匠心。以文质兼备的自然文道为正宗,比前代正变观更有助于肯定"文"的新变,在浮靡文风盛行的背景下,又有助于强调"质"的根本,纠正因文害质的弊端。在横向上,最大的成就在于认识到各文体自成一体的特点及"即体成势"的重要性,故在论骚、赋二体正变时,率先采用了立"横"追"纵"的正变立场,利用正变观推尊正体,对促进文体意识的自觉,维护新兴文体的独立性大有裨益。

更重要的是,在文体正变论中,"纵""横"两大体系构成了一个矛盾统一的整体。特定文体"纵""横"正宗时间距离越近,性质差别越小,纵、横矛盾就越小,正变体系的架构就越单一,即如"纵""横"正宗重合的颂体及四言诗体,反之,则矛盾越尖锐,体系越复杂。即如由骚体到赋体,横向正体与纵向正源的时间、性质差别增大,纵、横矛盾也趋于尖锐,"纵""横"交织后的评价也复杂多变。这种多变的特色,使得正变论者面对层出不穷的新文体,能通过变换正变立场,重定正变特征的方式,灵活利用正变原则来表达对文体发展的创见,从而部分弥补了正变观僵化复古的理论缺陷,令其规正文变的理论优势得到充分发挥。

第二章 唐宋金元：三大词体正变类型的形成期

第一节 "纵""横"两大正变体系的形成

如"绪论"所述，学界普遍认为词体正变观至明代才正式确立，故很少关注唐宋金元的词体正变观，其实，唐宋金元时期，是词体正变理论体系形成和发展的重要时期，绝非可以忽略的预备阶段。词体正变观既与前代文体正变观一脉相承，又因词体特征而独具特色：词体在纵向上通常被归入《文心雕龙》描述的《诗经》一脉文体演变中，在时间上，是各体诗文的余波末流；在性质上，其配合燕乐而歌的通俗特点，非中夏之正声，又比各体诗文更为背离雅正，故往往被视为邪变，备受小技卑格之讥。因此，其"纵""横"正变体系间的矛盾比先源文体更为尖锐，互相交织后形成的正变类型也更为复杂。

词体正变论的"纵""横"两大体系在唐宋时期已经形成：最早出现的是纵向正变论，探讨的是词体在各文体演变中的源流情况，以词体的源头文体特征为参照，合则为"正"，离则为"变"。因此，在词体产生并受到评论界关注的中唐时期便已萌芽，真正确立则要以词体意识的自觉为前提，而横向正变论探讨的是词独立成体后，体制内部的源流情况。以词体定型的初始特征为参照，合则为"正"，离则为"变"，其产生是以词体意识自觉为前提的。北宋元祐(1086—1094)前后是词体意识自觉的关键时期。苏轼词与众不同的刚健横放风格，强烈冲击着时人对词体柔婉的一贯印象，从而引发时人对词体特征的反思，开始关注词体有别于诗源，自成一体的特征，在诗词对比中，词体的概念便呼之欲出，对各家词是否合体制的争论也随之展开，这些都为横向词体正变论的产生及"纵""横"两大正变体系的最终确立，奠定了基础。面对"纵""横"矛盾，历代论者的正变立场不同，对词体的"正""变"定位也不同，因此，在两大体系确立后，互相交织，又构成了舍"纵"取"横"、弃"横"从"纵"、综合"纵""横"三种基本正变类型。

一、中唐至宋初:纵向正变体系的萌芽

(一)中唐:词体纵向正变论的奠基时期

文体正变论本是正统观念的产物,是为了约束文士创作而设的,故所关注、论争的重点当然也是被归入文士名下的作品,而极少关注民间作品。从现有文献看,中唐以前有确实姓名可考的文人词极少,如教坊曲、敦煌曲子词等①。至中唐,始出现较多署名的文人词②。尽管此时论者尚未有明确的词体意识,但此时的诗体纵向正变论已将后世定义的词体纳入探讨范围,为纵向词体正变论的产生奠定了基础。颇能代表中唐论者对词体纵向渊源认识的,是元稹的《乐府古题序》:

> 《诗》讫于周,《离骚》讫于楚。是后,《诗》之流为二十四名:赋、颂、铭、赞、文、诔、箴、诗、行、咏、吟、题、怨、叹、章、篇、操、引、谣、讴、歌、曲、词、调,皆诗人六义之余,而作者之旨。由操而下八名,皆起于郊祭、军宾、吉凶、苦乐之际在音声者,因声以度词,审调以节唱。句度短长之数,声韵平上之差,莫不由之准度。而又别其在琴瑟者为操、引,采民氓者为讴、谣,备曲度者,总得谓之歌、曲、词、调,斯皆由乐以定词,非选词以配乐也。由诗而下九名,皆属事而作,虽题号不同,而悉谓之为诗可也。后之审乐者,往往采取其词,度为歌曲,盖选词以配乐,非由乐以定词也。而纂撰者,由诗而下十七名,尽编为《乐录》。乐府等题,除《铙吹》……等词在《乐志》者,其余《木兰》《仲卿》……之辈,亦未必尽播于管弦明矣。后之文人,达乐者少,不复如是配别。但遇兴纪题,往往兼以句读短长,为歌诗之异。刘补阙云:"乐府肇于汉魏"。按:仲尼学《文王操》,伯牙作《流波》《水伶》等操,齐犊沐作《雉朝飞》,卫女作《思归引》,则不于汉魏而后始,亦已明矣。③

---

① 据学者考证"民间性在敦煌歌词内甚突出"(任半塘:《敦煌歌辞总编》,上海古籍出版社2006年版,序言第3页。)而"教坊乐妓也大都来自民间"(张影:《历代教坊与剧演》,齐鲁书社2007年版,第18页)。参看词作,大体以通俗语言呈现民间风情,尽管其中不少作品很可能经过了文人的润色,但大都模拟民间作者口吻,未署文人之名。至中唐才开始出现较多署名文人词,也因此得以区别于民间词,受到文体正变论的关注。

② 据学者统计,在现存40名具名的唐代词人中,初唐占4人、盛唐仅2人、中唐有12人、晚唐为22人。从词作数量看,从初、盛唐到中、晚唐,词作数量不断增多,"其中盛唐与初唐相比变化并不太大,而中唐则在盛唐的基数上急速攀升(10.6倍)"。(刘尊明、王兆鹏著:《唐宋词的定量分析》,北京大学出版社2012年版,第33、38页。)

③ 元稹著:《元稹集》,中华书局1982年版,第254—255页。

论中将《诗》视为各体广义韵文的源头,此源头流为狭义韵文("赋"而下七名)、徒诗("诗"而下九名)、歌诗("操"而下八名)三脉,共通之处在秉承"诗人六义"。其中,徒诗、歌诗最根本的分别不在句式的长短,而在于辞乐结合形式——徒诗"选词以配乐",故在创作时不必考虑是否协律,作品也未必可歌;歌诗是"由乐以定词",故在创作时必须保证作品能协律可歌。尽管在论述中尚未出现词体的概念,但后世所定义的词体正是由其所提到的歌诗,即"操、引、谣、讴、歌、曲、词、调"一脉发展而来,在词牌中,仍保留了《醉翁操》《太常引》《归自谣》《洞仙歌》《金缕曲》《步虚词》《青平调》等名。因此,歌诗渊源也就是词体渊源——在此论中,歌诗的主要来源是《诗》之六义,兼采之源则是琴瑟一类的文人雅乐及民甿一类的民间俗乐,而词体特点则是由歌诗特点中派生出来的,并非所有歌诗都能纳入词体。至于如何派生,时人并未形成词体的概念,故不会直接关注这一问题,但从其对早期词作特点及渊源的探讨中仍可看出端倪。即如同时刘禹锡的《竹枝词引》云:

> 四方之歌,异音而同乐……聆其(竹枝词)音,中黄钟之羽。卒章激讦如吴声,虽伧儜不可分,而含思宛转,有淇、濮之艳。昔屈原居沅、湘间,其民迎神词多鄙陋,乃为作《九歌》,到于今荆楚鼓舞之。故余亦作《竹枝词》九篇,俾善歌者飏之……后之聆《巴歈》,知变风之自焉。(词长不备录)

《插田歌并引》云:

> 连州城下俯接村墟。偶登郡楼,适有所感,遂书其事为俚歌,以俟采诗者……齐唱田中歌,嘤儜如竹枝。但闻怨响音,不辨俚语词。时时一大笑,此必相嘲嗤……君看二三年,我作官人去。①

参看《乐府古题序》,刘禹锡提到的《竹枝词》《插田歌》,即元稹所谓歌诗一类;而将此类歌诗视同变风、采诗,即如元稹所谓"《诗》之流"。刘禹锡认为《诗》中变风,《骚》中《九歌》与其自制的《竹枝词》一脉相承,共通之处一是在词乐结合方式上都是文人配合当时流行的俗乐而作;二是在创作宗旨及实现方式上,都是在保留民歌风情的同时,改变原词"伧儜鄙陋"的面目,以导

---

① 刘禹锡著,瞿蜕园笺证:《刘禹锡集笺证》中册,上海古籍出版社1989年版,第852、838页。

俗入雅，实现下观民风，上承教化的目的。这与元稹"采民甿"以"备曲度"，"六义之余"的观点也大体相同。在这三段论述中最值得重视的是《竹枝词引》，因为《竹枝词》虽在体制上与绝句诗无异，但已是后世公认的词体雏形，即如毛先舒《四子西湖竹枝序》云："余读唐人《竹枝》诸歌，而知诗之将变为词也。其语质而俏，其情冶而漾，其音凄怨而谬悢，其意思婉转，就浅就深，无所不入。填词未畅，律绝将衰，断续之间，此道与焉。其为诗之别子，而词之鼻祖乎？"[①]。

《竹枝词引》将《竹枝词》称为"变风"，显然是秉承风雅正变的话语系统，依据《毛诗大序》的标准划分正变。因《竹枝词》声情来自民间，为文人所采，故属于"风"；哀怨激讦，情思艳婉，故属于"变风"。下采俗乐是为了上承风骚教化之旨，故不失其"正"。这种划分"正""变"的方法，立足于纵向源流，将古诗乐一脉的风、骚视为《竹枝词》的正源，民歌视为其声乐近源，创作目的是导近源入正源，已具备了纵向正变论的基本特征。

由于论者的词体意识尚未自觉，故仅将《竹枝词》归入歌诗一类，而未视为有别于诗的独立文体。尽管如此，从论中仍可看出其在歌诗中自成一格的特点：首先，在格调上，"变风"、《九歌》、《竹枝词》、《插田歌》一脉歌诗都是配合民歌声情而作的，故自然质朴，雅俗共赏，有别于曲高和寡、典重艰深之格；其次，在声乐上，《竹枝词》、《插田歌》配合的是当时流行的燕乐，有别于变风、《九歌》所配的古乐；最后，在风格上，《竹枝词》的婉媚也不同于《插田歌》的豪放。总之，《竹枝词》自成一格的特点是雅俗共赏、协律婉媚，这与词体意识自觉后，词论界定义的词体本色特征别无二致。

总之，中唐论中所提到的纵向词源大致可分为两脉：一是中原文人尊奉的古诗乐，可上溯自历来被认为是诗乐之源的《诗》《骚》，被赋予雅正的内涵。二是杂入胡夷里巷之曲的燕乐，公认有俚俗的特点，非"中夏之正声"[②]。由于此时论者尚未形成词体的概念，故其所提到的词在体制上是依附于第一脉词源的，创作目的是以第一脉词源为基准，规正第二脉词源。总体正变定位是依附于雅正之源，兼采俚俗之源，故"变"而不失其"正"，又具有雅俗共赏的特征。

---

① 毛先舒著：《潠书》，《四库全书存目丛书》集部 210 册，齐鲁书社 1997 年版，第 628 页。

② 据龙榆生考证："燕乐在隋唐间，既自构成系统，乃产生所谓的'近代曲'……在当时原称俗乐。其所包涵乐曲，虽或源出雅部，而实变用胡声。""自隋讫宋，所用乐器及所有乐曲，并出胡戎，愍假而代华夏之正声。"关于词源自燕乐的详细论述可参见龙榆生《词体之演进》一文。（《龙榆生词学论文集》，上海古籍出版社 1997 年版，第 1—42 页。）

（二）唐末宋初：词体纵向正变论的萌芽时期

作为词源的燕乐、古诗乐本是风格、题材各异的。即如王灼《碧鸡漫志》云：

> 古人善歌得名，不择男女。战国时，男有秦青、薛谈、王豹、绵驹、瓠梁。女有韩娥……唐时男有陈不谦、谦子意奴、高玲珑……女有穆氏、方等、念奴……今人独重女音，不复问能否。而士大夫所作歌词，亦尚婉媚，古意尽矣。

可见，无论是战国时的中原古乐，还是唐时流行的燕乐，都是刚柔兼备的，兼有女子的婉媚与男子的宏壮，由此二源合流而成的作品最初也是如此。①由中唐起，这类作品逐渐被应用于酒筵歌馆，形成"独重女音"的审美需要，故而风格趋向于柔美。在中唐时期，这种柔美的趋向虽已出现，但尚未明朗，故论者并不认为词具有别于诗的独立特征，仍将其笼统归入歌诗之中，尚未形成如王灼时人那样独重柔音的词体意识。至唐末宋初，填词之风大盛，柔美的风格趋向也更为明显，逐渐受到论者的关注。主要观念有两种：

一方面，在对文人创作的各类文体进行比较时，大都认为词体是变失其正的末流，格调最为卑下。

时人论及当时流行的歌诗时，普遍采用的名称中就已包含着正变取向。如"小词""曲子""曲子词""艳词"，等等。其中，"小"是针对诗文而言的，用以称词，表明其境界、格调不如诗文；"曲子""艳曲"原指配词的燕乐，用以称词，突显出其俗乐的一脉渊源。合而观之，这些名称在本质上都是要强调词在纵向流变中失"正"入"邪"，脱离了雅正诗源，悖入"曲子"的媚俗之途。这些专名的普及，一方面促成了词体意识，使词体得以脱离歌诗，获得独立的关注；另一方面却意味着词体的贬值，不能再依附雅正的歌诗之源，而要被归入卑俗的曲子之流了。因此，在当时文坛中，词的创作空前兴盛，评价却以贬抑为主。试看五代孙光宪《北梦琐言》云：

> 李远以曾有诗云："人事三杯酒，流年一局棋。"唐宣宗以其非牧人

---

① 据学者考证，唐代用于泛指酒宴聚会演唱歌词的"'艳词'，既可以表现男欢女爱、男女相思、狭邪艳情，也可以反映民生疾苦、针砭社会时弊、歌颂天下大治、颂扬君主圣明、吊古伤今、思归怀乡、伤时感事等等。因而可以说在作品的题材内容方面……与诗没有太明显的区别"（岳珍：《艳词考》，《文学遗产》2002 年 05 期，第 44 页）参看现存的教坊曲、敦煌曲子词也是如此。

之才……蜀相韦庄……《秦妇吟》一篇,内一联云:"内库烧为锦绣灰,天街踏尽公卿骨。"尔后公卿亦多垂讶,庄乃讳之……晋相和凝,少年时好为曲子词,布于汴、洛,洎入相,专托人收拾焚毁不暇。然相国厚重有德,终为艳词玷之。契丹入夷门,号为"曲子相公"。所谓"好事不出门,恶事行千里",士君子得不戒之乎![1]

同是以文品不佳招致恶名,在提到李远、韦庄作诗时,要列出欠庄重的具体诗句,以明其恶,而在提到和凝好为曲子词时,却无须考究具体作品,已成其恶了。可见,在时人看来,词的体制本身就已决定其格调等同于诗中不雅之作。宋初钱思公云"平生惟好读书,坐则读经史,卧则读小说,上厕欲阅小辞"[2],小词可配上厕时阅读,不及经史、小说等文人文体的卑贱地位可见一斑。而这种价值定位与时人对词体柔美趋向的关注不无关系:

上文提到韵文的纵向正源是文人尊奉的诗、乐一脉,即如上章所述,在正变论中古诗乐可大致分为三等。上等是盛世正声。特点是安以乐,庄重和雅,如乐中的《韶》、诗中的颂、正风雅。中等是乱世权变之声,特点是怨以怒,悲壮迫切。更为不祥的是国将亡时的权变之声,特点是哀以思。如乐中的《武》,诗中的变风变雅,虽非正声,但哀怨可警世,悲壮可振衰,犹有不失其"正"之处。最下等是使国亡的邪变之声,特点是乐以淫,柔媚浮靡,如乐中的郑卫之音,后世诗中的宫体诗与此相类。其中,上等刚柔相济,而中等的乱世之音更趋于刚,稍次的亡国之音则偏于柔,下等则只限于柔,此种柔与正声中的温柔敦厚相比,又有媚俗与庄雅之别。因此,词体既以柔为关键特征,在当时配合燕乐、独尚女音的社会风尚下,柔与俗又交相为用。在题材上,多为儿女之情,柔而近于媚,格调接近最下等的靡靡之音。至于西蜀南唐末年寄寓家国之思的作品,虽格调稍高,但结合当时国运,也多被归入哀以思的不祥之音中。而刚健的风格,虽然未必是诗中正声,却有振起柔靡,提高格调的功效,这也是后世部分纵向正变论者提倡宏壮词的根本原因。

宋初王安石关于词乐结合形式的论述也值得关注:"古之歌者,皆先有词后有声。故曰:'诗言志,歌永言,声依永,律和声。'如今先撰腔子,后填词,却是永依声也。"[3]尽管此论只是客观阐述论者对词体纵向流变的理解,

---

[1] 孙光宪著,孔凡礼选评:《北梦琐言》,学苑出版社 2000 年版,第 133—134 页。
[2] 转引自欧阳修著:《归田录》,《唐宋史料笔记丛刊》,中华书局 1981 年版,第 24 页。
[3] 转引自赵令畤著:《侯鲭录》,中华书局 1985 年版,第 70 页。

并不涉及正变问题,但对后世正变论的影响却不容忽视:所谓"声依永""永依声"实际上即是元稹所谓的"选词以配乐""由乐以定词",只是提法更为简洁。不同的是,元稹所论泛指歌诗,而此论则落实到词体。更重要的是,元稹论中"选词以配乐"只是与歌诗并列的徒诗的特征,故与"由乐以定词"的地位是平等的;而此论中"声依永"则是《舜典》中提到的诗乐纵向源头的特征,与"永依声"是源与流的关系,这种关系如放入正变论中,地位就明显有高下之分了。因此,此论在后世正变论中颇受青睐,成为词体"变"失其"正"的重要依据之一。

另一方面,在词体体制内比较时,则以能上承诗源者为高。而此时词人也力求通过秉承、攀附雅正诗源的方式,来提高词格,从而令自身填词、赏词的行为合理化。

五代最能反映时人词体意识及文人创作取向的是欧阳炯的《花间集叙》:

> 镂玉雕琼,拟化工而迥巧;裁花剪叶,夺春艳以争鲜。是以唱云谣则金母词清;挹霞醴则穆王心醉。名高白雪,声声而自合鸾歌;响遏行云,字字而偏谐凤律。杨柳大堤之句,乐府相传;芙蓉曲渚之篇,豪家自制……则有绮筵公子,绣幌佳人……不无清绝之词,用助妖娆之态。自南朝之宫体,扇北里之娼风。何止言之不文,所谓秀而不实。有唐以降,率土之滨。家家之香径春风,宁寻越艳……在明皇朝,则有李太白应制《清平乐》词四首。迩来温飞卿复有《金荃集》。迩来作者,无愧前人。今卫尉少卿字弘基,以拾翠洲边,自得羽毛之异;织绡泉底,独殊机杼之功。广会众宾,时延佳论。因集近来诗客曲子词五百首……昔郢人有歌阳春者,号为绝唱,乃命之为《花间集》。庶使西园英哲,用资羽盖之欢;南国婵娟,休唱莲舟之引。[1]

刘禹锡《竹枝词引》关注的只是早期词作的个案,而《花间集叙》关注的则是当时词作的总体风格,在词体自觉上显然更胜一筹。论中列举的曲子词纵向渊源,仍不出文人诗乐、民间燕乐两脉,但在两脉渊源中所选取的作品都偏于柔婉一路——属于文人诗乐一脉的有:中原古乐词,如《白云谣》《阳春》《白雪》;古乐府,如"杨柳""大堤";古诗,如"芙蓉""曲渚";南朝宫体诗。属

---

[1] 赵崇祚辑,李一氓校:《花间集校》,人民文学出版社1981年版,序言。

于民间燕乐一脉的有"北里之娟风"。欧阳炯认为当时流行曲子词,对词源的继承方式是"自南朝之宫体,扇北里之娟风",宫体诗在诗体正变论中已是公认的失"正"之"变",再加上类似郑卫靡靡之音的秦楼楚馆歌词,其不"正"可知,故论者对此类曲子词颇为不屑,直斥其"言之不文,秀而不实",无典雅的文辞与高尚的旨趣——"文"与"实"恰是"正"的题中之义。

在特征上,当时流行曲子词巧、拙、艳、质、哀、乐各异,而共同之处是柔美协律,可使雅、俗共赏:"金母词",是质、雅、哀——语言质朴,哀怨清雅;"阳春白雪",是巧、乐、雅——技法高妙,和乐清雅;"越艳"类词是艳、质、雅——艳色天成,格调清雅,以上三类词既为诗客所推崇,也能被"南国婵娟"一类的民间歌者所接受;而"香径春风",是巧、艳、俗、乐——巧饰求艳,从俗悦众,在格调上稍逊一筹,却也经过了"裁花剪叶"的润色文饰,能为文士所欣赏。

此序与《竹枝词引》都是词人自道,故都致力于将词体纳入正统,以使填词行为合理化。方法都是以诗乐正源为基准,导曲子之"邪"归诗之"正":《花间集》中所选的并非一般的媚俗曲子词,而是"诗客曲子词",所谓"拾翠洲边,自得羽毛之异"即主张在借鉴前人时,不仅局限于宫体诗、民间俗乐等媚俗的诗、乐,而要以诗客独有的眼光,借鉴古代《阳春》《白雪》一类雅乐。"织绡泉底,独殊机杼之功"即表明在具体创作时,不仅对原有曲辞进行了润色加工,更融入了诗客独有的情怀。目的是"使西园英哲,用资羽盖之欢;南国婵娟,休唱莲舟之引"——导俗入雅,改"邪"归"正"。客观而言,词本由文人歌诗及民间曲子二源合流而成,故无论是"《诗》之流""变风"还是"今曲子""曲子词",对词源的概括都失之偏颇,相比之下,"诗客曲子词"的称谓则较为全面地反映出词体的雅、俗二脉渊源,而且,这一名称将研究范围限定在文人词的领域,与后世定义的词体概念也更为接近。

北宋初词人的创作、鉴赏取向大都承自前代,如潘阆《逍遥词附记》云:"诗家之流,古自尤少,间代而出,或谓比肩。当其用意欲深,放情须远,变风雅之道,岂可容易而闻之哉? 其所要《酒泉子》曲子十一首……盘泊之意。缥缈之情,亦尽见于兹矣。其间作用,理且一焉。"[1]陈世修《阳春集序》云"(冯延巳)思深辞丽,均律调新……以清商自娱,为之歌诗,以吟咏性情,飘飘乎其才思何其清也"[2],在介绍所创作、欣赏的词时,都强调其既能攀附雅

---

① 潘阆著:《逍遥词》,王鹏运辑:《四印斋所刻词》,上海古籍出版社1989年版,第708页。
② 冯延巳著:《阳春集》,王鹏运辑:《四印斋所刻词》,第332页。

正诗源,又具有柔美情致。

而柳永词的创作取向则独树一帜,形成了与众不同的俗艳风格,成为此时最值得重视的词坛新变。结合柳永词风及世俗好尚看:构成"俗"的因素,一是格、调、情柔美,由于当时独尚女音,故"柔"当然比"刚"更为世俗所好。二是用语俚俗,柔而俚俗,在投俗所好上就更胜一筹。而构成"艳"的因素,一是内容为儿女柔情,二是表达方式直质不文。因此,新兴的俗艳词与确立词体特征的花间词相比,保留了柔而协律的特征,因此,在当时并未引发体制上的论争,即使是在词体意识自觉的元祐词论中仍被视为合体词的代表;而真正能独树一帜的特色是直质、俚俗(下文简称为直俗),故时论以之为新变。

在渊源选择上,前代及当时文人填词大都欲上攀文人诗乐一脉,而柳永词却偏偏要亲近民间燕乐一脉,故与时人所推崇的雅正背道而驰,其格调不仅为不屑为词的论者提供口实,即便是在同为词人的论者中也大受讥评。如张舜民《画墁录》云:"柳三变既以词忤仁庙,吏部不放改官,三变不能堪,诣政府。晏公曰:'贤俊作曲子么?'三变曰:'只如相公亦作曲子。'公曰:'殊虽作曲子,不曾道:彩线慵拈伴伊坐。'柳遂退。"[1]此论中晏殊对柳永词的不屑,与欧阳炯对"香径春风"类词的不满一样,都不是因其体制——论者自身也作曲子,而是因其格调——在论者看来,同是作曲子,"香径春风"类的媚俗曲子词在格调上不如诗客曲子词。同理,柳永"彩线"一类词代妓立言,质俗纤佻,格调也不及晏殊"风流闲雅"的词。

总之,唐末五代论者在探讨纵向词源及词体特征时,除前人已关注的协律,沟通雅俗外,还开始关注于柔美:协律可歌、雅俗共赏都是沟通二脉词源的必然结果,而柔则不同,它并非二源结合所必然产生的特征,而是作者根据当时审美需要,自觉地从词源中提取的特征,因此,是词体自成一家的关键特征。而论者对柔美的关注,则是词体意识自觉的重要标志。因此,后世对词体特征的定位,基本都以《花间集》为参照。尽管如此,此时词体概念仍未完全明朗——曲子词的概念可包括古歌词、古乐府、当时流行民间词、文人词,外延远大于后世所定义的词体。至宋初,以《花间集叙》为代表的词体特征已深入人心,而柳永兴起的词坛新变尚不足以撼动既定的词体特征,故未能引发词体意识进一步的自觉:此时词论一如前代,都只立足于词源,探讨词体价值究竟如何,而未立足于词体,思考词体体制究竟如何。在时人看来,词体特征似乎一贯如此,理所当然,不须特别标举及讨论。然而,柳永词

---

① 张舜民著:《画墁录》,丁传靖辑:《宋人轶事汇编》,上海商务印书馆1958年版,第463页。

将"直"的特征引入词体,为刚健词的产生创造了条件。在稍后的元祐词坛,苏轼兴起的刚健词成为公认的横向变体,促成了词体意识的自觉及横向词体正变论的产生。

二、元祐词坛①:词体意识自觉与两大体系确立

(一)词体意识自觉的催化剂:变体的苏轼词

元祐词坛是词体意识自觉的关键时期。苏轼词兴起的阳刚风格,强烈冲击着时人对词体一贯的柔美印象,促使其反思诗词特征的同中之异与词别于诗源自成一体的特色,在诗词对比中,词体的概念便呼之欲出,对各家词是否合体的论争也随之展开,从而为横向正变论的产生及两大体系的最终确立,奠定了基础。

当时世语云:"苏子瞻词如诗,秦少游诗如词。'"②从文体的角度评论诗词,为前人所未道,以对诗词体制异同的认识为前提,是词体意识自觉的明证。因此,要了解时人对词体特征的定位,首先要明辨"如诗"词的特色,而苏轼词无疑是最佳的反面代表。

诗作为词源之一,与词体必然有共通之处,而且与"非中夏之正声"的燕乐一脉相比,诗更符合文人审美的雅正标准。故从唐五代起,词的创作论大都有依附诗源,规正燕乐的倾向:刘禹锡《竹枝词引》所追求的风骚之旨,《花间集序》所推崇的诗客标格,都是凭借对诗特质的借鉴,别于燕乐的"伧儜鄙陋""无文不实",成就词体。因此,元祐词坛所定位的词体特征,是不可能完全排斥诗体特质的。那么,要如何理解诗词体制同中之异与"如诗"的内涵呢?尽管当时词论已注意到在词中融入诗体特质是一种普遍的创作趋向,但却只有苏轼、黄庭坚等少数几家词被视为变体,冠以"以诗为词""如诗""著腔子唱好诗"之名,可见,在诗的众多特质中,只有特定的特质才能使词突破词体,成为"如诗"的词。从相关词论看,词融入诗之特质大致有三种方式:

一是融入诗"雅"的特质,以使词语句典雅而不俗,言情婉雅而不露。这种特质在唐五代词体形成过程中就已被时论接受,可以成就词体,而不会逾越词体,在元祐词论中也不例外。以张先词评为例:苏轼云:"(张先)清诗绝俗,甚典而丽……微词宛转,盖诗之裔"(《祭张子野文》);"诗笔老妙,歌词乃其余技耳……而世俗但称其歌词……所谓'未见好德如好色'者欤?"(《题张

---

① 本书对"元祐词坛"的定义参照彭国忠著:《元祐词坛研究》,华东师范大学出版社 2002 年版。

② 陈师道著:《后山诗话》,何文焕编:《历代诗话》上册,中华书局 1981 年版,第 312 页。

子野诗集后》》①张先词中虽融入了诗典雅的特质,但此特质是寓于"宛转"之中的,与柔美并不冲突。故在时人观念中仍属合体之作,为世俗所称道,并与专业填词的"柳耆卿齐名"。然而,这种在词中堪称高格的词,与诗相比,仍有"色"与"德"之别,再次印证了时论认为词体格调不及诗的根本原因是柔弱而非俗艳。

二是在保持柔美基调的前提下,适当的融入诗清健性灵的特质,以使情辞清健深美、纯任性灵而不媚俗。时论认为这种方式不会逾越词体,还能振起词格。以晏几道词评为例:黄庭坚《小山集序》云:"(晏几道)独嬉弄于乐府之余,而寓以诗人句法,清壮顿挫,能动摇人心……可谓狎邪之大雅,豪士之鼓吹,其合者高唐、洛神之流,其下者岂减桃叶、团扇哉。余少时间作乐府以使酒玩世,道人法秀独罪余'以笔墨劝淫,于我法中当下犁舌之狱',特未见叔原之作邪!"②此种特质堪称"清壮""大雅",但是寓于高唐、洛神、桃叶、团扇一类"狎邪"的儿女柔情之中的,其"清壮"与苏轼词的"壮观"有明显不同,故在时论中,苏轼词似诗,而晏几道词则不然,否则按法秀道人的逻辑就可归入"无害"一类,而不会比黄庭坚词更受谴责了③。晏几道词未改柔媚本色,依然合体,故难逃法秀道人之呵;融入清壮个性,提高词格及感染力,故能当大雅之誉。

三是大量融入诗宏壮的特质,以刚代柔。这种方式在时论中尽管被认为不合体,但振起词格、增加词情力度的优势仍被肯定。苏轼词在当时被公认为变体词,正因其率先采用这种方式。如《王直方诗话》云:"东坡尝以所作小词示无咎、文潜,曰:'何如少游?'二人皆对云:'少游诗似小词,先生小词似诗。'"④少游诗似词,因其为女郎诗;相应的,苏轼词如诗,因其为壮士词。即如《吹剑录》云:"东坡在玉堂日,有幕士善歌,因问:'我词何如柳七?'对曰:'柳郎中词,只合十七八女郎,执红牙板,歌'杨柳外晓风残月';学士词,须使关西大汉,铜琵琶、铁绰板,唱'大江东去'。"⑤《与鲜于子骏书》云:"近却颇作小词,虽无柳七郎风味,亦自是一家。呵呵! 数日前,猎

① 苏轼著,孔凡礼点校:《苏轼文集》第五册,中华书局1986年版,第1943、2146页。

② 黄庭坚,刘琳等校点:《黄庭坚全集》,四川大学出版社2001年版,第413页。

③ 法秀……尝谓鲁直曰:"公作诗无害。艳歌小词可罢之。"鲁直笑曰:"空中语耳,非杀非偷,终不至坐此堕恶道。"师曰:"若以邪言荡人淫心,使彼逾礼越禁,为罪恶之由,吾恐非止堕恶道而已。"(惠洪:《冷斋夜话》,中华书局1988年版,第75—76页。)

④ 王直方著:《王直方诗话》,郭绍虞辑:《宋诗话辑佚》上册,中华书局1980年版,第93页。

⑤ 俞文豹:《吹剑录》,转引自王弈清等著:《历代词话》,唐圭璋编:《词话丛编》第二册,中华书局2005年版,第1175页。

于郊外,所获颇多。作得一阕,令东州壮士抵掌顿足而歌之,吹笛击鼓以为节,颇壮观也。"①"关西大汉""大江东去""壮观"与"十七八女郎""晓风残月"之别,显然是刚柔之别,可见,以刚代柔是苏轼词被公认为"如诗"的关键原因。参看苏轼评陈慥词云:"句句警拔,诗人之雄,非小词也。但豪放太过,恐造物者不容人如此快活。"所谓"造物者不容",即指词体不容。具体看陈慥此词②,豪放发越,较苏轼词尤甚,于词体而言当然是"太过",但纯任性灵,呈现出"警拔"的优点,故能受到苏轼的称赏。

总之,在时论中,诗"雅"的特质,于词体而言,相得益彰,无明显冲突;刚健任性的特质却是恰好则合体,太过则变体。故习惯融入此种特质的词人,其词可能兼有"恰好""太过"两种情况,相应的出现合体与变体两种相反的评价。最典型的是黄庭坚词,在陈师道论中是合本色的"当代词手",而在晁无咎论中则"固高妙,然不是当行家语,是著腔子唱好诗"。只因黄庭坚词中融入的阳刚特质本就兼有"恰好""太过"两种情况。尽管陈、晁二家都未明确列举代表词风,但从相关论述中仍可看出端倪:

黄庭坚词在历代受争议的特征主要有两种:一是峭健,即在词中融入刚健任性的特质。这种特质如用力"太过",则刚强程度直逼诗体,正如清代陈廷焯云:"(黄庭坚词)倔强中见姿态⋯⋯以之作诗,尚未必尽合,况以之为词耶?"③反观晁无咎推为最佳词人的秦观,其词自然柔美,所谓"天生好言语",与黄庭坚词的倔强横奇,正好相反,故其"不是当行"的评价应是就峭健"太过"而发的;但若用力"恰好",则能振起词格,而不逾词体。陈师道云:"词家以秦黄并称。然秦能为曼声以合律,形容处,殊无刻肌入骨语。黄时出俚浅,可谓伧父。然黄有'春未透,花枝瘦,正是愁时候',峭健亦非秦所能作。"④清代王弈清云:"山谷于词,非其本色⋯'春未透,花枝瘦,正是愁时候'。十一字精妙可思,使尽如此,吾无间然。"⑤两则词论互相发明,可知"春未透"一句,是婉而健,用力恰好,既"本色",又能刻肌入骨,所以"无间"。

---

① 苏轼著,孔凡礼点校:《苏轼文集》第四册,第 1560 页。

② 其为《无愁可解》光景百年,看便一世。生来不识愁味。问愁何处来,更开解个底。万事从来风过耳。何用不著心里。你唤做、展却眉头,便是达者,也则恐未。   此理。本不通言,何曾道、欢游胜如名利。道即浑是错,不道如何即是。这里元无我与你。甚唤做、物情之外。若须待醉了,方开解时,问无酒、怎生醉。(本书引用宋词无特别标注者均见:唐圭璋编纂:《全宋词》,中华书局 1965 年版。)

③ 陈廷焯著,屈国兴校注:《白雨斋词话足本校注》,齐鲁书社 1983 年版,第 61、623 页。

④ 转引自沈雄著:《古今词话》,唐圭璋编:《词话丛编》第一册,第 765 页。

⑤ 转引自程洪著,胡念贻辑:《词洁辑评》,唐圭璋编:《词话丛编》第二册,第 1353 页。

陈师道对黄词的峭健,只见"恰好",不见"太过",故推为本色代表。二是俚俗。这种特征与柳永主流词风颇为相似,在时论中属于体制内的新变。晁无咎对黄词的评价是"高妙",显然未关注其中的俚俗风格;而陈师道虽认识到黄词有"伧父"之弊,但在论词体"本色"时,仍推为作手,可知俚俗虽为卑格,未逾词体。

综观元祐词论,在词体特征的定位上,诸家颇有共识——都将"柔"视为词之为词的关键特征。这种定位与前代相比,内涵大体相同,但词体意识更为鲜明,立论也更具针对性,且与词体演进及唐末五代形成的文人词主流风格基本吻合,故被后世词论广泛采纳。而其他相关特征的产生及定位都以"柔"为基准:在独尚女音、燕乐的社会风尚下,儿女情与柔同气连枝,成为词的主流题材,故形成艳媚多情的特征,而柔与直俗的亲密结合又必然衍生出俗艳的特征。在崇尚高格的古典语境中,柔而至于媚,再至于俗艳,可谓每况愈下,不能不加以矫正。因此,从唐五代起,文人词中便出现尚婉雅、寄志趣的特征。元祐时期,柳永兴起的俗艳词大行其道,疾甚需用猛药,苏轼首创的似诗之词,变柔为刚,一方面引发时人对词体特征的反思及重视,故颇受不合体之讥,另一方面又为时人开辟了振起词格之途,即如王灼所谓"指出向上一路……弄笔者始知自振",故颇受高格之誉。在其启发下,时人尝试在柔中融入适度刚健的特质,能更好地振起词格又无损词体。总之,无论曲、直、庄、媚、雅、俗、健、靡,从属于"柔"则为合体,依附于"刚"则为变体。

(二)"纵""横"正变体系正式确立

从元祐词论对"如诗"变体词的总评看,"纵""横"两脉源流清晰可见,正变取向也一分为二:

在纵向正变体系中,词体"如诗",意味着其在二脉渊源中更近于雅正诗源,是"变"而复归于"正"。因此,苏轼词在当时虽被公认为变体,但总体评价仍颇高。即如上述苏轼及其词友晁补之、张耒、幕士"壮士"、"壮观"、"自成一家"的词评,言语间就洋溢着自得与称赏之意。又如苏轼《与陈季常书》评陈慥词,也主张其豪放风格虽在横向源流中为词体不容,但在纵向源流中,却可令其摆脱"小"的地位,"变"词之不"正"为诗之"正"。再如晁无咎词评也肯定苏轼、黄庭坚的变体词别具"杰出""高妙"的优势。

而在横向正变体系中,身为词体而"似诗",背离了正体体势,是"变"失其"正"。当时,"世语云:'苏明允不能诗,欧阳永叔不能赋,曾子固短于韵语,黄鲁直短于散语,苏子瞻词如诗,秦少游诗如词。'"[①]"词如诗""诗如词"

---

① 陈师道著:《后山诗话》,何文焕编:《历代诗话》上册,第312页。

本来只是客观描述所为词、诗不合体制,并无褒贬。但时论将其放入"苏明允不能诗,欧阳永叔不能赋,曾子固短于韵语,黄鲁直短于散语"的语境之中,"词如诗"即可理解为不能词,短于词,便带有贬抑的意味了。而这种贬抑即是立足于横向源流的。

此时陈师道首将从属于"正"的"本色"概念引入词体论,标志着横向正变观的产生。《后山诗话》云:

> 子瞻以诗为词,如教坊雷大使之舞,虽极天下之工,要非本色。今代词手,惟秦七、黄九尔,唐诸人不迫也。①

"本色"的内涵与"正"一样,都具有"最初""最佳""规范"的义项,故用"非本色"来界定"以诗为词",属于典型的横向词体正变观。在这一正变体系中,词体横向正体的特征——柔,取代纵向正源的特征——雅,成为词体的最佳必备特征。②陈师道此论,敢于突破具有绝对正宗地位的纵向立场限制,标举词体本色,推尊横向词体,故能在当时词学中独树一帜。

稍后的李之仪词论将正宗的概念引入横向词体论中,其《跋吴师道小词》云:

> 长短句……自有一种风格,稍不如格,便觉龃龉。唐人但以诗句而下用和声抑扬以就之,若今之歌《阳关》是也。至唐末,遂因其诗之长短句而以意填之,始一变以成音律,大抵以《花间集》中所载为宗,然多小阕。至柳耆卿始铺叙展衍,备足无余,形容盛明,千载如逢当日。较之《花间》所集,韵终不胜,由是知其为难能也。张子野独矫拂而振起之,虽刻意追逐,要是才不足而情有余。良可佳者,晏元献、欧阳文忠、宋景文则以其余力游戏,而风流闲雅,超出意表,又非其类也……语尽而意不尽,意尽而情不尽,岂平平可得仿佛哉?师道殚思精诣,专以《花间》所集为准,其自得处,未易咫尺可论,苟辅之以晏、欧阳、宋、而取舍于张、柳,其进也,将不可得而御矣。③

在此论中,《花间》词具备了"正""始"合一的特点:肯定其能凭借独特的风格

---

① 陈师道著:《后山诗话》,何文焕编:《历代诗话》上册,第309页。
② 详见下节对词体本色概念的辨析。
③ 李之仪著:《姑溪居士前集》,《文渊阁四库全书》第1120册,台湾商务印书馆,第580页。

自立一宗,即是认定其为词体创始;又主张以此宗为准来填词,即是推尊其为词体正宗了。对词体"纵""横"源流的叙述,颇能代表时人词体观:在纵向上,词体源于诗和声(即诗与燕乐二脉渊源),自成一家的特征确立于《花间集》;在横向上,以《花间集》为源头,至柳永词一变,变之处在直(铺叙展衍)、俗(韵终不胜),其所举的柳、张、晏、欧阳、宋诸家,尽管在造诣风格上各不相同,但都是词体要保持自有的体势所需借鉴的,可见诸家都继承了词体的关键特征,纵有新变,也未逾词体,故当时公认为变体的苏轼词并不在讨论之列。具体看诸家词,雅、俗、自然、雕琢、直、婉各异,而共同的特征是柔而协律——这种共同的特征,即是李之仪定位的词体正宗特征。

柳永与苏轼兴起的词坛新风,作为"变"的代表,自然成为此时词体正变论关注及论争的重点。这两类词与公认的词体横向源始——唐末五代词相比,同具有"直"的特点,表现为:体制上衍小令为慢词、表现手法由以比兴为主变为以铺叙为主、穷形尽相、酣畅淋漓。从词源看,文人诗乐与民间燕乐,有雅俗之别,而共有"直"的风格。柳永俗艳词,颇有以燕乐为词的倾向,与苏轼的以诗为词同源而分派。然而,时论对词体特征的定位不包括"婉曲",故"直"并未被视为变体特征。因此,诸家对二家词的横向正变定位颇为一致,认为柳永词虽有直俗的新变,但仍保留了柔美协律的特征,故"变"未失"正",仍是合体典范。上述苏轼词论标举"自成一家"的风格,即是以公认合体的"柳七郎风味"为参照的;而苏轼词变柔为刚,突破了词体,故"变"失其"正"。

而纵向正变的情况则颇为复杂。从纵向诗乐的等级看,柳永一类词柔而直的特点,若用于形容盛世,便可跻身于正声中。故此时便有论者以此为据,将柳永词置于安以乐的盛世正声地位,如黄裳云:

> 风雅颂诗之体,赋比兴诗之用……其诚可以动天地、感鬼神,其理可以经夫妇、移风俗……然则古之歌词,固有本哉……六者圣人特统以义而为之名,苟非义之所在,圣人之所删焉。故予之词清淡而正,悦人之听者鲜,乃序以为说。(《演山居士新词序》)
>
> 予观柳氏乐章,喜其能道熙祐(疑为禧祐,即天禧至景祐)中太平气象,如观杜甫诗,典雅文华,无所不有……所谓词人盛世之黼藻,岂可废耶?(《书乐章集后》)①

---

① 黄裳著:《演山集》,《文渊阁四库全书》第 1120 册,第 149、239—240 页。

就笔者研究所及,此则词论最早将"正"的概念明确引入纵向词体论中。具体看黄裳词,如《桂枝香·延平阁闲望》《喜迁莺·端午泛湖》等,效仿柳词的痕迹明显,特点是将柳永式的铺叙形容用于歌咏太平,而非描写艳情。而稍后的李之仪,也肯定柳永词"铺叙展衍,备足无余"的特点,在"形容盛明"上功不可没。可见在时论中,柳永词"直"的风格在特定题材语境中与柔结合,便可脱去俗艳,上承典雅雍容的盛世正声。

然而,柔而直的特点,若以怨情或以儿女情为题材,则类似失"正"的亡国之音或使国亡的靡靡之音,而且比起婉约的同类作品,更易流于俗亵,有悖于"乐而不淫,哀而不伤"的雅正之旨。因此类词中毕竟以儿女情为主流题材,怨情为主要基调,故此时大多数论者仍将其定义为柔靡媚俗,"变"失其"正"。据载:

> 秦少游自会稽入京,见东坡。坡云:"久别当作文甚胜,都下甚唱公'山抹微云'词。"秦逊谢。坡遽云:"不意别后,公却学柳七作词。"秦答曰:"某虽无识,亦不至是。先生之言,无乃过乎?"坡云:"'销魂当此际',非柳词句法乎?"秦惭服。然已流传,不复可改矣。又问别作何词,秦举"小楼连苑横空,下窥绣毂雕鞍骤。"坡云:"十三个字,只说得一个人骑马楼前过。"秦问先生近著,坡……乃举"燕子楼空,佳人何在,空锁楼中燕。"晁无咎在座云:"三句说尽张建封燕子楼一段事,奇哉!"①
>
> 少游……长短句,所谓"多少蓬莱旧事,空回首、烟霭纷纷"也。其词极为东坡所称道,取其首句,呼之为"山抹微云"君。②

可见苏轼"极为称道"的是秦观如"山抹微云"这样柔而婉雅凝练的主流风格,引以为豪的"燕子楼空"三句词即属此类,而非"不意"出现的如"销魂当此际"这样柔而直俗的风格。结合秦观、晁无咎"心有戚戚"的反应,可知苏轼对柔美词的这种一分为二的态度,在很大程度上代表了时人的审美取向。即便在首倡词体本色的陈师道论中亦是如此。所谓"柳三变游东都南、北二巷,作新乐府,骫骳从俗,天下咏之"③对柳永新创的词风,评价是骫骳从俗,鄙夷之情溢于言表。这应该也是柳永词虽符合本色特征,却不被推为当代词手的重要原因。

---

① 黄昇选:《花庵词选》,中华书局 1958 年版,第 44 页。
② 严有翼著:《艺苑雌黄》,郭绍虞辑:《宋诗话辑佚》下册,第 577 页。
③ 陈师道著:《后山诗话》,何文焕编:《历代诗话》,第 311 页。

而苏轼一类词刚而直的特点,在柔靡之风盛行的词体中,公认有振起格调的功效,类似盛世之音与衰乱世中的权变之音。虽同样存在用语俚俗之作,但流弊远不及俗艳词,故相比之下,纵向正变论对刚而直的态度要宽容得多。即如苏轼,尽管在柔美词中偏爱婉雅之作,但自己在词作中却首创刚健风格,并自得于"自成一家",虽鄙视柳永一路柔而直俗的词,但对陈慥刚而直俗的词,却大赞其具有"诗人之雄,非小词也。"

总之,此时苏轼兴起的刚健词,促成了词体意识的自觉;而词体意识的自觉,又使"纵""横"词体正变体系正式确立:纵向正变的研究对象得以落实到词体,而不须依附于歌诗、曲子词,判断"正""变"的标准仍延自传统诗乐正变观;横向正变论也随公认的横向变体——刚健词的出现而产生,"正"之"本"为柔而协律。由于正变论具有"正""始"合一的特点,故横向正变论本身就是对词体价值的肯定。"纵""横"词体源流被正式纳入研究视野后,纵横矛盾也随之出现,因此,在此后的词体正变论中,如何选择"纵""横"立场就成为划分正变类型的关键所在。

第二节　词体论中的相关概念辨析

词体正变论从属于词体论,所涉及的概念与词体密切相关;而元祐词坛作为词体意识自觉的关键时期,词体论继往开来,不仅对前代文人词发展趋向进行了理论总结,对后世词体特征论也产生了深远影响。此时词体论中出现了不少与词体特征及价值论都密切相关的重要概念,在当今学界备受关注及争议,常见误读内涵及混淆概念的现象。其中,直接从属于词体正变观,且与其他概念均关系密切的是词体本色,因此,本节以元祐词坛词体论为主要依据,以词体本色概念为枢纽,辨析相关概念的内涵及外延,彼此关联及差异,以探讨在学界存在争议或误读的相关问题,为进一步研究词体正变观奠定基础。

一、有关词体的概念辨析

当前学界在词体论研究中,词体本色与词体正变、词体特征、词体当行这四个内涵相近的概念,往往被混为一谈:有学者将"本色"视同"特征"。如《中国词学大辞典》释为:"指本行,从词体特征来说,又指协律可歌的音乐性。"①《宋词大辞典》释为:"词体艺术特征用语,原指词协律可歌的音乐性"②;有学者习惯将"当行"视同"本色",如《中国词学大辞典》即将本色、当行归入同一词条。在相关研究中凡提到"当行"的词论大都被纳入本色论中;在词体正变观研究中,部分学者又用"本色"涵盖"正变",认为明代以前的词体本色论可涵盖正变论,如有学者认为:"古典词学正变批评的孕育最早是以本色批评的面貌出现的……为明代词学正变批评的出现与发展确立了逻辑的起点。"③然而,这四个概念虽有交集,却不能等同。在元祐词坛词体论中,堪与"词体本色"相反相成的是"以诗为词"的概念,在学界也备受关注及争议,在对其涵义的辨析中,集中反映出对词体、源之异同的认识。因此,辨明以上概念的各自特色及彼此异同,是正确解读相关词体论的基础。

(一) 词体本色

在上述四个概念中,词体本色外延最窄。在基本含义上,"本色"即是"正色"。《说文解字》训"本"云:"木下",为木生之始,故引申为初始之义。④相应的,"本色"本义为最初的颜色,即未加杂色的纯色,也就是正色——青、黄、赤、白、黑。如第一章所述,古代礼制以正色为至尊、最佳,又以五色配五行,分别与自然、人文之物对应,以守本色为常,改本色为变。就本体而言,有常吉变凶之说。如《晋书·天文志》云:"凡五星有色……不失本色而应其四时者,吉;色害其行,凶。"⑤就源流而言,变得其次为正,乱其序为邪。如朝代演变中的五德终始说。因此,"本色"的基本含义有二:一是最初、固有的特色。二是最佳的特色,引申为规范的特色,如宋代规定士农工商"衣装各有本色,不敢越外"⑥。

词体本色的含义由"本色"的基本含义发展而来,在现存最早的词体本色论中便已确立。即如上节所述,元祐词坛的陈师道率先将"本色"引入词体论,《后山诗话》云:"子瞻以诗为词,如教坊雷大使之舞,虽极天下之工,要非本色。今代词手,惟秦七、黄九尔。"由此可见词体本色的两重含义:

1. 特征定位为最早确立词体体制规范的特色,即能令词体别于先源文

---

①　马兴荣等主编:《中国词学大辞典》,浙江教育出版社 1996 年版,第 22 页。

②　王兆鹏,刘尊明主编:《宋词大辞典》,凤凰出版社 2003 年版,第 834 页。

③　胡建次:《中国古典词学正变批评的发展及其特征》,《东方论坛》2005 年 05 期,第 11 页。

④　许慎著:《说文解字》,第 118 页。

⑤　房玄龄等著:《晋书》第二册,中华书局 1974 年版,第 320 页。

⑥　孟元老著,邓之诚注:《东京梦华录注》,中华书局 1982 年版,第 131 页。

体自立的体制特点:声情柔美。即如陈师道论中定义的"本色",指词有别于先源文体——诗的特色;若"以诗为词",便不能彰显词体自立的特色。非本色词可类比雷大使舞,雷大使舞当然是协律的,但与本色的女子舞相比有刚柔之别。因此,论者要强调的本色特征并非"协律",而是情调柔美。即如上节所述,这种定位乃是当时公论,无甚新意。

2. 价值定位为词体的最佳必备特色。即如上节所述,元祐诸论者对词体的特征定位基本一致,价值的定位则各不相同:苏轼对词体价值颇为不屑,认为词体胜在"色";而诗体胜在"德",与其好色不如好德,故对自创的"似诗"之词"虽无柳七郎风味,亦自是一家"颇为自得;晁无咎则认为词体也不乏高韵,故以"当行"为佳,但变体中也有瑕不掩瑜者,如苏轼词之"横放杰出,自是曲子中缚不住者";惟有首倡词体本色的陈师道,将词别于诗自立的"本色"视为词体的最佳必备特色,评价最高——主张非本色词"虽极天下之工",也是瑜不掩瑕,较之本色词亦当等而下之。"本色"一词本含褒义,故陈师道将其引入词体论,就是以对词体价值的肯定为前提的。这种定位在当时独树一帜,与将词体视为末流、卑格的主流价值观形成鲜明的对比,故在当时及后世都备受关注。

此后的词体本色论者,尽管在代表词人选定上颇多争议,对词体本色的定义却基本未变:在特征上,如仇远的"言顺律协"、张绽的"婉约"、何良俊的"柔情曼声"、四库馆臣的"脂粉绮罗"、彭孙遹的"艳丽"等,均未出声情柔美的范畴。在价值上,都肯定词于诗外自成一体的价值。因此,历代主张"诗词一理,不容异观"的论者,如下文将重点论述的王若虚、陈维崧、刘将孙等,对词体本色论大都持回避或反对的态度。

当前学界在相关研究中,对"词体本色"独特的价值定位缺乏足够的重视,故往往将词体本色与词体特征概念混淆,殊不知对词体特征肯定、褒扬的价值判断才是词体本色概念的精华所在,正因有此,词体本色论才能在当时众多的词体特征论中脱颖而出;对"词体本色"从众的特征定位,反而多有争议。不少学者认为其特征在产生时就不限于此,产生后又随时代发展而变化。下文将通过辨析证明这些质疑大都误解了词体本色的内涵,致使许多本不属其范畴的特征,如俗艳、雅、豪放等被纳入其中,造成变化的假象。

在基本含义上,"本色"从属于"正变"。"本色"即是"正色",而"正变"不仅包括"正",还包括"变"。在词体论中,词体正变论不仅包括探讨词体制内部源流情况的横向正变论,也包括探讨词体在各文体演变中源流情况的纵向正变论。因词体在各文体演变中并非正始,故"词体本色"只能指词体在横向上别于先源文体自立一体的特色，而不能指纵向正源的特色；相应的，词体本色论探讨的也只能是词体制内部的横向正变情况，而不包括词体纵向正变论——词体纵向正变可称为词源本色论，却不能称为词体本色论。即如上节所述，词体纵向正变论的产生早于词体本色论。纵向正变论奠基于中唐，萌芽于唐末宋初，词体自唐末五代定型时起就备受小道末流之讥，正因其非纵向之正声。率先将"正"字引入词体论的黄裳《演山居士新词序》云："予之词清淡而正，悦人之听者鲜。"所谓"正"即是纵向雅正，而非能通俗悦众的词体本色。词体本色论产生于元祐词坛，由陈师道正式提出——此时苏轼刚健词被公认为变体，是其产生的必备条件。

一些学者认为唐五代已经出现对词体本色的探讨①，但此时即便是词体意识已相对成熟的《花间集叙》，提出的"诗客曲子词"概念，也只是将范围缩小到文人曲子词中；对各类风格的词源及当时词作，也仅是作格调的比较，而未作体制的判断。更何况所谓"本色"，不仅是相对词源而言，更重要的是相对词之变体而言的，没有"变"就无所谓"本"，而此时词公认的变体尚未产生，故而"词体本色"这一概念产生的条件尚未具备。

再者，词体横向正变论也不完全依附于词体本色论，"词体本色"的概念在产生后内涵基本固定，专指词在唐末五代别于诗自立一体的声情柔美特色。而词体横向正变论虽然在产生之初内涵略同于本色，但在曲体萌芽后，还兼顾词别于曲自守一体的特色。

总之，词体本色论从属于词体正变论，是横向正变论中较为著名的一种理论。因此，当前学界普遍认为明代以前词体本色论可涵盖正变论，实是以偏概全。

（二）词体特征

在基本含义上，"本色"从属于"特征"——只有最初、规范、最佳的特征才是本色。在词体论中，词体特征指词区别于其他文体的特征，故其定位须以文体演变源流中的其他文体为参照。要确立词体特征，必须明确词体与先源、后继文体间的同中之异：首先要关注彼此之同，只因作为一脉相承的文体，在特征上就必有相通之处，这种"同"使词体得以区别于这一脉源流之外的文体；进而要关注彼此之别。词体既然能上别于词源而自立，下别于词流而自守，在特征上就必然会有能体现其体性优势的分异之处，这种"异"使

---

① 如李艳《唐宋时期的词学本色论》、徐安琪《词学本色论在唐宋时期的形成与发展》《花间词学本色论新探》（《文艺研究》2008 年 06 期）等文，都以所谓的唐五代本色论为研究对象。

其得以别于源流文体,自成一体。历代对词体特征的认识与界定可分为两个阶段:

1. 在词体的后继文体——曲体产生前,可以作为词体特征界定参照的只有先源文体——诗与燕乐。因此,此时的词体特征论仅关注词体与词源文体的同中之异,所定义的词体特征与词体本色特征相同。

当前学界在相关研究中,普遍将唐宋时期的词体特征论称为词体本色论,如上所述,本色一词在古典词体论中不仅包含了对词体特征的判断,而且包含对词体价值的肯定,外延比词体特征要窄;因此,为防止古今涵义发生混淆,本书不采用本色来指代词体特征,但在引述今人词论时,仍保留本色的提法。相关研究对词体本色特征,最为普遍的认识是协律、婉约而非豪放、言情而非言志。然而,参照时论,苏轼宜配"铜琵琶、铁绰板唱",可类比"雷大使舞"的那部分词也能协律,只是较之"红牙板""女子舞",律有刚柔之别。当时可以"著腔子唱"的黄庭坚词,同样是因为以刚代柔,而被晁无咎视为非"当行"词的"好诗",因此,在时人心目中,协律只是合体的必要非充分特征;而婉约则是合体的充分非必要特征,如柳永俗艳词大都放而不约,但在时论中仍是合体的;至于言情,则既非充分也非必要特征,合体词中可寄婉曲之志,却不能言豪放之情。参看陈师道云:"晁无咎言:'眉山公之词短于情,盖不更此境也。'余谓不然,宋玉初不识巫山神女而能赋之,岂待更而知也。余他文未能及人,独于词,自谓不减秦七、黄九。"①后世论者对此论颇多质疑,认为苏轼词豪情洋溢,安能谓其无情。然而,此论所谓"情"是特指与词体特征相称的情,此种情可类比"巫山神女"典故,显然是柔情,而不同于苏轼词备受瞩目的豪情。可见,词体真正必备的特征是柔,而不是言情。因此,要准确地理解时人对词体特征的定位,还需要把握充要特征。

而最受争议的特征是雅、俗:不少学者因词源于民间燕乐,故倾向于将词体特征定位为俗,并推己及人地认为时人对词体特征的定位也是俚俗,以致于出现黄庭坚、柳永俗艳词比婉雅词更合本色的观点②;另一些学者则受唐末宋初推崇格调词论的影响,认为此时苏轼以诗为词引发时人对雅的崇

---

① 转引自胡仔纂集,廖德明校点:《苕溪渔隐丛话》前集,人民文学出版社 1962 年版,第 346 页。

② 如吴世昌认为:"词之为体,出自民间,正要有俚语以见其本色。故苏欲求俚而自恨不可得。"(《吴世昌全集》第五册,河北教育出版社 2002 年版,第 2 页)、王松涛认为陈师道所谓本色"内涵不仅在于强调歌词合乐,而且更在于肯定艳曲俗词的创作。"(《从黄庭坚等人的艳曲俗词创作看〈后山诗话〉之"本色"》,《社科纵横》2004 年 05 期,第 143 页)等。

尚,故时人对词体特征的定位应包含雅。①然而,俗只是词源——燕乐的特征之一,雅也只是词源——诗的特征之一,所谓雅、俗是相对燕乐、诗而言的,本身就具有不稳定性,不能仅凭一端来限定词体特征;词源与词体特征有共通之处,也必然有分异之处,不能直接等同。而且古典文论普遍尚雅,以雅为正,而不仅限于诗体或词体。因此,要明确词体特征,还须辨明特征与格调之别,并兼顾词体、源之别与体、源之同两个方面。

即如上节所述,唐末宋初,时人公认的词之变体尚未产生,未形成合体、变体的意识,故缺乏对词体特征的直接判断,对词体、源关系的认识也较为笼统。然而,此时是词体脱离词源,自成一体的重要时期,客观上确立了词体特征。后世词论对词合体与否、合体特征为何的判断,都以此时文人词作的主流趋向为参照。在相关论述中体现的词源主要有二:一是燕乐俗词一脉,来自胡夷里巷之曲辞,具有俚俗的特点;二是中土文人诗乐一脉,可上溯自公认为诗乐正源的《诗》《骚》,被赋予雅正的内涵。而由此二源合流而成的文人词,体现出沟通二源的特征:首先是在句法声律上以"永依声"的方式彼此融合,形成协律的特征。其次是风格旨趣上彼此融合,形成雅俗共赏的特征。因此,协律可歌、雅俗共赏都是词体沟通二脉词源的必然结果,协律是绝对的,雅俗是相对的——雅于燕乐而俗于诗;而柔则并非二源结合所必然产生的特征,而是作者根据当时审美需要,自觉地从词源中提取的特征,因此,才是词体自成一家的关键特征,也是初步确立词体规范的特色。

因此,在元祐词论中界定的词体特征与本色特征关键在柔,并不包括雅、俗。公认合体的张先词与变体的苏轼词都具有雅的特质,而公认为合体的柳永、黄庭坚词都具有俗的特色。参看陈师道云:"柳三变游东都南、北二巷,作新乐府,骫骳从俗,天下咏之。"②陈师道将本色视为词体的最佳必备特征;但对柳永新创的词风,评价却是"骫骳从俗",对黄庭坚词"时出俚浅"③的特征,评价也是"伧父",鄙夷之情溢于言表。这再次印证了俚俗绝非其所欣赏的本色特征,而是其所不屑的新变,但这种新变未逾词体,故黄庭坚词虽时有俚俗,仍不失为"本色词手"。

2. 在词体的后继文体——曲体萌芽后,词体特征论便须兼顾词体与后

---

① 如李艳将北宋词论定义的本色特征归纳为"推尊与雅化"(《唐宋时期的词学本色论》,新疆大学 2005 年硕士论文)、徐安琪认为晁无咎所谓"当行",有"重雅"的内涵(《词学本色论在唐宋时期的形成与发展》,《华中理工大学学报》2000 年 02 期,第 88 页)等。

② 陈师道著:《后山诗话》,何文焕编:《历代诗话》上册,第 311 页。

③ 转引自沈雄:《古今词话》,唐圭璋编:《词话丛编》第一册,第 765 页。

继文体的同中之异了,相应的,所定义的词体特征就比词体本色特征限制更严了。

以宋元间盛行的清雅派词论为例,前代词公认的后继文体尚未出现,故论者强调"柔",以上别于诗;而此时词流为曲的趋向日渐明朗,故张炎、沈义父等论者在前代基础上添入了"雅",以下别于"缠令"之体。不少学者据此认为此派定位的本色特征是婉雅,其实不然。因"本色"本有最初之义,故此派论者始终未将词体发展后突显的特征"雅"纳入其中。即如张炎云:"词中一个生硬字用不得。须……敲打得响,歌诵妥溜,方为本色语。"其追随者仇远则云:"词尤难于诗……若言顺律舛,律协言谬,俱非本色……腐儒……动以东坡、稼轩、龙洲自况…岂足言词哉?"两家互相发明,论本色特征,所针对的是以诗文为词的苏、辛诸人,具体为言顺(包括语字柔和)律协(包括歌诵妥溜),评价是本色为佳词所必须,均未出前代范畴①。

后世论者受明代张綖的影响,习惯将苏轼刚健词风概括为豪放,将元祐词论中定位的词体特征概括为婉约②。婉约既然与豪放相对,则应解为柔而婉曲,但在元祐时,由于词的后继文体——曲尚未出现,故时人在定义词体特征时,对"直"仍持包容的态度,并未将婉曲视为词体必备特征。从词体发展史看,柳永柔而直俗的词风在当时虽为新变,未逾词体。随着词体发展,这种风格变本加厉,渐成曲体之滥觞,即如刘熙载云:"黄山谷词用意深至,自非小才所能辨。惟故以生字俚语,侮弄世俗,若为金元曲家滥觞。"况周颐云:"董(金董解元)为曲初祖,而其所为词,于屯田有沉潜之合。曲由词出,渊源斯在。"③因此,至宋元间推尊词体正体的清雅派词论,才正式将婉雅列为词体必备特征,以区别于直俗的曲体,上攀雅正诗源。

(三)词体当行

"当行"指精通某种特定的行业、技术。与"本色""正"相比,同有褒扬肯定的义项,而无最初的义项,未必有规范的义项——对特定技术而言,掌握规范固是精通的前提,但在掌握后依据实际有所突破创新,也未尝不是精通的表现。

---

① 参看本章第六节。

② 如李艳杰《从历代词评论秦、周词中凸现的"本色"特征》认为:"本色词须力事抒情,情致婉约"(《四川职业技术学院学报》2006 年 04 期,第 51 页)、刘怀堂《元祐词人的本色论》认为宋人词论中的词体本色内涵为:"协律、言情、婉约"(《安庆师范学院学报》2008 年第 1 期,第 107 页)等。

③ 况周颐原著,孙克强辑考:《蕙风词话·广蕙风词话》,中州古籍出版社 2003 年版,第43 页。

因"当行"的基本含义较宽泛,故词体当行可泛指词体所宜特征:古典词论普遍认为符合词体规范的特征才是当行,但也有个别论者将变体特征也视为当行。当其与"本色"构成复合词"本色当行"时,则合为规范之义,在特征定位上与"词体特征"基本相同,但含褒义。如王士禛《古夫于亭杂录》云:"词如少游、易安固是本色当行。而东坡、稼轩直以太史公笔力为词,可谓振奇矣。"论"本色当行",只取合体柔美词,而视刚健词为奇变,但论"当行",却豪、婉并取,所谓"名家当行,固有二派……琐琐与柳七较锱铢,无乃为髯公所笑"。①又如谢元淮云:"于诗与曲之间,自成一境。守定词场疆界,方称本色当行。"②论"本色当行",兼顾词与诗、曲之别。但单论"本色"时则云"词本色语,入诗便失古雅",仍专指词体与词源之别。

（四）以诗为词

古今所定义的"以诗为词",有狭义与广义之分。

陈师道首创"以诗为词"的概念,在特征定位上,取其狭义,特指用诗之特质取代词之特质——在词中大量融入诗宏壮的特质,以刚代柔,创作变体词;且在价值定位上含贬义,因此才能与"非本色"的含义相对应。陈师道此论在后世影响颇大,在很长一段时间内,"以诗为词"概念的含义基本固定:不仅包含了对变体词特征的判断,也包含了对变体词价值的贬抑,从而使贬义成为此概念约定俗成的情感色彩。因此,在南宋金元词论中,即使是激赏苏轼变体词的论者,也未能接纳此种概念。试看以下词论:

> 若谓以诗为词,是大不然!子瞻自言,平生不善唱曲,故间有不入腔处,非尽如此,后山乃比之教坊司雷大使舞,是何每况愈下。（胡仔《苕溪渔隐词话》）
>
> 东坡先生以文章余事作诗……或曰,长短句中诗也。为此论者,乃是遭柳永野狐涎之毒。（王灼《碧鸡漫志》）
>
> 陈后山谓坡公以诗为词,大是妄论。（王若虚《滹南诗话》）

胡仔、王灼、王若虚都是苏轼刚健变体词的大力支持者,都提倡"诗词一理,不容异观",以诗法、诗境入词,以刚代柔,更有助于秉承纵向正源的雅正宗旨。那么,为何要众口一词的反对将苏轼词特色概括为"以诗为词"

---

① 王士禛著:《花草蒙拾》,唐圭璋编:《词话丛编》第一册,第 681 页。

② 谢元淮著:《填词浅说》,唐圭璋编:《词话丛编》第三册,第 2509 页。

呢？只因诸家都注意到"以诗为词"语源中包含有"非本色"的贬义，因此，要探讨古典词论中的"以诗为词"，是不宜忽视此种固定含义及情感色彩的。

在元祐词论中，与"以诗为词"含义相近却不相同的概念是"寓以诗人之句法"，在特征定位上，指在保持词体特色的基础上，将适量的诗之特质（如格调、技法等）融入词体中；在价值定位上，含褒义。而在当今学界，"以诗为词"的含义被拓展了，囊括了"以诗为词""寓以诗人之句法"等概念的原义，泛指将诗之特质（包括体式、意蕴、风格、技法等）融入词体中，感情色彩为中性。

客观而言，古今定义的狭义与广义"以诗为词"各有其研究价值——广义有助于全面了解词体、源间的演变过程及特征的异同；而狭义则能更为明确的揭示出词体别于词源自立的本色，直观反映出时人对词体特征及正变的认识。对广义的探讨也必包含了对狭义的界定，而对狭义的把握也需以对广义的认知为前提；但如果在研究中发生混淆，将广义也理解为变体，并据此来界定词体特征；或是忽视狭义中的贬抑成分，就会导致对时人词体观认知的偏差。

近年学界对"以诗为词"的研究颇有成效，如刘石《试论"以诗为词"的评判标准》①所研究的"以诗为词"接近狭义，对词别于诗自立过程的论述尤为详尽，揭示出元祐"以诗为词"的评判标准是词体形成于唐末五代的婉媚特色；彭玉平《唐宋语境中的"以诗为词"》在对广义"以诗为词"全面系统的研究中勾勒出狭义产生的背景；诸葛忆兵《"以诗为词"辨》以广义为研究对象，而对诗词根本区别不在音律的考辨则属于狭义的范畴，尤为详实，能补前人之不足。

然而，狭义"以诗为词"在元祐语境中形成的贬抑倾向及其影响力常被忽视，也常见广义与狭义混淆的现象，以致误解古典词论中"以诗为词"的原义。如有学者以元祐词论对"寓以诗人之句法"的阐释为依据，得出时论中称苏轼"以诗为词"，"不是另创豪放词派"，"核心是'诗人句法'"的结论②。便是用广义来误解狭义，如上所述，在元祐词论中，虽然公认"寓以诗人之句法"是普遍存在的创作现象，但被称为"以诗为词""词如诗"的却只有极少数

---

① 刘石：《试论"以诗为词"的评判标准》，《词学》第十二辑，华东师范大学出版社，第20—31页。

② 孙维城：《苏轼"以诗为词"的"向上一路"》，《宋韵宋词人文精神与审美形态探论》，安徽大学出版社2002年版。

的几家变体词。又如不少学者认为"'词为诗裔'的词体观念最集中体现在苏轼'以诗为词'的创作中"①。其实,苏轼谓张先词为"诗之裔"与"以诗为词"的含义并不相同,"诗之裔"只是说明张先诗词间有渊源关系,与广义尚不尽合,与狭义更无关联,在下文中将有详论。

本书以时人的词体正变观为研究对象,故重点关注狭义的"以诗为词"——除述论他人文献外,本书所称"以诗为词"均为狭义。

二、无关词体的本色概念辨析

决定具体语境中"本色"含义的因素有二:一是基本含义。这是"本色"含义的基础,任何事物的"本色"含义都由此发展而来。二是所指对象。这是"本色"含义的依托,不同的事物有不同的本色特征。因此,在研究中只有辨明这两种因素,对"本色"具体特征的界定才能名副其实。

从基本含义及具体应用上看,与文体间并无必然联系。古典词论提到的"本色",有许多所指对象无关词体,故不能理解为词体本色。然而,学界在解读古典词论中的"本色"概念时,不重视辨析其所指对象,以致将词论中的"本色"片面的认知为词体本色,致使许多无关词体的特征被混入词体本色特征中。有鉴于此,下文将根据"本色"所指对象的不同,对词论中无关词体的"本色"进行分类,探讨各自的内涵及其在特征上与词体本色的差异,以纠正相关研究中名、实不符的误区。

（一）自然本色

自然本色内涵为事物初始、本真的特色,含褒义。在词论中指词作未经雕琢,浑然天成的特征。刘勰云"绛生于蒨,虽逾本色,不能复化",被认为是最早引入"本色"的文论,即指文章的自然本色。自然是文章的最初面目,如上古《断竹》就是"质之至",但非特定文体的最初特色,本色的《断竹》与逾本色的齐梁美文,显然不属同一文体,如以自然为文体本色,则天下文体同一本色,文体本色论也不必存在了。在无关词体的"本色"中,此种本色最应重视。因自然为万物之始,受以始为正思想影响,崇尚自然本色的言论贯穿于各体文论中,其在词学本色论中出现频率与词体本色不相上下,在研究中混淆的情况也最多。

---

① 陈学广:《"以诗为词"与"词为诗裔"的词体观念》,《词学散步》,黄山书社2004年版,第31页。

如朱彝尊云："词之当合乎雅矣……读《秋屏词》，尽洗铅华，独存本色。"①有学者认为此论中"本色与非本色，就在雅与不雅之间。"②沈谦云："秦少游'一何沉吟久'，大类山谷《归田乐引》铲尽浮词，直抒本色，而浅人常以雕绘傲之。此等词极难作，然亦不可多作。"有学者引以为俗艳恰合词体本色的依据。③"铲尽浮词"的本色与"尽洗铅华"的本色，显然为同一义，而前论以之为雅，后论以之为俗，岂不怪哉？其实，二者均指自然本色，而非词体本色。又如周济评周邦彦《少年游》云："本色至此便足，再过一分，便入山谷恶道矣。"《宋词大辞典》认为其中："本色显然指词清雅不俗的风格规范。"雅过一分则变为俗，不合逻辑。其实，论中"本色"同样指自然本色，表现为未雕琢、通俗化的语言风格，与"雅"正好相反。与周济所谓："周、柳、黄、晁皆喜为曲中俚语，山谷尤甚，此当时之软平勾领，原非雅音。若托体近俳，而择言尤雅，是名本色俊语，又不可抹煞矣。"④正可互相发明。而评论者却误将其当成词体本色，以致颠倒雅俗。对自然本色而言，不粉饰才是关键，雅、俗不过各依其质而已。

因此，符合自然本色的词未必合体，以上述词论为例：朱彝尊所论秋屏词，何嘉延评曰："词家狃于本色当行之说，多以柔情曼语……秋屏不屑作柔曼之音"，"淡妆浓抹，俱所不事。"⑤可见，其词特征不合词体本色，却有自然本色；而沈谦、周济所论的词，具有质朴特征，这种特征妙处难学，不受词体约束，容易流入曲体。因此才要强调此类词极难作，一分不可过。只是沈谦更重视"防"，故主张"不可多作"，以免画虎不成反类犬；周济则更重视"治"，指出若能稍近于雅，则不可抹杀。词体比其先源文体更重轻柔，而不自然的词，太过雕琢，便嫌生硬，太过博杂，便嫌痴重，尤为词体所忌。故自然与词体本色在特征上颇多交集，容易造成等同的假象。

（二）个性本色

个性本色内涵为个人固有的，常规的性格特征，含褒义。在词论中个性本色常用于褒扬词作能如实反映出词人的真性情，在相关研究中也常与词体本色混淆。如田同之云："填词亦各见其性情，性情豪放者，强作婉约语，毕竟豪气未除。性情婉约者，强作豪放语，不觉婉态自露。故婉约自是本

---

① 朱彝尊著，王利民校点：《曝书亭全集》，吉林文史出版社 2009 年版，第 967 页。
② 施议对：《传统词学本色论的推进及集成》，《河南大学学报》2005 年 04 期，第 16 页。
③ 李锋：《山谷俗艳词"本色"研究》，《职业技术》2007 年 08 期，第 163 页。
④ 周济著：《宋四家词选序》，唐圭璋编：《词话丛编》第二册，第 1645 页。
⑤ 转引自冯金伯辑：《词苑萃编》，唐圭璋编：《词话丛编》第二册，第 1949 页。

色,豪放亦未尝非本色也。"①学界普遍认为此论颠覆了以婉约为词体本色的保守观念,是难得的通达之论。然而,"各见其性情"的"本色"显然是个性本色,可适用于任何文体,又怎能偷换概念,与崇尚婉约的词体本色论辩难呢?从学理上看,个性不只一面,壮士也有柔情;表达个性也不只一途,闺房儿女情态也可寄家国身世之感,即如苏、辛集中也不乏婉约之作,其佳者在自然真挚上并不逊于所谓的个性本色词。

历来词论称婉约为本色,是就词体而言的,与个性无关,也不能随个性更改。即如徐师曾云:"婉约者欲其辞情酝藉,豪放者欲其气象恢弘。盖虽各因其质,而词贵感人,要当以婉约为正。否则虽极精工,终乖本色。"②可见,崇尚婉约的词体本色论者,也未尝不知有个性特色,只是更重视维护词体本色而已。

（三）词源本色

词源本色内涵为词体的先源文体——诗最初的规范特色,含褒义。由于"本色"具有褒扬的义项,而有的词论者认为诗变为词,是误入歧途,故其尊为"本色"的不是词有别于诗的特色,而是其所理解的词体纵向正源——诗的特色。如刘将孙云:"文章之初惟诗耳,诗之变,为乐府……诗词与文,同一机轴,果如世俗所云……淫哇调笑,皆可谱以为宫商,此论未洗,诗词无本色。"所谓"本色"即是诗、词共同的源头古歌诗的本色,而非别于诗体而自立的词体本色。

古典词论中,无论是极少出现的词源本色论,还是与其含义相似的词体纵向正变论,普遍将各体古诗视为词体正源,特征定位为雅。只因在古典语境中,"本色"包含"最佳"的义项,故词论者都倾向于将其所崇尚的文体及特征视为"本色"。而俚俗的胡夷里巷之曲,虽也被视为词体近源之一,却不被认可为正源。但现代学界中,混淆词体本色与词源本色的论者,却普遍将其特征界定为俗艳,故以黄庭坚、柳永俗艳词为本色代表。③究其原因,乃是学

---

①　田同之著:《西圃词说》,唐圭璋编:《词话丛编》第二册,第1455页。按:此论作者实为徐喈凤,原论为:"词虽小道,亦各见其性情。性情豪放者,强作婉约语,必竟豪气未除。性情婉约者,强作豪放语,不觉婉态自露。故婉约固是本色,豪放亦未尝非本色也。后山评东坡词'如教坊雷大使舞,虽极天下之工,要非本色',此离乎性情以为言,岂是平论。"(《荫绿轩词证》,朱崇才编纂:《词话丛编续编》第一册,人民文学出版社2010年版,第102页。)

②　徐师曾著:《文体明辨序说》,人民文学出版社1962年版,第165页。

③　如吴世昌的《评白雨斋词话》(《吴世昌全集》第五册,河北教育出版社2003年版,第2页)、宁夏江的《柳永词的"本色"》(《中国青年政治学院学报》2003年05期)、王松涛的《从黄庭坚等人的艳曲俗词创作看〈后山诗话〉之"本色"》(《社科纵横》2004年05期)等。

界受词源于燕乐说的影响,将词源本色界定为俗艳,又混同于词体本色,才得出词体本色是俗艳的错误结论。其实,无论古诗、燕乐,都是词源,而非词体,如词源与词体同一本色,那词亦不能成其为词。且看刘禹锡《竹枝词》"道风俗而不俚,追古昔而不愧",体、源之别,可见一斑。词体与词源本色易混淆,只因要研究词体本色,必须先考察词源文体的特色,但考察是为了对比以明差异,若混为一谈,就有悖初衷了。

(四)特定身份、时代、体裁、题材的本色

在古典词论中,有的"本色"内涵为特定身份、时代、词中特定的体裁、题材固有、宜有的特色,具体表现在词人的性情、学养、词作的风格、法式上。如武人本色、英雄本色、唐余本色、禁体咏雪词本色等,与词体并不相关。如李渔云:"词之最忌者有道学气,有书本气,有禅和子气……若谓读书人作词,自然不离本色,然则唐宋明初诸才人,亦尝无书不读,而求其所读之书于词内,则又一字全无也。文贵高洁,诗尚清真,况于词乎。"其中所谓"三气"在当时一些人看来堪称读书人本色,故虽未必合词体特色,也无可厚非。而李渔则指出此种特色不仅是词体"最忌",也非真正善读书的人所宜有,故不得以读书人本色为借口,用"三气"来亵渎词体。在学界这些本色与词体本色也偶有混淆。如王应奎云:"词家……尚婉约,则宗秦、柳;主豪放,则祢苏、辛。派从盍各,彼此交诋。余则以为皆非也。词审诸调,亦相其题。其题为弄花、嘲雪、颂酒、赓色,则绸缪婉娈乃称当行;其题为燕市、吴宫、晋邱、汉垒,则傲兀悲壮斯为本色。"①被一些学者认为是颠覆传统"崇正"观念的通达之论②,其实,此论与上引田同之词论一样,对豪、婉二派词论的批驳都有偷换概念之嫌:论中所谓"本色"显然是特定题材词的本色,虽能自成一说,却无法与历来立足于词体本色的婉约论,立足于格调或词源本色的豪放论相辩难。从学理上看,许多词具有多重意蕴,并不限于特定的题材,即便是特定题材对风格的限制也不是绝对的:颂酒词"把酒问青天"岂不豪壮,吴宫词"两蛾愁黛浅,故国吴宫远",岂不婉约,究竟何者才是本色,实难定论。

综上所述,古典词论中"本色",由于所指对象不同,在特征定位上各有特点,但基本含义并未改变——未脱离最初、规范的义项,普遍具有褒扬的义项,但这种肯定也仅限于所指对象。其作为古代"崇正始"观念的产物,尽

---

① 王应奎著:《古照堂词钞序》,王运熙、顾易生主编:《清代文论选》,人民文学出版社 1999 年版,第 714 页。

② 刘贵华著:《以当行本色论正变》,《古代词学理论的建构》,中国文史出版社 2006 年版,第 235 页。

管在维护本真特色上功不可没,但也有局限性:在现实中,常规、固有的特色未必是最佳必备的特色。因此,填词论词如一味拘于某种本色,则不能尽"变"之美。上述偷换概念的词论在相关研究中备受青睐,只因学界习惯于将本色理解为词体本色,而偷换概念令"本色"的所指对象脱离词体,从而使对词体本、变兼取成为可能,故给人以通达的错觉。其实这种方式不仅在逻辑上不能服人,在学理上同样要受本色基本含义的制约,不过是以一种限制取代另一种,不能视为通达:虽然通过诡辩的方式肯定了词体的"变",却又限制了题材、个性、自然的"变",依然不能尽词之美。因此,今人论词固然不须过分拘泥于词体本色,但在研究古典词论时,还宜循名责实,才能客观评价。

三、推尊词体论的内涵及特征辨析

推尊词体,顾名思义,是推尊词自身的体制特征及存在价值,肯定词体体势能具有别于其他文体的独至之妙,其产生以词体意识自觉为前提。在词体意识自觉的元祐词坛中,堪称推尊词体论先驱的应是陈师道词论,即如上文所述,陈师道率先将具有褒扬义项的"本色"一词引入词体论,将词别于诗源自立一体的柔曼特色推尊为本色,即词体最宜表现的特色与最佳词的必备特色,相应的,主张顺应词体体性,在传统的纵向雅正标准之外,另立一套横向本色的评价标准,并将其推尊为评词的首要标准——非本色词"虽极天下之工",较之本色词亦当等而下之。这种词体价值观在当时独树一帜,与词为卑格的主流词体价值观、首重雅正的主流评价标准形成鲜明的对比,故在当时及后世都备受关注。

然而,目前学界却普遍将宋代推尊苏轼一派变体词的词论视为推尊词体论,公认的推尊词体论先驱是变体词宗苏轼的词论。率先提出这种观点的应当是吴熊和先生,认为把词体"称为诗之'余技'……是苏轼推尊词体、改革词风之后所形成的新观念"[①]。后来不少学者都继承并发展了这种观念,几成定论。然而,笔者在全面考察苏轼有关词体的论述,尤其是其中被相关研究引为尊体论据的文献后,却发现苏轼对词体的态度其实是贬抑而非推尊。相关研究在对苏轼词论的分析中,确实得出了不少精当的见解,但这些见解却难以支撑苏轼尊体的结论。

要讨论苏轼是否为尊词体论的先驱,首先要辨析"推尊词体论"的内涵,

---

① 吴熊和著:《唐宋词通论》,第283页。

换言之,即阐明具有怎样特征的词论,才能被称为尊体论。相关研究将苏轼认定为尊体论先驱,主要依据是苏轼词论具有以下特点:1.肯定某些词家词作,如张先、陈慥词,能传承《诗》《骚》一脉诗体正统的某些雅正特征;2.肯定词体为正源诗体之流,主张评价诗词当采用同样的标准;3.在后世起到了推尊词体的作用。

退一步说,假设上述依据成立,也无法支撑苏轼为尊词体先驱的结论,因为这三种特点在苏轼前的词论中便已出现。即如上文所述,唐末至宋初,不少词论都肯定特定的词家、词作中有某些特征能上承纵向正宗;而诗词同源,评判标准同一的观念,更是早已通行——只因此时词体意识尚未真正自觉,故词体在时人眼中就是诗,或是诗的末流、旁支,理所当然会沿用评价诗的标准来评词,而以《诗经》《离骚》为各体诗的纵向正宗,提倡传承风骚雅正之旨也是历代盛行的诗体正变观。早在中唐,刘禹锡在《竹枝词引》中论词体雏形《竹枝词》,就主张各类诗歌存在共性,故其据民歌自制《竹枝词》与《诗》中变风,《骚》中九歌一脉相承,秉承了导俗入雅,规正民风的雅正宗旨。至五代,欧阳炯《花间集叙》所论"曲子词"含义已与词体无异,文中宣称其宗旨是弘扬融入文人旨趣、创意,以修正俗乐"秀而不实"弊端,创作媲美古诗乐的"诗客曲子词"。至宋初潘阆《逍遥词附记》也肯定自制的《酒泉子》词能传"用意欲深,放情须远"的"变风雅之道"。上述诸论,或肯定特定词作能上承《诗》《骚》正宗,或大力提倡文人词创作,故在后世都能起到尊体的作用。

更何况,上述依据实难成立:首先,个性与共性是存在差别的,故推尊特定的词作,显然不能等同于尊词体;再者,主张词体为诗体的流变,也不意味着尊体。"变"只有承"正"才为尊,失"正"入邪则为卑——早期词论普遍轻视词体,就是因为根据传统的雅正标准,词体柔靡的特征是"变"失其"正"的,类似俗语所谓"不肖子孙",虽为正宗后裔,却未能延续正宗本质,因此有弃置不为或拨乱反正的必要。反观苏轼对诗词关系的理解,实与前代一脉相承,而真正的创新之处在于开创了拨乱反正的新方法——此前文人通常只重视雅化文辞、寄托性灵等方法,而苏轼则率先宣扬宏壮如诗的变体词。更重要的是,客观上的尊体作用与主观上的尊体态度显然不能等同。例如因宣扬钱惟演"坐则读经史、卧则读小说,上厕则阅小辞"的主张,而被公认为贬抑词体论代表的欧阳修,对词体优点也非全无体会,否则根本不会去读词填词;而其词婉雅的特色,客观上也能尊体,即如徐度云:"欧、苏诸公继出,文格一变,至为歌词体制高雅,柳氏之作始不复称于文士之口。"①

---

① 徐度著:《却扫编》,《文渊阁四库全书》第863册,第788页。

　　总之，上述依据反映出论者对尊体概念认识的偏差。客观而言，尊体指的应是一种明确的主观态度而非客观结果，故尊体论当在论述中表现出尊体的态度、立场，而不仅是在客观上能起到尊体效果。推尊词体论所推尊的词体特征，必须能彰显其独特的体势之妙，既是词体在各文体演变的纵向源流中，别于诗体自立的特征；也是其在体制内演变的横向源流中，奠定本色的特征。因此，尊体论就表述而言，要肯定词体具有能与其他文体抗衡的价值，推尊的就应该是论者心目中的合体特征，而苏轼词体论推尊的反而是其心目中的变体特征；就实质而言，要肯定词体独立的价值，推尊的就应该是词能别于先源文体——诗体自立的关键特征。因此，真正的尊体论会如陈师道般，依据其心目中词自成一体的特点，为词量体定做一套新的评价标准，以突显词体的独特优势，而不是如苏轼般沿用评诗的旧标准评词。

　　因此，下文尝试紧扣尊体论的内涵，依据原始文献，重新审视苏轼对词体的态度及影响，以纠正相关研究的误区。

　　（一）苏轼尊变体而抑词体的价值观

　　通过对"推尊词体论"的辨析可见，要判断苏轼是否推尊词体，先要考察什么是苏轼心目中的词体特征。即如上文所述，在苏轼及时人心目中词合体的关键特征是柔，苏轼"自是一家"的"壮观"词被公认为"如诗"变体词，正因其以刚代柔。那么，苏轼对词自成一体的柔特征评价如何，是否能给予诗词体平等的价值定位呢？试看汤衡《张紫薇雅词序》云：

> 　　东坡见少游……"帘幕千家锦绣垂"之句，曰："学士又入小石调矣。"世人不察，便谓其诗似词，不知坡之此言，盖有深意。夫镂玉雕琼，裁花剪叶，唐末词人非不美也，然粉泽之工，反累正气。东坡虑其不幸而溺乎彼，故援而止之，惟恐不及。其后元祐诸公，嬉弄乐府，寓以诗人句法，无一毫浮靡之气，实自东坡发之也。①

所阐释的东坡"深意"，是以对诗词体制及价值的下述认识为基础的：在体制上，诗刚词柔，诗宏词约，从这个意义上看，"诗似词"与"词似诗"一样都是不合体；在价值上，纤柔的特征类似在传统诗乐观念中，格调最下的靡靡之音，易滋生"累正气"的浮靡之气，而宏壮却能振起正气。从这个意义上看，宏壮

---

　　①　汤衡著：《张紫薇雅词序》，张孝祥撰、宛敏灏笺校：《张孝祥词笺校》，黄山书社1993年版，第1页。

的格调高于纤柔,故东坡谓少游诗过于柔弱,重点不是指责其不合体制,而是批评其格调卑下——所谓"深意"正在此。反观苏轼词似诗,虽不合体,却能振起词格。尤其是在柳永俗艳词将词格引向荡而不返的境地后,这种振起就显得更有价值了。因此,苏轼才会自矜于"自成一家"的宏壮变体词,能突破"小"词体的限制,接续纵向诗源的正大体制,比起合体的秦观、柳永词并不逊色。

总之,苏轼的词体特征及价值观延续了唐末五代以来的主流观念,将词自成一体的关键特征"柔"视为卑格,因此,所要推尊的并非词体,反是词"似诗"的变体,尊体与尊变体所展现出的词体价值观是截然相反的——只因其认为词体不如诗体,对词体持贬抑态度,才要推尊变体。试将学界举出的苏轼尊词体论据,与苏轼原文相对照,便会发现其不仅不能证明苏轼尊体的论点,反而可作为贬体的依据,下面就对最受学界重视的几种论据作详细考察。

(二) 词画为"诗余"说

不少论者认为苏轼将词与书画都称为"诗余",证明其推尊词体,如吴熊和先生认为:

> 苏轼曾把书画称为"诗之余"。张世南《宦游纪闻》卷二记苏轼说:"与可诗文不能尽,溢而为书,变而为画,皆诗之余。"同样的道理,他也把词称为诗之"余技"。他于《题张子野诗集后》中说:"张子野诗笔老妙,歌词乃其余技耳"……这个说法……是苏轼推尊词体、改革词风之后所形成的新观念。①

如仅看其中转引的苏轼原文,很难判断尊体结论是否成立;但若结合上下文分析,苏轼对词体的态度就昭然若揭了——画为诗余说出自《文与可画墨竹屏风赞》:

> 与可之文,其德之糟粕;与可之诗,其文之毫末。诗不能尽,溢而为书,变而为画,皆诗之余。其诗与文,好者益寡。有好其德如好其画者乎? 悲夫!②

---

① 吴熊和著:《唐宋词通论》,第 283 页。
② 苏轼著,孔凡礼点校:《苏轼文集》第二册,第 614 页。

再对比《题张子野诗集后》中的词为诗余说:

> 张子野诗笔老妙,歌词乃其余技耳。《湖州西溪》云:"浮萍破处见山影,小艇归时闻草声"……若此之类,皆可以追配古人,而世俗但称其歌词。昔周昉画人物,皆入神品,而世俗但知有周昉士女,盖所谓"未见好德如好色者"欤?①

这两段论述极相似,"未见好德如好色者"说出自《论语·子罕》,据《史记》载,卫灵公轻视人才,沉迷女色,与夫人同车,反使孔子次乘,孔子深以为耻,故有是言。言下之意,德是君子所好,色是世俗所好,高下之分,褒贬之意昭然若揭,即如《史记集解》引李充语曰:"使好德如好色,则弃邪而反正矣。"②因此,苏轼其实是用"德"象征其推尊的高格调,用"色"象征媚俗格调,对诸事物的评价是越接近"德"者越高,反之越低,高下依次是:德最高;文次之,故称为"德之糟粕";诗又次之,故称为"文之毫末";书、画、词又次之,故称为"诗余",即使是如张先词般堪称词中上品的"绝俗"词,与诗相比,仍有"色"与"德"之别,故主张词必定要改变原有的柔媚体性,才能最大限度的提高格调;而在画与词中,又以柔媚悦众者最次,即如周昉人物画中的仕女图。相应的,词中最下者便是以柳永为代表的柔媚俗艳词。因此,当主流词风婉雅如张先,颇受苏轼称赏的秦观词中,"不意"出现的"销魂当此际"这样艳质媚俗如柳永的风格时,才会受到苏轼"学柳七作词"的讥评,连秦观自己也不得不"惭服"③。

　　总之,苏轼在评文与可画与张先诗时,将词、画与诗、文、德参照,并非为了说明他们地位平等,反而是为了突显词、画在格调上不如诗、文、德。而"悲夫!"的感叹即是表达对世人只知好色不知好德——只知好词、画而不知好诗、文、德的不满。实际用意是借文与可的画名来推崇其文德,借张先的词名来推尊其诗,兼有为这两位好友正名之意——以免世人误认为二人只擅长词、画等末技,而无正经才德。

　　(三)"诗画本一律"与词"盖《诗》之裔"说

　　不少论者认为苏轼提出"诗画本一律"与词"盖《诗》之裔"说,主张评诗词当采用同样的标准,就意味着苏轼主张各体平等,无分高下。最有代表性

---

① 苏轼著,孔凡礼点校:《苏轼文集》第五册,第2146页。
② 刘宝楠:《论语正义》,中华书局1990年版,第349—350页。
③ 黄昇选:《花庵词选》,第44页。

的是刘扬忠先生的论证：

> 苏轼论画，认为"诗画本一律"（《书鄢陵王主簿折枝》）。这个命题是要表明：诗与画既同为艺术，就有其共同性，两者的根本性质是一致的……他论词，虽未明言"诗词本一律"，但实际上也包含了这个意思。比如其《祭张子野文》云："清诗绝俗，甚典而丽。搜研物情，刮发幽翳。微词婉转，盖诗之裔"……较之前人视词为游戏、小道的观点，无疑是提高了词的地位……认定词为诗的派生物，本质上应是一种诗……如《与蔡景繁书》云："颁示新词，此古人长短句也。得之惊喜，试勉继之"。其《答陈季常》书又云："又惠新词，句句警拔，此诗人之雄，非小词也"……他心目中的"新词"（亦即"以诗为词"的新体小词）应是摆脱时俗应歌之作那种柔靡俗艳之风，而写得警拔雄浑，像古人长短句那样，成为抒情言志的有力工具。所谓"古人长短句"，应是指《诗经》《楚辞》中之句式参差者及句式较为灵活的汉魏古乐府。①

本书第一节中已阐明主张诗词同源与论诗词标准一致，不足以作为尊体依据，在此将结合"诗画本一律"说，进一步论证苏轼对词体的态度是贬抑而非推尊：

1. 苏轼主张诗、画、词等艺术具有共同性，并不意味着主张这些体裁的"根本性质是一致的"，地位及价值是平等的。只因评判文体的特色及价值，最关键的恰恰是要考察其有别于其他文体的个性，而非共性。《书鄢陵王主簿所画折枝》原文为：

> 论画以形似，见与儿童邻。赋诗必此诗，定非知诗人。诗画本一律，天工与清新。边鸾雀写生，赵昌花传神。何如此两幅，疏淡含精匀。谁言一点红，解寄无边春。②

所谓"诗画本一律"，旨在说明衡量诗画的标准有相通处：都以能自然传神，见微知著者为高；描头画角、拘于形似者为下。这种"天工与清新"的标准，与《祭张子野文》中提到的"搜研物情，刮发幽翳"标准一样，不仅适用于诗、

---

① 刘扬忠著：《唐宋词流派史》，第 236—237 页。
② 苏轼著，王文诰辑注，孔凡礼点校：《苏轼诗集》，中华书局 1982 年版，第 1525—1526 页。

画、词评判，也能通行于一切文艺评判，因此，属于一般性的艺术评判标准，而非体制评判标准，不能作为尊体论据。

2. 苏轼确实推崇的是"以诗为词"的新体小词，特点是跳出词体原有的"柔靡"体制，"而写得警拔雄浑"，类似《诗》《骚》等"古人长短句"诗；但这恰是苏轼贬抑词体的根本原因及主要表现。只因其认为词自成一体的特征是柔靡，违背了纵向正源《诗》《骚》的宏雅宗旨，是变入邪道，没有资格自立正体，因此，才不主张为词体另立一套柔婉的评判标准；而主张沿用评诗的旧标准（即传统的雅正标准），突破词自立的新体制，开创"以诗为词"的变体词，以振起柔靡，拨乱反正。

参看苏轼对张先、陈慥与自身词的评价：张先词中融入了诗"绝俗"的特质，故被认为是词中堪称典丽的上品；但因保留了词体柔美、精致、宛转的特征，故被认为与诗相比，仍有"色"与"德"之别，词不如诗的评价也寓于其中。与此恰成对比的，是在《答陈季常书》中对陈慥《无愁可解》词的点评，此词用语之直俗，其实不下于柳永词；但只因具有刚强旷达、纯任性灵等在苏轼心目中能展现出"诗人之雄"的优点，突破了词体"小"体制的限制，故也能得到称赏，肯定其"句句警拔"，能振起气格。再看苏轼自评其词云："虽无柳七郎风味，亦自是一家……颇壮观也。"对自创的壮观词，没有不合体的羞愧，却颇有高格调的自豪。正因其认为以柳永为代表的合体词，有柔靡俗艳的流弊，在纵向上不过是卑格，并不足尊；反不如自创的壮观词能突破小道限制，弘扬诗源的正大之道。

（四）苏轼词体观的词学价值及误读原因

综上所述，苏轼对词体的态度是贬义而非推尊，只能称为推尊、攀附词源论，而不能视为推尊词体论。考察苏轼词体观对后世词学的影响，既有助了解其在当今研究中出现误读的主要原因，也有助于进一步把握其特色及价值。

苏轼词体观被误解为尊体观的一个重要原因，是其词及词论在客观上确实发挥了尊体的作用。苏轼虽未能超越当时贬抑词体的主流观念局限，但也意识到词体盛行是大势所趋，切身体会到词体在微词寄兴上的优势，因此，在理论上，并不主张从根本上废除词这种文体，而主张用诗法来消解其柔靡体性，让其归复诗的正道；而在创作上，一方面实践了这种变体返正的主张，兴起的宏壮词既能符合传统文论对宏雅的崇尚，客观上不仅起到了拓展词境、振起词格的作用，有助于使词体摆脱纵向上的小道之讥，跻身于大道之列；而且拓展了词体的表现力，进一步促进了词体的兴盛，从而为尊体论的流行、发展奠定了基础；另一方面又难免被词体的体势所同化、本色魅力所感染,创作出不少融入了典雅、清健特色,格调颇高的合体词,从而为词在保持横向柔美体制的前提下,接续纵向正源指明了方向,也为后世论者推尊词体提供了依据。因此,在后世不少贬体与尊体论中都受到推崇。

而苏轼词自成一家、造诣颇高、风格多变的特色,又促成了各种推尊苏轼词的尊体论的产生,这样就更容易令人产生误解,将尊词体与尊苏轼词等同起来。后世最具特色及影响力的尊体论有两种:

一种推尊的是苏轼词开创的宏雅特征。此类论者认识到词体的包容性颇强,可兼容刚柔雅俗诸格,故希望打破仅尊柔婉为本色的传统,用词体来表现最接近诗体正源的宏雅意格,以在传统价值观中实现最大限度的尊体。如清初阳羡派领袖陈维崧在《词选序》①中,就反对世人"矜香弱为当家,以清真为本色",而提出"东坡、稼轩诸长调又骎骎乎如杜甫之歌行……盖天之生才不尽,文章之体格亦不尽","为经为史,曰诗曰词,闭门造车,谅无异辙"的观念,主张词体能兼容苏轼词一类的宏雅意格,并据此达到纵向正源"经"的高度,尊体力度空前。又如晚清刘熙载《艺概》云:"词导源于古诗,故亦兼具六义","太白《忆秦娥》声情悲壮,晚唐、五代惟趋婉丽,至东坡始能复古。后世论词者,或转以东坡为变调,不知晚唐、五代乃变调也。"②在表明尊体态度的前提下,选定盛唐李白词为词体正始,声情悲壮为正体特征,从而赋予苏轼宏雅词以拨乱反正的正宗地位。此类尊体论的优势是揭示出词体的兼容性;而缺陷是忽视了词体真正的特色,故形成了一个悖论:其尊体是以改变词自成一体的柔婉特色为前提的,所推尊的仅是词体的结构形式,然而,词体双多单少的句式,严整精工的声韵要求,最宜表现的却正是细美幽约的意蕴,若用以表现宏雅,反不及经、史、诗体有优势。因此,只能在特定的时势及群体中流行——若碰巧遇到个性偏好宏壮词的词人,又处于衰乱压抑、不敢为诗文的时势中,便能引起共鸣。

另一种推尊的是苏轼词中合体的特征。这类尊体论从南宋起就颇为盛行。即如宋元间兴起尊体风尚的清雅词派,领袖张炎《词源》称引的苏轼词大都为合体词,评价是"清丽舒徐,高出人表","清空中有意趣,无笔力者未易到"③,肯定其既能以清丽体格别于诗;又能以劲健笔力、高妙意趣别于缠令,堪称清空婉雅的正宗典范。至清代不少尊体论都提倡寄托,力求在维护

---

① 陈维崧著,陈振鹏标点,李学颖校补:《陈维崧集》上册,上海古籍出版社 2010 年版,第54页。

② 刘熙载著,袁津琥校注:《艺概注稿》下册,中华书局 2009 年版,第 485、497 页。

③ 张炎著:《词源》,唐圭璋编:《词话丛编》第一册,第 258、260、261 页。

柔婉体制的前提下，接续温柔敦厚的风骚宗旨。并据此将苏轼合体词尊为正宗，而反对前人以宏壮变体概之。如常州派领袖张惠言将苏轼奉为"渊渊乎文有其质"①的北宋词正宗、晚清词论家陈廷焯称苏轼词"词极超旷，而意极和平"②，是正而非变等，都堪称对苏轼词特征及价值的翻案之论。

综上所述，苏轼词及词论自成一家，有助于拓展词体的审美境界及表现力，在客观上固足尊体，也能促进尊体论的发展，但在其自身的词体论中，却难见尊体的倾向，反而大有贬抑词体、推尊变体的意味。同样的，在宋代还有大量推尊苏轼一派宏壮词的词论，其词体价值观也与苏轼略同，因此，如不加辨别的将这些词论视为尊体论，不仅不能正确的了解这些词体观及其对词体发展的影响，也不能正确认识尊体论的实质及内涵。

第三节　弃"横"从"纵"类正变观

弃"横"从"纵"类正变观的正变立场是不考虑词体的横向体制特征，仅以纵向正源为基准划分词体正变，属于"纵""横"矛盾激化的产物。采用这种类型的论者认为词独立成体的关键特征"柔"易滋生俗靡，而俗靡为纵向邪变，故词体独立弊大于利。按这种理解，词体在横向上的"始"与"正"不能合一，故不承认存在横向正宗，而仅以纵向正源为基准划分"正""变"。其典型特征，是主张评价诗词当采取同样的正变标准，而反对根据词体体制自立一套标准。依据是诗词同源，不容异观，词体独立，于"正"无益——认为柔美为词体之"始"，却也是俗靡邪变的诱因；而刚健是词体之"变"，却能振起柔靡，故比柔美更有助于拨乱返"正"，宜推为填词典范。此类正变观通常兴盛于衰乱时势中，因为按传统的正变理念，衰乱世中，词体柔美的意格类似亡国之音或使国亡之音，是"变"失其"正"的。

此类正变观在元祐时期便已萌芽，但尚未兴盛：苏轼对宏壮变体词的创作与推尊本身就是对此类正变观的宣扬。然而，时人对词体的鉴赏大体仍是从娱情遣兴的立场出发，即所谓"游戏""空中语"，故更倾向于保留其柔美协律的特色；而严守纵向雅正立场，否定词体价值的论者，就干脆认为此种体制"可罢之"，因此，即便是肯定刚健词在振起格调上优势的论者，也未将

---

① 张惠言著：《张惠言论词》，唐圭璋编：《词话丛编》第二册，第 1617 页。
② 陈廷焯著，屈兴国校注：《白雨斋词话足本校注》下册，第 639 页。

其列为填词典范。

即如上节所述,苏轼词体论在当今学界被误解为推尊词体论,基于同样的原因,此类正变观也被不少学者误解为尊体论①。这种误读实质上是混淆了"正"、"变"立场,此类论者真正要推尊的是词的纵向正源——诗,而非词体。其对词体,恰是持"其变不正"的贬抑态度的,故不能将此种理论的客观影响与论者的词体价值观混为一谈。客观而言,要推尊词体,必然要以横向为主要立场,肯定词自成一体的特色,才合逻辑,因此,历来以纵向立场为主的正变观,如此类明确将词体贬为邪变,固然不能归入尊体论;即便是后世产生的立"纵"尊"横"类正变观,在主观上希望肯定词体价值,可以归入尊体论,但终究也因逻辑上的悖谬,而无法实现真正的尊体②。

考察词体正变观的发展史,此类正变观的兴盛主要出现在以下时期。

一、南北宋之交:占据主流

南北宋之交,是"纵""横"正变体系间矛盾的激化期:

一方面,处于衰乱世,词论者大多认为词体特征过于柔弱,类似亡国之音,不合时宜。而且柳永兴起的俗艳词风愈演愈烈,更容易让人将词体轻柔的特征等同于使国亡的靡靡之音。相比之下,诗、文体制更适宜抒发壮志豪情,振奋人心;因此,纵向正变备受关注,论者大都主张词体源出于古诗乐,"变"失其"正"。如朱弁云:"东坡以词曲为诗之苗裔,其言良是。然今之长短句,比之古乐府歌词,虽云同出于诗,而祖风已扫地矣。"③吴可云:"晚唐诗失之太巧,只务外华,而气弱格卑,流为词体耳。"④

另一方面,填词已成时尚,作为当时最活跃的文体,词体特征深入人心,俨然成为一代之文学。其影响已非泥犁之呵所能禁止,也非游戏之论所能搪塞。故论者不得不正视此种体制,探讨规正词体的方法。如朱翌云:"古无长短句,但歌诗耳,今《毛诗》是也,唐此风犹在……今不复有歌诗者,淫声日盛,闾巷猥亵之谈肆言于内集公燕之上,士大夫不以为非,可怪也!"⑤又如铜阳居士云:"迄于开元、天宝间,君臣相与为淫乐,而明宗尤溺于夷音,天下薰然成俗……句之长短,各随曲度,而愈失古之声依永之理也。温、李之

---

① 如罗立刚《史统道统文统》即将苏轼、王灼等人的"诗词同源"论解为推尊词体论。
② 详论见本书第五章中的相关专节。
③ 朱弁著:《风月堂诗话》,中华书局 1988 年版,第 101 页。
④ 吴可著:《藏海诗话》,丁福保辑:《历代诗话续编》上册,中华书局 1983 年版,第 331 页。
⑤ 朱翌著:《猗觉寮杂记》,鲍廷博:《知不足斋丛书》第三集,上海古书流通处。

徒,率然抒一时情致,流为淫艳猥亵不可闻之语。吾宋之兴……犹祖其遗风,荡而不知所止……其韫骚雅之趣者,百一二而已。以古推今,更千数百岁,其声律亦必亡无疑。"①均指出鉴于词体的盛行及流弊的滋长,规正词体已是刻不容缓。故此时正变体系比前代更为复杂,"纵""横"交锋也更为激烈,而占据主流的正是此类正变观。

较早标举此类正变观的是胡寅(1098—1156),其《题酒边词》云:

> 词曲者,古乐府之末造也。古乐府者,诗之傍行也。诗出于《离骚》《楚词》。而《离骚》者,变风变雅之怨而迫,哀而伤者也。其发乎情则同,而止乎礼义则异,名之曰"曲",以其曲尽人情耳。方之曲艺,犹不逮焉。其去《曲礼》则益远矣。然文章豪放之士,鲜不寄意于此者,随亦自扫其迹,曰谑浪游戏而已也。唐人为之最工者。柳耆卿后出,掩众制而尽其妙。好之者以为不可复加。及眉山苏氏,一洗绮罗香泽之态,摆脱绸缪宛转之度,使人登高望远,举首高歌,而逸怀浩气,超然乎尘垢之外,于是花间为皂隶,而柳氏为舆台矣。②

胡寅认为在纵向上,变风雅具有"正""始"合一的特点,属于词体正源,"正"之"本"是"止乎礼义"。与词体共通之处在发乎情,意格包含哀怨。在横向上,仍将唐五代词的主流特征定位为词体之"始"。特征一如其"曲"之名,表现为"曲尽人情","曲"可解为委婉,既然以柳永词为典范之一,可知此"曲"意同柔美,而不包括含蓄的内涵。而所谓"人情"对应的是"绮罗香泽之态","绸缪宛转之度",应指儿女柔靡之情。又以公认俗艳的柳永词最能"尽其妙",可见其所理解的"曲"是与媚俗淫靡相连的,故对词体的纵向定位是不能"止乎礼义"的邪变,鄙夷之情溢于言表。从"一洗""摆脱"的描述上看,胡寅关注的苏轼词属于横向变体。胡寅对前人以"游戏"为借口,大兴柔靡之词的风尚颇为不满,故并不依据词的横向体制来划分"正""变",而是立足于纵向正源,赋予宏壮的变体词正宗典范的地位,所谓"使人登高望远,举首高歌……于是花间为皂隶,而柳氏为舆台",即是肯定宏壮词具有振起俗靡邪变之功,故是"变"而复趋于"正",为填词的最高境界。

稍后汤衡(1171年前后)将此类正变观的渊源上溯至元祐词作中,《张

---

① 鲷阳居士著:《复雅歌词序》,施蛰存主编:《词籍序跋萃编》,中国社会科学出版社1994年版,第658—659页。

② 胡寅著:《题酒边词》,毛晋辑:《宋六十名家词》,上海古籍出版社1989年版,第220页。

紫薇雅词序》云：

> 东坡见少游……"帘幕千家锦绣垂"之句，曰，学士又入小石调矣。世人不察，便谓其诗似词，不知坡之此言，盖有深意。夫镂玉雕琼，裁花剪叶，唐末诗人非不美也，然粉泽之工，反累正气。东坡虑其不幸而溺乎彼，故援而止之，惟恐不及。其后元祐诸公，嬉弄乐府，寓以诗人句法，无一毫浮靡之气，实自东坡发之也。①

所阐释的东坡"深意"，其实即是萌芽于元祐的弃"横"从"纵"正变趋向，对此上节已有详论，故不再赘述。而汤衡对东坡"深意"的推崇，即是要标举此种历来不受世人重视的弃"横"从"纵"正变立场。汤衡对词体的定位与胡寅相比，均将唐末词定位为词体之"始"，认为其虽自成柔美之妙，却也有俗靡之弊，不利于守"正"，故主张以能振起正气的苏轼词为填词的最佳典范；但汤衡将"正"的范围扩大了，元祐诸公融入宏雅意格而不失柔美体制的词，仍被其认可为"无一毫浮靡之气"的正气词，按这种定位，词纤柔体制虽然比宏壮更易产生俗靡的流弊，但本身未必是邪变。

同时陈鬣的《燕喜词叙》，仍是采用了弃"横"从"纵"的正变立场，但已隐然有调和"纵""横"的趋向：

> 春秋列国之大夫聘会燕飨，必歌诗以见意……后世《阳春白雪》之曲，其歌诗之流乎？沿袭至今，作之者非一。造意正平，措词典雅，格清而不俗，音乐而不淫，斯为上矣。高人胜士，寓意于风花酒月，以写夷旷之怀，又其次也。若夫宕荡于检绳之外，巧为淫亵之语以悦俚耳，君子无取焉。议者曰："少游诗似曲，东坡曲似诗"。盖东坡平日耿介直谅，故其为文似其为人。歌《赤壁》之词，使人抵掌激昂而有击楫中流之心；歌《哨遍》之词，使人甘心澹泊而有种菊东篱之兴，俗士则酣寐而不闻。少游情意妩媚，见于词则秾艳纤丽，类多脂粉气味，至今脍炙人口，宁不有愧于东坡耶？②

认为少游合体词不如东坡"似诗"的变体词，故属于弃"横"从"纵"类的正变

---

① 汤衡著：《张紫薇雅词序》，张孝祥著，宛敏灏笺校：《张孝祥词笺校》，黄山书社1993年版，第1页。

② 陈鬣著：《燕喜词叙》，曹冠著：《燕喜词》，《四印斋所刻词》，第749页。

观。而所列三等词,是以传统儒家诗乐正变标准为基准,结合词体柔美特征来划分的。按此分法,则柔美合体词同样可以跻身上品,上承歌诗正源,即便是描写风花酒月一类柔媚内容的词,也可以寄托平和超逸的情怀,不尽失"正"。只有完全不受礼教节制的俗艳词,才是邪变。这种观念与在后世占据主流的立"横"追"纵"类正变观已颇为相似了。然而,由于论者受词体发展及时代背景影响,在将柔美词与宏壮词相对照时,只关注到柔美词俗靡的流弊,与苏轼宏壮词振起俗靡的优势;而未关注到柔美词即体成势的优势,也未意识到宏壮词同样会滋生俚俗叫嚣的流弊,因此,从防微杜渐的角度出发,特别标举的仍然是以宏壮"似诗"著称的苏轼词,并没有将横向体制列为判定"正""变"的依据。

在这一时期的弃"横"从"纵"类正变观中,论述最为系统的是王灼的《碧鸡漫志》,详细论述见下节。

二、宋金元之交:盛极而衰

宋金元之交,一方面,时局动荡加剧,弃"横"从"纵"类正变观在振起柔靡,遏制亡国之音上独具优势,故颇有用武之地。而且受"苏学北行"及北方民族豪迈风气的影响,金元词及词论普遍崇尚宏壮词风,以苏轼、辛弃疾、元好问等如诗如文,杂用经史的变体词为取法典范。故需要借助此类正变观来赋予宏壮词正统地位。因此,此类正变观再度兴盛,另一方面,南宋偏安的余风仍存,而且随着词体的发展,论者对词体优势与刚健词流弊的认识加深,故不少论者都倾向于采用立"横"追"纵"的正变立场。因此,弃"横"从"纵"类正变观虽然再度兴盛,数量及质量都超过了两宋之交,但已无法再度占据主流了。

前代王灼的《碧鸡漫志》其实已大体囊括了此类正变观的基本观点,故宋金元之交同类正变观大都是对这些基本观点的继承及进一步阐发,主要表现为:

(一)关注当时诗词分立的现状,而否定分立的价值,故标举不当分立的立场,以纵向正源为划分词体"正""变"的唯一标准,这也是此类正变观的核心观点。

《碧鸡漫志》云:"诗与乐府同出,岂当分异,若从柳氏家法,正自不得不分异耳。"即主张以诗与乐府共有的纵向正源为判定词体"正""变"的唯一标准。对当时词坛现状的理解是诗词分立,而不当分立,故特别标举开俗靡风尚的"柳氏家法"为词体独立的代表,据此将词体归入纵向邪变中。宋金元之交不少同类正变观都强调了这个核心观点。较有代表性的如金元间王若虚云：

> 陈后山谓子瞻以诗为词，大是妄论，而世皆信之，独茅荆产辨其不然，谓公词为古今第一。今翰林赵公亦云此，与人意暗同。盖诗词只是一理，不容异观。自世之末作习为纤艳柔脆，以投流俗之好，高人胜士，亦或以是相胜，而日趋于委靡，遂谓其体当然，而不知流弊之至此也。①

同样是先标举"诗词只是一理，不容异观"的论点，确立纵向正变立场；在以"遂谓其体当然，而不知流弊之至此"的现状为反面论据，认为词体虽然，而不当然：默认词体与诗体分异，具有独立体制，但认为这种体制会滋生俗靡的邪变，不利于"正"，不应肯定。按这种标准，率先以宏壮振起柔靡，拨乱反正的苏轼词，就堪称为"古今第一"了。从中也可见此类正变观与横向词体正变观是互相对立的：王若虚反对陈师道之论的根本原因在于陈师道所提倡的"本色"，属于肯定词体独立价值，且主张评价诗词正变须用不同标准的横向正变观。王若虚在另一则词论中评价陈师道此论云："陈后山云：'子瞻以诗为词，虽工非本色。今代词手，唯秦七、黄九耳。'予谓后山以子瞻词如诗，似矣。"②看似与前论矛盾，其实不然：词如诗，纯就特征而论，本无褒贬，对于王若虚这类主张诗尊词卑论者而言，恰是褒扬。而以诗为词，包含了非本色的定位，有等而下之的意味。因此才要用"古今第一"评价来与之争辩。二则词论互相发明，可知其真正要反对的，是以本色论词，将诗词异观。

又如宋元间林景熙（1242—1310）《胡汲古乐府序》云：

> 唐人《花间集》，不过香奁组织之辞，词家争慕效之，粉泽相高，不知其靡，谓乐府体固然也……其习而为者，亦必毁刚毁直，然后婉转合宫商，妩媚中绳尺，乐府反为情性害矣。乐府，诗之变也。诗发乎情，止乎礼义……岂一变为乐府，乃遽与诗异哉？宋秦、晁、周、柳辈各据其垒，风流酝藉，固亦一洗唐陋而犹未也。荆公《金陵怀古》末语"后庭遗曲"，有诗人之讽。裕陵览东坡月词，至"琼台玉宇，高处不胜寒"，谓苏轼终是爱君。由此观之，二公乐府根情性而作者，初不异诗也……所谓乐而

---

① 王若虚著：《滹南诗话》，丁福保编：《历代诗话续编》上册，第517页。
② 同上书，第516页。

不淫、哀而不伤,一出于诗人礼义之正。然则先王遗泽。其犹寄于变风者,独诗也哉!①

同样强调诗词同源,"岂一变为乐府,乃遽与诗异哉?"明确指出词所要合的"正",是纵向上的"诗人礼义之正",而词形成于唐五代《花间集》的柔婉体制特征,致使词"与诗异",流为靡靡邪变,不利于"正",必须抛弃,才能归复纵向正源。

(二)认为词体与纵向正源相比,具有性情不雅、失真的邪变特征。不雅是在词体产生后便占据主流的纵向正变定位,但此类论者更倾向于将格调与性情联系起来。如上述胡寅、林景熙词论都主张苏轼词情能上承变风"发乎情,止乎礼义"的雅正之旨;而词情不真,在王灼以前的纵向正变观中则少有论及,但在宋金元之交不少同类正变观中却受到普遍关注及多角度的阐发。这种偏重性情的正变定位,更有助于推尊不拘于柔婉体制的词。然而,综合考察宋人对真情词风界定的矛盾之处,便会发现词情真纯与否实与刚柔无关。

如王若虚云:

> 晁无咎云:"眉山公之词短于情,盖不更此境耳。"陈后山曰:"宋玉不识巫山神女,而能赋之,岂待更而后知"(笔者案:陈师道原论尚有"余他文未能及人,独于词,自谓不减秦七、黄九")。是直以公为不及于情也。呜呼!风韵如东坡,而谓不及于情,可乎?彼高人逸才,正当如是,其溢为小词而间及于脂粉之间,所谓滑稽玩戏,聊复尔尔者也。若乃纤艳淫媟,入人骨髓,如田中行、柳耆卿辈,岂公之雅趣也哉?②

这段论述,反映出此类正变论者所定义的词情的特点:早期词论者所理解的词情,通常是立足于词体体制的,专指契合词体独立特征的柔情,故可类比"巫山神女"的典故,以"秦七、黄九"词为典范,这在苏轼备受瞩目的壮士词中当然是有所"短"的③;而此类正变论者因主张诗词不容异观,故所理解的

---

① 林景熙著:《胡汲古乐府序》,《霁山文集》,《文渊阁四库全书》第1188册,第747—748页。
② 王若虚著:《滹南诗话》,丁福保编:《历代诗话续编》上册,第517页。
③ 客观地说,苏轼词实际上有多种风格,也不乏婉约柔情之作,但同时词论都倾向于以宏壮似诗来概括苏轼词风,只因这种词风在苏轼词中最具代表性,在体制上横放杰出,带给时人的冲击力为他词所不及,以致于对苏轼词的关注和评价都集中于此,而无暇顾及其他风格。

词情是契合于纵向正源的真挚雅正之情,按此理解则苏轼词豪情洋溢,深度力度尤胜秦、柳,能振起柔靡,正是言情典范。王若虚特别指出苏轼词情之"雅趣",是由天然去雕饰的抒情特色成就的:

> 文伯起曰:"先生虑其(词)不幸而溺于彼,故援而止之,特立新意,寓以诗人句法。"是亦不然。公雄文大手,乐府乃其游戏,顾岂与流俗争胜哉? 盖其天资不凡,辞气迈往,故落笔皆绝尘耳。①

强调苏轼词能特立杰出,原因在于天资不凡,纯任性灵,不求高而自高。因此,反对文伯起用矫正时弊,有意为之来阐释苏轼变体的原因。其实,苏轼变体词的产生,固然是其无拘无束个性与高雅超逸胸襟的自然流露,非有意为之,故能独具魅力;然而,苏轼满怀自信的标举其变体词"自是一家",则是为纠正俗靡时弊,而有意为之的了。

稍后的元好问(1190—1257)与王若虚所见略同,高度肯定了苏轼一脉不拘体制的词在性情上真挚自然的优势可上承国风。《新轩乐府引》(1254年作)云:

> 唐歌词多宫体,又皆极力为之。自东坡一出,性情之外不知有文字,真有"一洗万古凡马空"气象。虽时作宫体,亦岂可以宫体概之? 人有言乐府本不难作,从东坡放笔后便难作。此殆以工拙论,非知坡者。所以然者,《诗三百》所载,小夫贱妇幽忧无聊赖之语,特猝为外物感触,满心而发,肆口而成者尔;其初果欲被管弦、谐金石,经圣人手,以与《六经》并传乎? 小夫贱妇且然,而谓东坡翰墨游戏,乃求与前人角胜负,误矣! 自今观之,东坡圣处,非有意于文字之为工,不得不然之为工也。坡以来,山谷、晁无咎、陈去非、辛幼安诸公,俱以歌词取称;吟咏情性,留连光景,清壮顿挫,能起人妙思;亦有语意拙直,不自缘饰,因病成妍者。皆自坡发之。②

此论优点在于对苏轼一脉词情真挚自然的特点及表现的概括颇为精准,对变风及苏轼词高格调成因的论述也更具说服力:变风真醇朴厚之情出于天

---

① 王若虚著:《滹南诗话》,丁福保编:《历代诗话续编》上册,第517页。
② 元好问著,姚奠中主编,李正民增订:《元好问全集》下册,山西人民出版社2004年版,第39—40页。

性,苏轼词清壮高妙之情出于人品,故均能不求工而自工,不求高而自合于圣人经典"无邪"之旨。比起前代一味强调高格、强求功用的论者,更能把握此类词的独至之妙;而缺陷在受词坛现状的限制,误认为真挚自然的特点为苏轼词首创:元好问将确立词体体制的唐歌词视同宫体诗,并不正确,唐词与宫体诗,尽管在内容上都以女子情态为主,但在性情上,宫体诗大都只重视形态刻画,形式工巧,缺乏真情;而唐词却大体以自然真挚的性情见长,其与苏轼一脉词虽有刚柔之别,但自不乏"吟咏性情,留连光景……起人妙思……语意拙直,不自缘饰"之作,因此,苏轼词在"清壮顿挫"上固是首创,在不蹈袭前人与真挚自然上其实是对唐词的归复。

其实,最早用"满心而发,肆口而成"论词的是北宋张耒的《东山词序》:

> 文章之于人,有满心而发,肆口而成,不待思虑而工,不待雕琢而丽者,皆天理之自然,而性情之至道也。世之言雄暴虓武者,莫如刘季、项籍。此两人者,岂有儿女之情哉。至其过故乡而感慨,别美人而涕泣,情发于言,流为歌词,含思凄惋,闻者动心焉。此两人者,岂其费心而得之哉?直寄其意耳。余友贺方回……倚声而为之词,皆可歌也……是所谓满心而发,肆口而成,虽欲已焉而不得者。若其粉泽之工,则其才之所至,亦不自知也。夫其盛丽如游金张之堂,而妖冶如揽嫱施之袪,幽洁如屈宋,悲壮如苏李,览者自知之,盖有不可胜言者矣。①

其中所标举的"满心而发,肆口而成"的歌词,就属于柔情词。为何被张耒、元好问列为自然真挚典范的词,有刚柔之别呢? 这与词体发展的不同阶段有关:一般而言,文体最初是应时代抒情的需要而产生的,初步定型时均具有自然真挚的特点,而此后的文体要合体,就要依据前代既定的体制,而未必能有情感为依托,故发展越成熟,受体制的限制就越多,自然真挚也越容易衰失。词体也是如此,唐五代初成时,以纤柔体制别于纵向之源——诗与燕乐,自立一格。又于传统政教功用之外,自成其娱宾遣兴的用途,故能尽情的表达以往文人所不敢言,以往体制所不能尽言的各种柔美情致,成为当时最具生命力的文体,在自然真挚上也为当时诗文所不及。因此,直至词体自觉的元祐时期,主流词论尽管对词体格调颇为不屑,但仍肯定其具有善言

---

① 张耒著:《东山词序》,贺铸著:《东山词》,朱祖谋刻:《彊村丛书》第一册,广陵书社 2005 年版,第 359 页。

情的特点。此后作品中强求"即体成势",而不能"因情立体"者愈多,所包含的自然真挚之情就越少。反而是苏轼兴起的一脉词,以刚健的特征别于横向体制,自立一格,能摆脱体制及娱宾遣兴用途的限制,展现出横放杰出,纯任性情之妙。因此,在词体发展成熟,性情僵化弊端凸显的宋金元之交,论者会产生苏轼一派词更能"满心而发,肆口而成"的印象也就不足为奇了。客观而言,豪放之宏大震撼与婉约之体贴入微,均能感动人心,故不宜拘泥于刚柔的表象,而忽视其真挚自然的内涵。

宋元间刘辰翁(1233—1297)对词体、词情的论述,比前代同类论者更为客观,《辛稼轩词序》云:

> 词至东坡,倾荡磊落,如诗,如文,如天地奇观。岂与群儿雌声学语较工拙;然犹未至用经用史,牵雅颂入郑卫也。自辛稼轩前,用一语如此者,必且掩口。及稼轩横竖烂漫,乃如禅宗棒喝,头头皆是。又如悲笳万鼓,平生不平事并尽厄酒,但觉宾主酣畅,误不暇顾。词至此亦足矣。然陈同父效之,则与左太冲入群媪相似,亦无面而返。嗟乎,以稼轩为坡公少子,岂不痛快灵杰可爱哉!而愁髻龋齿作折腰步者,阒然笑之……稼轩胸中今古,止用资为词,非不能诗,不事此耳。斯人北来……陷绝失望,花时中酒,托之陶写,淋漓慷慨,此意何可复道。而或者以流连光景、志业不终恨之,岂可向痴人说梦哉!为我楚舞,吾为若楚歌,英雄感怆,有在常情之外,其难言者未必区区妇人孺子间也。世儒不知哀乐,善刺人,及其自为,乃与陈后山等,嗟哉![1]

此序立足于纵向,将经史视同诗乐中的雅颂正声,而词体视同郑卫邪变,则诗文的地位当类似于风,属于"变"不失"正"的类型。因此,采用弃"横"从"纵"的正变立场,将遵守体制的词斥为邪变,所谓"愁髻龋齿作折腰步",属于不正常的畸形美,在男尊女卑的古代,"雌声"属于卑下之声,以此类比词体体制,意在说明其横向之"始"本不"正",后世词若再学步学语,固守体制,就更是东施效颦了。因此,将如诗如文的苏轼词尊为返"正"之"变"的开始,而对融入经史的辛弃疾词评价是"至此亦足",代表了词作的最佳水平。与前代同类正变观相比,其创见在于:

1. 在判断词作高下时,不仅讲求格调,还重视纯任性灵,真挚动人,并

---

① 刘辰翁著:《须溪集》,《文渊阁四库全书》第1186册,第524页。

指出刻板模仿他人意格的词,无论刚柔雅俗均属邪变——其将陈同父学辛词,类比"与左太冲入群媪",潘岳之美虽本属美之正宗,与愁眉龋齿之畸美不同,但左思没有其美的本质而勉强效仿其姿态,最终亦难得其美,反与效颦之丑相类,只好无面而返。同理,陈同父没有辛弃疾的才情心胸而学其词,最终也难得其"正"。这样的解读虽难免主观,但对维护其正变立场却有帮助,不仅能更为准确的揭示出刚健词优势——大胆的依据性情需要采用刚健意格,确实比矫情就体,更能动人;而且能部分认识到刚健词的流弊,为更好的指导刚健词创造了条件。

2. 认识到词体体制的兼容性。认为在体势上雅、郑不能共存固然是一般规律,但这种规律不是一成不变的,如辛弃疾词就是例外,因此,不应墨守成规,否定其实际存在的妙处。客观而言,刘辰翁对词体体势的把握不甚准确:苏、辛词与词体体势间的最本质的差别,其实是刚柔,而非雅俗。《文心雕龙》论及体势时,认为雅、郑在同一文章中是势不两立的,而刚、柔却可以共融。苏、辛词就正是刚柔共融的典范。尽管如此,其认识到词体体制的兼容性,对词体发展的贡献仍是不容忽视的。

(三)此类正变观缺陷进一步暴露,常有横向体制标准不自觉介入的现象。《碧鸡漫志》在总论词体源流时,虽然旗帜鲜明地标举弃"横"从"纵"的正变立场,但在具体评价诸家词时,却也无法彻底贯彻此种立场,不得不兼顾横向体制标准。在宋金元之交不少同类正变观中也出现潜在横向体制标准。

如俞德邻(1231—1293)《奥屯提刑乐府序》云:

> 乐府,古诗之流也。丽者易失之淫,雅者易邻于拙。求其丽以则者,鲜矣。自《花间集》后,迄宋之世,作者殆数百家,雕镂组织,牢笼万态,恩怨尔汝,于于喁喁,佳趣政自不乏。然才有余德不足,识者病之。独东坡大老以命世之才,游戏乐府,其所作者皆雄浑奇伟,不专为目珠睫钩之泥,以故昌。大矞庶如协八音,听者忘疲。渡江以来,稼轩辛公,其殆庶几者。下是,《折杨》《皇荂》,诲淫荡志……疆土既同,乃得见遗山元氏之作,为之起敬。①

虽然具备了弃"横"从"纵"类正变观的诸种特征,但将词体之"正"的特征定

---

① 俞德邻著:《佩韦斋集》,《文渊阁四库全书》第 1189 册,第 77 页。

位为"丽以则",却是兼顾了横向体制的:"丽者易失之淫"固然是一贯奉行的纵向正变标准,但"雅者易邻于拙"则不同,在传统文章正变观中,"雅"本身即是"正",并无流弊,而"拙"作为质的表现之一,虽然不是优点,也无害于"正",即便是标举文质兼备为"正"的《文心雕龙》,也未将上古"拙"文排除在"正"之外。真正不能容纳雅"拙"之流弊的,其实是词在横向上自立的轻灵柔美的体制。"丽以则"本是前人对以骚体为代表的诗人之赋的评价,相对诗经正源而言,"丽"为变,而"则"为正。骚体中固然有类似苏轼词的雄浑奇伟之格,但更多的是寄情于美人香草的柔美奇丽之格,与词体颇有相通之处。

论中描述东坡一脉宏壮词的特点,是"大嚣庶如协八音,听者忘疲",然而,这种特点在传统乐论中却是邪变之声。即如《国语·楚语上》伍举云:"国君⋯⋯安民以为乐⋯⋯不闻其⋯⋯以金石匏竹之昌大、嚣庶为乐。"[1]即是劝楚灵王不应惑于昌大嚣庶之乐,而忘记安民的本分。按传统的音乐正变论,正声庄严淡雅,能平和心境,故能使王者绝淫欲,思安民;而嚣庶之乐众音喧嚣,起伏跌宕,听众之情志也随之激荡,与正声的特点及作用正相反。但在普通听众看来,正声过于沉闷,易产生昏昏欲睡之感,而变声激越却能令人忘倦,与《折杨》《皇荂》等俗乐颇为相似。俞德邻对东坡一脉宏壮词,在判断高下时,站在圣人重"德"的立场,依据纵向正变,将其作为权变来推崇,标举雄浑奇伟的特征,振起俗靡的政教功用;但在具体鉴赏时,却又站在普通听者的立场,称赏其昌大嚣庶,令人忘疲的邪变特征。这无疑是矛盾的。

又如元好问在论佳词典范时,在唐宋词中更欣赏融入了诗文意格的宋词,在宋词中特别举苏轼、黄庭坚、晁补之、陈与义、辛弃疾一派有刚健倾向的词家,称惟有此派能上承古诗乐的自然深挚,然而,其《摸鱼儿·问莲根》词又云"曲以乐府《双渠怨》命篇。咀五色之灵芝,香生九窍;咽三清之瑞露;春动七情,韩偓《香奁集》中自叙语",肯定柔情也能真挚动人。而元好问此词也正属于以柔情动人之作,且中有"《香奁》梦,好在灵芝瑞露"之句与序言呼应。因此,后来张炎才会对其词作与词论间的差异提出疑问:"元遗山极称稼轩词,及观遗山词,深于用事,精于炼句,有风流蕴藉处,不减周、秦。如《双莲》《雁邱》等作,妙在模写情态,立意高远,初无稼轩豪迈之气。岂遗山欲表而出之,故云尔。"其实,元好问词与其推崇的苏、辛一派词,都是兼有豪气与柔情的,其实际词学审美取向与元祐主流词论颇为相似,最欣赏的并不

---

① 徐元诰著,王树民、沈长云点校:《国语集解》,中华书局 2002 年版,第 493 页。

是一味豪放使气的词,而是刚柔兼济,有气骨而能合体的词。参看《遗山乐府引》(1234年作)云:

> 世所传乐府多矣,如山谷《渔父词》:"青箬笠前无限事,绿蓑衣底一时休,斜风细雨转船头。"陈去非《怀旧》云:"忆昔午桥桥下饮……渔唱起三更。"又云:"高咏《楚辞》酬午日……今夕到湘中。"如此等类,诗家谓之言外句,含咀之久,不传之妙,隐然眉睫间,惟具眼者乃能赏之……愈嚼而味愈出,乃可言其隽永耳。岁甲午,予所录《遗山新乐府》成,客有谓予者云:"子故言宋人诗大概不及唐,而乐府歌词过之,此论殊然。乐府以来,东坡为第一,以后便到辛稼轩,此论亦然。东坡、稼轩即不论,且问遗山得意时,自视秦、晁、贺、晏诸人为何如?"予大笑,拊客背云:"哪知许事,且啖蛤蜊!"客亦笑而去。①

由于"哪知许事,且啖蛤蜊!"的评论模棱两可,故不少学者认为元好问只欲追配苏、辛一派刚健词,而不屑同秦、晁、贺、晏等婉约词人相提并论。其实不然,结合《新轩乐府引》,元好问论词体优劣的实际依据并不在刚柔,也不在温厚和平,而在自然真挚,隽永深味。所谓"满心而发,肆口而成","吟咏性情,留连光景,清壮顿挫,能起人妙思","类诗家谓之言外句……愈嚼而味愈出,乃可言其隽永"。具体引为例证的黄庭坚《渔父词》、陈与义两首《临江仙》词,也都是刚柔相济的,并非是一味豪放使气的词作。再看反面的例子,其不满唐词的关键原因,是认为唐词类似无真情格调的宫体诗,而不是婉约,参看《东坡乐府集选引》(1236年作)云:

> 如"当时其客长安,似二陆初来俱妙年。有胸中万卷,笔头千字;致君尧舜,此事何难?用舍由时,行藏在我,袖手何妨闲处看"之句,其鄙俚浅近,叫呼炫鬻,殆市驵之雄,醉饱而后发之;虽鲁直家婢仆且羞道,而谓东坡作者,误矣!

可见,其对无真情格调的豪放词同样是鄙视的。反观秦、晁、贺、晏词:晁补之词在《新轩乐府引》中已明确被元好问列入苏轼一派,是其心目中的填词典范之一;而"满心而发,肆口而成"本是张耒用以评贺铸词的;"寓以诗人之

---

① 元好问著,姚奠中主编,李正民增订:《元好问全集》下册,第266—267页。

句法,清壮顿挫,能动摇人心"本是黄庭坚用以评晏几道词的,宋代王中立《题乐府后诗》[①]甚至将元好问词称为"小山后身";至于秦观词,同样受苏轼、黄庭坚的称赏,特点即如张炎云:"体制淡雅,气骨不衰。清丽中不断意脉,咀嚼无滓,久而知味。"可见,四家词均能契合于元好问的佳作标准,没有理由受到轻视。

因此,元好问在标举佳词典范时,特别举苏轼一派词,只是因为其受金代苏学盛行风气及词体发展情况的影响,认为苏轼一派词不刻意,又能融入诗文气骨,刚柔相济,最宜表现自然真挚,隽永深味,且无浅俗虚伪的流弊;而并不表示其只爱刚健之妙,而不知柔婉之妙——其所推崇的自然真挚,隽永深味的特征,虽然在理论上攀附纵向正源,但实际上已兼顾了横向词体。且看元好问《新轩乐府引》中自称读与其臭味相投,又能步武苏轼的新轩词,即如韩愈《听颖师弹琴》云:"昵昵儿女语,恩怨相尔汝。忽然变轩昂,勇士赴敌场。"可见,其心目中的苏轼一派词,是兼具儿女柔情与壮士豪气的,创作目的是宣泄"平生不平事"。也因此受到其友屋梁子的指责,认为此等词,柔婉则类似"《麟角》《兰畹》《尊前》《花间》等集,传播里巷,子妇母女交口教授,淫言媟语深入骨髓,牢不可去,久而与之俱化。浮屠家谓:笔墨劝淫,当下犁舌之狱。自知是巧,不知是业";张扬又类似"《离骚》之《悲回风》《惜往日》,评者且以'露才扬己,怨怼沉江'少之;若《孤愤》《四愁》《七哀》《九悼》绝命之辞,《穷愁志》《自怜赋》,使乐天知命者见之,又当置之何地耶?"都违背了温柔敦厚的诗教正宗。元好问面对屋梁子的指责,能坦然应对,因其所理解的诗三百特点是自然感发哀乐。但上述《遗山乐府引》中客人的问题则不同,所涉及的刚柔与高下的关系,正是元好问词论与审美中最为微妙,难以言传的部分,故不愿作正面回答,而用"哪知许事,且啖蛤蜊!"转移话题,或也含有知音难求之意。

而后继论者常拘泥于典故本义[②],误会其鄙薄秦、晁、贺、晏诸家。但具体论述却也不得不兼顾横向词体特征。如王博文《天籁集序》(1287年作)云:

---

① 《题乐府后诗》:常恨小山无后身,元郎乐府更清新。红裙婢子那能晓,送与凌烟阁上人。

② 《南史本传》:融躁于名利,自恃人地,三十内望为公辅。初为司徒法曹,诣王僧祐,因遇沈昭略,未相识。昭略屡顾盼,谓主人曰:"是何年少?"融殊不平,谓曰:"仆出于扶桑,入于汤谷,照耀天下,谁云不知,而卿此问?"昭略云:"不知许事,且食蛤蜊。"融曰:"物以群分,方以类聚,君长东隅,居然应嗜此族。"其高自标置如此。

乐府始于汉,著于唐,盛于宋。大概以情致为主,秦、晁、贺、晏虽得其体,然哇淫靡曼之声胜。东坡、稼轩矫之以雄词英气,天下之趣向始明。近时元遗山每游戏于此,掇古诗之精英,备诸家之体制,而以林下风度消融其膏粉之气……宜其独步当代,光前人而冠来者也。①

继承元好问词论的痕迹明显,但主旨已经变更:重新搬出纵向尚雅正抑柔靡的标准,提倡苏、辛一派变体的豪气词,而贬抑秦、晁、贺、晏一派合体柔情词。然而,其具体评元好问词特征,却是"以林下风度消融其膏粉之气",林下风气典出南朝宋刘义庆《世说新语·贤媛》,用以形容大家闺秀飘逸清朗的风度,于词而言,就属于婉雅合体的一类了。

综上所述,此类正变观在时势衰乱的南北宋之交与宋金元之交,均颇为兴盛,但其理论建构上的缺陷也逐步暴露——既要填词,又要否定词体独立的价值;既希望展现词体之妙,又要鄙薄最宜入词的柔婉特征,这无疑是自相矛盾的。因此,随着此类正变观的发展,潜在横向体制标准的介入也越来越明显。在此后的明代,辨体尊体的风尚日渐兴起,此种否定词体价值的正变类型就极少被采用了。然而,此类正变观中客观合理,有助于促进词体发展的内涵却依然被其他类型的正变观所沿用,这些内涵主要有:一、客观认识到词体的包容性。不仅可用以表达纤柔的意格,同样可用以表达宏壮的意格。二、较为深入的揭示出宏壮词在审美、格调上的独至之妙。三、"纵"、"横"双重标准一明一暗,并行互补的方式,已与后来一直占据主流的综合类正变观颇为接近了。

第四节　王灼:集大成的弃"横"从"纵"类正变观

王灼(1105—1175),字晦叔,号颐堂,小溪(四川遂宁)人。现存与词相关的文献主要包括《碧鸡漫志》五卷、《长短句》二十一首(收入《彊村丛书》本《颐堂词》)。在南北宋之交的正变论中,占据主流的是弃"横"从"纵"类正变观,而此类又以王灼的《碧鸡漫志》(以下简称《漫志》)②论述最为系统,在词体正变观发展史上也具有集成启变的关键地位。正如《四库

---

① 王博文著:《天籁集序》,白朴著:《天籁集》,《文渊阁四库全书》第 1488 册,第 631 页。
② 本书引用《碧鸡漫志》原文均见:王灼著,岳珍校正:《碧鸡漫志校正》,巴蜀书社 2000 年版。

提要》云：“灼作是编，就其传授分明，可以考见者，核其名义，正其宫调，以著倚声所自始……其间正变之由，犹赖以略得其梗概，亦考古者所必资也。”①

按《漫志》序中所述，此书初作于南宋绍兴乙丑冬（1145 年）至来年秋（1146 年），以随笔札记的方式记录。在 1148 年秋至绍兴己巳三月（1149 年）整理旧稿，增广成传世的五卷本。王灼以儒家为根基的思想构成，靖康之变后投笔从戎的乱世遭际，使《漫志》体现出弃“横”从“纵”的正变意识。其词体与词史观自成体系，建立在对词乐、词调渊源的翔实考辨之上，与前人对诗乐源流的探讨一脉相承，基本囊括了时人纵向正变论的关注点。

当前学界对《漫志》在词学史上的价值已颇为重视，但因书中未直接出现“正”“变”字对举，故对其词体正变观少有关注，然而，判定一种源流论是否属于正变观，关键不在是否直接出现“正”“变”字眼，而在于是否包含了崇正推源的正变观核心特征。统观《漫志》的词体源流建构，便会发现其中崇正推源的正变理念十分鲜明。《漫志》序云“因旁缘是日歌曲，出所闻见，仍考历世习俗，追思平时论说，信笔以记”，阐明此书的创作目的乃是考察包括词体在内的纵向歌词源流，结论是“后世风俗益不及古”，对歌词源流的评价具有“最佳”与“源始”合一的特点，因此，是典型的纵向正变观；而将词体定位为邪变，最欣赏横向变体苏轼词，认为其能“指出向上一路”，通过“变”来拨乱反正，因此，属于弃“横”从“纵”类正变观。

然而，王灼在实际生活中对词体自成一家的妙处却有切身体会。从《漫志》序中可见，王灼寄居碧鸡坊时对声妓歌词的陶醉，是其创作的直接动因，而令其百听不厌，“日日醉踏碧鸡三井通”的歌词，正是当时流行的合体词。从王灼现存词作看，绝大部分也属于柔婉的合体之作。这种矛盾的心态使《漫志》的词体正变观呈现出有别于同类正变观的微妙特色，一方面，弃“横”从“纵”的正变立场被明确标举，理论上奉为判断词体高下的唯一标准。另一方面，词体横向所独有的柔美标准若隐若现，实际上成为判断词体高下的潜在标准。

《漫志》共分五卷：卷一较为系统地探讨了词体的纵向渊源，勾勒出歌词从古（最早有纪年的唐、虞禅代）至当时（南宋）的正变轨迹；卷二以时代先后为序，述评历代著名词人词作的特色及影响，展现出词体从产生（唐末五代）至当时的横向源流情况，依据纵向正源为主，横向体制为辅的原则，对唐

---

① 《碧鸡漫志提要》，《文渊阁四库全书》第 1494 册，第 505—506 页。

宋诸名家词做出正变定位;后三卷对当时流行的二十九个词调的辞乐渊源进行考辨,以印证前二卷所论述的词体正变观。其词体正变总纲是:

> 古歌变为古乐府,古乐府变为今曲子,其本一也。后世风俗益不及古,故相悬耳。

具体而言:

(一)"古歌"兴起于上古(唐、虞禅代),至西汉末始绝,性情最真。包括:1.上古乐辞。是歌词的纵向正始,品格最高,最受推崇。代表作是传说在虞舜时所作的韶、九功、南风等。源出于上古治世,春秋时已少有传世,故"孔子之时,三皇五帝乐歌已不及见,在齐闻韶,至三月不知肉味"。经历了"战国秦火"后,"古器与音辞"便"亡缺无遗"了。2.雅乐。代表作是《诗经》,是三代盛世正声遗音,地位仅次于上古乐辞,在上古乐辞"亡缺无遗"后,雅乐便成为歌词正宗的最佳典范。春秋后传世日稀,西汉时已是"雅郑参用,而郑为多",曹魏时仅存《鹿鸣》《驺虞》《伐檀》《文王》四曲,经左延年之徒以新声改易古曲后,止存《鹿鸣》一曲,至晋初全部亡绝。3.俗乐,代表作是郑声。品格媚俗,属于背离雅正的邪变。兴起于春秋衰乱世中,此后流靡日繁,逐步取代雅乐流行。

(二)"古乐府"早期是为配乐而作,兴于西汉,西汉初性情真挚的"古俗犹在",但已少雅音,东汉"以来,非无作者,大概文采有余,性情不足","晋魏为盛,隋氏取汉以来乐器歌章古调并入清乐,余波至李唐始绝。"后期作品则辞乐分离,至唐中叶大体已变为有辞无乐的徒诗了。在历代演变中,经历了多次战乱及音乐改革,新曲日增,旧曲日亡,胡夷乐器音辞不断融入,至王灼时"先世乐府,有其名者尚多,其义存者十之三,其始辞存者十不得一,若其音则无传,势使然也。"

(三)"今曲子"是当时流行的以胡乐为主要来源的燕乐歌曲。兴于隋朝,"至唐稍盛,今(南宋)则繁声淫奏,殆不可数。"据《漫志》卷三考证,在王灼时所存的隋曲有乐而无词,而以词配乐的曲子词是盛唐时才出现的,此后数量渐增,并出现"独尚女音"的趋向。

(四)"其本一"的"本"在人心。《漫志》开篇即云:"或问歌曲所起。曰:天地始分,而人生焉,人莫不有心,此歌曲所以起也。"心为乐本,恰合自然之理,在被《舜典》《诗序》《乐记》等早期诗乐渊源论揭示后,就成为《史记》《魏书》《宋书》等历代乐论所崇尚的公理。诸家乐论都强调这一理念,目的是要将乐(包括律、器、辞)的源流与人心、世运的正变联系起来,以通过观乐之正变来知人论世,通过治乐来匡扶世运、规正人心。《漫志》也不例外,其对辞乐演变"后世风俗益不及古"的正变定位正是建立在对人心与辞、乐、律关系的考察之上的,目的是探明邪变的根源,以为返"正"提供可能。

总体而言,其认为在性情上,作为纵向正源的古歌与其"本"——人心的结合最为紧密,故能体现出人的至性真情,远胜于今曲子末流的矫情就体;在品格上,作为纵向正源的古乐作者人品更高尚,故格调雅正庄重,远胜于今曲子的淫俗繁促。下面第一至三部分将分别论述在《漫志》中最受关注的几个纵向正变体系,第四部分将论述其在具体词评中,纵向正源为主,横向体制为辅的评价原则。

一、纵向辞乐正变体系

王灼认为在纵向上,辞乐结合形式由依据自作之辞配乐,变为依据他人之乐填辞,是"变"失其"正",导致乐、辞与人心的关系疏离。《漫志》云:

> 《舜典》曰:"诗言志,歌永言,声依永,律和声。"《诗》序曰:"在心为志,发言为诗……嗟叹之不足,故永歌之……"《乐记》曰:"诗言其志,歌咏其声,舞动其容,三者本于心,然后乐器从之。"故有心则有诗,有诗则有歌,有歌则有声律,有声律则有乐歌,永言即诗也,非于诗外求歌也。

指出古诗乐正源心、辞、乐合一:辞(诗)由心生,当辞不足以尽兴时,便付诸歌,配合乐器,以更为尽致的阐发性情。这种辞乐结合方式最理想,所谓:"诗至于动天地,感鬼神,移风俗,何也? 正谓播诸乐歌,有此效耳。"然而,在辞乐发展中,这种完美状态被逐步瓦解:西汉时,尽管心、乐、辞合一的古俗尚存,但分离的端倪也初现——"中世亦有因筦弦金石造歌以被之,若汉文帝使慎夫人鼓瑟,自倚瑟而歌,汉魏作三调歌辞,终非古法。"都是依据他人之乐填辞,辞、乐作者分离,甚至辞、乐作者异代(如依旧曲填新词的汉魏三调相和歌),辞情与乐情就难以契合如一,与人心的关系也变得疏离。此时兴起的古乐府,"或由乐定词,或选词配乐,初无常法。"乐、辞作者分离的现象已颇为常见。

至"唐中叶虽有古乐府,而播在声律则尠矣,士大夫作者,不过以诗一体自名耳。"已变为有辞无乐的徒诗了。隋唐时期的辞乐结合形式为:一、依他人之辞配乐，由"伶伎取当时名士诗句入歌曲"。即如《漫志》云："唐时古意亦未全丧，《竹枝》《浪淘沙》……乃诗中绝句，而定为歌曲……伶伎取当时名士诗句入歌曲，盖常俗也……五代犹有此风，今亡矣"。认为此种结合方式"变"不失"正"，仍保留了"声依永"的"古意"。二、依他人之乐填辞，即今曲子，由词人依现成曲调填词而成。即如《漫志》云："古人……因所感发为歌，而声律从之"；"今先定音节，乃制词从之，倒置甚矣！"认为此种结合方式完全背离古法：不仅乐、辞作者分离，而且背离了古乐"声依永"的正统。

上述两种结合形式都是乐、辞作者分离，性情只能契合于辞、乐之一。那么，为何《漫志》以前者为"美"为"正"，而后者为"繁声淫奏"的邪变呢？这既与王灼对"声依永"古法的崇尚有关，也与王灼对当时辞、乐发展状况的认识有关：就格调而言，当时文人多不解音律，无法创作出高雅之乐，流行乐是来自胡夷里巷的燕乐，具有俗靡的特点。故"今曲子"依乐填辞，辞便会受乐中包含的淫靡风情影响，背离雅正；而诗则为当时风雅名士所作，故歌诗依辞配乐，尚不失高雅格调。就性情而言，正如沈括所云："唐人填曲多咏其曲名，所以哀乐与声尚相谐会。今人则不复知有声矣，哀声而歌乐词，乐声而歌怨词。故语虽切而不能感动人情，由声与意不相谐故也。"①当时心、乐分离的现象日趋明显，故依辞配乐，仍能如实反映出辞作者的性情；而"今曲子"依性情缺失的词牌填辞，作者性情的阐发会因受限制而失真。

《漫志》对辞乐结合形式的论述渊源有自：其将源头古歌与今曲子的形式分别界定为选词配乐、由乐定词，颇类王安石②；而将近源古乐府的辞乐结合形式定义为兼有选词配乐与由乐定词，则源于元稹，而自有因革。《漫志》评元稹《乐府古题序》中的相关乐论云：

> 分诗与乐府作两科③，固不知事始，又不知后世俗变。凡十七名皆诗也，诗即可歌，可被之笙弦也。元以八名者近乐府，故谓由乐以定词；九名者本诸诗，故谓选词以配乐。今乐府古题具在，当时或由乐定词，或选词配乐，初无常法。习俗之变，安能齐一。

① 沈括著：《梦溪笔谈》上册，江苏古籍出版社 1999 年版，第 22—23 页。
② 王安石论辞、乐结合形式演变云："古之歌者，皆先有词后有声。故曰：'……声依永……'如今先撰腔子，后填词，却是永依声也。"（转引自赵令畤：《侯鲭录》，中华书局 1985 年版，第 70 页。）
③ 此处"乐府"定义与元稹不同。元稹定义的"乐府"是广义的，即可歌的辞，相当于王灼时人所定义的"古乐府"，包括"诗、行、咏、吟、题、怨、叹、章、篇九名"选词配乐之作与"操、引、谣、讴、歌、曲、词、调八名"由乐定辞之作；而王灼所谓"乐府"是狭义的，专指"今曲子"一类。

其实,在元稹乐论中,"由'诗'而下十七名,尽编为乐府等题",均视为《诗》之流",并没有"分诗与乐府作两科"。然而,其将乐府的辞乐结合方式按题名分类的做法,确实导致了王灼时人"分诗与乐府作两科"。即如《漫志》云:"古诗或名曰乐府,谓诗之可歌也。故乐府中有歌,有谣,有吟,有引,有行,有曲。今人于古乐府,特指为诗之流,而以词就音,始名乐府,非古也。"与上述评论互相发明,可知王灼认为古人"乐府"的定义本包括"诗、行、咏、吟、题、怨、叹、章、篇、操、引、谣、讴、歌、曲、词、调"十七名,每名都是两种结合形式兼而有之,但时人只将"古乐府"限定在'诗'以下九名,并将此九名的辞乐结合方式限定为选词配乐;同时将"乐府"的定义移于"今曲子"一类由乐定词之作,这样不仅使原本尚存古意的乐府内涵变得古意全丧,也使"今曲子"与诗乐正统分离,荡而不返。

总之,《漫志》将词乐结合的演变与作者身份、性情真伪、格调高下的变化联系起来,述评比前人更为详尽,颇多创见。但也有值得商榷之处:其实,既然古辞、乐都由心生,则产生未必有先后之分。只要辞、乐作者合一,则无论孰先孰后都可以如实反映作者心声;只要作者的辞乐取向高雅,则无论先后都可以体现高格调。从《漫志》的考证中看,导致当时依乐填辞不及依辞配乐的关键原因——就性情而言,是当时辞、乐作者分离与心、乐关系疏离;就格调而言,是当时文士中主流音乐的格调受流行燕乐的影响,由雅趋俗。而历来论者都热衷于将古乐的辞乐结合形式定位为依辞配乐,也是受"最佳"与"源始"合一的正变传统影响,希望将其认为效果较好的结合方式归于古乐,以依据古乐之"正"来规范今乐之"变"而已。

二、纵向声律正变体系

王灼认为声律与人心的结合方式由自然和谐变为勉强配合,互动由以雅化俗变为以俗侵雅,都是"变"失其"正"。

王灼对声律、人心关系的认识颇为辩证:指出乐律非由学者乐工所创,而是自然存在的。故人心天生能协律,即如:"汴都三岁小儿在母怀饮乳,听曲皆撚手指作拍,应之不差。"小儿听曲作拍协律,是出于本能,自然而然,而不自知其所以然;而声律度数则是学者乐工在考察各种自然声律现象后,总结出来的规律,故非专业学者乐工不能掌握。因此,本于真性情而生的乐辞,要实现"律和声"是非常容易,自然而然的;而矫情而生的乐辞,则无法自然协律,若要协律就必须掌握前代学者由真性情乐辞中总结出来的声律知识。

《漫志》对古今格律演变的正变定位即以上述辩证认识为基础。所谓:"本之性情,稽之度数,古今所尚,各因其所重……古人岂无度数? 今人岂无性情? 用之各有轻重,但今不及古耳。"具体而言,古人偏重性情:"初不定声律,因所感发为歌,而声律从之,唐、虞禅代以来是也,余波至西汉末始绝"。故虽不刻意精研度数,也能自然协律——"因事作歌,输写一时之意,意尽则止,故歌无定句;因其喜怒哀乐,声则不同,故句无定声。"字数曲拍并无定则,皆依情而定。此种格律的生成顺应自然,因此,歌词也易为易工:"人莫不有心……有心……则有乐歌",纵使非专业乐者也能作歌词,且歌词均能轻松灵活的合律达情,即如作易水歌的荆轲,"本非声律得名,乃能变徵换羽于立谈间"。而今人偏重度数,比古人掌握了更多的格律知识,"今所行曲拍"即是今人由诸多自然协律现象中总结出的声律规律,与古歌律理正自相通,故"使古人复生,恐未能易"。然而,由于今曲子与性情关系疏离,故无法自然合律——"今音节皆有辖束,而一字一拍,不敢辄增损,何与古相庆欤!"要勉强合律,就不得不亦步亦趋的遵循现成曲谱的字数曲拍,性情的表达就更受限制了。此种格律的生成违背自然,因此,歌词也难为难工:当时歌辞多不合格律,即使是以"知音"自命的专业人士要作歌,也极为勉强——"苦心造成一新声,便作几许大知音矣"!

声律与性情的关系是与生俱来的,而与格调的关系则是后天修养的结果。历代乐论都肯定并重视乐品与人品的相互影响,大都主张用雅正人品主导乐品,以控制俗邪情性的泛滥。《漫志》认为古代作歌并非乐工专利,乐工的责任是掌握雅乐乐理,规正乐品;而当时知音者少,教坊乐工则格调卑俗,不能掌握雅乐乐理,只是一味的迎合世俗所好,故不仅不能规正乐品,还助长了谐俗的邪变之风,所谓:

> 古者歌工、乐工皆非庸人……孔子学琴于师襄子……子贡问师乙:"赐宜何歌。"答曰:"慈爱者宜歌商……宽而静、柔而正者宜歌颂,广大而静、疏达而信者宜歌大雅,恭俭而好礼者宜歌小雅,正直而静、廉而谦者宜歌风。"师乙,贱工也,学识乃至此。

认为古代乐师能为圣贤师,只因其雅有品格,精通雅乐乐理,故能以歌者性情为依据,以雅为宗旨,规正乐品。而"今有过钧容班教坊者,问曰:'某宜何歌?'必曰:'汝宜唱田中行、曹元宠小令。'"王灼对田中行、曹元宠小令的评价是"极能写人意中事,杂以鄙俚","滑稽无赖之魁",故当时教坊乐工以此教人，必然会导致乐风日下。

王灼所推崇的雅乐乐理，核心在"中正"，《漫志》云："或问雅郑所分。曰：'中正则雅，多哇则郑。'至论也。"就律法而言，则关键在通晓"中声""正声"。所谓：

> 何谓中正？凡阴阳之气，有中有正，故音乐有正声，有中声……自扬子云之后，惟魏汉津晓此。东坡曰："乐之所以不能致气召和如古者，不得中声故也。乐不得中声者，气不当律也。"东坡知有中声，盖见孔子及伶州鸠之言，恨未知正声耳……知音在识律……诸谱以律通不过者，率皆淫哇之声。

王灼将精通雅乐律法视为辨别雅郑的关键之一，对声律的重视可知。但对中正声律论渊源的考察却不甚严谨：其所推崇"中声、正声"律法的具体规范，本于宋徽宗大晟乐律，乃是根据魏汉津"以帝指为尺度"的荒唐谄媚之说制定的。在实行时已受"迂怪"①之讥，故不久就被废止了。与孔子、伶州鸠、扬雄等在乐论中所推崇的"中正"之声，在律法上并无联系，不能等同。然而，诸家对"中和雅正"声乐效果的追求却是一致的，特点是稳重安和，有别于郑声的繁促靡曼。

三、纵向意格正变体系

王灼认为在纵向上，歌词意格由质朴趋于华采，歌者、作者由不拘男女变为独尚女音，导致性情渐失，格调日卑，也是"变"失其"正"。《漫志》云：

> 刘、项皆善作歌，西汉……诸王……临绝之音，曲折深迫……盖汉初古俗犹在也。东京以来，非无作者，大概文采有余，性情不足。高欢……使斛律金作《敕勒歌》……欢自和之，哀感流涕。金不知书，能发挥自然之妙如此，当时徐、庾辈不能也。吾谓西汉后，《敕勒歌》暨韩退之《十琴操》近古。

从所举例证看，古乐特点是性情真挚，语言质朴，这种特点延续至汉初。从东汉起，乐辞已变为"文采有余，性情不足"，"今曲子"也应属此类。此论对

---

① 脱脱等著：《宋史·乐志》，中华书局1977年版，第3025页。

文采今盛于古的判断,及对汉初、南北朝辞乐特点的评论都比较准确,而能超越民族、学历的限制,肯定不知书的北朝少数民族作品自然真挚,有比南朝徐、庾辈文士炫博耀奇之作更胜一筹处,尤为可贵。但将东汉后文风都概括为"文采有余,性情不足",就过于绝对了,即使从《漫志》卷二对词体的论述看,这种概括也并不成立。《漫志》又云:

> 古人善歌得名,不择男女。战国时,男有秦青、薛谈……唐时男有陈不谦……女有穆氏……今人独重女音,不复问能否。而士大夫所作歌词,亦尚婉媚,古意尽矣。政和间……有携善讴老翁过之者。方叔戏作《品令》云:"唱歌须是玉人……意传心事,语娇声颤,字如贯珠。老翁虽是解歌,无奈……是伊模样,怎如念奴。"方叔固是沈于习俗,而语娇声颤,那得字如贯珠? 不思甚矣!

阐明"不择男女"的歌法一直延续至唐代,而当时的曲子词却变为"独尚女音"。这种特色不顾作者身份、能力,致使辞乐与人心分离,所表达的性情不及古乐真挚。

此论对古今歌者、作者身份的变化考证详实,主张辞乐内容契合作者身份才能更好抒情,也有合理性,有助于规正矫情就体、流于俗滥的词坛时弊。但凡事都有两面,首先,体有专长,业有专攻。词体体势本来就更适合表现柔情,而且"独尚女音"就必定会对柔情领悟更深,表现也更为传神。尽管这样会造成豪情缺失,但特定文体的功用本就是有限的,受作者身份的限制,前代各体诗文都以反映男子性情为主,反而是反映女性柔情的文体缺乏,从这个意义上来说,词体的出现正可补文情之不足。再者,"士大夫所作歌词亦尚婉媚",未必就不是"古意",也未必不是真情。古代夫妻之情通于君臣之义,男子作闺音并非词体首创,而是古以有之的传统,离骚中的美人香草就已开其先。更何况,婉媚也非闺音专利,男子也会有细美婉约的性情及含蓄深微的表达需要,这也是历来男子作闺音的根本原因。

值得注意的是,以上对文采、女音与人心关系的论述偏重性情,而未直接论及格调,但参考《漫志》卷二对词体的具体论述就会发现,王灼将词体尚文采、重女音的特点视为邪变的真正原因,实不在性情失真,而在格调卑下:其对词体的总体评价是"独重女音","唐末五代文章之陋极矣,独乐章可喜,虽乏高韵,而一种奇巧,各自立格,不相沿袭",已阐明尚文采、重女音是词体自成一家的典型特征。具体到诸家词,被认为代表当时主流乐风的田中行词,特点是"极能写人意中事,杂以鄙俚,曲尽要妙,当在万俟雅言之右",而万俟雅言词的特点是"胜萱丽藻",被认为"本朝妇人,当推词采第一"的李清照词,特点是"能曲折尽人意,轻巧尖新,姿态百出,闾巷荒淫之语,肆意落笔",而此种特点又被认为是流行词风在闺阁词中的体现,所谓"今之士大夫学曹组诸人鄙秽歌词……其风至闺房妇女,夸张笔墨,无所羞畏"。综观流行词风代表作,均具有华彩、柔媚的特点,既然能"极写意中事""曲尽人意",则性情不可谓不真,只是格调俗艳,才为论者所不取。反观词体,为何格调不高,仍比当时文章"可喜"呢?很可能是因为其作为新生文体,具有自然真挚,富有情趣的特点,故比当时同样华彩却日趣浅薄的文章更能动人。

综上所述,王灼将辞乐纵向正宗本质定位为真挚、高雅、自然,对古今乐辞演变的总体认识是"变"而渐失"正",故今曲子可谓邪变之尤。对于这种演变趋势,论者更倾向于从辞乐之"本"——人心入手,通过乐律与性情的结合,与格调的互动来复古之"正";而不主张直接恢复古歌——王灼将魏左延年之徒以新声改易古音辞,视为致使当时仅存一脉的春秋雅乐亡绝的重要原因,对隋代取汉以来古调并入清乐的成效也不看好,更不赞成唐代元结等人补作上古乐辞的做法,认为上古乐辞既然早已失传,那么补作必然"有其名而无其义,有其义而名不可强训",不但不能还原正声,反而会改正为邪,误导世人。可见,其已清醒地认识到古歌正声不传固然是遗憾,但也是时势使然,不可强求,强求必然适得其反。唯一与其一贯作风不甚协调的是,在论声律时提倡魏汉津颇为荒谬复古律之法。总之,王灼崇古而大体不强求机械复古的观念,在当时同类正变观中可算是颇为融通的。

四、名家词评中隐含的横向标准

《漫志》在第一卷中,论词体正变均立足于纵向,将"今曲子"的横向体制定位为邪变之尤,故在第二卷总评诸名家词时,主要采用弃"横"从"纵"的正变立场,这种立场集中体现在其对柳永、苏轼两派词人的评价中。所谓:

> 东坡先生以文章余事作诗,溢而作词曲,高处出神入天,平处尚临镜笑春,不顾侪辈。或曰:长短句中诗也。为此论者,乃是遭柳永野狐涎之毒。诗与乐府同出,岂当分异?若从柳氏家法,正自不得不分异耳。
>
> 长短句虽至本朝盛,而前人自立与真情衰矣!东坡先生非心醉于音律者,偶尔作歌,指出向上一路,新天下耳目,弄笔者始知自振。今少

年妄谓东坡移诗律作长短句,十有八九不学柳耆卿,则学曹元宠。虽可笑,亦毋用笑也。

"诗与乐府同出,岂当分异",主张立足于纵向源流,对诗体、词体采用同样的评价标准,而将时人另立一套标准评鉴词体,独尚女音,不顾格调的做法,斥为流入邪僻的野狐禅,是典型的弃"横"从"纵"类正变观。王灼认为柳永开启的俗艳词风在当时词坛从者甚众,是致使"诗与乐府分异",词风与词评皆失"正"的罪魁祸首;而苏轼则是规正此种邪变的领军人物,故评各名家词时,最关注学苏与学柳的两派词人,扬苏派、抑柳派的取向十分鲜明:

论学苏派云:

> 晁无咎、黄鲁直皆学东坡,韵制得七八。黄晚年闲放于狭邪,故有少疏荡处。后来学东坡者,叶少蕴、蒲大受亦得六七,其才力比晁、黄差劣。苏在庭、石耆翁入东坡之门矣,短气踽步,不能进也。赵德麟、李方叔皆东坡客,其气味殊不近,赵婉而李俊,各有所长,晚年皆荒醉汝颍京洛间,时时出滑稽语。

又论学柳派云:

> 沈公述、李景元、孔方平、处度叔侄、晁次膺、万俟雅言,皆有佳句,就中雅言又绝出。然六人者,源流从柳氏来,病于无韵。

显然,比起柳永一派尽柔媚之能事,而格调俗艳的词,王灼更欣赏苏轼一派不尽合体制,而格调高雅的词。也可见当时苏派渐衰,后继中不仅胜任者极少,而且狭邪、滑稽之风渐盛,颇有为柳派同化之势;而柳派大盛,除上述六人外,同时气味相投的还大有人在。如田中行、张山人、曹元宠、王齐叟、张衮臣等具属此类。正所谓:"长短句中,作滑稽无赖语,起于至和……其后祖述者益众,嫚戏汙贱,古所未有。"王灼弃"横"从"纵"的正变立场,也正是由这种词坛背景所决定的。

然而,王灼尽管在理论上明确反对分异诗词,为词体另立一套评价标准;但在具体评词时也难免与诗分异,承认词体自有别于诗源的独至之妙,更倾向于将词体最为关键的横向特征——柔美用作判断词体高下的辅助标准,并暗示这一潜在的标准能通于纵向正源。所谓:

> 唐末五代，文章之陋极矣，独乐章可喜，虽乏高韵，而一种奇巧，各自立格，不相沿袭……国初平一宇内，法度礼乐，寖复全盛。而士大夫乐章顿衰于前日，此尤可怪。

一方面立足于纵向正变，指出词体"乏高韵"，悖离了纵向正源；另一方面又为词体另立一套横向标准，承认其能因病成妍，因变出奇，自成"奇巧"之妙，在乱世中振兴文运。此种对词体特征的辩证认识，已暗合于后世在词体正变观中颇为盛行的文体代兴观。而认为"奇巧"的典范是历来公认的词体源始——唐五代词："在士大夫犹有可言，若昭宗'野烟生碧树，陌上行人去'，岂非作者？诸国僭主中，李重光、王衍、孟昶、霸主钱俶，习于富贵，以歌酒自娱。而庄宗……百战之余，亦造语有思致。"与其对词体演变的论述合而观之，唐五代词的"奇巧"是建立在自然、真挚的基础上的，并非一味的逞新弄巧，其关键在充分运用其自成一家的柔美风格，自然传神的展现士大夫特有的柔婉心境。具体表现为：1.凄婉孤寂，真切传神。如昭宗词。2.柔曼富丽，曲尽其妙。如诸国僭主词。3.绮艳深婉，妙有思致，如庄宗词。4.善于自立，有新意奇思，不落俗套。

因此，《漫志》的评词的实际标准是以纵向正源"高韵"为基本标准，以横向柔美体制特有的"奇巧"之妙为辅助标准，具体表现为：

一、对引诗之特质入词的辩证认识。《漫志》一方面立足于纵向正变，提倡以诗之妙入词。另一方面又依据横向标准，对具备诗之妙的词，更欣赏其中的能契合词体特征之作。如在评陈师道词时，虽肯定其"妙处如其诗"，但也赞同时人对其"喜作庄语，其弊生硬"的批评，并特别指出其有"用意太深，有时僻涩"的弊病，这些批评都是采用了横向标准。又如评王安石词，特别标举其"合绳墨处，自雍容奇特"，即是默认其词中合体作品比变体作品更胜一筹，更容易展现词体之美。

从具体词例的选择、鉴赏上看，将诗之妙处与词之体制结合的趋向颇为明显：先看在体制上最受争议的苏轼词，王灼归纳其"指出向上一路"的原因，在真情、自立、高格一类刚柔皆宜的特征上。根据其对词体横向源流的描述，唐五代词本就是凭借"真情""自立"的特征成就词体独至之妙的，只是时人受柳永词的影响，一味效颦于俗艳词，才导致"自立与真情衰矣"。因此，苏轼词的出现，在真情、自立上对"纵""横"邪变都是一种反拨；在格调上更是超越了唐五代词"乏高韵"的弊端，实现了对纵向正源的归复，故虽不尽柔美协律，也能受到王灼的激赏。王灼反对将苏轼词称为"长短句中诗"，在具体描述苏轼词时，"出神入天"是自然高妙而不拘刚柔，"临镜笑春"则已属于柔美一路了，其所欣赏的苏词风格由此可见一斑。

再看其余诸家被认为得诗之妙的词，有的佳作格调可步武苏轼，如"佳处亦各如其诗"的陈无己、陈去非、徐师川、苏养直、朱希真词，刚柔兼济，少脂粉浮艳之气，多清逸出尘之思；但更多的属于诗之特质与词之体制的结合体，而不同于苏轼变体词。如同样是"佳处亦各如其诗"的吕居仁词"新奇清丽"，"晚年长短句尤浑然天成，不减唐《花间》之作"①；陈子高"词格颇高丽，晏、周之流亚也"②；洪觉范"情思婉约，似少游"③；"号乐府广变风"的黄载万词，"学富才赡，意深思远，直与唐名辈相角逐，又辅以高明之韵"；又如王灼认为得《离骚》遗意的贺铸、周邦彦，"卓然自立，不肯浪下笔……语意精新，用心甚苦"，"贺《六州歌头》《望湘人》《吴音子》诸曲，周《大酺》《兰陵王》诸曲最奇崛。或谓深劲乏韵，此遭柳氏野狐涎吐不出者也"，其中，唯《六州歌头》属刚健变体，其余均是"以健笔写柔情"④之作，并未背离词体特征，而"深劲奇崛"的特点，与"斜阳芳草"、"淡烟细雨"等陈熟纤弱的流行词相比，在展现词体"奇巧"之妙上更有独至之处。总之，上述诸家词合体制的为多，共同之处在格韵高雅，风骨俊逸，卓然自立。故王灼心目中宜入词的诗之特质也应在此，诗词体制得以共通于纵向正源的特征也应在此，而这种诗词相通的特征又为"纵""横"双重标准在《漫志》中得以并行奠定了基础。

二、对俗艳词的辩证认识。《漫志》一方面立足于纵向正变，将其认为源出于柳永的俗艳词均视为邪变之尤，斥为"野狐涎之毒"。另一方面又依据横向标准，肯定其中能自立一格者，仍不失词体特有的"奇巧"之妙。如评李清照词，虽指责其"闾巷荒淫之语，肆意落笔"，不合"庄士雅人"之"正"，但也肯定其"曲折尽人意，轻巧尖新，姿态百出"，故"本朝妇人，当推词采第一"；评田中行词，肯定其"极能写人意中事，杂以鄙俚，曲尽要妙"，反而"庄语辄不佳"；评陈师道《浣溪沙》云："世言无己喜作庄语，其弊生硬是也。词中暗带陈三、念一两名，亦有时不庄语乎"，又自谓"余少年时戏作《清平乐》曲，赠妓卢姓者云：'卢家白玉为堂。于飞多少鸳鸯。纵使东墙隔断，莫愁应念王昌。'"以妓名入词，同样属于"不庄语"的类型。可见，王灼对当时盛行的滑稽谐俗词风，在道义上固然对其将词导入邪变颇为不满，但在情感上却

---

①　曾季狸著：《艇斋诗话》，中华书局 1985 年版，第 20 页。
②　陈振孙著：《直斋书录解题》，上海古籍出版社 1987 年版，第 620 页。
③　许颙著：《彦周诗话》，何文焕辑：《历代诗话》上册，第 382 页。
④　龙榆生：《清真词叙论》，《龙榆生词学论文集》，第 321 页。

不得不为其特有的妙趣所吸引。

三、对词作艺术水平的判断及艺术技法的要求。《漫志》评诸名家词，除苏轼词因在高韵上尤为杰出，可不受横向体制标准的限制外，其余有褒无贬的词家都兼具纵向高韵与横向奇巧之妙，具有柔美而格韵高雅、风骨俊逸、卓然自立的特点：如王安石词，"雍容"则温柔典雅，少脂粉气，多尘外思，"奇特"则风骨峭健、语意新奇；晏殊、欧阳修词的"风流缊藉""温润秀洁"，兼有柔情与高韵；贺铸、周邦彦词的"语意精新"恰合奇巧，"用心甚苦"可类比《离骚》，兼有高韵；晏几道词的"秀气胜韵，得之天然"，也是兼有柔美与高韵。

而评价褒贬参半的词家，均因其在"纵""横"标准上各有偏胜，亦各有欠缺：缺乏高韵的，如秦少游词，"俊逸精妙"本是"纵""横"皆宜的，但"疏荡之风不除"，稍逊高韵；赵德麟、李方叔词，妙处在"婉""俊"，符合柔美，缺点在"时出滑稽语"，缺乏高韵；而缺乏奇巧柔美的，如陈师道词"用意太深，有时僻涩"；赵明发、赵子崧词"未能一一尽奇"。对欠缺高韵，流为俗艳者评价最低，体现出以纵向正变为主的评词标准。

在艺术技法上，王灼综合"纵""横"标准，结合词坛风尚，特别强调填词要不拘不率：太拘束则或有纤巧之弊，无风骨，如"谢无逸字字求工，不敢辄下一语，如刻削通草人，都无筋骨，要是力不足。然则独无逸乎？曰：类多有之，此最著者尔"；或有平庸之弊，无新意，如"李汉老富丽而韵平平。舒信道、李元膺，思致妍密，要是波澜小"；太草率则有浮滑之弊，无气韵，如"王辅道、履道善作一种俊语，其失在轻浮，辅道夸捷敏，故或有不缜密"等等，这种要求颇为辩证，能契合于词体特点及词坛实际。

王灼正变观作为比较成熟的弃"横"从"纵"类正变观，对词体的利弊认识得更为透彻，此类正变观存在的缺陷也进一步暴露：既要欣赏、采用词体，又要全然否定其体制存在的价值，这本来就是自相矛盾的。因此，王灼在总论词体源流、总评当时词风时，虽然旗帜鲜明地标举弃"横"从"纵"的正变立场；但在具体评价诸家词时，却也无法彻底贯彻此种立场，不得不兼顾横向体制标准。这种兼顾使其词论能比同类正变观更为精准地把握诸家词的特色，更为客观地评价诸家词的利弊，也为此后兼顾"纵""横"的综合正变观兴盛奠定了基础。

第五节　立"横"追"纵"类正变观

立"横"追"纵"类正变观的正变立场是立足于横向体制，力求在保证合体的前提下继承纵向雅正词源,属于兼顾"纵""横"的综合类正变观。其目的是用积极的方式调和"纵""横"矛盾,推尊词体。定型标志有二:一是认可横向正体有契合纵向正源之处;二是明确界定出沟通"纵""横"正宗的具体特征,并将此特征列为词体的最佳必备特征。其中,第一种最为关键:词体意识自觉后调和"纵""横"矛盾成为大势所趋,因此,即使是持弃"横"从"纵"、舍"纵"取"横"正变立场的论者,在实际评词时也会出现第二种沟通"纵""横"的倾向。唯有第一种标志能明确将此类正变观与上述两类正变观区别开来:前者肯定词体之"变"能承"正",而后者认为词体之"变"已失"正"。

随着词体在论者心目中"一代之文学"地位的逐步确立,规正词体的愿望也愈加强烈。正变观中,弃"横"从"纵"类论者提倡变体词,希望通过归复纵向正源的方式,来振起词格;舍"纵"取"横"类论者提倡合体词,希望通过归复横向正体的方式,来维护词体的独至之妙;而立"横"追"纵"类正变观,在理论上兼顾了词横向正体的需要与文人对纵向正源的崇尚,比其他类型的正变观更为完善,更具说服力。故逐步兴起,主导理念随时代及词体发展而变化,从南宋中后期开始,一直占据着正变论的主流,因此,是本书研究的重点。

此类正变观成立的前提,是明确"纵""横"正宗特征的相通之处。故其正式产生,要到词体意识自觉之后,而萌芽却可上溯到中唐。目前学界存在一种误解,认为在词体初现时,词论仅关注到其娱宾遣兴的小功用,而未将其与纵向诗骚等正源联系起来,关注到比兴寄托一类的雅正功用,以致于将沟通"纵""横"词论的初现下移到北宋苏轼、将对比兴寄托的追求下移到南宋,甚至明清,致使后世不少词论被误冠以创始之名。其实,正如本章第一节中所论,词体纵向正变具有绝对正宗地位,早在词体意识自觉前,词体雏形就已被纳入在先秦形成后就笼罩着古典文论的纵向正变系统中。词人在词论中要将填词行为合理化,也自然会选择依附纵向正源的方式。

结合创作实际,这种依附也不全是牵强附会:娱宾遣兴的直接用途固然可以让文人词能在一定程度上摆脱雅正的束缚,但雅正的观念毕竟在文人思想中已根深蒂固,对比兴寄托的运用、对高格调的追求,也难免会以一种潜移默化的方式进入文人词中。即如叶嘉莹指出"早期词之佳作确实具有一种易于引发读者丰富之感发与联想的可能的潜力……在后世评赏者的心目中奠定了一种被尊视为填词之正则的地位。"①进而对唐末至宋初词的这

---

① 叶嘉莹著:《论陈子龙词》,《迦陵文集》第 4 卷,河北教育出版社 1997 年版,第 181—187 页。

种潜能发展的三个阶段进行了颇为精辟的阐释,这些阐释恰可作为此时词已有比兴内涵的证明。

总之,在词体产生之初,无论是词论还是词作,都已体现出沟通"纵""横"的趋向,只是受个性、时势的影响而有强弱之别。有鉴于此,本书通过梳理此类正变观的发展史,阐明古典词论对词体沟通"纵""横"特征的认识,是创始较早而循序渐进的。后世的论述固然比前辈更为明晰深刻,但不宜因此而忽视真正的创始之论。

一、对沟通"纵""横"特征的初步认识

词体纵向正源的特征即是历代文士根据其在审美、功用上的需要,赋予上古诗乐的特征,而词体作为文士之作,与纵向正源在旨趣上也必有相通之处,这种相通之处即是立"横"追"纵"类正变观的立论基础。历代文人欣赏及创作的作品,与民间作品相比,最典型的特征是文雅,因此,文雅是能沟通词体"纵""横"正变的基本特征。在词体定型之初,文雅的诗客标格已受关注。如刘禹锡《竹枝词序》、欧阳炯《花间集叙》等,都肯定词体能凭借文雅的特征别于民间流行的燕乐俗词,上承诗源;而在曲体萌芽后,更多的论者开始重视文雅,强调词体能凭借文雅的特征别于后继文体——曲,上承诗源。但总体而言,词"纵""横"正源的文雅是有差异的,词体之文雅较为柔和通俗,而纵向正源之文雅则兼有柔和、雄健、通俗、典重诸格,因此,历代希望推尊词体的论者,都注重结合时代背景及词体发展的实际,寻找能沟通"纵""横"文雅的具体特征。唐末至两宋间的词论,已关注到词体横向柔美多情的特点与纵向正源颇有相通之处,但受时局及词体发展的限制,同时认可"纵""横"正宗,明确将"纵""横"源始特征都列为词体最佳必备特征的词论尚不多见。词体在南宋前已受到关注,在南宋后得到深入阐发的沟通"纵""横"特征主要有:

(一)雅俗共赏,这是最早受到关注的特征。词体初成时文辞晓畅、声情并茂,故其文雅颇能通俗,有助于实现"观民风"的社会功用,可上承正源中的"风"、古乐府。中唐时词体尚未定型,但在类似后世合体词的作品中所存在的雅俗共赏特色已受关注,如刘禹锡的《竹枝词序》就指出《竹枝词》观民风的作用可承继变风。词体定型后,比其源诗文更能通俗,燕乐更能通雅,形成雅俗共赏的特征,在观民风上的独特优势更为突出。如五代欧阳炯表明其标举《花间集》的目的之一,是崇尚诗客曲子词,使"西园英哲,用资羽盖之欢;南国婵娟,休唱莲舟之引",北宋黄大舆将词籍命名为《乐府广变风》

等,都是希望用词体雅俗共赏的特征来实现类似变风的功用。

在立"横"追"纵"的正变立场占据主流后,词体雅俗共赏的特征得到更深入的关注及阐发。如宋元间吴澄就颇为精辟地揭示出这一特征在承继纵向正源上的独特优势。其《张仲美乐府序》云:

> 风者,民俗之谣;雅者,士大夫之作,故风葩而雅正。后世诗人之诗,往往雅体在,而风体亡。道人情思,使听者悠然而感发,犹有风人遗意者,其惟乐府乎……仲美正人也,其辞丽以则,而岂丽以淫者之所可同也哉?①

将诗体、词体与正源雅、风相对应,说明若单就格调而言,风"葩"(应指情文声色并茂)的特色源自民间,通俗悦众,在格调上固然不及士大夫所作的雅、颂那样典雅纯正,但其政教功用却非雅、颂所能取代——居于庙堂的士大夫要体察民情,推行教化,就不能不重视风。而当时能重振风体的是词体,故要现实动人情,观民风的功用,就不能不重视词。《戴子容诗词序》又云:

> 第以性情言诗,以情景言词,而不及性,则无乃自屈于诗乎。夫诗与词一尔,岐而二之者,非也。自其二之也,则诗犹或有风雅、颂之遗,词则风而已;诗犹或以好色不淫之风,词则淫而已。虽然,此末流之失然也。其初岂其然乎?使今之词人真能由《香奁》《花间》而反诸乐府以上达于三百篇,可用之乡人,可用之邦国,可歌之朝廷而荐之郊庙,则汉魏晋唐以来之诗人,有不敢望者矣。尚可嘤嘤然不揣其本而齐其末哉?②

指出词要实现其独特的政教功用,就必须遵循"丽以则""好色不淫"的原则,以沟通雅俗,使上观民风,下承教化,最终返归雅正之本。总之,凭借沟通雅俗的特征实现返归雅正的目的,是历代此类正变论者推尊词体的重要依据。

(二)微婉寄兴。这是词微婉体制所擅长的特征,能通于风雅、骚、古乐府、古诗、律诗等正源。即如北宋初吴处厚就称陈亚药名《生查子》"虽一时俳谐之词,然所寄兴,亦有深意"③,而两宋间黄大舆《梅苑序》亦云:"诗人之

---

① 吴澄著:《吴文正集》,《文渊阁四库全书》第1197册,第203页。
② 同上书,第164页。
③ 吴处厚著:《青箱杂记》,中华书局1985年版,第6页。

义,托物取兴。屈原制骚,盛列芳草,今之所录,盖同一揆。"①所寄托的缘情体物、家国身世之感,能让词体化横向独擅之纤小浅薄为纵向推崇之重大浑厚,故是历代最受重视的沟通"纵""横"特征之一。

(三)清逸深远。文人的闲情逸趣,高风亮节,尘外之思等寄寓于词,通常呈现出清逸深远的特点。即如北宋初晁谦之评《花间集》云:"皆唐末才士长短句,情真而调逸,思深而言婉。"②可见,婉逸合体的语言、律调与深挚的情思,是形成清逸深远意格的两大要素。清逸深远是《花间集》的代表风格之一,故其沟通"纵""横"的作用,在词体定型不久就受到关注,如北宋初潘阆《逍遥词附记》即称其所作《酒泉子》,能以"盘泊之意,缥缈之情"上承"用意欲深,放情须远"的"变风雅之道"③陈世修《阳春集序》也称冯延巳词"思深辞丽,均律调新,真清奇飘逸之才",有助于在家国安宁时实现"不矜不伐",无为而治的政教功用。两宋之交不少论者都由此种特征入手,来沟通"纵""横"。如陈岩肖(1147前后)云:"(宋高宗)《渔父辞》十五章,又清新简远,备《骚》《雅》之体。"④可见,词清逸深远的特征,以深挚情思为依托,以轻逸体格来承载,常通过比兴来实现,与风雅的依违讽谏、骚体的香草寄兴都能相通。

(四)歌咏太平安乐与一唱三叹。词体定型初期,以小令为主,短小的体制更适用比兴,且处于唐末五代的衰乱世运中,多绮靡哀思之音。因此,更类似正源中的风雅,尤其是变风雅。而北宋世运转盛,柳永兴起的长调,在保留词体柔而协律特征的基础上,加入"直"的特征,在比兴之外,拓展了赋的表现手法,这样词体就不仅能通于风雅,还具备了通于"颂"的特质。

因此而受到关注的沟通"纵""横"特征,首先是安乐。这种特征可用于形容太平,是盛世正声的题中之义,与词体柔而协律的特点也相合,而表现手法以赋为主。如元祐间黄裳《演山居士新词序》《书乐章集后》即希望用词体继承"风雅颂"正源的"赋比兴"之用,并称赏柳永词能歌咏太平,表现盛世正声⑤。南宋初杨冠卿《群公乐府序》亦云:"天朝文物上轹汉周……寓声于长短句,因以被管弦而谐宫徵,形容乎太平盛观……庶几浮靡之议,无所容声。"⑥但

① 黄大舆编:《梅苑》,《文渊阁四库全书》第1489册,第98页。
② 吴昌绶、陶湘辑:《景刊宋金元明本词》,上海古籍出版社1989年版,第406页。
③ 潘阆著:《逍遥词》,王鹏运辑:《四印斋所刻词》,第708页。
④ 陈岩肖著:《庚溪诗话》,丁福保辑:《历代诗话续编》上册,第163页。
⑤ 黄裳著:《演山集》,《文渊阁四库全书》第1120册,第149、239—240页。
⑥ 杨冠卿著:《客亭类稿》,《文渊阁四库全书》第1165册,第485—486页。

这一特征要受作者创作时代的限制，只能为处于盛世或自诩本朝代为盛世的论者所推崇，而有感于时代衰乱的论者则少有论及。

其次是一唱三叹。这既是古诗乐正源惯用的歌诗方式之一，常见于诗经、祭祀之乐中。即如《荀子·礼论》云："清庙之歌，一倡而三叹也。"也是以宛转隽永见长的词体所宜表现的，长调中尤常见。较早标举此类特征的，如两宋间吕本中云："（古诗、乐、文）衰至唐末极矣，然乐府长短句有一唱三叹之音。"詹效之云："宋广平铁心石肠，犹为梅花作赋……感物兴怀，归于雅正，乃圣门之所取……《燕喜》……旨趣纯深，中含法度，使人一唱而三叹。盖其得于六艺之遗意，纯乎雅正者也。"①后世不少论者都关注到词体，尤其是其中协律的长调，能以安以乐、一唱三叹的特征沟通"纵""横"，故在称赏柳永、周邦彦等处于太平之世，又擅音律、长调的词人时，都特别标举其歌咏太平的功用。

二、南宋兴起的柔情与雅正之辨

在词体意识自觉后，词论都将"柔"视为词体关键特征，且注意到词体的"柔"大都是通过言情来实现的，故如何将柔情纳入纵向雅正中，就成为立"横"追"纵"类正变论中最受关注的问题。

最早出现的推尊柔情方式是将其与自然真挚联系起来。自然是古诗乐的标志性特征之一，词体作为新兴的抒情文体，不仅协律可歌更宜于抒情；而且所表现的柔美情致，受道德功利的束缚少，在真挚自然上独具优势。词体在定型之初，正是凭借生色真香的特征，继诗文之后振兴文运，成就一代之文学的。在词体意识自觉后，不少论者都注意到词体初成时所具备的自然特征，能上接诗文之"正"。即如上文所述，元祐时期张耒《东山词序》云："文章之于人，有满心而发，肆口而成，不待思虑而工，不待雕琢而丽者，皆天理之自然，性情之至道也。"即肯定柔情词在展现真性情上的优势，认为柔情为人性所必有，而在当时能代表此种文章正道的是善写柔情的词。同时的晏几道也希望以词中柔美深挚的"感物之情"来"补乐府之亡"。两宋间的论者，如尹觉、郑刚中等，更将自然真挚的特征与词体联系起来。指出词体作为古诗乐之流，保留了古诗乐声情并茂的特点，故在吟咏性情上比同时其他文体更胜一筹。然而，受词为卑格的主流观念影响，元祐相关词论在论及古诗乐正源时，很少将性情与格调联系起来，两宋之交的相关词论更是流露出

---

① 詹效之著：《燕喜词叙》，曹冠著：《燕喜词》，王鹏运辑：《四印斋所刻词》，第749页。

柔情越盛,格调越卑的思想倾向。对词体的总体评价是真情有余而雅德不足,与纵向正源仍有显著差距。

至南宋建立后,就时局而言,偏安一隅已成定局。亡国的危机暂时解除,而分裂的隐患依然存在,并日渐加深,故在词论中也出现豪气渐消而和气渐长的趋势,安乐之音转盛,家国之感则由激烈趋于沉厚。就词体而言,已进入极其盛,亦极其变的成熟阶段,流变为曲的趋向日渐明朗。俚俗纤艳的词风可谓冒"纵""横"之大不韪,不仅依旧为纵向正变论所诟病,也为横向正变论所不取。因此,合体词柔和的特征颇合时宜,不再成为众矢之的,同时"纵""横"正变观也有了共同的追求——文雅,这些都为立"横"追"纵"类正变观的盛行创造了条件。

南宋金元是此类正变观兴盛并逐步占据主流的时期,此时论者综合并继承了前代总结的沟通"纵""横"特征,并在此基础上提出了新的理念。最重要的是对柔情与格调的关系进行重新定位,以纠正前代柔情有损格调,不利道德政教的观念,推尊词体。所兴起的柔情不损德行理念,为沟通"纵"、"横"奠定了基础。如范开(1188年前后)在南宋中期所作《稼轩词序》云:

> 器大者声必闳,志高者意必远,知夫声与意之本原,则知歌词之所自出。是盖不容有意于作为……非有意于学坡也……公一世之豪,以气节自负……果何意于歌词哉? 直陶写之具耳……其间固有清而丽、婉而妩媚,此又坡词之所无,而公词之所独也。昔宋复古、张乖崖方严劲正,而其词乃复有秾纤婉丽之语,岂铁石心肠者,类皆如是耶?[1]

即说明柔情为人所必有,器大志高者也不例外,词中柔情自然流露而无损于德行之正。又如宋元间张观光(1284年前后)评李彭老词云:"靡丽不失为国风之正,闲雅不失为骚雅之赋,摹拟玉台,不失为齐梁之工,则情为性用,未闻为道之累。"[2]也肯定情与性并不相违,词中柔情若不失雅正高格,则能上承纵向正源。

那么,词体要具备怎样的特征,才能使横向正体专擅之柔情,上承纵向正源之雅正高格呢? 时人心目中能立"横"追"纵"的特征主要有二:

(一)最受推崇的是温柔敦厚。《礼记·经解》云:"温柔敦厚,《诗》教

---

① 范开著:《稼轩词序》,辛弃疾著:《稼轩词》,吴讷编:《百家词》,天津市古籍书店1992年版,第965页。

② 转引自周密著:《浩然斋词话》,唐圭璋编:《词话丛编》第一册,第226页。

也"，温柔敦厚既是古人赋予纵向正源《诗》的特征，也是能包容柔情与高格的特征。时论中所标举的温柔敦厚主要体现在表达柔情"乐而不淫，哀而不伤，怨而不怒"。如南宋中期曾丰《知稼翁词集序》（1189 年作）云：

> 乐……有道德者为之，发乎情性，归乎礼义，故商周之乐感人深。歌则杂出于无赖不羁之士，率性情而发耳，礼义之归欤否邪不计也，故汉之乐感人浅。本朝太平二百年，乐章名家纷如也。文忠苏公文章妙天下，长短句特绪余耳，犹有与道德合者。"缺月疏桐"一章，触兴于惊鸿，发乎情性也，收思于冷洲，归乎礼义也……考功……情性则适揆之礼仪而安，非能为词也，道德之美，腴于根而益于华，不能不为词也。①

先是立足于纵向正源，指出性情是否合礼义，关键在人品，有道德者抒发性情，自然有节。进而落实到词体，主张出于真心，融入寄兴的柔情，可上承古诗乐温柔敦厚之旨。同时不少论者与曾丰所见略同，如以下几则：

> 太史公曰："国风好色而不淫，小雅怨诽而不乱。"……近世词人……惟晏叔原云"落花人独立，微雨燕双飞"，可谓好色而不淫矣！（杨万里）②
>
> 古诗自风雅以降……今之长短句，盖乐府曲之苗裔也。古律诗至晚唐衰矣，而长短句尤为清脆。如么弦孤韵使人属耳不厌也……非朱唇皓齿无以发其要妙之声……今之为长短句者，字字言闺合事，故语陋而意卑，或者又为豪壮语以矫之，夫古律诗且不以豪壮为贵，长短句命名曰曲，取其曲尽人情，惟婉转妩媚为善，豪壮语何贵焉。不溺于情欲，不荡而无法，可以言曲矣！（王炎《长短句序》）③

王炎对当时词坛风尚及词论取向的评论颇能中的，秉承文体代兴的观念，指出在诗衰靡不振的情况下，时人抒情、审美的需要无所依托，转入新兴的词体中。故诗体与词体尽管在表现形式上有大、小之别，但在本质上却都是承载一代艺文作用的文体。时论普遍认为要实现温柔敦厚之旨，最佳的方式是以婉约文雅来节制柔情，故普遍提倡文雅的语词与含蓄寄兴的表达，而排

---

① 曾丰著：《知稼翁词集序》，黄公度著：《知稼翁词集》，吴讷编：《百家词》，第 861 页。
② 杨万里著：《诚斋诗话》，丁福保辑：《历代诗话续编》上册，第 139 页。
③ 王炎著：《双溪类稿》，《文渊阁四库全书》第 1155 册，第 529 页。

斥豪壮、俗艳、直质诸格。

（二）协律。协律本是《诗》《骚》、乐府等雅正诗源的特征，也是词正体别于当时诗体的特征。词体在定型之初均能协律，后来填词日盛，涉及各种题材，文人无论是否通晓音律都参与其中，致使辞乐逐步分离，而变体词的兴起，更加速了这种分离。辞乐分离的现象促使部分论者反思协律与"纵""横"正源的相通之处。北宋论者对合体词歌咏太平、一唱三叹特征的关注，已包含着协律的成分。南宋论者更进一步将协律、柔美、真性情、高格调联系起来。如薛季宣（1134—1173）《答何商霖书三》云：

> 诗学有二：曰声，曰辞。声辞合而成章，乃古之道。然而人之情性，古犹今也。情有哀乐，声文称焉……是故舍乐论文，与释文而言乐，皆非诗学之正。近世填词之作，始别异于声文，唐固不然，况乎三王之代。①

明确将辞、乐、情和谐，视为纵向词源的"正"之"本"，而不满于当时词作声辞分离的状况。又如林正大《风雅遗音序》云：

> 古者燕飨则歌诗章。今之歌曲，于宾主酬献之际，盖其遗意……对景抒情，莫不有歌随寓而发。然风雅寥邈，郑卫纷纶，所谓声存而操变者，尤愈于声操俱亡矣……目曰《风雅遗音》。是作也，婉而成章，乐而不淫，视世俗之乐，固有间矣。岂无子云者出，与余同好，当一唱三叹而有遗味焉。②

指出词体保留了古歌诗配乐可歌的特征，即便是格调有所欠缺，也有可取，如能融入婉雅，即可上承风雅遗意。

三、清雅派词论的渊源及特色

在唐末至金元词论总结的沟通"纵""横"特征中，除歌咏太平安乐的特征要受时代、体制的限制外，其余的雅俗共赏、协律、清逸深远、婉约、文雅等特征都是具有普适性的。南宋词坛中，以姜夔、张炎为代表的清雅词

---

① 薛季宣著：《浪语集》，《文渊阁四库全书》第 1159 册，第 392—393 页。
② 林正大著：《风雅遗音序》，《宋元名家词》卷二，光绪乙未湖南思贤书局刊本。

派与以辛弃疾、陆游为代表的宏壮词派分庭抗礼。而在中后期占据主流的张炎一派词论,所标举的清空雅正的词体观,正是对上述普适性特征的综合,目的是通过标举各种沟通"纵"、"横"特征,来建构立"横"追"纵"的正变体系。

最早能囊括上述各种沟通"纵""横"特征来建构立"横"追"纵"正变体系的,是南宋中后期的刘克庄(1187—1269)①。刘克庄的词论与词风有较大差异——其词是辛派变体词人的代表,不少以宏壮著称;但词论却以词体本色为尊,堪称清空雅正派(以下简称清雅派)词论的先驱。其《自题长短句后》云:

> 春端帖子让渠侬,别有诗余继变风。压尽晚唐人以下,托诸小石调之中。蜀公喜柳歌仁庙,洛叟讥秦媟上穹。可惜今无同好者,樽前忆杀老花翁。②

立志于在保留词体宜"入小石调"的柔美本色的前提下,上继变风,以追雅正诗源。那么,"今无同好"的原因何在,"同好"的具体内涵又如何呢? 以下几则词论可作注脚。《汤埜孙长短句跋》云:

> 孙花翁死,世无填词手……此事在人赏好,坡、谷极称少游,而伊川以为亵渎,莘老以为放泼,半山惜者卿谬用其心,而范蜀公(范镇)晚喜柳词,客至辄歌之。余谓坡公怜才者也;半山、伊川、莘老卫道者也;蜀公感熙宁、元丰多事,思至和、嘉祐太平者也。今诸公贵人,怜才者少,卫道者多。二君词虽工,如世不好何然? 二者皆约而在下世,故忧患不入其心,姑以流连光景、歌咏太平为乐,安知他日无蜀公辈人击节赏音乎?

对当时词体价值观的总评是"怜才者少,卫道者多",普遍存在因正统之道而忽视词体独至之妙的现象。刘克庄对此颇为不满,为提高词体地位,一方面立足于横向正变,将柔而协律视为词体本色特征。所谓"词当叶律,使雪儿、

① 本书中刘克庄词论均引自:刘克庄著:《后村先生大全集》,《四部丛刊》集部 1289 至 1336 册,上海商务印书馆。

② 诗中"无"《四部丛刊》本原作"世",文意不通,《全宋诗》据冯本改为"无"。(参见:北京大学古文献研究所编:《全宋诗》第 58 册,北京大学出版社 1998 年版,第 36584 页。)

啭春莺辈可歌,不可以气为色","长短句当使雪儿、啭春莺辈可歌,方是本色"肯定词体有本色,即是肯定词独至之"才"足以自成其统绪,故变柔为刚的"以气为色"词虽工亦当等而下之。另一方面又立足于纵向正变,对词体本色与诗源的关系做了重新定位。时人普遍将艺文与理性,词才与德行对立起来,诗降格为词,填合体词则损人品之说盛行。而刘克庄《鹧鸪天·戏题周登乐府》云:

> 诗变齐梁体已浇,香奁新制出唐朝。纷纷竞奏桑间曲,寂寂谁知爨下焦。　挥彩笔,展红绡。十分峭措称妖饶。可怜才子知公瑾,未有佳人敌小乔。

指出导致诗风流靡失正的罪魁并非词体,此前的齐梁宫体、唐末香奁体诗已开其先;而词体受前朝失"正"诗风的影响,才难免有艳浮薄俗之弊,其本色与浇俗之风实无必然联系,如周登词就能以妖娆本色接续与焦尾琴所奏古曲的醇雅之风。参看《黄孝迈长短句跋》云:

> 为洛学者皆崇性理而抑艺文,词尤艺文之下者也。昉于唐而盛于本朝。秦郎"和天也瘦"之句脱换李贺语尔,而伊川有亵渎上穹之诮……故雅人修士,相戒不为……余曰:议论至圣人而止,文字至经而止。"杨柳依依","雨雪霏霏",非感时伤物乎?"鸡栖日久","黍离麦秀",非行役吊古乎?"熠熠宵行","首如飞蓬",非闺情别思乎?……今士非簦策子不暇观,不敢习,未有能极古今文章变态节奏,而得其遗意如君者……盖君所作,原于二南,其善者虽夫子复出,必和之矣。乌得以小词而废之乎?

进一步指出本色词在接续正声上的独特优势,如柳永词有类似盛世正声的"歌咏太平"功用;而秦观词中包含的"感时伤物""闺情别思"等内容,本为风雅之遗。因此,对"其清丽,叔原、方回不能加,其绵密,骎骎秦郎'和天也瘦'之作"(《再题黄孝迈短长句》)的黄孝迈词,刘克庄并不赞成伊川一类卫道者的"亵渎上穹之诮",而是秉承苏轼"怜才"的态度,不仅肯定其清丽绵密的本色之美,更强调其在内涵上源于"二南",虽圣人不废,并未背离正统之道。

　　这种立"横"追"纵"的正变取向,同样体现在其对宋代诸名家词的评价中:

长短句昉于唐，盛于本朝。余尝评之：耆卿有教坊丁大使意态①，美成颇偷古句，温、李诸人，困于挦扯。近岁放翁、稼轩，一扫纤艳，不事斧凿，高则高矣，但时时掉书袋，要是一癖。叔安刘君落笔妙天下，间为乐府，丽不至亵，新不犯陈，借花卉以发骚人墨客之豪，托闺怨以寓放臣逐子之感。周、柳、辛、陆之能事，庶乎其兼之矣。《刘叔安感秋八词跋》

近世惟辛、陆二公有此气魄……然长短句当使雪儿啭春莺辈可歌，方是本色……余谓君当参取柳、晏诸人，以和其声。《翁应星乐府序》

认为如柳永词虽合正体本色，但有“教坊丁大使”之谐俗意态，不合雅正；而辛弃疾、陆游词虽雅正，但过于典重使气，有违本色，故于词体而言，均是美中不足。至于周、温、李诸人词“偷古句”“挦扯”的弊端，均有违自然，虽雅而不韵，于“横”“纵”而言都是禁忌，故也被归入美中不足之列。而最推崇的是“横”“纵”兼合之词，所谓“丽不至亵，新不犯陈，借花卉以发骚人墨客之豪，托闺怨以寓放臣逐子之感”，通过骚雅寄兴的方式，集词体的柔美本色与诗源的典雅风骨于一体，故能兼“周、柳、辛、陆之能事”而无其弊。

在艺术表现上，刘克庄不仅提倡以婉约寄兴之法实现风骚雅正，还主张词宜具轻虚之格，开后世张炎一派之先声。《王与义诗序》云：

律诗四十首，长短句十首，其轻虚如飞燕之舞于掌上，其缩敛如沐猴之戏于棘端……前辈有学诗如学仙之论，窃意仙者必极天下之轻清，而后易于解脱，未有重浊而能仙也。君之作庶乎轻清矣然。

虽是以诗论兼作词评，但轻虚缩敛的要求与词体柔和精炼的体制正自相合；而且用轻清如仙的标准评词，本身就是对词体格调的一种肯定。此后张炎一派词论者，明确标举“清空骚雅”为正宗典范，正因此种特征在沟通“纵”“横”正变上独具优势。

总之，刘克庄词论中立“横”追“纵”正变标准已然存在。然而，由于当时词才与德行对立的观念过于强势，刘克庄词论尽管立“横”方面的态度十分明确，在追“纵”方面却仍显底气不足，故虽知词体之“才”“道”皆有可观，但仍主张不宜多作，免遭物议。即如《答陈天骥长短句》云：“书裙曾累逐客，坠钗能谤醉翁。宁作经营博士，勿为曲子相公。”孤掌难鸣的无可奈何之意溢

① 丁大使即北宋中后期的俳优名角丁仙现，擅长戏谑排演。

于言表。

继刘克庄后,宋元间张炎(1248—1320)立足于立"横"追"纵"的正变立场,明确标举清空雅正为词体正宗,强调要用协律、清逸深远、婉约、文雅的方式表达柔情。张炎正变观立"横"追"纵",以雅正为旨归,以清空为表现,集大成而自成体系,引领时论,在下节中将有详论。张炎的词作在其追随者眼中也大体能符合其论词宗旨,如邓牧《山中白云词序》云:"古所谓歌者,诗三百止耳。唐宋间始为长短句,法非古意。然数百年来,工者几人,美成、白石,逮今脍炙人口。知者谓丽莫若周,赋情或近俚;骚莫若姜,放意或近率。近玉田张君无二家所短,而兼所长,春水一词,绝唱古今。"①陆辅之也专门列出"乐笑翁奇对凡二十三则"为清空雅正词典范。

同时的许多论者都受到张炎的影响,形成盛极一时的清空雅正词派(以下简称清雅派),比较系统的有沈义父的《乐府指迷》、陆辅之的《词旨》,这些词论在基本采纳张炎正变立场及正宗定位的同时,也对其中矫枉过正之处予以补充及调整,张炎正变论的缺陷在于过分亲诗疏曲,故在阐释清空雅正的正宗意格时,只注重突出其通雅的一面,忽视其通俗的一面,而后继论者的补充及修正,则更好的突出了词体沟通雅俗的特征,确保词别于诗,从而使此种正变体系得到进一步完善。

如对词之格调命意,张炎只强调要继承词源之"高远""新奇",而未言明高远与婉约词体的辩证关系,而后继者则作了补充。如沈义父云:"凡作词,当以清真为主。盖清真最为知音,且无一点市井气。下字运意,皆有法度,往往自唐宋诸贤诗句中来,而不用经史中生硬字面,此所以为冠绝也","词……发意不可太高,高则狂怪而失柔婉之意","只要些新意,不可太高远"②等,阐明词之高雅须与妥溜柔美的体制相契合,若经史中生硬字面,虽高雅也不宜入词。诗体相对经史而言,更为和婉有韵致,但相对词体而言,仍有过分高远奇崛至于狂怪之处,故在引入词体时,仍须加以限制。陆辅之亦云:"夫词亦难言矣,正取近雅,而又不远俗。词格卑于诗,以其不远俗也。然雅正为尚,仍诗之支流。不雅正不足言词矣。"③更简明扼要的指出了词体的雅正是以沟通雅俗为前提的。二家词论对诗内涵与高雅范畴的说明补充,正可以防止词因过分亲诗而变体。

---

① 邓牧著:《山中白云词序》,张炎著,吴则虞校辑:《山中白云词》,中华书局1983年版,第165页。

② 沈义父著:《乐府指迷》,唐圭璋编:《词话丛编》第一册,第277、283页。

③ 陆辅之著:《词旨》,唐圭璋编:《词话丛编》第一册,第301页。

又如词中尽直的表达、通俗的语言、柔媚的形容等,本不能与俗艳等同,只是易出现浅俗纤艳流弊。但在张炎词论中,却将有此类特征的词人词作,与俗艳风格等同视之,归入邪变中,即使不视为邪变,也不列入典范。如柳永、康与之,又如周邦彦"为情所役"诸词句,李清照咏节序句,均自然真挚,虽直质而不类俗艳,而张炎一律斥为"为情所役""俚词"实属不当。这种弊端在后继词论中仍然存在,但某些论述相对融通。如沈义父即将周邦彦词由禁忌提升为典范,对康、柳词也采取一分为二的态度,所谓"康伯可、柳耆卿音律甚协,句法亦多有好处。然未免有鄙俗语"。

总之,此派词论所崇尚的词体正宗,是以清空婉雅的方式节制柔情。在此派论者的推动下,立"横"追"纵"类正变观在宋元间大行其道,占据了正变论主流。与后世的同类正变观相比,此派界定正宗的特点是亲"纵"疏"横",因此在性情与格调之间,更偏重格调。为实现婉雅,清空雅正派论者精研技法,各种要求、限制也越来越多,这一方面是词体发展成熟的表现,有助于提高词格,推尊词体;另一方面,却也使词逐渐丧失了真挚感人、妩媚动人的魅力,不能很好地发挥词体自成一家的妙处。

第六节　张炎:清雅派立"横"追"纵"类正变观领袖

张炎(1248—1320),字叔夏,号玉田,又号乐笑翁。祖籍凤翔成纪(今甘肃天水),寓居临安(今浙江杭州)。张炎出身于词学世家,高祖辈张镃、张鉴曾与姜夔交游,张鉴著有《南湖诗余》。父张枢,精通音律,著有《寄闲集》。张炎受家学熏陶,不仅精通词律、工于填词,著有词集《山中白云》八卷;而且精研词学,著有词论专著《词源》二卷。词作与词论相得益彰,名著一时,在宋元间从者甚众,所标举的清空雅正,成为当时词坛的主流风尚。张炎词与姜夔颇有渊源,词论对姜夔又颇为推崇,故后世并称为"姜张",同为清代浙西词派之祖。在南宋中后期占据主流的立"横"追"纵"正变论中,以张炎《词源》①论述最为系统,自成一派,有引领时论的作用。其正变观以雅正为旨归,明确主张"词欲雅而正",在《词源序》中已表明其论词的目的是要重振"雅词",接续"出于雅正"之"古音"。而其对词体正宗特征的定位,以雅为基石,以清空为最佳表现,体现出立"横"追"纵"的正变立场。

---

① 本书引用张炎《词源》原文均来自:张炎著:《词源》,唐圭璋编:《词话丛编》第一册。

张炎作为盛极一时的清雅派领袖，其词学在学界备受关注，被公认为核心理念的"清空"，及与之相对的"质实""软媚"等理念，更是研究的热点。相关研究颇有成效，但未关注到"清空"在张炎词体正变观中，兼合于纵向雅正诗源与横向婉雅正体的特殊地位，故对各理念的内涵及关系存在误解。主要表现在：

一、混淆了"质实"与"软媚"的内涵，从而将张炎批评过的"质实"代表吴文英词与"软媚"代表周邦彦词误解为同类。有将吴文英词归入软媚类的，如夏承焘认为："吴文英的词比周词色泽更浓，也更加软媚"[①]，后来不少论者都从此说；还有将周邦彦词归入质实类的。如杨海明认为："周邦彦典雅缜密的词风，发展到了姜夔，就朝着清空疏放的方向发展了……吴文英则又重新把它拉回到缛丽繁密（比周更甚）的道路上去。"[②]然而，吴词代表的"质实"与周词代表的"软媚"实为两种截然相反的概念：质实典重，属似诗之弊；而软媚轻浮，属似曲之弊。

二、将清空、质实分别与审美形式、实用内容对应起来，故认为张炎论词扬"清空"抑"质实"，是重形式轻内涵的表现。如颜祥林认为："张炎的艺术理念……放逐社会历史的功利目的……是典型的唯美主义美学观……所以，他从价值负面论'质实'，视为'清空'的对立面。"[③]其实，张炎提倡的"清空"同样追求形式与内容统一，具有虚实结合的特点，故不应将其与清雅派中只重清雅形式的空疏流弊混为一谈。

三、过分强调清空与质实对立的一面，而较少关注到二者在维护雅正上相反相成的辩证关系，故普遍认为张炎不能体会吴文英词之妙[④]，甚至认为此后提倡吴文英词的清雅派及浙西派论者，并未继承张炎清空的主张[⑤]。

---

① 夏承焘著：《月轮山词论集》，中华书局1979年版，第137页。

② 杨海明著：《张炎词研究》，齐鲁书社1989年版，第192—193页。

③ 颜祥林：《论〈词源〉的词学理论》，《文艺理论研究》2007年02期，第56—57页。

④ 此类词论颇多，言之较有理据的，如徐柚子《清空与质实说》云："故清空之极，还须质实以调剂之；而质实之极，亦须清空以疏理之。清空与质实之辩证关系，必待周济'求空求实'之说立，乃能恰如其分。"（《词范》，华东师范大学出版社1993年版，第97页）。此文对清空、质实间辩证关系与在历代词论中演变情况的阐述颇为精准，然而，所定义的"质实"是泛指密丽精实的风格，与张炎论中专指晦涩词弊的"质实"不同，故对张炎词论的评价也不够客观。对张炎词论中"质实"的内涵及得失，邱世友《张炎的清空论》（《词论史论稿》，第36—74页）一文言之甚详，故不再赘述。

⑤ 如朱崇才《清空与质实》认为"清空之境在后世并不受重视。元陆辅之《词旨》有姜白石之'骚雅'一说，已不提清空……浙西派……朱彝尊等人将曾被张炎作为质实标本的梦窗与姜、张等量齐观……后人……便以其论词主旨也包括清空，甚至把整个浙西派都看作是清空一路，实在是一种误解。"（《词话理论研究》，中华书局2010年版，第214—215页。）

其实，张炎虽然受其清空好尚的限制，不大能欣赏吴词的密丽之妙，故"七宝楼台"的总评有失偏颇；但在雅正宗旨的驱使下，却仍将似诗的吴文英词纳入填词典范，肯定其典雅精思之妙，并适度包容质实之弊，因此，其追随者提倡吴文英词不能视为对清空说的背离，只是在继承的基础上拓展门径而已。

有鉴于此，本书尝试在继承前辈研究成果的基础上，着重探讨词体正变观在张炎"清空"说建构中所发挥的作用，以更好地把握清空与质实、软媚的内涵及关系，并据此纠正相关研究中的误区。

一、正宗特征：出于雅正与稍近乎情

在声律上，张炎对词体正宗的定位是协律可歌，《词源序》云：

> 古之乐章、乐府、乐歌、乐曲，皆出于雅正。粤自隋唐以来，声诗间为长短句。至唐人则有《尊前》《花间》集。迄于崇宁，立大晟府，命周美成诸人讨论古音，审定古调，沦落之后，少得存者。由此八十四调之声稍传。而美成诸人又复增演慢曲……其曲遂繁。

对词体纵向源流的阐述，实际上赋予了词体保存声诗的雅正遗音，防止古音古调沦亡的重要地位。

协律可歌本是历来公认的词体横向特征，但在前代主流词论中属于纵向邪变而非雅正，原因有二：一是所配乐为胡夷里巷的俗乐，加速雅乐沦丧。二是由"声依永"变为"永依声"，因律害意，致使真情丧失。即如铜阳居士云："迄于开元、天宝间，君臣相与为淫乐，而明宗尤溺于夷音，天下薰然成俗……句之长短，各随曲度，而愈失古之'声依永'之理……流为淫艳猥亵不可闻之语。"[①]

而张炎的独创处正在于将词体协律与纵向雅乐联系起来，对词律与性情、格调的关系作了重新定位：其论辞乐格调，在《词源序》中主张词乐调始于隋唐，大成于周邦彦，在传承古乐雅正音调上功不可没。论辞乐结合形式，则主张：

> 词以协音为先……古人按律制谱，以词定声，此正"声依永、律和声"之遗意。

---

① 铜阳居士著：《复雅歌词序》，施蛰存主编：《词籍序跋萃编》，第658—659页。

词体的辞乐结合方式在前代词论中是背离古道的"永依声",而张炎却称其为"声依永之遗意",只因在他看来,词体的辞乐是一种互相参照的关系,不能简单判定孰先孰后:他论作慢词的方法是先依"题目"择"曲名"、然后按"命意"决定"选韵""述曲",就是强调填词首先要依词(内容)定乐(谱、调、韵)。当曲牌、韵脚等确定后,才要求由乐定词。按这种阐述,协律使词体比当时已与乐分离的诗体更具有延续雅正古音的潜质。因此,要强调辞乐契合是雅词的必备特征,要求"雅词协音,虽一字亦不放过"。

这种在声律上的高要求又是以真情为依托,通过循序渐进的方式实现的:

> 词人方始作词必欲合律,恐无是理……当渐而进可也……音律所当参究,词章先宜精思……二者得兼,则可造极玄之域。今词人才说音律便以为难,正合前说,所以望望然而去之。苟以此论制曲,音亦易谐,将于于然而来矣。

鉴于时人多不解音律,在填词时易出现两种极端——或刻板的依律填词,因律害意;或将词律视为畏途,舍律填词,故主张初学者首先要保证词意谐畅,然后才求协律。当素养提高,词律融会于心后,协律就能由难趋易,得心应手,而词、乐、情也能达到"于于然"结合的境界,比以上两种极端更能传承古诗乐"声依永"的自然协律之旨了。

在意格上,张炎定位的正宗特征是稍近乎情——婉而能约,艳而有骨,所谓:

> 簸弄风月,陶写性情,词婉于诗。盖声出莺吭燕舌间,稍近乎情可也。若邻乎郑卫,与缠令何异也。如陆雪溪《瑞鹤仙》……皆景中带情,而存骚雅……若能屏去浮艳,乐而不淫,是亦汉魏乐府之遗意。
>
> 词欲雅而正,志之所之,一为情所役,则失其雅正之音。耆卿、伯可不必论,虽美成亦有所不免。如"为伊泪落",如"最苦梦魂,今宵不到伊行"……所谓淳厚日变成浇风也。

词在横向上凭借柔婉的特征别于诗自立一体,这在前代已有公论。而张炎独创处在于将"雅"也列为词体特征,并据此攀附雅正诗源:对柔情,前代词体论是多多益善,而张炎则强调过犹不及——"稍近乎情"的适度柔情,能保证词上别于诗;而"为情所役"的过分柔情,则会导致词体下流为缠令。因此,主张词体要"雅而正",定义的词体正宗兼具能立"横"追"纵"的两大特征:一是婉约。上述"存骚雅"词与"失雅正"词最根本的区别就在婉约与尽直。只因婉约的表达方式,能约束柔情,从而使词体在横向上别于直露俗亵的缠令之体,在纵向上又能上承"乐而不淫,哀而不伤"的雅正诗源;二是气格。只因失雅正词的弊端在软媚浇俗,而用气格振起柔情,"屏去浮艳",可使词体在横向上别于因柔媚过度而流为纤艳浅俗的"缠令",在纵向上别于"郑卫"一类背离雅正的亡国靡靡之音。

而此种婉雅、协律的词体正宗定位,归根到底,是要推尊词体,纠正时弊,促进雅词的流行。当时词坛风尚于节序词中可见一斑:

> 昔人咏节序,不惟不多,附之歌喉者,类是率俗,不过为应时纳祜之声耳……岂如美成《解语花》赋元夕……史邦卿《东风第一枝》赋立春……黄锺《喜迁莺》赋元夕……如此等妙词颇多,不独措辞精粹,又且见时序风物之盛,人家宴乐之同,则绝无歌者。

可见当时命意婉雅精粹的词无人传唱,而率俗空疏的词盛行。为何会形成这种局面呢? 参看与张炎共同创立清雅派的沈义父评当时词坛云:

> 前辈好词甚多,往往不协律腔,所以无人唱。如秦楼楚馆所歌之词,多是教坊乐工及市井做赚人所作,只缘音律不差,故多唱之。求其下语用字,全不可读。甚至咏月却说雨,咏春却说秋。①

可见协律可歌是词体得以流行的重要特征,当时教坊俗乐可歌,故流传广,但有俗率失真之弊;而文人雅词多不协律,故流传不广。结合时论,当时文人多将词律定位为俗,故所填雅词不屑于协律,这样协律就更成为俗乐的专利,如此恶性循环,致使词律与雅格、真意渐行渐远,雅词的流传范围也越来越窄。因此,张炎一派论者才要重新定位正宗特征,促使雅词协律,以利用词律便于流传的优势,推广雅词。

总之,张炎在界定正宗特征时,格律与意格并重,目的是在维护横向词体的基础上攀附纵向正源。只因在正变体系中,纵向正源才具有绝对正宗

---

① 沈义父著:《乐府指迷》,唐圭璋编《词话丛编》第一册,第281页。

地位,而诗、曲分别是纵向正宗、邪变的代表,地位并不平等;且鉴于当时曲代词兴的文体发展状况,词体要维系,迫切需要别于曲自守一体,而柔情只不过能保证上别于诗,婉雅却可以一箭双雕:上攀正源,下别曲体。因此,张炎为推尊、维护词体,在强调词体于诗、曲间自立一格时,亲诗疏曲、扬诗抑曲、攀附雅正诗源以纠正俗靡曲流的倾向是十分明显的,在雅正与柔情间权衡时,更偏重雅,为维护雅正,不惜节制柔情。也正是这一倾向,决定了其所拟定的正之典范——清空与变之典型——质实、软媚间的辩证关系。

二、清空与质实、软媚的辩证关系

各文体在纵向上要符合正宗,就要继承正源雅正的特征;而在横向上,由于各自的正体体势不同,故能承载雅正的特征表现也不同。在张炎词论中,"清空"之所以备受推崇,正因是"雅正"在词体中的最佳表现。关于"清空",最受学界重视的是以下词论:

> 词要清空,不要质实。清空则古雅峭拔,质实则凝涩晦昧。姜白石词如野云孤飞,去留无迹。吴梦窗词如七宝楼台眩人眼目,碎拆下来,不成片段。此清空、质实之说。梦窗《声声慢》云:"檀栾金碧,婀娜蓬莱,游云不蘸芳洲。"前八字恐亦太涩。如《唐多令》……疏快却不质实……惜不多耳。白石词如《疏影》《暗香》……等曲,不惟清空,又且骚雅,读之使人神观飞越。

其中将清空与质实对举,分别以姜夔、吴文英词为代表。这种正反对照鲜明的立论方式,让不少学者认为清空与质实分别代表了论者最欣赏与最反感的词风。其实不然,清空的内涵是在与两个参照特征的对比中确立的:

一为质实,属于似诗文的弊端。质实词非不典雅,但用典、命意或滞重、或生硬,有"凝涩晦昧"之弊,正如邱世友指出:"质实……是艺术概括化和抒情典型化没有达到应有的程度所致……不是一种风格,而是某种风格的词作(如密丽的词)所表现出来的艺术缺点或弊病"[①];而清空则具有灵动超逸、意蕴深远如"野云孤飞"的特征,故比质实更符合词正体柔美的特性。

二为软媚以致于俗艳,属于似曲的弊端。俗艳词大都具有疏快特征,并不质实,但命意或纤靡、或空疏,有浅俗滑易之弊;而清空的灵动疏快是在

---

① 邱世友著:《张炎的清空论》,《词论史论稿》,第39页。

"古雅峭拔"中实现的,故比俗艳更符合词正体与正源兼具的雅的特征。

因此,在阐释清空内涵时,不应仅限于其与质实相对的妥溜、清虚、空灵,而应兼顾其与俗艳相对的气骨、格调。清空是张炎词学的核心,即如陆辅之云:"指迷之妙,尽在是矣。"[①]其对填词技法的论述大都可为清空作注脚。下面将以质实与俗艳为参照,探讨实现清空的技法,以便进一步了解这些概念与雅正间的辩证关系:

张炎论词之句语云:

> 词与诗不同,词之句语……若堆叠实字,读且不通,况付之雪儿乎。合用虚字呼唤……若使尽用虚字,句语又俗,虽不质实,恐不无掩卷之诮。

堆叠实字易有生涩质实之弊,无法别于诗;尽用虚字易有浅俗之弊,所谓"掩卷之诮",当指无异于缠令,且有违词源雅正。因此,要维系词之正宗,就要虚实结合——"清空"在风格上灵动超逸,不质实;在内蕴上"古雅峭拔",不浮泛,正是虚实相成的典范。

又论词之句法云:

> 词中句法,要平妥精粹……于好发挥笔力处,极要用功,不可轻易放过。
>
> 句法中有字面,盖词中一个生硬字用不得。须是深加煅炼,字字敲打得响,歌诵妥溜,方为本色语。如贺方回、吴梦窗,皆善于炼字面,多于温庭筠、李长吉诗中来。

同样是在强调清空的意格:平易、妥溜、融化不涩,故能清虚浑成,契合于横向正体,别于诗文中的质实之格;而字句多从诗中来,则有助于成就笔力,提高格调,故能古雅峭拔,别于曲体的俗艳,上承纵向正源。

再论词之用典云"用事,不为事所使";论词之咏物云"了然在目,且不留滞于物";与论词之言情云"风月二字,在我发挥"而不"为风月所使",都揭示出清空在内容表达上的典型特征是若即若离,虚实结合;而实现方法则是将情致、典故、景物融为一体:

---

① 陆辅之著:《词旨》,唐圭璋编:《词话丛编》第一册,第303页。

先看用事,张炎认为要"体认著题,融化不涩",即是要求典故要契合于作为主题的情致、事物。典故就本事而言是实,就题事而言是虚,若能合题,则实能化虚,虚能落实,可增加意蕴,实现清空;否则,就本事而言,无依傍无法化虚,便有堆砌之弊;就题事而言,无联系不能落实,便有晦涩之弊;如此就流于质实了。

再看咏物,张炎认为咏物词,一方面,要别于诗,彰显词体之妙,就不能质实。所谓:"诗难于咏物,词为尤难。体认稍真,则拘而不畅;模写差远,则晦而不明。""拘"与"晦"都属于质实类弊端。由于物本是实,故一味就物论物,描头画角,难免质实,惟有借助情、典的意蕴,才能实现清空——张炎列举的咏物佳句,如咏促织之"写入琴丝,一声声最苦",咏梅之"等恁时重觅幽香,已入小窗横幅"等,均是将物的形态与人的情境相结合;另一方面,要别于曲,就须进一步追求格调气骨。张炎评刘改之咏指甲、小脚的《沁园春》云:"亦自工丽,但不可与前作同日语。"此类词柔媚流美,无拘、晦之弊,故可算工丽,但所寄情致太俗亵,软媚无气骨,故并非清空,不能算是词体正宗。

最后看言情,张炎认为词情过犹不及,恰到好处才能于诗、曲间自立一体。故提倡"景中带情""情景交炼"的表达方式,且所举典范大都善于用典。客观而言,融入景物、典故可使柔情有所比附,不致一发无余,确实是实现清空的佳径之一;但因此而否定专作情语的表达方式,就是受其清疏超逸的好尚所限,过于偏颇了。即如被认为是"为情所役"的周邦彦词句,直抒胸臆,情真意厚,虽别于清空,却并非俗艳。只因"情"与景物不同,其本身就是虚实结合的——所包含的情事是实,而对情事的体悟则是虚,故未必要依傍典、物,才能虚实结合,即便是专作情语,只要情事深挚不浮泛,体悟婉雅不纤亵,同样能实现雅正。

参看张炎词论中与清空相辅相成的两个概念——骚雅与意趣:张炎论其推为最佳典范的姜夔词云"不惟清空,又且骚雅",《骚》是词体纵向正源中与词横向体性颇为契合的文类:以美人香草之柔美,寄托高远幽深之情怀,与"清空"的要求正自相合。再看意趣,所谓:

> 词以意趣为主,要不蹈袭前人语意。如东坡中秋《水调歌》……王荆公金陵怀古《桂枝香》……姜白石《暗香》……《疏影》……此数词皆清空中有意趣,无笔力者未易到。
>
> 元遗山……双莲、雁邱等作,妙在……立意高远,初无稼轩豪迈之气。

可见,张炎所提倡的意趣,是新奇、高远、婉约的结合体,而这种结合,正是清空的表现。即如沈义父云:"词之作难于诗……发意不可太高,高则狂怪而失柔婉之意","作小词只要些新意,不可太高远,却易得古人句。"①陆辅之云:"造语贵新。纤巧非新,能清而新,方近雅也。"②与张炎词论互相发明,可知词中高远、新奇,运用不当,会出现生硬、狂怪、纤巧等似文、似诗、似曲的弊端,难合词体;而清空所包含的灵动、婉约、清雅的内涵,正可防止这些弊端,维护词体。因此,骚雅内蕴、清新意趣与"古雅峭拔",名虽为三,却彼此成就,在词中常合为一,三者的艺术表现均合于词体正宗。

张炎论技法,主张将诗之意格、句法融入婉约词体中,是实现清空的重要途径。只因相对于经史的生硬与曲体的俗艳,诗体更符合清空的要求。张炎在论证"骚雅""意趣"时所举诸例,均有以诗之意格为词的特点:如苏轼《水调歌》文气跌宕超逸,"发端从太白仙心脱化,顿成奇逸之笔"③,末句由谢庄《月赋》"隔千里兮共明月"句意化出;王安石《桂枝香》文气清雅峭健,"澄江""六朝""商女"句分别由谢朓、窦巩、杜牧诗意化出;姜夔《暗香》《疏影》继承骚雅寄兴之旨,用诗意、典故均能"融化不涩","自出新意",而总体风格较前二词更为婉约幽秀,契合词体,故在《词源》中最受称赏。

总之,质实与俗艳均有违词的横向正体,但在纵向上的正变定位却不相同:在纵向正变体系中,诗、词、曲的地位依次下降,相应的,似诗的质实比似曲的俗艳,格调更高,流弊更少。因此,在以归复纵向雅源为最高宗旨的张炎词论中,更痛恨似曲的俗艳流弊,而对似诗文的质实流弊,反而颇能包容。这种包容在其对门径、技法的论述中已有体现,更集中反映在其对"质实"词风代表吴文英词与"软媚"词风代表周邦彦词的不同态度上。

三、妙处难学的周词与因病成妍的吴词

张炎综论诸家词与学词门径的关系云:

美成负一代词名,所作之词,浑厚和雅,善于融化诗④句……作词

---

① 沈义父著:《乐府指迷》,唐圭璋编:《词话丛编》第一册,第277、283页。
② 陆辅之著:《词旨》,唐圭璋编:《词话丛编》第一册,第301页。
③ 郑文焯著,龙沐勋辑:《大鹤山人词话》,唐圭璋编:《词话丛编》第五册,第4321页。
④ 此字在《词话丛编》本《词源》中原为"词",而《词源疏证》(张炎著,蔡桢疏证:《词源疏证》,北京中国书店,1985年影印本)则为"诗",参照下文对周邦彦词"采唐诗融化如自己者,乃其所长"的评论,可知当以"诗"为是。

> 者多效其体制,失之软媚,而无所取。此惟美成为然,不能学也。所可
> 仿效之词,岂一美成而已……如秦少游、高竹屋、姜白石、史邦卿、吴梦
> 窗,此数家格调不侔,句法挺异,俱能特立清新之意,删削靡曼之词,自
> 成一家,各名于世。

如上所论,"特立清新之意,删削靡曼之词"本是清空雅正的题中之义。可
见,张炎认为宜师法的诸家词风格虽异,但均合于正宗。

其中,最耐人寻味的是周邦彦、吴文英词,张炎对二家词的界定恰成鲜
明对比:周词大体浑厚和雅,妙解音律,契合雅词要求,却被排除在可学典范
外;而吴词作为质实的反面典型,却仍被纳入宜学词家中。

只因张炎按其立"横"追"纵"的正变立场,主张学习似诗的特征,是画鹄
不成终类鹜,即使功力未到,不能别于诗,仍不失纵向雅正,因此,是可以包
容、规正的词弊。即如吴文英词,主流词风是密丽典重,弊端在质实,不能别
于诗;而妙处在峭健典雅,足以别于曲。在气格上,与清空是相反相成
的——若能加以锻炼,去其突兀而归于浑化,也未尝不能清空。因此,张炎
才会在总论中将其列入"特立清新之意,删削靡曼之词"的雅正典范,在具体
词论中也举为填词范例,如称吴文英词"善于炼字面,多于温庭筠、李长吉诗
中来","有有余不尽之意"等。因此,秉承张炎"清空"说的陆辅之才会将"吴
梦窗之字面"列为张炎词学的"要诀"[1]之一。其实,即便是作为清空最佳典
范的姜夔词"亦未免有生硬处"[2],可见,清空要依仗诗格,就很难完全摆脱
质实的弊病。若就学词而言,质实的出现只是功力未到,而不是门径有误。
因此,不至于被排斥出学词门径。

但学习似曲的特征,则是画虎不成反类犬,若功力未到,既不能别于曲,
又背离了纵向雅正;即便功力深足以驾驭,在词体正宗中也属下乘,且易误
导后学,因此,是需要杜绝的弊端。即如周邦彦词,"只当看他浑成处,于软
媚中有气魄,采唐诗融化如自己者,乃其所长。惜乎意趣却不高远。所以出
奇之语,以白石骚雅句法润色之,真天机云锦也。"可见,张炎认为周邦彦词
本身有软媚倾向,但善用诗之句法、语意来振起气魄,故大体能"浑厚和雅",
不失为词体正宗;然而,意趣较之姜夔代表的清空词之高者,已有不逮;而时
人竞相效仿周词,却又无其深厚的声律功底和融化诗句的功力,便无法驾驭

---

① 陆辅之著:《词旨》,唐圭璋编:《词话丛编》第一册,第302页。
② 沈义父著:《乐府指迷》,唐圭璋编《词话丛编》第一册,第278页。

这种软媚,以至于丧失气魄,流于俗艳,在"纵""横"正变上都无所取了。因此,就学词而言,软媚的出现是误入歧途的先兆,故为了防微杜渐,不惜将周词排除在门径之外。张炎在论声律、句法、咏物时,多次标举周邦彦词善协音律、化诗格及典雅有骨之处,可见在其心目中,不可学的并非周词,而是周词中软媚近曲之处。因此,沈义父、陆辅之等清雅派论者,重新将周邦彦词纳入填词典范,主张有选择的取法其"知音"①、"典丽"②的优点,正可在继承张炎宗旨的前提下,拓宽张炎过分谨慎的门径。

总之,在张炎词学中,清空是雅正典范,软媚本身未必是词弊,但容易产生俗艳的流弊。而质实与俗艳尽管都是与清空相对的词弊,具体内涵却截然相反:质实属似诗之弊——诗所具有的劲健、典雅、蕴藉等特征融入词体中,而艰涩、典重太过,未能达到浑成境界,就会出现此弊;而软媚若柔靡、浮浅太过,则流为俗艳,属似曲之弊——曲所具有的直俗、纤艳等特征,融入词体中,而未能振起格调、气骨,就会出现此弊。就影响而言,质实危害较小,且能因病成妍,有助于救治俗艳的弊端;而软媚本身违背词横向体制的程度虽不及质实,但其俗艳流弊危害较大,因此,主张吴文英词中质实的弊病使其造诣稍逊于秦、高、姜、史词,但可学程度却在有软媚倾向的周邦彦词之上。

四、其他名家词评中体现的正宗门径

(一)最受推崇的三家词

最受推崇的姜夔词,自是"清空骚雅"的典范;秦观词"体制淡雅,气骨不衰。清丽中不断意脉,咀嚼无滓,久而知味。"柔美中兼具雅格、气骨、新意、深味,正合于清空骚雅之旨;史达祖词,即如陆辅之所言,得清空之句法。其为张炎所称引的《东风第一枝》咏春雪、《绮罗香》咏春雨、《双双燕》咏燕,均以咏物见长,妙在平妥精粹中有句法。姜夔评其词云:"奇秀清逸,有李长吉之韵,盖能融情景于一家,会句意于两得。"③对史达祖词特征的概括,与张炎对清空的要求不谋而合。

(二)小令宗花间,慢词宗南宋

《词源序》所讨论的词家都限于宋代,而未及唐五代,这应与张炎更关注于词中慢词,而慢词在唐五代时尚未流行有关。在谈及小令时,张炎仍是以

---

① 沈义父著:《乐府指迷》,唐圭璋编《词话丛编》第一册,第 277 页。
② 陆辅之著:《词旨》,唐圭璋编:《词话丛编》第一册,第 301 页。
③ 转引自黄昇选编:《中兴以来绝妙词选》,《四部丛刊初编》集部 438 册,第 72 页。

公认为横向正始的《花间集》为典范的。所谓：

> 词之难于令曲，如诗之难于绝句，不过十数句，一句一字闲不得。末句最当留意，有有余不尽之意始佳。当以唐《花间集》中韦庄、温飞卿为则……至若陈简斋"杏花疏影里、吹笛到天明"之句，真是自然而然。大抵前辈不留意于此，有一两曲脍炙人口，余多邻乎率易。近代词人却有用力于此者。倘以为专门之学，亦词家射雕手。

参照张炎对词中句法的论述："安能句句高妙，只要拍搭衬副得去，于好发挥笔力处，极要用功"，可知其论句法是以慢词为依据的，而令曲难于慢词，最明显的原因是"一句一字闲不得"，体既短小，意就更须精粹，容不得"拍搭衬副"；而更深层的原因是"自然而然"，自然精粹，须有真情、高格、妙悟为依托，可意会而不可言传，不可骤学而至，以小令见长的唐末五代词也是如此。张炎不将小令及唐五代词列为讨论重点，也与其词论主要以指示门径为目的有关——像小令、唐五代词，虽妙而难求门径，功力不到，就易出现软媚、率易等弊，故不宜列为典范。相比之下，体制趋于成熟的慢词与宋词，在技法结构上更为有章可循，因此是指示门径的首选范例。张炎的这种小令、慢词分宗，而偏尚南宋慢词的宗法门径，已为后世浙西词派导其先路。

（三）未列入门径的三类词

除上述词家外，还有不少词家在张炎词论中也颇受关注。具体考察诸家词特征，大体可分为三类，不被《词源序》列入门径讨论的原因也因类而异：

一类以柳永、康与之词为代表，张炎认为此类词特征悖诗近曲，故妙处易学，不须特别标举。所谓："琢语平帖，此柳之所以易冠也"；而劣处易见，不须专门讨论。时论普遍将柳、康词视为俗艳词风的始作俑者，张炎谓其"为风月所使"，"失其雅正之音……可不必论"，言下之意，其俗艳非雅正，已有公论，故不合正宗，不可纳入学词门径是不言自明的。因此，其门径探讨的重点是处于"正""变"交界，大体"浑厚和雅"，而不免为"软媚浇风"滥觞的周邦彦词，而非明显俗艳的康、柳词——对欲学雅词者而言，周词的迷惑性更甚于康、柳。

二类以辛弃疾、刘过词为代表，张炎认为此类词特征大体似诗而不似词，故其不合正宗，不可纳入学词门径也可不必论。辛、刘词在时论中以豪放变体著称，张炎虽也关注到他们柔婉的风格，但对二家总体的定位仍是豪气。所谓"辛稼轩、刘改之作豪气词,非雅词也。于文章余暇,戏弄笔墨,为长短句之诗耳。"豪气词不协律,欠柔婉,无法别于诗;而其戏弄笔墨,任性随意的特点,又易流于叫嚣浅俗,无法别于曲,因此被定位为不合雅正的变体。

三类以苏轼、元好问为代表。时论普遍倾向于将苏、元词与辛、刘词归为一类,重点关注其以诗为词的宏壮风格,视为横向变体;而张炎所关注的苏、元词风格则异于是。《词源》所引的苏轼词,虽融入诗之气格,却未逾越柔婉之词体,大都能符合清空骚雅的正宗要求。因此评价颇高,常举为词法典范,且通篇无间言,几乎可与最受推崇的姜夔词分庭抗礼。试看下列数论:

> 东坡词如《水龙吟》咏杨花、咏闻笛,又如《过秦楼》《洞仙歌》《卜算子》等作,皆清丽舒徐,高出人表。《哨遍》一曲,隐括《归去来辞》,更是精妙,周、秦诸人所不能到。
>
> 词中句法……于好发挥笔力处,极要用功……如东坡杨花词云:"似花还似非花,也无人惜从教坠"。又云:"春色三分,二分尘土,一分流水。"皆平易中有句法。
>
> 词以意趣为主,要不蹈袭前人语意。如东坡中秋《水调歌》……清空中有意趣,无笔力者未易到。
>
> 词用事最难,要体认著题,融化不涩。如东坡《永遇乐》云:"燕子楼空,佳人何在,空锁楼中燕。"用张建封事。
>
> 词不宜强和人韵……东坡次章质夫杨花《水龙吟》韵,机锋相摩,起句便合让东坡出一头地,后片愈出愈奇,真是压倒今古。

按张炎的述评,则苏轼词既以清丽舒徐的体格别于诗;又以劲健高妙的笔力、新奇深厚的意趣别于缠令,恰能振起气格,修正柳、周诸人所开启的软媚词风,自是词体正宗,词法典范。张炎如此推崇苏轼词法词格,但在《词源序》中却未将苏轼词列为宜学词家,应是考虑到苏轼词除为其称引的一类风格外,尚有不少破体的变格,为辛、刘一派豪气词之滥觞。对元好问词,张炎更倾向于将其归入苏轼正宗一路,而非辛、刘豪气一派。所谓:"元遗山极称稼轩词,及观遗山词,深于用事,精于炼句,有风流蕴藉处,不减周、秦。如双莲、雁邱等作,妙在模写情态,立意高远,初无稼轩豪迈之气。岂遗山欲表而出之,故云尔。"对遗山词妙处的阐释与东坡词如出一辙,而特别与稼轩词划为两途。

其实,在总体风格上,苏轼词与辛、刘词相比,确是豪放不及,而沉郁浑厚过之。张炎不为时论所拘,采取分而论之的方式,可谓目光独炬。明清不少词论都延续此法,将苏轼词纳入正宗。然而,苏、元词中本也有属于"长短句中诗"的刚健豪迈之作,而张炎为了将二家与豪气词区别开来,纳入合体雅词之中,不仅重点称引二家刚柔相济的词作,在解读此类词作时,又注重突出其柔婉的一面。如苏轼《水调歌头》、元好问《雁邱》主题分别为离情、爱情,属柔一类。以诗法入词,意层新而能浑,情转深而有骨,固然颇能合清空要求。但起句破空而来,句法矫健,在总体风格上与传统词论认可的柔媚风格已有差异,如"问世间情是何物,直教生死相许"、"但愿人长久,千里共婵娟"等句,直质重拙,并不符合融情入景的婉约要求;"明月几时有,把酒问青天"、"千秋万古,为留待骚人,狂歌痛饮,来访雁丘处"等句,气格刚健已近于豪迈;至于"哨遍一曲,隐括归去来辞"更是通篇以文为词,不类词体。而张炎却仅以清丽舒徐,无豪气论之,未免有以偏概全,文过饰非之嫌。

五、小　结

张炎词学审美偏好清疏超逸,词体正变观又以立"横"追"纵"为目的,故标举"清空"为正宗典范,能颇为精准地揭示出有违清空的质实、俗艳诸弊;而在各种技法要求的辅助下,更建构出一套颇为精严、自成一家的正变体系。其所制定的学词门径,明显具有亲诗疏曲的倾向:首先,约束似诗特征的标准颇宽,故对有质实、劲健一类似诗特征的词人词作,多持包容回护态度,甚至纳入学词典范中,如吴文英词;而约束似曲特征的标准颇严,对有软媚、俗艳等似曲特征的词人词作,多持宁枉勿纵的态度,排除在学词门径之外,如周邦彦、柳永词。再者,论词法常参照诗法,而从未参照曲法。标举的清空典范,大都是将诗的意格、句法融入词的柔美体制中;以求风流蕴藉,风骨骞举,柔美适度,上承诗源之雅正,而不流为曲体之俗靡。

客观而言,这种门径对纠正俗艳近曲的时弊确实颇有帮助,在一定程度上适应了词体发展的需要:当时词中直俗之风越演越烈,逐渐超越了词体的限制,柔美协律的本色特征仅能保证词上别于诗,自成一家;而加入雅,既能保证词下别于曲,自守一家,也能为将词体纳入纵向正宗奠定了基础。但也有片面之处,虽阐释了"清空"之妙,却未能关注到与"清空"相对的精实之妙与清空之弊,因此会模糊诗词之别,不利于词作风格的多样化。

其实,每个论者都有其审美好尚,这本是无可厚非的,若强求兼容并包,反而难以专精。然而，当这种好尚发展成统领一时的风尚时，就未免过于单调了：清雅派追随者侧重以精研技法、应酬唱和的方式追求清雅，导致其末流真情缺失，空疏的清空流弊与堆砌的质实弊端泛滥，成为备受诟病的游词，因此，需要后世具有不同审美取向的论者为之救弊补阙，进一步发掘质实与软媚之妙。

第七节　舍"纵"取"横"类正变观

舍"纵"取"横"类正变观的立场是不考虑词体在纵向源流中的正变定位，仅以横向正体为基准来划分正变。采用此类正变观的论者在纵向上，将词独立成体的关键特征"柔"视同靡靡之音，定位为邪变；但认为词体独立、流行为文体发展的大势所趋，不可逆转，勉强用纵向正源为标准来限制词体并不现实。在横向上，认为词独立后已形成固定的体势，且自有其妙。只有依据既定体势填词，才能发挥词体独至之妙。按此理解，词体横向源始所具备的"正"是体势之"正"，却违背了纵向之"正"，与纵向正变标准不能兼容，这样横向标准就成为划分正变的唯一标准了；因此，其典型特征是将词体独立特征定位为纵向邪变，词体正始。立论基础有二：一是文体代兴意识的产生，二是对词体制独至之妙的认可。

宋代随着词体的发展，唐末五代定型的初始特征也逐渐发生变化，最受瞩目的是柳永直俗词风与苏轼刚健词风，分别在实用、气格上独具优势，故兴起后一直不乏追随者，各成愈演愈烈之势。变体盛行后，其特有的优势固然彰显，而不能即体成势的弊端也逐步暴露，这种弊端促使部分词论者开始反思词自成一体的独至之妙，注重标举横向正体，以维护词体的独立性。早在元祐时期，陈师道的"本色"论，李之仪的"自有一种风格"说，已开横向词体正变论之先声。两宋间，"纵"、"横"正变体系间矛盾激化：词自成一体的柔而协律特征，一方面不甚符合衰乱世运的需要，故被主流词论视为纵向邪变；另一方面，却又响应了有宋一代文运的需要，既然词体"一代文学"的地位不因世运而转移，柔而协律的特征成就一代文体的作用就不能不被重视。即如吕本中（1084—1145）云："（古诗文）衰至唐末极矣，然乐府长短句有一唱三叹之音"①。尹觉（1122年前后）云："词，古诗流也。吟咏性情，莫工于

---

① 吕本中著：《江西宗派图序》，转引自赵彦卫：《云麓漫抄》，中华书局1996年版，第244页。

词。临淄六一,当代文伯,其乐府尤有怜景泥情之偏,岂情之所钟,不能自已于言耶?"①陈善(1147前后)云:"唐末诗格卑陋,而小词最为奇绝。今世人尽力追之,有不能及者。予故尝以唐《花间集》当为长短句之宗。"②都意识到词体是继诗文之后,振兴文运的文体。为何能振兴文运呢?因其独具"一唱三叹""怜景泥情""奇绝"的优势,而这些优势都是由其柔而协律的独立特征所成就的。因此,尽管此时占据主流的是顺应世运,呼唤变体宏壮词风的弃"横"从"纵"类正变观;但顺应文运,标举横向正体的舍"纵"取"横"类正变观也已萌芽。

一、李清照:流靡之变与别是一家

两宋间此类正变观中体系最完备,最具代表性的是李清照《词论》:

> 乐府声、诗并著③,最盛于唐。开元、天宝间,有李八郎者,能歌擅天下,时新及第进士开宴曲江,榜中一名士先召李,使易服隐名姓,衣冠故敝,精神惨沮,与同之宴所。曰:"表弟愿与坐末",众皆不顾。既酒行乐作,歌者进,时曹元谦、念奴为冠,歌罢,众皆咨嗟称赏。名士忽指李曰:"请表弟歌。"众皆哂,或有怒者。及转喉发声,歌一曲,众皆泣下,罗拜,曰:"此李八郎也。"自后郑卫之声日炽,流靡之变日烦,已有《菩萨蛮》《春光好》《莎鸡子》《更漏子》《浣溪沙》《梦江南》《渔父》等词,不可遍举。五代干戈,四海瓜分豆剖,斯文道熄,独江南李氏君臣尚文雅,故有"小楼吹彻玉笙寒"、"吹皱一池春水"之词,语虽奇甚,所谓"亡国之音哀以思"也。
>
> 逮至本朝,礼乐文武大备,又涵养百余年,始有柳屯田永者,变旧声,作新声,出《乐章集》,大得声称于世。虽协音律,而词语尘下。又有张子野、宋子京兄弟,沈唐、元绛、晁次膺辈继出,虽时时有妙语,而破碎何足名家。至晏元献、欧阳永叔、苏子瞻,学际天人,作为小歌词,直如酌蠡水于大海,然皆句读不葺之诗尔,又往往不协音律者,何邪?盖诗文分平侧,而歌词分五音,又分五声,又分六律,又分清浊轻重……王介

① 尹觉著:《题坦庵词》,毛晋辑:《宋六十名家词》,第264页。
② 陈善著:《扪虱新话》下册,中华书局1985年版,第67页。
③ 关于"乐府声诗并著"的断句及含义,学界颇有争议。笔者赞同黄墨谷、李定广"乐府声、诗并著"(李定广:《"声诗"概念与李清照词论"乐府声诗并著"之解读》,《文学遗产》2011年01期)的断句方式,将"声诗"理解为乐曲与歌词两个概念。

甫、曾子固,文章似西汉,若作一小歌词,则人必绝倒,不可读也。

　　乃知别是一家,知之者少。后晏叔原、贺方回、秦少游、黄鲁直出,始能知之。又晏苦无铺叙,贺苦少典重,秦即专主情致,而少故实,譬如贫家美女,虽极妍丽丰逸,而终乏富贵态。黄即尚故实,而多疵病,譬如良玉有瑕,价自减半矣。①

详细考察此论对词体源流的阐述,"纵""横"交错,要理清"纵""横"源流,才能正确理解论者的立场:

　　先考察"乐府""歌词"(包括"词""小歌词")的含义。据李定广考证唐代"乐府"的概念可泛指当时流行的配乐歌词,"太常寺尤其是教坊和梨园所唱的歌曲,包括文人歌诗及曲子词",并在考证唐至北宋人的相关定义后指出"'乐府'即泛指配乐歌词,与后文所谓'歌词''小歌词'相呼应,一些词学家说它指曲子词也不算错,因为全文是在宋词话语背景之下"。笔者认为李先生对当时"乐府"含义的考证是详实可信的,但李清照论中,"乐府"的含义却必须落实到词体才合逻辑:如果泛指历代配乐歌词,那么,上古乐辞与汉乐府同样繁盛,且具有"声、诗并著"的特点,不能认为是"最盛于唐";如果专指唐"太常寺尤其是教坊和梨园所唱的歌曲",那么,就无法包括宋代歌词,与下文的论述相呼应。

　　因此,李清照所谓"乐府""歌词",应是专指词体的,包括词体未定型时,配乐歌词中类似后世词体的作品与定型后的词。即如《文心雕龙》所谓"乐府",虽然名称与体制定型于汉代的乐府机构,但却将横向正源上溯至《诗》中相似的作品。李清照所列举的唐代"乐府""歌词",不仅具有当时广义"乐府""歌词""声、诗并著"的特征,还具有词体定型后所形成的特征:其一是"柔",唐广义的乐府本是刚柔兼备的,但李清照标举的盛唐李八郎歌词,"转喉发声,歌一曲,众皆泣下",具有凄婉的特征。此后日盛的"《菩萨蛮》《春光好》《莎鸡子》《更漏子》《浣溪沙》《梦江南》《渔父》等词",既然被称为"郑卫之声""流靡之变",显然也具有柔靡的特征;其二是文人词,唐广义的乐府本包括偏雅的文人歌词与偏俗的民间歌词。但李清照所举最受推崇的李八郎歌词,受众是新及第进士,乃文人之翘楚。在论五代词时,又特别强调唯李氏"文雅"之词可继唐之"斯文",故其所关注的唐词应是偏雅的文人词。这种将词体正始上溯至定型前相似作品的观念,在后世词论中也十分常见,最早

---

　　① 李清照著,徐培均笺注:《李清照集笺注》,上海古籍出版社 2002 年版,第 266—267 页。

甚至可将词体的横向源始上溯至六朝曲。

再考察"乐府""歌词"的纵向正变定位。作为"乐府"滥觞的盛唐李八郎歌词,特点是凄婉。开元、天宝是盛世,故此种凄婉不可能是感时伤乱的哀思之音,而只能是导欲增悲的靡靡之音,其特征正类似纵向邪变——郑卫之音,即如《新序·杂事二》中齐宣王云:"听郑卫之音,呕吟感伤,扬激楚之遗风。"①此后此类"郑卫之声"日益烦炽,"流靡"之邪变更甚。因此,李清照对词体的纵向定位是邪变,称其为"小歌词",即在强调其格卑于诗文。

然而,李清照评判词之高下,却并非立足于纵向正变,其词论的核心在标举"别是一家"的评词标准,是以横向正体为主要依据的。所理解的"别是一家"特征包括:

(一)"声、诗"和谐,辞能配乐。李清照对似诗的变体词,注重强调其不协音律的特点,因为协律是词体区别于诗(指徒诗)、文(指韵文)的特征,诗文只分平仄,并不能协律配乐。至于辞乐结合形式,李清照虽没有特别说明,但结合相关论述及当时实际可知:对创调者而言,结合形式并不固定,可以是声依永,在绝句中加入泛声;也可以是永依声,在当时流行的燕乐中填入词。但如果要使用既定的词调填词,就必须要永依声,才能辞乐和谐。即如胡震亨《唐音统签》云:"唐人乐府,元用律绝等诗杂和声歌之,其并和声作实字,长短其句以就曲拍者为填词,则开、天兆其端,二和衍其流,而皇甫松、温庭筠以后迄于南唐二蜀,尤家户工习以尽其变。"②无论是创调还是依调填词,都要求直接作者精通音律。

(二)格调在雅俗之间,卑于诗文,而高于燕乐俗词。李清照一方面指反对词意格太高,所谓"王介甫、曾子固,文章似西汉,若作一小歌词,则人必绝倒,不可读也",可与刘辰翁所谓:"词至东坡,倾荡磊落,如诗,如文……然犹未至用经史,牵雅颂入郑卫也。自辛稼轩前,用一语如此者,必且掩口",与沈义父所谓:"发意不可太高,高则狂怪而失柔婉之意"可互相发明,西汉文章的特点是"雄深雅健",与词体柔弱的特征并不相称。另一方面又反对词意格太低,如柳永词"虽协音律,而辞语尘下",违背了文人词"文雅"的特点,无法别于民间俗词。

(三)柔。如上所述,欠柔婉是李清照将王安石、曾巩词视为变体的原因之一。李清照标举的唐五代词,无论是柔靡之音还是哀思之音,都具有柔

---

① 刘向编著,石光瑛校释,陈新整理:《新序校释》,中华书局2001年版,第286页。
② 胡震亨著:《唐音统签》,《续修四库全书》第1620册,第192页。

的特点；标举北宋通晓词体的晏叔原、贺方回、秦少游、黄鲁直四家，前三家均以柔美意格为主，黄庭坚集中也不乏柔美之作，因此被陈师道推为本色词手。

综合来看，李清照对词"别是一家"的特征，虽追溯到盛唐，其实仍是以唐末五代定型的词体特征为依据的。只有在唐末五代，词体才能凭藉协律、柔、雅俗共赏的特征，别于纵向词源——燕乐俗词、歌诗韵文自成一家。因此，无论是以燕乐俗词为词，协律而俚俗的柳永新声；还是以诗文为词，不协律或太过刚健古雅的晏殊、欧阳修、苏轼、王安石、曾巩诸家词，都破坏了词自成一家的体制。

总之，李清照词论对词体正变的论述可分为三部分：第一部分论述唐五代词，唐五代是词"别是一家"体制的形成期，但词体意识尚未自觉，故词作合体而不自知；第二部分论述宋初至元祐词坛的各类词体弊病，李清照认为这些的弊病都是因作者不知词体而产生的。其中，"破碎"对一切文体而言都是弊病，而尘下（以燕乐为词的结果）、以诗为词、以文为词被认为是弊病，因其改变了词"别是一家"的体制；第三部分特别标举了北宋合体词。这些词人都生活在元祐前后，李清照认为他们均是在意识到词"别是一家"的体制后自觉合体的，评价最高。

李清照虽将词体视为纵向邪变，但却肯定了词体独立的价值，标举"别是一家"的横向正体为评词的基本标准，故应属于舍"纵"取"横"类正变观。在变体之风盛行，弃"横"从"纵"类正变观占据主流的背景下，此种立场也可谓别是一家，有助于维护词体的独立及彰显词体体势的独至之妙。

然而，从李清照对北宋合体词的论述可知，其具体评词标准除正体外，尚有铺叙、典重、故实、雍容等，颇耐人寻味的是，这些特征都是词体的纵向正源所具备的，也是第二部分的变体词所擅长的：柳永新声演小令为长调，擅铺叙，铺叙是诗文与燕乐共有的特征，故在如诗文的苏轼、王安石诸家中也得到发展；典重、故实、雍容都是纵向雅正的题中之意，故如诗的晏殊词即以富贵雍容见长，而苏轼、王安石词则以典重、故实见长。

可见，其真正的评词标准是以横向正体为首要标准，故变体词虽有铺叙、典重、故实、雍容之长，但较之合体词仍是等而下之；而以纵向正源为辅助标准，故在合体词中仍须按铺叙、典重、故实、雍容来分等级。在维护合体的基础上追求高格，是历来横向正变论者的共同愿望，因此，无论是陈师道、李之仪，还是李清照，心中的典范都应如有林下风度的大家闺秀，兼具柔美与文雅之妙。舍"纵"取"横"类正变观最终并入综合类的原因也在于此。

二、陆游：其变愈薄与简古可爱

在南宋陆游词论中，将以《花间集》为代表的唐末五代词定位为词体源始，舍"纵"取"横"的正变取向表现得更为鲜明。试看以下数则词论①：

> 雅正之乐微，乃有郑、卫之音。郑、卫虽变，然琴瑟笙磬犹在也。及变而为燕之筑，秦之缶，胡部之琵琶，箜篌，则又郑、卫之变矣。风雅、颂之后为骚，为赋、为曲、为引、为行、为谣、为歌，千余年后乃有倚声制辞起于唐之季世，则其变愈薄，可胜叹哉！（1189 年作《长短句序》）

> 《花间集》皆唐末五代时人作。方斯时，天下岌岌，生民救死不暇，士大夫乃流宕如此，可叹也哉！或者，出于无聊故耶？

> 又：唐自大中后，诗家日趣浅薄。其间杰出者，亦不复有前辈闳妙浑厚之作，久而自厌，然梏于俗尚，不能拔出。会有倚声作词者，本欲酒间易晓，颇摆落故态，适与六朝跌宕意气差近，此集所载是也。故历唐季五代，诗愈卑，而倚声辄简古可爱。盖天宝以后，诗人常恨文不迨，大中以后，诗衰而倚声作。使诸人以其所长，格力施于所短，则后世孰得而议？笔墨驰骋则一，能此不能彼，未易以理推也。（1205 年作《跋花间集》）

> 唐末，诗益卑，而乐府词高古工妙，庶几汉魏。陈无己诗妙天下，以其余作辞，宜其工矣，顾乃不然，殆未易晓也。（1191 年作《跋后山居士长短句》）

对唐末五代词的纵向定位颇为辩证，认为其虽是雅正文运衰变已极的标志——纵向上古今诗乐发展是"其变愈薄"，故最晚产生的词体应是最薄的邪变之尤；却又是振兴文运的必由之路——惟有变才能自立正宗，在诗文衰微后振兴文运。其中对文体意格的古、今、厚、薄、简、繁之辨，在此类正变观中颇有代表性：

词体在纵向文体演变中，是"新""薄""繁"的末流，因古诗乐的演变是由简趋繁，相应的旨趣由浑雅趋于纤俗：上古雅正之乐所用的正声，只包括最古的五音，因简朴而显得和缓厚重；春秋郑卫之乐加入了变音，音节就变得繁促轻靡了，但所用乐器仍为中原传统的琴瑟笙磬，这些乐器的音色都是偏

---

① 陆游著：《陆游集》，中华书局 1976 年版，第 2101、2277—2278、2247 页。

于和缓清雅的;此后又相继传入许多非中原传统的乐器,如战国时北方的筑、缶,秦汉时胡部的琵琶、箜篌,这样音乐的音色也变得繁杂媚俗,更加背离中夏之正声。结合唐末五代衰乱世运,士大夫耽于此种靡靡之音,更令人痛心疾首——"方斯时,天下岌岌,生民救死不暇,士大夫乃流宕如此,可叹也哉!"

　　然而,词自立一体后,却能成为一代"古""厚""简"的正宗。因当时"诗家日趣浅薄……不复有前辈闳妙浑厚之作,久而自厌,然梏于俗尚,不能拔出。"所谓"梏于俗尚"即是就体制及传统创作习惯的限制而言的。而词体作为新兴文体,受技法、典故、政教限制少,故能摆脱繁琐寡味的诗坛故态,形成一种自然浑成、无拘无束的真情真趣,与四言体初兴的诗经、五言体初兴的汉魏诗,同为简古高妙的一代文体。

　　总之,陆游词论通过梳理文体发展史,将词体置于纵向邪变,横向正宗的地位,已完全具备了舍"纵"取"横"类正变观的基本要素,而其中蕴含的文体代兴的通变意识,对后世文论影响颇大,不仅为清明持舍"纵"取"横"、立"横"追"纵"立场的正变论所广泛采用,也促成了摆脱正变观束缚的新变论的产生。

　　综上所述,宋代舍"纵"取"横"类正变观随着文体代兴意识的产生而萌芽,在古典语境中属于比较大胆的一种正变类型——为肯定词体的横向特色,不惜放弃占据道德至高点的纵向正源。也因如此,历来敢于采用此种立场的论者并不多,从来没有占据过正变论主流。其缺点是受传统文格代降观念的影响,将词体视为小道邪变,不利于推尊词体;而优势是可以摆脱纵向正源的束缚,尽情地展现词体的独至之妙。而且,其以为立论依据的文体代兴观,颇为符合各文体发展的一般规律,因此,在此类正变观不再盛行后,仍为各类综合正变观所采用,成为明清词体正变论中最为流行的理念之一。

第三章　明代:横向正变论的繁盛期

第一节　总论:横向为主,辨体尊体

明代文论中辨体、尊体之风盛行,是词体正变论的繁盛期①。即如"绪论"中所述,学界相关研究相对前代要多,但不够深入,不能很好地揭示出其真正特色及在词体正变史上的地位:首先,学界普遍认为明代在词体正变史上当受重视,因其为词体正变观正式确立的时期,其实不然,从上文的论述中可知,词体正变观的三大基本类型在唐宋时期已经确立。其次,学界普遍认为明代正变论可划分为主流与反主流两派,主流以婉约为"正",豪放为"变",非主流则能兼赏豪放词。然而,以柔婉含蓄为"正",宏壮横放为"变"的观点,在前代的横向正变论中已经出现,如宋元间流行清雅派词论;明代将其概括为"婉约""豪放",固然有简明扼要的优势,但仅凭此种细节改良,不足以成就一代之特色。而且,明代正变论者对豪放词的态度并不如学界所述的那样严苛,即便是将其视为变体的词论,也能兼赏豪放词。再者,学界对明代正变观的总体评价,是以维护婉约词体的主流为保守,指责其太过狭隘;而以反主流为融通,称赏其能包容诸格。但正如"绪论"所论,这种评价并不客观。其实,词体正变观的完善是以对词体特色的重视及认可为前提的,故所谓的"反主流"词论固然有调剂审美,纠正时弊之功,但真正能成就明代正变论特色及优势的,还是维护词体特色的主流词论。

大体上看,确如学界所论:时人审美取向趋于一致,论词以体制为先,普遍肯定词自成一家的价值,偏好婉约词风。反映在正变论中,则多以横向为主,以婉约为"正",豪放为"变",少有异议。但其别于前代的特色却不限于

---

① 明代前期自成体系的词体正变论较少,而且大都延续前代论调,本时代的特色尚未形成,至中期杨慎、张綖、王世贞等论者出,明代词体正变观的特色才逐步显现,故本书对明代的研究也集中在中期以后,所称的明代词体正变观,也不包括未成明代特色的前期。

此:首先:鉴于前代占据主流的清雅派在处理柔情与雅正关系时,过分强调以雅节情,致使词情不媚不真,词体之妙难以彰显,明代词论大都表现出亲"横"疏"纵"的倾向,更注重维护词体的横向特色,以最接近词体源始的唐五代北宋词为正宗的最佳典范,并对正宗定位作了调整——放宽雅的要求,更强调深情动人,生香真色的重要,故比前代词论更能揭示出词体的独至之妙;其次,明代词体正变观繁盛,随着正宗时代之争的兴起,文体代兴观的发展,而日趋完善。体系的严密,探讨的深入,理论的创新,实为前所未有。

一、崇正通变:天地元声与万古清风

明代中期论者张綖云:"词曲自是小技,专门不为高贤傍夺",陈霆云:"词曲于道末矣。纤言丽语,大雅是病。"①其实都是在强调词体横向体制的独至之妙,与纵向正源的大雅要求是有分别的,是一种因病成妍,因变出奇的文体,故必须在某种程度上摆脱雅正的约束,才能尽其纤丽柔靡之美。当然,如王世贞这样采取舍"纵"取"横"的决绝立场——"宁为大雅罪人,勿儒冠而胡服"的论者毕竟是少数,大部分论者选用立"横"追"纵"的折中立场,希望用一种降格以求的方式拉近词体与大雅间的距离,注重用雅俗共赏的特征沟通"纵"、"横":极少将词的纵向正源追溯到颂、正雅,关注庄严肃穆、歌咏太平一类典雅纯正的特征,而多上溯到风骚、古乐府,强调自然深挚、生香真色一类雅俗共赏的特征。其中,最受重视的是源于天性,能感动人心的深挚柔情,因此,此时各类词体正变观均具有以下特征:

(一)重新定位雅正与柔情的关系,对柔情的雅正束缚放宽了——持舍"纵"取"横"正变立场的论者自不必说,即便是持立"横"追"纵"正变立场的论者,在论证柔情不害人品时强调的也不是刻意节制,而是自然疏导;而感人要求则提高了——不仅主张词情要温柔精致,而且强调要有能感动人心的生香真色。相应的,历来被认为源于民歌、自然真挚的风骚、古乐府成为提及频率最高的纵向正源,更有攀附具有至尊正始地位的天地元声、人伦之始等来增强尊体力度者。

如明代中期持立"横"追"纵"正变立场的杨慎《词品》(作于1551年前后)云:"昔人谓'诗情不似曲情多',信然。"明确肯定词体比诗体更长于情,又评韩琦、范仲淹柔情词云:

---

① 陈霆著:《渚山堂词话》,唐圭璋编:《词话丛编》第一册,第347页。

二公一时勋德重望,而词亦情致如此。大抵人自情中生,焉能无情,但不过甚而已。宋儒云:"禅家有为绝欲之说者,欲之所以益炽也。道家有为忘情之说者,情之所以益荡也。圣贤但云寡欲养心,约情合中而已。"予友朱良矩尝云:"天之风月,地之花柳,与人之歌舞,无此不成三才。"虽戏语亦有理也。①

与南宋清雅派一味强调温柔敦厚,删削靡曼,而讳言声色耳目之娱的论调已大不相同。后期论者王象晋《重刻诗余图谱序》(作于 1635 年)云:

填词非诗也,然不可谓无当于诗也……诗亡而后有乐府。乐府亡而后有诗余。诗余者,乐府之派别而后世歌曲之开先也……诗余一派,肇自赵宋,列为规格……或柔态腻理,宣密谛而寄幽情;或比物托兴,图节序而绘花鸟……为有目人所共赏,有心人所共珍,岂不脍炙一时,流耀来裔哉……总之,以李青莲之《忆秦娥》《菩萨蛮》为开山鼻祖。裔是以降,递相祖述,靡不换羽移商,务为艳冶靡丽之谈……总之,元声本之天地。至情发之人心,音韵合之宫商,格调协之风会。风会一流,音响随易。何余非诗?何唐宋非周?谓宋之填词即宋之诗可也,即李唐成周之诗亦可也。②

同样是通过推尊柔情以尊体,而尊体力度更大:天地元声居于至尊正始地位,故将囊括生香真色、微婉寄兴的至情奉为天地之元声,配合"诗亡而后有乐府,乐府亡而后有诗余""风会一流,音响随易"的文体代兴观,便可将词体的作用与诗体正宗——"李唐成周之诗"相提并论了。再如茅元仪《文启美秦淮竹枝词序》、温博《花间集补序》、汤显祖《玉茗堂评花间集序》、无暇道人《万历汤评本花间集跋》等,也均希望在维护词体通俗、婉转、柔曼体制的同时,循流溯源,延续风雅、骚协律、寄托、温厚、兴观群怨之旨。

对于柔情词中常见的繁缛、纤靡、媚俗等纵向邪变特征,包容程度也胜于前代——既已承认了词体小道的地位,则其正体就没有必要完全遵从纵向源头严苛的雅正标准。如俞彦(生卒年不详,1601 年进士)《爰园词话》云:

---

① 杨慎著:《词品》,唐圭璋编:《词话丛编》第一册,第 461、467 页。
② 王象晋著:《重刻诗余图谱序》,《四库全书存目丛书》集部 425 册,第 201—202 页。

词于不朽之业,最为小乘。然溯其源流,咸自鸿蒙上古而来。如亿兆黔首,固皆神圣裔矣。惟闾巷歌谣,即古歌谣。古可入乐府,而今不可入诗余者,古拙而今佻,古朴而今俚,古浑涵而今率露也……其得与诗并存天壤,则文人学士赏识欣艳之力也。

诗词皆绮语,词较甚。山谷喜作小词,后为泥犁狱所慑,罢作,可笑也。绮语小过……何至深文重比,令千古文士短气。①

论词体,并不讳言其小,如此便名正言顺地包容"佻""俚""率露"等有悖大雅的言情方式,再借助文体代兴观,变可将词置于顺应文变,小道合正的地位,"得与诗并存天壤"了。相应的,词体源于民歌,雅俗共赏的特征,是最早受到关注的沟通"纵""横"特征,而民歌又在明代文论中得到空前的好评,不仅为重视性灵的一派论者所提倡,其可观民风,继风骚的功用也为主张复古的一派论者所肯定,故理所当然为词体正变论所重视,历来被认为源于民歌的风骚、古乐府成为提及频率最高的纵向正源,特点是承认古今歌谣演变中存在繁缛、纤靡、直俗的趋势,且敢于肯定此种趋势恰足成就词体独特的魅力。参看茅元仪(1594—1640)《文启美秦淮竹枝词序》云:

> 古之诗盖采谣而献之太史,用于朝则为雅,用于庙则为颂,而国风其余也……昔以谣为诗,今以诗为谣,亦古今一大变易哉。而《竹枝词》者谣之别……便于播事述情,较之他谣之体,易畅而尽。故学士大夫喜为之……盖规于正则为性,合风人之体则为得情……得其性情虽圣人复起,不能废也。而况于今之人乎?②

即从古今不变的真性情入手,推尊变易后的歌谣——词体,属于立"横"追"纵"类正变观。

明末词论受时局的影响,更注重强调雅正,但最看重的仍是深情,如毛晋(1599—1659)对法秀道人劝黄庭坚当以绮语为戒,就不像俞彦那样反感,还颇为赞同;但其所理解的绮语和法秀实有不同,并不是指词体本身,而是专指"妖艳"、"浮艳伤雅"的一类词风。《尊前集跋》云:

---

① 俞彦著:《爰园词话》,唐圭璋编:《词话丛编》第一册,第399、403页。
② 茅元仪著:《石民四十集》,《续修四库全书》第1386册,第217页。

> 雍熙间,有集唐末五代诸家词,命名《家宴》……虽不堪与《花间》
> 《草堂》颉颃。亦能一洗倚罗香泽之态矣。

《小山词跋》云:

> 诸名胜词集,删选相半。独《小山集》直逼《花间》,字字娉娉袅袅,
> 如揽嫱施之袂,恨不能起莲、鸿、萍、云,按红牙板唱和一过。晏氏父子,
> 具足追配李氏父子。①

以源出于《花间》的婉雅词风为正宗,而所列为婉雅典范的诸家词,都以婉约深情见长,却不尽合于前人所定义的雅正。如其特别推崇的晏几道词,却恰是被黄庭坚认为"笔墨劝淫"尤甚于己作,当为法秀道人所呵的。又如"一洗倚罗香泽之态",本是前人用于形容苏轼一派词的,而毛晋却认为儿女情多的《尊前集》也符合此种要求,可见,其所推崇的婉雅,仍是延续明人一贯的亲"横"疏"纵"传统的,此时占据主流的云间派论者所理解的婉雅也有此倾向。

(二)旨取柔情,也颇能包容豪情,肯定豪情在言情、审美上的非常之用。与以纵向立场为主的正变论者不同的是,明代大部分论者肯定包容刚健词风,主要还是基于情致感人、审美需要等有助于展现词体之妙的要素的,至明末时势改变后,才开始重提正大宏雅等有合于纵向正源的要素。

明代主流词论是按刚柔分正变的,而其推婉约为正宗的一个重要原因即是认为婉约比豪放更宜言情,更能感人,即如徐师曾云:

> 婉约者欲其辞情酝藉,豪放者欲其气象恢弘,盖虽各因其质,而词贵感人,要当以婉约为正。否则虽极精工,终乖本色,非有识之所取也。②

在肯定个性有刚柔之别的前提下,指出刚、柔分别宜于表现气象、情辞,而后者更宜用词体。这种观点确有其合理性,但这只反映出刚、柔与词体的常规,而在一些特定的条件下,豪放也未尝不能言情,气象也未尝不能感人,而

---

① 本书引用毛晋词论均转引自:施蛰存主编:《词籍序跋萃编》,中国社会科学出版社1994年版。

② 徐师曾著,罗根泽校点:《文体明辨序说》,第165页。

词学审美也未尝不须用豪气的非常之美来调剂，明代论者也意识到这一点，故即便是推尊婉约为"正"的论者，也大都能兼赏感人的豪情。试看杨慎《词品》中著名的"万古清风"之喻：

> 宋人长短句虽盛，而其下者，有曲诗、曲论之弊，终非词之本色。
> 近日作词者，惟说周美成、姜尧章，而以东坡为词诗，稼轩为词论。此说固当，盖曲者曲也，固当以委曲为体。然徒狃于风情婉娈，则亦易厌。回视稼轩所作，岂非万古一清风哉。[①]

这一妙喻颇为辩证的认识到在通常情况下，委曲柔情最合词体之宜，而词诗、词论则为词弊，但若词坛一味被婉约风情所笼罩，致使柔情过盛、过滥，也容易造成审美疲劳与矫情就体，而词诗、词论引入的刚健词风，具有非常之美，正可缓解此种疲劳，展现壮士真性情，故自有其合宜之时。周逊继承并发展了杨慎融通的词体观，其《刻词品序》(作于1554年)云：

> 词人之体……率于人情之所必不免者以敷言……是故山林之词清以激，感遇之词凄以哀，闺阁之词悦以解，登览之词悲以壮，讽喻之词宛以切。之数者，人之情也。属辞者皆当有以体之……何以知之。诗之有风，犹今之有词也。语曰：动物谓之风。由是以知不动物非风也，不感人非词也。[②]

认为词体特有的多情感人特征能上承纵向正源国风，对词体所能包容情致的论述尤为客观详尽，说明词体宜有之情以婉约为主，以感人为上，也时能以悲壮之情动人。明代其他主要的正变论者，如张綖、王世贞等，也能兼赏豪情。

晚明沈际飞对刚健词非常之美的探讨尤为深入，其选评的《草堂诗余四集》[③]，通过对事物非常之美的阐发，设立一套别于传统正变论的文体正变标准，来肯定"纵""横"之变体。详见本章第四节。

晚明时局要求词体承载更多的政教功用，故论者在肯定刚健词时，更注

---

① 杨慎著：《词品》，唐圭璋编：《词话丛编》第一册，第425、503页。
② 同上书，第407页。
③ 本书引用《草堂诗余四集》均来自：沈际飞评正：《草堂诗余》正集、续集、别集、新集，莫友芝藏本。

重标举正大宏雅、振起格调等有合于纵向正源的要素。如毛晋《花间集跋》云：

> 近来填词家辄效颦柳屯田作闺帏秽媟之语，无论笔墨劝淫，应堕犁舌地狱……若彼白眼骂坐，臧否人物，自诧辛稼轩后身者，譬如雷大使舞，纵使极工，要非本色。

《稼轩词跋》云：

> 词家争斗秾纤，而稼轩率多抚时感世之作，磊落英多，绝不作妮子态，宋人以东坡为词诗，稼轩为词论，善评也。

最推崇的仍是不俗艳、不豪放，婉约中有风骨的本色词，以《花间》、李氏、晏氏父子词为最佳典范；但也肯定豪放变体的词诗、词论，能关注时世，在矫正俗靡，振起格调上独具优势。而如清初延续云间派风尚的广陵派论者，更依据纵向正源，将豪放派提升到与婉约派同等的地位①。

尽管明代正变论者大都能包容欣赏豪放词，但明确主张列为学词门径的，仍是被定位为正宗的婉约词，故词作也多属婉约一路，极少有高造诣的豪放词。再加上在最受重视的明末云间词派中，以陈子龙为代表的早期论者，审美取向偏狭，不太能包容刚健词，因此，才会给后世造成明代词体正变论只赏婉约，而不知豪放之妙的印象。

（三）明代正变论的上述特点集中反映在对李清照词正变定位的变化中，李清照词作为闺秀词中翘楚，受政教功用的限制较少，情致语言均无拘无束，婉媚多姿、雅俗兼收，真挚动人，较好的实践了她词体别是一家的词学主张。然而，明代以前的词体正变论几乎没有将其列为正宗的：持弃"横"从"纵"正变立场的论者是如此，如王灼指责其"轻巧尖新，姿态百出，闾巷荒淫之语，肆意落笔"，不合"庄士雅人"之"正"；持立"横"追"纵"正变立场的论者也是如此，如张炎评其《永遇乐》词云："以俚词歌于坐花醉月之际，似乎击缶韶外，良可叹也。"②杨维桢也批评其词："出于小聪挟慧，拘于气习之陋，而未适乎性情之正。"③，都认为这种无拘无束的情辞违背了纵向雅正之源。但至明代，对李清照词的正变定位却发生了显著的变化：参看下文论述可

---

① 　参见本章第五节。
② 　张炎著：《词源》，唐圭璋编：《词话丛编》第一册，第263页。
③ 　杨维桢著：《曹氏雪斋弦歌集序》，《东维子集》，《文渊阁四库全书》第1221册，第445页。

知,不仅如王世贞、秦士奇这样持舍"纵"取"横"正变立场的论者视为正宗,连杨慎、张綖等持立"横"追"纵"正变立场的论者也都将其列为正宗典范。杨慎云:

> 填词虽于文为末,而非自选诗乐府来,亦不能入妙。李易安词"清露晨流,新桐初引",乃全用世说语。女流有此,在男子亦秦、周之流也。
>
> 宋人中填词,李易安亦称冠绝。使在衣冠,当与秦七、黄九争雄,不独雄于闺阁也⋯⋯《声声慢》一词,最为婉妙⋯⋯张端义《贵耳集》云:"此词首下十四个叠字,乃公孙大娘舞剑手"⋯⋯"黑"字不许第二人押⋯⋯叠字又无斧痕,妇人中有此,殆间气也。晚年自南渡后,怀京洛旧事⋯⋯"于今憔悴,风鬟霜鬓,怕见夜间出去。"皆以寻常言语,度入音律。炼句精巧则易,平淡入妙者难。山谷所谓以故为新,以俗为雅者,易安先得之矣。①

可见,明代论者对雅正的要求比前代要宽松得多,提倡的是能通俗的雅,而非不食人间烟火的大雅,故正可以李清照词为典范——其中典故清丽圆转,能使雅俗共赏,而通俗平易的语言,善用叠字险韵的技法,在前人论中是纤巧俚俗的弊端,在明人论中则是受称赏的以巧行气,以俗为雅之妙。晚明对李清照词更为推崇,如《词统》就将其推为正宗之"首席",云间派论者更公认其为正宗典范,论正宗必提李清照,对其词史地位评价最高的,有宋征舆,将李清照词与李白、李煜词推为足以笼罩后世的词坛三李;还有王士禛,也将李清照词推为婉约正宗的最佳典范。

二、时代正变之争的兴起

正变观是崇尚源始,主张"正""始"合一的,由于文体萌芽到成熟间有一定的时间跨度,故"始"于何时是存在争议的,明代以后的词体正变论,都善于利用这种争议,将最符合其心目中"正"要求的时代推尊为"始"。词体可以称得上正始②的时代,上限不甚分明——认可度最高,也最符合词体发展规律的,当然是词体初步定型的唐末五代,但按照正变观传统,也可追溯至前代类似定型后词体特征的一切作品;而下限是南宋——此后的时代,词已

---

① 杨慎著:《词品》,唐圭璋编:《词话丛编》第一册,第 438、450—451 页。
② "正始"一词本与"正宗"同义,但在明代正变观中却有两种含义,一是正体源始,即正宗;二是正体滥觞,尚未达到正宗。本书所称的正始,如无特别说明,仍用其原义,指正体源始。

丧失了一代文体的地位，再称为正始就不合逻辑了。因此，由明代中期兴起的正宗时代之争，是围绕南宋以前的时代展开的，是区分诸审美取向及填词门径的重要标志：每个时代词都自有其特色及利弊，以词体大盛的宋代为例，相比之下，北宋，尤其是北宋前中期的合体词，大都延续了唐五代词的本色特征，自然灵动，生香真色，雅、俗、清、艳，不拘一格，也因此难免拙稚、粗疏、俚俗、艳亵诸弊；而南宋合体词大都技法娴熟、体制完备，力求精工、清雅，也因此难免陈熟、空疏、雕琢、生涩诸弊。因此，若论者推尊某个时代为正始，就意味着其最欣赏这个时代的优势特征，且对这个时代流弊的包容程度也超过他时。

此前占据词坛主流的清雅派偏宗南宋，本身也是南宋主流词风的开创者。其领袖张炎列出的宜取法词家为"秦少游、高竹屋、姜白石、史邦卿、吴梦窗"，唯有秦观是北宋词人，而在其后继者的词论中，却少有将秦观列为典范的，如沈义父词论就没有提到秦观词，陆辅之词论则将张炎的论词妙诀解读为"周清真之典丽……姜白石之骚雅……史梅溪之句法……吴梦窗之字面……取四家之所长，去四家之所短，此翁之要诀"。直接用周邦彦取缔秦观，陆辅之对取法典范的重新定位，实际上代表了清雅派的主流观念。周邦彦虽然也是北宋词人，但公认词已下开南宋之风。

而明代论者在界定正宗时代时不满清雅派流弊，又受流行选本《草堂诗余》《花间集》的影响，崇尚唐五代北宋成为主流。明代最盛行的选本是《草堂诗余》，原编本为南宋中期坊间选本，故总体风格与当时文人中流行的宏雅、清雅派都大异其趣——声词和谐、婉约舒缓自别于宏雅派，而不避讳俚俗、不节制艳情，又别于清雅派，即如《四库提要》云"《草堂诗余》于白石、梅溪则概未寓目，《竹屋词》亦止选其《玉蝴蝶》一阕。盖其时方尚甜熟，与风尚相左故也"①；而与明代文人重情韵声色的审美好尚却不谋而合，如毛晋《草堂诗余跋》云：

> 宋元间，词林选几届百指，惟《草堂》一编，飞驰几百年来，凡歌栏酒榭，丝而竹之者，无不拊髀雀跃。及至寒窗腐儒，挑灯闲看，亦未尝欠伸鱼睨，不知何以动人一至此也！其命名之意，杨升庵谓本之李青莲"箫声咽"、"平林漠漠烟如织"二词。

---

① 《竹屋痴语提要》，《文渊阁四库全书》第1488册，第445—446页。

可见《草堂诗余》能成为流行选本,正因其情韵声色,妩媚动人,能使雅俗共赏。明人认为《草堂诗余》命名源自李白《菩萨蛮》《忆秦娥》二词,因此,此二词及其产生的盛唐在明代具有词祖的地位,被许多论者定义为词体正始。《草堂诗余》收录作品最多的词人依次为周邦彦、苏轼、柳永、秦观、康与之、辛弃疾、欧阳修、张子野、黄山谷、李清照,绝大部分为北宋人。而北宋优于南宋的自然灵动,生香真色,又是延续唐五代词而来的,而且唐五代词作为词体的横向源始,在正变体系中居于优势地位。因此,明代要推尊北宋词的正变论者,通常都会依据其所偏好的北宋词特征,在横向源始中寻找相似的词家词风,以确立正始。

明代中期以后,收录唐五代词的《花间集》也逐步流行,刻本繁多,与《草堂诗余》共同成为明词范本。即如王昶《明词综自序》云:

> 永乐以后南宋诸名家词皆不显于世,惟《花间》《草堂》诸集盛行。①

在《花间》《草堂》的影响下,唐五代北宋也就成为明代词体正变论中认可度最高的词体正宗。即如其中体系最完备,影响最大的张綖、王世贞、陈子龙三家及其追随者,所定义的词体正始时代都不出唐五代北宋,但根据各自好尚的不同,又分为兼宗唐五代北宋与专宗南唐北宋两支,这在下文专节研究中将有详论。

然而,也有数家词论定义的词体正始比较特殊,值得关注。有以词体滥觞为正体源始的,影响最大的是杨慎,其《词品》云:

> 梁武帝《江南弄》云:“众花杂色满上林。舒芳耀彩垂轻阴。连手蹙蹀舞春心。舞春心。临岁䏶,中人望,独踟蹰。”此词绝妙。填词起于唐人,而六朝已滥觞矣。
>
> 大率六朝人诗,风华情致,若作长短句,即是词也。宋人长短句虽盛,而其下者,有曲诗、曲论之弊,终非词之本色。予论填词必溯六朝,亦昔人穷探黄河源之意也。

即认为作为词体滥觞之始的六朝,具有“正”“始”合一的地位——最能代表词体本色,且是后世词取法的最佳典范。而宋词虽盛,但以诗、论为词的变

---

① 王昶著:《春融堂集》,《续修四库全书》第1438册,第90页。

体已产生,取法于宋,不能保证词体纯正的本色。由此可知,其所认可的取法典范其实包括了始于六朝的宋代以前词,《词品序》详细论述了这段词史:

> 诗词同工而异曲,共源而分派。在六朝,若陶弘景之《寒夜怨》,梁武帝之《江南弄》,陆琼之《饮酒乐》,隋炀帝之《望江南》,填词之体已具矣。若唐人之七言律,即填词之《瑞鹧鸪》也。七言律之仄韵,即填词之《玉楼春》也。若韦应物之《三台曲》《调笑令》,刘禹锡之《竹枝词》《浪淘沙》,新声迭出。孟蜀之《花间》,南唐之《兰畹》,则其体大备矣。岂非共源同工乎? 然诗圣如杜子美,而填词若太白之《忆秦娥》《菩萨蛮》者,集中绝无。宋人如秦少游、辛稼轩,词极工矣,而诗殊不强人意。疑若独蓺然者,岂非异曲分派之说乎? 昔宋人选填词曰《草堂诗余》。其曰草堂者,太白诗名《草堂集》,见郑樵书目。太白本蜀人,而草堂在蜀,怀故国之意也。曰诗余者,《忆秦娥》《菩萨蛮》二首为诗之余,而百代词曲之祖也。[①]

认为词别于诗,自立宗派的横向本色特征,是在从六朝(体制滥觞)到五代(体制大备)的这段时期确立的,故这段时期即是其所定义的正宗时代。相应的正宗特征,除明人公认的自然深挚外,还有自成特色的绵密、典丽、自然,偏尚小令——在五代体制大备的只能是小令,而不可能涵盖长调。故偏好清婉疏畅词风及长调的王世贞、张綖一派论者,都主张将正宗下延到北宋,而非上溯至六朝。

杨慎的词体正变论在明代影响颇大,尽管将正体源始上溯至六朝的词论并不多见,但杨慎对六朝至宋词史的论述,却得到普遍的认可,此后的词体正变论对词祖的论述基本都不出此范围,甚至连所列举的篇目也基本一致。而杨慎对当时最流行选本《草堂诗余》命名的解读,也得到普遍的认可,从而使李白及其《忆秦娥》《菩萨蛮》二词,成为后世认可度最高的词祖之一。杨慎正变论中透露出的偏尚小令的倾向,在晚明也颇有同道。如顾梧芳《尊前集引》(作于 1582 年)云:

> 常慨古乐之不复也,将非华声不振,舍趋夷习,展转失真而然已耶……谓之填词。纵乏古乐府自然浑厚,往往婉丽相承,比物连类,谐

---

① 杨慎著:《词品》,唐圭璋编:《词话丛编》第一册,第 421、425、408 页。

畅中节,未改唐音,尚有风人雅致。非如曲家假馂乱真。千妍万态,不越倡优行径。盖其失在于宣和已还,方厥初,新翻小令,犹为警策,渐绎中调,既已费辞,奈何弹曳蚕丝,牵押长调,遂使览听未半,孰不思睡?固无怪乎左词右曲也。余素爱《花间集》,胜《草堂诗余》。①

对词体正变的认识与杨慎大体相同,也可见诸家偏好小令的原因在于小令比长调更为婉约,更宜言深挚之情,而长调则有近曲的流弊。云间词派偏尚小令的原因也略同于此。

还有将南宋也纳入正始的。明代正变论大都将南宋排除在正宗之外,但也有能兼取南宋为正宗的,最有特色的是俞彦的词体观,不少观点或为浙西词派之先源,其《爱园词话》云:

> 晚唐五代小令,填词用韵,多诡谲不成文者,聊为之可耳,不足多法。《尊前集》载唐庄宗歌头一首,为字一百三十六,此长调之祖,然不能佳。

> 唐诗三变愈下,宋词殊不然。欧、苏、秦、黄,足当高、岑、王、李。南渡以后,矫矫陡健,即不得称中宋、晚宋也。惟辛稼轩自度粱肉不胜前哲,特出奇险为珍错供,与刘后村辈俱曹洞旁出。学者正可钦佩,不必反唇并捧心也。②

特色在于:一、以诗寓词,越过唐五代而取两宋为正宗,这在明代正变论中是极其少见的,俞彦认为小令、长调要到两宋才发展成熟,故推为正宗,这种以词体成熟而非源始为正宗的思路,也为后来盛行的浙派所采用。客观而言,唐五代长调确实不佳,但小令已颇为工妙了,绝非如俞彦所谓"诡谲不成文",至浙派朱彝尊提出的小令宗唐五代北宋,慢词宗南宋的观点,就比较符合词体发展的实际了。二、以禅寓词,论刚柔二派也颇有特色,将豪放词类比可兼赏,却不宜宗法的旁宗,这与浙派中盛行的词分南北宗之说也极为相似③。浙派王昶《明词综》转引《词衷》语评俞彦词论云:"少卿刻意填词……持论极严……备审源委,不趋侊险而遵雅淡,独见典型。"④将俞彦引为同

---

①　顾梧芳著:《尊前集引》,转引自金启华等编:《唐宋词集序跋汇编》,江苏教育出版社1990年版,第349页。

②　俞彦著:《爱园词话》,唐圭璋编:《词话丛编》第一册,第402、401页。

③　详见本书第四章第二节。

④　王昶辑,王兆鹏校点:《明词综》,辽宁教育出版社1997年版,第70页。

道,也印证了二者观点的相通。至明末清初,时局与南宋颇为相似,客观上需要用南宋词尚雅正、擅寄托的特征来振起词格,故兼取南宋为正宗的论者也大大增加,如毛晋、秦士奇、卓人月、徐士俊、沈际飞等论者,都将南宋清雅派词归入正宗,强调其在清雅标格、家国寄托,不落纤艳俗靡等方面的优势。

正宗之后的时代,词体渐趋于衰微,由于词体正变观的宗旨是规正门径,指导填词实践,故绝大多数论者都倾向于将自身所处的时代定位为复兴正宗的时代。这种定位虽然溢美的成分多,客观的成分少,但从中也可看出论者对正宗特征的理解,具体情况可参见各专题。

三、理论支柱:文体代兴观

文体代兴观强调一代有一代之文体,突显出文体演变的不可逆性,为认可及推尊新兴文体奠定了理论基础。明代词体正变观以横向为主的主流取向,正需要以文体代兴观为理论支持,故率先体现出此种观念的南宋陆游的词体正变观,颇受重视,成为不少论者立论的依据。文体代兴观要成立,必须有两个前提:一是文体之变不可逆转,复古之路不通;二是文体之变能推陈出新,振兴文运。明代论者延伸了南宋陆游的思路,一方面,通过阐述文体所配音乐演变的不可逆转,来论证文体演变具有不可逆性;另一方面,通过阐述词体自立后所具备的柔曼多姿,真挚动人之妙,来论证词体独立的合理性和必要性。

明代较早明确标举文体代兴观的是陆深(1477—1544),其《中和堂随笔》云:

> 陆务观有言:"诗至晚唐、五季,气格卑陋,千人一律。而长短句独精巧富丽,后世莫及。"盖指温庭筠而下云然。长短句始于李太白《菩萨蛮》等作,盖后世倚声填词之祖。大抵事之始者,后必难过,岂气运然耶?故左氏、庄、列之后而文章莫及……李陵、苏武之后而五言莫及……沈佺期、宋之问之后而律诗莫及。宋人之小词,元人已不及;元人之曲调,百余年来,亦未有能及之者。但不知今世之所作,后来亦有不能及者果何事耶?①

继承并拓展了陆游的观念,构建出一个创始独擅的文体发展史。值得注意

---

① 陆深著:《俨山外集》,《文渊阁四库全书》第885册,第126—127页。

的是,文体的初兴与鼎盛间尚有一段时间跨度,如律诗由初唐沈、宋初兴到盛唐鼎盛;词体由六朝、盛唐萌芽,到唐末五代定型,再到宋代鼎盛;而这段跨度正是导致诸家正变论者在正宗源始问题上相持不下的重要原因。

文体代兴观与正变观本无必然联系,但若其中加了文格代降的意识,承认源始文体具有"正""始"合一的地位,就属于正变观了。以下数家舍"纵"取"横"类正变观,即是以文体代兴,文格代降为立论依据的:何良俊《草堂诗余序》(作于 1550 年),综论包括词体在内的配乐文体演变源流云:

> 夫诗余者,古乐府之流别,而后世歌曲之滥觞也,爰自上古。鸿荒之世,礼教未兴,而乐音已具。盖乐者,由人心生者也。方其淳和未散,下有元声,则凡里巷歌谣之辞,不假绳削而自应宫徵。即成周列国之风,皆可被之管弦,是也。迨周政迹熄,继以强秦暴悍,由是诗亡而乐阙。汉兴,《郊祀》《房中》之外,别有铙歌辞……苏、李虽创为五言诗……然不闻领于乐官。则乐与诗分为二,明矣……陈、隋作者犹拟乐府歌辞,体物缘情,属咏虽工,声律乖矣。唐太宗以文教开国。又,玄宗与宁王辈皆审音,海内清晏,歌曲繁兴……略占小词,率为伎人传习,可谓极盛。迨天宝末,民多怨思,遂无复贞观、开元之旧矣。宋初,因李太白《忆秦娥》《菩萨蛮》二辞以渐创制。至周待制领大晟府乐,比切声调十二律,各有篇目。柳屯田加增至二百余调,一时文士复相拟作,而诗余为极盛。然作者既多,中间不无昧于音节,如苏长公者,人犹以"铁绰板唱大江东去"讥之,他复何言耶! 由是诗余复不行,而金元人始为歌曲…… <u>总而核之,则诗亡而后有乐府,乐府阙而后有诗余,诗余废而后有歌曲。乐府以矍迳扬厉为工,诗余以婉丽流畅为美;如周清真、张子野、秦少游,晁叔用诸人之作,柔情曼声,摹写殆尽,正辞家所谓当行、所谓本色者也。</u>①

勾勒出一个质文代变,文体代兴的演变史,而文格代降的正变意识也寓于其中:在纵向上,由上古"诗"(指古代自然协律的诗)到古乐府,再到词,特点分别是真挚淳和、矍迳扬厉、婉丽流畅,文体的演变也对应着政教世运的演变,上述三种文体的特征,对应的分别是:上古至三代自然淳和、以无为德化见长的盛世(亡于秦的暴政);汉代强盛张扬、以文治武功见长的盛世(衰于六

---

① 何良俊著:《草堂诗余序》,《草堂诗余》,《四部备要》本。

朝的弱政）；唐代盛世的文治余风与中晚唐衰靡世运的结合体，因此，虽未直接对三者作高下判断，但隐约存在着格以代降的正变倾向。在横向上，论者明确肯定词体婉丽流畅的特征具有本色地位，总体评价时，又主张"诗余以婉丽流畅为美"，将横向本色视为衡量词作高下的标准，因此，属于舍"纵"取"横"类正变观。

何良俊所论词体纵向渊源，只限于配乐文体，而将汉代诗、乐分离后，与配乐文体分道扬镳的徒诗一派排除在外，凸显出对音律的重视，明代论证文体代兴最重要的依据即是文体配乐演变的不可逆性，王世贞词论更为明确的揭示出这一要旨："词兴而乐府亡矣，曲兴而词亡矣，非乐府与词之亡，其调亡也。"在《艺苑卮言》中，比陆游更为详尽地论述了胡乐不断融入中原声乐的过程，以论证词、曲体产生，各"擅一代之长"的必然性。明代所见略同的论者不胜枚举，同属舍"纵"取"横"类正变观的还有徐师曾《文体明辨序说》、秦士奇《草堂诗余叙》等，在不同程度上引用并发展了陆游、何良俊、王世贞、张綖的相关论述。又如钱允治（1541—?）《国朝诗余序》云：

> 词者，诗之余也……窃意……唐人之诗、宋人之词、金元人之曲，各擅所能，各造其极，不相为用……不能兼盛。词至于宋，无论欧、晁、苏、黄，即方外、闺阁，罔不消魂惊魄，流丽动人……何哉？时有所限，势有所至，天地元声不发于此，则发于彼，政使曹、刘降格，必不能为……诗降而词，筋骨尽露，去汉魏乐府千里矣……而情至之语，令人一唱三叹。此无他，世变江河，不可复挽者也。嗟乎，有一代之兴，必有一代之制！①

用文体代兴观来突显词体特有的情至之妙，言简意赅。文体代兴观本是舍"纵"取"横"类正变观的立论基础，但随着对词体发展认识的深入及尊体意识的增强，逐渐开始为综合类正变观所采用，促成了这两类正变观的合流。采用的依据大致有二，首先，主张唯"变"能存"正"，既然文体代兴是必然趋势，复古禁新不可实现，则要传承纵向正宗，也必然要依赖于新兴的文体。其次，认为新变能改邪归正，新兴的文体存在比近源文体更合于正宗的特征，故在传承正源上有"变"而返"正"的优势。明代中后期陆续出现在立"横"追"纵"类正变观中采用文体代兴观的词论，颇有代表性的是中期的张綖，因其词体正变观除采用文体代兴观外，还有不少值得关注的特色，故在

---

① 钱允治著：《类编笺释国朝诗余》，《续修四库全书》第 1728 册，第 212 页。

下文另设专节讨论。

客观而言,文体代有专长的发展规律确实是存在的,有助于肯定文体独立价值,但"后必难过"的结论则过于绝对了,限制了文体横向上的发展新变。在融入词体正变观后所加入的文格代降观,认为新文体必然较古体等而下之,就更为保守了。因此,在明代后期就有不少论者提出质疑。如沈际飞就明确反对前人以"风气""体裁""音义"贬词,认为词体可凭借至情,通于前代后世诸种文体,而不必等而下之,试看《草堂诗余四集序》云:

> 词吸三唐以前之液,孕胜国以后之胎;斟量推按,有为古歌谣辞者焉,有为骚赋乐府者焉,有为五七言古者焉,有为近体歌行者焉,有为五七言律者焉。有为五七言绝者焉……文章殆莫备于是矣。非体备也,情至也……以参差不齐之句,写郁勃难状之情,则尤至也……虽其镌镂脂粉,意专闺襜,安在乎好色而不淫,而我师尼氏删国风,逮《仲子》《狡童》之作,则不忍抹去,曰:"人之情,至男女乃极。"未有不笃于男女之情而君臣、父子、兄弟、朋友间反有钟吾情者。况借美人以喻君、借佳人以喻友,其旨远,其讽微……故诗余之传,非传诗也,传情也。传其纵古横今,体莫备于斯也。

对词体定位之高前所未有,已由过抑变为溢美了。而此种推崇是落实到情上的,所谓:"非体备也,情至也。"单就体制而论,沈际飞的文体观并无始盛终衰的倾向,似乎已超越了正变观的限制,然而,在进一步讨论词体独擅的婉约之情时,却仍然归复到依附《诗》立论的正变传统上来,以有微婉寄托者为高,也兼赏直陈艳情者。尽管如此,其称《诗》中也不乏好色而淫之作,且对此类作品持肯定态度,确实是言前人所不敢言,体现出明代重视情而放宽雅的审美取向。又如潘游龙《古今诗余醉自序》云:

> 今夫人情之一发而无余者,非其情之至焉者也……说者谓诗止而后有乐府,乐府废而后有诗余,是必《清平调》创自青莲,《郁轮袍》始于摩诘,将愈趋愈下,周待制之十二律,柳屯田之二百调,益卑卑不足数矣……人又何敢树帜词坛哉?信乎,诗余之未可以世论也。余……于词则醉心于小令,谓其备极情文,而饶余致也。盖唐以诗贡举,故人各挟其所长,以邀通显,性情真境,半掩于名利钩途。词则自极其意之所之,凡道学之所会通,方外之所静悟,闺帏之所体察,理为真理,情为至

情,语不必芜,而单言双句,余于清远者有焉,余于挚刿者有焉,余于庄丽者有焉,余于凄惋悲壮、沉痛慷慨者有焉。令人抚一调,读一章,忠孝之思,离合之况,山川草木,郁勃难状之境,莫不跃跃于言后言先,则诗余之兴起人,岂在三百篇之下乎?①

所见与沈际飞略同,而对词体能继诗体后,延续《诗》真情真趣的原因,分析得更为详实。

综上所述,明代词体正变论的基本宗旨大致有二:一是普遍肯定词自成一家的价值,希望推尊词体,二是希望增强词体的审美价值及表现力。在各类正变观中,舍"纵"取"横"类正变观能摆脱雅正的束缚,彰显词体真挚感人、妩媚动人的魅力,有助于矫正前代不媚不真的弊端;而且以为立论依据的文体代兴观,顺应了辨体的时尚,日渐兴盛,因此,在此时颇受青睐。然而,此类正变观在尊体上的优势不如综合类正变观,也容易出现俗亵纤巧的流弊,故随着文体代兴观的深入发展,变以存正的观念逐渐兴起,最终导致此类正变观被纳入综合类正变观中;而立"横"追"纵"类正变观既有助于推尊词体,又能维护词体特色,故一直是明代正变论的主流,明代的此类正变论者,基本认可前代总结的雅俗共赏、协律、清逸深远、婉约、文雅等沟通"纵""横"的普适性特征,为词体宜有的特征,但与前代相比,有亲"横"疏"纵"的倾向,更注重彰显词体情韵声色等横向特色。明末社会动荡,客观上要求词体承载更多的政教功用,寄托家国之思,而这也是雅正的题中之义,因此,对纵向雅正的重视比中期有所提高,立"横"追"纵"的正变立场表现得尤为明显,甚至开始出现"纵""横"并行的正变立场,但情韵声色等横向特征也依然受到重视;至于对词体独立价值持否定态度的弃"横"从"纵"类正变观,则基本无人采用,但随着词体的发展,论者逐渐意识到要增强词体的审美价值及表现力,接纳宏壮豪放意格确有必要,因此,尽管不将此类意格纳入正宗,却也能适度的包容,肯定其存在的价值。

第二节　张綖:明代立"横"追"纵"类正变观奠基

张綖(1487—1543),字世文,号南湖居士,高邮人。精研词学,工于填

---

① 施蛰存主编:《词籍序跋萃编》,第710页。

词。现存词学文献主要有:编撰的《诗余图谱》①(以下简称《图谱》)、选注的《草堂诗余别录》②(以下简称《别录》),都贯穿着词体正变的思想。张綖本身也工于填词,词风、词论在很大程度上受到岳父王磐及同乡前辈秦观的影响。著有词集《南湖诗余》,大都遵循其婉约、中调、古雅的正体要求。词作与词论可互相发明、印证,颇能引领嘉靖词坛风尚,对明代词坛主流审美取向及词体观的形成也产生了深远影响。

《图谱》凡例中提出词体以婉约、豪放分正变的观点,在学界备受关注及争议,但尚存在比较突出的问题:首先,正变内涵的特色与正变立场的差异历来未受重视,故婉约、豪放常被误认为是张綖划分词体正变的唯一标准。再者,早期相关研究仅限于《图谱》凡例中的寥寥数语,未能洞悉其理论实质及特色。近年来有少数研究③关注到最能反映《图谱》初始状态的明嘉靖丙申初刻本,与最能彰显张綖词体观特色的《别录》,故能对婉约、豪放的内涵、渊源及影响作更为深入的探讨;遗憾的是这些研究混淆了《图谱》与《别录》的创作次序——《图谱》凡例在1536年初刻的嘉靖本中已存在,《别录》则完成于1538年④,但相关研究却误认为《图谱》中以婉约、豪放分正变的论断是对《别录》词学观的提炼,因而影响了对张綖词学观的总体认识。因此,要探讨张綖词体正变观的特色及影响,有必要超越"婉约—豪放"正变分法的限制,拓宽研究的广度及深度。

一、《图谱》与《别录》的特色及关系

《图谱》初刻本是嘉靖丙申刊本,卷首序末识云:"嘉靖丙申(1536)岁夏四月下浣日,高邮后学南湖居士张綖序",凡例云:

> 词体大略有二:一体婉约,一体豪放。婉约者欲其词情酝藉,豪放

① 本书引用《诗余图谱》原文无特别注明者均见:张綖编:《诗余图谱》,明嘉靖丙申年(1536)刊本。

② 本书引用《草堂诗余别录》原文均见:张綖:《草堂诗余别录》,朱崇才编纂:《词话丛编续编》第一册,人民文学出版社2010年版。

③ 如朱崇才的《论张綖"婉约—豪放"二体说的形成及理论贡献》(《文学遗产》2007年01期,第72—79页)、岳淑珍的《张綖〈草堂诗余别录〉考论》(《新乡学院学报》,2008年05期,第94—97页)。

④ 可参看林玫仪《罕见词话——张綖〈草堂诗余别录〉》(《中国文哲研究通讯》,第十四卷04期,第191—230页)、江合友《张綖〈诗余图谱〉及其裔派纂辑》(《明清词谱史》,上海古籍出版社2008年版,第16—29页)与张仲谋《张綖〈诗余图谱〉研究》(《文学遗产》2010年05期,第108—118页)中对《诗余图谱》嘉靖本与《草堂诗余别录》的考证。

者欲其气象恢弘。盖亦存乎其人，如秦少游之作，多是婉约；苏子瞻之作，多是豪放。大抵词体以婉约为正，故东坡称少游为今之词手，后山评东坡词"虽极天下之工，要非本色"。今所录为式者，必是婉约，庶得词体。又有惟取音节中调，不暇择其词之工者，览者详之。①

这段论述在学界一直备受争议，但这些争议大都是由后世对婉约、豪放在风格、格调、艺术水平上优劣的论争所派生出来的。其实，此论是对词的体制作横向正变的判断，而不仅是一般意义上的风格论，故能类比陈师道的词体本色论。旨在简明扼要的说明词以意格婉约者为正体，豪放者为变体，代表分别是秦观、苏轼。而声明录词必以婉约为式，又赞同非本色词虽极工也当等而下之，则彰显出以横向为主的正变立场。

《别录》卷末识云："嘉靖戊戌（1538）五月十三日录上"，完成时间显然晚于《图谱》。序云：

> 歌咏以养性情，故声歌之词有不得而废者。诗余者，唐宋以来之慢调也，吴文节公于《文章辨体》亦有取焉。虽亦艳歌之声，比之今曲，犹为古雅。故君子尚之。当时集本亦多，惟《草堂诗余》流行于世。其间复猥杂不粹，今观老先生朱笔点取，皆平和高丽之调，诚可则而可歌。复命愚生再校，辄敢尽其愚见，因于各词下漫注数语，略见去取之意。

已涉及诗、词、曲一脉文体的纵向演变，认为根据雅正标准，词体格调虽逊于正源诗体——"艳歌之声"柔媚且杂入俗乐，类似诗中品格较下的靡靡之音；但仍胜于后继曲体——"比之今曲，犹为古雅"，故仍能为崇尚雅正的君子所接纳。既然词一类配乐文体的存在价值在于"歌咏以养性情"，那么，为纵向正源所具备，并为横向正体所延续的真"性情"与能"养性情"的高格调，也理当纳入评词标准。

综合来看，其中崇正推源、立"横"追"纵"的正变色彩颇为鲜明：希望词体在横向上能维护正体的婉约，而在纵向上能接续正源诗歌的古雅。因此，《图谱》作为词谱，选词主要考虑的是"中调"，首先保证在体式上具有开创性或代表性，其次才考虑格调及艺术水平，故能客观展现出各调式初始或主流的体格，在反映词体本色上独具优势；而《别录》先由张綖推重的老先生初

---

① 张綖《诗余图谱》，《续修四库全书》第 1735 册，第 473 页。

选,再由张綖重校批注,以"可则"为目的,故要综合考虑体制、艺术水平、格调、门径等因素,比《图谱》眼界更广,要求更高,分析也更深入,实非"婉约—豪放"论所能涵盖。参看《别录》注评,公认为婉约典范的周邦彦与清雅派词,并不受推崇;而作为豪放典范的苏轼、辛弃疾词,却颇受称赏。只因"婉约—豪放"仅是对横向正变特征作典型概括,不能视为划分横向正变的唯一标准,更无法涵盖纵向正变。

综观《图谱》与《别录》的选录情况,张綖最推重的时代、词人及选本已是昭然若揭:

最推重的时代是北宋。故《图谱》各调式选定了 70 位词人,共 220 首例词,其中唐代 4 人 12 首、五代 12 人 33 首、北宋 28 人 125 首、两宋之交 12 人 21 首、南宋 11 人 25 首、元代 2 人 3 首,宋代何籀(生年不明)1 首。北宋词人、词作分别占总数的 40%、57%。而《别录》选录了 47 位词人,共 79 首例词,其中陈朝 1 人 1 首①、唐代 1 人 1 首、五代 3 人 3 首、北宋 23 人 48 首、两宋之交 7 人 9 首(包括金代一首)、南宋 8 人 9 首、宋代李玉(生年不明)1 首,未注名 7 首。北宋词人、词作分别占总数的 49%、61%。

最推重的词人是北宋秦观。《图谱》选录秦观词 16 首,与张先并列第一,而《别录》注云:"词体本欲精工酝藉……故以秦淮海、张子野诸公称首。"选录秦观词 7 首,仅次于苏轼。张綖 1539 年重刊《淮海集》,在《淮海集序》中评秦观词云:"逸情豪兴,围红袖而写乌丝,驱风雨于挥毫,落珠玑于满纸",又在《淮海长短句》卷末识云:"陈后山云:'今之词手,惟有秦七、黄九'……然词尚丰润,山谷特瘦健,似非秦比。"②将秦观列为词坛最佳词手之意昭然若揭。综合来看,秦观作为张綖的同乡前辈,在其心目中最佳典范的地位是毋庸置疑的,其用以概括词正体特征的"婉约"③,原本就是前人对秦观词的评价。张綖词亦深受秦观影响,有"再来少游"④之称,明末王象晋将其词与秦观词合刊为《秦张两先生诗余合璧》,以示推崇。

最重视的选本是选词以北宋为主的《草堂诗余》。从《别录》序中可知,《草堂诗余》本是当时影响最大的选本。《图谱》中各调式的例词大都来自于

---

①　此词虽署名陈后主,但张綖认为作者时代存疑,当是唐以后作品。

②　张綖编:《淮海集》,《四部丛刊初编》第 1014 册。

③　如南宋许顗云:"洪觉范……善作小词,情思婉约,似少游。"(许顗著:《彦周诗话》,何文焕辑:《历代诗话》上册,第 382 页。)

④　朱日藩著:《南湖诗余序》,赵尊岳辑:《明词汇刊》上册,上海古籍出版社 1992 年版,第 84 页。

此;而《别录》对《草堂诗余》的选注,其实是在肯定其价值的基础上,将其纳入君子古雅的词学追求中。

正变理论中,"最佳"与"源始"合一,统归于"正",故张綖词体正变观所定义的正宗典范与其心目中的最佳典范是重合的。因此,本书将以北宋、秦观、《草堂诗余》这三个鲜明的最佳时代、词人、词选典范为主要参照点,综合相关词论、词选、词作,系统探讨张綖词体正变观的立场、特色及成因,揭示其词学好尚及影响。

二、理论支柱:末流失真与初变存义

明代是立"横"追"纵"类正变观空前兴盛的时期,而奠基人即是张綖。张綖希望词体能兼具"纵""横"正宗之妙,但也意识到其间是存在矛盾的。《淮海集序》论文章,就以"雄篇大笔"的诗文为精华、本源,而以"婉约"的词体为余绪,不满于时人舍本逐末,仅称赏秦观之词。可见,其认为在纵向上,词是正源诗文的余绪,其婉约的正体特征,在政教功用与格调上,都难以与宏大的诗文抗衡。那么,张綖是如何处理"纵""横"矛盾,确立立"横"追"纵"正变立场的呢? 法宝便是陆游首倡的文体代兴观念。

即如上章第七节所述,南宋陆游率先将文体代兴观念引入词体正变论中,张綖采纳了此种观念,主张诗变为词是文运使然,具有必然性与必要性。即如《别录》注云:

> 陆务观尝怅晚唐诸人之诗纤丽委蘼,千篇一律,而其词独精工高雅,非后人所及,以为此事之不可解者。然其故可知也。盖唐人最长于咏情,诗则末流而失其真,词乃初变而存其义,此所以非后人所及欤?

既然唐末诗不能维护正源的格调、功用、真意,日渐衰靡,那词体独立就十分必要了——尽管无法恢复正源的格调,但至少可以保留真意,振兴文运。陆游原论仅关注到诗词之变,故对词体特色的评论本是"简古可爱",而非张綖转述的"精工高雅",相应的纵向正变定位自然是邪变末流,离正最远,只好采用舍"纵"取"横"的立场;而张綖兼顾了词曲之变,在与曲的对照中,词的"高雅"特征就凸现出来了,故《别录》序才要强调词体能部分延续纵向正源的"古雅"。既然词体在横向上能自立正宗,在纵向上"变"而未尽失其"正",那么,立"横"追"纵"就成为推尊词体的最佳选择。主要表现为:

(一)以横向体制特征为判定正变的主要依据。张綖《淮海集序》评秦观词云:"婉约绮丽之句,绰如步春时女,华如贵游子弟",故其在《图谱》凡例中用最欣赏秦观词的特征——"婉约"来概括横向正体特征,已透露出推重横向的倾向。而"纵""横"矛盾出现时,首先考虑的也是横向体制。即如郑域《念奴娇·嗟来咄去》[①]注云:

> 词体本欲精工酝藉,所谓"富丽如登金张之堂,妖冶如揽嫱施之祛"者,故以秦淮海、张子野诸公称首。六一翁虽尚疏畅自然,而温雅富丽犹夫体也。至东坡,以许大胸襟为之,遂不屑绳墨。后来诸老,竞相效之。至多用"也者之乎"字样,词虽佳,亶亶殆若文字,如此词之类。回视本体,迥在草昧洪荒之外矣。是知词曲自是小技,专门不为高贤傍夺。

在述评词史后得出"词曲自是小技,专门不为高贤傍夺"的结论,最重视的显然是婉约精致的横向标准,而非以许大胸襟接续诗文"雄篇大笔"的纵向标准。最推崇的正体典范,是符合精工、酝藉、温雅这类典型婉约特征的词,称首的范例是秦观、张先,参看《图谱》,入选例词大都具有柔美、含蓄、精致、文雅而能通俗的特征,属于典型的婉约意格。而录词最多的词人也正是秦观、张先。在变体词中,张綖认为较之正体,变化最大的是以文为词。如郑域此词大量融入经史文章朴直生硬字面,完全背离词体细美幽约的特质。

(二)未完全放弃对纵向正源的追求。对婉约词中格调不高处也稍介意。如评《蓦山溪·鸳鸯翡翠》云:"少年风情之作……不可为训。似宜删去。"相应的,对变体词中能展现真情、高格者,仍颇为称赏,肯定其在维系词体生机、接续古雅正源上独具优势。《别录》中选录最多的苏轼、秦观词,分别为豪放、婉约代表,呈分庭抗礼之势。综合来看,其最推崇的词特点是音调谐婉、语意古雅、情味深厚、风骨俊逸。提倡寄托,而反对陈熟、俚俗、粗直。正有助于沟通"纵""横"正宗,调和"纵""横"矛盾。

(三)根据文体代兴观,是否能保持活力是衡量词体价值的重要标准,因此,张綖提倡的正宗词,不仅要具备沟通"纵"、"横"正宗的表面特征,最关键的还是要能彰显"纵"、"横"正宗的独特优势。将上述《念奴娇·嗟来咄

---

① 此词未注作者姓名,实为南宋郑域作(见《全宋词》第2301页),其词云:"嗟来咄去,被天公、把做小儿调戏。蹀雪龙庭扫未久,还促炎州行李。不半年间,北胡南越,一万三千里。征衫着破,着衫人、可知矣。　休问海角天涯,黄蕉丹荔,自足供甘旨。泛绿依红无个事,时舞斑衣而已。救蚁藤桥,养鱼盆沼,是亦经纶耳。伊周安在,且须学老莱子。"

去》注与以下数则词注互相发明,颇能集中体现这一正宗要求:

> 坡翁出狱后,忧患之余,思致其乐……因以渊明《归去来词》按入《哨遍》……趣不在词也。后人不悟此意,将凡古人文词,俱隐括为词。如刻本《风雅遗音》,略无意致,殊为可厌。(苏轼《哨遍·为米折腰》注)
>
> 今人但盛传《满江红》而遗《小重山》。"怒发冲冠"之词,固足以见忠愤激烈之气,律以依永之道,微似非体。不若《小重山》托物寓怀,悠然有余味,得风人讽咏之义焉。(岳飞《小重山·昨夜寒蛩》注)
>
> 词有二体,巧思者贵精工,宏才者尚豪放,人或不能兼。若幼安"罗帐灯昏,哽咽梦中语"……之类,绸缪情语,虽少游无以过。若……此词之类,高怀跌宕,则又东坡之流亚也。(辛弃疾《水龙吟·渡江天马南来》注)

从中可见,词分三等:最上等是能立"横"追"纵"的词,如岳飞《小重山》,能通过寄托,彰显正体的婉约之美与正源的"讽咏之义"。第二等的是典型的豪放词,如岳飞《满江红》、辛弃疾《水龙吟》。最下等是以文为词末流,特点是大量融入经史朴直生硬字面,平淡无味,质木无文。如《风雅遗音》。张綖对二、三等词的评价分别是:"微似非体"、"回视本体,迥在草昧洪荒之外",可见,尽管其将横向变体特征概括为豪放,但实际上认为最背离正宗的变体却是第三等词。只因此类词虽以柔和为主,也尝试攀附风雅,如《风雅遗音》就自称其选词标准为"婉而成章,乐而不淫"①,但缺少了活色生香的真趣,就丧失了"纵""横"正宗以婉媚、情味、远韵动人的优势,与正宗词貌合神离;而豪放词大都恢宏多变,能震撼人心,振起气格,故虽不能谐柔情曼声,尚能以真情、高格沟通"纵""横"正宗,有助于维系、拓展词体的生命力与表现力。

三、正体特征:婉约中调的微妙关系

《图谱》凡例与《别录》序虽已说明词横向正体特征为婉约,纵向格调在诗、曲之间,立场是立"横"追"纵",但此前占据主流的清雅派词论,所见也略同;且以"婉约"概括秦观词特征也非张綖首创,故仅凭此不足以彰显张綖及其引领的明代词学特色。而且,婉约与豪放、雅与俗都是相对的概念,彼此界限难以确定,故唯有综合考察《图谱》选词与相应的《别录》注评,才能更为

---

① 林正大著:《风雅遗音序》,《宋元名家词》卷二,光绪乙未湖南思贤书局刊本。

准确的把握张綖词体正变观的特色。

《图谱》自述其选词原则,是婉约、中调以合于正体。《别录》评秦观词"远岫出云催薄暮,细风吹雨弄轻阴,梨花欲谢恐难禁"云:"佳。结语尤曲折,婉约有味。若嫌巧细,词与诗体不同,正欲其精工";又评朱熹词"增离索,楚溪山水,碧湘楼阁"云:"含蓄不尽之意,最得词体。"综合来看,典型的婉约特征应为柔美、蕴藉、精致,相对的豪放应为刚健、酣畅、宏大。但从《图谱》选词看,部分选词与典型婉约意格存在抵牾,与前代词论所定义的婉雅内涵也有差异:

一类是柔美直质词,如顾夐《诉衷情·永夜抛人何处去》、牛峤《更漏子·春夜阑》、毛文锡《恋情深·玉殿春浓》、周邦彦《意难忘·衣染莺黄》《风流子·新绿小池塘》等,这类词表情达意颇有直截尽致之处,曾被在宋元间占据主流的清雅派词论斥为"为情所役"①、"轻而露"②,排除在婉雅正宗之外。还有如柳永《金蕉叶》《两同心》等词,均为游冶之作,不仅直质,且涉俗亵,距清雅派的正宗要求更远。

二类是雅健酣畅词。如欧阳修《朝中措·平山阑槛倚晴空》、苏轼《水调歌头·明月几时有》《念奴娇·大江东去》《八声甘州·有情风万里卷潮来》、陈与义《临江仙·亿昔午桥桥上饮》、吕本中《满江红·东里先生家何在》等。这些词意格之高雅不逊于诗,表情达意酣畅处多,含蓄处少,某些劲健处近于豪放。尤其是《念奴娇·大江东去》,在前代常被作为变体典范标举。

可见,张綖所理解的正体词,虽以婉雅为主要表现,但并非只取典型的婉雅意格,对直质、俗艳、豪放都能适度的包容。只因在正、变两极之间,尚存在着耐人寻味的中间地带:

先看词与诗文之别。北宋苏轼以壮士胸襟为词,开以诗为词的变体先声。在当时固然是变体典型,但与后世愈演愈烈的以曲为词,以文为词相比,与词体尚在离合之间。清雅派词论为使词别于当时的新兴文体——曲,力倡风骨格调,而不甚注重词与诗文之别,如张炎《词源》不仅将《水调歌头·明月几时有》尊为清空雅正典范,即便是对《哨遍·为米折腰》这样以文为词的作品,也只言其"精妙",不言其变体。林正大的《风雅遗音》更是收录了大量婉雅而如诗如文之词,以致于出现质木无文、丧失真味的流弊。

有鉴于此,张綖更重视区别词与诗文,将以文为词与以诗为词而豪放

---

① 张炎著:《词源》,唐圭璋编《词话丛编》第一册,第257页。
② 沈义父著:《乐府指迷》,唐圭璋编《词话丛编》第一册,第279页。

者,均排除在正体外;但对以诗法入词而不失柔美者,仍持包容态度。反观上述第二类词,并无以文为词者,特点是气度超旷,格调自别于曲。内容或是隽逸的尘外之思,或是沉郁的今昔之感,故其不婉约处,也只能算是低度的豪放。即如《临江仙·亿昔午桥桥上饮》注云:"豪放而不至于肆,酝藉而不流于弱,高古而不失于朴,感慨而不过于伤。其意度所在……高视万物之表,视区区弄粉吹朱之子,微乎藐矣!"

然而,其中也确实有豪放变体词,只因合体与中调间本就存在着微妙的关系。词体定型后各调式均以柔美为主流,但也有例外。如《满江红》例押入声,《八声甘州》原为唐边塞曲,格律本就是偏于激越、恢宏的。而《念奴娇》音节高亢,具有表现劲健的潜力,故苏轼用以表达豪情,并以此著名,也是依调填词的结果。反观张綖所选的此类词作,在本调式中仍算是接近词体本色的。如《八声甘州》,选入"有情风"一词,潜气内转,寓沉郁于旷达,如郑文焯评云"气象雄且杰。妙在无一字豪宕,无一语险怪,又出以闲逸感喟之情"①;又如《满江红》,在《别录》被认为"非体"的"怒发冲冠"一词,才堪称此调中豪放之作,而入选的"东里先生"一词,即如《别录》注云:"通篇词俱冲淡高远,太羹玄酒,别是一家滋味。"意格在词中略嫌高古,但绝非豪放;另选入"东武南城"一词,间有豪逸气,总体仍属婉约;再如《念奴娇》,选为定格的是"野棠花落"一词,意格婉约。选为变格的"大江东去",固是豪放变体,但仍有超旷、伊郁的柔和成分在,背离词体的程度不及以文为词的《念奴娇·嗟来咄去》。《别录》另选入"洞庭波冷"一词,为此调的平韵变格。意格同样是刚柔相济,正可为《图谱》补遗。

再看词曲体之别。清雅派最重视词曲之别,对柔美词中直、俗、艳等特征都矫枉不嫌过正,而张綖则适当放宽了限制。反观上述第一类词,均符合词体柔美的本色特征,可以别于诗,大都属深挚纯朴的尽头艳语,即如况周颐所云:"此等语愈朴愈厚,愈厚愈雅,至真之情,由性灵肺腑中流出,不妨说尽而愈无尽。"②正是本色佳作。少数虽稍涉俗艳,但尚未到直俗近曲的地步。因此,张綖对艳挚词的包容,有助于将易似曲与真似曲的词区别开来,还原词体本色,增加词的表现力。

参看张綖自作之词,大体符合典型的婉雅意格,但也偶有疏畅清逸者,如《浪淘沙·九日雨》:"九日雨萧萧,情思无聊,杖藜闲步过前郊,独把一杯

---

① 郑文焯,龙沐勋辑:《大鹤山人词话》,唐圭璋编《词话丛编》第五册,第 4327 页。
② 况周颐原著,孙克强辑考:《蕙风词话·广蕙风词话》,第 17 页。

台上望,也当登高。黄菊乱飘飘,划地狂飚,天寒万木向人号。目送长空孤鸟没,短发频搔"等①。而在填如《念奴娇》这样能兼容刚健风格的词牌时,也尝试融入豪放,如"禁体词成,过眉酒热,把唾壶敲缺"、"长江滚滚,东流去,激浪飞珠溅雪"、"为君起舞,惊看豪气千丈"②等句即是,其对词体的辩证认识可见一斑。

客观而言,词体特征本就是相对先源——诗文与流变——曲而言的,典型的婉雅意格只是词合体的充分特征,而非必要特征。因此,张綖对词体正体的定位,以典型婉雅意格为典范,适度包容直质、俗艳、豪放等意格,在反映词自成一体的特色上,比前代词体论更胜一筹。

四、正宗典范:偏尚北宋,深挚淡雅

张綖在正体词中偏好典型的婉雅词,又最爱其中深挚淡雅的意格,认为其不仅代表了形成于唐五代的词体本色,且是能立"横"追"纵"的最佳意格。其最欣赏的秦观词历来评价为"体制淡雅,气骨不衰"③、"婉约"、"虽不识字人,亦知是天生好言语"④,即是婉约、高格、真挚结合,而以淡雅意格来呈现的。前代清雅派同样以婉约、高雅、真挚者为正宗,但从防止词流为曲的立场出发,首重高雅格调,以致末流一味求雅,丧失真意。试看金元间刘祁(1203—1259)云:

> 夫诗者本发其喜怒哀乐之情,如使人读之无所感动,非诗也。予观后世诗人之诗,皆穷极辞藻,牵引学问,诚美矣。然读之不能动人,则亦何贵哉……唐以前诗在诗,至宋则多在长短句,今之诗在俗间俚曲也……古人歌诗皆发其心所欲言……今人之诗惟泥题目事实句法,将以新巧取声名,虽得人口称,而动人心者绝少。不若俗谣俚曲之见其真情,而反能荡人血气也。⑤

即指出南宋词与唐末诗,同具陈熟失真的弊端,故不可避免地被新兴文体所

---

① 张綖著,王晋象编:《南湖诗余》,《四库全书存目丛书》第 425 册,第 291 页。
② 这些《念奴娇》词原被收入《少游诗余》(秦观著、王晋象编:《少游诗余》,《四库全书存目丛书》第 425 册,第 281—282 页),经唐圭璋等学者考证,当为张綖词,《全明词》收入张綖名下(饶宗颐初纂,张璋总纂:《全明词》,中华书局 2004 年版,第 767—768 页)。
③ 张炎著:《词源》,唐圭璋编《词话丛编》第一册,第 125 页。
④ 晁补之评语,转引自:吴曾《能改斋词话》,唐圭璋编《词话丛编》第一册,第 258 页。
⑤ 刘祁著:《归潜志》,鲍廷博、鲍士恭辑《知不足斋丛书》第五集,乾隆道光间长塘鲍氏刊本。

取代。而张綖则意识到真意是词体沟通"纵""横"最关键的特征,婉约须与真意相结合,才富有生命力。词体若失去了生命力,沟通"纵""横"也就无从谈起了。因此,比清雅派更重视真挚自然,其次才提倡高格调,所推崇的淡雅是以自然深挚之情境为依托的。

张綖对真情与高格异乎清雅派的态度,集中表现在宗法重点的转变上。总体而言,明代前最能体现真挚自然的是唐五代词,但数量较少,调式未备,且无拘无束,妙处难学;最重视高格调的是南宋词,但有陈熟失真之弊;而北宋词则介于二者之间,此时词体已成为承载时人性情的主要文体,体制趋于成熟,长调的创制及文人的普遍参与,更促使其向舒缓、文雅的方向发展,因此,张綖在综合考虑体制、情味、格调、可取法等因素后,偏尚北宋词。而最欣赏的北宋词大都有深挚淡雅的特点。如《别录》认为"云破月来花弄影"句虽享有盛名,但嫌"纤巧",不如"朦胧淡月云来去"句的"淡雅"之妙。又评章质夫《水龙吟》"形容曲尽,工于铅椠之士万不能及"。评谢逸《玉楼春》"甚佳,不落色界"。均是强调淡雅与自然相辅相成的关系,及更胜一筹的艺术魅力。

其对周邦彦词异乎前人的态度,尤能体现出对深挚淡雅的理解及重视。北宋周邦彦词工于声律,既能凭藉通俗婉媚的特征流行于教坊、民间;又能以典丽和雅的特征下开南宋清雅之风。因此,是雅俗共赏的填词典范。《草堂诗余》与清雅派尽管在审美取向上大异其趣,但对周词的推崇却难得一致:《草堂诗余》录词最多的词人即是周邦彦,而清雅派也将"周清真之典丽"视为填词妙诀①。张綖词论承继了《草堂诗余》对北宋词的偏尚与清雅派对婉雅的推崇,而周邦彦词也大体符合典型的婉雅特征,按理应推崇备至,但事实却非如此:周邦彦创调甚多,而《图谱》中仅选录周邦彦词 8 首,排第七,与周邦彦格律词宗的地位极不相称。对比谢天瑞《图谱补遗》中大量补选入周邦彦词,足有 27 首,张綖对周邦彦的忽视可见一斑。《别录》中更是只选入周邦彦《解语花·风销焰蜡》一词,在此词批注中揭示出张綖不喜周邦彦词的真正原因:

> 来教谓:"《草堂词》多取周美成诸公丽语,如诗尚晚唐,亦何贵也?"信如尊谕。愚按:美成词正为不能丽耳。夫丽者,在纨绮珠翠乎? 不假

---

① 唯清雅派领袖张炎从防微杜渐的角度考虑,不主张取法周邦彦词,以免出现"软媚"的流弊,北宋词人中唯独将秦观列为取法典范,但其后继者大都对取法典范作了重新定位,用周邦彦取代秦观。究其原因,周邦彦虽然也是北宋词人,但词已下开南宋之风,较之秦观,更为成熟精工,在可学上也更胜一筹。

铅华,而光彩射人,意态殊绝者,天下之丽也……今美成多取古人绮语,
餖饤成篇,种种皆备,而飘洒之风,隽永之味,独其所少,如富室女,服饰
虽盛,欠天然妩媚耳。但其人长于音律……故为词家所宗……独元宵
此词不类诸作。

可见,张綖与老先生同尚真挚自然,但对艳丽的理解却自成一家:认为最出色
的艳丽,如天然去雕饰的淡妆美人,非出于精工富丽,乃出于淡雅深挚。而认
为周邦彦词所少的正是深挚淡雅,故虽备古今种种绮语,却难得其神采。张綖
对周邦彦词的评价是否公允尚可商榷,但对深挚淡雅的重视却是昭然若揭。

　　而在唐五代本色词与南宋清雅词之间,张綖明显更推崇唐五代词,其正
变观本就是以横向为主的,而唐五代词作为词体的横向正始,地位至尊。张
綖默认了陆游词体定型于晚唐的说法,《图谱》选词始于唐代,选入的唐词为
李白2首、韦庄6首、温庭筠3首、张泌1首,除李白外均为唐末五代词人。
在《别录》中唯一入选的一首署名早于唐代的词,是陈后主的《秋霁·虹影侵
阶》,此词虽在当时被误传为陈后主所作[1],但张綖对作者的时代却持存疑
态度。注云:

　　　　律诗至唐沈、宋始有,后主更在唐前,当时所歌者,"璧月夜夜满,琼
　　树朝朝新",尚是古调,安得有此词乎。此恐是后人拟作,更俟考。

认为诗声律化创自初唐沈、宋,故六朝歌词尚属不协音律的古调,不大可能出
现这样音调和谐的词。除此词外,收录年代最早的韦庄词,即已在唐末五代
了。因此,依据正变论"正"、"始"合一的原则,在张綖心目中,词婉约的正体特
征也应形成于唐末五代。从存词总数来看,南宋远多于唐五代,但《图谱》选
录的唐五代词数量却大于南宋。参看《别录》,对所录北宋词虽然推崇,但也
指出其偶有"陈熟""率意""无思致""粗直"诸弊,而对唐五代词,正面评价甚
高,全无负面评价,只因其自然真挚的特色后世难及。即如《鹧鸪天》注云:

　　　　试观此一词,足知唐宋诗人之别。"西塞山前白鹭飞,桃花流水
　　鳜鱼肥。青箬笠,绿蓑衣,斜风细雨不须归。"此张玄真原词,自是一
　　家语。"朝廷尚觅玄真子,何处而今更有诗。""人间欲避风波险,一日
　　风波十二时。"此东坡增之为调,又自是一家语。盖张不着意,苏太着

---

① 　此词实为宋人之作,收入《全宋词》。

意故也。①

可见，张綖心目中的唐宋词之别，即是自然与刻意之别：原词白描取境，率意着语，而逸趣自见，余韵无穷，尽显本色词之妙；而《鹧鸪天》以理入词，拓展到家国人生，但故作高论，反隔一层，韵味妙悟皆受限制。观此可知张綖主张"词曲自是小技，专门不为高贤傍夺"，也是因为不刻意求高有助于成就自然之妙，也唯有成就自然，才能接续古雅。即如鹿虔扆《临江仙·金锁重门》②注云："写感慨之意于酝藉之词，谓之古作而音调谐和，谓之今词而语意高古。愈味愈佳，允为词式。"试将此词与上述《鹧鸪天》词相比，同样是抒写家国身世之感，却有深浅、婉健、约直之别，鹿词在合体、自然、韵味上确实更胜一筹。

张綖所欣赏的正体词之妙，基本都能在《别录》所录寥寥数首唐五代词及注评中找到源头。如上述鹿虔扆词，蕴藉、中调、是典型的婉约意格；又能以自然、寄兴合于古雅，正可沟通"纵""横"，故是张綖心目中的填词典范。又如评冯延巳《谒金门·风乍起》云"语有古意，不甚着声臭"。《长相思·红满枝》云："语淡思深，故可录也"。评韦庄《小重山·一闭昭阳春又春》云："词以写情，情之所注，尤在初昏时。故词家多言黄昏。今人称诵赵德麟'断送一生憔悴，只消几个黄昏'此直粗豪语耳，岂有余味……不如秦淮海'时节欲黄昏，无聊独倚门'语不迫而意至……韦端己此词结句'凝情立，宫殿欲黄昏'则又意淡而味渊永矣。"可见，真挚淡雅而情味深永，是张綖所欣赏的唐五代词特征，也是张綖最偏好的正体词特征。唐五代词风格清艳醇厚，奇光异彩，故有古蔷锦之称，而张綖则强调这种清艳奇丽是以淡雅、真挚、深永的面貌呈现的，这样就赋予了深挚淡雅词体正宗的至尊地位。

至于南宋词，在张綖看来，空有精工婉雅之貌，而无真挚自然之神，造诣难与前代词相比。故南宋词人中，《图谱》选词最多的是陆游（7首）、辛弃疾（5首），在全部词人选词量排名中分别居于第八、第十三位。而《别录》选词最多的为辛弃疾（3首）。陆游与辛弃疾词风均非清雅派一路，反而与北宋秦观、苏轼相近——与张綖同时的杨慎《词品》评陆游词云"纤丽处似淮海，雄慨处似东坡"③，张綖《水龙吟·摩诃池上》注也云："陆放翁……词，宛然

---

① 此首《鹧鸪天》本为黄庭坚词，误入曾慥本东坡词卷下（参看《全宋词》第395页考证）。

② 词云：金锁重门荒苑静，绮窗愁对秋空。翠华一去寂无踪。玉楼歌吹，声断已随风。烟月不知人事改，夜阑还照深宫。藕花相向野塘中。暗伤亡国，清露泣香红。

③ 杨慎著：《词品》，唐圭璋编《词话丛编》第一册，第513页。

淮海家法。"又评辛弃疾词:"绸缪情语,虽少游无以过……高怀跌宕,则又东坡之流亚。"而被清雅派奉为典范的姜夔、史达祖、高观国、吴文英、张炎词,却不受青睐,《图谱》仅选入史达祖词两首,而《别录》则无一入选。这正印证了张綖所定义的词体正宗与清雅派貌合神离,别是一家。

五、小　结

张綖词体正变论广泛借鉴了陆游、清雅派、《草堂诗余》等前代论词观点及审美取向,在综合后又产生了新的内涵及特色,采取以横向为主,纵向为辅的正变立场,颇能引领时论,为明代词学观自立一代特色奠定了基础。承前启后的价值主要表现在:

立"横"追"纵"类正变观作为最合理、最盛行的正变类型,南宋末在清雅派的推动下已成为正变观的主流,被张綖采用后又融入了新的时代及审美特色:在将婉约、文雅列为正体典型的同时,适度包容直质、俗艳、豪放等意格,拓展了正体容量,体现出对词体特征的辩证认识;在纵向上,继承并发展了陆游的文体代兴观念。其中文体格调一代不如一代的观点虽不足为训,但文体代有专长的发展规律确是客观存在的。将真意视为维系文体活力的源泉,更是目光独炬,有助于肯定词自立婉约体制的价值,以及开拓豪放变体的必要。而在综合考虑"横"、"纵"正变因素后,将深挚淡雅尊为最佳正宗特征,则体现出论者自成一家的词学旨趣,有助于发掘历代词中深挚淡雅的境界及魅力。

贯穿于张綖词体正变论中的主要词学观念,也正是其能别于前代词学主流清雅派,自立一宗的关键理念。如推尊唐五代为横向正始,展开两宋词风转向之辨——扬北宋抑南宋,比起高格调更重视合体与真情——将柔情曼声与活色生香视为评价词作高下最重要的标准等等,虽结论本身未必合理,但大体符合时代审美及纠正词坛时弊的需要,因此,在明代后继词论中得到广泛继承及发扬,最终成为了明代词学的主流,成就了明代词学的特色。

第三节　王世贞:集大成的舍"纵"取"横"类正变观

王世贞(1526—1590),字元美,号凤洲,又号弇州山人,苏州府太仓州人,"后七子"领袖之一,《明史》云:"世贞始与李攀龙狎主文盟,攀龙殁,独操柄二十年。才最高,地望最显,声华意气笼盖海内。一时士大夫及山人、词客、衲子、羽流，莫不奔走门下。片言褒赏，声价骤起。"①可见其对当时文坛影响之大。著有《弇山堂别集》《嘉靖以来首辅传》《觚不觚录》《弇州山人四部稿》等。其词学思想主要体现在《弇州山人四部稿》说部中的《艺苑卮言》②，包括正文八卷及附录四卷，王世贞在此书序中自述其创作初衷是有感于前人文艺理论之不足，"思有所扬搉，成一家言。"最初以随笔札记方式撰写，在嘉靖戊午（1558）收为六卷，后又陆续增益二卷，至隆庆壬申（1572）共有八卷，"黜其论词曲者，附它录，为别卷，聊以备诸集中。"故词论大都收入附录第一卷，共二十九则，也有数则散见他卷。后人摘录附录一中专论词、曲的部分，单刻行世，论词的另题作"词评"，论曲的另题作"曲藻"。

王世贞的词体正变观，确实能实践其"成一家言"的初衷，在明代词论中极具特色及影响力。明确标举"宁为大雅罪人，勿儒冠而胡服"的正变立场，建构出古典词论中最为典型、系统的舍"纵"取"横"正变观；在确定词体正宗源始时，又一反常规，以南唐二主词为正宗，反以温庭筠、韦庄词为变体。这些个性鲜明的词学观，因涉及了词体正变论中的关键问题，在后世备受关注及争议，促使论者从不同的角度审视词体及诸家词的源流、特征，为词体正变观的发展注入了新的动力。

一、宁为大雅罪人，勿儒冠而胡服

《艺苑卮言》"词评"开篇前两则词论，已明确标举出舍"纵"取"横"的正变立场：

> 词须宛转绵丽，浅至儇俏，挟春月烟花于闺幨内奏之，一语之艳，令人魂绝，一字之工，令人色飞，乃为贵耳。至于慷慨磊落，纵横豪爽，抑亦其次。不作可耳，作则宁为大雅罪人，勿儒冠而胡服也。
>
> 《花间》以小语致巧，《世说》靡也。《草堂》以丽字取妍，六朝隃也。即词号称诗余，然而诗人不为也。何者？其婉娈而近情也，足以移情而夺嗜。其柔靡而近俗也，诗咠缓而就之，而不知其下也。之诗而词，非词也。之词而诗，非诗也。言其业，李氏、晏氏父子、耆卿、子野、美成、少游、易安至矣，词之正宗也。

① 张廷玉等著：《明史》第 24 册，中华书局 1974 年版，第 7381 页。
② 本书引用《艺苑卮言》词评部分均来自《艺苑卮言·论词》，唐圭璋编：《词话丛编》第一册；其余部分均来自《艺苑卮言校注》，齐鲁书社 1992 年版。

"宁为大雅罪人,勿儒冠而胡服。"可谓惊世骇俗的妙喻,以横向正体为准,而不求合于纵向正源的词体正变立场昭然若揭:中原古诗乐正声为儒家所推重,故比作"儒冠";而词体声调来自胡乐,故比作"胡服",这一比喻表明王世贞不仅认为词体在纵向上"变"失其"正"。按正统标准,"儒冠"与"胡服"相较,正邪高下立见,作为邪变的词体格调卑下乃至于"诗人不为";而且认为词体纵横正变标准不能兼容,难以攀附纵向正源。"儒冠而胡服",不伦不类,如同邯郸学步,不仅难以企及全套儒装的正宗,还不如全套胡装正常。同理,"之诗而词非词也",不仅不合纵向之正,也丧失了横向之体。在此种纵横之"正"不可兼顾的情况下,主张宁可违背纵向正源,成为"大雅罪人",也要维护横向正体。因此,定位的正体特征是婉娈近情、柔靡近俗;须等而下之的变体特征则是慷慨磊落,纵横豪爽。与前代占据主流的清雅派所定位的词体特征相比,特点是由"稍近乎情"变为"移情夺嗜",对柔情的态度是张扬而非节制;由强调通雅变为强调近俗,对格调的态度是放任而非规正。

那么,为何王世贞在认定纵横之"正"不可兼得时,选择舍"纵"取"横",而非弃"横"从"纵"呢?只因其秉承明代流行的文体代兴观,主张词体能在横向上自立正宗,振兴文运,成就一代之文体,故体制不容动摇。"词评"开篇即云:

> 词者,乐府之变也。昔人谓李太白《菩萨蛮》《忆秦娥》,杨用修又传其《清平乐》二首,以为词祖。不知隋炀帝已有《望江南》词。盖六朝诸君臣,颂酒赓色,务裁艳语,默启词端,实为滥觞之始。

勾勒出词正体定型的轨迹,是由堪称词祖的隋炀帝《望江南》,到李白诸词,再到《花间集》《草堂诗余》。乐府与词在体制上本有相通之处,均为能配乐而歌的长短句,且通行于朝野,具有雅俗共赏的特点,故被视为词体的纵向近源。参看《卮言》卷一云:"拟古乐府⋯⋯近事毋俗,近情毋纤。拙不露态,巧不露痕。宁近无远,宁朴无虚。"卷三云:"曹公莽莽,古直悲凉。子桓小藻,自是乐府本色。子建天才流丽,虽誉冠千古,而实逊父兄。何以故?材太高,辞太华。"主张乐府正体特征应为古朴雅健,稍加藻饰,不可太过纤巧、华丽、俗靡、拙陋。故以纤巧、华丽、俗靡为特征的词体,当然是乐府的邪变了。王世贞认为造成乐府之变的诱因有二,都与诗文的纵向正源背道而驰,却又都顺应了文体代兴、不得不变的发展规律:

(一)中原文人诗歌之变,意格趋于绮靡,而格律趋于精工。《卮言》卷四论晋以来诗歌之变云：

> 六朝之末，衰飒甚矣！然其偶俪颇切，音响稍谐，一变而雄，遂为唐始……人知沈、宋律家正宗，不知其权舆于三谢，橐钥于陈、隋也。诗至大历，高、岑、王、李之徒，号为已盛。然才情所发，偶与境会，了不自知其堕者。如……"草色全经细雨湿，花枝欲动春风寒"非不佳致，隐隐逗漏钱、刘出来……吾故曰："衰中有盛，盛中有衰，各含机藏隙。盛者得衰而变之，功在创始。衰者自盛而沿之，弊由趋下。"又曰："胜国之败材，乃兴邦之隆干；熙朝之佚事，即衰世之危端。"此虽人力，自是天地间阴阳剥复之妙。

六朝诗歌"务裁艳语"的意格、"偶俪稍谐"的格律、"颂酒赓色"的功用，均为词体开先。结合其时"衰飒甚矣"的世运，此种具有靡靡特征的"变"成为公认的使国亡之音。即如李谔云"江左齐、梁，其弊弥甚……遗理存异，寻虚逐微，竞一韵之奇，争一字之巧……文笔日繁，其政日乱"，[1]《新唐书·文艺上》亦云："唐兴，诗人承陈、隋风流，浮靡相矜。至宋之问、沈佺期等，研揣声音，浮切不差，而号'律诗'，竞相袭沿。逮开元间，稍裁以雅正，然恃华者质反，好丽者壮违，人得一概，皆自名所长。"[2]与《卮言》所论互相发明，可知此种以奇巧、柔靡、浮华、格律化为特征的诗歌之变，被公认为背离雅正，不利政教的邪变，兴于魏晋，盛于齐、梁、陈、隋，唐初复沿袭，沈约、宋之问因之创律诗之体。盛唐稍复雅正，再振雄浑高华的盛世之音，但对格律、词华的崇尚已成定势，与诗歌正源已有差距。大历以下，律诗体制日趋成熟，格律、词华日趋工稳，但纤靡衰弱的陈熟之弊也日趋明显。至唐末五代，即如陆游所云："诗益卑，而乐府词高古工妙，庶几汉魏。"此时诗格之纤靡一如六朝，但已无六朝创始之生气，故要重振文运，必有待后起之词体。

王世贞的词体正变观，正是建立在其对文运盛衰的辩证认识之上，就文运而言，初兴的律诗与词体，即所谓"盛者得衰而变之，功在创始"；大历以后之诗，即所谓"衰者自盛而沿之，弊由趋下"。就文运与世运关系而言，盛唐以律诗体制成就盛世之音，即所谓"胜国之败材，乃兴邦之隆干"；历代升平、偏安时所盛行之绮靡文风，即所谓"熙朝之佚事，即衰世之危端"，词体即属

---

① 李谔：《上隋高帝革文华书》，魏征等著：《隋书》第五册，中华书局 1973 年版，第 1544—1545 页。

② 欧阳修、宋祁著：《新唐书》第十八册，中华书局 1975 年版，第 5738 页。

此种。故王世贞赞同李梦阳"诗必盛唐"之说,当因盛唐律诗趋盛而未衰,且在魏晋以来文人诗中最合雅正;而对词体采取舍"纵"取"横"的正变立场,也当因词体虽背离雅正,但功在创始,在振兴文运上的作用不可替代。

二是异域声乐传入而导致的流行声调之变。《卮言》卷七论历代词调之变云:

> 四方之歌,风之始也。若在朝而奏者,被之钟鼓管籥为《雅颂》……以后《江南》《子夜》……之属,是其遗响。唐妓女所歌王之涣、高适及伶工歌元、白之诗,皆是绝句。宋之词,今之南北曲,凡几变而失其本质矣。唯吴中人棹歌,虽俚字乡语不能离俗,而得古风人遗意。其辞亦有可采者,如陆文量所记:"月子弯弯照九州,几家欢乐几家愁?几人夫妇同罗帐,几人飘散在它州?"……即使子建、太白降为俚调,恐亦不能过也。然此田畯红女作劳之歌,长年樵青,山泽相和,入城市间,愧汗塞吻矣。然则听古乐而恐卧者,宁独一魏文侯也?

认为风雅颂正源以下,依次变为汉魏六朝流行的乐府清商曲辞、唐流行的歌诗、宋流行的词、元以后流行的南北曲。"凡几变而失其本质",是为邪变,而每变愈下的原因当为文胜其质,因此,王世贞等前后七子均颇为重视民歌,认为民歌保留了正源质朴的特征,故"虽俚字乡语不能离俗,而得古风人遗意。"但同时也意识到民歌出于天然,受环境之助,非文人所能学,也不能满足文人的审美需要,因此,无法取代词曲,成为一代之文体。

在上述诸变中,又以词曲之变最失其正,因所配之调本非中夏之正声。所谓:

> 词兴而乐府亡矣,曲兴而词亡矣,非乐府与词之亡,其调亡也。(《卮言》词评)
>
> 《昔昔盐》《阿鹊盐》……之类,调名之所由起也。其名不类中国者,歌曲变态,起自羌胡故耳。然……有其名而无其调。隋炀、李白调始生矣。(《卮言》词评)
>
> 曲者,词之变。自金、元入主中国,所用胡乐,嘈杂凄紧,缓急之间,词不能按,乃更为新声以媚之。而诸君如贯酸斋、马东篱、王实甫、关汉卿……咸富有才情,兼喜声律,以故遂擅一代之长。所谓宋词、元曲,殆不虚也……虽本才情,务谐俚俗。(《卮言》曲藻)

合而观之,可知乐府变为词,再变为曲的重要原因之一,是胡乐的传入、融合、流行,取代了中原原有的声乐,流行之"调"既然变更,倚声而作的词、曲意格也随之改变。就词体而言,此种流行之调应为出于胡夷里巷的燕乐,其繁促谐俗当在魏晋六朝所流行的清商乐与金元流行的曲乐之间。词曲之调融入胡乐,背离纵向正源的程度当然更甚于乐府,但也正因其适时协调,才能广为流传,各"擅一代之长"。

总之,王世贞认为词自立一体,其所配之调既非中夏之正声,可类比胡服;所承继的文人诗意格又为雅正之邪变,故在当时为大雅罪人——背离纵向正源的邪变之尤,但要振兴文运却又非其莫属。故选择了舍"纵"取"横"的正变立场。

二、以温、韦为变体的疑案辨析

王世贞词体正变论中,最具创见,也最受争议之处,是以南唐二主词为正宗源始,反以温庭筠、韦庄词为变体。其综论词体正变云:

> 言其业,李氏、晏氏父子、耆卿、子野、美成、少游、易安至矣,词之正宗也。温、韦艳而促,黄九精而险,长公丽而壮,幼安辨而奇,又其次也,词之变体也。

与"《花间》犹伤促碎,至南唐李王父子而妙矣"参看,可知其认为温、韦词的意格也代表了《花间》词的意格。这一论断在明清词体正变论中备受关注及争议,主要原因有二:一则因其在表述上与"正""始"合一的正变核心原则存在冲突,所标举的正始——南唐二主词竟然晚于变始——晚唐温、韦词。二则因其在明辨正始的基础问题上别有创见,跳过被前人推为词宗的《花间》词,转以南唐二主词为正始;而这一创见又是为王世贞清丽自然、优游舒畅的独到词学审美取向服务的。因此,系统考察这一论断的渊源、成因、论争及影响,有助于了解王世贞,乃至明清诸家词体正变观的建构及词学审美观念的转变。

仅从表述上看,王世贞称引领《花间》词风的温、韦词为"变体",确是违背了"正""始"合一的原则,但具体分析相关论述就会发现,其对温、韦词的实际定位是开正体先河的正体滥觞,而非改变了正体特征的变体源始。

即如上文所述,王世贞在综论词正体定型的轨迹时,已明确将《花间》词列为确立词体特征的重要环节。所谓:"《花间》以小语致巧,《世说》靡也。

《草堂》以丽字取妍,六朝喻也。"将"小语致巧"的《花间集》与"丽字取妍"《草堂诗余》列为界定词体特征的依据,分别类比《世说新语》与六朝风尚,可见《花间》词绝非变体——《花间集》编纂于后蜀,收录晚唐及与蜀相关的五代词,未收录南唐二主词;而《草堂诗余》编纂于南宋,主要收录宋词,兼收唐五代词,王世贞所称赏的数首南唐二主词均在其中。即如《世说新语》代表的是后汉至晋代文风,兴起的好词华风尚正是六朝绮靡文风的滥觞,而不能本末倒置的称之为六朝之变,同理,《花间》也应为南唐二主词之源始,而非变体。

王世贞在具体词论中也多次用温庭筠词意格来印证词体特征,如云:

> 温飞卿所作词曰《金荃集》……取其香而弱也。然则雄壮者,固次之矣。

> "油壁车轻金犊肥,流苏帐暖春鸡报"(温庭筠《木兰花》),非歌行丽对乎……然是天成一段词也,着诗不得。

既然肯定温庭筠词开创的香弱精巧风格,能使词别于诗的雄壮,自成一体,又怎能视之为变体呢? 综上可见,《草堂诗余》收录了被王世贞视为词体正宗的诸家词,当是其心目中的正体典范所在;而由温、韦引领的《花间》词,则当是与隋炀帝、李白词一脉相承的正体"滥觞之始",称之为"变体"显然是措辞不当的。

论者要设定正体滥觞,只因"正""始"合一的正变核心原则本就存在缺陷:按照这一原则,文体定型的最初状态也就是最佳状态,但实际上文体定型有时间跨度,体制的初步定型、体制的兴盛与论者心目中的艺术高峰不可能同时出现。明代辨体论盛行,推尊正体的正变论也随之兴盛,"正""始"合一原则所存在的缺陷也逐步暴露。为调和上述矛盾,出现了划分正变的新方法,即在正体确立之前,设定一种标志着正体滥觞的预备状态。

此法由明初高棅《唐诗品汇》所创,其论唐诗风之"正",首标"正始",再标"正宗",二词含义本相同,在他家正变论中也多相同,但在此书中却大不相同。《凡例》云:"大略以初唐为正始;盛唐为正宗、大家、名家、羽翼;中唐为接武;晚唐为正变、余响。"唐代最典型的诗风,是形成于盛唐的雄浑高华,有别于六朝以来的绮丽浮靡,其形成需要时间,不可能在建国时就确立,因此,所谓"正始"即是"正"之滥觞,绮靡尚存,唐风初现;"正宗"才是传统所谓"正",堪为唐风的最佳典范;"大家、名家、羽翼"同具盛唐正气,但技法、造诣不同;至"接武"以下,变风渐长,盛世气象逐步为衰世靡风所取代。此书划分唐诗各体正变的主要依据是唐代文风的特点,本不属于文体正变论,但在各体诗中,律诗体制的发展与唐代文风的变迁基本同步,故已兼有文体正变的性质。以五、七言律为例,所谓"正始"即是五、七言律正体之滥觞,肇于梁、陈俪句,盛于初唐,体制开正体之先,但未脱前代"精巧相尚"之习,"兴象高远"的正宗意格尚未确立;而所谓"正宗",才是论者心目中的律体正体,定型于盛唐,"足为万世程法"。五、七言律正体特点分别为雄奇高浑、纯雅高远;"接武"步武正宗,但"气有不逮";至"正变",气象已衰变为幽苦精密,但雅格犹存,未尽失其"正";"余响"则衰变已极,虽仍处唐世,正宗之风几乎荡然无存了。综上所述,"正宗"符合"正""始"合一的原则:既是律体正体定型的标志,又代表了律体的最高水平;而特征开正体之先的正体滥觞,与改变了正体特征的变体在产生时间和性质上都有很大分别,"变体"只能指"正变"以下诗,而不可能包括"正始"诗。

此种正变新分法从者甚众,王世贞即是其一,目的是在维护正变原则的同时,推尊其心目中的最佳词为正宗源始。只是在表述时混淆了正体滥觞与变体的概念,才给读者造成困惑。其实,其心目中真正的变体应是改变了词体香弱的特征,出现了雄壮意格的三类词:一类特点是"精而险",以黄庭坚词为典范。精险比香弱着力更多,黄庭坚词中精险而至于偏强者,已为变体。第二类特点是"丽而壮",即通常所谓"以诗为词",以苏轼词为典范;第三类特点是"辨而奇",雄奇而杂入议论,即通常所谓"以文为词",以辛弃疾词为典范。故云:"词至辛稼轩而变,其源实自苏长公,至刘改之诸公极矣。"可见,真正的变体源始是苏轼词,而非温、韦词,变体特征是雄壮,所谓"儒冠而胡服"即是专对此种特征而发的。

三、正宗追求:清丽自然,优游舒畅

王世贞论正宗,不取温、韦代表的《花间》词,因其对《花间》特征的认识为艳促,而词学审美追求却是清丽自然、优游舒畅。此种词风最常见于北宋合体词中,此前长调未兴,词气难舒;此后渐趋工稳,自然难葆。因此,所列正宗词家,绝大多数是北宋词人,其对正宗特征的定位实际上是以北宋词为基准,溯源辨流。

唐末五代词中,温、韦引领的《花间》词实已具备了自成一体的香弱特征,但艳促词风与北宋正体颇有差异。明代不少论者对《花间集》意蕴的认识不深,误以为其词藻艳丽,而情意不足,王世贞即是其一。其对温、韦词之

妙的理解，如评温庭筠"一一春莺语"，为"弹琴筝俊语"；评韦庄"满院落花春寂寂"为"淡语之有景者"，只限于形容景物，而不及情。因此，对《花间》的总体评价是"犹伤促碎"，这个"伤"字，即表明"促碎"包含了华而不实的内涵，不仅是与清舒相对的词风，而且是与深挚相对的词弊，不具备"正""始"合一的条件，不能列为正体源头。

而南唐词则颇能以清丽自然、优游舒畅的意格，开北宋正体风气之先。试看以下词论：

> "风乍起。吹皱一池春水。关卿何事？"与"未若陛下'小楼吹彻玉笙寒'，此语不可闻邻国"，然是词林本色佳话。"云破月来花弄影"郎中，"红杏枝头春意闹"尚书，意似祖述之，而句小不逮，然亦佳。

> "归来休放烛花红，待踏马蹄清夜月"，致语也。"问君能有几多愁，却似一江春水向东流"，情语也。后主直是词手。

所称赏的南唐君臣词，词气较为舒畅，与碎促不同，且大都融入哀以思的身世之感，情意的深挚也更易察觉，故被标举为正体典范；而特别强调其为北宋名家所祖述，则彰显出其北宋正体宗祖的地位。因此，列为正体源头，正可利用正变论正始为尊的特色，推尊符合其审美取向的词风，以及擅为此种词风的北宋诸名家词。

北宋词最符合王世贞的审美取向，王世贞明确标举的正宗词人与佳作大都出于北宋。参看具体词评，可知北宋正宗词均擅长以自然清丽之笔写真情真景：特别标举的善写景之句，如秦观的"寒鸦数点，流水绕孤村"、柳永的"今宵酒醒何处，杨柳外，晓风残月"，都是公认的婉约自然之作；善言情之句，如李清照的"此情无计可消除，方下眉头，又上心头"、秦观的"甫能炙得灯儿了，雨打梨花深闭门"，评价分别是"可谓憔悴支离矣"、"非深于闺恨者不能也"，都强调言情深挚，尤其欣赏能在平易恬淡中见真情景的"淡语、恒语、浅语"；而在情语、景语中又更重视情语，故评周邦彦词云："能作景语，不能作情语，能入丽字，不能入雅字，以故价微劣于柳。"王世贞"词论"中对正宗诸家评价颇高，总评中有负面评语的唯周邦彦一家。只因周邦彦处于北宋末，词风下开南宋，故在其看来已是正宗末流。参看其对南宋词的具体评价，优点在"险丽"、咏物"极形容之妙"，而缺点在"巧而费力"，不能自然真挚，正可与对周邦彦的评价相印证。

北宋是正体词兴盛期，也是变体词形成期。变体意格包括黄庭坚兴起的"精险"与苏轼兴起的"壮丽",但王世贞对苏轼词的总体评价却远高于黄庭坚词。究其原因,精险与自然相对,刚健则为倔强,柔美则为险丽。倔强为变体固不必论,至于险丽,王世贞主张"天然之美,令斗字者退舍",而险丽词之妙却属斗字一类,如黄庭坚"莺嘴啄花红溜"、周邦彦"晕酥砌玉"、史达祖"作冷欺花"等词,有"巧而费力"的流弊,不如天然之美。再看苏轼词的壮丽,表现为"快语""壮语""爽语",自然超逸,除豪壮外,均符合王世贞的审美要求,故虽为变体源始仍屡受好评,所谓:"昔人谓铜将军铁绰板唱苏学士'大江东去',十八九岁好女子唱柳屯田'杨柳外,晓风残月',为词家三昧。然学士此词亦自雄壮,感慨千古……至咏杨花《水龙吟慢》,又进柳妙处一尘矣!"认为苏轼词能动人,故合体词可媲美正宗典范,变体词也独具魅力。

至于南宋词,在王世贞看来,其中佳作也不过继承了北宋黄庭坚、周邦彦诸家险丽、曲尽物态一类不甚高明的优点,又易出现"巧而费力"的弊端,并不符合舒畅自然的审美要求,因此,受关注的不多,得激赏的更少,最得重视的是李清照、辛弃疾词。只因李清照词虽出自两宋间,但大体舒畅圆转,情致宛然,更类似于南唐北宋词,故被纳入正宗。参看李清照《词论》,与王世贞词论或有渊源,所谓:"五代干戈……斯文道熄,独江南李氏君臣尚文雅,故有'小楼吹彻玉笙寒''吹皱一池春水'之词。"论五代词,只字不提《花间集》,而唯取南唐君臣为典范,就笔者眼力所及,如此论词者此前未见,此后首个即是王世贞,可见二家词学审美之契合。至于辛弃疾词,与苏轼词一脉相承,受称赏的原因也略同。

对元明词,王世贞评价更低:"元有曲而无词,如虞、赵诸公辈,不免以才情属曲,而以气概属词,词所以亡也。我明以词名家者,刘诚意伯温,秾纤有致,去宋尚隔一尘。杨状元用修,好入六朝丽事,近似而远。夏文愍公谨最号雄爽,比之辛稼轩,觉少精思。"认为元词尚豪壮变体,故词体亡;而明词已失去北宋正体深挚的精髓。

值得注意的是,王世贞理解的《花间》词"艳促"之弊与杨慎词"好入丽事"之弊颇相似,故论正宗不取《花间》词,也当与其恰足启当时词弊有关。杨慎《词品》主张"填词必溯六朝,亦昔人穷探黄河源之意也",又多处称引《花间》词,而王世贞既不满杨慎词风,词论也反其道而行之,将南唐前词均视为正体滥觞,而特别标举与《花间》词风迥异的南唐词为正体源始。这样就将实际取法典范由唐五代词转向北宋词,为推尊其所偏好的清丽舒畅词风奠定了理论基础。

四、在明清词论中引发的论争及影响

唐末五代是词体定型的关键时期,最能彰显此时特色的即是开启《花间》词风的温庭筠词与引领南唐词风的李煜词,前者偏于浓艳、精密、繁促、含蓄,而后者偏于清丽、醇质、疏朗、激烈。因此,在王世贞首将二者分而论之后,选取何者为正宗源始就成为论争热点,而选择结果则堪称论者词体正变观及词学审美取向的缩影。

（一）继承与拓展之论

明清不少论者沿用了王世贞的主要观念,赋予南唐李煜词上胜唐音,下开宋调的地位。其中,除秦士奇延用"变体"之说而未加变通外,其余论者大都修正了"变体"的错误表述,并依据各自审美取向调整、完善其内涵。较具代表性的有以下几家:

胡应麟与王世贞同时,词体正变观也略同,互相发明,可见此类论者推尊南唐词的实际依据。《诗薮》云:

> 五言律体,兆自梁、陈。唐初四子,靡缛相矜,时或拗涩,未堪正始。神龙以还卓然成调。沈、宋、苏、李,合轨于先;王、孟、高、岑,并驰于后。新制迭出,古体攸分,实词章改变之大机。
> 后主……乐府为宋人一代开山祖。盖温、韦虽藻丽,而气颇伤促,意不胜辞,至此君方是当行作家,清便宛转,词家王、孟。[①]

以诗喻词,认为南唐后主词如王、孟诗,为新兴文体正始;依此类推,则温、韦词当如梁、陈、唐初诗,体制初具而意格未成,乃"未堪正始"的正体滥觞。也可见,此派论者认为温、韦词未堪正始,只因对其意格的理解是"意不胜辞";而南唐词堪称正始,则因其"清便宛转"能下开宋调。

明末清初盛极一时的云间词派领袖陈子龙,同样以南唐二主为正始,但将词正体的地位由大雅罪人上升为风雅遗音,乃是词论史上的重要转折。《幽兰草词序》云:

> 词……就其本制,厥有盛衰。晚唐语多俊巧,而意鲜深至,比之于诗,犹齐、梁对偶之开律也。自金陵二主以至靖康,代有作者:或秾纤婉

---

① 胡应麟著:《诗薮》,上海古籍出版社1958年版,第58、291页。

211

丽,极哀艳之情;或流畅澹逸,穷盼倩之趣……天机偶发,元音自成,繁促之中尚存高浑,斯为最盛也。南渡以还,此声遂渺,寄慨者亢率而近于伧武,谐俗者鄙浅而入于优伶。①

以诗喻词,明确将二主开启的南唐北宋词合称正始元音。在词学审美上与王世贞同中有异:首先,定位的"元音"特征是"高浑"而非"近俗",故不甘为大雅罪人,而主张词体堪尊,"虽高谈大雅,而亦觉其不可废。"②其次,艳促与清舒兼尚,认为"元音"中本有"秾纤"与"流畅"二格,均深挚动人。故论晚唐词虽未摆脱"意鲜深至"的成见,却并不以艳促为病。论词宗旨实为去晚唐的浮浅与南宋的鄙俗,而专取南唐北宋的深挚浑雅。

云间派在陈子龙影响下大都崇尚深挚浑雅的意格,但后期论者却由尚北宋转为尚晚唐,所谓"五季犹有唐风,入宋便开元曲"③因此,后世论者常将云间派都归入学《花间》一脉,甚至称陈子龙词兴起的"温、李为宗"风尚,导致"其时无人不晚唐,"④其实,陈子龙引领的早期云间派词人最推崇的还是南唐北宋词,并不愿以晚唐《花间》词自限。

清末王国维不以正变论词,而直接从体制、意格切入述评词体源流,肯定李后主胜前启后的词史地位。《人间词话》云:

> 温飞卿之词,句秀也;韦端己之词,骨秀也;李后主之词,神秀也。词至李后主而眼界始大,感慨遂深,遂变伶工之词,而为士大夫之词。宋初晏、欧诸公皆自此出,而《花间》一派微矣。⑤

王国维与王世贞在词学审美上都偏好真纯清疏,故对唐宋名家源流关系的论断颇相似,但王世贞只欣赏后主情思深挚,而王国维更上升到气象、境界、风神层面,可谓鞭辟入里。

---

① 陈子龙著,王英志辑校:《陈子龙全集》中册,人民文学出版社2011年版,第1107—1108页。

② 陈子龙著,王英志辑校:《陈子龙全集》中册,第1081页。

③ 沈亿年著:《支机集凡例》,沈亿年选编:《支机集》,《词学》编辑委员会:《词学》第二辑,华东师范大学出版社1983年版,第245页。

④ 谢章铤著:《赌棋山庄词话》,唐圭璋:《词话丛编》第四册,第3530页。

⑤ 王国维著:《人间词话》重编本,彭玉平疏证:《人间词话疏证》,中华书局2011年版,第338页。

（二）辩难与修正之论

王世贞以《花间》为词体滥觞，南唐二主为正始的观念，颇能成一家言，实现凭借正始以推尊宋词的目的，但其是否符合正变原则、词体发展及诸家词的实际情况，却有待商榷。因此，清代不少审美取向不同的论者都对此种观点提出质疑：

清初王士禛率先质疑王世贞以温、韦为变体的观念，而将温、韦词推尊为正体源始，与南唐北宋词共同确立词体正宗。《花草蒙拾》云：

> 弇州……谓温、韦为词之变体，非也。夫温、韦视晏、李、秦、周，譬……诗有古诗录别，而后有建安黄初三唐也。谓之正始则可，谓之变体则不可。①

以诗喻词，兴起于汉代的诗体当为五言古诗，参看其论五言古诗源流云："作古诗，须先辨体，无论两汉难至，苦心摹仿，时隔一尘，即为建安，不可堕落六朝一语。"②将汉诗尊为五言古体的最高境界，所谓"惊心动魄，一字千金"。相应的，对温、韦词的定位也应是代表正体词最高水平的正宗源始，而此种定位又是以对晚唐词风的新认识为基础的：其认为"'生香真色人难学'……千古诗文之诀，尽此七字"，而晚唐词正符合生香真色的要求。所谓："花间字法，最着意设色，异纹细艳，非后人篡组所及。"所理解的《花间》词之艳促，特点是"蹙金结绣而无痕迹"，为自然古雅之艳，而不同于巧而费力之艳，故可为南唐北宋自然深挚的意格开先，堪称正宗。

后世不少论者都肯定王士禛对词体正始的定位，并进一步为《花间》词正名。较著名的如晚清谢章铤称引王士禛关于词体正始的论述为"金针暗度"，又阐明温庭筠词"生香活色"，有"风骨"，不同于"浮艳"，正能得词家"设色"之妙③；而况周颐也称赏王士禛对"词家源流派别了若指掌。"认为"《花间》高绝，即或词学甚深，颇能窥两宋堂奥，对于《花间》，犹为望尘却步耶。"④

（三）反对与互补之论

在晚清主盟词坛的常州词派中，还盛行着一种与王世贞基本相反的正

①　王士禛著：《花草蒙拾》，唐圭璋编：《词话丛编》第一册，第673页。

②　王士禛著，袁世硕主编：《王士禛全集》，齐鲁书社2007年版，第3108页。

③　谢章铤著：《赌棋山庄词话》，唐圭璋编：《词话丛编》第四册，第3323、3421页。

④　况周颐原著，孙克强辑考：《蕙风词话·广蕙风词话》，第114、16页。

变定位，主张温、韦词最早确立词体特征，且能上承纵向风骚正源，是当之无愧的正宗源始；而南唐李煜词抒情相对尽直激烈，与温柔敦厚的雅正标准存在抵牾，故降为变调。宗主张惠言首倡其论，主张：

> 自唐之词人……温庭筠最高，其言深美闳约。五代之际，孟氏、李氏君臣为谑，竞作新调，词之杂流由此起矣。[①]

周济祖述其说，所编《词辨》十卷"一卷起飞卿为正；二卷起南唐后主为变"[②]，后劲陈廷焯进一步张大其说，认为温庭筠词沉郁高浑，冠绝古今，与韦庄旨趣相通。故主张词体正宗由"温、韦发其端，两宋名贤畅其绪"，而李后主词则"非词中正声"[③]。此派论者对温、韦词推崇备至，认识也更为透彻，不再局限于"艳促"的定位。如周济云："词有……轻重之别。飞卿下语镇纸，端己揭响入云，可谓极两者之能事。"[④]陈廷焯云："端己……意愧词直，一变飞卿面目，然消息正自相通。"[⑤]因此，论正宗不再拘泥于表面密疏、重轻、直婉的风格差异，而更重视内在意蕴，强调"重拙大""柔厚""沉郁"，主张密丽、婉约、厚重如温庭筠；壮美、酣畅如苏轼；轻逸、朴直如韦庄，风格虽异，同具深婉意蕴，均属正宗。

五、小　　结

综上所述，王世贞词体正变观明确的标举舍"纵"取"横"的正变立场，其"宁为大雅罪人，勿儒冠而胡服"的观点，可谓言前人所不敢言。如此鲜明的立场，在明代正变论中并不多见，却是明人填词风格及赏词态度的真实写照：此时占主流的综合类正变论，虽也以婉雅为"正"，但亲"横"疏"纵"的倾向依稀可见——不仅对生色真香、天性自然的追求更为热烈，其所谓"雅"的限制也比前代要宽松得多。相比之下，王世贞在反映时人好尚上更为坦率，持论虽有偏颇，胆识实为可嘉。在对历代词的正变定位上，王世贞词论开启了明清词坛关于温、韦引领的《花间》词与二主引领的南唐词孰为词体正宗的论争，正变理论的缺陷与词学审美见仁见智的特点，已决定了这场论争不

---

① 张惠言著：《词选序》，唐圭璋编：《词话丛编》第二册，第1617页。
② 周济著：《介存斋论词杂著》，唐圭璋编：《词话丛编》第二册，第1636页。
③ 陈廷焯著，屈兴国校注：《白雨斋词话足本校注》下册，第538、721页。
④ 周济著：《介存斋论词杂著》，唐圭璋编：《词话丛编》第二册，第1629页。
⑤ 陈廷焯著，屈兴国校注：《白雨斋词话足本校注》上册，第34页。

可能得出绝对正确的结论,但其研究价值却不容忽视,能客观反映出词家及时代的审美转向。更重要的是,论争所聚焦的词体源始问题,正是词学研究及词史建构的基石。诸家持论各有偏至,合而观之,至少有以下几点贡献值得肯定:

首先,辨明了词体定型的标志是晚唐温庭筠词引领的《花间集》,前此为滥觞,尚属个案;后此为拓展,成就一代文体。客观而言,词体定型标志应是具有相对稳定、独立特征的群体创作,而非个案,因此,王世贞将词体滥觞与定型区别开来,确有必要。所举正体滥觞中,隋炀帝、李白诸词尚属个案,只是特征类似定型后的词体,故确属滥觞;但《花间集》与《草堂诗余》都是代表一时风尚的总集,而《花间集》问世更早,故当是词体定型标志,而非滥觞。即如沈曾植云:"《卮言》谓《花间》犹伤促碎,至南唐李主父子而妙。殊不知促碎正是唐余本色,所谓词之境界,有非诗之所能至者,此亦一端也。五代之词促数,北宋盛时啴缓,皆缘燕乐音节蜕变而然。"[1]最早能令词体别于诗与燕乐自成一体的,是《花间》词;而王世贞却以能代表词体发展最盛风貌的宋词"啴缓"特征为实际依据,据此上溯至二主为词体正始,并不合适。清代王士禛等论者考辨源流,重新将《花间集》定位为词体源始,王国维抛开正变束缚,将温庭筠引领的晚唐词与李后主引领的南唐北宋词,理解为确立与拓展词体的关系,就符合词体发展的客观实际了。

其次,词体与雅、俗间的关系与近俗、近雅的利弊越辩越明。词体柔美的特征既有通俗的燕乐余风,也有通雅的文人诗遗韵。王世贞以前词论,大都依据纵向正源被赋予的雅正特征来要求词体,或将合体词归为小道而不屑为之,或一味追求高格调而丧失真趣。而王世贞标举"宁为大雅罪人"的宗旨,有助于词体抛开政教功用的束缚,尽显柔曼动人的本色之妙,但也容易滋生俚俗近曲之弊。而陈子龙与上述清代诸家,标举高浑、寄托、沉郁、重拙大等特征,揭示出唐五代本色词与风骚正源的相通之处,有助于在维护词体本色的基础上,振起词格。既便于伶工传唱,又能展现士大夫情怀,更好的发挥词体雅俗共赏之妙。

第三,逐步揭示出词体定型、拓展的奠基之作——温、韦《花间》词与南唐二主词的特色及影响。王世贞以前词论,将唐五代词风统归为柔美,至王世贞始分而论之,对李后主开启的清丽、自然、舒畅词风及源流的梳理颇有可取,此种词风是否最佳,固难定论,但情动雅俗,举重若轻的独至之妙自有

---

[1]　沈曾植著:《菌阁琐谈》,唐圭璋编:《词话丛编》第四册,第 3606—3607 页。

可观。更重要的是,王世贞的论断促使明清词学界关注唐五代词意格的差异及转变:推崇南唐一脉词风的论者,从胡应麟的"清便宛转"、到陈子龙的"高浑"、再到王国维的"气象、境界",认识由表及里,更为透彻;而推崇晚唐温、韦一脉词风的论者,正可补王世贞一派审美之不足,揭示出《花间》词风格的多样性,即如温、韦词,韦庄词颇有朴拙畅直之风,不能以艳促概之;而温庭筠词艳促中蕴涵深情厚意,与六朝宫体诗的意不胜辞,不可同日而语,至于后人因不善学而产生的纤艳空疏之弊,温、韦也不任其咎。更为可贵的是,晚清诸家论"正宗"更重视内在意蕴,而非外在风格,故所拟定的寄托、沉郁、重拙、气象等正宗特征,旨趣造诣更高,能包容的风格也更广。

第四节 《草堂诗余四集》与《古今词统》的词体正变观

晚明由沈际飞选评的《草堂诗余四集》(以下简称《四集》),"沿用嘉靖二十九年(1550)顾从敬《类编草堂诗余》以调编次的体例,分为《正集》六卷、《续集》二卷、《别集》四卷、《新集》五卷,共十七卷……曾多次刊行,有万历四十二年(1614)翁少麓刊本……等多种版本。"①卓人月汇选、徐士俊参评的《古今词统》(以下简称《词统》),刊于崇祯六年(1633年),在卷首就收录了沈际飞的《四集序》与《别集序》,评云:"即此便是作文妙旨"、"晓此数段,才足尽词之情,穷词之变"、"汇千古于齐观,等百家于一视。"尊崇之意溢于言表。《词统》的词学思想受到《四集》的影响,继承并发展了明代盛行的文体代兴观,自成一家,体现出的词体观能在一定程度上摆脱正变观的限制,进入新变观的范畴,不仅在明代独树一帜,对后世兴起的云间派与浙西词派的词体正变观也颇有影响。大致具有以下特点。

一、强调文体代兴以推尊词体

在前代词体正变论中,持文体代兴观的论者大都将词体视为纵向上的末流邪变,而《四集》与《词统》则将文体代兴观用于尊体,二者对正体特征的定位与明代主流观念相同,都是纤柔幽约、声色并茂。

沈际飞《四集序》明确反对前人以"风气""体裁""音义"贬词:

---

① 丁放、甘松:《草堂诗余四集的编选评点及其词学意义》,《文学评论》2009 年 03 期,第162 页。

而不知词吸三唐以前之液，孕胜国以后之胎；斟量推按，有为古歌谣辞者焉，有为骚赋乐府者焉，有为五七言古者焉，有为近体歌行者焉，有为五七言律者焉。有为五七言绝者焉。而元人之曲则大都吞剥之……文章殆莫备于是矣。非体备也，情至也。情生文，文生情，何文非情？而以参差不齐之句，写郁勃难状之情，则尤至也……虽其镂镂脂粉，意专闺襜，安在乎好色而不淫，而我师尼氏删国风，逮《仲子》《狡童》之作，则不忍抹去，曰："人之情，至男女乃极。"未有不笃于男女之情而君臣、父子、兄弟、朋友间反有钟吾情者。况借美人以喻君、借佳人以喻友，其旨远，其讽微……故诗余之传，非传诗也，传情也。传其纵古横今，体莫备于斯也。

认为词体可凭借至情，囊括前代后世诸种文体，而不必等而下之，对词体定位之高前所未有，已由过抑变为溢美了。其对词体的推崇是落实到情上的，所谓："非体备也，情至也"。单就体制而论，沈际飞的文体观并无始盛终衰的倾向，似乎已超越了正变观的限制，然而，在进一步讨论词体独擅的婉约之情时，却仍然归复到依附《诗经》立论的正变传统上来，以有微婉寄托者为高，也兼赏直陈艳情者。尽管如此，其称《诗经》中也不乏好色而淫之作，且对此类作品持肯定态度，确实是言前人所不敢言，体现出明代重视情而放宽雅的审美取向。

《词统》也持词代诗兴，接续文统的观点，对词体的推尊程度不如《四集》，仍延续传统词不如诗，而小道可观之说，而用训诂释词体的方式却颇有特色。徐士俊在《词统序》中陈述其与卓人月的词学观云：

非诗非曲，自然风流，统而名之以"词"，所谓"言"与"司"合者是也。考诸《说文》曰："词者，意内而言外也。"不知内意，独务外言，则不成其为词。词从司者，反后为司，盖出纳之吝，谓之有司。后王宽大之道，当与有司相反。夫词为诗余，诗道大而词道小，亦犹是也。故诗从寺，寺者朝廷也；词从司，司者官曹也。小令、中调、长调，各有司存；宫、商、角、徵、羽五声，各有司存，不可乱也。乱者理之，故词亦作辤，从辭，辭者，理也、治也。又作辞，从辛，辛者，新也。《汉志》曰："悉新于辛"，词固以新为贵也。又《说文》曰："辛象人股，壬象人胫。"故"童"、"妾"二字，皆从辛省。汉人选妃，册同"秘辛"，犹言股间隐处也。然则词又当描写柔情，曲尽幽隐乎？……或曰：诗余兴而乐府亡，歌曲兴而诗余亡，夫有统之者,何患其亡也哉?

用训诂的方式阐释词体,上承清雅词派,下开浙西、常州词派,不过其他学者的训诂一般只限于"意内言外"之说,而徐士俊的训诂则复杂得多,训诂释法牵强附会,本无足取,但也可见论者对词体婉约、新巧、协律的特征定位及攀附纵向正源以尊体的思路。至于词有统则不患其亡之说,也是前人文体代兴论的翻版。

二、提倡"不贵同而贵别"以肯定变体

《四集》与《词统》提倡"不贵同而贵别"的美学观,通过对事物非常之美的阐发,各自设立一套别于传统正变论的文体正变标准,来肯定"纵""横"之变体。《别集序》云:

> 国有嫡统,有庶统,固曰紫色蛙声,余分闰位。而缀学之士,或绍雕龙之庆,或汗穷愁之简,何国蔑有?吾且于时取别。词体一,而作者涠思干虑,为骚而昆弟屈、宋,为赋而衙官鲍、谢,为论而舆隶陆、贾,意制相诡,言语妙天下。吾且于体取别。东至泰远,西至邠国,南至濮铅,北至祝栗,风声可暨,文教施焉。彼神经怪牒,每出自退陬,而侧辞艳曲,必裁自神州赤县之家也乎?

史学正变观崇尚正统则必然要排斥闰统,是儒家纲常所在,不容变易。因此,沈际飞标举国有正统,而文无定体,可依时地变异,自立其统的观点,为肯定文体之变奠定了理论基础。而将词体一类的"侧辞艳曲"类比"神经怪牒"一类的纬书,其实也是利用儒家正变观的漏洞来尊体①。

而对非常之美的领悟是其推尊变体的根本原因:《诗余别集序》开篇即绘声绘色的叙述了居养声色上的"别"之美,即有别于正常之美的非常之美。指出人们通常以处都市交显贵,享华居名车、钟鼓雅乐、美服珍馐为至美,但久享也会生厌,若此时偶尔入山野交隐士,体验布袍草鞋、淫声曼调、藜菽清茗,定会觉得别有一番风味,为正常之美所不及,由此得出"不贵同而贵别"

---

① "神经怪牒"一类的纬书本非儒家经典(对此刘勰辨之甚详,参见本书第一章第三节),故其华采诡怪纵横的文风与儒家正宗经典大异其趣,只是被后人附会为纬书,才有了正宗的地位,因此,沈际飞在此肯定其有功文教,其实是利用了这种附会之说,来推尊与纬书文风相类的词体侧艳本色及豪放变格。

的美学观,并用以评词体云:"诗余之有别集,有味乎言别也。沧浪氏云:'诗有别才,有别趣',余何独不然?夫雕章缛采,味腴塞芳,词家本色。则掀雷抉电,瞋目张胆者,大雅罪人矣,而不观灏穹之轩如轰如,阖阴纵阳者乎?吾且于致取别。"观其所论词体之别,当有二义:一为在纵向上别于诗而自立其"侧辞艳曲"之体;二为在横向上别于雕缛芳腴的本色而自立瞋目张胆之豪放变体。传统儒家正变观论音乐,不顾听众昏昏欲睡的事实,而一味恪守中原雅音,而沈际飞在钟鼓雅乐之外肯定淫声曼调,在神州之外肯定出自遐陬之乐,确实是难能可贵的。

而这种肯定仍是建立在推尊正源的基础上:其在开篇所列举的居养声色上的非常之美,只是偶一为之才能达到耳目一新的审美效果,并不能取代正常之美成为普通人所向往的生活主流。沈际飞将文体正变类比"常"与"别",其实就已包含了主导、从属的内涵。因此,其论词体之变,类比《诗经》中的丽以淫之作,并不是孔子的主流取向;又类比神经怪牒,也不是儒家文教的主要来源。即如《正集》卷二云:"词贵香而弱,雄放者次之",沈际飞最欣赏的词,仍是婉约而非豪放,主要在《正集》而不在《别集》,故仍属于正变论的范畴。其在《别集序》末综论云:

> 吾且于材取别。别于正、别于续之谓别也,而有不可别者焉……人流转于七情,而《别集》中忤合万状,触目生芽,怊然而思,便然而惊,哑然而笑,澜然而泣,嗷然而哭,捶击肺肠,镂刻心肾,年千世百,无智愚皆知。有别欤?无别欤?夫然而正犹之续,续犹之别,成诗之余,非别有所谓余也。

即在强调别不失正,"正"之"本"在至情,与《四集序》中"非体备也,情至也"的观念遥相呼应。

《词统》在点评中明确表示赞同《别集序》对词"变"的理解,在具体论述中又更注重推尊豪放变体。"诗道大而词道小"的观念在明代是普遍存在的,但明代正变论大都亲"横"疏"纵",并不愿为求合于纵向大道而改变小道的本色。《词统》则不然,虽沿用了明代主流立足于横向,婉约为"正",豪放为"变"的提法,却没有真正赋予婉约词正宗的优势地位,而是分别采用"横"、"纵"两种标准,将婉约、豪放词置于平等的地位。其评《词源》"词欲雅而正,志之所之,一为物所役,则失其雅正之音"之论云:"词取香丽,既下于诗矣,若再佻薄,则流于曲,故不可也。"又评《四集序》云:"苏以诗为词,辛以论为词,正见词中世界不小,昔人奈何讥之?"对词小道的地位颇为不满,故肯定以诗、论为词的变体有拓宽词境的作用,能发挥词体合大道的潜力。徐士俊《词统序》云:

> 古今之为词者,无虑数百家。或以巧语致胜,或以丽字取妍……而犹有议之者,谓"铜将军"、"铁绰板",与"十七八女郎"相去殊绝,无乃统之者无其人,遂使倒流三峡,竟分道而驰耶。余与珂月,起而任之,曰:是不然。吾欲分风,风不可分;吾欲劈流,流不可劈……曰幽曰奇,曰淡曰艳,曰敛曰放,曰秾曰纤,种种毕具,不使子瞻受"词诗"之号,稼轩居"词论"之名。

卓人月《词统序》云:

> 奈何有一最不合时宜之人,为东坡;而东坡又有一最不合腔拍之词,为"大江东去"者,上坏太白之宗风,下袭稼轩之体,而人反不敢非之。必以铜将军所唱,堪配十七八女子所歌,此余之所大不平者也。故余兹选,选坡词极少,以剔雄放之弊,以谢词家委曲之论;选辛词独多,以救靡靡之音,以升雄词之位。置而词场之上,遂荡荡乎辟两径云。

合而观之,《词统》在建立统绪时,唯一恒定的标准是合腔拍,对豪放、婉约二体的正变定位则是左右逢源:论婉约,则称赏其合于横向本色;论豪放,又称赏其合于纵向大道。

三、创见及影响

《四集》与《词统》并未具体对历代诸家词作正变定位,但在历代词评中,兼尚唐五代北宋词,又能肯定包容南宋元明词,在定位李白、苏轼、辛弃疾、李清照、马洪等重要词家时,也提出了不少值得关注的见解,对后世词体正变论的影响不容忽视。值得关注以下几点:

(一)李白词在明代具有的词祖地位可在《四集》《词统》中得到印证:沈际飞评白居易《长相思·汴水流》词云"太白开山后,至元和又见此二阕",卓人月称苏轼词"上坏太白之宗风"。云间派后期词论代表的宋征璧兄弟明确将李白词列为正宗源始,与此或有渊源。

(二)《四集》《词统》均肯定在明代一直不受重视的南宋元明词,对清雅派词及词论多有接纳。《别集》选词以南宋为主,《新集》则专选明词。在评论中多次沿用清雅派词学理论称赏此派词,如云:"词大忌质实,白石道人《探春慢》《一曹红》《扬州慢》《暗香》《疏影》《淡黄柳》诸曲,多清空骚雅";《词统》选词最多的是辛弃疾、蒋捷、吴文英三家,对南宋,尤其是清雅派词的重视可知,又收录了大量金元明词,这种开阔的词学门径,已为后来的广陵派、浙西派开先。

(三)《四集》称词体能囊括前代诸体,虽有溢美之嫌,但也客观反映出词体具有较强包容性,非初始的小体格所能限,为后来阳羡派论者提倡变体以尊体的词学观奠定了基础。《四集》论词首标"情至",而具体称赏的情至词,集中在唐五代北宋,如评温庭筠《忆江南·梳洗罢》云:"痴迷、摇荡、惊悸、惑溺,尽此二十余字",评冯延巳《谒金门·风乍起》云:"唯动生感,天下有心人,何处不关情。"评牛娇《女冠子·锦江烟水》云:"情到至处勿含蓄。"评李煜《丑奴儿令》云:"何关鱼雁山木,而词人一往寄情,煞甚相关。秦、李诸人多用此诀。"评李煜《相见欢·无言独上西楼》云:"哀以思,此亡国之音。七情所至,浅尝者说破,深尝者说不破。破之浅,不破之深。"评秦观《满庭芳·山抹微云》云:"人之情至少游而极"。评李清照《念奴娇·萧条庭院》云:"真声也,不效肇于汉魏,不学步于盛唐,应情而发,能通于人。"几乎囊括了明代词论所标举的各个时代的正宗典范,云间派欣赏的李煜一脉的寄兴之意,后期分支广陵派兼取唐五代北宋为正宗的开阔门径也当由此而来。《四集》评温庭筠《春晓曲·家临长信住来道》云:"实是唐诗,而柔艳近情,词而非诗矣。晚唐之所以为晚唐也。"广陵派称晚唐为诗人之词,当由此出。又评马洪词云:"浩澜自附柳耆卿多柔秀词,但带元曲气。"马洪词在明代评价颇高,少有贬抑,但到清代浙西派评价一落千丈,变成陈言秽语,败坏词风的反面典型。而沈际飞此论,初显转变的苗头,可谓承上启下:马洪词合词体本色的柔秀,是其在明代受推崇的重要原因;而流于俗滥的元曲气,又是在清代备受谴责的关键所在。

(四)《词统》论词体正变二宗,特别标举"二安"为典范,"杂谈"在引录王世贞关于"正宗"与"变体"之说后,评曰:"余谓正宗易安第一,旁宗幼安第一,二安之外,无首席矣。"卓人月《词统序》论豪放词又退苏进辛,不满于东坡"大江东去"词不合腔拍,故"选辛词独多"。对辛弃疾、李清照的推崇空前,此后云间诸子词论,在列举正宗时都特别标举李清照,与此或有渊源。西泠派沈雄、广陵派王士禛都沿用二安之说论词。再有王士禛提出不以正变分优劣的观点,也明显是由此而来的。

四、小　结

综上所述,《四集》与《词统》的词学观,不仅审美取向在明代独树一帜,对变体的评价之高,在古典词体正变观中也属特例:沈际飞在使用正变观时,能扬长避短,充分发挥其优势,将词的正体与变体类比正常与非常之美,这样就使正变间的关系由优、劣变为主、辅,弱化了彼此的对立,能在维护"正"主导地位的前提下肯定"变",这是符合词体特性的——词体彰显其专长最有效的方式仍是婉约,豪放的意格可作调济,使词体适应不同的时势及审美需要,但却不能取代婉约成为主流,否则危害更甚于婉约,词体正变观推尊正始的价值也正在于此。而《词统》将婉约正宗与豪放旁宗置于平等的地位,又推并非正始的李清照词为首席,都违背了"正""始"合一的原则。而这种特殊的定位,实际上是通过"纵""横"正宗标准并行的方式实现的,自相矛盾的地方不少:在论正宗时,沿用明代主流的成说,立足于横向,称婉约为正宗,从其选词的总体方向看,仍偏重于小令、婉约一路;但在具体论述中,又认为豪放、婉约词分别代表了"纵"、"横"之"正",故能并驾齐驱。总体而言,这是一个不甚成熟但充满创意的杂合体,至清代王士禛、谢章铤词论中,这种"纵""横"并行类的正变观体系才相对完善。正如沈际飞所言物"不贵同而贵别",《四集》与《词统》的正变观正是以"别"为贵的,其创见能分别被后世不同好尚的词论所采纳的原因也正在此。

第五节　以陈子龙为代表的云间派词体正变观

陈子龙(1608—1647),初名介,字卧子、懋中、人中,号大樽、海士、轶符等。南直隶松江华亭(今上海松江)人。崇祯十年(1637)进士,官至刑部郎,工部屯田郎。清兵陷南京,其联络太湖民众欲举兵抗清,事败被捕,投水殉国。陈子龙是明末重要学者,兼擅诗、词、赋、古文等各类文体①。明末江南文人结社之风盛行,陈子龙积极参与其中,先加入张溥等组织的复社,进而参与组织复社的云间(松江别称)分支几社,在与云间诸子的唱和中形成了

---

① 　陈子龙著作颇丰,现存明刻本有《安雅堂稿》《云间三子新诗合稿》《湘真阁》等九种,清初王昶又将其部分作品纂编为《陈忠裕公全集》。详细情况可参见近年王英志编纂点校的《陈子龙全集》一书,本书引用陈子龙词论均来自此书。(陈子龙著,王英志辑校:《陈子龙全集》,人民文学出版社2010年版。)

盛极一时的云间派，因有较为统一的创作风格、词学思想及流派意识，而被认为是中国第一个词学流派，领袖是以陈子龙为首的云间三子（陈子龙、李雯、宋征舆）。

陈子龙词体正变观与诗体正变观一脉相承，与当时时势、文风密切相关，散见于各诗词序文中，是早期云间词派正变观的代表，也是明末立"横"追"纵"类正变观的典范。其本身也是填词名家，被誉为"明代第一词人"，词集有《湘真阁》《江篱槛》，曾选入《棣萼香词》《幽兰草》《四家词》，又被其弟子王胜辑为《焚余草》，其中七十九首被清初王昶收编入《陈忠裕公全集》，当代学者将其作品整理编纂为《陈子龙全集》，词作与词论可互相印证。

陈子龙《三子诗选序》自述其创作群体的诗①云：

> 当五六年之间，天下兵大起……故其诗多忧愤念乱之言焉。然以先朝躬秉大德，天下归仁，以为庶几可销阳九之阨，故又多恻隐望治之旨焉。念乱则其言切而多思，望治故其辞深而不迫，斯则三子之所为诗也。

可见当时极待抒写、寄托的两种情感——"念乱"与"望治"，前者抑郁悲切，后者期待和乐中夹杂着求之不得的哀怨，而二者又是相辅相成的，念乱之悲越深，望治之心越切。总之，以悲郁为主，和乐为辅，跌宕深切。因此，陈子龙的诗词创作理念相通，都以顺应时变、宣郁达情为宗旨。参看其《〈诗〉论》云：

> 欲称引盛德，赞宣显人，虽典颂哀雅乎，即何得非诒？其或慷慨陈辞，讥切当世，朝脱于口，暮婴其戮。呜呼！当今之世，其可以有言者鲜矣……后之儒者则曰忠厚，又曰居下位不言上之非，以自文其缩。然自儒者之言出，而小人以文章杀人也日益甚。

可见当时文坛不仅处于乱而望治的世运中，而且沉浸于不能言、不敢言的氛围中——颂美则近谀，怨刺则杀身。《诗》时代的那种"情动于中而形于言"，美刺随性，哀乐由衷的自由文风已不复存在，而托忠厚之名，行逃避之实的谄媚文风甚嚣尘上。因此，要矫正时弊，振兴文运，就须寻求一些非常的途

---

① 《三子诗选》收录的是陈子龙与挚友李雯、宋征舆常日吟咏，互相劘切的诗作。

径来宣郁达情,词体即是其选中的途径之一,即如《三子诗余序》云:"三子者,托贞心于妍貌,隐挚念于佻言。"

陈子龙及其引领的云间派词体正变观就是为了实现上述目标而服务的,因此形成了有别于前代同类正变观的特色:在纵向上,推尊悲情作正声;在横向上,肯定词正体擅长婉转言情,寄托家国身世之感,用以宣郁达情,正合时宜,能权变合正。

一、重定纵向正宗:盛世悲音与衰世颂音之辨

在纵向上,陈子龙延续明代主流观点,将词视为承继风雅、骚一脉而来的诗之余,乐府之衰变。其纵向词体正变观最大的特点,是重新界定了哀、乐与"正"、"变"的关系,推尊历来被视为变声的衰乱世诗乐,将悲音悲情纳入正宗,进而肯定在当时的衰乱世运中所创作的寄托怨刺哀思之作,词也是其一。

根据"正""始"合一的原则,陈子龙要重新界定哀、乐与"正""变"的关系,当然要从纵向正源——《诗》入手。其《宋辕文诗稿序》云:

> 我与若欲……继风雅,应休明,则其道微矣……若偶流逸焉,谐慢轻俊则入于淫,淫则弱;偶振发焉,壮健刚激则入于武,武则厉。求其和平而合于大雅,盖其难哉!宋子曰:"如子言,则是有正而无变也。"予曰:"不然,和平者,志也,其不能无正变者,时也。夫子野之乐,即古先王之乐也。奏之而雷霆骤作,风雨大至,岂非时为之乎?诗则犹是也,我岂曰有静而无慕也,有褒而无刺也?非然,则左徒何为者,而曰'不淫'、'不怒',乃兼之也。"

可见,陈子龙延续了传统诗以和平为正、风雅随时政兴衰而变的观念,强调风雅无论美刺,均属正人君子之作,只因诗的正变决定于作者心志的正邪,而非世运、时政兴衰,也非文体所能限。此种正变观也通于词体,参看《三子诗余序》云:

> 或曰:"是(指填词)无伤于大雅乎?"予曰:"不然。夫'并刀''吴盐',美成所以被贬;'琼楼玉宇',子瞻遂称爱君。端人丽而不淫,荒才刺而实诔,其旨殊也。"(《三子诗余序》)

再次强调了"正"之本在人心,文体、美刺不过是作者依据时势变化而选择的

工具，其正邪终将决定于作者心志——"端人丽而不淫，荒才刺而实谀，其旨殊也"。因此，对正人君子而言，即使填词，依然能传承忠爱缠绵的大雅宗旨，而不会成为前代论者所谓"大雅之罪人"。

在此基础上，提出了独具特色的盛世也有悲音，衰世也有颂音的观点，论正声不限于安乐，重新定义了时之盛衰与诗之哀乐的关系，赋予悲情诗教正宗的地位，以顺应宣郁达情的时代需要。具体而言：

首先，标举"虽颂皆刺"的观点，认为诗中即便是安乐之音，寄托的也是衰乱世哀怨之思。其《诗》论云：

> 夫居今之世，为颂则伤其行，为讥则杀其身。岂能复如古之诗人哉？虽然，颂可已也。事有所不获于心，何能终郁郁耶？我观于《诗》，虽颂皆刺也，时衰而思古之盛王。《嵩高》之美申，《生民》之誉甫，皆宣王之衰也。至于寄之离人思妇，必有甚深之思，而过情之怨甚于后世者。故曰："皆圣贤发愤之所为作也。"

强调在人性情中最强烈，最无法压抑的是悲情，在衰乱世中最能体现儒者气节的也是悲情，而表达悲情的方式可以是直陈当世之哀怨，也可用称美前世之安乐的方式，来反衬当世之哀怨。这种"虽颂皆刺"的观点，将安乐颂音的作者由盛时之民降为衰时之民，相应的，也将诗教的宗旨由安乐颂世转为哀怨警世，将宣写悲情的地位由《诗》之变调，上升为正宗。

再者，标举盛世也有悲音的观念，进一步推尊悲音悲情。上引《宋辕文诗稿序》提到的"子野之乐"，即是盛世悲音的代表。典出于《韩非子》，非儒家学说，故所述盛世之音是不限于安乐的。据载，春秋著名乐师师旷（字子野）称乐中至悲的清角之音，本出于黄帝盛世，奏时有"大合鬼神"之效，而当时的卫灵公"德薄，不足听之。听之，将恐有败。"但卫灵公不顾劝阻，强听此乐，结果乐未终便出现了大风大雨大旱的灾异现象。陈子龙引以论诗正变，即在说明正直的心志平和，遇盛世则能领悟安乐肃穆的雅音，也能驾驭至悲之音，遇衰乱世则能以哀、乐警世；而邪曲的心志，遇衰乱世则乐而淫，"刺而实谀"，不喜雅乐，也不能驾驭悲音。因此，后世为诗者要实现继风雅的最高追求，就应秉承性情之正，适时权变，而不应拘泥于哀、乐来分"正""变"。参看《宋尚木诗稿序》论"诗人之义"云：

> 尚木之为诗者，凡三变矣：始则年少气盛，世方饶乐，盖多芳泽绮艳

之词焉,是未免杂乎郑、卫。既当先朝兵数起无宁岁,慨然有经世之志,盖多感慨闵激之旨焉,是为齐、秦之音,及"小雅"之变。今王气再见春陵,天下想望太平。故其为诗也,深婉和平,归于忠爱,庶几乎《召南》之有《羔羊》《素丝》,《大雅》之有《卷阿》《飘风》……若夫君子之言行也,世变无穷,常度不改,或语或默,或直或隐,不失其正而已,是亦在风雅焉。

所称赏的宋征璧诗的转变,正是适时权变的范例,也是风雅之义与当时世运相结合的范例。

陈子龙论《诗》以下的《骚》、古诗、律诗,也同样以能顺应时变,宣郁达情,上承风雅者,为正宗。即如《谭子庄骚二学序》主张庄骚"皆贤人",尽管"迹其所为绝相反",而精神实质却"有甚同者……皆才高而善怨者,或至于死,或遁于无何有之乡,随其所遇而成耳"。《李舒章古诗序》认为:"自三百篇以后,可以继风雅之旨,宣悼畅郁,适性情而寄志趣者,莫良于古诗……词贵和平,无取伉厉,乐称肆好,哀而不伤……此审音之正也。"《熊伯甘初盛唐律诗诗选序》云:"律诗……苟能涵泳冥会,深思不倦,则天机必启,六音自调。以此进而为古诗,进而登雅颂,体异情同。"所谓"才高而善怨"、"宣悼畅郁"、"体异情同",正可为其立"横"追"纵"、偏重悲情、融通各体的文体正变观张目。

总之,陈子龙认为风雅中哀、乐的意格共同确立了顺应时变,宣郁达情的正宗,为后世诗的极则,其论后世各体诗及词的创作,均以风雅为纵向正源,以继风雅为最高境界。这种不以哀、乐分"正"、"变"的观点,抬高了变风雅及悲音悲情的地位,为在当时诗词中提倡哀思怨刺,微婉寄兴的意格奠定了理论基础。

二、词体纵向定位:宣郁达情,权变合正

陈子龙对衰乱世中"宣郁达情"非常途径的理解,可在其对晚唐香奁体诗的破格称赏中看出端倪:香奁体诗历来被视为靡靡之音,诗体邪变,备受诟病。若单就意格论,陈子龙也并不欣赏这种诗风,故对延续效仿晚唐诗的宋初西昆体及万历诗的评价颇低,斥为"靡荡""以残膏剩粉之资为芳泽",但在结合时势后,对晚唐香奁体却能破格称赏,并推为可供当时诗作取法的国风之遗。其《沈友夔诗稿序》云:

> 或谓:"沈子诗则工矣,然何不遂追开元、大历而上之,乃似未能忘情于《金荃》《香奁》之作者,岂性有所近耶?"予曰:"不然……诗本性情

之发者也,其切而易见者,莫如夫妇之际。故古之作者,义关君臣朋友,必假之以宣郁而达情焉……夫中、晚之诗……芜弱平衍,不敢望初、盛之藩。若事关幽怨,体涉艳轻……要能使人欣然以慕,慨然以悲。惟其意存刻露,与古人温厚之旨或殊。至其比兴之志,岂有间然哉?方之以三百篇……虽风有正变,词有微显,然情以感寄而深,义以连类而见……夫以沈子之才,久困顿为徒步之士,故凡忧时睠国之怀,多托于闺人思士之语,此亦国风思贤才、哀窈窕之义乎?"

认为香奁体诗芜弱平衍的文气,幽艳新诡的文辞,悲怨刻露的文意,虽然有违正宗,无法与盛唐诗抗衡,但要在晚唐衰微压抑的时运下,发挥《诗》微婉兴寄,"宣郁达情"的功能,却不得不藉由此途。从中也可见,陈子龙推尊香奁诗的一个重要原因,是晚明与晚唐文人的境遇及心态都极为相似,故同病相怜,将藉由香奁诗风上溯风骚之旨,也视为权变合正之一途。

晚唐香奁体诗,特征默启词端,是公认的词体近源,故可与陈子龙对词体的正变定位互相发明。陈子龙对词体特征的定位与晚唐香奁体诗十分相近,都是善写柔情,靡丽警露有余,温厚含蓄不足。因此,在纵向上,延续文体正变论中颇为流行的文格代降、文体代兴观念,认为词体为纵向衰变,各体诗末流;却又是顺应文体演变,振兴文运的必由之路。所谓:

> 诗与乐府同源,而其既也每迭为盛衰。艳辞丽曲,莫盛于梁、陈之季,而古诗遂亡。诗余始于唐末,而婉畅秾逸极于北宋。然斯时也,并律诗亦亡。是则诗余者,匪独庄士之所当疾,抑亦风人之所宜戒也。然亦有不可废者。(《三子诗余序》)
>
> 宋人不知诗而强作诗,其为诗也,言理而不言情,故终宋之世无诗焉。然宋人亦不可免于有情也。故凡其欢愉愁怨之致,动于中而不能抑者,类发于诗余,故其所造独工,非后世可及。(《王介人诗余序》)

认为由《诗》、古诗、律诗到词体,意格一代不如一代;然而,新文体是在旧文体衰变后,应运而生的,生命力胜过旧文体,故逐渐取代旧文体成为时人主要的抒情工具。因此,要顺应文体演变的大势,发挥其抒情的优势,发掘其合"正"的特征。就词体而言,在秉承纵向正源上确有为诗所不及的优势,更重要的是,结合当时时势,正是权变合正,延续宣郁达情宗旨的典范,主要表现在:

（一）更擅传风骚托闺襜以言情之旨，有助于世人"写哀宣志"。即如《三子诗余序》云：

> 夫风骚之旨皆本言情，言情之作，必托于闺襜之际。代有新声，而想穷拟议。于是以温厚之篇，含蓄之旨，未足以写哀而宣志也。思极于追琢，而纤刻之辞来；情深于柔靡，而婉变之趣合；志溺于燕婉，而妍绮之境出；态趋于荡逸，而流畅之调生。是以镂裁至巧，而若出自然；警露已深，而意含未尽，虽曰小道，工之实难。不然何以世之才人，每濡首而不辞也。

主张由质趋文是文体发展的总趋势。古诗乐的温厚含蓄之旨，虽然最符合政教需求，但随着人们抒情、审美需求的日益提高，这种过于质朴的意格旨趣"未足以写哀而宣志"，于是，要满足宣郁达情的需要，就必须接纳词体这种尽态极妍，妩媚多姿的新文体。其对风骚所言之情的概括是"写哀宣志"，重申了偏尚悲情之义；而认为抒情的最佳方式是"镂裁至巧，而若出自然；警露已深，而意含未尽"，则是当时世运、文风使然了。

（二）在衰乱压抑的时运中，正人君子难以凭借正常途径施展抱负；而词体尽态极妍、自然自追琢中出，可使雅俗共赏的特点既有助于展才扬名，又有助于寄托家国身世之感，正能缓解才士不得志、不敢言之痛。即如《棣萼香词叙》云：

> 余尝谓："才情之士，虽未得志于时，犹有三乐……绮词艳语，流传人间，谱入管弦，播之宫禁，三乐也。有唐名士，无论尝以声诗受知人主，歌姬一吟，令人色飞，乃知人之好名甚于好色矣！
>
> 今乐府不作，古诗不歌，欲人时时传咏，必出于元人优伶之调，此填词所繇作也。
>
> 呜呼！吾辈鸿文雅辞，人既以为诘曲而不可读。其或正言侃论，陈指政事，又以为出位妄言，恶其害己，文又乌可作哉？独此规摩音律，抒写才华，引事不离于猿鸟，缘情近出乎闺阃，便成放怀妖丽，极志神仙。人可谅其无他，罪止邻于任诞……谓歌童舞伎之知吾辈，甚于荐绅先生可矣！

"鸿文雅辞"不被理解，"正言侃论，陈指政事"又易招祸，因此，要宣郁达情、展才扬名，就不得不选择因被视为小道末流而少受拘束、又能传咏于朝野的词曲。兼顾格调与表达方式，则婉约的词体更胜一筹，更有助于寄托情志，沟通雅俗，扬名远祸。

（三）在衰乱压抑的时运中，少善怨善悲之人，而多麻木不仁之人，当乱世却不知悲伤，闻悲音却不能感动，惟有绮丽精妙、多姿多彩的乐音能动人，而词体正以此见长。因此，文士藉词体来以乐写哀，寄托隐衷，更有助于引发共鸣，推行诗教，警醒世人。即如《宋子九秋词稿序》云：

> 熙熙焉，蠢蠢焉，今之人也，感之而不知，触之而不痛，则秋之威亦已殚矣，而文人之技亦已穷矣……韩娥曼歌而市人为之泣者，市人善哀也；雍门周微吟而孟尝为之恸者，孟尝善悲也。假令市人欢笑，齐相康乐，则二子必将毁丝裂管，终身不敢言歌矣。我谓告哀于方今之人，将有毁丝裂管之惧；是故陈其荒宴焉，倡其靡丽焉，识其愉快焉，使之乐极而思，思之而悲，可知已。都人之咏，垂带卷发也，伤于《黍离》；招魂之艳，蛾眉曼睐也，痛于《九辩》。此昔人所谓《鱼藻》之义也。宋子有取焉。

陈子龙论《诗》，强调虽颂皆刺，论词也强调以乐写哀，认为追忆乐境所引发的反思，比直陈哀情更为沉痛，更能震撼人心。而以声色见长的词体，正有助于以欢愉之境启发悲情，故受到肯定。

陈子龙述评其所称赏的云间派词特征，是"托贞心于妍貌，隐挚念于佻言"（《三子诗余序》）、"或言其乐，乃言其愁"（《棣萼香词叙》），这种特征正是对以上三种内涵的概括，也是对其心目中词体正宗的概括。陈子龙对哀、乐间相互转换的辩证关系的把握，颇为敏锐，且有见地，是其词体正变观中最具创见之处，有助于顺应时势，推尊词体，但也有为当时词风回护之嫌。客观而言，时运及情感间哀、乐的转换确实存在，但毕竟不是常态。云间派最能感动家国之思的，还是深挚悲郁的词，而耽于荒宴，靡丽愉快的词，可能会实现乐极思悲的功效，更可能会导致劝百讽一的反效果。尽管如此，其在审美及宣郁达情上的优势确如陈子龙所言，是合当时之宜的。

三、横向正宗：南唐正始，繁促高浑

陈子龙论正宗源始，沿用了王世贞首创的南唐二主说，与王世贞不同的是，其论正宗特征，强调的是"高浑"而非"近俗"，在阐释词体功用时，不仅限

于耳目之娱、儿女之私，还加入了更多的家国之感，希望在言论不自由的非常时期，用词代替诗文承载宣郁达情的功用，而其所引领的云间派词也实践了这一理念。这样便将词正体的地位，由大雅罪人上升为风雅遗音，是词论史上的重要转折。

陈子龙对词体特征及价值的认识较为集中的体现在《王介人诗余序》中，如上所述，主张词为有宋一代之文体，将诗余解读为诗情之余，能取代诗成为宣郁达情的载体。论词体特征，强调纤弱婉媚，兼有“俊逸之韵，深刻之思，流畅之调，秾丽之态”这四种相反相成、难能可贵之妙，宋词“所造独工，非后世可及”，正因其兼有这四难，奠定了横向正宗。所谓：

盖以沈至之思而出之必浅近，使读之者骤遇如在耳目之表，久诵而得沈永之趣，则用意难也；以嬛利之词，而制之实工练，使篇无累句，句无累字，圆润明密，言如贯珠，则铸调难也；其为体也纤弱，所谓明珠翠羽，尚嫌其重，何况龙鸾？必有鲜妍之姿，而不藉粉泽，则设色难也；其为境也婉媚，虽以警露取妍，实贵含蓄，有余不尽，时在低回唱叹之际，则命篇难也。

惟宋人专力事之，篇什既多，触景皆会。天机所启，若出自然。虽高谈大雅，而亦觉其不可废。何则？物有独至，小道可观也。

其心目中正始元音也以此为表现，所谓：“天机所启，若出自然”，“若”字耐人寻味，论者所理解的词体自然，是由追琢中出的，其警露巧慧已不同于诗正源的质朴浑厚。而强调“大雅不废”，“小道可观”，也突显出权变合正的立场。对于词体适宜抒发柔情的种类，陈子龙前后期词论关注的重点也略有不同，越往后与时势的结合越紧密，承载的内涵也越重大。

早年更关注于词“有独至”的体制所擅长的儿女缠绵之情与娱宾遣兴之用，彭宾《二宋唱和春词序》中记载陈子龙弱冠时的词论云：

大樽每与舒章作词最盛，客有调之者谓：“得毋伤绮语戒耶？”大樽答云：“吾等方少年，绮罗香泽之态，绸缪婉娈之情，当不能免。若芳心花梦不于斗词游戏时发露而倾泻之，则短长诸调与近体相混，才人之致不得尽展，必至滥觞于格律之间，西昆之渐流为靡荡，势使然也。”①

① 彭宾著：《彭燕又先生文集》，《四库全书存目丛书》集部197册，第345页。

指出词体独立的价值之一,是为诗分流人性中不得不宣泄的"绮罗香泽之态,绸缪婉娈之情",以使近体诗得以专一的承载大雅之情,而不必流为如宋初西昆体般杂入靡荡,体格不纯的诗。从这个意义上讲,词不避绮语的体性客观上起到了保持诗体雅正的作用,故自有其价值,但本身情致仍是背离大雅的。

而在稍后的词论①中,虽偶尔仍提到词近于小道的体性,但真正希望词承载的情致内涵已非小道所能限。如上述《棣萼香词叙》就称绮词艳语为未得志于时的才情之士所仅存的"三乐"之一;《王介人诗余序》又称宋词足以取代诗体的宣郁达情之用,在衰乱时运中,借词体以承继大雅功用的意图是十分明显的。这种意图在堪称云间派词学纲领的《幽兰草词序》中得到充分阐发。

《幽兰草》是云间三子的唱和词集,收录三子约在崇祯七至十年间所作的词,时明尚未亡,但朝中派系纷争,各地起义不断,衰乱世压抑的氛围已形成。因此,所收录词作尽管在表面上未出儿女柔情的范畴,在词论中也未能摆脱"以当博弈"的小道地位,但所要反映的已不限于"绮罗香泽之态,绸缪婉娈之情"。从集名"幽兰"中已可约略看出云间词派的创作宗旨及审美取向:陈子龙在《幽兰草词序》末"岂以《幽兰》之寡和,而求助于巴人乎"的自谦之辞表明,题为"幽兰",是为了步武格调高雅古乐《幽兰》。《幽兰》又名《猗兰操》,是中国最古的琴曲之一,相传为孔子所作。据《琴操》记载,孔子周游列国却不受重用,归途中见幽谷中香兰独茂,因感叹其本为王者香,而今却只能孤独的与众草为伍,"譬犹贤者不逢时,与鄙夫为伦也。"故援琴度曲云:"习习谷风,以阴以雨;之子于归,远送于野;何彼苍天,不得其所! 逍遥九州,无所定处;时人谮蔽,不知贤者;年纪逝迈,一身将老!"②以寄托生不逢时,身世飘零,怀才不遇的悲郁情怀。参看陈子龙在《歌赋》中所作的《幽兰》之歌云:"树芳馨兮山之阿,时将暮兮可奈何。渺天路兮谁经过,思君子兮哀情多。"正与古乐《幽兰》的情怀相契合,因此,寄托此种情怀也应是《幽兰草》的题中之义。

《幽兰草词序》综评历代词史,堪称陈子龙横向词体正变观总纲。开篇即云:

> 词者,乐府之衰变,而歌曲之将启也。然就其本制,厥有盛衰。晚唐语多俊巧,而意鲜深至,比之于诗,犹齐梁对偶之开律也。自金陵二

---

① 崇祯七至十年间,陈子龙曾与几社诸子南园唱和,下引词论约作于此时。
② 蔡邕著:《琴操》,江苏古籍出版社 1988 年影印《宛委别藏》本,第 7—8 页。

主,以至靖康,代有作者。或秾纤婉丽,极哀艳之情;或流畅淡逸,穷盼倩之趣。然皆境由情生,辞随意启,天机偶发,元音自成。繁促之中,尚存高浑,斯为最盛也。

所谓"元音",即是横向正宗源始之义。陈子龙选定南唐二主为正始,也当与南唐二主最早用词体来寄托这种悲郁的家国身世情怀有关:此前王世贞等论者将南唐二主定为正宗源始,因为明代前中期偏尚李后主兴起的清丽舒畅的词风,而不喜晚唐秾艳繁促的词风。然而,陈子龙词论却并不以艳促为病。其定义的元音,本就包含了"繁促"的特征,且兼具秾艳与清舒两种意格。因此,其推尊南唐二主的主要原因还在"高浑"上。晚唐词不足以当正宗,因其"意鲜深至",而高浑正能深至,对照晚唐词,寄托悲郁的家国身世情怀应当是二主词能实现高浑最重要的原因。陈子龙认为词体在宋代发展壮大,成为一代之文学,而真正能延续词体正宗的是北宋词,故云:"自金陵二主,以至靖康,代有作者"。在此序末称赏的词人,与王世贞略同,包括李氏、晏氏父子、秦观、周邦彦、李清照,均是南唐北宋词人。

而南宋被视为衰变的开端,有粗豪、鄙俗之弊,难以与南唐北宋抗衡,所谓:

南渡以还,此声(即元音)遂渺。寄慨者亢率而近于伧武,谐俗者鄙浅而入于优伶。以视周、李诸君,即有"彼都人士"之叹。元滥填词,兹无论已。

参看具体词论,对南宋词仍是有肯定评价的,而所肯定的就是在与明末时势相同的南宋末词中,所体现出的家国身世之感。如评唐珏词云:"唐玉潜……葬诸陵骨,树以冬青,世人高其义烈。而咏莼、咏蝉诸作,巧夺天工,亦宋人所未有。"评文天祥《百字令》云:"气冲牛斗,无一毫委靡之色。"这些超越时代限制的称赏,再次证明了顺应衰乱时势,寄托悲郁情怀的宗旨。元词仅得一"滥"字,属于不值一提的衰变之极。

明词则被视为中兴,又分为两个阶段:

明兴以来,才人辈出,文宗两汉,诗俪开元,独斯小道,有惭宋辙……用修以学问为巧便,如明眸玉屑,纤眉积黛,只为累耳。元美取境似酌苏、柳间,然如"凤凰桥下"语,未免时堕吴歌。此非才之不逮也……南北九宫既盛,而绮袖红牙,不复按度,其用既少,作者自希,宜其鲜工也。

　　吾友李子、宋子，当今文章之雄也。又以妙有才情，性通宫徵，时屈其班、张宏博之姿，枚、苏大雅之致，作为小词以当博弈。予以暇日每怀见猎之心，偶有属和，宋子汇而梓之，曰《幽兰草》。今观李子之词，丽而逸，可以昆季璟、煜，娣姒清照。宋子之词，幽以婉，淮海、屯田肩随而已，要而论之，本朝所未有也。

陈子龙认为明代前中期曲盛词衰的元代风气尚存，复兴程度有限，既不欣赏矜博逞艳的杨慎词，也不欣赏疏畅近俗的王世贞词；而以三子为代表的晚明词，则是中兴后劲，能追配南唐北宋名家，归复正始元音。陈子龙对晚明词后出转正的评价，赋予云间派词极高的词史地位，足见其对自身词作及词学的自信。客观而言，晚明云间派词，确实能代表明词的最高水平，在妩媚多姿的声色描摹中融入深挚骚雅的家国之感，有唐五代词之遗风，但稍嫌造作，称其能凌驾宋词，为古今第一流，未免自视过高，但称其为宋词后的词坛中兴，则是实至名归的。

　　在明亡国后，陈子龙的家国之忧更为强烈，所论词情也最为重大，上引《宋子九秋词稿序》，与《三子诗选序》均作于 1645 年，分别论述了云间派主要作家的词、诗创作，是陈子龙晚期词、诗理念的代表。值得注意的是，二序不约而同地强调了诗词中所体现的肃秋气象：

　　　　夫鸟非鸣春，而春之声以和；虫非吟秋，而秋之响以悲：时乎属之，物不能自主也。（《三子诗选序》）
　　　　夫四时代谢，秋之不能不为秋也，犹夫三时也。使秋不安其摇落，而……与春夏争妍也，则史氏必以灾眚书矣。（《宋子九秋词稿序》）

这种悲凉肃杀，时使然，人不能自主的秋气象，正是衰乱世的写照。在此种时势中，词体尽管在风格上与诗仍有刚柔、宏约之别，但所承载情的内涵已趋于一致，都是寄托着沉痛无奈的"念乱"之思与渴望时移春归的"望治之旨"。《九秋词稿》所录的宋存标词，之所以被认为能方驾南唐北宋之正宗，就因其善用乐音启哀思，蕴含着《鱼藻》[①]以颂为刺之义。

---

　　① 《鱼藻》属小雅，描写周王盛世的安乐宴饮。《毛诗序》以为"刺幽王也。言万物失其性，王居镐京，将不能以自乐，故君子思古之武王焉。"

总之，陈子龙论词体正变，以南唐二主为正宗之始，南宋为衰变之始，元代为衰变之极，明代为中兴。一方面重视体制，延续了明代盛行的偏好声色情韵的审美取向与降格合正、文体代兴的观念。客观的反映出词体巧慧、警露、纤弱、柔媚等别于诗源的特性。一方面又注重结合时势，在维护词体独至之妙的同时，加入了家国身世之感等悲郁重大的内涵，拓宽了词情的容量。其独创的哀乐转换的正变理念，有助于在衰乱世运中推尊词体。陈子龙的创作也大都能实践其词学主张：《兰皋集》评云："陈大樽文高两汉，诗轶三唐，苍劲之气，与节义相符。乃《湘真》一集，风流婉丽如此。"①可见其创作严守诗词体制之别。

第六节　云间派后期各分支的词体正变观

一、宋征璧、宋征舆分支：盛唐正始，推尊三李

云间派早期词论以陈子龙为代表，在宗主陈子龙词论的影响下，大都崇尚深挚浑雅的意格，词体正变观在继承中各有变化。陈子龙去世后，云间派词论分为两支。一支以云间派早期核心成员宋征璧（约1602—1672）、宋征舆（1618—1667）为代表。宋征璧的词体正变观主要体现在两篇《倡合诗余序》②中，《倡合诗余》收录的是明亡后，云间诸子结社唱和的词作，陈子龙也参与其中，结集于顺治七年（1650）。宋征舆的词学思想大体延续其兄宋征璧，主要体现在为宋征璧在顺治七年（1648）年所选编的《唐宋词选》所作的序言中③。

二家词论在时代上紧承陈子龙，在内容上也可视为陈子龙后期词论的延续及发展，基本思想及审美取向相通，都注重寄托，希望以柔曼幽约的体制，承载重大的家国之感，以成宣郁达情之用；但在继承之中也有变化，更注重强调家国之感以尊体，论正宗时代也呈现出提前并缩短的趋势。主要表现在以下方面：

（一）论纵向正变，仍继承陈子龙"绮语""以代博弈"的小道之说，但宋

---

① 转引自王弈清等著：《历代词话》，唐圭璋编：《词话丛编》第二册，第1318页。
② 宋征璧著：《倡合诗余序》《倡合诗余再序》，宋存标等著，陈立校点：《倡和诗余》，辽宁教育出版社2000年版，序言。
③ 宋征舆著：《林屋文稿》，《四库全书存目丛书》集部215册，第290—291页。

征璧越过近体诗而直溯楚骚"私自怜"的意蕴,抬高了词体的地位。

陈子龙前中期论词,仍主张诗余之说,以词体为乐府之衰变,近体诗情之余,而后期词论则更注重强调词体中包含的风骚之意,尤其是楚骚中遗世独立的"一人之私悲"。陈子龙《宋子九秋词稿序》云:

> 秋何与于人哉? 而楚大夫犹然悲之。当是时也,襄王歌舞于兰台之上,椒兰之徒婵媛周容于郢都诸宫之间。虽凄风起于苹末,严霜凌于荣树,岂复能动其心哉? 大夫即工于词乎,犹夫一人之私悲,而不能以悲天下之人也。

至宋征璧则不再取诗余之说,而直接将传承楚骚中这种正直而无奈的"私悲"视为词旨,《倡合诗余再序》云:

> 词者诗之余乎? 予谓非诗之余,乃歌辩之变,而殊其音节焉者也。盖楚大夫有云:"惆怅兮私自怜。"又曰:"私自怜兮何极。"即所谓:"有美一人,心不怿也。"词之旨本于私自怜,而私自怜近于闺房婉娈。斯先之以香草,申之以蹇修,重之以蛾眉……振其芳藻,激其哀音。其丽以则者,则盘中织锦,寓意于刀镮……而丽以淫者,玉卮金盎,翠帐翡衾,不难解琚佩以明心,指芍药而相谑。虽正变不同,流滥各别,要有取乎言简而味长,语近而指远……盖涉欢必笑,而言愁每叹,其道然也。

"私自怜""有美一人兮心不怿"均出自《九辩》,美人私自怜即贤人君子自伤身世之意,宋征璧以此来概括词旨,推尊词体的意图十分明显。而在阐述"私自怜"的表现特征,即词体之道时,既注重强调其妩媚真挚,"涉欢必笑,言愁每叹"的动人魅力,又注重突显宣郁达情——"激其哀音"的情感内涵,也契合于陈子龙的词体观。

(二)论横向正宗,将源始上溯到盛唐李白词,在五代则特别标举寄托亡国之恨的南唐后主词,正变理路更清晰,而不取晚唐词的意图也更明显。

陈子龙越过晚唐词而取南唐二主词为正宗,理由是晚唐词"意鲜深至,比之于诗,犹齐梁对偶之开律也。"这就有混淆意格与体制之嫌了,齐梁对偶尚未形成律体,故可视为滥觞,但晚唐词体制已成,本不应归入滥觞。而宋征璧、宋征舆则将词体正始上溯到盛唐李白的《菩萨蛮》《忆秦娥》二词,对诸家词特征的概括颇有见地:

> 夫倚声首推二李,然《草堂》仅仅二词,未免存乎见少。后主急景凋年,词极凄婉。其高者洵可追踯太白,乃其卑者率尔之态,了无足称。(《倡合诗余再序》)

> 是书也行,后之学者可得唐与宋词之变及盛衰之源流矣!太白二章为小令之冠:《菩萨蛮》以柔澹为宗,以闲远为致。秦太虚、张子野实师之,固词之正也;《忆秦娥》以俊逸为宗,以悲凉为致,于词为变,而苏东坡、辛稼轩辈皆出焉。谈者病其形似,失神检矣。南唐主以亡国之余,篇章益工,一唱三叹,比于雍门之琴。如以诗言,其思王乎?无其遇不为其言,故后人莫续也。(《唐宋词选序》)

客观而言,盛唐时词体柔美的特征尚未形成,故以李白词为正始也不尽符合词体发展的实际;但结合正变原则及当时语境,却是言之成理的——被公认以李白《草堂集》命名的《草堂诗余》,是明代最流行的选本,故李白二词在明代也是公认的词祖。二词意格浑成高雅,寄托着幽远、悲郁的古今身世之感,故以之为正始,正能在维护正变观"正""始"合一原则的前提下,弘扬云间派"宣郁达情"的词学主张。

宋征舆率先关注到李白二词意格的差异,别出心裁的构建出一套同源而分派的词体正变史:明代主流词论以秦观为代表的婉约一派词为正,苏轼为代表的豪放一派词为变,而宋征舆统将正变二派渊源都上溯至李白二词,以《菩萨蛮》的柔澹闲远为正宗源头、《忆秦娥》的俊逸悲凉为变调源头,这种自成一家的词体正变观,是否符合词史实际尚待商榷,但对后世的影响却不容忽视,此后陆续有论者,如清代刘熙载、沈祥龙等,都沿用此种思路(详见本书第五、六章),构建出自成一家的正变体系。论五代词正宗,宋征璧、宋征舆都专以李煜词为"正",且点明其能承继李白正宗,为后世莫及的最重要原因,是寄托了凄婉悲郁的亡国之痛,这样就将在陈子龙词论中若隐若现的正宗宗旨彰显无遗了。

(三)论横向正变,北宋以下大体延续陈子龙的观点,崇北宋而抑南宋,不屑论元词,希望云间诸子词能中兴复正,但具体体论述各有特色,总体而言,称词体直接骚辨的宋征璧对词格的要求更高,对各种风格的包容性也更强。

论宋词,宋征舆云:

> 李易安妇人耳,其词丽以淫,周美成疑取法焉柳屯田,其犹未充肖也。宋之词于是为盛,亦易安功也。

三家均属北宋,特别标举李清照词"丽以淫"的意格为宋词之冠,既反映出其对词格要求不高,也反映出其心目中北宋词虽盛,仍不及前代二李词。宋征璧《倡合诗余序》则云:

> 吾于宋词得七人焉。曰:永叔,其词秀逸;曰:子瞻,其词放诞;曰:少游,其词清华;曰:子野,其词娟洁;曰:方回,其词新鲜;曰:小山,其词聪俊;曰:易安,其词妍婉。他若黄鲁直之苍老,而或伤于颣;王介甫之劌削,而或伤于拘;晁无咎之规检,而或伤于朴;辛稼轩之豪爽,而或伤于霸;陆务观之萧散,而或伤于疏。此皆所谓我辈之词也。
>
> 苟举当家之词,如柳屯田哀感顽艳,而少寄托。周清真蜿蜒流美,而乏陡健。康伯可排叙整齐,而乏深邃。其外,则……吴梦窗之能叠字,姜白石之能琢句,蒋竹山之能作态,史邦卿之能刷色,黄花庵之能审格,亦其选也。
>
> 词至南宋而繁,亦至南宋而敝。作者纷如,难以概述。

以与云间词风相近的所谓"我辈之词"为最高:最欣赏的欧阳修、秦观、苏轼、张先、贺铸、晏几道、李清照七家,均属北宋。其次是黄庭坚、王安石、晁补之、辛弃疾、陆游五家,前三家属北宋,后两家虽属南宋,但词风优游舒畅,有北宋苏轼、秦观二家余风。对词格的要求明显高于宋征舆,因此,尽管明人普遍推崇柳永、周邦彦,而宋征舆仍因其少寄托、太软媚而排除在同道之外。从中也可见云间派不喜南宋清雅派词的一个重要原因是认为其仅以琢句、刷色、作态、叠字见长,而缺乏明人最重视的真挚自然之妙。

对当时云间诸子词,宋征舆在《唐宋词选序》中向宋征璧提出"今作者不能不出于三李,有妇人焉,将安适从矣?"的问题,当时宋征璧未作正面回答,但参看宋征璧《倡合诗余序》云:"夫各因其资之所近,苟去前人之病,而务用其所长,必赖诸子倡和之力也夫。"《倡合诗余再序》云:"使能本之以性情,澹之以风骨,又且茂于篇卷。以当二李,不居然有傲色乎? 则予于诸子,庶几遇焉者也。"正可回应宋征舆的问题:延续陈子龙以明末云间派词为复正中兴的观点,但取法门径也更为广阔,兼取南北宋当家之词。除明人一贯重视的性情真挚,词采华茂外,还强调风骨;除明人一贯崇尚的婉约派外,还兼取苏、辛一派豪放词,更有助于在衰乱世中振起气格,推尊词体。

二、蒋平阶、沈亿年分支：专意小令，屏去宋调

另一支以蒋平阶、沈亿年等云间派后劲为代表。蒋平阶早年加入几社，师从陈子龙。明亡后，隐居于浙江嘉兴，顺治八年（1651）春与弟子沈亿年、周积贤等七人填词唱和，于顺治九年由沈亿年选编成唱和词集《支机集》①。其词体正变观主要体现在蒋平阶所作的《支机集序》《天台宴序》及沈亿年所作的《支机集·凡例》中。

这一分支对词体的纵向正变定位与云间派前辈基本一致，都是要在衰乱世中，用闲情闺思寄托"念乱""望治"之意，以推尊词体，接续风骚之旨。《支机集》一篇之中，三致志焉：用典兴怀处不少，如《支机集序》云"王粲之哀"、"江淹之恨"、"曲惭郢下，哀甚雍门"等，都主张以词承载念乱之忧，又于篇末介绍集名缘起云："织锦天孙，临星河而欲渡；浮槎海客，窥月馆而思归。命以支机，表候也。"化用支机石②的典故，表明词旨在寄托期待山河一统、乡亲团圆的望治之意；直揭词旨处也不少，如《天台宴序》云："名曰《天台宴》，夫国风之正变也……圣人之于人情，得莫正者，有不讳也。或以予词过婉丽，疑非古道，岂知言哉？"《支机集序》云："尚留太始之遗，讵止风人之选。"《凡例》云："盛明诗宗较振，而词鲜名家。我师……周子轶才，良足羽翼大雅。"都明确表示要用隐逸闲情、闺阁绮思寄托风人雅正之旨、太常雅乐之调。

然而，这一分支的词体横向正变定位却自成一家，其异于云间前辈的词学观集中体现在《支机集·凡例》中。《凡例》共八则，其一云：

> 词虽小道，亦风人余事。吾党持论，颇极谨严。五季犹有唐风，入宋便开元曲。故专意小令，冀复古音，屏去宋调，庶防流失。

以唐词为正宗源始，五代为继，而以北宋起为变调之始。正宗时代与以南唐北宋为正宗的陈子龙词论相比，明显的提前并缩短了。其实，同时的宋征

---

① 本书引用《支机集》原文均来自：沈亿年选编：《支机集》，《词学》编辑委员会：《词学》第二辑，华东师范大学出版社 1983 年版。其中缺误处据林玫仪发现的完帙本补正，参见林玫仪：《支机集完帙之发现及其相关问题》，《词学》十五辑，华东师范大学出版社 2004 年版。

② 《太平御览》卷八引南朝宋刘义庆：《集林》："昔有一人寻河源，见妇人浣纱，以问之，曰：'此天河也。'乃与一石而归。问严君平，云：'此支机石也。'"序中化用为织女渴望渡河团圆，海客渴望早归家国。

璧、宋征舆分支中也有这种趋势,已将正宗源始由五代南唐提前到盛唐,在具体词评中,虽仍将南唐北宋归入正宗,但认为南唐李煜词不及李白,北宋词又不及唐五代二李,对南唐北宋的评价已降了一等。然而,宋征璧学词主张比较融通,崇尚"正"也不尽排斥"变",唐五代两宋兼容,故尽管最符合正宗的时代缩短了,学词门径却仍然广阔。而蒋平阶、沈亿年这一分支鉴于当时词受南曲体影响而丧失本色的现象严重,故将衍小令为长调的北宋词也一并视作元曲先声,归为变调。而且学词主张十分严苛,认为要崇正复古,就要专尚体制纯粹的唐五代小令,杜绝一切变调,以致于将在词史上占有重要地位的宋词都"屏去"了,门径之狭窄可谓空前绝后。

　　除屏去宋调外,这一分支正宗定位上的另一大特色,是推尊晚唐词。晚唐词被陈子龙词论斥为"意鲜深至",明确排除在正宗之外;二宋论正宗,也是越过晚唐词而专取前后二李;但在蒋平阶一支中,却将晚唐词推为正宗典范。《凡例》其四云:

> 温丽者,古人之蕴藉,疏放者,后习之轻佻。诗道且然,词为尤甚。我师三正,微引其端,敢申厥旨,以明宗尚。

论词体以温丽为正宗,疏放为邪变。相应的,专尚小令,不喜长调。可知其词学审美取向,与最早越过晚唐词而以南唐二主为正宗的王世贞恰好相反。唐词最盛于晚唐,而晚唐词最典型的特征就是温丽纤绵,精致蕴藉,《花间》鼻祖温庭筠词可为代表,至南唐后主始开悠游舒放之风。《凡例》其三又认为唐词本无题,而后世"以题缀调,深乖古则",故以"复古"为己任;而专录唐五代词的《花间集》正是无题,明代流行的兼录南唐北宋词的《草堂诗余》却是有题。

　　因此,蒋平阶一支将唐词视为正始,又特别标举温丽、小令、无题为正宗特征,显然是为了推尊一直为云间派前辈所忽视的晚唐、《花间》词风。这一转变对后世的词作词论产生了很大的影响,对云间派词学理念的误读也由此而起:早期云间派词人,对晚唐、《花间》词风的态度十分微妙——在词论中不甚重视推崇,也不纳入正宗;但在词作中却多有沿袭。因为不排斥艳促意格,又偏擅小令,崇尚真挚情思,故词风与《花间》颇有近似之处。因此,当蒋平阶一支将晚唐词尊为正始后,云间派中学晚唐之风日盛,词风日益纤仄,清代不少词论者都理所当然的认为学晚唐《花间》是云间派的一贯主张,谢章铤甚至称陈子龙"论词探源《兰畹》,滥觞《花间》,自余率不措意",兴起的"以温、李为宗"风尚,导致明末清初词"无人不晚唐"。其实,以陈子龙为代表的早期云间派词人,真正推崇的是南唐北宋词,并不愿以晚唐《花间》词风自限。陈子龙词中如"十年梦断婵娟。回首处、离愁万千"(《柳梢青·春望》),"北望音书迷故国。一江春水无消息"(《天仙子·春恨》),"回首西陵松柏路,肠断也,结同心"(《唐多令·寒食,时闻先朝陵寝有不忍言者》)①等作,在儿女柔情中,融入清畅俊健之风,家国身世之感,颇似南唐后主。谭献《复堂词话》云:"重光后身,惟卧子足以当之。"②若使陈子龙复生,当引以为知音。

三、西泠、广陵词派:拓宽正宗,兼赏流变

明末清初,因与云间派词人关系密切,词风、词学相近而被视为云间派分支的还有西泠、广陵词派③,各派诸家对词体正变的论述各有偏重,大体未出上述几节所论诸家的范畴,但有兼收并蓄之势,扩宽了门径:在时代上,兼取唐五代北宋为正始,南宋为变始;在意格上,以婉约为正宗,豪放为变体。在崇尚正宗的同时,能以融通的态度对待意格上的豪放之变、体制上的长调之变与时代上的南宋元明清之流,可视作《草堂诗余四集》《古今词统》开阔门径的延续,云间派词体正变观的综合及拓展。西泠词派的词体正变观主要体现在毛先舒(1620—1688)、丁澎(1622—1686)、毛奇龄(1623—1716)等人的词论中。广陵词派的词体正变观主要体现在吴绮(1619—1694)、邹祗谟(1627—1670)、彭孙遹(1631—1700)、王士禛(1634—1711)等人的词论中。其中,最为系统,有代表性与创新性的是广陵派领袖王士禛。西泠、广陵词派独具特色的主要观点有:

(一)重释"诗余"概念,拓展文体代兴观,以尊正体,兼容变体。

西泠、广陵派论者论词体纵向正变,大都致力于攀附纵向正源,以推尊横向正体,主要采用相辅相成的两种方法:

一是重新阐释"诗余"概念:"诗余"的"诗"本来泛指各体诗,故有据此攀附风骚正源者,如南宋刘克庄云:"别有诗余继变风",但更多的是以词为各体诗的余技末流者,成为词不如诗的主要论据之一。而此时论者如西泠派丁澎《定山堂诗余序》云:

---

① 饶宗颐初纂,张璋总纂:《全明词》第四册,第 1908、1914、1912 页。

② 谭献著:《复堂词话》,唐圭璋编:《词话丛编》第四册,第 3997 页。

③ 这一部分所讨论的云间派广陵分支,限于广陵派与云间派词风、词学相近的早期词论,而不包括其为阳羡派滥觞的后期词论。后期词论的主流词风及词体正变观自立一宗,与云间派差别较大,故在下文另有专论。

　　近乎乐而可谱以八音者,莫善乎诗余……文章本乎德业,即谓诗余
　　为德业之余,亦无不可者……先生之诗余,非古乐府之余,盛中晚之余,
　　而三百篇之余也。非仅三百篇之余,直可上溯夫八伯卿云之烂……而
　　为其余者也……房中正始之音以是传焉。宁仅曰诗之余而已哉!①

毛奇龄《峡流词序》云:

　　诗余者,温柔绮靡之余……其流为曲,而其源直本于国风、离骚,故
　　离骚名辞,诗余亦名辞。②

与宋征璧所见略同,在阐释"诗余"时,都抬高"诗"以推尊"变""余",所理解
的"诗"指的是《诗经》、古雅诗乐、离骚等公认的纵向正始,而不包括近体诗,
这样就可以使词体获得与近体诗同源分派,并驾齐驱的地位。
　　二是沿用以文体代兴观推尊正体的思路,而更具概括性与思辨性。如
西泠派毛先舒《诗辩坻》云:

　　格由代降,体骛日新,宋、元词曲,亦各一代之盛制。③

"格由代降,体骛日新"精辟概括出文体代兴观与正变观结合后的基本精神。
参看毛先舒另外两则词序:

　　古经不得已而变风雅,古诗不得已而变六朝。近体不得已而变中
　　晚。中晚,诗之末也;填词,亦末也。其辞荡于心,其节谐于吻,其憪音
　　乎道,古者耻言之,而予又何从事于斯?(《平远楼外集序》)
　　天地之开人以文章也,有不得不开之势。故文人之趋于变也,亦有
　　不得不变之势。善论文者,因势以为功……尝疑孔子录诗,而遗古《元
　　首》《南风》《涂山》《五子》诸作,大略取周为多,间及商先王而止,毋亦以
　　时代殷遥,稍从迁祧之例也欤?今世文章家,泥古而罕知尽变……嗟
　　乎!千古旦暮耳,其可以一成之规画之欤!(《丽农词序》)④

---

　　①　丁澎著:《定山堂诗余序》,龚鼎孳著:《定山堂诗余》,陈乃乾辑:《清名家词》第一卷,上海书
店1982年版。
　　②　毛奇龄著:《西河集》,《文渊阁四库全书》第1320册,第243页。
　　③　毛先舒著:《诗辩坻》,郭绍虞、富寿荪编:《清诗话续编》第一册,上海古籍出版社1983年
版,第92页。
　　④　毛先舒著:《潠书》,《四库全书存目丛书》集部210册,第630、621—622页。

这两则词序,恰似一问一答,可分别为"格由代降"与"体弊日新"作注脚。引儒家远祖不祧之例,为文体代兴、泥古不如尽变的论据,其言甚辩,能有针对性的纠正时人泥古不化,鄙视词一类后起文体的弊端;但既然强调"不得已而变"、"不得不变",就包含了无可奈何之意,对"变"的肯定十分有限,且变的最终目的仍是顺应文变、时变之势,以寄托的方式实现风骚雅正之旨,故终未出正变观的范畴。

广陵派王士禛继承了毛先舒"因势以为功"的文体观。《倚声集序》开篇即云:"甚矣,声音之道讵不大哉?"将词体纵向源头上溯到《韶》《武》《诗》等雅正的古诗乐,以推尊声音之道,进而阐述历代声乐演变,雅乐日益衰亡,到唐代诗、乐分离:

> 诗之为功既穷,而声音之秘,势不能无所寄,于是温、和生而《花间》作,李、晏出而《草堂》兴,此诗之余而乐府之变也……至是,声音之道乃臻极致,而诗之为功,虽百变而不穷……后之作者,将由音声之微,以进求夫六义之正变,斯集也,可以兴矣。[1]

表明唯词体能继诗体之后,代兴声音之道,以复六义之正。参看其在《倚声集》词话卷中收录的王岱《诗余自叙》,兼用重释"诗余"与重申文体代兴观的方式尊体,具体论述颇有创见:

> 诗至于余,而诗亡,余至极妙,而诗复存。是薄诗之气者,余也;救诗之腐者,亦余也。何也? 诗以温厚和平,含蓄不尽,怨不怒,哀不伤,乐不淫为旨。词则欲其极伤,极怒,极淫而后已,元气至此尽矣。六朝子夜,靡靡之音,几有欲词之势。唐时诸公,振起气运,一归大雅……然青莲于郊庙雍穆中忽为变调,名《菩萨蛮》,遂为千古词祖……今观唐以后之诗,芜蔓酸涩不可读。反不如词之清新俊伟,使人移情适性,快口宕胸,不惟不欲留元气,若以不留元气而妙者,岂朝代升降,尺寸长短各殊,实气运至此,不容不变。人心灵巧至此,不容不剖露……是诗之不至于尽亡,则实余有以存之也。[2]

---

① 本书引用王士禛文论,无特别标注者均来自:王士禛著,袁世硕主编:《王士禛全集》,齐鲁书社 2007 年版。

② 王岱著:《了庵文集》,《四库全书存目丛书》集部 199 册,第 45 页。

论词体,并不讳言其以极伤,极怒,极淫自成一格,而对词体"余至极妙",便能在取代诗体成为一代文体后,"复存"《诗》之正始元音的论述也颇为辩证:即如第一章所述,正变观的立论要素之一是明确源头中承载"正直"的本质,"正"之"本"不可变,而"正"之"末"必须变。故此论强调诗"元气"之"本"在"移情适性",为了维护此本,文体就不得不变,惟变始能恢复活力,始能存"正"之"本",因此,能在正变论的范围内,利用文体代兴观最大限度的维护词体在审美技法上的独至之妙。

更具创意的是,广陵派论者将文体代兴观引入横向正变论中,正视词体制内小令、长调之变,在推尊唐五代北宋词为正始的基础上,肯定南宋词"极妍尽态"之妙,提出小令宗唐五代北宋词,长调宗南宋的观点,可为浙西词派开先。

如王士禛最爱"生香真色",因此,最推重的是"神韵天然"的唐五代北宋词。即如本章第三节所论,其主张以温、韦代表的晚唐词为正始,南唐北宋为正宗。词论集名为《花草蒙拾》,表明其心目中的最佳词作是以《花间》《草堂》为代表的唐五代北宋词。然而,其中"蒙拾"的词却不限于"花草",也兼采南宋词。所谓:

> 宋南渡后,梅溪、白石、竹屋、梦窗诸子,极妍尽态,反有秦、李未到者。虽神韵天然处或减,要自令人有观止之叹。

将南宋视为词体尽变的时代,虽不及唐五代北宋词"神韵天然",却别有"极妍尽态"之妙。因此,不满于云间派后期正变论拘泥于时代,取径过狭的弊端,而提倡兼赏兼学南宋词,所谓:

> 近日云间作者论词有云:"五季犹有唐风,入宋便开元曲,故专意小令,冀复古音,屏去宋调,庶防流失。"仆谓此论虽高,殊属孟浪。废宋词而宗唐,废唐诗而宗汉魏,废唐宋大家之文而宗秦汉,然则古今文章,一画足矣,不必三坟八索至六经三史,不几几赘疣乎。
>
> 云间数公论诗拘格律,崇神韵。然拘于方幅,泥于时代,不免为识者所少。其于词,亦不欲涉南宋一笔,佳处在此,短处亦坐此。

创意在于将文体代兴观引入文体发展的横向源流中,指出古今文体,非一画而足:诗体从汉魏至唐代,由古诗演变为律诗;词体由唐末五代到南宋,由小

令衍生出长调,都是文体体制发展的必然趋向,也是维系文体活力的必由之路。在《倚声集序》中自述的选词宗旨也印证了这种观念:

> 《花间》《草堂》尚矣,《花庵》博而杂,《尊前》约以疏。《词统》一编,稍撮诸家之胜,然详于隆、万,略于启、桢。邹子与予盖尝叹之,因网罗五十年来荐绅、隐逸、宫闺之制,汇为一书,续《花间》《草堂》之后,使夫声音之道不至湮没而无传,亦犹古歌弦之意也。书成,命曰:《倚声》。

尚《花间》《草堂》以明正源,观《词统》《倚声》可识流变,本"正"以穷"变",循"变"以续"正",正可概括王士禛词史观。

与王士禛共同编订《倚声集》的邹祗谟,词体正变观略同,而对小令与长调发展史的梳理更为详尽。其中流露出小令以唐五代北宋词为尚,长调以南宋清雅派词为尚的观点。《远志斋词衷》云:

> 阮亭常为予言,词至云间,《幽兰》《湘真》诸集,言内意外,已无遗议……所微短者,长篇不足耳。北宋诸家,大率如是。
>
> 长调惟南宋诸家,才情蹀躞,尽态极妍。阮亭尝云:"词至姜、吴、蒋、史,有秦、李所未到者。"正如晚唐绝句,以刘宾客、杜紫微为神诣,时出供奉、龙标一头地。

与王士禛词论互相发明,可知广陵派论者认为长调的成熟及兴盛是南宋词尽变的重要表现,也是其能与正始词争胜的重要原因。广陵派论学词门径,也以此种认识为基础。邹祗谟云:

> 余常与文友论词,谓小调不学《花间》,则当学欧、晏、秦、黄。《花间》绮琢处,于诗为靡;而于词则如古锦纹理,自有黯然异色。欧、晏蕴藉,秦、黄生动,一唱三叹,总以不尽为佳。清真、乐章,以短调行长调,故滔滔莽莽处,如唐初四杰,作七古嫌其不能尽变。至姜、史、高、吴,而融篇炼句琢字之法,无一不备。[1]

唐五代北宋词为正始,能尽小令之妙,故为小令的最佳典范;而南宋清雅派

---

[1] 邹祗谟著:《远志斋词衷》,唐圭璋编:《词话丛编》第一册,第 651、659、651 页。

能尽变，能尽长调之妙，也当为长调的最佳典范。这种学词方式，是符合词体发展客观实际的，广陵派词人在创作中也能小令长调并举，正可纠正云间派前辈专尚小令，门径狭窄的弊端。

（二）出现"纵""横"并行的正变立场。

"纵""横"并行类正变观的特点是根据论述需要在"纵""横"间任意转换正变立场，力求最大限度的拓宽正宗意格，兼收"纵""横"正宗之妙。优势是能给横向正变论过于强势的词学界注入新风，彰显词体的非常之美与非常之用；然而，其兼收并蓄是通过偷换正变立场来实现的，自相矛盾处远甚于它类。因此，在明末萌芽后只为寥寥数家采用，从未流行。

广陵派王士禛即是此类正变观的奠基人之一。其延续明代盛行的以婉约为正宗，豪放为变体的观点，《倚声集序》云："温、和生而《花间》作，李、晏出而《草堂》兴……语其正则南唐二主为之祖，至漱玉、淮海而极盛，高、史其嗣响也。语其变则眉山导其源，至稼轩、放翁而尽变，陈、刘其余波也。"勾勒出词体柔刚正变二脉源流。而最与众不同，备受当今学界瞩目之处在于提出"不以正变分优劣"的观念，《香祖笔记》卷九云：

> 词家绮丽、豪放二派，往往分左右袒。予谓第当分正变，不当分优劣。四十年前在广陵与邹訏士（祗谟）同定《倚声集》，予评陈卧子（子龙）词云："如香车金犊，流连陌阡，反令人思草头一点之乐。"

即如"绪论"所述，此种主张被公认为颠覆传统的通达之论。然而，尽管这一观点在表述上违背了"正""始"合一的原则，但如仔细分析其内涵，会发现其对传统的颠覆十分有限：

首先，从其对陈子龙词的评价上看，其将正变二派佳处分别类比"香车金犊"的繁华与"草头一点之乐"，此种理解与杨慎、沈际飞等前辈对正常、非常之美的理解如出一辙；这两种美单看虽无优劣之分，但总体而言仍有主、辅之别。如上所述，以王士禛为领袖的广陵派论者在填词选词时，尽管取径颇广，但最偏好、所占比重最大的仍是代表意格、时代、体式正宗的婉约词、唐五代北宋词、小令，而非代表"变"的豪放词、南宋词及慢词[1]。其次，其对正变的划分沿用明人成说，立足于横向，但其实际上的正变立场有"纵""横"两种，在《倚声集序》中就已表明"求夫六义之正变"的宗旨。正变体系中纵

---

[1] 可参看李丹《顺康之际广陵词坛研究》（上海古籍出版社 2009 年版）的相关研究。

向正源具有绝对正宗地位,王士禛在横向上的不分优劣,正是以纵向上的分优劣为基础的:其推尊婉约正体的重要原因,是认为其能上承诗骚的"声音之道",而推尊豪放变体的重要原因,则是认为其能重振诗骚的宏大之旨。参看《古夫于亭杂录》卷四云:

> 李白谓五言为四言之靡,七言又其靡也。至于词曲又靡之靡者。词如少游、易安,固是本色当行;而东坡、稼轩直以太史公笔力为词,可谓振奇矣!元曲之本色当行者不必论,近如徐文长《渔阳三弄》……激昂慷慨,可使风云变色,自是天地间一种至文,不敢以小道目之。

认为文章发展是格由代降,体弇日新的,后出的词曲柔靡的体性易流为小道,而其中豪放的变体,却能拓宽词境,提高词格,实现用新文体承载大道,因此,在横向上固然是非常奇变,在纵向上却是变而复归于正。

总之,不以正变分优劣的观点,是采用"纵""横"并行的正变立场,用变换"纵""横"正变立场的方式推尊婉约、豪放二体,这种方式有助于拓宽门径,但有偷换概念之嫌,故后世论者采用的不多,希望同时肯定刚柔二派的正变论者,更倾向于用立"横"追"纵"的方式,摆脱婉约、豪放的限制,选定一个能兼收二派代表词人,展现"纵""横"优势的特征,如骚雅、沉郁、寄托等为正宗特征。

西泠、广陵词派的其他正变论者大都采用立"横"追"纵"的正变立场,却也肯定变体词具有非常之美。如毛先舒《与沈去矜论填词书》云:

> 大抵词多绮语,必清丽相须,但避痴肥,无妨金粉。故唐宋以来作者,多情不掩才……至若语句参差,本便旖旎,然雄放磊落,亦属伟观。①

即以旖旎精巧与雄放磊落为词体的正常、非常之美。又如广陵派吴绮云:

> 余与史子……尽读秦、黄之作,相其体制,备有风华;揽厥性情,雅多深至。因叹今日声音之盛,实为当年骚雅之衰,用考诸家,良由二弊:一则因本房中之体,务雕楮上之文……宁知人出西家,那用露华遮

---

① 毛先舒:《与沈去矜论填词书》,转引自王士禛、邹祗谟辑:《倚声初集》,顺治十七年刻本。

频……一则缘写思妇之情,罔顾风人之旨……于是俳谐杂进,图画靡真,识者欲矫以辛、苏,究至有乖于唐宋。(《史云臣蝶庵词序》)

体以靡丽而多风,情以芊绵而善入。虽有《花间》《兰畹》之目,实则美人、香草之遗也……嗟乎! 古调寖微,新声竞起,效周、柳则折腰龋齿以呈姿,宗辛、苏则努目张眉而称快。(《汪晋贤桐叩词序》)①

特别针对时弊而发,将复古与通今更好地结合起来,指出当时词坛的两种极端:一是违背纵向骚雅正源的"二弊":雕琢、失真,流于俗亵;二是为矫正上述二弊,而违背了确立于唐宋的横向正体的苏、辛一派宏壮词。因此,主张"夫词号诗余,体原乐府……翠翘金雀,虽务极其绸缪;玉宇琼楼,要本原于忠厚。"(《彭爰琴词序》)"以其古意,用发新声,丽不伤华,清非近弱……香草幽兰,无失乎寓言之意。"(《史云臣蝶庵词序》)②刚柔相济,微词寄兴,尽量在不违背词体的前提下归复雅多深至的骚雅之旨。这种主张其实也是西泠、广陵派诸家的共识。参看其《范汝受十山楼词序》云:

风雅所传,不能有王、韦而无温、李;岂声音之道,乃可右周、柳而左辛、苏……若夫八音之奏,同具宫商。乃说者互有所持,而究之皆非通论也。③

与《史云臣蝶庵词序》互相发明:在纵向上,素有以古朴雄浑为正,精艳纤柔为变的传统,故以温、李诗,周、柳词为代表的婉约往往被认为不及以王、韦诗、辛、苏词为代表的宏壮,以致于出现上述欲以宏壮矫正俗靡的创作取向,而吴绮则反对此说,主张刚柔二派各能以不同的方式传承风雅,这其实是在肯定宏壮词的同时,提高了婉约词的纵向地位。

四、小　结

综上所述,云间词派各分支的词体正变观与早期云间派相比,在继承中各有变化:均属于综合正变观,延续明代传统,推崇词体婉约深挚、声色情韵并茂的横向特色;又结合动荡而压抑的时势,强调词体与纵向雅正诗源的共通之处,以便用词的幽约体制,宣郁达情,承载政教功用。

---

① 吴绮著:《林蕙堂全集》,《文渊阁四库全书》第1314册,第306、303—304页。
② 同上书,第299、306页。
③ 同上书,第302—303页。

而正变立场稍有分别,绝大部分论者都采用立"横"追"纵"的正变立场,惟王士禛词论比较特殊,采用"纵""横"并行的立场,上承《古今词统》,下开谢章铤。各分支定位的正宗门径也有变化:领袖陈子龙所定位的正宗是南唐北宋,成为云间派中认可度最高的正宗时代;宋征璧、宋征舆分支加入盛唐,也为后来论者所采纳;蒋平阶、沈亿年分支尽管兼取晚唐为正宗,但将北宋排除在正宗之外,门径反而缩小了;而最晚产生的西泠、广陵词派正宗门径最宽广,对"变"的态度也最为融通,不仅兼取唐五代北宋,而且能兼赏南宋及豪放、长调之变。

在词史上,云间派词体正变观继往开来,上收明代之终,对明代最重视的横向词体之妙体察入微,在维护正变原则的基础上,灵活运用各种方式来推尊词体,如重新界定哀乐与正变的关系、重新阐释"诗余"的概念、在纵横正变论中引入文体代兴观等;而其趋于开阔的门径,融通的态度,又为清代取径不同的各派词体正变观的产生奠定了基础。

第四章　清代:占据主流的
立"横"追"纵"类正变观

第一节　由朱彝尊奠基的浙西派词体正变观

清代占据主流的依然是立"横"追"纵"类正变观,而继广陵派后,大力推行此类正变观的是浙西词派(以下简称浙派)。浙派是清代前中期影响最大的词派,形成于康熙,盛行于雍正、乾隆、嘉庆三朝,至道光余波尚存。浙派论者对正变原则的灵活运用、词体发展的辩证认识、自成一家的词学好尚,集中体现在对宗法门径的界定及演变中。历来学界对浙派的宗法门径较为重视,颇受关注且值得进一步探讨的问题主要有二:

一是学界普遍认为浙派在宗主朱彝尊倡导下专宗南宋,而将唐五代北宋词排除在宗法门径之外。此种观念在晚清已颇流行,如蒋敦复云:"浙派词,竹垞开其端,樊榭振其绪,频伽畅其风,皆奉石帚、玉田为圭臬,不肯进入北宋人一步,况唐人乎?"①陈廷焯云:"国初多宗北宋,竹垞独取南宋,分虎、符曾佐之,而风气一变。"②蒋兆兰:"清初诸公犹不免守《花间》《草堂》之陋。小令竞趋侧艳,慢词多效苏、辛。竹垞大雅闳达,辞而辟之,词体为之一正。"③在近现代仍占据主流,如陈匪石云:"朱氏当有明之后,为词专宗玉田,一洗明代纤巧靡曼之习,遂开浙西一派,垂二百年。"④现代部分学者关注到朱彝尊前后期词论在宗法门径上的变化,但仍将其视为专宗南宋的倡导者。如萧鹏认为:"朱彝尊早年曾提倡'小令宜师北宋,慢词宜师南宋'的改良主张,经过漫长的探索,才在彻底抛弃晚唐五代和北宋、宗法南宋的基

---

① 蒋敦复著:《芬陀利室词话》,唐圭璋编:《词话丛编》第四册,第3636页。
② 陈廷焯著,屈国兴校注:《白雨斋词话足本校注》上册,第244页。
③ 蒋兆兰著:《词说》,唐圭璋编:《词话丛编》第五册,第4637页。
④ 陈匪石著:《声执》,唐圭璋编:《词话丛编》第五册,第4962页。

础上凝聚形成浙西词派。"①陈美朱也赞同此说,主张朱彝尊词体正变论前期"南北宋词兼收并采",而后期"独标南宋为正宗"②。

二是有部分论者认为朱彝尊后期词论及其引领的浙派主流词论专以歌咏太平的安乐意格为雅正,因此对浙派与曹溶词学间继承关系提出质疑。

然而,综合考察正变观的基本原则、浙派词体正变观的立场,以及各词论的创作时间,便会发现上述观念值得商榷:就宗法时代而言,首先,唐词在浙派主流词论中一直被尊为正宗,而"小令宜师北宋,慢词宜师南宋"的主张来源于朱彝尊后期词学,而非早期词学。再者,浙派宗法门径存在多样性与融通性,不宜以"专宗南宋"概之。就宗法意格而言,朱彝尊词学一直贯彻因时制宜,无论美刺哀乐,均以顺应时势际遇,性情正直者为"正"的主张,这一主张与曹溶词学并无抵牾,也通行于浙派前后期词论中。

因此,本节将以朱彝尊词体正变观为主线,综合考察浙派诸家正变观的特色,下节则重点阐释浙派宗法门径的形成及演变,据此探讨在学界存在争议或误读的相关问题,以求教于方家。

一、自成一派的词体正变特征与典型

浙派宗主朱彝尊是此派词体正变观的奠基人。朱彝尊(1629—1709),字锡鬯,号竹垞,别号金风亭长、醧舫、小长芦钓鱼师。秀水(今浙江嘉兴市)人。虽出身于文宦世家,但家道中落,早岁落拓江湖,生活困窘,在诗词文创作上颇有成就,在词方面,顺治十三年(1656)受曹溶影响开始填词,最早的词集是《眉匠词》,朱彝尊后来对此少作不甚满意,未将其编入《曝书亭集》。此后《静志居琴趣》(编成于康熙六年)《江湖载酒集》(编成于康熙十一年)、《蕃锦集》(编成于康熙十七年)相继问世,其中,《蕃锦集》为集句词集,个性特色较少;而《静志居琴趣》与《江湖载酒集》则代表了朱彝尊词作的最高水平。康熙十八年(1679),朱彝尊举博学鸿词,以布衣授翰林院检讨,入直南书房,参加史馆《明史》纂修,是其一生中由寒微变为显赫的重要转折。博学鸿词科期间,众多浙西词人汇聚京师。朱彝尊主编的《词综》于康熙十七年刻成,携入京师的《乐府补题》抄本,由蒋景祁在康熙十八年镂板传世,同年龚翔麟汇编的《浙西六家词》(收录朱彝尊、李良年、沈皞日、李符、沈岸

---

① 萧鹏著:《群体的选择唐宋人选词与词选通论》,文津出版社1992年,第276页。
② 陈美朱著:《明末清初诗词正变观研究——以二陈、王、朱为对象之考察》,花木兰文化出版社2007年版,第265—273页。

登、龚翔麟词)也刊刻于江宁,于是,以朱彝尊为宗主的浙派应运而生,渐成为清代前中期的主流词派。朱彝尊成为浙派宗主后,问世的词集是《茶烟阁体物集》,主要收录其后期咏物词,引领浙派风尚。康熙三十一年因故罢官归田后,不再填词,转研经史考据之学。生平著作大都收录在《曝书亭集》八十卷中,当代学者整理增补为《曝书亭全集》①,朱彝尊的词学思想散见于序跋诗词中。

浙派论者在朱彝尊引领下,一方面,为了最大限度地发挥正变理论优势来推尊词体,普遍沿用明代以来流行的立"横"追"纵"类正变立场。另一方面,所界定的词体正变典型,展现出有别于前代的特色——明代中期以来的同类正变观大都以奠定词体本色的唐五代词为横向正始,北宋为正宗,而将南宋词视为衰变、邪变之始,故偏宗唐五代北宋词,流行选本是以唐五代北宋词为主的《草堂诗余》;而浙派标举的最佳正宗典范却是南宋词,邪变典型则是明代中后期词,且将明词中衰归咎于以《草堂诗余》为主要宗法对象。

浙派界定的词体正变特征及独树一帜的正变典型在朱彝尊的词论中已经确立,试看以下词论:

> 盖昔贤论词必出于雅正。(《〈群雅集〉序》)
>
> 缠绵悱恻,足以兴感而不失诗人忠厚之意。(《〈艺香词〉评》)
>
> 词以雅为尚。得是编,《草堂诗余》可废矣。(《〈乐府雅词〉跋》)
>
> 词虽小道,为之亦有术矣。去《花庵》《草堂》之陈言,不为所役⋯⋯绮靡矣,而不戾乎情;镂琢矣,而不伤夫气。夫然后足与古人方驾焉。(《〈孟彦林词〉序》)
>
> 心情澹雅,寄托遥深,能尽洗《草堂》陋习。(《〈蔗庵词〉评》)
>
> 词莫善于姜夔,宗之者:张辑、卢祖皋、史达祖、吴文英、蒋捷、王沂孙、张炎、周密、陈允平、张翥、杨基,皆具夔之一体。(《〈黑蝶斋词〉序》)
>
> 绮而不伤雕绘,艳而不伤醇雅,逼真南宋风格。②(《〈月团词〉评》)
>
> 丽而有则,婉而不浮,盖有宋元之遗响。(《〈月河词〉序》)
>
> 吾最爱姜史,君亦厌辛刘。(《水调歌头·送钮玉樵宰项城》)

所定义的词体正宗,既继承了公认的纵向正源特征:"雅正""忠厚""足

---

① 朱彝尊著,王利民校点:《曝书亭全集》,吉林文史出版社 2009 年版。本书引用朱彝尊词及词论无特别标示者,均见于此。

② 转引自沈雄著:《古今词话》,唐圭璋编:《词话丛编》第一册,第 1049 页。

以兴感(即兴观群怨)""丽而有则"等,又兼顾了词体体性:"缠绵悱恻""绮靡",无"辛刘"一派变体词流弊,故能上别于诗;"醇雅""寄托遥深""不伤气""不浮",故能下别于曲。总之,是辞乐和谐,绮艳深挚、醇雅温厚,情、雅因寄兴而合,自然自追琢中出,而与其相违的邪变特征则是浮靡伤气、陈言寡情、俚俗淫秽、生涩粗豪。

所标举正宗与邪变的典型分别是姜夔词与《草堂诗余》,对应的是其心目中词体极盛与极衰的两个时期——南宋与明代中后期:以姜夔为词宗的清雅派,成就南宋词之极盛,而以《草堂诗余》为主要取法对象,则导致明代中后期词之极衰。即如堪称浙派词学纲领的《词综》发凡云:

> 世人言词,必称北宋。然词至南宋,始极其工,至宋季而始极其变,姜尧章氏最为杰出……古词选本……皆轶不传。独《草堂诗余》所收最下最传,三百年来,学者守为《兔园册》,无惑乎词之不振也。
>
> 言情之作,易流于秽,此宋人选词,多以雅为目……最雅无过石帚,《草堂诗余》,不登其只字……可谓无目者也。
>
> 明初作手……皆温雅芊丽,咀宫含商……至钱唐马浩澜以词名东南,陈言秽语,俗气薰入骨髓,殆不可医。周白川、夏公谨诸老,间有硬语,杨用修、王元美则强作解事,均与乐章未谐。①

朱彝尊将明词衰微的原因归结为:立志复古的雅正之士不屑于论词填词,即如《柯寓匏振雅堂词序》云:"宋元诗人,无不兼工乐章者……自李献吉论诗,谓唐以后书可勿读……学者笃信其说……诗既屏置,词亦在所勿道";而流行的选本《草堂诗余》,又陈俗艳亵,违背了雅正之道。正如张宏生所说:"马洪(浩澜)的不少作品,正可以看作《草堂诗余》一书在明代的某种象征,而朱彝尊批判马洪,其实也是醉翁之意不在酒,矛头仍然是指向《草堂诗余》的。"②其最痛恨的导致明词衰落的陈言秽语之弊,即是上引《〈孟彦林词〉序》《词综发凡》中所论的《草堂诗余》之弊。因此,才要选编及推重《词综》,提倡其心目中堪为正宗最佳典范的南宋词,以纠前代不正的宗法门径——"务去陈言,归于正始。"汪森《词综序》亦声明编纂目的在推尊南宋姜夔一派"句琢字练,归于醇雅"的词,以纠正当时"惟《草堂》是规"的陋习,而令"倚声

---

① 朱彝尊著:《词综发凡》,朱彝尊、汪森辑:《词综》,中华书局 1975 年版,第 8—11 页。
② 张宏生:《词学反思与强势选择——马洪的历史命运与朱彝尊的尊体策略》,《文学遗产》2007 年 04 期,第 89—95 页。

者知所宗矣。"

而要采用立"横"追"纵"类正变立场,在"纵""横"源流中,为以南宋清雅派慢词为典范的醇雅深挚词风争得"正宗"地位,以纠正明代以来因专尚唐五代北宋词而导致的纤靡俗艳之弊,首先要解决两大难题:

一是在纵向上,词为诗之流,且柔美善感的特征有别于正诗,故按照"崇正推源"的正变原则,词体自立的本色在雅正上不及诗,这是前代贬义词体论者的有力论据,也是明代部分正变论者选择舍"纵"取"横"的立场,提倡"宁为风雅罪人,勿儒冠而胡服"的根本原因。这一难题是历来综合类正变观都需要面对的,因此有不少前人经验可以借鉴,浙派在纵向上推尊词体的思路大体是对前代同类正变观的继承及拓展,主要采用适时权变与文体代兴的观念来尊体。

二是在横向上,当以词体定型的初始特征为正始,而词别于诗自立一体的时间在唐末五代,主要体制是小令,又是历代公认的客观事实,故按照"崇正推源"的正变原则,作为流变的南宋词、慢词理当等而下之,地位及造诣都难以同正始抗衡,这也是明代正变论者推尊唐五代北宋词最有力的论据。这一难题是此前同类正变论者未尝遭遇的,因此,浙派必须自创新法来解决,确保在维护正变原则的前提下,将南宋清雅派词奉为正宗的最佳典范,同时赋予唐五代北宋词合理的词体正变史地位。而浙派词体正变观,乃至整个词学的特色,也在解决上述难题的尝试及论争中彰显出来。

二、纵向尊体法一:美刺哀乐,适时权变

在纵向正源中,词体最适合攀附的是兼容柔情、怨刺的风雅、骚,因此,历代立"横"追"纵"类正变论者都设法为变风雅与骚体争得权变合正的地位,以将柔情、怨刺纳入正宗。浙派论者也不例外,朱彝尊论词体纵向正源——诗体正变,即将正诗大雅与变诗骚雅均纳入正宗:

> 《诗》言志……古之君子,其欢愉悲愤之思,感于中,发之为诗……有美有刺……故好色而不淫,怨悱而不乱。(《与高念祖论诗书》)
> 《诗》之为教……其辞嘉、美、规、诲、戒、刺……惟蕴诸心也正,斯百物荡于外而不迁,发为歌咏,无趋数敖辟燕滥之音。故诵《诗》者必先论其人。(《〈高舍人诗〉序》)

大体秉承《舜书》《诗》序的观点,主张《诗》所确立的纵向正宗,以人品性情之

正直为根本,美刺哀乐,适时则为"正"。因此,判定后世诗体正变,当以品格性情为根本,因时制宜,而不应拘泥于美刺、哀乐的表象。朱彝尊推为近体诗正宗典范的杜甫诗,即是穷而后工,通过如变风雅般沉郁顿挫的意格来实现"中正和平"的;而被指为词体衰变罪魁的马洪词,所谓的"陈言秽语"即表现为多应酬之作,而少真情新意。参看《与高念祖论诗书》:

> (高念祖诗)处客途穷乏之时……惟风雅之是务,是岂当世之士所能冀及者……今世之为诗者,或漫无所感于中,惟用之往来酬酢之际。仆尝病之,以为有赋而无比兴,有颂而无风雅。其长篇排律,声愈高而曲愈下,辞未终而意已尽,四始六义阙焉,而犹谓之诗,此则仆之所不识也。

即肯定高念祖诗之怨刺,能适时权变,传承风雅宗旨;而将当时诗坛当变而不变,一味称美应酬斥为"四始六义阙"的不正之风。

因此,在前后期词论中,尽管提倡重点由抒写乱离悲郁转向歌咏太平安乐,但无论美刺哀乐,均以适时者为"正"的观念始终如一。作于康熙十二年(1673)的《陈纬云〈红盐词〉序》云:

> 词虽小技,昔之通儒巨公往往为之。盖有诗所难言者,委曲倚之于声,其辞愈微,而其旨益远。善言词者,假闺房儿女子之言,通之于离骚变雅之义,此尤不得志于时者所宜寄情焉耳……予糊口四方,多与筝人酒徒相狎,情见乎词,后之览者且以为快意之作,而孰知短衣尘垢栖栖北风雨雪之间,其羁愁潦倒未有甚于今日者邪!

而作于康熙二十五年(1686)的《〈紫云词〉序》则云:

> 昌黎子曰:"欢愉之言难工,愁苦之言易好。"斯亦善言诗矣。至于词,或不然。大都欢愉之辞工者十九,而言愁苦者十一焉耳。故诗际兵戈俶扰流离琐尾,而作者愈工。词则宜于宴嬉逸乐以歌咏太平,此学士大夫并存焉而不废也……今则兵戈尽偃,又得君抚循而煦育之,诵其乐章,有歌咏太平之乐,孰谓词之可偏废与?

顺应时势际遇的变化,由抒写羁愁潦倒,上承骚雅变诗转向歌咏太平安乐,上承正诗,故尽管提倡的情感倾向不同,均实践了其适时通变的正变理念。

然而,其对词体所宜承载的情感类型的判断,由悲郁转为逸乐,却是前后矛盾的,因此,有学者认为朱彝尊在后期词论中所理解的词体正宗,仅限于歌咏太平的春容安乐意格,但笔者认为所谓易工难工,并不涉及正变的问题,否则,说愁苦之诗易工,岂不是反将安乐正诗置之于"变"的地位了? 而且,无论是悲郁,还是逸乐,目的都是在当时时势中推尊词体,增强填词行为的合理性,而不能代表论者对词体体性的真正认识,故朱彝尊在后期词论中,也常常列举悲郁愁苦的词为正宗典范。试看《〈乐府补题〉序》云:

> 大率皆宋末隐君子也。诵其词,可以观志意所存。虽有山林友朋之娱,而身世之感,别有凄然言外者,其骚人《橘颂》之遗音乎?

浙西派以南宋清雅派为宗,"家白石而户玉田",与《乐府补题》抄本的发现及流行有很大关系,而《乐府补题》所寄托的正是南宋遗民的愁苦骚雅之情。尽管浙西派受时势影响,唱和之作愁苦渐淡,逸乐渐增,但始终将此类骚雅愁情列为正宗典范。

再看《〈静惕堂词〉序》,约作于康熙四十六(1707)年①,颇能代表朱彝尊对词体正变的最终认识。其中叙述曹溶对自身及浙派词的影响云:

> 忆壮日从先生南游岭表(笔者按:所填词编有《眉匠词》),西北至云中(笔者按:所填词载于《江湖载酒集》),酒阑灯炧。往往以小令慢词,更迭倡和,有井水处,辄为银筝檀板所歌。念倚声虽小道,当其为之,必崇尔雅,斥淫哇,极其能事,则亦足以宣昭六义,鼓吹元音。往者明三百祀,词学失传,先生搜辑南宋遗集,尊曾表而出之。数十年来,浙西填词者,家白石而户玉田,春容大雅。风气之变,实由先生。

曹溶词风受坎坷生平的影响,偏于悲郁激促,因此,有学者认为与朱彝尊所谓"春容大雅""鼓吹元音"并不相符②,这忽视了朱彝尊所理解的正始元音本就是涵盖了正变风雅,包含了怨刺与颂美两种意格的,不能因为后来受时势影响,转尚安乐,就认为其所推崇的正宗词风仅限于此。试与曹溶相关词论互相发明:

---

① 《静惕堂词》有康熙四十六年(1707 年)朱丕戴刻本,向前推三十年,即约是浙西派形成时。
② 较早提出此种观点的是严迪昌《清词史》(江苏古籍出版社 1990 年版,第 236 页),此后从者颇多。

诗余起于唐人而盛于北宋,诸名家皆以春容大雅出之,故方幅不入于诗,轻俗不流于曲,此填词之祖也。南渡之后,渐事雕绘,元明以来,竞工俚鄙……晋贤……诸词皆步武北朝,不坠南渡以后习气。而《词综》一选,脍炙人口,允足鼓吹骚坛,笙簧艺苑。(《题汪森〈碧巢词〉》)①

填词于摛文最为末艺,而染翰若有神工……虽极天分之殊优,加人工之雅缛,究非当行种草……惟睹事类,顿入精采,上不牵累唐诗,下不滥侵元曲者,词之正位也。豪旷不冒苏辛,秾亵不落周柳者,词之大家也。(《〈古今词话〉序》)②

可见,曹溶论词强调生香真色,不喜人工雕琢,故偏尚南宋以前词,与浙派宗南宋的门径颇有出入,而共通之处在追求"春容大雅",婉约合体,而不取豪旷派词,更反对明以来鄙俚秾亵流弊,这正是二者能互相欣赏的基础。而且朱彝尊词论与后来浙派词论相比,更重视自然而不喜雕琢,取法门径也较为开阔,因此,其特别推举曹溶为浙派先源,并不完全是因为私人情谊,主要还是因曹溶词与浙派取径虽别,但情合时宜,有寄托,有气骨,少鄙俚纤亵的明词流弊,故在追求雅正上是相通的。反而是浙派末流受时势眼界所限,所作的一些应酬失真、雅而不韵的游词,才真正违背了朱彝尊的论词宗旨。

其他浙派词论,虽在词体以何种情感为宜的问题上各持己见,却公认词情以合时宜者为"正"。不少论者都如朱彝尊般,一方面重申词体宜结合昌盛时势,歌咏太平安乐的主张;另一方面又公认寄托忠厚悲郁家国之感的词,当列入正宗。如王昶一方面称当时"升平日久,富庶日滋",故词"有好色而不淫,好乐而无荒之思,不以靡曼亵媟为长",词意之工有非衰时诸人所能同者;另一方面仍标举清虚骚雅为正宗特征,以南宋清雅派"遗民哀时感事"之词为最佳典范,所谓:"社稷沧桑之故,江湖萍梗之意,隐然见于言外,岂非变而复于正,与骚雅无殊者欤?"③后来的浙派论者,更有转以愁苦为工的。如吴锡麒《张渌卿〈露华词〉序》云:"渌卿之词工矣,而渌卿之境苦矣。昔欧阳公序圣俞诗谓穷而后工,而吾谓惟词尤甚。"但同样承认当时的太平之世与南宋清雅派所处的乱世不同,故也宜加入逸乐之音。即如《〈仿乐府补题唱和词〉序》云:"在昔词人遭逢末造……虽

---

① 曹溶著:《碧巢词》题词,聂先:《百名家词钞》,《续修四库全书》第1721册,第515页。
② 曹溶著:《〈古今词话〉序》,沈雄:《古今词话》,唐圭璋编:《词话丛编》第一册,第729页。
③ 王昶著:《〈西湖柳枝词〉序》《〈琴画楼词钞〉自序》,《春融堂集》,《续修四库全书》第1438册,第85、90页。

愁苦之音工,实欢娱之致少。今则承平多暇,逸兴遄飞……有不极倚声之妙,擅体物之能者哉!"①可见,无论美刺哀乐,而以顺应时势际遇,性情正直者为正,是浙派的共识。而词以何种情感为宜的讨论,主要还是为适时尊词体或推尊所论词服务的。

三、纵向尊体法二:文体代兴,变能存正

即如上两章所述,以文体代兴观尊体之法萌芽于南宋末,流行于明代,在浙派词论中得到继承及发扬。朱彝尊论词体纵向正变,沿用前代流行的文体代兴、文格代降观点:

> 诗篇(指近体诗)虽小技,其源本经史……吾欲返正始,助我者谁邪。(《斋中读书》)
>
> 大晟乐之遗音矣……所谓"礼失而求诸野"也……盖词以雅为尚。(《〈乐府雅词〉跋》)
>
> 诗降而词,取而未远。一自词以香艳为主,宁为风雅罪人之说兴,而诗人忠厚之意微矣。窃谓词之与诗体格虽别,而兴会所发,庸讵有异乎? 奈之何岐之为二也。(《〈艺香词〉评》)
>
> 词者诗之余,然其流既分,不可复合……良医之主药藏,金石草木燥湿寒热之宜,采营各别。而后处方合散,不乱其部,要其术则一而已。(《〈紫云词〉序》)

所谓:"词者诗之余,然其流既分,不可复合","礼失而求诸野"、"体格虽别,而兴会所发,庸讵有异乎","采营各别……要其术则一"。都是在维护纵向正始——古雅诗乐至尊地位的前提下,利用文体代兴观来推尊词的横向正体:强调古体诗—近体诗—词体相继兴起的大势不可逆转,且诗词体同为擅长兴观群怨的文体,各有适合抒写的内容,故在古诗乐衰微后,要传承风雅的宗旨,就可以也必须根据抒写情志的需要,灵活选用近体诗词。在填词时,也应以传承风雅为己任,而不能如明代舍"纵"取"横"类正变论者那样自甘堕落,"以香艳为主,宁为风雅罪人"。

浙派其余诸家的词体纵向正变论也大都延用此种尊体思路,并以盛唐为词体源始,而各有偏重,各出创见。注重加大尊体力度的,如同为浙派创

---

① 吴锡麒著:《有正味斋集》,《续修四库全书》第1468册,第661、664页。

始人的汪森就不赞成朱彝尊"诗降而词"之说,其《词综序》云:

> 自有诗而长短句即寓焉,《南风》之操、《五子之歌》是已……古诗之于乐府,近体之于词,分镳并骋,非有先后。谓诗降为词,以词为诗之余,殆非通论矣。①

即通过攀附古诗乐正源中长短句的方式,赋予词体与近体诗并驾齐驱的平等地位。浙派后劲王昶更进一步将词体的地位由诗余小道,提升为诗(指句式整齐的徒诗)源正道,尤其注重考察音乐、句式的演变以尊体②:

> 汪氏晋贤叙竹垞太史《词综》,谓词长短句本于三百篇,并汉之乐府。其见卓矣,而犹未尽也。盖词实继古《诗》而作,而诗本于乐,乐本乎音……非句有长短,无以宣其气而达其音……李太白、张志和始为词,以续乐府之后,不知者谓诗之变,而其实诗之正也。由唐而宋,多取词入于乐府,不知者谓乐之变,而其实词正所以合乐也……词乃《诗》之苗裔,且以补诗之穷余。故表而出之,以为今之词,即古之《诗》,即孔氏颖达之谓长短句。而自明以来专以词为诗之余,或以小技目之,其不知诗乐之源流亦已颠矣。(《〈国朝词综〉自序》)
>
> 词者,乐之条理,《诗》之苗裔……盖天地之元音,播于乐,著于诗。隋唐以后,诗多不可以入乐,而后长短句以兴……《诗》学之遗,其不可以易视明矣。(《吴竹桥〈小湖田乐府〉序》)
>
> 词本于诗,诗合于乐,三百篇皆可被之弦歌……齐梁拘以四声,渐启五七言律体,不能协于管弦,故终唐之世,自绝句外,其余各体皆非伶人所习,是离诗与乐而二之矣。盛唐后词调兴焉,北宋遂隶于大晟乐府,由是词复合于乐,故曰词三百篇之遗也……窃叹词之行世千余年矣,未有知其所自来,与其所可贵,故举诗乐之源流,以长短句而续三百篇者……斯亦竹垞太史所未发之旨也夫。(《姚莐汀〈词雅〉序》)

以阐述朱彝尊等浙派前辈尊体论"所未发之旨"为己任,认为词协乐、长短句的体制特征,直接纵向正源《诗》《骚》、古乐府,更有助于"宣其气而达其音",

---

① 汪森著:《词综序》,朱彝尊、汪森辑:《词综》,第1页。
② 王昶著:《吴竹桥〈小湖田乐府〉序》《姚莐汀〈词雅〉序》《国朝词综自序》,《春融堂集》,《续修四库全书》第1438册,第89、90、91页。

正可补句式整齐的徒诗之不足,故历来以词为小道诗余之说,其实是颠倒了源流正变——"不知者谓诗之变,而其实诗之正也"。此种观点为李调元所继承,其《〈雨村词话〉序》直接标举"词非诗之余,乃诗之源也"①的理念,可视为对王昶观点的扼要概括。

词为诗源之说,固然能最大限度地推尊词体,但这样循环往复的文体发展史论并不客观,也不能很好地反映出词体特色,故后世江顺诒起而矫正之,文体代兴观颇多创见。其《词学集成》中转述王昶有关诗词源流的论述后,评曰:

> 谓长短句发源于诗可也,谓今之长短句即古之诗不可也。今之诗尚非古之诗,何况于词。引孔氏《正义》谓诗有一二字及八九字,即词所本。究之诗中之一二字八九字甚少,而一代有一代之乐,正后人之善变,非墨守磨驴陈迹也。
>
> 非先有词,而后有唐人之诗,亦不能桃诗而言词。盖诗与词本同一源,诗盛于唐,词盛于宋,亦物莫能两大之理。
>
> 有韵之文,以词为极。作词者着一毫粗率不得,读词者着一毫浮躁不得。夫至千曲万折以赴,固诗与文所不能造之境,亦诗与文所不能变之体,则仍一骚人之遗而已矣。

又转述陆游等人关于词体于唐末衰世,取代诗体兴起的论述,评曰:

> 词在五季,正如诗在初唐,有陈、隋之绮靡,故变为各体之宏大;有晚唐之纤薄,故变为小令之秾厚。此亦时势使然,与兴亡之国势不相涉。

对诗词演变及词体特色的认识都比前人更为中肯。然而,受正变理论的限制,纵向正源必然要居于至尊的地位,故肯定词变的新特色,就意味着要承认其为降格之小道,奉行正变论的江顺诒也不例外,故云:"填词小技,固不必以言举人,亦不必以人废言。然此中亦自有品在。""黄鲁直评东坡'缺月挂疏桐'词云:'语意高妙,似非吃烟火食人语。非胸中有万卷书,笔下无点尘俗气,孰能至此?'此非抬高词人身分,实古人狮子搏兔,亦用全力。非同

---

① 李调元著:《雨村词话》,唐圭璋编:《词话丛编》第二册,第 1377 页。

后人浮光掠影也。"①也只能回到朱彝尊的理路,用小道可观,重在人品之说来尊体了。

四、独创的横向尊南宋法:词体大备,集成尽变

浙派在横向上推尊南宋词的思路颇多创见,彰显出别于明代主流词论的特色。朱彝尊对词体发展的横向源流的认识是"萌于唐,流演于十国,盛于宋",渐衰于元,极衰于明,且称"词至宋季而始极其变"、"慢词至南宋始极其变",其他浙西派论者的认识也与此略同。那么,浙派如何能在维护正变原则的前提下,越过唐五代北宋词,将南宋词奉为正宗典范呢?方法是利用在传统诗乐正变论中颇具权威性的集大成观念。《孟子·万章下》云:"伯夷,圣之清者也;伊尹,圣之任者也;柳下惠,圣之和者也;孔子,圣之时者也。孔子之谓集大成,集大成也者,金声而玉振之也。金声也者,始条理也,玉振之也者,终条理也。始条理者智之事也,终条理者圣之事也。"朱熹注云:

> 此言孔子集三圣之事而为一大圣之事,犹作乐者集众音之小成而为一大成也。成者,乐之一终,书所谓"箫韶九成"是也。②

儒家自先秦起就奉行正变观,论者为了越过上古具有正始地位的先王前贤经典,将孔子时产生的儒家经典奉为后世取法的最佳典范,往往采用集大成之说,在第一章中重点论述的《文心雕龙》正变观即是如此。此说的特色在于能将正始确立的时间延长,不限于某一个时间点,而是跨越一个时段,在这个时段中,所有对确立"正"有所贡献者均堪称正始,且在整个源流中具至尊地位,但越往后者积累的合"正"特点自然最多,最终确立正始者集"正"之大成,最能充分展现"正"之妙,也最适合成为后世取法的典范。

朱彝尊论诗词体横向正变,均以能集大成者为最佳典范:

> 唐人之作,中正而和平,其变者率能成方。迫宋而粗厉噍杀之音起,好滥者其志淫。(《〈刘介于诗集〉序》)
> 学诗者以唐人为径,此遵道而得周行者也。唐之有杜甫,其犹九达之逵乎。(《王学士〈西征草〉序》)

---

① 本段江顺诒词论依次引自:江顺诒辑:《词学集成》,唐圭璋编:《词话丛编》第四册,第3218、3225、3273—3274、3222、3223、3304、3287页。

② 朱熹集注:《四书章句集注》,中华书局2011年版,第294页。

唐……惟杜子美之诗,其出之也有本,无一不关乎纲常伦纪之目……善学诗者,舍子美其谁师也欤?(《与高念祖论诗书》)

唐初以诗被乐,填词入调则自开元、天宝始。逮五代十国,作者渐多,遗有《花间》……等集,宋之初,太宗洞晓音律,制大小曲,及因旧曲造新声……仁宗于禁中度曲,时则有若柳永;徽宗以大晟名乐,时则有若周邦彦……皆明于宫调,无相夺伦者也。洎乎南渡,家各有词……而姜夔审音尤精。终宋之世,乐章大备。(《〈群雅集〉序》)

论诗体正变,在时代上,以诗体大备的唐诗为最佳典范,在唐诗中,又以公认能集各体诸家大成的杜甫诗为最佳典范。同理,论词体正变,也以词体大备的南宋为最佳典范。参看其他浙派创始人词论:

诗人而工词,唐之李太白,特偶为之;他如温、韦、牛、薛诸家,及宋之欧、秦、范、陆,皆诗人也。词非不工,而世终诗人目之,则以诗掩其词,抑或其词尤未免逊于专家耳。宋固多专于词者,至南宋而盛,白石、玉田、梦、草二窗,极专家之能事矣。(李良年《〈钱鱼山词〉序》)①

当开元盛日……李白《菩萨蛮》等词亦被之歌曲……西蜀、南唐而后,作者日盛。宣和君臣转相矜尚,曲调愈多。流派因之亦别,短长互见,言情者或失之俚,使事者或失之伉。鄱阳姜夔出,句琢字练,归于醇雅。于是史达祖、高观国羽翼之,张辑、吴文英师之于前,赵以夫、蒋捷、周密、陈允衡、王沂孙、张炎、张翥效之于后,譬之于乐,舞箾至于九变,而词之能事毕矣。(汪森《词综序》)②

普遍认为词体虽萌于唐,但至南宋清雅派才发展完善,别于诗自成一体的特征也才真正确立:此前多小令,慢词未成熟,而至南宋则词调大备;此前豪宕伉直近于诗,俚俗淫亵近于燕乐,至清雅派出,婉挚醇雅,最终确立了横向正体,且最能传承纵向正源:强调南宋词始极之"变",可类比古雅乐中的"舞箾至于九变","箾"即舜乐《韶箾》,又称"箫韶",公认是能集大成的正声。即如《尚书》曰:"箫韶九成,凤皇来仪。"③箫韶每曲一终,必变更奏,故"九变"与"九成"同义。乐未至九变,只能招致平凡鸟兽,至九变,集正音大成,才能致

---

① 李良年著:《秋锦山房集》,《四库全书存目丛书》集部251册,第178页。
② 朱彝尊、汪森辑:《词综》,第1页。
③ 孔安国传,孔颖达疏:《尚书正义》,北京大学出版社2000年版,第152页。

凤皇。而其能至于九成,因有雅正意蕴来驾驭辞乐技法的变化,唯极其"变",才能彰显其"正"。同理,南宋词所极之"变",也非不如"正"的邪变,而是正始大成,"词之能事毕矣"的表现——作者堪称专家、体制臻于完善,技法臻于纯熟,才能最大限度的表现雅正的意蕴。

总之,在浙派所建构的正变体系中,南宋清雅派词可类比集大成的"舞箾九变",能令词体臻于大成,在横向上能最终确立正体,在纵向上又最能秉承正源宗旨,故堪称沟通"纵""横"正始的最佳典范。此种以"极变"为体制大成、归复雅正所必须的观念,尤有创见,为在正变理论中肯定变,又辟一新途。但是否符合客观事实则有待商榷:词调不断增加,体制日趋成熟确是事实,但何时才算大备却难定论;而称词体必定要到词调大备时才能别于诗自立一体,必要专家始能工,也非公论。

值得注意的是,按照集大成的理论建构,词体正始确立的时段跨越唐宋,故南宋词固然代表了词体发展的最佳状态,但南宋以前词同样具有横向正始地位——无此前小成,不能臻南宋之大成。因此,浙派正变论者普遍肯定唐五代北宋间不乏能为南宋词开先的正宗名家。在宗法门径上,宗主朱彝尊在后期词论中率先提倡小令宗唐五代北宋,慢词宗南宋的主张,在后期创作中又兴起了偏宗南宋的风尚,从而在浙派内部引发宗法门径的分歧,系统考察这些分歧,有助于了解浙派主流词风的成因及缺陷、词派内部的自我调节及转入常州词派的原因。

第二节 浙派宗法之争:小令慢词分宗与专宗南宋

浙派宗主朱彝尊提出小令宗唐五代北宋,慢词宗南宋(以下简称"小令慢词分宗")的主张,在实际创作中又兴起了偏尚南宋的风尚,浙派词论中关于宗法对象之争也由此而起,形成取径偏狭的专宗南宋论与取径较广的小令慢词分宗论,考察这一论争,有助于了解浙派主流词风的成因及缺陷、词派内部的自我调节及转入常州词派的原因。

一、早期唐宋兼取的融通门径:小令慢词分宗说

在创作上,朱彝尊词凡历三变,对此前辈学者考论其详,概言之:早年专学唐五代北宋词,《眉匠词》风格类似唐五代北宋词,以小令为主,多写儿女柔情;此后陆续编成的《静志居琴趣》,主要抒写其与一女子(世传为其妻妹

静志所作)的真挚恋情,也以小令居多,婉雅、艳质兼有,得《花间》、北宋词遗风;中年唐宋兼收,《江湖载酒集》抒写江湖漂泊经历,融入悲郁顿挫的身世之感,刚柔疾徐相济,颇见风骨,"小令之工,兼唐、宋、金、元诸家,而奄有众长;长调之妙,尤为沈郁顿挫,独往独来,取法南宋而不泥于南宋"①;直到康熙十八年(1679)入京后,《乐府补题》刊刻推行,身份地位也发生变化,故专尚南宋清雅派词风的倾向日益明显,以《茶烟阁体物集》为代表,浙派即乘此风而起。

在词论中,朱彝尊针对前后宗法重点的变化,提出小令以唐五代北宋为宗,慢词以南宋为宗的主张,以求得平衡。有学者认为这一主张是朱彝尊早期词论所有的,后期则转为专尚南宋,其实不然。试看《〈鱼计庄词〉序》云:

> 曩予与同里李十九武曾论词于京师之南泉僧舍,谓小令宜师北宋,慢词宜师南宋,武曾深然予言……十年以来,其年、容若、羡园相继奄逝,同调日寡。

朱彝尊与李良年论词是在康熙十七年(1678),《〈鱼计庄词〉序》作于十年(1688)以后。再看《〈水村琴趣〉序》云:

> (词)萌于唐,流演于十国,盛于宋。予尝持论谓小令当法汴京以前,慢词则取诸南渡。锡山顾典籍不以为然也。魏塘魏孝廉独信予说,频与予唱和。

此序作于康熙三十一年(1692)朱彝尊归田后,故均属后期词论。所述赞同朱彝尊"小令慢词分宗"主张的李良年,"于词不喜北宋,爱姜尧章,吴君特诸家"(朱彝尊《征士李君行状》);不认同朱彝尊主张的顾贞观,论词则崇北宋而抑南宋②,而顾贞观的观点也代表了当时的主流观点,即如朱彝尊《书〈东田词〉卷后》云:

> 予少日不喜作词,中年始为之,为之不已,且好之,因而浏览宋元词集,几二百家,窃谓南唐北宋,惟小令为工,若慢词,至南宋始极其变。

---

① 陈廷焯著,屈兴国校注:《白雨斋词话足本校注》上册,第289页。
② 王锡《啸竹堂集题辞》云:"典籍以拙词近南宋人,意欲尽排姜、史诸君。"姜宸英《湛园未定稿》云:"梁溪圆美清淡,以北宋为宗。"由此可见顾贞观崇北宋抑南宋的词学观。

以是语人,人则非笑,独宜兴陈其年谓为笃论,信夫同调之难也。

可见,小令以唐五代北宋为宗,慢词以南宋为宗的观点,应是朱彝尊在词风转尚南宋的过程中提出的,是其博览历代诸家词,并结合自身创作实践后得出的,目的是矫正当时偏尚唐五代北宋词,而忽视南宋慢词之妙的词坛风尚。在后期词风转近南宋后,此种观念也仍被认可,否则也不会被后期词论一再转述。

参看具体词评,朱彝尊后期对南宋的偏好,并不影响其对唐五代北宋词风的认可。如《江湖载酒集》中《解佩令·自题词集》云:"不师秦七,不师黄九,倚新声,玉田差近。"表明其填词好尚已转向南宋,即如吴梅所论:"不学秦,而学玉田,盖独标南宋之帜耳,"故常被学者举为"专宗南宋"的论据,然而,与此词相邻的《百字令·酬陈纬云》则云:"新词赠我,居然黄九秦七。"对己所不师的北宋词也同样称赏。再如《陈纬云〈红盐词〉序》云:"纬云之词,原本《花间》,一洗《草堂》之习。"可见,朱彝尊论词正变的关键还是在是否婉挚醇雅,无陈言秽语等所谓的《草堂》陋习,而不在时代,因此,对陈纬云、曹溶等以南宋前词为取法重点的词人,仍能引为同道。

不少学者认为朱彝尊后期词论转为专宗南宋,依据是其多次标举南宋清雅派词宗姜夔词为最佳典范,然而,笔者认为这只能说明朱彝尊认为南宋清雅派慢词,最宜于表现其心目中醇雅婉挚的词体正宗,而不能说明其主张小令也须宗法南宋:试看称"姜尧章氏最为杰出"的《词综》刻成于康熙十七年,即上述《鱼计庄词序》中朱彝尊提出"小令宜师北宋,慢词宜师南宋"观点的同一年,可见这两种观念是并行互补的关系,而非转折关系。也正是在此年朱彝尊将收录清雅派慢词的《乐府补题》抄本携至京师,鉴于当时"必称北宋"的世风,及明代以来专尚唐五代北宋词的传统,朱彝尊没有必要再锦上添花地强调唐五代北宋小令之妙,而亟待宣扬的是南宋慢词之妙,再加上其此时的好尚及创作重心已偏向南宋清雅派一路,以慢词为主,宣扬南宋慢词的需要就更为强烈了,因此,所谓"莫善于南宋","至南宋始极其工"的词,应是慢词,目的在强调南宋清雅派专工的慢词,足以与前代专工的小令分庭抗礼,甚至更适于表现词体正宗。参看以下词论:

> 南唐北宋,惟小令为工,若慢词,至南宋始极其变。(《书〈东田词〉卷后》)
> 词至南宋始工,斯言出,未有不大怪者。惟实庵舍人意与予合。今

就咏物诸词观之,心慕手追,乃在中仙、叔夏、公瑾诸子,兼出入天游、仁近之间。北宋自方回、美成外,慢词有此幽细绵丽否?若读者仍谓不如北宋,则舍人亟藏之,竢后世子云论定可矣。(曹实庵咏物词评)

正可为"南宋始工始变论"作注脚,所举的姜夔一宗清雅词,均以慢词为主,咏物词范本《乐府补题》全为慢词,故能称得上"最工""始工"的也只能是慢词,而不可能涵盖小令。再参看其后期称赏的浙派词,评戴镕词的特点是"务去陈言,谢朝华而启夕秀,盖兼夫南北宋之擅场者也。"东田词的特点是"小令慢词,克兼南北宋之长,与予意合。"可见其小令宗北宋,论正宗也不排斥北宋的观点是贯穿始终的。

朱彝尊小令慢词分宗的主张,既能同时将其前后期词风合理化,又能在偏宗唐五代北宋令词的词坛中,推重南宋慢词,为浙派词学的建立奠定基础。不少浙派早期论者与朱彝尊有着相似填词经历、时代背景及论词宗旨,因此,也支持此种主张,朱彝尊上述词论中就提到李良年、魏塘都支持此说。参看浙派创始人沈皞日《〈瓜庐词〉序》云:

> 近代词家林立,指不胜屈。阳羡宗北宋,秀水宗南宋,北宋以爽快为主,南宋以幽秀为主,好尚或有不同,而秀水《词综》……二者并收,未尝有所独去而独存也。爽快之弊或近于粗,或入于滑,而泛滥极于鄙且俚;幽秀则无弊,秀水之意盖如是乎?虽然。一代有一代之风气。一人有一人之性情,既不可强之使合,亦不可强之使分……勉强求南,勉强求北,余则未之敢信,而何以信于人?①

对朱彝尊唐宋兼收,而偏尚南宋的原因分析得尤为透彻,而沈皞日依据时势、性情,确定宗法对象的主张,也是浙派中难得的融通之论,颇能矫正浙派偏尚南宋的流弊。

其实,朱彝尊在诗词正变论中一直提倡以真纯性情为依托,"正""变"兼收,以"正"驭"变"的开阔门径②。不仅对共同确立正始的唐宋词兼宗并采,

---

① 转引自严迪昌著:《清词史》,第 258 页。
② 参看其诗体正变及宗法门径论,《〈丁武选诗集〉序》云:"学唐人而具体,然后可以言宋……未知正而先言变……吾未信其持论之平。"《〈忆雪楼诗集〉序》云:"每怪世之称诗者,习乎唐,则谓唐以后书不必读;习乎宋,则谓唐人不足师,一心专事规摹,则发乎性情也浅。惟夫善诗者,畅吾意所欲言……其用情也挚,斯温柔敦厚之教生焉。"主张只有在保持纯真性情的前提下,从正入门,以正驭变,才能得诗教真谛,如僵化学古,不过是逐正之末而失其本。

即使对被视为衰变、邪变的元以后词,也主张择善取法,而非完全摈弃。浙派诗词论中秉承此种融通门径者不少。即如厉鹗《查莲坡〈蔗塘未定稿〉序》云:"诗不可以无体,而不当有派。诗之有体,成于时代,关乎性情,真气之所存,非可以剿拟似,可以陶冶得也。是故去卑而就高,避缛而趋洁,远流俗而向雅正。少陵所云'多师为师',荆公所谓'博观约取',皆于体是辨⋯⋯盖合群作者之体而自有其体,然后诗之体可得而言也。"对诗体正变及门径的认识与朱彝尊略同。参看《词综》,选词以最佳正宗典范南宋词为最多,其次是堪为小令正宗的唐五代北宋词,崇"正"的意识鲜明;但也兼收金元词,连最受谴责的明词也拟收录,惜因故未及刊行,而王昶则秉承浙派前辈未竟之志,选编了《明词综》与《国朝词综》。然而,由朱彝尊到厉鹗,再到王昶,浙派实际奉行的学词门径却日趋于狭窄,究其原因,厉鹗、王昶虽提倡博观,但其拟定的学词门径及宗法对象却均是按照其"约取"后的结果而定的(参看下文),故从其说者,能观到的也只是其约取的部分,很难称得上博观了。

客观而言,小令、慢词在体式技法上各有特点,成熟的时间也有先后,故朱彝尊小令宗唐五代北宋,慢词宗南宋,兼采历代佳作的理念是符合词体发展的客观规律的,比起前后代专以一时代为尚,而排斥其他的词论更为融通。那么,为何浙派最终占据主流的是偏宗南宋的偏狭门径,而非唐五代两宋词兼宗并采的融通门径呢?只因朱彝尊后期词学论正宗典范,更偏重南宋慢词,创作也是如此,致使小令一宗形同虚设,浙派中专宗南宋的词论逐渐兴起。

二、中后期专宗南宋的主流门径:南北宗说

浙派中后期的主要论者,尽管在词作鉴赏上颇为融通,能兼容历代词,也肯定南宋以前存在正始,但在论宗法对象时,门径却由宽转狭,倾向于专宗南宋,最终形成了浙派专宗南宋的主流取向。而以禅寓词的南北宗之说,又为专宗南宋奠定了理论基础:南北宗之说由唐代高僧神会(惠能弟子)提出,主张禅宗正宗本在北方,自五祖弘忍后分为南北二宗,分别由弘忍弟子惠能、神秀创立——惠能南下曹溪开宗立派,故称南宗。南宗所主顿悟比北宗所主渐悟更能得禅宗真谛,故取代北宗成为正宗,为后世正宗所从出。因此,后人要得禅宗正宗,就唯有效法南宗了。宋代发展史与禅宗颇为相似,正统原在北方,宋高宗南渡后转至南方,为少数民族政权占据的北方则沦为闰统。因此,浙派词学引入南北宗之说推尊南宋词,颇为巧妙:既秉承了唐宋为正始的主流定位,尊重了小令以唐五代北宋为高、慢词以南宋为高的客

观事实；又能使专宗南宋的门径合理化。

率先提出南北宗之说，堪称宗法门径转变先锋的是浙派中坚厉鹗（1692—1752），即如丁绍仪《听秋声馆词话》云："我朝竹垞太史尝言，小令当法五代，故所作尚不拘一格。逮樊榭老人专以南宋为宗，一时靡然从之，奉为正鹄。"①综观厉鹗词体正变论，具有从小令慢词分宗向专宗南宋过渡的特点。其《论词绝句》（1732 年作）概述历代词云：

> 美人香草本离骚，俎豆青莲尚未遥。颇爱花间肠断句，夜船吹笛雨潇潇。
>
> 鬼语分明爱赏多，小山小令擅清歌。世间不少分襟处，月细风尖唤奈何。（《〈群雅词集〉序》云："予爱小山词……又惜小山必待寄情声律，流连惑溺。"）
>
> 贺梅子昔吴中住，一曲横塘自往还。难会寂音尊者意，也将绮障学东山。
>
> 旧时月色最清妍，香影都从授简传。赠与小红应不惜，赏音只有石湖仙。
>
> 头白遗民涕不禁，补题风物在山阴。残蝉身世香莼兴，一片冬青冢畔心。
>
> 玉田秀笔溯清空，净洗花香意匠中。羡杀时人唤春水，源流故自寄闲翁。
>
> 中州乐府鉴裁别，略仿苏黄硬语为。若向词家论风雅，锦袍翻是让吴儿。
>
> 寂寞湖山尔许时，近来传唱六家词。偶然燕语人无语，心折小长芦钓师。
>
> 闲情何碍写云蓝，淡处翻浓我未谙。独有藕渔工小令，不教贺老占江南。②

论正宗特征，除公认的醇雅婉挚外，还特别推重其所偏好的幽秀深窈。而小令以唐五代北宋为尚、长调以南宋为尚的倾向依然存在：在唐五代，颇爱的《花间》词以小令为主。在北宋词中，爱赏的是晏几道小令——所谓"鬼语"，

---

① 丁绍仪著：《听秋声馆词话》，唐圭璋编：《词话丛编》第三册，第 2649 页。
② 厉鹗著，董兆熊注：《樊榭山房集》，上海古籍出版社 1992 年版，第 509 页。

正有幽秀深窈的特点。至论南宋词,特别称赏的则是擅写慢词的清雅派词宗姜夔、张炎,及慢词名篇《暗香》《疏影》、选本《乐府补题》。耐人寻味的是,厉鹗主张后世词中能接续正宗的是浙派词,折服于宗主朱彝尊,但特别称赏的朱彝尊词,却并非来自其偏尚南宋后的词集,而是来自早年《静志居琴趣》中的《卜算子》:"镇日帘栊一片垂,燕语人无语。"属小令,词风偏向北宋;又特别欣赏严绳孙(藕渔)小令,称其善写闲情,堪与北宋擅写小令的贺铸相抗衡——论贺铸词时特别欣赏的"一曲横塘",即指其篇幅近小令的中调《青玉案》中名句"凌波不渡横塘路"。可见,厉鹗对唐五代北宋小令妩媚深挚的独至之妙及堪为后世典范的作用非无体会,也确实喜爱。然而,因其有溺于情,不合雅正的流弊,如贺铸之"绮障",晏几道之"流连惑溺",故在论学词门径时,并不愿提及小令宗唐五代北宋的观点。

其门生汪沆《〈籽香堂词〉序》转述其词论云:"词权舆于唐,盛于宋,沿流于元明,以及于今,门户备别,好尚异趋,然豪迈者失之粗厉,香艳者失之纤褻:惟有宋姜白石、张玉田诸君,清真雅正,为词律之极则。"在历代词中,专尚南宋清雅派词,以杜绝粗豪、纤褻诸弊的意向十分明确。因此,在此后的《张今涪〈红螺词〉序》(约 1934—1940 年作)[1]提出南北宗之说:

> 以词譬之画,画家以南宗胜北宗,稼轩、后村诸人,词之北宗也;清真、白石诸人,词之南宗也。[2]

表面上与前代流行的以柔婉为正,刚健为变的横向正变观无甚分别,但结合南北宗说来源与南宗典范,便能体会其中深意:由明代莫是龙、董其昌等人提倡的画分南北宗说[3],是参照禅家南北宗说而来的,禅家至唐代始分南北二宗,以六祖惠能开创的南宗为正宗,南北宗确立前非无正始,但至南北分宗之后,后世可师承的正宗就限于南宗了;故厉鹗以南北宗之说论词,目的即是将可供后世取法的正宗典范限定在南宗,宗主是周邦彦与姜夔,羽翼为南宋清雅派。参看其《吴尺凫〈玲珑帘词〉序》论周邦彦词云:

---

① 《吴尺凫〈玲珑帘词〉序》云:"今则尺凫物故,楞山远游,紫山亦老且病。"吴焯(尺凫)卒于1733 年,徐逢吉(紫山)卒于 1740 年。

② 厉鹗著,董兆熊注:《樊榭山房集》,第 753 页。

③ 莫是龙云:"禅宗有南北二宗,唐时始分。画之有南北宗,亦唐时分也,但其人非南北耳。"首先提出画分南北宗的观念,董其昌加以发挥,促成其流行,另一同道陈继儒释此说云:"李派(即北宗)极细而无士气;王派(即南宗)虚和萧散,此又惠能之禅,非神秀所及也。"由此可见南北宗说所对应的正变关系。

> 南宗词派,推吾乡周清真婉约隐秀,律吕谐协,为倚声家所宗。自是里中之贤,若……张玉田、仇山村诸人,皆分镳竞爽,为时所称……尺凫之为词……寓托既深,揽撷亦富,纡徐幽邃,恺恍绵丽,使人有清真再生之想。①

周邦彦虽为北宋词人,但公认词风下开南宋,厉鹗将其推为正宗典范,赋予其南宋清雅派词宗的地位,与乡邦情结不无关系;其将周邦彦词特征,概括为"婉约隐秀",善学的表现是"寓托既深,揽撷亦富,纡徐幽邃,恺恍绵丽",显然是按其所理解的正宗特征设定的——客观而言,上述特征在清雅派中更接近于吴文英,周邦彦词中确有能下开清雅派的典丽精工、慢词技法娴熟之处,但基调仍是流丽、通俗的,寄兴用典还不至于到深隐幽邃的程度。厉鹗专尚南宋清雅派词,又偏好其中幽秀深窈的词风,故要将此种词风上溯到本乡地位最显赫的词宗周邦彦,以便互相推尊,醉翁之意实不在北宋。参看《〈群雅词集〉序》云:"词之为体,委曲啴缓,非纬之以雅,鲜有不与波俱靡,而失其正者……今诸君词……缠绵而不失其正,骈雅人之能事。方将凌铄周、秦,颉颃姜、史。"要"凌铄周、秦"②,始能"颉颃姜、史",可见其心目中周邦彦词的雅正仍不如姜夔,北宋词更不如南宋词。

厉鹗南北宗之说,开启了专宗南宋的门径,在浙派中从者颇众,各出新意,互相发明,可更为深入的了解此说的实质及导向。试看江春《〈白石道人集〉序》(1771 年作)云:

> 唐之李太白、白乐天、温飞卿,宋之欧阳永叔、苏子瞻,皆诗词兼工者,古或有其人焉。其在南渡,则白石道人实起而继之……其词则一屏靡曼之习,清空精妙,夐绝前后。以禅论词,白石为曹溪六祖能,竹屋、梦窗、梅溪、玉田之流,则江西让、南岳思之分支也。盖自唐五代北宋之南渡,而白石始得其宗,截断众流,独标新旨,可谓长短句之至工者矣。③

直接以六祖南下后建立的禅之南宗,寓南渡后的南宋清雅派词,突显出其"夐绝前后",独传正宗的词史地位。参看此后凌廷堪(1755—1809)的词体正变论,更有助于了解南北宗说是如何回避南宋前已成熟的小令一宗,使专

---

① 厉鹗著,董兆熊注《樊榭山房集》,第 754 页。
② 同上书,第 755 页。
③ 江春《〈白石道人集〉序》,转引自施蛰存主编:《词籍序跋萃编》,第 234 页。

宗南宋慢词合理化的。张其锦在《〈梅边吹笛谱〉跋》(1826 年作)中转述其师凌廷堪词论云：

> 词者，诗之余也。昉于唐，沿于五代，具于北宋，盛于南宋，衰于元，亡于明。以诗譬之，慢词如七言，小令如五言。慢词北宋为初唐……体格虽具，风骨未遒。片玉则如拾遗，骎骎有盛唐之风矣。南渡为盛唐，白石如少陵，奄有诸家……宋末为中唐，玉田、碧山风调有余，浑厚不足，其钱、刘乎……稼轩为盛唐之太白，后村、龙洲亦在微之、乐天之间。金元为晚唐……小令唐如汉，五代如魏晋，北宋欧、苏以上如齐、梁，周、柳以下如陈、隋。南渡如唐，虽才力有余而古气无矣。
>
> 填词之道，须取法南宋，然其中亦有两派焉。一派为白石，以清空为主，高、史辅之。前则有梦窗……后则有玉田、圣与……诸人，扫除野狐，独标正谛，犹禅之南宗也。一派为稼轩，以豪迈为主，继之者龙洲、放翁、后村，犹禅之北宗也。元代两家并行，有明则高者仅得稼轩之皮毛，卑者鄙俚淫亵，直拾屯田、豫章之牙后。我朝斯道复兴，若严苏友、李秋锦……诸公，率皆雅正，上宗南宋，然风气初开，音律不无小乖，词意微带豪、艳，不脱《草堂》前明习染。唯朱竹垞氏，专以玉田为模楷，品在众人上。至厉太鸿出，而琢句炼字，含宫咀商，净洗铅华，力除俳鄙，清空绝俗，直欲上摩高、史之垒矣。①

上段以诗寓词，分论小令、慢词正变：小令以唐五代为正宗，北宋为接武，南宋为衰变；慢词则大体沿用厉鹗的主张，以由北宋末周邦彦开启，至南宋姜夔大成的清雅派为正宗，而对清雅派内部的正变分期更为细致。然而，下段论宗法门径时，却不主张小令、慢词分宗，只强调须宗南宋，而藉以自圆其说的法宝即是南北宗之说：禅至五祖弘忍之后，神秀并不能得其真谛，北地正宗无以为继，故随惠能南下，建立南宗以继之，为后世正宗所从出。同理，词至南宋，小令一宗，"正"无以为继，"虽才力有余而古气无矣"，故不得不转入慢词中，由姜夔确立的正宗继之，扫除前代豪、艳二派野狐，独标最少流弊的清空正谛，故后世欲学正宗也只宜取法南宋了。这种理论建构带有诡辩的成分，却也能自圆其说。从中可见南北宗之说的高明之处：以博观兼赏为铺垫，而以限制门径为目的；其中令人信服的持平之论即多出于博观兼赏的部

---

① 张其锦著：《〈梅边吹笛谱〉跋》，陈乃乾辑：《清名家词》第六卷。

分——既肯定南宗前词的正始地位,也能适度包容豪放北宗,以致于从其说者被导入约取后的狭窄门径中而不自知,故其高明之处却也是最易误导后学之处。

浙派后劲王昶(1725—1806),充分利用浙派前辈的各种主张,缩小正宗门径。堪称浙派中最能集成,也最为极端的"专宗南宋"论者。总体而言,持立"横"追"纵"的正变立场,以纵向正源的雅正特征为基准,结合词体婉约特性,以盛唐词为体制、格调初成的正始,南宋为体制、格调大成的正宗,元明为衰变,清代浙派为复兴返"正"。试看以下词论:

> 李太白、张志和始为词,以续乐府之后,不知者谓诗之变,而其实诗之正也……嗣是温岐、韩偓诸人,稍及闺襜,然乐而不淫,怨而不怒,亦犹是《摽梅》《蔓草》之意……至柳耆卿、黄山谷辈,然后多出于亵狎,是岂长短句之正哉? 余弱冠后与海内词人游,始为倚声之学,以南宋为宗。(《〈国朝词综〉自序》)
> 北宋之季演为长调,变愈甚,遂不能复合于诗。故词至白石、碧山、玉田,与诗分茅设菆,各极其工。(《〈琴画楼词钞〉自序》)
> 余常谓论词必论其人,与诗同。如晁端礼、万俟雅言、康与之其人,在俳优戏弄之间,词亦庸俗不可耐。周邦彦亦未免于此。至姜氏夔、周氏密诸人,始以博雅擅名……是以其词冠于南宋,非北宋之所能。及暨于张氏炎、王氏沂孙,故国遗民,哀时感事,缘情赋物,以写闵周哀郢之思,而词之能事毕矣!(《江宾谷〈梅鹤词〉序》)[1]

秉承浙派前辈"集大成"的尊南宋方式,以词体滥觞的盛唐词为正始,词体大成,"与诗分茅设菆"的南宋词为正宗,并强调二者均符合《诗》《骚》温柔雅正的宗旨;而最大的特色在于明确将北宋词排除在正宗之外。论北宋词仅强调有俗艳流弊者,素来被视为俗艳邪变罪魁的柳永词自然是首当其冲,连浙派前辈推崇的周邦彦词也不能幸免。最终确立"倚声之学,以南宋为宗",至南宋"词之能事毕矣",始能"变而复于正,与骚雅无殊"(《〈琴画楼词钞〉自序》)的结论。对宋后历代词正变的判断均以南宋词为基准——元明以来词衰变,因其"往往以诗为词,粗厉猱亵之气,乘之不复能如南宋之旧"(《〈琴画楼词钞〉自序》),《明词综》选明词中稍可取的佳作,"选择大旨,亦悉以南宋

---

① 王昶著:《春融堂集》,《续修四库全书》第1438册,第91、90、88页。

名家为宗"(《明词综自序》),清初广陵派词不能改明代陋习的原因是仍不出五代北宋"《花间》《草堂》柔曼淫哇之习",而浙派拨乱反正的标志是"蔚然跻于南宋之盛"(《姚茞汀〈词雅〉序》)。专宗南宋,以南宋为基准,兼取诸代的态度十分明确。后世许多论者误认为排斥北宋是浙派的一贯宗旨,恰能反映出王昶正变论对浙派的影响之大。

三、南北宗说的新变与小令慢词分宗说的复兴

专宗南宋的宗法观念占据主流后,取径偏狭的流弊日益暴露,故不同声音也渐兴起。

浙派后期论者有重新阐释南北宗说的。如邓廷桢(1776—1846)《双砚斋词话》虽也沿用南北宗说来推尊南宋清雅派词,以姜夔类比六祖惠能,但具体阐释却自成一家:将历来被视为刚健变宗宗主的苏轼词,类比在黄梅寺传衣钵于惠能的五祖弘忍,纳入正宗,有与常州词派合流的趋向。试看以下二则词论:

> 东坡以龙骧不羁之才,树松桧特立之操,故其词清刚隽上,囊括群英。院吏所云:"学士词须关西大汉,铜琶铁板,高唱'大江东去'"。语虽近谑,实为知音。然如……《蝶恋花》之"枝上柳绵飞又少,天涯何处无芳草"……《水龙吟》之"晓来雨过,遗踪何在,半池萍碎。春色三分,二分尘土,一分流水"……皆能簸之揉之,高华沉痛,遂为石帚导师矣。譬之慧能肇启南宗,实传黄梅衣钵矣。
>
> 其时临安半壁,相率恬熙。白石来往江淮,缘情触绪,百端交集,托意哀丝。故舞席歌场,时有击碎唾壶之意。如《扬州慢》之"自胡马窥江去后,废池乔木,犹厌言兵。渐黄昏清角吹寒,都在空城"……以此辉映湖山,指挥坛坫,百家腾跃,尽入环中。[①]

称清雅派宗主姜夔词足以使后世"百家腾跃,尽入环中",专宗南宋的倾向昭然若揭。但鉴赏视角却颇为独特:对苏轼词,除通常的豪放风格外,还特别推崇其隽逸、高华、沉痛等类似姜夔词的意格;对姜夔词,除通常的婉雅清空,字琢句炼、技法娴熟外,还特别注意到其时有清刚顿挫,类似苏轼词的"击碎唾壶之意",从而确立二者的渊源,下开清雅派正宗。尽管邓廷桢并非

---

① 邓廷桢著:《双砚斋词话》,唐圭璋编:《词话丛编》第三册,第2529、2530页。

首个关注到苏轼与清雅派词关联的论者,清雅派张炎论清空就曾举苏轼词为典范,但此种关联在很长一段时间内被忽视,浙派其他论者也少有提及,故邓廷桢明确标举二者的渊源关系,确有创见,同时萌芽的常州词派,也是按此种思路,将苏轼、辛弃疾词纳入正宗的。邓廷桢将苏轼词的正始特征概括为"高华沉痛",也与常州词派定义的浑厚、沉郁的正宗特征颇为接近。

更有不少论者重新采用更符合词体体性及发展规律的小令慢词分宗说。乾隆初年已有论者尝试通过标举此种观点,来矫正浙派专尚南宋的流弊。如洪振珂《〈词苑英华〉序》(1752 年作)云:

> 国初名辈,多研磨《花庵》《草堂》之体,绮语虽工,独乏幽渺之音于味外。有欲矫其弊者,并《尊前》《花间》《词林万选》等书一并而弁髦之,殊不知其中有唐人五代杰作,而不恬吟密咏,是为因噎废食,终属方隅之见耳。余故善乎竹垞老人之论:"小令当法汴宋以前,慢词则取诸南宋。"兼收并采,而不宜后此明矣!①

是较早意识到浙派专尚南宋流弊的词论之一,在综观明辨清初专尚唐五代北宋与浙派专尚南宋的流弊后,标举朱彝尊小令慢词分宗的主张,显然是希望以此来拨乱反正,拓宽门径。同时也确实有浙派词人能在创作中实践这一主张,参看丁绍仪《听秋声馆词话》(1869 年作)云:

> 词至南宋而极工,然如白石、梦窗、草窗、玉田,皆胥疏江湖,故语多婉焉,去北宋疏越之音远矣。我朝竹垞太史尝言:"小令当法五代",故所作尚不拘一格。逮樊榭老人专以南宋为宗,一时靡然从之,奉为正鹄。独吾乡诸老,不随俗转。余家有《柳外词》一卷,为阳湖沈鹿坪大令作……杂诸《乐章集》,几不能辨。又《竹轩词》二卷,为李玉陛司马作……大令名钟,乾隆戊子举人……司马名荃,乾隆戊寅举人,官广平同知,家居宜兴,词亦不失《乌丝》风格。②

其中提到的沈钟、李荃诸老,即能不随俗转,兼作小令,延续北宋疏越之音,但毕竟影响有限,无法改变浙派在厉鹗等大宗影响下专宗南宋的大势。

---

① 洪振珂著:《〈词苑英华〉序》,转引自金启华等编:《唐宋词集序跋汇编》,第 415 页。
② 丁绍仪著:《听秋声馆词话》,唐圭璋编:《词话丛编》第三册,第 2649—2650 页。

稍后论者更为详尽地阐述了小令慢词分宗的必要性。如周之琦（1782—1862）云：

> 词之有令，唐五代尚矣。宋惟晏叔原最擅胜场，贺方回差堪接武。其余间有一二名作流传，然皆专门之学。自兹以降，专工慢词，不复措意令曲，其作令曲，仍与慢词声响无异。大抵宋词闲雅有余，跌宕不足。长调则有清新绵邈之音，小令则少抑扬抗坠之致。盖时代升降使然。虽片玉、石帚，不能自开生面，况其下者乎？①

对小令慢词演变及清雅派词得失的概括都十分精辟，也暗示浙派专宗南宋，必然会堕入以慢词之法为小令的套路中，无法尽词体之妙。又如陆志渊《〈兰纫词〉自序》（1866 年作）云："作小令先宗五代而后宋元，作慢词以南宋诸名家为法。篇短者，古香古色，字贯珠玑；篇长者，宜雅宜骚，声铿金石……综而约之，去质实屏浮艳，淡则清空，浓则流丽。"②从韵律、体式、风格的差异入手，揭示出小令慢词分宗的合理性。

杜文澜（1815—1881）《憩园词话》也持小令慢词分宗的主张，因不满浙派专宗南宋的弊端，而呈现与常州词派合流的趋向。杜文澜虽为浙西人，但论词体正变却能兼收云间、浙西、常州诸派观点。其转引同乡词友顾文彬《〈隐括古乐府〉序》云：

> 词者，古乐府之变曲也。唐词最为近古。五代十国犹有古音。至南北宋始极其变，然去古渐远。洎乎国初，以迄今日，由宋词而推衍之，几于尽态极妍，而古意浸微矣。③

持论与尚南宋的浙派已有较大差别，更近于常州词派。又转引上述周之琦关于南宋小令不足取法的论述，评曰"其论如此，取途可知。余求其词……浑融深厚，洵为盛世元音，足资后学津梁，坛坫弁冕也。"既然将周之琦词推为正宗典范，则对揭示其取径的唐宋小令、慢词发展史论，当然是极为称赏的。其自评时人词"小令少而慢调多"的现象时，观点也略同：

---

① 转引自杜文澜著：《憩园词话》，唐圭璋编：《词话丛编》第三册，第 2865 页。

② 陆志渊著：《〈兰纫词〉自序》，《丛书集成续编》集部 161 册，第 67 页。

③ 本段杜文澜词论依次引自：杜文澜著：《憩园词话》，唐圭璋编：《词话丛编》第三册，第 2898、2865、2945、2859—2860、2853 页。

> 北宋为小令,重含蓄,继唐诗之后。南宋为慢词,工抒写,开元曲之先。凡专力于南宋人词,每于小令不甚经意。

与上引顾文彬之论互相发明,正能揭示出南宋"古意浸微"的重要原因是小令渐衰而慢词渐兴,改变了词体含蓄绵邈的本色,渐流为曲体。参看杜文澜论诗词曲之别,认为词须别于诗、曲,始能自立正宗,而"余谓诗、词分际,在疾徐收纵轻重肥瘦之间,娴于两途,自能体认。至词之与曲,则同源别派,清浊判然……总之,词以纤秀为佳,凡使气使才、矜奇矜僻,皆不可一犯笔端。"反观南宋词,既被认为慢词开元曲之先,又比前代词更多使气使才、矜奇矜僻的似诗流弊。杜文澜称周济《宋四家词选》"抉择极精……其论深得词中三昧。摘录止庵原序云'……问途碧山,历梦窗、稼轩,以还清真之浑化,予所望于世之为词人者盖如此。'此序示人从学之径,为阅历甘苦之言。"转而遵从常州词派周济由"南"追"北"之说,其实也是针对浙派专尚南宋的流弊而发的。

四、余　　论

朱彝尊对正变特征及典型的上述定位在浙派中通行,究其原因主要有:

第一,浙派既厌恶《草堂诗余》,对其中占据主流的北宋词也难免有成见,如上文朱彝尊强调不能从陈师道之说,取黄庭坚一等俗艳为本色,即流露出对北宋词及词论的不满。汪森《词综序》也称南宋以前词有"言情者或失之俚,使事者或失之伉"的弊端,相比之下,南宋清雅派词及词论则与浙派尚雅的正变取向十分接近,故受到特别推重。朱彝尊《书〈绝妙好词〉后》云:"词人之作,自《草堂诗余》盛行,屏去激楚阳阿,而巴人之唱齐进矣。周公瑾《绝妙好词》选本,虽未全醇。然中多俊语,方诸《草堂》所录,雅俗殊分。"即肯定清雅派选本正足以矫正《草堂诗余》的陋习。

第二,南宋是慢词发展的成熟期,清雅派尤以慢词见长,而慢词舒展的体制,比小令更宜于表现安和舒缓,一唱三叹的雅音。汇集清雅派慢词的《乐府补题》刻本问世,让浙西派对慢词在寄托家国之感上的优势有了更深认识。朱彝尊后期词论兴起的歌咏太平之风,也更适于用慢词表现。

第三,乡邦情结。朱彝尊《〈鱼计庄词〉序》云:"在昔鄱阳姜石帚、张东泽、弁阳周草窗、西秦张玉田,咸非浙产,然言浙者必称焉,是则浙词之盛,亦由侨居者为之助,犹夫豫章诗派不必皆江西人,亦取其同调焉尔矣。"《〈孟彦林词〉序》云:"宋以词名家者,浙东西为多……今所传《乐府补题》,大都越人制作也。"可见浙派偏好南宋清雅派,推崇《乐府补题》,与其同为浙词派也有一定关系。

在宗法门径上,浙派宗主朱彝尊小令宗唐五代北宋词,慢词宗南宋词的主张,本是针对由明至清初专尚唐五代北宋词、偏尚小令,而忽视南宋词、慢词的狭窄门径而发的,主要目的是纠正词坛时弊,推尊符合时代审美及抒情需要的南宋清雅派词——此派既以清空婉雅为尚,正能纠正纤艳、陈熟的时弊;又以慢词见长,体制相对舒展,比小令更适合表现安和舒缓、一唱三叹的雅音,顺应歌咏太平的时需。早期浙派论者以这一主张为理论基础,成功拓宽了门径,但在实际应用时难免矫枉过正,使慢词逐渐取代小令成为词坛创作的主流。随着宗南宋之风愈演愈烈,小令慢词分宗的主张也逐渐被专宗南宋的主张所取代,南北宗说的兴起,使得浙派一贯推崇的博观兼赏观念与实际创作脱节,唐五代北宋词空具正始之尊,实际上已丧失了宗法典范的地位。而后劲王昶将五代北宋词排除在正始之外,使得宗法门径更为狭窄,最终导致了浙派的衰落。

考察浙派门径趋狭的原因:首先是唐五代北宋对应的小令一宗,长期被忽视,朱彝尊提出此说时,实际的创作重心就已转向南宋慢词了。其次,是浙派论者大都未超越将苏、辛一派词均视为变体的传统观念,而忽视了各家词风的多样性,故未能将其纳入宗法门径中。因此,无论其在鉴赏时如何广博,实际宗法对象却局限在南宋清雅一派。而后起的常州词派所建构的词体正宗,却能兼收唐宋诸名家,大大拓宽了门径,更适用于指导填词,无怪乎不少浙派后期论者,都受到常州词派的同化,呈现出浙、常合流,甚至转入常州词派的趋向了。

第三节　由张惠言、周济奠基的常州词派正变观

继浙西词派后占据词坛主流的是常州词派,滥觞于嘉兴、盛行于道光。常州词派词体正变观的奠基人是张惠言、周济。即如潘曾玮在刊刻周济《词辨》时所作的序文(作于 1847 年)云:"余向读张氏《词选》,喜其于源流正变之故,多深造自得之言……大要惩昌狂雕琢之流弊,而思遵之于风雅之归……欲举张氏一书,以正今之学者之失……周氏《词辨》二卷……其辨说,多主张氏之言……所选与张氏略有出入,要其大旨,固深恶夫昌狂雕琢之习

而不反,而亟思有以厘定之,是固张氏之意也。"①蒋兆兰《词说》云:"周止庵穷正变,分家数,为学人导先路,而词学始有统系,有归宿。"②从中可见张惠言、周济二家词体正变观的渊源及对后来常州词派学者的影响。

张惠言(1761—1802)③是后世公认的常州词派开山宗主,原名一鸣,字皋文,号茗柯。武进(今江苏常州)人,嘉庆四年(1799)进士,官翰林院编修。潜心经学、易学、受桐城派影响治古文,开创阳湖文派,追求骈、散结合,文采、骨势兼备,注重微言大义、经世致用。此种文学好尚也通于词学,促成了常州词派的产生。嘉庆二年(1797),张惠言与其弟张琦合编的《词选》(原名《宛陵词选》)行世,选录唐、五代、宋词凡 44 家、116 首,后附同邑词作,本为教授弟子填词的范本,后来成为常州词派纲领。著有《茗柯文编》四卷、《茗柯词》一卷,词学思想主要体现在《词选》序文及注评中,与其经学、易学思想可互相发明,与其词作也能互相印证。尽管张惠言在世时,常州词派尚未正式形成,但其词体正变观已为常州词派奠基,基本形成了常州词派词体正变观的特色:兼容唐宋各派诸家合体词,最大限度的拓宽了正宗门径。

周济(1781—1839)④,字保绪,一字介存,号未斋,晚号止庵,荆溪(今江苏宜兴)人。嘉庆十年(1805)进士,官淮安府学教授。辑有《词辨》十卷(1812 年编成,后仅存前二卷),卷前载有《介存斋论词杂著》;《宋四家词选》(1832 年编成),卷前载有《宋四家词选目录序论》。著有《味隽斋词》(又名《存审轩词》)和《止庵词》。周济《词辨自序》云:"余年十六学为词,甲子始识武进董晋卿。晋卿年少于余,而其词缠绵往复,穷高极深,异乎平时所仿效,心向慕不能已。晋卿为词,师其舅氏张皋文、翰风兄弟。二张辑《词选》而序之,以为词者,意内而言外,变风骚人之遗。其叙文旨深词约,渊乎登古作者之堂,而进退之矣。晋卿虽师二张,所作实出其上。"可见,周济对张惠言词学的继承,是以张惠言的外甥董士锡(晋卿)为中介的。《〈味隽斋词〉自序》(作于 1823 年)云:"词之为技,小矣! 然考之于昔,南北分宗;征之于今,江浙别派,是亦有故焉。吾郡自皋文、子居两先生开辟榛莽,以国风《离骚》之

---

① 潘曾玮《词辨序》,周济著:《介存斋论词杂著》附录,唐圭璋编:《词话丛编》第二册,第 1638 页。

② 蒋兆兰著:《词说》,唐圭璋编:《词话丛编》第五册,第 4637 页。

③ 本书对张惠言《词选》选词的研究参见:张惠言辑:《词选》,中华书局 1957 年版。引用张惠言词论,无特别标注者均来自:《张惠言论词》,唐圭璋编:《词话丛编》第二册。

④ 本书对周济《宋四家词选》《词辨》选词的研究参见:周济选编,谭献评:《宋四家词选 谭评词辨》,广文书局 1967 年版。引用周济词论,无特别标注者均来自:《介存斋论词杂著》《宋四家词选目录序论》,唐圭璋编:《词话丛编》第二册。

旨趣,铸温、韦、周、辛之面目,一时作者竞出。晋卿集其成,余与晋卿议论,或合或否,要其指归,各有正鹄。"①欲别于浙派,自立宗派的意识已颇为明确。周济的词体正变观,继承张、董之说,而能自出新意,贯穿于其不同时期的词学中②,经过周济的阐发,在张惠言词论中若隐若现的具有常州词派特色的正变理念趋于明朗;而周济自出新意的观点,在常州词派中也颇有影响。

其余常州词派诸家词论各有千秋,均继承了张惠言、周济划分"正""变"的基本方法:重视微词兴寄,所拟定的正宗特征,是去掉各类词弊,并能涵盖论者各种佳词要求的特征,故能够不受传统刚柔二派分法与婉挚、宏壮、清雅三派分法的限制,兼取历代诸家词为正宗;所拟定的正宗时代,也大都延续唐代为正始,五代为变始,宋代正变兼备,元明为衰变的定位;所采用的正变立场,均为综合正变立场,绝大多数沿用了立"横"追"纵"的正变立场;也有少数几家稍有变化,采用在前代已萌芽的立"纵"尊"横"或"纵""横"并行类正变立场。本书受篇幅所限,难于备述,故拟选取其中最有特色的三家,分别作专题讨论:其一是刘熙载,采用立"纵"尊"横"类正变立场,在同类正变观中最为完备;其二是谢章铤,采用"纵""横"并行类正变立场,在同类正变观中最为完备。其三是陈廷焯,得张惠言、周济一脉嫡传,为立"横"追"纵"类正变观的最佳典范。

目前不少学者都关注到张惠言、周济二家的词体正变观,肯定其在常州词派词论中的奠基地位,对其产生时代背景及渊源的研究已颇为深入,对二家选词特色、词统建构及演变的研究也各有创见③。较多关注及争议的问

---

① 周济著:《〈味隽斋词〉自序》,《味隽斋词》,陈乃乾辑:《清名家词》第七卷。

② 不少学者因周济前期《词辨》明确分为正变卷,而后期词论中则少见"正"、"变"字样,故认为其后期词学不再采用词体正变观。其实不然,判定一种源流论是否属于正变观,关键不在于其中是否直接出现正变字眼,而在于是否包含了崇正推源的观念。周济在后期词论中,对纵向正源风骚与横向正始唐末温庭筠词的推尊一如既往,前后期词学观虽在传承中有调整,但始终秉承崇正推源的理念,仍属于典型的词体正变观。

③ 在词选研究上,朱绍秦、徐枫的《清代词学"正变观"的新立论——论周济正变观与张惠言的异同》一文通过对《词选》《词辨》选词进行统计对照的方式,来比较二家词体正变观的异同,比同类研究更有理据,具体论述也颇为详实。但其中也偶有疏漏,如称"相对于《词选》,周济在《词辨》正卷中,还新增加了王沂孙词",然而,王沂孙本就是《词选》明确列入正宗的词人。又如李睿的《清代词选研究》中"开启新体例的词选——《词辨》"一节通过对《词辨》与《词综》选词进行统计对照的方式,揭示出《词辨》与浙派的渊源关系,也可为前人研究补缺。在词统研究上,最受关注的是周济在《宋四家词选》中用于构建学词门径的四家词,朱德慈《常州词派通论》等文都对此作了颇为详细的分析。而黄志浩《常州词派词统的建立》涉及张、周二家词统的演进及周济前后词统的调整,对常州词派词统源流的探讨比同类研究更为全面,颇有创见,但其中"降温韦而推两宋"、"退苏进辛"以尊南宋的观点却有待商榷。

题有:1.二家对正宗及历代名家词正变定位的异同及原因。2.二家对两宋词的正变定位及影响。3.二家对"变"的定位及态度。4、周济词统的演进及调整。本书对常州词派正变观的探讨也重点围绕上述问题展开。此外,对周济词论中正宗时代与取法门径的差异,学界少有关注,却是把握二家词体正变观异同的关键之一,且对后来常州词派正变观产生了深远影响,故也是本书研究的重点。

　　由于常州词派词论代表了古典词体正变观最为成熟完备的状态,"纵""横"两大体系的建构也比前代更为明晰,因此,受到学界的普遍关注。即如"绪论"中已提到蒋哲伦在研究常州词派流行的"意内言外"说与词学正变观时,已注意到其中存在"纵""横"立场的差异,并能自觉的将其运用于历代词体论的研究中,朱惠国也赞同此说,并关注到张惠言所取的正宗特征,并不受传统豪放、婉约二派分法的限制,能兼容苏、辛一派偏于婉约的词①;其余学者尽管没有将这种差异同正变立场的转变联系起来,但在论正变时大都涉及其中包含的"雅正"与"婉约"、道德与体制等双重标准,其实也是与"纵""横"立场相对应的。如叶嘉莹指出"张惠言实在乃是一位具有极为细致精微的词人心性的人,他的词论也不仅是出于经师的欲求载道的道德观念而已,而是对于词之美感特质也确实有一己之体认。"②其中提到的道德观念与词体特性双重标准,其实也就是"纵""横"正变标准。然而,历代兼有"纵""横"立场的词体正变论不胜枚举,"雅正""婉约""言志""缘情""比兴寄托"等特征也非常州词派首创,因此,要了解常州词派词体正变观的特色及优势,必须进一步理清"纵""横"两大体系融合及交锋的脉络,把握其在正宗特征、时代、门径定位上的新特色。本书即尝试按此种研究思路来考察常州词派正变观,以还原其在词体正变观发展史上的真正地位——不仅囊括了前代产生的各种综合正变类型,而且在理论建构上能集各类之大成。

一、正宗典范:深婉幽郁与思力沉挚

　　学界对周济与张惠言词学一脉相承的特色颇有共识,最常提及的是比兴寄托、雅正、意内言外、婉约等,对上述特色内涵及表现的分析已颇为透彻;而对二家词学思想的差异,众说纷纭,有"变重质轻文为文质并重"③、

---

① 朱惠国著:《张惠言词学思想新探》,《石油大学学报》2005 年 01 期,第 92—93 页。
② 叶嘉莹著:《迦陵文集》第 6 卷,第 203 页。
③ 朱绍秦、徐枫著:《清代词学"正变观"的新立论》,第 69—70 页。

"张氏只辨雅俗,周氏进而复辨真伪"①、"从艺术审美别正变,而不是以雅正与否论正变"②、"(周济)不像张惠言……过分强调比兴寄托的象征性表达,而兼顾了作品的艺术性及其在和婉基础上的风格的多样性……向两宋以来纯粹的审美精神回归"③等诸说。其论固然,但雅正、寄托、意内言外、婉约等特征并非张惠言首创,故在概括张惠言词学特征时有必要突显其自成一家的内涵;而文质、真伪、艺术审美等特征,是历来词论共同关注的内容,张惠言词论也概莫能外,周济仅凭对此类特征的强化及改良,不足以树帜词坛。

笔者认为张惠言最能别于浙派同类正变观的正宗特征定位在深婉幽郁;而周济最能自成一家、影响深远的论词宗旨当在"思力沉挚",这不仅是其对正宗典范周邦彦词的评价,也是周济对历代名家词的正变定位及词统建构能别于张惠言、董士锡等前辈论者,并给后来常州词派词学注入新风尚的关键所在。

此前盛行的浙派与南宋清雅派词论颇有渊源,都将清空婉雅推为立"横"追"纵"的正宗典范;且因时势由危转安,故欢愉渐多,愁苦渐少,致使末流流于空疏,一味追求清雅文辞、空灵意境,却未能传承风骚感人的精华——微词讽谏的气骨与沉郁深挚的意蕴。而张惠言有感于渐衰的世运与浙派的流弊,转尊幽郁深婉为正宗典范,与浙派所追求的"清空"有厚重与轻灵之别。相应的最佳典范也由南宋词转向唐五代北宋词。堪称其词学纲领的《词选序》云:

> 词者,盖出于唐之诗人,采乐府之音以制新律,因系其词,故曰"词"。传曰:"意内而言外谓之词。"其缘情造端,兴于微言,以相感动,极命风谣里巷男女哀乐,以道贤人君子幽约怨悱不能自言之情,低徊要眇以喻其致。盖诗之比兴,变风之义,骚人之歌,则近之矣。
>
> 然以其文小,其声哀,放者为之,或跌荡靡丽,杂以昌狂俳优。然要其至者,莫不恻隐盱愉,感物而发,触类条鬯,各有所归,非苟为雕琢曼辞而已……今第录此篇,都为二卷。义有幽隐,并为指发。几以塞其下流,导其渊源,无使风雅之士惩于鄙俗之音,不敢与诗赋之流同类而风诵之也。

---

① 陶易著:《张惠言与周济词论之比较》,《皖西学院学报》2001年01期,第18页。
② 朱德慈著:《常州词派通论》,第71页。
③ 黄志浩著:《常州词派研究》,中国社会科学出版社2008年版,第234页。

总体而言,持立"横"追"纵"的正变立场,所定位的词体正宗既顺应了"其文小,其声哀"的横向体制,又能上承纵向正源——"词"字源的"意内言外"之旨与诗骚的比兴雅正之义,足以同"诗赋之流"分庭抗礼。而能别于前代以微婉兴寄沟通"纵""横"正宗的词论,开创常州词派宗风的特色在于:包含了深沉哀思的意蕴,强调以诗源之"变"为词体之"正"。通常处于衰乱时势中的论者,如李清照、陈子龙等,所关注的词体音情都偏于悲哀,而张惠言则明确将源于"变风之义,骚人之歌"的"其声哀"列为词体特色,且在论述寄兴时,强调的是"幽约怨悱"的情感内涵,"低徊要眇"的表达方式,表明词体所宜寄托的哀思是幽郁深婉的。

这种定位为常州词派不少重要正变论者所采用,下面先来重点论述周济定位的正宗特征。即如《介存斋论词杂著》云:"初学词求空,空则灵气往来。既成格调求实,实则精力弥满。"强调精力沉厚的"实"更胜清逸轻灵的"空",为最高词境;又特别加入对思力的要求,最终形成思力沉挚的理论核心。"思力"原指思维能力,引入文论后兼有了文思笔力的内涵。思力沉挚指文思深厚真挚,具有穿透力、感染力,故笔力劲健而不跋扈,深沉内敛,潜气内转,即如《四库提要》评陈与义诗"风格遒上,思力沉挚"。①

较早在词论中提倡思力沉挚的是明末清初的沈雄,《古今词话》转述陈子龙词论云:"宋人欢愉愁怨之致,动于中而不能抑者,类发于诗余,故其所造独工。盖以沉挚之思而出之必浅近,使读之者骤遇之,如在耳目之表,久诵之,而得隽永之趣。"②又评陈玉璂词云:"不喜浮艳,自有沉挚之力。"③周济与陈子龙、沈雄同处衰世,故词学旨趣也相通。即如《词辨自序》总论正宗词家云:

> 古称作者,岂不难哉? 自温庭筠、韦庄、欧阳修、秦观、周邦彦、周密、吴文英、王沂孙、张炎之流,莫不蕴藉深厚,而才艳思力,各骋一途,以极其致。

评正宗诸家优势,正在于以"才艳思力,各骋一途"。参看其评周青词云:"愁苦怨抑……思力沉挚,求之古人,往往而合。"④可见,其认为思力沉挚是传

---

① 《简斋集》提要,《四库全书总目提要》三十,商务印书馆1934年版,第56页。
② 陈子龙原文是"沉至之思",含义略同。
③ 沈雄著:《古今词话》,唐圭璋编:《词话丛编》第一册,第826、1045页。
④ 蒋敦复著:《芬陀利室词话》,唐圭璋编:《词话丛编》第四册,第3634—3635页。

承古词正宗的关键特征。周济据此重新阐释了"寄托"说,主张"非寄托不入",只有"见事多,识理透"——积累沉厚的思力,才能厚积薄发,"如郢斤之斫蝇翼,以无厚入有间";而"专寄托不出",必须"赋情独深,逐境必寤",依托深挚的情感,才能自然顿悟——如"赤子随母笑啼……抑可谓能出矣"。

在周济词论中,最受推崇的周邦彦词,也正是"思力沈挚"的最佳典范。其总评周词云:

> 美成思力,独绝千古,如颜平原书,虽未臻两晋,而唐初之法,至此大备,后有作者,莫能出其范围矣。读得清真词多,觉他人所作,都不十分经意。钩勒之妙,无如清真;他人一钩勒便薄,清真愈钩勒愈浑厚。

明确标举"思力"为周词独绝千古的根源。在具体词评中,更点明其思力所以独绝,只因"思力沉挚"、"精力弥满"、"思牵情绕,力挽六钧"、"他人万万无此力量"。认为周邦彦词"愈钩勒愈浑厚"、"结构精奇"、擅用"本色俊语",都因有深挚情思与矫健气力贯注,故能臻于浑厚、精奇、灵俊的境界,上承唐末"下语镇纸"、"浑厚"的正始,而不会流于浅薄、堆砌、俚俗。

周济对周邦彦词的推崇与董士锡的引导密切相关,《词辨自序》云:

> 予遂受法晋卿,已而造诣日以异,论说亦互相短长。晋卿初好玉田,余曰:"玉田意尽于言,不足好。"余不喜清真,而晋卿推其沈著拗怒,比之少陵。牴牾者一年,晋卿益厌玉田,而余遂笃好清真。

周邦彦词在张惠言《词选》中虽也跻身正宗之列,但地位不甚突出,共选入四首,在宋代正宗词人中次于秦观、辛弃疾,与王沂孙相同。而董士锡却将其类比有"集大成"之誉的杜甫诗,推尊程度显著提高。周济在董士锡影响下,对周词大有改观。在《词辨》"正"卷中选入九首,仅次于温庭筠;在《宋四家词选》中更将其誉为"集大成",大有囊括前代大宗的意味,并置于"由南追北"门径的最高点,关于这一点在下文中将有详论。

总之,思力沉挚是周济划分历代诸家词正变最关键的依据。其正变定位较之张惠言,继承中亦有调整,而调整处正能彰显其这一独特宗旨。

二、张惠言所创正宗门径:兼取唐宋,温词最高

学界对张、周二家词统的建构,公认的是二家均以温庭筠为代表的唐词

为"正"、以五代词为"变",周济对张惠言的调整为退姜夔、张炎,而进柳永、吴文英;而存在争议的是周济对秦观词的态度、周济后期词论对温庭筠、苏轼、辛弃疾的正变定位。本书尝试在继承前辈研究成果的基础上,解决争议,彰显张惠言词统建构在词史上的特色及地位、周济"思力沉挚"的宗旨对词统建构及调整的影响,以便更好地认识二家建立在词统源流考辨之上的词体正变观。

张惠言对历代诸家词的正变定位,一改浙派后期专宗南宋的风气,拓宽了正宗门径,论正宗兼取唐五代及两宋名家。对词体发展的总体评价是"正""始"合一,词格代降。试看《词选序》云:

> 自唐之词人,李白为首,其后韦应物、王建、韩翃、白居易、刘禹锡、皇甫松、司空图、韩偓,并有述造。而温庭筠最高,其言深美闳约。

以盛唐李白词为横向源始,以唐末温庭筠词为正宗源始,因其最早具备沟通"纵"、"横"的特征——"深美闳约",兼具情致、文采、格调,寄托了哀怨骚雅的"感士不遇"之情、有内美而重修饰的"离骚初服之意"、迷离惝恍的"故国吴宫"之思,故能兼合于词哀婉幽约的横向体制与变风骚雅等纵向正源;也代表了词体的最高境界,为后世词的最佳典范——主张唐词以"温庭筠最高",而历代词又以唐词为最高。又云:

> 五代之际,孟氏、李氏,君臣为谑,竞作新调,词之杂流,由此起矣。至其工者,往往绝伦,亦如齐、梁五言,依托魏、晋,近古然也。

以五代为词体变调之始,但因时代接近唐词正始,故仍有后世不及之处,以诗寓词,将五代词类比齐、梁五言,就凸显出其前后的两大正宗——唐词如魏晋诗,是古诗正宗;宋词如唐诗,是律诗正宗。在诗体源流中,律诗为古诗之"变",故其"正"稍逊一筹;同理,在词体源流中,宋词为唐词之"变",故其"正"也稍逊一筹,故云:

> 宋之词家,号为极盛。然张先、苏轼、秦观、周邦彦、辛弃疾、姜夔、王沂孙、张炎,渊渊乎文有其质焉。其荡而不反,傲而不理,枝而不物,柳永、黄庭坚、刘过、吴文英之伦,亦各引一端,以取重于当世。而前数子者,又不免有一时放浪通脱之言出于其间。后进弥以驰逐,不务原其

> 指意,破析乖剌,坏乱而不可纪。

可见,宋词中"荡而不反"的诸家词,为更甚于五代的邪变,固不必言;即便是最合正宗的诸家词,也"不免有一时放浪通脱之言出于其间",故均不及唐词纯正。对宋以后词的正变定位则是:

> 自宋之亡而正声绝,元之末而规矩隳,以至于今四百余年,作者十数,谅其所是,互有繁变,皆可谓安蔽乖方,迷不知门户者也。

均被列为不值一提的衰变时期。上述正变定位,较具独创性及影响力之处在于:

（一）标举温庭筠词为正宗源始,评价之高为前所未有;而以五代君臣词为变始,连接唐、宋两大正宗,也为前所未有。张惠言对温词及五代词的评价独树一帜,从者颇众,堪称常州词派最具特色的正变定位之一。

温庭筠词在明代曾一度被视为华而不实,意鲜深至,排除在正宗之外;在清代前中期评价有所提高,但也只关注到其自然华彩一类的优点,而张惠言独从纵向正变论最重视的格调、意蕴入手,一举将温词推尊到微言大义,直接风骚的地位。此种定位为常州词派许多重要论者所采纳,但对温词特色的分析则各有侧重。

至于南唐二主词,在前代以横向立场为主的正变观中,常被推为正宗典范,而从未被视为变调,而张惠言独将其视为新变杂流,原因在"君臣为谑",可见其所谓杂流,是专就西蜀、南唐未亡国时所作的"风乍起,吹皱一池春水"一类词而言的,故将其视为谐谑轻靡,有违雅正的邪变之始;而对五代格调婉雅,寄托家国之感的词作,仍是纳入正宗的,《词选》中选录五代词数甚至在南宋之上,其中李璟词4首、冯延巳词5首、李煜词7首,分别是入选词数最多的第六、第四、第三位词人,具体点评的韦庄、冯延巳、牛峤三家词,评价也颇高,可见,其对五代词仍是颇为推崇的,总体定位应是正变兼备。而后世常州词派论者,大都继承了五代为词体变始,而不尽失"正"的观点,但具体所指则各有变化。

（二）论宋词,兼取秦周、苏辛、姜张三派词为正宗,但在选词中显露出偏尚北宋的趋向,这种兼容并包的正宗定位后来也成为常州词派最具特色的定位之一。

张惠言标举为"渊渊乎文有其质"的北宋正宗诸家词,在前代词论中是被分为三派的:北宋张先、秦观为一派,特点是婉媚深挚,最接近唐五代本色词;南宋姜夔、王沂孙、张炎为一派,特点是清空雅正,擅用寄兴;苏轼、辛弃疾为一派,特点是宏壮变体;而周邦彦词因具有上承北宋,下开南宋的特点,故兼属前二派。前代论正宗,普遍只取其中一派或两派,而张惠言因定位的正宗特征突破了传统词派分法的限制,故得以三派兼取:张惠言论正宗,既偏好自然深美,缠绵悱恻,又推重微词寄兴,故能兼取南北宋诸家婉雅词;而对苏、辛词,张惠言关注的并不是其豪放变体之作,而是其刚柔相济,别有寄托,不逾幽约词体之作。《词选》选入的苏轼词有《卜算子》(缺月挂疏桐)《贺新郎》(乳燕飞华屋)《水龙吟》(似花还是非花)《洞仙歌》(玉骨冰肌),均属于婉约词,且在宋代已被认为是别有寄托之作①;选入的辛弃疾词,有《摸鱼儿》(更能消几番风雨)《贺新郎》(绿树听啼鴂)《贺新郎》(凤尾龙香拨)《祝英台近》(宝钗分)《菩萨蛮》(郁孤台下清江水)《永遇乐》(千古江山),也是以婉约为主,杂入沉雄之风,别有寄托②。

张惠言、周济对两宋词的态度及关系,在学界一直存有争议。历来视张惠言为浙派词宗的论者,都认为其兴起了在两宋词中偏宗北宋的风尚;但近年来不少学者则主张张惠言论两宋词无分轩轾,至周济才出现北宋优于南宋的正变取向。由于从宗南宋转向宗北宋,一直被认为是浙、常分派的标志性特征,故学界对宗北宋取向始于何人的论争,又进一步上升为对常州词派起源及张惠言词宗地位的论争③。其实,张惠言对两宋词的轩轾虽不甚明显,但确实是存在的,在其选词及对正宗门径的论述中均暗含着偏尚北宋的取向;而明确提出北宋优于南宋的周济,所拟定的正宗门径对南宋的包容反而增强了。表面上看,张惠言《词选序》对两宋词一视同仁——所列的正变

① 《卜算子》(缺月挂疏桐),《词选》评语已引鮦阳居士语云:"'缺月',刺明微也。""'漏断',暗时也……此词与考槃诗极相似。"《贺新郎》(乳燕飞华屋),项安世《项氏家说》卷八评云:"兴寄最深,有《离骚经》之遗法,盖以兴君臣遇合之难,一篇之中,殆不止三致意焉……"(中华书局1985年版,第96页。)《洞仙歌》(玉骨冰肌),周紫芝《竹坡诗话》评云:"或谓东坡托花蕊以自解耳,不可不知也。"(何文焕辑:《历代诗话》上册,第344页。)《水龙吟》(似花还是非花),苏轼在《与章质夫》中即自道其中深意云:"思公正柳花飞时出巡按,坐想四子,闭门愁断,故写其意,次韵一首寄去,亦告不以示人也。"(苏轼著,孔凡礼点校:《苏轼文集》第四册,第1638页。)

② 可参看《词选》评语,对诸词寄托论述甚详。

③ 如孙克强认为:"清代词学史上,对待北宋、南宋词的态度,可以说是词学流派的徽记,也是词家身份的标记……如果张惠言特别标举北宋,或可认为他确有反潮流、反浙派的意图。然而事实上张惠言并没有像上述诸人所说的那样排斥南宋词。"(《张惠言词学新论》,《文学与文化》2010年01期,第82页。)又如陶易《张惠言与周济词论之比较》认为:"张氏区分正变对两宋词无所轩轾,也不排斥姜夔、张炎;周氏区分正变,对两宋词有所进退,尊北宋而斥姜、张。"(《皖西学院学报》2001年01期,第18页。)

诸家,南北宋各占一半,具体评论也并无轩轾之意。认为张惠言论两宋词无分轩轾的论者,都注意到张惠言所处的时期浙派尚属主流,故其词友多有专尚南宋者。如陈文述《葛蓬山蕉梦词叙》云:"词家之轨,南宋为宗……曩在都下,与张皋文太史,杨蓉裳农部论词。太史曰:'词境甚仄,词律宜严,率尔操觚者,乃诗人之余事,非词家之正声也'。农部曰:'人知诗品宜高,不知词更宜高。人知诗品宜洁,不知词更宜洁。北宋不若南宋,周秦不及姜张,此中消息微茫,非会心人未易领取。'"①吴衡照《莲子居词话》云:"王少寇述庵先生尝言:'北宋多北风雨雪之感,南宋多黍离麦秀之悲,所以为高。'亡友阳湖张编修皋文为《词选》,亦深明此意。"②都表明张惠言在与词友论词时,并未明确对当时专宗南宋的观点提出异议。然而,无异议未必表示赞同,也有可能是不愿正面对抗,故选择不予置评。

从《词选》看,其对南北宋词的评论是不分高下的,而选词则出现了偏重唐五代北宋的趋向:《词选》选入唐五代词 46 首,北宋词 30 首、南宋词21 首、两宋间词 19 首,北宋词明显多于南宋词;再看入选数量最多的十家词:最多的是被尊为正宗源始的温庭筠词 18 首;其次是北宋秦观词 10 首、五代李煜词 7 首、南宋辛弃疾词 6 首、五代冯延巳词 5 首、唐韦庄、五代李璟、北宋苏轼、周邦彦、两宋间李清照、南宋王沂孙词都是 4 首,而浙派推为词宗的姜夔、张炎词,却分别仅有 3 首、1 首入选,由此可见,张惠言最偏好的是唐五代词,以及与唐五代词风接近的北宋秦、周一派词;其次,是能延续唐五代舒畅自然之风,而以气骨胜的苏、辛一派合体词;最后才是南宋清雅派词,而在清雅派词中,最偏好的又是王沂孙词,而非浙派最推重的姜、张词。因此,笔者认为张惠言没有在词论中明确提出偏好北宋词的观点,只是拘于时论,但在选词中,崇尚唐五代北宋,与浙派异趣的趋向实已形成,这种趋向在后来常州词派词论中愈趋明显,最终成为浙、常二派在正宗门径上最显著的分歧之一。

三、周济所创正宗门径:由南追北,周词集成

学界对周济填词门径的论争,集中体现在对其中温庭筠词地位的论争中——大多数学者认为其定位与张惠言并无分别,而部分学者则主张其后期词论"降温韦而推两宋"③,论两宋词无分轩轾。然而,这两种观点都不完

① 陈文述著:《颐道堂文钞》,《续修四库全书》第 1506 册,第 7 页。
② 吴衡照著:《莲子居词话》,唐圭璋编:《词话丛编》第三册,第 2388 页。
③ 黄志浩著:《常州词派研究》,第 235—239 页。

全恰当。周济为宣扬其思力沉挚的正宗追求,填词门径较之张惠言确有调整——温庭筠词的最佳典范地位被周邦彦所取代,但至尊正始的地位却未改变;对北宋词的评价也依然高于南宋,但在推举学词典范时却更偏重南宋;而这种造诣最高词与最宜取法词间的微妙关系,正是其能在维系常州派特色的同时,别于张惠言等常州派师友独树一帜的关键所在。

在张惠言词论中,造诣最高与最宜取法词是重合的——温庭筠所代表的唐五代词集二者于一身,而此种偏重唐五代北宋词的正变史观及填词门径,也使其得以别于偏重南宋词的浙派,自立常州派特色。《词选》在序言中已主张在历代诸家词中,温庭筠词是造诣"最高"、地位至尊的正始,五代后邪变渐起,"荡而不返",一代不如一代;故严格按照正宗要求选词,最偏重唐五代,选入46首;其次是北宋,选30首;最后才是南宋,选21首;两宋间词则选入19首。选词最多的词人依次是正始温庭筠18首、北宋秦观10首、五代李煜7首、南宋辛弃疾6首。对浙派词宗姜夔、张炎词却仅选入3首、1首。

然而,在周济词论中,造诣最高与最宜取法词却发生了分离,周邦彦词被赋予的地位,相当于浙西词派以禅寓诗的南宗宗主,且这种定位在前后期词论中都保持一致。

前期《介存斋论词杂著》云:

> 皋文曰:"飞卿之词,深美闳约。"信然。飞卿酝酿最深,故其言不怒不慑,备刚柔之气。针缕之密,南宋人始露痕迹,《花间》极有浑厚气象。如飞卿则神理超越,不复可以迹象求矣! 然细绎之,正字字有脉络。

论历代词正变史,一方面,继承了张惠言以温庭筠词为至尊正始,尊北宋而抑南宋的时代正变定位,以维护常州派别于浙派的特色,即如蒋敦复云:"近来浙吴二派俱宗南宋,独常州诸公(指张惠言兄弟与周济等),能瓣香周、秦以上,窥唐人微旨"[①];另一方面,对理论上的正始温庭筠词,却用"不复可以迹象求"一语架空,排除出可学典范,故对其如何"字字有脉络"也是语焉不详。所定位的正宗特征,"浑厚"固然与张惠言的"深美闳约"一脉相承,而强调"不怒不慑,备刚柔之气"、"下语镇纸",则是加入了独创的思力沉挚要求。

---

① 蒋敦复著:《芬陀利室词话》,唐圭璋编:《词话丛编》第四册,第3633—3634页。

至后期《宋四家词笺》则云：

> 何以无温、韦词？长沙地小，不足回旋，能者可自得之，不能者不能强也。①

更明确道出后期《宋四家词选》不录温、韦词，只因其妙处难学，只能为造诣高者所意会，却难以为初学门径。

这种立论方式，首先，是为了在不触动张惠言奠定的常州派正始前提下，推尊其偏好的思力沉挚典范周邦彦词；其次，是为了便于初学，故不惜放低门槛，取法稍逊一筹的南宋词。周济独创的由"南"追"北"填词门径，正是通过对取法难易程度的探讨，将实际取法重心由唐五代北宋词转向北宋末至南宋词，最佳典范也由温庭筠词变为周邦彦词，以进一步弘扬思力沉挚的独特宗旨。具体而言：

周济论两宋词，一方面，明确指出能传承唐词浑厚正始的是北宋词，而南宋词已"露痕迹"，仅能以有寄托入，而不能以无寄托出，达到浑化的高境；另一方面却又以北宋词不易学为由，提出由"南"追"北"②的主张，将实际取法重心落在南宋。周济论学词门径，主张"非寄托不入"，认为要入门，首先要能"以无厚入有间"，而"以无厚入有间"本是董士锡用以形容"南宋及金元人妙处"③的。周济采纳此说，故认为南宋词造诣虽不及北宋词，可学性却胜一筹，更宜用于为初学者指示门径。即如《介存斋论词杂著》云：

> 初学词求有寄托，有寄托则表里相宜，斐然成章。既成格调，求无寄托，无寄托，则指事类情，仁者见仁，知者见知。北宋词，下者在南宋下，以其不能空，且不知寄托也；高者在南宋上，以其能实，且能无寄托

---

① 黄志浩引周济此论，认为其"运用贾谊被贬长沙的典故，旨在说明唐五代词……堂庑未大，风貌未全，尚不足以掩过两宋词的灿烂成就"（《常州词派研究》，第236页），其实不然，此论典出《古今事文类聚》续集："景帝朝，诸侯王来朝。有诏更前称寿歌舞，长沙定王但张袖小举，左右笑其拙。上怪问之，对曰：'臣国小地狭，不足回旋。'帝以武陵、桂阳属焉。"原义是自谦本国地小，不足以容歌舞回旋。故周济用此典，也旨在说明温韦词门庭太高，妙处难学，大多数词人造诣有限，不足以驾驭，故下文才有"能者可自得之，不能者不能强"之说。因此，对温、韦词的态度是盛赞而非贬抑。

② 由"南"追"北"本是周济对吴文英的评价，而笔者认为恰能概括其正宗门径的特点——从南宋"有寄托"的词境入门，以求上攀北宋"无寄托"词境。

③ 参见蒋敦复《芬陀利室词话》："壬子秋，雨翁与余论词，至有厚入无间，辄敛手推服曰：'昔者吾友董晋卿每云：'词以无厚入有间，此南宋及金元人妙处。'"（唐圭璋编：《词话丛编》第四册，第3652页。）

也。南宋则下不犯北宋拙率之病,高不到北宋浑涵之诣。

主张北宋词分为高、下两极,高者能以"浑涵"高境直接唐五代"浑厚"的正宗,而下者则为"拙率"邪变;南宋则居中,比上不足,比下有余。这种定位既推尊了北宋词,与专宗南宋的浙派相区别;又为将取法对象转向南宋作了铺垫。在《宋四家词选》中填词门径更趋明朗:

> 北宋主乐章,故情景但取当前,无穷高极深之趣。南宋则文人弄笔,彼此争名,故变化益多,取材益富。然南宋有门迳,有门迳故似深而转浅;北宋无门迳,无门迳故似易而实难。初学琢得五七字成句,便思高揖晏、周,殆不然也,北宋含蓄之妙,逼近温、韦;非点水成冰时,安能脱口即是?

历来正变观论门径大都主张取法乎上,以"正"驭"变",以造诣最高的正始为最佳典范;但周济却主张由下而上——认为功力不够的学者,从北宋入门难免会舍本逐末,不能逼近涵浑正宗,反易误入拙率邪变,画虎不成反类犬;故主张从少流弊的南宋入门,由下而上,这样纵使功力不到,也能画鹄不成终类鹜,若造诣日深,便可由南追北,再由北宋上追唐代温、韦正始。其论由"南"追"北"的途径云:

> 清真,集大成者也。稼轩敛雄心,抗高调,变温婉,成悲凉。碧山餍心切理,言近指远,声容调度,一一可循。梦窗奇思壮采,腾天潜渊,返南宋之清泚,为北宋之秾挚。是为四家,领袖一代……问涂碧山,历梦窗、稼轩以还清真之浑化。余所望于世之为词人者,盖如此。

将实际取法的重心落在了北宋末至南宋的周、辛、吴、王四家词上,而以"思力沈挚"的最佳典范——周邦彦词为最高,"由南追北"学词途径也到此为止。由于周济没有进一步论述由北宋追唐五代的途径,故周邦彦词实已取代温庭筠成为取径正宗的最佳典范。

四、《词辨》宽严相济的正变史观

关于张惠言与周济对"变"的定位及态度,学界的共识是周济的正变观比张惠言通达,有的论者认为通达表现在正宗容纳词家更多;有的论者认为表现在对"变"的内涵界定不同,为"正声之次",而非如张惠言所定义的邪变①;还有不少论者认为周济不以正变分优劣②。笔者持论与上述观点有分有合:周济的正宗门径总体而言确实是放宽了,但显然仍是以正变分优劣的,其宽中有严——对正宗的控制转严,而严中见宽——对作为"正声之次"的"变"的限制放宽,对虽为邪变而尚有可观的词也拟入选;但这并不意味着其改变了张惠言所定义的"变"的内涵,能包容一切的"变"。《词辨》"变"卷之"变"所收录的是周济所理解的词"变"之上乘,其内涵略同于张惠言论中的五代词之"变"——上承唐末词之"绝伦",而下启后世词之"杂流",具有"邪"中存"正"的特点;而与张惠言论中"荡而不返"之"变"内涵相对应的,应是《词辨》已亡佚的"变"卷以下数卷。上述对"变"的分等在历来正变观中都是极为常见的,无所谓内涵的改变,也与通达与否无关。

张惠言倡导的选词门径较严,《词选》入选的全是论者心目中的正宗词。张惠言评词体流弊云:"然以其文小,其声哀,放者为之,或跌荡靡丽,杂以昌狂俳优。"所谓"放者",当即是由五代开启的谐俗"杂流",愈演愈烈,则流为"荡而不反,傲而不理,枝而不物"的词,在宋词中以柳永、黄庭坚、刘过、吴文英四家为代表,张惠言认为其文过其质,或杂于鄙俗纤艳,或过于密丽堆砌,违背了诗骚雅正之旨,故对正变杂流的五代词,择其"正"者入选,对代表邪变的上述四家词,则概不选入。而周济的选词门径相对开阔,能兼容部分"变"调:

周济《词辨》分"正"、"变"二卷,"正"卷收录唐代温庭筠 10 首;五代韦庄 4 首、欧阳炯 1 首、冯延巳 5 首;北宋晏殊 1 首、欧阳修 2 首、晏几道 1 首、柳永 1 首、秦观 2 首、周邦彦 9 首;两宋间陈克 4 首、李清照 1 首;南宋史达祖 1 首、吴文英 5 首、周密 2 首、王沂孙 6 首、张炎 3 首、唐珏 1 首。"变"卷收录五代李煜 9 首、孟昶 1 首、鹿虔扆 1 首、北宋范仲淹 2 首、苏轼 2 首、王安国 1 首;南宋辛弃疾 10 首、姜夔 3 首、陆游 1 首、刘过 2 首、蒋捷 1 首。

从中可见,周济对"正"的限制颇严,在张惠言《词选》中认为是"变"的诸家,仅柳永、吴文英被提升为"正";而认为"正"的苏轼、辛弃疾、姜夔三家词,以及李煜、鹿虔扆、范仲淹入选《词选》,被默认为"正"的几首词,都被选入

---

① 如朱绍秦、徐枫称"周济对'变'的理解,与张惠言大异其趣",朱德慈称"止庵之所谓'变',其内涵与皋文所云有了极大的不同",都认为张惠言所指的"变"是与"正"相反的"荡而不返"之义;而周济所谓"变"则是"正声之次",故而比较通达。

② 如李睿的《清代词选研究》、孙芳《顺康之际的词论研究》等都认为周济正变论是对王士禛不以正变分优劣观点的继承及发挥。

"变"卷中。然而,周济对"变"卷词家的具体评价却并不低,只因其对此卷"变"的定位其实是"正声之次",并不是邪变,即如《词辨自序》云:

> 南唐后主以下,虽骏快驰骛,豪宕感激稍滴矣。然犹皆委曲以致其情,未有亢厉剽悍之习,抑亦正声之次也。

参看周济对《词辨》体例的说明:

> 向次《词辨》十卷:一卷起飞卿为正,二卷起南唐后主为变。名篇之稍有疵累者为三、四卷;平妥清通,才及格调者为五六卷;大体纰缪、精彩间出为七八卷;本事词话为九卷;庸选恶札,迷误后生,大声疾呼,以昭炯戒为十卷……厄于黄流,既无副本,悢叹而已! 尔后稍稍追忆,仅存正、变两卷,尚有遗落。

可见,周济《词辨》是兼收"正"、"变"的,选词视野比较开阔,而在"变"中仍分等级,第二卷中收录的"变",其实是"正声之次",虽逊"正"一等,但尚未尽失其"正",其存"正"程度远胜于以下诸卷,因此对此卷词的具体评价颇高,论正宗门径也兼及此卷。只是因为后来真正属于邪变的《词辨》后几卷已遗失了,仅存正、变二卷,才令读者误会其旨。即如谭献《〈词辨〉跋》云:"予固心知周氏之意,而持论小异。大抵周氏所谓变,亦予所谓正也,而折衷柔厚则同。仲可比类而观,思过半矣。"卷二批语又云:"周氏以此卷为变,截断众流,解人不易索也"①。周济的正变分法不易解,只因《词辨》本为劫后残本,若仅按照通常正变的定义去理解周济所谓"变",就会忽略其"正声之次"的真实地位,而误认为周济对正宗门径的限制过严。其实,周济将表达稍欠温厚的词归入"变"卷,与谭献"折衷柔厚"的宗旨是相通的,试看谭献评李煜词"足当太白诗篇,高奇无匹",与周济"变"中存"正"的定位也无不合;而目前一些学者则将周济的正宗门径理解得太宽,认为周济将"变"均视为"正声之次",甚至与"正"无别,就难免走向另一种极端了。

　　总体而言,周济论词,首重思力,要求刚柔相济而合于温厚柔婉之体,其正变定位大体沿用张惠言之说,继承之中亦有调整,而调整之处集中反映出其独特的论词宗旨——思力沉挚。《词辨》"正"卷与《词选》相比,较明显的

---

① 谭献著:《〈词辨〉跋》《词辨》卷二批语,周济选编,谭献评:《宋四家词选　谭评词辨》。

调整有：加入被《词选》归为"变"的柳永、吴文英二家词；将周邦彦词增至9首，仅次于温庭筠；将秦观词减至2首，这些调整都与能否以思力振起气格密切相关，在下文中将有详论。

再看"变"卷，周济沿用张惠言"词变始于五代"之说，但对"变"特征的理解却自出新意，所谓：

> 骏快驰骛，豪宕感激稍漓矣。然犹皆委曲以致其情，未有亢厉剽悍之习，抑亦正声之次也。

同样是"备刚柔之气"，但与正始相比，刚直稍盛而柔婉稍逊，故属于稍逊一筹的正声。周济认为此"变"最早见于李煜词，参看选词，指的主要是李煜亡国后词中直截沉痛的意格。《介存斋论词杂著》云：

> 李后主词如生马驹，不受控捉。毛嫱、西施，天下美妇人也。严妆佳，淡妆亦佳，粗服乱头，不掩国色。飞卿，严妆也；端己，淡妆也；后主则粗服乱头矣。

就巧妙地反映出李煜词在周济心中的地位：按正统的服饰观念，粗服乱头固然不及严妆、淡妆标准，学之不当就会有东施效颦的弊病，因此，周济将在表达上不受温厚正统限制的李煜词归入"变"，点明其稍次于温、韦之"正"；然而，美不美关键还在人，而不在装饰，所谓"粗服乱头，不掩国色"，即是肯定李煜词未改变善用寄兴，委曲以致其情的"正"之本质，因此，总体定位是"变"而不甚失其"正"的，这也是周济对"变"卷诸家的实际定位。

周济对宋代正宗词的定位同样以周邦彦词为参照，以思力沉挚、由南追北为关键，试看其正变定位较之常州派词友调整最大、在学界最受重视的数家词：

（一）柳永词由邪变上升为正宗

柳永词因俗艳流弊常被视为纵向邪变，张惠言词论也不例外，而周济认为柳永与周邦彦词在思力沉挚上一脉相承，故破格提升为正宗。《词辨》将柳永《倾杯乐》收入正卷，《宋四家词选》选入柳词10首，在北宋词中仅次于周邦彦。参看词论，《介存斋论词杂著》已质疑世人对柳词评价过低，认为"耆卿为世訾謷久矣，然其铺叙委宛，言近意远，森秀幽淡之趣在骨……北宋高手也。"至《宋四家词选》更点明其最欣赏的柳词之妙正在思力沉挚：

柳词总以平叙见长。或发端、或结尾、或换头,以一二语勾勒提掇,有千钧之力。案:此总评柳词。

清真词多从耆卿夺胎,思力沈挚处往往出蓝。然耆卿秀淡幽艳,是不可及。后人摭其乐章,訾为俗笔,真瞽说也。(评柳永《雨霖铃·寒蝉凄切》)

后阕一气转注,联翩而下,清真最得此妙。(评柳永《卜算子慢·江枫渐老》)

均在强调柳词思力贯注,潜气内转的章法笔势,足为周邦彦词开先,这应当也是周济推尊柳永词的关键原因。

(二)秦观词在正宗词中地位下降

周济对秦观词评价虽不算低,却归入"不喜"之列,这种微妙态度正能反映周济的词学传承及特色:秦观词在周济推崇的常州派师友词论中,堪称最佳正宗典范——张惠言《词选》在宋词中最喜秦观词,不仅列为正宗,且选词多达十首,仅次于正始温庭筠。《介存斋论词杂著》转述董士锡等词友评语云:"晋卿曰:'少游正以平易近人,故用力者终不能到'。""良卿曰:'少游词如花含苞,故不甚见其力量。其实后来作手,无不胚胎于此'。"

耐人寻味的是,通常颇能接受词友建议的周济却始终不能喜欢秦观词,在点评中罗列的秦观词优点也基本是在转述词友评语。即如《词辨自序》云:"既予以少游多庸格,为浅钝者所易托……牴牾又一年……终不能好少游。"《宋四家词选目录序论》云:"少游最和婉醇正,稍逊清真者,辣耳。少游意在含蓄,如花初胎,故少重笔。然清真沈痛至极,仍能含蓄。"可见,周济不喜秦观词,只因其评词首重思力沉挚,故秦观词婉媚和平,少重笔,不着力的特点,在其词友眼中是优点,是醇正的表现;而在其眼中却是不足,是平庸的表现,也正是秦观词不如周邦彦之处。

(三)南宋词中进吴文英而退王沂孙

张惠言在清雅派词中最欣赏王沂孙,其次是姜夔、张炎,而将吴文英归为变调。周济也赞同王沂孙词高于姜、张词,认为:"碧山恬退是真,姜、张皆伪";但总体评价却不如张惠言高,仅将其视为最便初学的入门词家,只因其认为王沂孙词接近张炎,清雅太过,力量稍欠,不大符合思力沉挚的要求。对吴文英词的定位变化更大,一举将其由变调上升为清雅派最佳正宗典范,而看重的同样是其与周邦彦词的渊源关系:

　　皋文不取梦窗,是为碧山门迳所限耳。梦窗立意高,取迳远,皆非余子所及。惟过嗜饾饤,以此被议。若其虚实并到之作,虽清真不过也。

　　良卿曰:"尹惟晓前有清真,后有梦窗之说,可谓知言,梦窗每于空际转身,非具大神力不能。"梦窗非无生涩处,总胜空滑。

　　空际出力,梦窗最得其诀(评周邦彦《浪淘沙慢》)。

　　梦窗思沈力厚,草窗则貌合耳。

可见,其推崇吴词,正因其继承了周邦彦思力沈挚、空际转身的优点,前人谓吴词质实,而周济则认为其独至之妙正在于虚实并到,能"由南追北"——由南宋的清空,上升为北宋的精实,故不宜以质实饾饤的流弊概之。

　　(四)苏轼、辛弃疾、姜夔词由正宗降入变卷

　　前代论者习惯将唐五代北宋本色词、以姜夔为宗的清雅词与以苏、辛为典范的宏壮词分为三派,故张惠言既尊唐五代词为正始,又不加说明的将苏、辛、姜词均纳入正宗,很容易与前代云间、浙西、阳羡等派的观点混淆;但若对照《词选》选词,就会发现入选苏、辛词均属婉约之作,而姜夔词入选数量(三首)根本无法与前代正宗词人抗衡。因此,《词辨》将这三家归入属"正声之次"的"变"卷,可谓道出张惠言未尽之旨,从而使正变体系更为严密,常州派特色更为彰显:

　　1. 明确指出所欣赏苏、辛词之妙不在豪放,这样就将推崇苏、辛的原因与前代崇尚宏壮词的正变论区别开来。即如《介存斋论词杂著》云:

　　　　人赏东坡粗豪,吾赏东坡韶秀……粗豪则病也。

　　　　稼轩不平之鸣随处辄发……故往往锋颖太露;然其才情富艳,思力果锐,南北两朝实无其匹……后人以粗豪学稼轩,非徒无其才,并无其情。稼轩固是才大,然情至处后人万不能及。

主张豪放至于粗豪是词病,属邪变;即便如辛弃疾般有思力,能寓沉挚于豪放中,也难免锋颖太露,只能算是正声之次。

　　2. 用辛弃疾取代姜夔南宋词宗的地位,这样就将推尊张炎、王沂孙、吴文英词为正宗的原因,与浙西派区别开来。即如《宋四家词选目录序论》云:

　　　　东坡天趣独到处殆成绝诣,而苦不经意,完璧甚少。稼轩则沈著痛快,有辙可循,南宋诸公无不传其衣钵……稼轩由北开南,梦窗由南追

北，是词家转境。

> 白石脱胎稼轩，变雄健为清刚，变驰骤为疏宕。

周济在《介存斋论词杂著》中已指出姜夔词"门径浅狭……但便后人模仿"，不足以为大宗。故在此用辛弃疾取代姜夔，成为包括姜夔在内的南宋名家词宗主，自是水到渠成。

3. 阐明南宋词不如前代的原因，在用"即事叙景"取代"就景叙情"，流于浅近，欠深厚。即如《介存斋论词杂著》云：

> 北宋词，多就景叙情，故珠圆玉润，四照玲珑，至稼轩、白石一变而为即事叙景，使深者反浅，曲者反直。吾十年来服膺白石，而以稼轩为外道，由今思之，可谓瞽人扪籥也。稼轩郁勃，故情深；白石放旷，故情浅。

有学者认为《宋四家词选》主张"退苏进辛"，证明周济对南宋词的推崇不下于北宋[①]。其实不然，周济认为辛比苏更适合做学词典范，只因苏词自然高妙，属于不可学的类型，而辛词则"有辙可循"，且具有周济最欣赏的思力沉挚特征："思力果锐，南北两朝实无其匹"，"情至处后人万不能及"；但即便如此，在总体上仍认为辛词引领的南宋词，无法同温、韦引领的唐五代词、周邦彦代表的北宋词抗衡，只因其"由北开南"——"一变而为即事叙景"，致使前代圆融深厚的正宗渐失。对此后南宋正宗词家的评价，也大体遵守学南宋不如学北宋的原则：越近姜夔一路，评价越低，如张炎；越近周邦彦一路，评价越高，如吴文英；周密学吴文英不到，尚足以与张炎抗衡；王沂孙类似姜、张而且能胜出，却只能适用于初学。

五、小　结

乾隆末年起世运趋于衰乱，故文士忧患意识增强，论文更注重经世致用，常州今文学派兴起，影响到词坛，形成重视比兴寄托、宣郁达情的风气；而此前流行的浙派所遵奉的"清空醇雅"、提倡的"宴嬉逸乐以歌咏太平"（《〈紫云词〉序》），更偏重于超逸、安乐的一类意格，且后期词论专尚南宋，于南宋词中又偏重格调、声律、技法，更适用于太平应酬，而不适用于乱世寄兴，故逐渐为新兴的常州词派所取代。张惠言与周济词体正变观一脉相承，而各有特色，共同为常州词派别于前代诸派自立一宗奠定了基础。

---

① 黄志浩：《常州词派研究》，第235—239页。

就正宗特征而言,在张惠言引领下融入深婉幽郁的意蕴,故能别于浙派的清空和雅,开创常州派特色,常州派后继者定位的正宗,如刘熙载的"声情悲壮"、谭献的"柔厚"、陈廷焯的"沉郁温厚"等,都传承了这种特色。而周济加入的思力沉挚内涵,自成一家,有助于纠正柔婉词体纤弱的流弊。其尊周邦彦词为"思力沉挚"的学词最佳典范,也是对清雅派领袖张炎"软媚""不能学"评价的反拨。后来常州派论者大都重视思力,标举"潜气内转""大气真力""沉郁顿挫""重拙大"等理念,故能用一种相反相成的辩证眼光评价词体及诸家词。

就正宗门径而言,在张惠言引领下论正宗时代更推重唐五代北宋词,也兼取南宋词,有助于超越时代正变限制,拓宽门径。而周济从便于初学,防微杜渐的角度出发,开创了由"南"追"北"的填词门径——在《宋四家词选目录序论》中最终确立的正宗门径,是由最能代表南宋词高境的王沂孙词入门,历"由北开南"的辛弃疾、"由南追北"的吴文英词,最终达到北宋周邦彦词"集大成"的浑化境界。与张惠言相比,实际取法重心已由温庭筠转向周邦彦。在二家影响下,常州派词论对温庭筠与周邦彦的评价普遍高于前代,而实际取法重心则因人而异。其中,最能张大张惠言门庭,赋予温庭筠实至名归的正始地位的,当数晚清的陈廷焯,这在下节中将有详论。而周济对吴文英词的破格推崇,也促成了晚清尊梦窗风尚的盛行。

客观而言,周济的门径利弊参半,虽便于入门,却限制了个性。虽能从全新的角度认识南宋词,却最终止步于两宋间——周邦彦虽为北宋词人,但词风更近南宋,精工密丽的体势、技法、用典,蒙太奇式的意境转承,与唐五代北宋词自然、圆融的主流风貌已大相径庭,故据此实难真正接续唐五代北宋词的独至之妙。但任何门径都难免受审美好尚、时代风尚及接受对象的影响而有所偏重,不可能放之四海而皆准,因此,宜更多地欣赏其创意,分析其影响,而不宜苛求其面面俱到,学词时自可根据自身资质,扬长避短,选择或开创合适的门径。

第四节　陈廷焯:集大成的立"横"追"纵"类正变观

陈廷焯(1853—1892)[1]字耀先,一字亦峰,原名世琨。江苏丹徒(今镇

江县)人,流寓泰州,光绪十四年(1888)举人,同治十二年(1873)始学词,师从姨表叔庄棫。陈廷焯是晚清著名词学家,属于常州词派后劲,致力诗词,于词尤工,精研词学,主要词学著作有:同治十二至十三年间(1873—1874)选编的历代词集《云韶集》二十六卷,间有眉批尾批陈述编者的词学观,前附有词论集《词坛丛话》,阐述编者词学观及《云韶集》的选编宗旨;光绪十六年(1890年)选编的历代词集《词则》四集二十卷,七易稿而后成;光绪十七年(1891年)撰成的词论集《白雨斋词话》十卷,生前五易其稿,后由其父陈铁峰审定,删成8卷,光绪二十年由其门人许正诗、王雷夏等刊行。其中,《白雨斋词话》与况周颐《蕙风词话》、王国维《人间词话》并称晚清三大词话。

陈廷焯的词体正变观代表了历代词体正变观的最高水平,借鉴了张惠言、周济等常州词派前辈的主要观点,考察对象涉及历代主要词人、选本及词派,正变纲领非常明确,"纵""横"正变体系完备清晰,能在遵守正变原则前提下,最大限度地拓宽正宗门径。早期主要受浙派影响,集中体现在《云韶集》与《词坛丛话》中,后来在常州词派的影响下,发生了较大转变,集中体现在《白雨斋词话》与《词则》中①。本书以体现其词体正变观最终、最佳状态的《白雨斋词话》为研究重点,并从其词学前后变化中,考察浙西、常州两派词体正变观变化的轨迹。

陈廷焯的《白雨斋词话》作为晚清三大词话之一,规模宏大、系统性强,能在一定程度上克服词话体零乱破碎、前后矛盾的弊端;而统摄于正变观之下的词史观,是其词学体系建构的重要支柱。因此,在学界颇受重视,其中最具特色的两大方面在研究中突显出来:一是词体正宗的特征——沉郁顿挫,被公认为陈廷焯词学理论的核心,相关研究聚焦于其具体内涵、实现方式及独到特色上,但对其诗学渊源却缺乏深入研究;二是在历代诸家词正变定位中体现的词统观,但对其中以诗寓词的词统建构方式却缺乏足够的重视,尚未有全面系统地研究。一些学者也关注到其诗统与词统的关系,如邱世友在《词的历史正变和比兴寄托》中特别标举其"以怨思为核心"的特点,这一特点为同类研究所忽视,却正能揭示出"沉郁"说以诗体之"变"为词体之"正"的特色②;又如孙维城的《陈廷焯的宋词发展史观》③结合陈廷焯的

---

① 关于陈廷焯词学思想由浙派转入常州词派的表现及成因,前辈学者已有详论,故不再赘述,可参见屈兴国《从云韶集到白雨斋词话》(陈廷焯著,屈兴国校注:《白雨斋词话足本校注》下册,第869—897页)、陈水云、王苗《陈廷焯的师友交往与词学立场的转变》(《荆州师范学院学报》2003年06期,第28—37页)等文。

② 邱世友著:《词论史论稿》,第160—166页。

③ 孙维城:《陈廷焯的宋词发展史观》,马兴荣主编:《词学》第二十一辑,第165—185页。

杜甫诗论来探究其诗词史观的相通之处,关注到其中辩证而融通的词变观,但未能严格区分纵、横正变立场,故得出其中周邦彦词之变可类比杜甫诗之变的结论,有待商榷①。

其实,以诗寓词是在陈廷焯词学正变建构中发挥着重要作用的研究方式,对深化上述两方面的研究颇有帮助:陈廷焯之所以要选用"沉郁顿挫"来界定词体正宗特征,只因其为公认的杜甫诗特色,且能体现出杜诗"变古存正"的诗史地位;而其用以诗寓词方式所建构的两套词体正变系统,矛盾互补,堪称论者词体正变史观的缩影,与其在词史建构中所采用的表里文质标准相辅相成,对诗词体渊源及异同的思考亦寓于其中;所包含的变古存正观,是在前代词体正变史观中罕见的创新之论,也是"沉郁"说的理论基础。因此,本节在继承前人研究成果的基础上,重点从以诗寓词的视角切入,详细考察这两套词体正变系统,据此梳理及述评陈廷焯的词体正变史观,解读"沉郁"说,揭示其中所包含的沟通诗词、变古存正的内涵。以与前人研究互补,更好地把握陈廷焯词体正变观的特色及词史地位。

一、词体正宗:温厚为体,沉郁为用

陈廷焯《白雨斋词话》自序综论词体正变源流云:

> 作词之法,首贵沉郁……不根柢于风骚,乌能沉郁?十三国变风、二十五篇《楚辞》,忠厚之至,亦沉郁之至,词之源也。
>
> 自温、韦以迄玉田,词之正也,亦词之古也。元、明而后,词之变也。茗柯、蒿庵,其复古者也。
>
> 飞卿、端己,首发其端,周、秦、姜、史、张、王,曲竟其绪,而要皆发源于风雅,推本于骚辩。故其情长,其味永,其为言也哀以思,其感人也深

---

① 孙先生认为周邦彦词之变可类比杜甫诗之变,依据一是陈氏认为杜诗与周词均有沉郁之妙,然而,沉郁固然是诗体之"变",却是词体之"正",故虽为杜诗变后创立的特征,却并非周词变后创立的特征,反而是周词变不失正的证明。依据二是陈氏论周词云:"后之为词者亦难出其范围",略同于论杜诗云:"嗣后为诗者,举不能出其范围,而古调不复弹矣"。然而,陈氏论正始温庭筠词亦云:"周、秦、苏、辛、姜、史辈,虽姿态百变,亦不能越其范围",那温词岂不是比其所笼罩的周词更适合类比杜诗了么?其实不然,陈氏论杜诗时所多出的一句"而古调不复弹矣",才是其所定义的杜诗之变的关键,正所谓"与古为化,故一变而莫可复兴",与传统的归"正"良变、权变、失"正"邪变皆有分别。在《白雨斋词话》词统建构中,实际上并没有能类比杜诗的词家,最后一则词论已明确强调了这一点。无论是周邦彦,还是王沂孙,其"变"都是可以复兴的,否则也不会有后来常州词派诸家的成功复古。这在下文中将有详论。

以婉……本诸风骚，正其情性。温厚以为体，沉郁以为用。引以千端，衷诸一是。

"纵""横"正变体系与立"横"追"纵"正变立场颇为明晰：纵向正始是在诗体中权变合正的典范——变风、楚骚，横向正始是奠定词体本色的唐词典范——温庭筠词；严守崇正推源的正变原则，肯定"纵""横"正始分别在"纵""横"体系中占据至尊、最佳的地位；正变纲领也非常明确：强调"纵""横"正宗相通，同具忠厚沉郁的特征，故主张立"横"追"纵"，以"正"驭"变"——"先多读唐宋之词，以植其基。然后上溯风、骚，下逮国初，以竟其原委，穷其变态。本原所在，可不言而喻矣！"

更重要的是，其将词体正宗特征概括为温厚以为体，沉郁以为用，据此建构了独树一帜的核心理论——沉郁说。"体"即本体、本质之意，此应指词体的意蕴格调。"用"即功用、施行之意，此应指词体用以表现其意蕴格调的方式。其中，"温厚以为体"遵循了历来词体正变观攀附《诗》《骚》，以温柔敦厚为正宗的主流；而"沉郁以为用"则颇见创意，能将常州派词体正变观的特色发扬光大——只因历来认可的温厚正宗，感情色彩可分为安乐与哀怨，前者为诗体正始，表达方式为和平肃穆，适用于盛世；后者为不失其正的权变，适用于衰乱世，而表达方式则可分为超逸与沉郁两种，沉郁的悲情程度更甚于超逸。陈廷焯标举"沉郁"为正宗特征，主张词体性"哀思深婉"，"哀则幽郁，乐则浅显"，既秉承了张惠言等前辈开创的常州词派正变观的特色，又包含着对"沉郁"内涵的特殊见解——将其定义为诗词正宗的题中之义与词代诗兴的关键特征。其综论诗、词体渊源及异同云：

> 温厚和平，诗词一本也。然为诗者既得其本，而措词则以平远雍穆为正，沉郁顿挫为变，特变而不失其正，即于平远雍穆中，亦不可无沉郁顿挫也。词则以温厚和平为本，而措语即以沉郁顿挫为正，更不必以平远雍穆为贵。诗与词同体异用者在此。

> 诗词一理，然亦有不尽同者。诗之高境亦在沉郁，然或以古朴胜，或以冲淡胜，或以巨丽胜，或以雄苍胜。纳沉郁于四者之中，固是化境，即不尽沉郁……亦别有可观。若词则舍沉郁之外，更无以为词。盖篇幅狭小，倘一直说去，不留余地，虽极工巧之致，识者终笑其浅矣。

认为诗词同体异用：同以温厚为本，而词体之用比诗体狭小，不必求合于诗体"平远雍穆"的纯粹正宗,而唯能以"沉郁顿挫"的权变为正宗。而在纵向正始《诗》的赋、比、兴三用中,最有助于实现沉郁的是兴:"所谓兴者,意在笔先,神余言外,极虚极活,极沉极郁……反复缠绵,都归忠厚。""所谓沉郁者,意在笔先,神余言外。写怨夫思妇之怀,寓孽子孤臣之感……而发之又必若隐若见,欲露不露,反复缠绵,终不许一语道破,匪独体格之高,亦见性情之厚。"因此,论词最推重微婉寄兴。

温厚沉郁与前代婉雅的正宗定位相比,特征在离合之间:陈廷焯认为雅是沉郁的首要条件,而非充要条件:"入门之始,先辨雅俗。雅俗既分,归诸忠厚。既得忠厚,再求沉郁。沉郁之中,运以顿挫,方是词中最上乘。""黍离麦秀之悲,暗说则深,明说则浅。"雅只是正宗的入门,要达到沉郁的至境,还须善用比兴,归诸忠厚,运以顿挫。再看婉约,陈廷焯沿用常州词派惯用的方法,标举去掉刚柔二派流弊后的沉郁特征为正宗,而自称打破了传统婉约、豪放正变分法:

> 张綖云:"少游多婉约,子瞻多豪放,当以婉约为主。"此亦似是而非,不关痛痒语也。诚能本诸忠厚,而出以沉郁,豪放亦可,婉约亦可,否则豪放嫌其粗鲁,婉约又病其纤弱矣。

但实际上沉郁要求"欲露不露,反复缠绵,终不许一语道破",本身就包含有婉约的内涵,与豪放是对立的。只是婉约、豪放包含了粗鲁、纤弱的末流;而沉郁则被论者在婉约、雅正的基础上赋予了哀怨、温厚、顿挫的内涵——哀怨体现出论者独特的词体观,温厚可纠正粗鲁之弊,顿挫可纠正纤弱之弊,且能在一定程度上包容苏、辛一派的宏壮意格。陈廷焯论词体云"奇警非难,顿挫为难",顿挫之难正在于能包容豪而不放,沉着痛快的意格,而杜绝奇警豁露,粗豪叫嚣。

在对待正变的态度上,陈廷焯坚持约取博观的原则,大力推崇"正",也不全然排斥"变",承认变调在审美上有独至之妙。如论豪放词云:"激昂慷慨,原非正声;然果能精神团聚,辟易万夫,亦非强有力者未易臻此。"论艳词云:"闲情之作,虽属词中下乘,然亦不易工",高者有"生香真色""婉转缠绵,情深一往","能销魂铄骨"。他最称道的仍是变调中有合正宗之处。如豪放词以能在衰乱世中"使懦夫有立志"者为高,艳词则以"丽而有则"者为最高。这种正变态度集中体现在其所选编的《词则》中,此选本固然以接续"风雅正宗"的《大雅集》为最高,但也承认"境以地迁,才有偏至。执是以寻源,不能

执是以穷变。"故兼取"放歌"、"闲情"、"别调"诸集,分别收录豪放、艳情、巧慧诸变调,自序其宗旨是:

> 《大雅》为正,三集副之……求诸《大雅》固有余师,即遁而之他,亦即可于《放歌》《闲情》《别调》中求大雅,不至入于歧趋。

体现出存"变"备格,"变"中求"正"的思想。值得注意的是,陈廷焯正变定位有宏观与微观之别,对历代、诸家词的正变定位都是就整体造诣而言,故正宗的时代也有邪变词家,衰变的时代也有正宗词家。再具体到词作,则同一家词中也自有其正变,参看《词则》对"大雅""放歌""闲情""别调"诸集的划分,均是横跨数代,且数集均收录同一家词的现象十分普遍。这种宏观与微观结合的方式,能更全面、精准地反映出论者对词体正变的认识。

　　陈廷焯词学理论体系的建构,以温厚沉郁的正宗定位为基础,而温厚沉郁又以哀怨与忠厚两种意蕴为根本,秉承张惠言"渊渊乎文有其质"的正宗要求,采用一套独特的文质标准来划分正变,包含了对诗词体表里文质关系的辩证认识。其综评历代主要名家词云:

> 词有表里俱佳,文质适中者,温飞卿、秦少游、周美成、黄公度、姜白石、史梅溪、吴梦窗、陈西麓、王碧山、张玉田、庄中白是也,词中之上乘也。有质过于文者,韦端己、冯正中、张子野、苏东坡、贺方回、辛稼轩、张皋文是也,亦词中之上乘也。有文过于质者,李后主、牛松卿、晏元献、欧阳永叔、晏小山、柳耆卿、陈子高、高竹屋、周草窗、汪叔耕、李易安、张仲举、曹珂雪、陈其年、朱竹垞、厉太鸿、过湘云、史位存、赵璞函、蒋鹿潭是也,词中之次乘也。有有文无质者,刘改之、施浪仙、杨升庵、彭羡门、尤西堂、王渔洋、丁飞涛、毛会侯、吴园次、徐电发、严藕渔、毛西河、董苍水、钱葆酚、汪晋贤、董文友、王小山、王香雪、吴竹屿、吴谷人诸人是也,词中之下乘也。有质亡而并无文者,则马浩澜、周冰持、蒋心余、杨荔裳、郭频伽、袁兰村辈是也,并不得谓之词也。论词者本此类推,高下自见!

总体而言,"质"是里,居于主导地位——内在意蕴是形成意格的基础;"文"是表,居于从属地位——表达方式也能在一定程度上影响意格。具体而言,哀怨忠厚的意蕴,以沉郁(深厚、婉约、绵密)的方式表达,则表里如一,能得到最大程度的彰显；若以朴直、超逸、豪放、疏快等方式表达，则较为迂回，最终效果也要稍打折扣。因此，最推崇的是"表里俱佳，文质适中"词，具有极哀怨极忠厚的内蕴，辅以深厚、婉约、绵密等词体独擅的表达方式，表里均沉郁，相得益彰，为正宗典范；其次是"质过于文"词，同具极哀怨极忠厚的内蕴，但采用朴直、超逸、豪放、疏快等更适用于诗的方式表达，表不沉郁而里实沉郁，故遗貌取神，仍属正宗，且别具相反相成、难能可贵之妙，颇见功力、才气，但不宜取法；此后依次是"文过于质"与"有文无质"词，在表达方式上穷尽变化，兼备诸格，文采、才力极盛，故更能动情悦众，审美价值颇高，但内蕴已偏离温厚沉郁的宗旨，其中"文过于质"词离正不远，尚存淳朴、真挚、深婉等近于沉郁的意格，能振兴词运，故属"词中之次乘"；而"有文无质"词几乎不存雅正意蕴，故属于荡而不返的邪变，为"词中之下乘"；最下等的"质亡而并无文"词，表里均不沉郁，一无是处，故是邪变之尤，"不得谓之词"了。

值得注意的是，越下乘的词，产生时间越晚：上乘的"文质适中"与"质过于文"词在词体萌芽的唐代就已出现，次乘的"文过于质"词始于五代，下乘的"有文无质"词始于南宋，末流的"质亡而并无文"词始于明代。这种定位既体现出由质朴趋文采的词体发展过程，又体现出崇正推源的正变理论特色。最终目的是实现立"横"追"纵"——既能别于诗体中宏壮、朴直诸格，维护了细美深婉的横向正体；又能别于激烈、浮靡等邪变，接续温厚典雅的纵向正源。因此，结合其对历代、诸家词统的正变建构，可以更为系统的了解此种文质标准的独特内涵及其与正变的关系。

二、沉郁内涵：沟通诗词，变古存正

由于诗词同以温厚为体，沉郁为高境，故诗词体正变史颇能相通，陈廷焯词体正变观中能揭示时代正变、统揽全局的两套词统，即是用以诗寓词的方式呈现的。众所周知，"沉郁顿挫"成为备受瞩目的诗歌风格，只因其为大诗人杜甫对自家诗风的精辟概括[①]，而杜甫在诗坛上素有登峰造极、集成尽变之誉，这也是陈廷焯用以界定词体正宗特征的主要原因。先来考察支撑这两套词统的重要理论——变古存正观。陈廷焯自称其诗体正变史观最独特处在于对唐诗中公认的顶级名家李白、杜甫的正变定位：

---

① 杜甫《进雕赋表》云："臣之述作，虽不足以鼓吹六经，先鸣数子，至于沉郁顿挫，随时敏捷，而扬雄、枚皋之流，庶可跂及也。有臣如此，陛下其舍诸？"（萧涤非主编：《杜甫全集校注》第十一册，人民文学出版社2014年版，第6271页。）

世人论诗,多以太白之纵横超逸为变。而以杜陵之整齐严肃为正。此第论形骸,不知本原也。太白一生大本领,全在《古风》五十五首。今读其诗,何等朴拙,何等忠厚……若杜陵忠爱之忱,千古共见。而发为歌吟……其阴狠在骨,更不可以常理论。故余尝谓太白诗谨守古人绳墨,亦步亦趋,不敢相背。至杜陵乃真与古人为敌,而变化不可测矣。

不知古者,必不能变古,此陈、隋之诗所以不竞也。杜陵与古为化者也。惟其与古为化,故一变而莫可复兴。

这种定位既不同于以杜诗为"正"、李诗为"变"的流行时论,又与以李诗为正、杜诗为邪变的观念有本质差别,尤有创意之处是在正变史上创立出一种"莫可复兴"而又"与古为化"之变,当是受前辈对杜诗"集大成"评价的启发。即如苏轼论杜诗云:"一变古法……格力天纵,奄有汉、魏、晋、宋以来风流,后之作者殆难复措手"(《书唐氏六家书后》),"诗至于杜子美……而古今之变,天下之能事毕矣"(《书吴道子画后》)①,"集大成者也。"②集大成是正声的最高境界,又是通过统摄各种乐音的变化来实现的,苏轼巧妙地利用此种尽变以成正的特征来评价杜甫诗,可谓独具慧眼。陈廷焯对李、杜两家独特的正变定位与此相通,与当时世运、诗体的演变密切相关:李白处盛世,纵横超逸正是盛世正声应有的气象,所擅长的古诗,句法、用韵都富有变化,正是宜于表达纵横超逸的体势,标举的正宗典范《古风》为五古,是当时常用诗歌体裁中最近正始者,朴拙忠厚也是正声应有的意格,故理当为"正";而杜甫兼历盛世与衰乱世,所擅长的律诗,就诗体而言是"文变之体极焉"(《唐故工部员外郎杜君墓系铭并序》)③,尤其是由杜甫奠基的七律,句法、用韵精严,是诗歌体裁中与正始差别最大的,正宜于表达衰乱世幽郁情怀。总之,孔子与杜甫能集大成,因其为"圣之时者",也就是适时权变。就杜甫而言,就是用独树一帜的沉郁风格,来顺应衰变世运与诗体发展规律,而对诗体而言,其不同于前代权变之处在于"一变而莫可复兴"。

陈廷焯对这种变的理解与微妙态度,在以下论述中可看出端倪:

《楚辞》……不可无一,不能有二……惟陈王处骨肉之变,发忠爱之忱……欲语复咽。其本原已与骚合……嗣后太白学骚,虚有形体……

---

①　苏轼著,孔凡礼点校:《苏轼文集》第五册,第 2206、2210 页。
②　转引自陈师道著:《后山诗话》,何文焕编:《历代诗话》上册,第 309 页。
③　元稹著:《元稹集》,第 601 页。

飞卿古诗……可为骚之奴隶,未足为骚之羽翼也。惟《菩萨蛮》《更漏子》诸词,几与骚化矣! 所以独绝千古,无能为继。继之者其惟蒿庵乎?

或问,杜陵何以不学骚。余曰:此不可一概论也。大约自风骚以迄太白,皆一线相承……至杜陵负其倚天拔地之才,更欲驾风骚而上之则有所不能;仅于风骚中求门户又若有所不甘,故别建旗鼓以求胜于古人。诗至杜陵而圣,亦诗至杜陵而变。顾其力量充满,意境沉郁。嗣后为诗者,举不能出其范围,而古调不复弹矣。<u>故余谓自风、骚以迄太白,诗之正也,诗之古也。杜陵而后,诗之变也。自有杜陵,后之学诗者,更不能求风骚之所在,而亦不得不以杜陵为止境……昔人谓杜陵为诗中之秦始皇</u>,言其变古也,亦是快论。

诗有变古者,必有复古者。如陈伯玉扫陈、隋之习是也。然自杜陵变古后,而后世更不能复古。自风、骚至太白同出一源。杜陵而后,无敢越此老范围者,皆与古人为敌国矣。<u>何其霸也</u>!

上述诗词体正变史论,与历来以文体代兴观支撑的正变观实质相同,其实是在维护正变原则的前提下,用一种以退为进的辩证方式推尊此种由杜甫诗开创的"变"[①],赋予其变古存正的地位:一方面,肯定风骚作为诗词体的纵向正源,地位至尊,造诣最高;另一方面,又以风骚难超越为由,主张诗体正宗一脉,从风骚到汉魏典范曹植诗,再到盛唐诗典范李白诗,尽管保留了温厚之体,但已无法尽诗之用,造诣愈趋下乘。因此,杜甫诗在不改变温厚本原的前提下,在体式、技法、风格上以变求胜,也就理所当然成为大势所趋——此种"变"较之风骚正宗固然要等而下之,为诗体霸统;但较之当时每况愈下,最终只好为风骚奴隶的正统余绪诗,却有过之而无不及。因此,从诗体发展的角度看,惟此变宗的兴起,才能振兴诗体,以变存正,延续风骚温厚本原。同理,由诗体变为词体也是如此,温庭筠诗不敢变古,只好为风骚奴隶,而词体则能别开一宗,融化风骚,变以存正,独绝千古。

客观而言,杜甫诗、温庭筠词在特色及成因上确有相通之处,都是因时制宜,因情立体,即体成势的结果——二家都经历了世变,而衰世的忧郁,本宜用承自变风、楚骚的婉转寄兴方式来表达,促成沉郁的特色;但由于所处世运与诗体发展时况不同,杜诗之变成就的是诗体宜有之沉郁,而温词之变

---

① 王耕心《白雨斋词话》序称陈廷焯"少为诗歌,一以少陵杜氏为宗,杜以外不屑道也",陈廷焯对杜甫诗的推重可知。

成就的是词体宜有之沉郁:杜诗凭大气真力驾驭,在体制内革新,令诗体中最严整的七律体趋于成熟,又灵活运用新旧各诗歌体裁,将盛世昂扬、乱世悲愤与衰世幽郁结合,形成了沉郁顿挫的诗风。就诗而言,变后气象仍足以立体,是权变合正。此后世运衰微更甚,诗律在杜甫引领下也更趋精严,催生出的幽约、纤巧、绮丽诸格,渐为诗体所不容,故给人以"一变而莫可复兴"之感。

　　至唐末,昏暗压抑的时势、纸醉金迷的时尚,将昂扬、激愤消磨殆尽,形成绮艳精巧、忧郁深婉的主流风格。入于诗体中,显得过于纤弱衰飒,虽有寄托,也只能为风骚之奴隶了;但入于温庭筠新创的词体中,却能相得益彰。温庭筠词常用的《菩萨蛮》《更漏子》,独创的《荷叶杯》《诉衷情》《蕃女怨》《定西番》《河传》诸词调,都能利用句法短促多变、押韵及换韵频繁多样的体势特色,配合能引发寄兴联想的精艳意象、融情入景的时空转接,形成词体特有的顿挫之妙。即如陈廷焯所论,顿挫与沉郁相辅相成:"顿挫则有姿态,沉郁则极深厚。既有姿态,又极深厚,词中三昧亦尽于此矣。"而其概括的实现顿挫之法,首先是盛衰苦乐相对照的"风人章法",寓情于景,婉转深挚,此法创自温庭筠词:"飞卿《更漏子》首章云:'惊塞雁,起城乌。画屏金鹧鸪。'此言苦者自苦,乐者自乐。次章云:'兰露重,柳风斜。满庭堆落花。'此又言盛者自盛,衰者自衰。亦即上章苦乐之意。颠倒言之,纯是风人章法。"再者是厚积薄发,跌宕起伏的大气真力,如辛弃疾词:"'更能消、几番风雨'一章,词意殊怨。然姿态生动,极沉郁顿挫之致。起处'更能消'三字,是从千回万转后倒折出来,真是有力如虎。"合而观之,词中的沉郁顿挫之妙在有姿态,有气韵而能蕴藉,而要实现此种妙处,正有赖于句法、章法、韵律均灵活精妙的词体体势。

　　综上所述,陈廷焯特别赋予词体正宗的特征"沉郁"本就是历来公认的杜甫诗特征,而在《白雨斋词话》中,更是沟通诗词体、变古存正的重要特征,及彰显词体特色、促成词代诗兴的关键特征——杜甫诗以沉郁在诗体中变古存正,令诗体发展至极盛;而温庭筠词以沉郁在诗体外变古存正,令词体得以自立正宗,代诗体而兴。并进一步探讨了诗词沉郁的界限及异同,即所谓:"诗词皆贵沉郁,而论诗则有沉而不郁,无害其为佳者,杜陵情到至处,每多痛激之辞,盖有万难已于言之隐,不禁明目张胆一呼,以舒其愤懑,所谓不郁而郁也。作词亦不外乎是。惟于不郁处,犹需以比体出之,终以狂呼叫嚣为耻,故较诗为更难。"因此,陈廷焯尽管严守正变原则,将诗、词的最佳典范设定为正始,但因洞见到时代与文体发展终究是不可逆转的,要振兴文运,最终还是要赖变古之力，故实际上其最欣赏的是沉郁的诗词意格和具有变古存正魄力的诗词作者。这也是《白雨斋词话》中矛盾互补的两套正变系统得以形成的理论基础。

三、发扬常州派特色的第一套词统

第一套词统在《白雨斋词话》中占据主流，能统领绝大部分词论，大体从常州派宗主张惠言的词体正变史观脱胎而来，与浙西派的小令慢词分宗说也有渊源。

按照传统的诗体正变史观，五、七言古体诗以高古淳朴的汉魏为正宗。两晋六朝时精巧浮靡的邪变渐兴。至唐后古体诗变而愈衰，而新生律体诗虽不及古体雅正，但别开生面，盛极一时，故能自立其横向正宗，成就一代之文体。宋代后律体也变而愈衰。如上所述，常州词派宗主张惠言《词选序》①主张唐词"最高"，宋词"极盛"，而用居于唐宋间的五代词类比齐梁的五言古诗，赋予其初步偏离正宗的变宗地位，其实已有将唐、宋词类比汉魏、唐诗，奉为正宗的意味了；又认为词体至元代后衰变不振，并无能返归正宗者，与历来认为唐后无诗的诗体正变史观颇为相似。故在其心目中，若以诗寓词，元以后词对应的自当是宋以后诗。陈廷焯的第一套词统即与张惠言词论中隐含的以诗寓词观一脉相承，总体而言：

> 以词较诗，唐犹汉魏，五代犹两晋六朝，两宋犹三唐，元明犹两宋，国朝词亦犹国朝之诗也。
>
> 北宋去温、韦未远，时见古意。至南宋则变态极焉，变态既极，则能事已毕。遂令后之为词者，不得不刻意求奇，以至每况愈下，盖有由也。亦犹诗至杜陵，后来无能为继。而天地之奥，发泄既尽，古意亦从此渐微矣。

明确将历代诗体正变史论上公认的两大正宗——汉魏、唐，与其心目中词体正变史上的两大正宗——唐、宋相对应，确立了词体的正宗时代。而用杜甫诗之变对应南宋词之变②，此后便是衰变时代了。具体而言：

---

① 张惠言著：《词选序》，唐圭璋编：《词话丛编》第二册，第 1617 页。
② 陈廷焯早年词学遵从浙西派，在《云韶集》中也用宋词对应唐诗，将其当时最推崇的姜夔词类比杜甫诗；后期词学观念转向常州派，相应的，在《白雨斋词话》中类比杜甫诗的词人也变成其推为南宋词最佳典范的王沂孙。

诗词的两大正宗与其间变宗两晋六朝诗、五代词的特点与关系如下:

> 唐五代小词,皆以婉约为宗。长调不多见,亦少佳篇。至宋乃规模大备矣。诗至唐亦然。

> 唐人词所传不多,然皆见作意。即于平淡直率中,亦觉言近旨远。正如汉魏之诗,语句虽有工拙,气格固自不同。至五代则声色渐开,瑕瑜互见,去取不当,误人匪浅矣。

汉魏为古体诗(五、七言)正宗,盛唐为古体诗的变体——律体诗的正宗,且是各体诗大备的鼎盛时期;相应的,唐词是词体正宗,以小令为主,至宋代始确立长调正宗,是各体词大备的鼎盛时期。陈廷焯与张惠言一样,恪守崇正推源、正始至尊的正变原则,认为:

> 唐诗可以越两晋、六朝,而不能越苏、李、曹、陶者,彼已臻其极也。宋词可以越五代,而不能越飞卿、端己者,彼已臻其极也。虽曰时运,岂非人事哉?

> 唐五代词不可及处正在沉郁。

将广义上的诗、词体正宗——汉魏诗与唐词置于至尊地位,认为其造诣"已臻其极",是由此变化而来的律诗、长调正宗——唐诗、宋词难以超越的。

汉魏诗与唐词的造诣何以"臻其极"呢?因其最能继承纵向正源——风骚之旨。正所谓:"千古得骚之妙者,惟陈王之诗,飞卿之词。"在陈廷焯心目中,"骚"存"风"之意而增其华,怨而不怒,艳而有骨,因此,在综论诗词纵向正宗时,虽与张惠言一样标举变风、楚骚,但强调"推本于骚辩",故在具体论证时,明显更偏重楚骚,只因骚体多变的句法、韵律,与绝艳辞采、郁勃文气相得益彰,更近似词体本色、温庭筠词风与沉郁内涵。为推尊词体及沉郁意格,陈廷焯对"得骚之妙"的二家推崇备至——将曹植诗奉为权变合正的古诗正宗,而将温庭筠词奉为自立宗派的词体正始,认为其造诣"独绝千古",开创了最"上乘"的"表里俱佳、文质适中"词。

具体而言,陈廷焯特别标举的唐词名家代表是李白、温庭筠、韦庄词。其中,李白《菩萨蛮》《忆秦娥》两阕,神在个中,音流弦外,可以是为词中鼻祖。"但存词不多,未成家数,故属于正宗滥觞;而"文质适中"的温庭筠词:

"全祖《离骚》,所以独绝千古。"继承了《离骚》的文质相胜,表里均温厚沉郁,是词体正宗源始与最佳典范。稍后的韦庄词,开创了"亦词中之上乘"的"质过于文"词,特点是"一变飞卿面目,然消息正自相通":"似直而纡,似达而郁","间有朴实处。而伊郁即寓其中。浅率粗鄙者,不得藉口。"以朴直的方式表达极哀怨亦极忠厚的意蕴,与温庭筠词貌离神合,同属正宗,但未能表里合一,稍逊一筹。因此,能与温庭筠词共同确立唐词正宗。而此后正宗名家如"周、秦、苏、辛、姜、史辈虽姿态百变,亦不能越其范围。"陈廷焯词论贯穿着强烈的正变观念,十分重视历代名家词间的源流关系,因此,代表词体正始的温、韦词实际上居于总揽词史,判别正变的至尊地位。"泂风雅之正声,温、韦之真脉",正是其论词宗旨所在。所谓:

> 温、韦创古者也。晏、欧继温、韦之后,面目未改,神理全非,异乎温、韦者也。苏、辛、周、秦之于温、韦,貌变而神不变,声色大开,本原则一。南宋诸名家,大旨亦不悖于温、韦,而各立门户,别有千古。元、明庸庸碌碌,无所短长。至陈、朱辈出,而古意全失,温、韦之风,不可复作矣。贞下起元,往而必复,皋文唱于前,蒿庵成于后,风雅正宗,赖以不坠。好古之士,又可得寻其绪焉。

即以温、韦词为正宗参照,来定位后世名家词的正变。参看《白雨斋词话》开篇综论词史云:"词兴于唐,盛于宋,衰于元,亡于明,而再振于我国初,大畅厥旨于乾嘉以还也。"与其对历代词的总体正变定位正可一一对应。

那么,两晋六朝诗、五代词又何以为变始呢? 因其舍本逐末,"声色渐开","以纤秾损其真气",有文盛质衰的弊端。陈廷焯大体继承了张惠言的观点,认为两晋六朝诗、五代词虽为变宗,但时代去正宗未远,仍存古意,因此,具有正变杂流的特点:"高者升飞卿之堂,俚者直近于曲矣,故去取宜慎。《花间》《尊前》等集,更欲扬其波而张其焰,吾不解是何心也。"概言之,五代词高者的代表是冯延巳、李璟、皇甫崧词,而渐开邪变则是《花间》《尊前》等集中艳情词与南唐李煜词,特点是"文过于质",表达与内蕴或艳冶,或直质,或激怨,均在温厚无邪上有所欠缺;但尚存深挚古意,属"词中之次乘"。

此后去取不慎的是晏氏父子、欧阳修代表的北宋初词,延续了五代流弊,专写柔情而无寄托。因此,对五代至北宋初词的总体定位是"变"而非"正",故云:"北宋词沿五代之旧,才力较工,古意渐远。晏、欧著名一时,然并无甚强人意处"①,"面目未改,神理全非,异乎温、韦者";但也特别强调其因时代近古,尚存哀怨深挚的古意及声色内敛的古风,故即便是作为变调的李煜、晏、欧词,仍堪为后世同类词表率,所谓:"李后主、晏叔原皆非词中正声,而其词则无人不爱,以其情胜也","文忠思路甚隽,而元献较婉雅。后人为艳词好作纤巧语,是又晏、欧之罪人也。"

而善于去取的即是能变而复归于正的唐诗、宋词,所谓:

> 六朝诗,所以远逊唐人者,魄力不充也;魄力不充者,以纤秾损其真气故也。当时乐府所尚如《子夜》《捉搦》诸歌曲,诗所以不振也。五代词不及两宋者亦犹是耳。

总体而言,认为唐诗、宋词较之六朝诗、五代词,虽在体势上偏离正宗——因讲究格律、铺衍长调,技法风格极尽变化,致使声色愈开,不够古雅;但在意蕴上却能拨乱反正——矫正两晋六朝诗、五代词文不附质的弊端,上承温柔忠厚、文质彬彬的正宗,因此,更胜一筹,堪称正宗。

而在由唐至宋词之间,有一个矫正五代邪变,开启宋词正宗的重要转折点——张先词:

> 前此则为晏、欧,为温、韦,体段虽具,声色未开;后此则为秦、柳,为苏、辛,为美成、白石,发扬蹈厉,气局一新,而古意渐失。子野适得其中,有含蓄处,亦有发越处;但含蓄不似温、韦,发越亦不似豪苏腻柳。规模虽隘,气格却近古。自子野后,一千年来,温、韦之风不作矣! 益令我思子野不置。
>
> (子野词)于古隽中见深厚。
>
> 子昂高古……子野……正不多让。

张先词在前代正变史论中较少受到重视,但张惠言在列举"渊渊乎文有其质"的宋代正宗词人时,却以张先为首,故陈廷焯在此赋予张先词前所未有的正变史地位,当是受张惠言影响。而具体阐释则颇具创见,颇为辩证。认为其以古隽的方式表达较哀怨忠厚的意蕴,属于"质过于文者"。在意蕴上,矫正晏、欧之"变",稍归于温、韦之"正";在表达上,存古意而开新风,所谓古

---

① 结合语境及全套正变体系,此处说的"北宋词"应是以晏、欧为代表的北宋初词。

意当指体裁以小令为主,浑厚拙质,声色未开,文气比较含蓄内敛;而新风则指长调体裁渐盛,声色渐开,隽秀杰出,文气比较发越张扬,从审美上看,新风更能动人,但按传统的政教观点,显然古意更合于"正"。

陈廷焯将张先词类比诗中公认的复古先驱陈子昂,则对其正变定位应是变以返正的先锋,虽未尽合于正宗,但对在新体裁(诗为律诗,词为长调)产生后,重新归复"正"之本原有引导之功。以张先词为界,此前的唐词与此后的宋词,文风近古,擅写沉郁温厚意蕴,故为词体正变史上的两大正宗。

四、修正第一套词统矛盾的第二套词统

第一套词统对由唐至宋间词史正变的论述尚能自圆其说,但在论及南宋以后词史正变时便出现矛盾了,矛盾集中体现在南宋与清代两个阶段。具体而言:

在第一套词统中,能与唐诗正宗李白匹敌的是北宋词,名家代表是秦观和周邦彦;而能与杜甫诗之变对应的是南宋词之变,名家代表是王沂孙:

> 北宋去温、韦未远,时见古意。至南宋则变态极焉。变态既极,则能事已毕。遂令后之为词者,不得不刻意求奇,以至每况愈下,盖有由也……古意亦从此渐微矣。

仍保持文愈盛、质愈衰,距正宗愈远的演变轨迹。然而,陈廷焯认为由质趋文是词运使然,不可逆转,因此,对"变"的态度是引导而非排斥,肯定并支持能保持沉郁温厚本质的"变",故对宋代正宗名家词造诣及词史地位的具体评价并不低于前代,体现出唯变始能振兴词运的通变观。宋词中评价最高的词有四家:"词法莫密于清真,词理莫深于少游,词笔莫超于白石,词品莫高于碧山。皆圣于词者。"四家词均属"文质适中者",彼此颇有渊源,共同之处在沉郁顿挫,能适时通变以振兴词运,为正宗一脉继往开来:

北宋二家被认为是自宋至当时,最能传承温、韦宗风的名家[1]:秦观词深得"词心",幽郁婉雅,托兴尤深,"近开美成,导其先路;远祖温、韦,取其神不袭其貌,词至是乃一变焉。然变而不失其正,遂令议者不病其变,而转觉有不得不变者";周邦彦词深谙"词法",开阖变化,规模较大,"词至美成,乃

---

[1] 庄棫《叙复堂词》云:"托志帷房,眷怀君国,温、韦以下,有迹可寻。然而自宋及今,几九百载,少游、美成而外,合者鲜矣。"《白雨斋词话》转引此论,评曰:"实具冠古之识"。

有大宗。前收苏、秦之终,后开姜、史之始。自有词人以来,不得不推为巨擘。后之为词者,亦难出其范围。"再看南宋二家词:"碧山则源出风骚,兼采众美,托体最高,与白石亦最异。至玉田乃全祖白石……总之,谓白石拔帜于周、秦之外,与之各有千古则可。谓南宋名家以迄仲举,皆取法于白石,则吾不谓然也。"与上述北宋词统合观,可知陈廷焯认为在四词圣中,秦、周、王三家一脉相承,同为笼罩后世的词宗,独有姜夔别树一帜,以张炎为羽翼。

由宗姜、张转为宗秦、周、王,是浙、常二派最显著的分歧之一,而陈廷焯上述词统的建构,正是为了宣扬常州词派宗法意识服务的,故在具体评论中,表现出鲜明的扬王抑姜的倾向:在以诗寓词的第一套词统建构中,王沂孙词正是与杜甫诗直接对应的,所谓:

> 王碧山词,品最高,味最厚,意境最深,力量最重。感时伤世之言,而出以缠绵忠爱。诗中之曹子建、杜子美也。词人有此,庶几无憾。
>
> 少陵每饭不忘君国,碧山亦然。然两人负质不同,所处时势又不同。少陵负沉雄博大之才,正值唐室中兴之际,故其为诗也悲以壮。碧山以和平中正之音,却值宋室败亡之后,故其为词也哀以思。推而至于国风、离骚,则一也。

不仅将王沂孙奉为南宋词之冠,实际评价甚至有超越唐五代北宋词人之处,盛赞其词品"已臻绝顶",杜绝一切游词滥语,"源出风、骚,兼采众美,托体最高","词有碧山,而词乃尊……必读碧山词,乃知词所以补诗之阙,非诗之余也"。这种推重固然是受到其遵奉的常州派词宗张惠言与词学导师庄棫的影响,与其对变古存正作者的青睐也不无关系。

相比之下,对浙派远祖姜夔词的评价偏低,称其妙处在善用词笔,清虚骚雅,气体超妙,但与王沂孙相比,仍觉"有未能免俗处",更重要的是,其词被归入难以为继的一类,在词史上的宗主地位被消解,重要性也自然不及其余三家。这种偏低的评价,固然与论者希望纠正当时过分推崇姜、张的浙派流弊有关;实际上也反映出浙、常二派词学审美及正宗定位的差异。南宋除姜、王外,尚有不少"文质适中"的词人,或所传不多,如黄公度词;或"大纯而小疵,能雅不能虚,能清不能厚",如史达祖、吴文英、张炎词,故造诣稍逊于四词圣,但均不失为正宗典范。陈廷焯评《宋七家词选》[①]云:"甚精,若更以

淮海易草窗,则毫发无遗憾矣。"改易后的七家词,正全属"文质适中者"。

值得注意的是,宋代"质过于文"的正宗代表中,在表达方式上变化最大的是在传统正变论中被视为变体的苏轼、辛弃疾词。陈廷焯认为二家词分别以"极超旷""极豪雄"的方式表达极"忠厚""极悲郁"的意蕴,因此是正声而非变调,但并不主张将他们列为取法典范,因"学周、秦、姜、史不成,尚无害为雅正;学苏、辛不成,则入于魔道矣。发轫之始,不可不慎"。苏、辛性情甚正,才力甚大,始能驾驭此种如诗如文,非词家正道的表达方式,使合于温厚沉郁的本质,呈现出难能可贵的艺术魅力。而后学者才力、性情不及,就难免画虎不成反类犬,叫嚣粗豪,流为陈维崧般"有文无质"词,甚至蒋士铨般"文质并无"之词了。因此,取径正宗的最佳典范,仍是"表里如一,文质适中"的周、秦、姜、史诸词家,而非独辟蹊径的苏、辛词。

对南宋词的总体评价是盛之至,亦衰之始。陈廷焯对南宋词"变态既极,则能事已毕"的评价承自浙西词派,不同的是,浙西词派强调的是集大成,而陈廷焯强调的是开邪变。认为南宋开始出现"有文无质"词,开启衰变的刘过词最受诟病,指责其学辛弃疾豪放词"仅得稼轩糟粕,既不沉郁,又多枝蔓",而婉媚词如《沁园春》等调咏美人肢体,以纤巧淫冶争胜,"有污大雅",又开"有文无质"的"词中之下乘",流弊后世。故云:"词之衰,刘、蒋为之也。""当时赏识如此,何怪元词之不振也。"定位为宋词邪变、元词衰变之罪魁。

然而,根据陈廷焯的正变史论,经过杜甫诗、王沂孙词之变,宋以后的诗体与元以后的词体便"每况愈下……后来无能为继……古意亦从此渐微矣。"这与其对元明词的定位颇为一致,但与其对清词的实际定位却并不相符。具体而言:

元词在词体正变史上被认为是衰变期:

> 元词日就衰靡,愈趋愈下。张仲举规模南宋,为一代正声。高者在草窗、西麓之间,而真气稍逊。

而明词则是衰变之极:

> 词至于明,而词亡矣。伯温、季迪,已失古意。降至升庵辈,句琢字炼,枝枝叶叶为之,益难语于大雅。自马浩澜、施浪仙辈出,淫词秽语,无足置喙。明末陈人中能以秾艳之笔,传凄婉之神,在明代便算高手。然视国初诸老,已难同日而语,更何论唐、宋哉?

以沉郁顿挫四字绳之，竟无一篇满人意者，真不可解。

陈廷焯在前后期词论中，正变定位变化最小的就是元明词，与张惠言等常州词派前辈一致，也尚保留有浙派的影响。认为元词衰变，因其少专家，而明词的正声中绝，因其时所尊奉的名家多"有文无质"，甚至于出现"质亡而并无文"的最下等词。质文并无的词以马洪（浩澜）为代表，马洪词在明代负有盛名，但自从清初受到浙派宗主朱彝尊"陈言秽语，俗气熏人骨髓，殆不可医"①的猛烈抨击后，就成为负面典型，词坛地位一落千丈。陈廷焯延续此种观念，视其词为"陈言秽语……后世犹有称述之者，真不可解"，水平更在"有文无质"的施浪仙、董文友之下；而从陈廷焯对马、董二家词的对比中，也可见"有文无质"词与"文质并无"词的区别："《花影词》，不过如倚门卖笑者流，并不足为词之妖。《蓉渡词》乃真足惑人矣，此妖之神通也。""词中之妖也。学词者一入其门，念头差错，终身不可语于大雅矣。"可见，二类词均为邪变，但董词"曲折哀婉，情之至也"，"勾心斗角，工丽芊绵"情致与文采均自出机杼，极尽工妙，故"文"尚可观，能动人也"真足惑人"；而马词虽不如所论这般恶劣，但多类游词，有陈熟、媚俗之弊，故被认为是文质并无，能流行"真不可解"了。

而对清词的定位则独具创见，不再如张惠言般归入衰变中，而力图将常州派词纳入正宗。所谓：

> 万事万理，有盛必有衰。而于极衰之时，又必有一二人焉，扶持之使不灭。词盛于宋，亡于明。国初诸老，具复古之才，惜于本原所在，未能穷究。乾嘉以还，日就衰靡，安所底止？二张出，而溯其源流，辨别真伪。至蒿庵而规模大定，而词赖以存矣。盛衰之感，殊系人思，独词也乎哉！
>
> 自温、韦以迄玉田，词之正也，亦词之古也。元、明而后，词之变也。茗柯、蒿庵，其复古者也。斯编若传，轮扶大雅，未必无补。

清代前中期被认为是词运再振的时期：

> 国初诸老，同时杰出，几欲上掩两宋。然才力有余，沉厚不足。盖一代各有专长，宋词已成绝技，后世不能相加也。

---

① 朱彝尊著：《〈词综〉发凡》，朱彝尊、汪森辑：《词综》，第8—11页。

再振的表现是以大才力,真性情纠正明词"句琢字炼"、"陈言秽语"之弊与清初词学南宋"雅而不韵"、学北宋"务取浓艳"之弊,但因未能把握沉郁温厚的本原,故才力越大,距正宗愈远,无法步武宋词。以选本《词综》为纲领,"文过于质"的朱彝尊、陈维崧、厉鹗三家词为代表:

> 朱、陈、厉三家,可谓极词之变态。以云骚雅,概未之闻。
>
> 陈以雄阔胜,可药纤小之病;朱以隽逸胜,可药拙滞之病;厉以幽峭胜,可药陈俗之病;不可谓之正声,不得不谓之作手。
>
> 学古人词,贵得其本原,舍本求末,终无是处。其年学稼轩,非稼轩也;竹垞学玉田,非玉田也;樊榭取径于《楚骚》,非《楚骚》也;均不容不辨。

认为三家才力极富,其变能矫时弊,但未得本原,故以此求正宗,无异于南辕北辙。清初唯史承谦词被认为"稍得其正",但因才力不及上述诸家,故也难以承载反"正"的重任。

而其所尊奉的兴起于乾嘉以还的常州派则被推尊至复兴正宗的重要地位:

> 贞下起元,往而必复,皋文唱于前,蒿庵成于后,风雅正宗,赖以不坠。好古之士,又可得寻其绪焉。
>
> 词至国初而盛,至毗陵(指二张)而后精。近时词人庄中白敻乎不可尚已。谭氏仲修,亦骎骎与古为化。鹿潭稍逊皋文、庄、谭之古厚,而才气甚雄,亦铁中铮铮者。
>
> 张皋文《词选》一编,扫靡曼之浮音,接风骚之真脉。……识见之超,有过于竹垞十倍者,古今选本,以此为最……温、韦宗风,一灯不灭,赖有此耳。

指出常州词派以张惠言为发端,所选编《词选》为常州词派纲领,词"质过于文",虽未能尽善尽美,但正足矫正浙派文盛质衰之弊;而以庄棫为中坚,陈廷焯对庄棫词的正变定位极高,在唐宋词外,被标举为"文质适中"的词仅此一家,称其"匪独一代之冠,实能超越三唐、两宋,与风骚、汉乐府相表里。自词人以来,罕见其匹。而究其得力处,则发源于国风《小雅》,胎息于淮海、大晟,而寝馈于碧山也"。庄棫是陈廷焯的姨表叔兼词学导师,评价前人词作时颇为客观,而评价时人词作则难免徇私,是词论通病。陈廷焯词体正变体系的严谨完密胜于前人,唯独对庄棫词与庄棫重点取法的王沂孙词的评价例外——将王沂孙词类比"诗中之曹子建、杜子美",又称庄棫词能超越唐宋,直接纵向正源,不仅与二家词的实际水平存在差距,与其正变体系的整体建构也存在矛盾。

又以蒋春霖、张琦、谭献、陈廷焯等为羽翼:其中,唯蒋春霖词仍延续浙派宗南宋的取向,但能转而愈上,更接近于南宋正宗:"深得南宋之妙。于诸家中,尤近乐笑翁。竹垞自谓学玉田,恐去鹿潭尚隔一层也。""鹿潭稍逊皋文、庄、谭之古厚,而才气甚雄,亦铁中铮铮者。"蒋春霖词尽管能超越浙派宗主朱彝尊,但在代表正宗的"古厚"上仍稍逊于常州词派典范张、庄、谭词;而最佳的庄棫词,取法对象在宋词四圣中又独不取姜夔词,论者转尚常州词派的词学取向及原因可见一斑。

陈廷焯在词话中多次述评自家词,以为庄棫羽翼,虽有自谦之词,实际上自许颇高,与词话参看,可更为具体的了解其词体正变定位及严谨中见融通的正变态度。总论云:

> 近人为词,习绮语者,托言温、韦。衍游词者,貌为姜、史。扬湖海者,倚于苏、辛。近今之弊,实六百余年来之通病也。余初为倚声,亦蹈此习。自丙子年与希祖先生遇后,旧作一概付丙,所存不过己卯后数十阕,大旨归于忠厚,不敢有背风骚之旨。过此以往,精益求精,思欲鼓吹蒿庵,共成茗柯复古之志。
>
> 或问余词较蒿庵如何?余曰:譬诸挽六钧之弓,蒿庵已满十分,余则才至八九,后日甚长,尚不知究竟如何也。

大有为常州词派后劲,欲矫正广陵、浙西、阳羡三派词弊,方驾庄棫,接续正宗之意。在具体词论中,也常自引其词为佳作典范,以其最满意的《蝶恋花·采采芙蓉》一阕为例,其自称:"天下后世,读我词者,皆当兴起无穷哀怨,且养无限忠厚也。"又转述其甥包荣翰之评云:"采采芙蓉,日暮途远之感。西风折树,言所如辄阻也……可以观,可以怨,郁之至,厚之至,词至是,乃蔑以加矣!"庄棫、陈廷焯、包荣翰词学一脉相承,推崇的最高词境均是以婉雅寄兴的方式表达极哀怨极忠厚的意蕴,最终达到温厚沉郁;而解读寄兴时过于质实,评价亲友涉嫌溢美的弊端也颇相类。陈廷焯自述最多的固然是如《蝶恋花》一类沉郁大雅的词作,但也时有变调,如评《买陂塘》一阕"盖天地商声也……怨而怒矣,然亦有不能已于言之隐";又引《菩萨蛮》十二章为典范,以证明风骚、温韦之意法也适用于艳词,体现出其正变观的融通之处。观其所作,若与其正变观互相印证,确实无论大雅、艳情、刚健之作都能达到高境,但其弊端也正在此:所自得的佳作,大都是刻意的模仿古意,摹写古调之作,痕迹明显,字句、意象、章法,甚至所对应的寓意都照搬古词,以其认为沉郁温厚可步武正宗典范温庭筠、冯延巳的《菩萨蛮》《蝶恋花》数阕为例:《菩萨蛮》仿温庭筠,故多用金、翠字样,"鸾镜照花枝,低回拢鬓丝"本于"鸾镜与花枝。此情谁得知",类似的以美貌妆饰寓内美修能之意被数词套用;"隔院自笙歌,剧怜春恨多"又用温词欢戚对照之法;《蝶恋花》仿冯延巳词,"日日伤春如病酒""独上高楼风满袖""回首行云三月暮"等本于"日日花前常病酒""独立小楼风满袖""几日行云何处去",寓意也相同;更有数词套用冯延巳"浓睡觉来莺乱语"词意,以莺声搅人寓谗言;其余词句中还有不少套用周邦彦、谭献、庄棫词中的比兴之意。学名家意法本无可厚非,但一篇之中,亦步亦趋,就难以自出新意了。且词意为温厚所局限,词必婉约、意必忠恕,千篇一律,单看则佳,多读易厌。尚未达到其所称道的"善于运用"、"化腐为奇"的学古高境。

总之,陈廷焯在第一套词统中主张自南宋后词体渐衰,正宗无能为继;但在实际论述中又肯定常州派词能接续横向上代表正始的"温、韦宗风",与纵向上的"风雅正宗"。这显然是自相矛盾的。为了解决这种矛盾,《白雨斋词话》后两章在大力肯定杜甫诗变古存正的诗史地位的同时,提出了另一套以诗寓词的正变系统:

> 词至元、明,犹诗至陈、隋。茗柯、蒿庵,犹陈射洪、张曲江也。嗣后谁为太白,收前古之终? 谁为杜陵,别出旗鼓,以开来学哉?
> 词衰于元。然自乾、嘉以还,追踪正始者,时复有人。是衰者可以复振,亡者犹有存焉者也。

这第二套词统与第一套相比,将由唐至清的词史所对应的诗史提前了一大步,置于杜甫诗产生之前:元明词对应陈、隋诗,常州派先驱张惠言、中坚庄棫词对应唐初能复兴古体诗的陈子昂、张九龄诗,那么,唐宋词对应的自然是汉魏诗了。这样就完全改变了乾嘉以还词在词体正变史上的地位和作用:由虽愈本色,不能复化,衰变已极的老年期,上升为古意仍存,复古归正词人已出(即常州派),变古存正的中兴词人将现的青壮年期,担负着振衰存

亡的重任。又将杜甫诗之变与陈、朱词之变相对照:

> 杜陵变古之法,不变古之理。故自杜陵变古后,而学诗者不得不从
> 杜陵。纵有复古者,亦不过古调独弹,无与为应也。陈、朱变古之理,而
> 并未能尽变古之法。故虽敢于变古,不能必人之中心悦而诚服其词。
> 且不能禁人之复古。有志为词者,宜直溯风、骚,出入唐、宋,乃可救陈、
> 朱之失,勿为陈、朱辈所囿也。

以杜诗为善变的正面典范,陈、朱词为不善变的反面典型,对比之下,突显出
变古存正固然以才力为基础,但真正的核心乃是"变古之法,不变古之理",
而此理即是温厚之本原,也即是所谓"诗词一理""诗词同体"之理,也即是变
能存正的根本原因。

受常州派的影响,陈廷焯的词体正变观比诗体要保守,并未肯定此前词
中存在如杜甫诗那样能不循古法而度越时流之变,对同时词的要求也仅限
于复古之理,而不敢进一步追求变古之法;但比同时的常州词派论者仍有突
破,因为其将此种以变振兴词运的希望寄托于来者,《白雨斋词话》的最后一
则云:

> 诗词一理也,然有诗人所辟之境,词人尚未见者,则以时代先后远
> 近不同之故……如杜陵之诗,包括万有,空诸倚傍,纵横博大,千变万化
> 之中,却极沉郁顿挫,忠厚和平。此子美所以横绝古今,无与为敌也。
> 求之于词,亦未见有造此境者。若子建之诗,飞卿词固已几之。太白之
> 诗,东坡词可以敌之。子昂高古,摩诘名贵,则子野、碧山正不多让……
> 词中未造之境,以待后贤者尚多……有志倚声者,可不勉诸!

其中,能追配诗体汉魏、唐代正宗的温庭筠、张先、王沂孙、苏轼词,均是《白
雨斋词话》中的正宗典范,然而,论者对词体的希望并不仅限于此,进一步期
待将来有志者能涉足词中未造之境,出现如杜甫诗那样存古理,变古法,包
罗万象,横绝古今的大家。陈廷焯以此则压卷,可见此种希望的强烈。也为
此后的词体发展指出了一条不同于传统正变论的变古存正之路。

五、小 结

词体正变观以崇正推源、明辨源流为立论基础,能加深对词体发展史的

规律性认识,然而最致命的缺陷在于"正直"与"源始"合一的原则违背了客观规律。因此,要坚守正变原则,就难以调合文体的体制内独立与体制外新变的矛盾。而陈廷焯提出的变古存正观,颇为巧妙地立足于文体发展的不可逆性,辩证地解读了正变关系,就得以在不触动正变原则的前提下,用一种以退为进的方式肯定了词体纵、横之"变"——纵向上的别于诗体,自立一宗;横向上衍亦小令为慢词、由质趋文的必要及价值。因此,能在一定程度上缓和正变理论矛盾,但却无法完全消除。因其所定义的"变古存正"之变,尽管本身难能可贵,但一变以后的文体发展就必然要被纳入衰变史中,只能在体制外创新,而无法在体制内复兴了。这与文体发展的实际并不完全相符——特定的文体在鼎盛后,会逐步进入平稳发展期,或许难以再占据时代的主流,但若遇到与文体体性相近的时势或作者,也未尝不可在体制内推陈出新,实现复兴。

因此,据此建立的这两套以诗寓词的词体正变系统,从不同的角度展现了正变观的优缺点:在第一套词统中,用汉至唐诗对应唐至宋词的正变史建构,颇能揭示出诗词体演变的共性,并能通于其他文体。而其所定义的两大正宗也正是文体发展最具活力,最受瞩目的时代——初始期(汉魏诗、唐词)文体本色特征初步定型,彰显出自成一体的优势,且少受束缚,自然生动不可及;鼎盛期(唐诗、宋词)文体通过体制内革新,体制优势充分发挥,尽可能地容纳社会上各种抒情的需要,成为一代之文体。但主张鼎盛期造诣不如初始期,且将鼎盛后的文体发展(宋以后诗、元以后词)均归入衰变,就是受正变原则所限,有悖事实了。而第二套词统针对第一套的缺陷而发,固然能将清词推尊至复兴正宗的地位,但所建构的诗词史对应关系却不如第一套那样严谨——词体在宋代已成为一代文体,体制发展臻于成熟,而清词的复兴多是在意格层面,在体制上并无甚大开拓,实在难以类比古风重振而律体渐兴的初唐诗。而且,用这种方式来延长词体寿命也是治标不治本。

若统观这两套系统,抽离其中因受正变原则制约而出现的矛盾,便能从中发现论者词体发展史观的独到之处,能适应时势及审美需要,继承并拓展张惠言、庄棫等前辈开创的常州派特色,丰富常州派的词学,主要表现在:

(一)统摄诗词体正变观的"沉郁"说独树一帜,给"沉郁"注入新的内涵:既继承了常州词派前辈以诗体之权变为词体之正始、文质并重的观念,以别于浙派,顺应当时渐趋衰乱的时势;又包含了对表里文质的独到见解,据此对杜甫诗、温庭筠词的诗词史地位及影响作了独具创见的阐释,彰显出富有辩证思维的文体发展史观。

（二）博观约取的学词观更有利于拓宽填词门径。张惠言《词选》只选唐宋词,庄棫也不主张取法元以后词,而陈廷焯则云:"蒿庵曾语余云:'唐以后诗,元以后词,必不可入目,方有独造处。'此论甚精。然余谓:作诗词时,须置身于汉、魏(指诗言)唐、宋(指词言)之间,不宜自卑其志。若平时观览,则唐以后诗,元以后词,益我神智,增我才思者,正复不少。博观约取,亦视善学者何如耳。"正与变本来就是相反相成的,故这种以唐宋为主,元明为辅,正变兼赏,博观约取的门径论,比常州词派前辈更为融通,也更具学理。

（三）对南宋与清两个阶段的实际正变史定位颇具创意,也因此无法再适用大体延续张惠言正变史观的第一套词统,最终促成了第二套词统的开创。这套新词统与论者独创的变古存正观相得益彰,成功将常州派词尊为正宗,提高了常州派的词史地位。

第五章 清代:其他各类综合正变观

第一节 阳羡词派:立"纵"尊"横"类正变观的萌芽

立"纵"尊"横"类正变观的正变立场是立足于纵向正源,尝试依据纵向正源的特征来定位词体特征,属于综合正变观。其目的也是调和"纵""横"矛盾,推尊词体。与立"横"追"纵"类正变观相比,最大的差别在于:其所推尊的正宗特征,其实并不是词体最宜表现的特征,而是论者心目中最能符合纵向正源的特征。持此种立场的论者,认识到词体对各种意格的包容性颇强,故希望打破仅将柔婉尊为本色的传统观念,用词体来表现其认为最接近纵向正源的意格,并据此以推尊词体。这类正变观的优势是客观认识到词体的包容性,能最大限度的攀附正源,故尊体程度得以超越其他各类正变观,但本身在逻辑上是存在缺陷的:既然其所推尊的特征,并非词体最宜表现的特征,也非是唯独词体才能表现的特征,那么,在通常的情况下,词体之尊是难以显现的,尊体理论也是难以成立的。因此,此类正变观只能在特定的时势及群体中流行,兴盛、普及的程度远不及弃"横"从"纵"、舍"纵"取"横"、立"横"追"纵"类正变观。

此类正变观,萌芽于清初继广陵派之后兴起的阳羡词派。阳羡词派是顺治、康熙年间,在常州宜兴(古称阳羡)地区形成的词派,以陈维崧为领袖,与云间派颇有渊源,与浙派也互有影响。阳羡派词人早期多受云间派熏陶,但词学旨趣已非云间派所能笼罩,其词体正变观一改明代以来以横向为主的正变立场,转以纵向为主,推崇的重点由婉约转向宏壮,对词体的包容性也有了更为精准的把握,显现出立"纵"尊"横"的正变立场。代表是徐喈凤、陈维崧词论。

徐喈凤(1622—1689),字鸣岐,更字竹逸,号荆南山人,归隐后号荆南墨农。明亡后仕清,在顺治十八年(1661),受"奏销案"牵连降调,告归,隐居宜兴,终身不再出仕,填词开始于隐居之后,现存主要词学文献有词集《荫绿轩词》,卷首附《荫绿轩词证》①十五则,词学思想概见于此。

陈维崧(1625—1682),字其年,号迦陵,宜兴人。生长在显贵重气节的明遗民家庭,祖父陈于廷是明末东林党魁,父亲陈贞慧是复社中坚,著名的明末"四公子"之一,明亡后隐居家乡,终老不入城市。陈维崧少有文名,兼擅骈文、散文、诗、词。曾师事云间派领袖陈子龙,又与广陵派邹祗谟、董文友、王士禛、彭孙遹等交游,故早年词风近似云间派。与浙西派领袖朱彝尊交往也颇为密切,常切磋词学,合刻的《朱陈村词》,传入禁中,受康熙皇帝赏识。主要著作为当代学者辑录为《陈维崧集》②,词见于此书中的《迦陵词全集》三十卷,词学思想散见于骈散文集及诗词集序跋中。

一、正变立场:立"纵"尊"横",变体尊体

前代词体正变观,推崇重点为变体宏壮词的,对词体多持贬抑态度;推尊词体的,所推尊的必然是词体横向源始所具备的柔美幽约本色;而阳羡派词体正变观最大的特色是用提倡变体宏壮词、长调的方式推尊词体。

徐、陈二家对词体横向源流的认识与云间派略同,徐喈凤云:

> 余观诗词风气,正自相循。贞观、上元之诗,多尚澹远。大历、元和后,温、李、韦、杜,渐入《香奁》,遂启词端。《金荃》《兰畹》之词,概崇芳艳。南唐北宋后,辛、陆、姜、刘,渐脱《香奁》,仍存诗意。元则曲胜而诗词俱掩。

陈维崧《金天石〈吴日千二子词稿〉序》云:

> 尝考夫声音之道,自有渊源;词赋之宗,递为泛滥……是知齐梁之乐府,即唐宋之倚声也。自名花倾国,供奉擅俊逸之才;金缕提鞋,后主秉绮罗之质。教坊帘幕,试艳曲于清狂;平乐楼台,弄新声于轻薄。词有千家,业归二李。斯则绮袖之端门,红牙之哲匠矣。若易安之婉娈清新,屯田之温柔倩媚,虽为风雅之罪人,实则闺房之作者。由斯以降,我无讥焉……时则有家居蓥屋,幼富才情;县近金陵,长怜歌舞……洵可

---

① 本书引用徐喈凤词论均引自:《荫绿轩词证》,《词话丛编续编》第一册,第100—105页。

② 本书引用陈维崧词及词论均引自:陈维崧著,陈振鹏标点,李学颖校补《陈维崧集》,上海古籍出版社2010年版。

以矜天上之弄臣,废人间之宫体矣。

以词体为齐梁乐府、宫体、唐末香奁体之流,自成一家的源始特征是柔曼幽约,体制定型于唐末五代,延续至北宋后,日趋于淫丽,极柔曼动人之能事,这种认识与云间派的观点十分接近,而陈维崧论婉约词源始独标三李,也与云间派宋征舆一支如出一辙。

然而,阳羡派对词体源始特征的态度却与云间派有较大差别,云间派正变立场以横向为主,推婉约为正宗本色;虽有尊体倾向,但尊体程度有限,对词体的总评未出小道博弈范畴,故对本色词柔靡的流弊也颇包容;而阳羡派却以纵向为主,且希望尊体,不安于小道的地位,故并不赞同时人拘泥于横向立场,仅尊婉约为本色,而放任柔靡流弊。徐喈凤《荫绿轩词证》开篇即云:

> 词名诗余,以其近于诗也。然去雅颂远甚。拟于国风,庶几近之。然"二南"之诗,虽多属闺帏,其词正,其音和,又非词家所及。盖诗余之作,其变风之遗乎。惟作者变而不失其正,斯为上乘。

立足于纵向以论正变,攀附变风以尊体,为词体摆脱小道,跻身上乘奠定基础,而要跻身上乘的条件是屏去柔媚放浪,不顾身名的绮语,所谓:

> 尤悔庵序龚合肥词,特举寇平仲、范希文、欧阳永叔三人立论,所谓先人品而后才华也,今人工小词,便放浪于酒旗戏鼓,柳巷花街,不复检顾身名。此不独为大雅罪人,直是名教罪人矣!作词者最宜猛省。

绮语为纵向正源所不容,而为横向词体所宜有,故对词中绮语的态度,可谓是论者正变立场的缩影:如法秀道人一类坚守弃"横"从"纵"立场的论者,对绮语深加罪责,得出的结论是词体邪恶之极,可罢之;如王世贞一类坚守舍"纵"取"横"立场的论者,则明确表示宁为大雅罪人,不废绮靡之体;如南宋清雅派一类立"横"追"纵",而更偏于纵向立场的论者,希望用限制柔情的方式来杜绝绮语,推尊词体;如云间派一类立"横"追"纵",而更偏于横向立场的论者,则致力于为绮语辩护,认为绮语小罪,无伤大雅,以适度尊体;而徐喈凤此论更加重了绮语之罪——"名教罪人",可谓罪莫大焉,故其尊体是以杜绝绮语为前提的,颇类清雅派词论,而区别在于:清雅派要特别推尊的是词体在横向上柔婉的本色特征,因此,强调绮语伤大雅,也不合词体本色,故不能因绮语而贬低柔婉本色;而徐喈凤则不然,其要特别推尊的是词宏壮的变体特征,故常因绮语而贬低词体源始的柔婉特征,认为柔婉不如宏壮。所谓:

> 魏塘曹学士作《〈峡流词〉序》云:"词之为体如美人,而诗则壮士也;如春华,而诗则秋实也,如夭桃、繁杏,而诗则劲松、贞柏也。"罕譬最为明快。然词中亦有壮士,苏、辛也;亦有秋实,黄、陆也;亦有劲松、贞柏,岳鹏举、文文山也,选词者兼收并采,斯为大观。若专尚柔媚绮靡,岂劲松贞柏反不如夭桃繁杏乎。

如果让清雅派论者来立论,则必定不会认可如夭桃繁杏般柔媚绮靡的词体特征定位,也不会推尊如劲松贞柏般的宏壮变体词,而更可能推举如贞梅雅菊般柔婉而有标格之作。徐喈凤词论异于前人之处,正在于承认词体本柔媚婉约,不避绮靡,故更欣赏其中宏壮意格,认为无此不足以尊体,这种观点是阳羡派正变论者共有的,也是此派正变观自成一宗的主要原因。

徐喈凤词论尊体上限至变风而止,而不敢攀雅颂。陈维崧则更进一步,将词体置于与经史并驾的大道地位。集中反映了陈维崧对词体的推崇程度及推尊方式的是《词选序》。这篇序文最能独树一帜,引人注目之处,是主张文体代兴,而反对文格代降,认为包括词体在内的新兴文体都有可能达到纵向正源"经"的高度,尊体力度空前:

> 客或见今才士所作文,间类徐庾俪体,辄曰:"此齐梁小儿语耳。"掷不视。是说也,予大怪之。又见世之作诗者,辄薄词不为,曰:"为辄致损诗格。"或强之,头目尽赤。是说也,则又大怪。夫客又何知?客亦未知开府《哀江南》一赋,仆射在河北诸书,奴仆庄骚,出入左国;即前此史迁、班掾诸史书,未见礼先一饭;而东坡、稼轩诸长调又骎骎乎如杜甫之歌行,与西京之乐府也。
>
> 盖天之生才不尽,文章之体格亦不尽。上下古今如刘勰、阮孝绪以暨马贵与、郑夹漈诸家所胪载文体,仅部族其大略耳。至所以为文,不在此间。鸿文巨轴,固与造化相关;下而谰语卮言,亦以精深自命。要之,穴幽出险,以厉其思;海涵地负,以博其气;穷神知化,以观其变;竭才渺虑,以会其通。为经为史,曰诗曰词,闭门造车,谅无异辙也。

今之不屑为词者,固亡论,其学为词者,又复极意《花间》、学步《兰畹》,矜香弱为当家,以清真为本色,神瞀审声,斥为郑卫。甚或爨弄俚词,闺襜冶习,音如湿鼓,色若死灰。此则嘲诙隐瘦,恐为词曲之滥觞。所虑杜夔、左骧,将为师涓所不道。辗转流失,长此安穷。胜国词流,即伯温、用修、元美、征仲诸家,未离斯弊,余可识矣。

余与里中两吴子、潘子咸焉,用为是选。嗟乎……文章流极,巧历难推。即如词之一道,而余分闰位,所在成编,义例凡将,阙如不作。仅效漆园马非马之谈,遑恤宣尼觚不觚之叹。非徒文事,患在人心……选词所以存词,其即所以存经、存史也夫!

兴起六朝绮靡文风的徐庾俪体,历来被认为是词体近源之一,陈维崧所见略同,因此,为推尊词体,特别为这两种一脉相承,且被视为纵向邪变、小道的文体翻案,提出"天之生才不尽,文章之体格亦不尽","为经为史,曰诗曰词,闭门造车,谅无异辙"的观念,将词体推尊到能与经、史、诗并列的地位。陈维崧自身"弃诗弗作……磊呵抑塞之意,一发之于词。诸生平所诵习经史百家古文奇字,一一于词见之"[1]的创作实践也印证了这一点。这种超越了时代限制的尊体,确需胆识。

然而,结合尊体的论据就会发现,陈维崧的尊体,并没有真正摆脱正变观的限制,对文体价值的判断仍是以纵向正源宏雅的特征为参照的,提倡的是以杜夔、左骧为代表的雅正复古之乐,反对的是以师涓、郑卫为代表的靡靡之变音。其所要推尊的词体,是有别于通常定义的词体的——并不以幽约为特征,反以宏大为追求,因此,最符合要求的反是横向变体。即如六朝徐庾俪体,本以绮丽精巧的特点自成一格,而陈维崧引为尊体论据的庾信《哀江南赋》,是其晚年遭逢乱离之作,直陈家国身世之痛,沉雄苍凉,为六朝俪体之变调。相应的,词体本以形成于唐五代《花间》《兰畹》的香弱清真特点自成一家,而此种特色却并非是陈维崧推崇的重点——陈维崧认为时人一味效法此种特色,则格调等同郑卫之音,若再俗亵,则有近曲之弊,故要尊体,首先要改变将此尊为本色的传统观念,转而提倡宏雅词;其在《曹实庵咏物词序》中指出词体必须有"杰作",才能一雪"小道"之耻,而杰作的典范即是以悲壮慷慨为主流的曹贞吉词。陈维崧评其《百字令》(三台鼎峙)云:"置

---

① 蒋景祁著:《〈陈检讨词钞〉序》,陈维崧著,陈振鹏标点,李学颖校补:《陈维崧集》下册,第1831—1832页。

此等词于龙门列传、杜陵歌行间,谁曰不如。彼以填词为小技者,皆下士苍蝇声耳。"又评其《风流子》(钱塘怀古)云:"此四阕,吾欲倩高渐离、荆聊诸人歌之,若贺怀智、张野狐一辈,纵能略说兴亡,不过喁喁儿女语耳,切勿令唱此等词也。"[1]陈维崧词作也能现身说法,以宏壮为主流。

这种尊体方式,优势在认识到文体对各种意格的包容性,能在古典语境中最大限度的尊体:阳羡派论者认为如诗如文的变体词,比保留了词初始特征的词更胜一筹,但却没有因此而否定词体价值,反将此列为尊体依据,这种态度是建立在对词体制内包容性的精准把握之上的。即如徐喈凤云:

> 余尝作《晒书》诗,末句云:"文章变化到诗余。"诗余,文章之最小者,其变化不可端倪。沈天羽曰:"有为古歌谣词者焉,有为骚赋乐府者焉,有为五七言古者焉,有为近体歌行者焉,有为五七言律者焉,有为五七言绝者焉,而又有似文者焉,有似论者焉,有似序记者焉,有似箴颂者焉。"其体变化如此,岂小才所能学步?

沿用沈际飞之说,指出词的小体制,未尝不可变化出大境界。陈维崧亦云:

> 下而谰语卮言,亦以精深自命。要之,穴幽出险,以厉其思;海涵地负,以博其气;穷神知化,以观其变;竭才渺虑,以会其通。

用如穴幽深、如海地和平的体制,承载奇丽、宏博、深远的情蕴气象,正是词体通变的写照,后世常州派提倡的"潜气内转"之法就与此相通,而能趋利避害,在通变与合体间求得平衡,故更为盛行,实践效果也更好。

而最大的缺陷是忽视了词体真正的特色,不利于发挥其独至的魅力。这种尊体方式形成了一个悖论:其尊体是以改变体制中自成一家的婉约意蕴为前提的,所推尊的仅仅是体制的结构形式,然而,俪体、词体双多单少的句式,严整精工的声韵要求,最宜表现的却正是婉约的意蕴,若用以表现宏雅意蕴,反不及经、史、诗体有优势,尊体反而变成贬体了。总之,陈维崧的尊体方式自立一宗,表面上推尊的是横向词体,实际上依据的却是纵向正源,是立"纵"尊"横"类正变观的萌芽。客观而言,经、史、诗、词在体制上尽

---

① 转引自曹禾等著:《珂雪词话》,朱崇才编纂:《词话丛编续编》第一册,第171、182页。

管无分高下,但实有"异辙",词体能与诗文抗衡的只能是其自成一家的柔美幽约特征,而不可能是陈维崧所推崇的宏雅特征。

二、词体正宗:契合时宜,职兼史诗

阳羡派立"纵"尊"横"正变立场的形成,与论者所处的时势、个性及际遇密切相关。徐喈凤、陈维崧词学形成的社会背景颇为相似,都有一段在纷乱高压的时势下,将创作重点由诗文转入填词,词风从婉约入而以宏壮出的经历。据徐喈凤自述,其在隐居宜兴之前,"素不读词,亦不作词",这很可能是受词为小道说的影响,故不屑涉足。直到康熙元年(1662)冬,入世理想幻灭,辞官回宜兴后,访邹祗谟,得读《倚声集》,"其中有艳语焉,足以移我情也,有快语焉,足以舒我闷也,有壮语旷语焉,足以鼓我气而荡我胸也",认识到兼容刚柔各格的词体,在"移情""舒闷""鼓气荡胸"上的独至之妙,"遂跃然动填词之兴",此后便专力于填词。然而,"及拈题拟调,语多径率,不能为柔辞曼声。顾庵学士云:'竹逸自辟堂奥,不入前人窠臼,此道中五丁手也'。虽曹学士善于护短,实仆一生知己之言。"其词风有如五丁力士,与《倚声集》主流的婉约风格不同,而以清逸宏健自成一家。

结合徐喈凤词论,可知其认为词体不如诗体,所谓:

> 从来诗词并称。余谓:诗人之词,真多而假少;词人之词,假多而真少。如《邶风》《燕燕》《日月》《终风》等篇,实有其别离,实有其摈弃,所谓文生于情也。若词,则男子而作闺音。写景也,忽发离别之悲;咏物也,全写弃捐之恨。无其事,有其情。令读者魂绝色飞。所谓情生于文也。此亦诗词之辨。

但能合当时之宜,所谓:

> 今则诗词并胜。将来风气,有词胜于诗之势。盖诗贵庄而词不嫌佻,诗贵厚而词不嫌薄,诗贵含蓄而词不嫌流露。今日风气,与词相近,余是以知其必胜也。

幽约词体历来居于小道的地位,不受统治者关注,因此被认为是当时最宜宣郁畅情的文体。在这一点上阳羡派与陈子龙等云间派前辈的认识是一致的,但阳羡派论词是不安于小道的,故其要求词体所承载的情志比云间派更

丰富,更富于变化,大致可分为刚柔两途,希望借幽约的词体以承载宏大的诗文意格。所谓:

> 词虽小道,亦各见其性情。性情豪放者,强作婉约语,必竟豪气未除。性情婉约者,强作豪放语,不觉婉态自露。故婉约固是本色,豪放亦未尝非本色也。后山评东坡词"如教坊雷大使舞,虽极天下之工,要非本色",此离乎性情以为言,岂是平论?
>
> 义兴……近日词人蔚起,人秦柳户辛刘,可谓彬彬极盛。或曰:"公等为词,如升庵谪金齿,涂脂傅粉,假妇饰以寄牢骚也。"余曰不然。风气移人,作者亦不自知,或天地元音当复振发,未可知也。

徐喈凤既然认为"词人之词,假多而真少",而在此却又反对时人以"假妇饰以寄牢骚"为由贬低词体,只因其所推崇的词体,是具有包容性的词体,并不限于柔婉的初始特征,而要求根据性情而定刚柔,以宣郁畅情,保持真味。然而,以个性本色偷换前人词体本色的概念,此离乎体制以为言,同样是难称"平论"的。

陈维崧对词体与时势的认识与徐喈凤略同:考察他对纵向正源的特征定位,据《王阮亭诗集〉序》《路进士〈诗经稿〉序》《与宋尚木论诗书》等文可知,其认为诗体正宗的教义是温柔敦厚,在风雅颂三体中以风为始,在赋比兴三用中最看重兴,所谓:

> 正言之不如其反言之,庄言之不如其寓言之,缘事感物、忼直怼激以言之,不如触事善变、流连拟似以言之……凡悲欢愉戚、幽离荡往之境,与夫鸟兽草木、诡奇变谲之状,一切泽之以正大,而规之以和平。(《路进士〈诗经稿〉序》)

对时变与文变关系的理解是文变为时变使然,非人品可左右,观文可以知世:治世出安乐的正诗,较衰世出哀思而不怨怒的变诗,上述观点均未出前人范畴,而对诗、史之别的论述却有创见,即如《〈王阮亭诗集〉序》云:

> (极衰乱世)可以史而不可以诗,夫董狐、倚相、左丘明诸贤,彼其才非逊于"雨雪"之征夫,"草虫"之戍妇也,咏歌而悼叹之,亦风人之致也。惟是身经丧乱,忍视为越人之关弓;而政教束湿,难托于春人之助相。

> 不得已而以编年纪事之体,没其出风入雅之才,而诗于是遂亡。诗之亡也,国家之不幸也。

指出《板》《荡》之后无《诗》,并非因其后无品格、才能足以作《诗》之人,而是极衰乱的时势难以压制忧愤,也不能满足于仅用比兴之法抒发忧愤,故不适用温柔敦厚的诗教,唯能适用直抒实录的史笔。从这个意义上说,史虽不甚合于诗教,却是适时权变以继诗之"正"。因此,陈维崧最向往的当然是盛时之正声,但盛时可遇而不可求,而陈维崧后来的经历,又不幸属于不遇的类型,故其所采用的文体及意格,也不得不日渐倾向于权变了。

陈维崧友姜宸英、弟陈维岳在为陈维崧诗集所作的序跋中①,都提到了其诗风的变化。陈维崧少时虽遭逢衰乱世,但生活相对安定富足,师承陈子龙,致力于复古返正,故诗虽不可避免的杂入晚唐"温、李"的变风,但主要取法对象仍是初、盛唐"陈、杜、沈、宋、高、岑、王、孟"等正始、正宗诗人,特点是雄丽宕逸、高浑鲜丽,变而未离"温柔敦厚"的诗教正义。相应的,词也主要受陈子龙、邹祗谟、董文友等云间、广陵派词人的影响,以旖旎婉约为主,"不过获数致语足矣,毋事为深湛之思也"。

"及长,遇四方多故,残烽败垒,惊心动魄之变,日接于耳目",故其诗亦一变而为"跌荡顿挫"、"慷慨激昂,有所怆然而悲,愀然以思",近于在意格上沉郁哀思如变诗,在技法上穷极变化的杜甫诗,并兼取"六季三唐"正变之诗,已非尽为"温柔敦厚"所限。② 其弃诗弗作,专攻填词也发生在这一时期,相应的,在诗中未尽之变也转入词中来:陈维崧在《任植斋词序》中,自谓其复读少时轻绮之词,"辄头颈发赤,大悔恨不止。而植斋旧所为词,则已大工……以为《金荃》之丽句也,抑亦《梦华》之别录也",结合其在《词选序》中"选词所以存词,其即所以存经、存史也"的论述,可知其对词体包容性的要求极高,不再限于初始赏心悦目的小道之用,而希望其兼具温柔敦厚,微词寄兴的《诗》教之用与不避直抒实录的史笔之用。

而这种希望又是顺应时势而发的,即如其在《〈青堂词〉序》中转述与其同病相怜的挚友史子远之言云:

---

① 姜宸英著:《〈陈维崧诗集〉序》、陈维岳著:《〈陈维崧诗集〉跋》,陈维崧著,陈振鹏标点,李学颖校补:《陈维崧集》下册,第1824—1825、1821页。

② 据陈维岳记载,陈维崧诗在晚年尚有一变,兼取因"时有感激怨怼奇怪之辞"而被公认为变调代表的韩愈诗,及被明人斥为邪变的苏轼、陆游等杂入议论的宋诗,纵横奔放,更加不受诗教正宗的限制。但此变产生时间较晚,且发生在其创作重点转向填词之后,故不纳入讨论范围。

今刮磨久，故态（指前所述悲不遇的疏狂之态）禁不复作矣。然不平侘傺之色，顾未尝忘也。酒旗歌板，吾若将终吾身焉。乐天知命而不忧，余其以词为萱苏焉，可乎？

又在《〈观槿堂词集〉序》中感叹时势云：

蒉桴土鼓，膢腊而咏豳诗；折俎烝殽，俯聘而赓雅颂。固已五常之性，其泽和平；宁惟四始之遗，独归敦厚……而今则瞻望兄兮，九原人去……歌则不能，泣仍不可。念欲著《金陀》①之史，姑俟诸地老而天荒；无如填《兰畹》之词，犹藉以娱年而送日。爰乃借雷辊电砉之声，写剑拔弩张之气……幽可匹夫庄骚，细不遗夫虫豸。

合而观之，时处悲怨已极，敢怒不敢言之世，要宣郁畅情，不惟不能付诸诗，唯恐直笔招祸，甚至不敢付诸史，故最好的途径，是付诸因幽约体制而被视为小道，相对安全的词体。参看徐喈凤云："从来写情之作，必极凄怆愁郁，方能感人心骨。然用字，亦须自立地步。如'太液波翻''太液波澄''重携残酒''重扶残醉'之类，一字之平险，关一生之荣辱，岂可过做酸楚语乎。"以词体宣郁畅情尚且不敢太过，谨小慎微可见一斑。

陈维崧论词体所承载的情志同样分为刚柔两途。大体如《〈今词选〉序》所云：

考其祖祢，俱为骚雅之华胄；咀其隽永，绝非典谟之剩馥也。夫体制靡华，故性情不异。弦分燥湿，关乎风土之刚柔；薪是焦劳，无怪声音之辛苦。譬之诗体，高、岑、韩、杜，已分奇正之两家；至若词场，辛、陆、周、秦，讵必疾徐之一致，要其不窕而不摦，仍是有伦而有脊，终难左袒，略可参观。仆本恨人，词非小道……用存雅调于千年。诸家既异曲同工，总制亦造车合辙，聊存微尚，讵偭前型。

同样认为词体以靡华为横向特色，以骚雅、典谟之旨为纵向"正"之"本"，但强调体制具有包容性，可依据作者个性、时势调整风格，以传承"正"之"本"。

① 《金陀粹编》的省称，《金陀粹编》为岳飞之孙岳珂所著，辑录岳飞传记资料，为岳飞辨诬，后因以"金陀"为辨诬的典故。

其中所谓"奇正"是指表面的常与非常，而非内在的正邪，如诗中以高、岑的盛世高华为正常，杜的衰世沉郁、韩的激怨奇崛为非常，但论者并不认为他们违背了典谟之旨。同理，词中辛、陆与周、秦，虽有刚疾、柔徐之别，但只要不寙而不揪，均能符合骚雅、典谟之伦脊（即义理宗旨）。

由于柔婉一派词在当时盛行，造成审美疲劳，俗靡的弊端也日益暴露，而阳羡派词人的个性及所处的时势，又促成其以刚健的风格自立一宗，故从审美平衡、审美偏好和矫正时弊的角度考虑，更注重推崇宏壮一派词，强调其正宗的地位。至于柔婉一派，陈维崧《〈叶桐初词〉序》云：

> 曾闻长者，呵《兰畹》为外篇；大有时贤，叱《花间》为小技。十年艳制，坐收轻薄之名；一卷新词，横受俳优之目……然而结习宁忘，鄙怀有在。遇成连于海上，情终以此而移；见美丽于中山，口遂不能无道云尔。

体现出阳羡派论者对柔婉词的微妙心态：认为其是当时词备受小道轻薄之讥的根源，但仍不能忘情于其独至之美，故论述的重点在矫弊，希望将其扶归正道。陈维崧在《〈蝶庵词〉序》中转述史惟圆与其论词云：

> 今天下词亦极盛矣，然其所谓盛，正吾所谓衰也。家温、韦而户周、秦，亦《金荃》《兰畹》之大忧也。夫作者，非有国风美人、离骚香草之志意，以优柔而涵濡之，则其入也不微，其出也不厚。人或者以淫亵之音乱之，以佻巧之习沿之，非俚则诬。故吾之为此也……如街衢妇孺之歌号焉，缠绵涤荡而成声也。盖余之为词也，如是焉止矣。及观吾子之词……何其似两山之束峭壑，窘蠡阨塞，数起而莫知所自拔乎？抑众水之赴夔门乎？漩涡湍激，或蠥之而转轮，或矶之而溅沫乎？譬之子，子学庄，余学屈焉。譬之诗，子师杜，余师李焉。虽然毋论当世，即千百载而言惠施者，莫余与子若也。

史惟圆词如诗中屈原、李白，缠绵涤荡，柔徐中有气骨；而陈维崧词如庄子、杜甫，纵横变幻，刚疾中存正性，而史、陈词的特征其实也大体代表了阳羡派所崇尚的柔、刚二派的特征，均有助于矫正当时"非俚则诬"的婉约词流弊。即如《〈苍梧词〉序》云："子虚亡是，讵常真有其人；暮雨朝云，要亦绝无之事。然而宋玉以寄其形容，相如以成其比兴。固知情难摭实，事比镂尘。托隐谜以言愁，借嘲诙以写志。凡兹抹月批风之作，悉类诅神骂鬼之章。"《蒋京少

〈梧月词〉序》云:"审其格律,直追屈宋风骚;揆厥源流,讵杂金元爨舞。"要求柔婉词要上承骚雅,结合时势,善用微词兴寄宏雅之旨,而不宜流为俗艳的近曲邪变。

南宋清雅派词正是阳羡派推崇的婉约词典范之一,这也是其与浙派词论的相通之处。徐喈凤在论述词体源流时,已将清雅派推崇的姜夔词与辛、陆、刘一派宏壮词同列为南宋"渐脱《香奁》,仍存诗意"的返"正"之"变"。又称清雅派"词要清空"的核心理论为"填词家金科玉律"。而陈维崧《〈乐府补题〉序》云:"嗟乎!此皆赵宋遗民作也……援微词而通志,倚小令以成声。此则飞卿丽句,不过开元宫女之闲谈;至于崇祚新编,大都才老梦华之轶事也。"《乐府补题》主要收录南宋清雅派咏物词,自为朱彝尊重刊后,成为浙西派填词范本,陈维崧在此肯定其以婉约词寄托遗民情志,有《东京梦华录》般的史录之用。

三、小　结

明代词体正变立场以横向为主,故婉约为"正",豪放为"变"的观念盛行;而阳羡派正变论者在时势、性情与际遇的影响下,转以纵向为主,横向为辅,故无论刚柔都可能为"正",也可能为"变"。徐喈凤词论中尚保留有较多的云间派色彩,而立"纵"尊"横"的正变立场已初步显现,至陈维崧则彻底改变云间派以词体为小道的观念,而以变体尊体的方式自立一宗,实现了在古典正变语境中最大限度的尊体。阳羡词派的创作也实践了其正变主张,刚柔相济,而以宏壮变体词为主,且多用长调,更有助于表现如诗如史的词体变风。

客观而言,阳羡派正变观认识到词体对各种意格的包容性,符合词体发展的规律,能纠正明代拘泥于词体的初始特色,而不能尽变的弊端,更揭示出词体的非常之用:在正常时势中,作者可以仅依据个性来选择文体,故壮士更倾向于选择诗文来抒情言志;但在非常时期则不然,即如徐喈凤、陈维崧所言,在当时的审美好尚、衰乱世危机与高压之下,诗教温和难抒愤,史笔直录又易招祸,故即便是壮士,也需要能兼容婉约与顿挫的词体,来代言诗、史所不能言之情志。

然而,词体的包容性是有限度的,超出了这一限度,就难以维系词体别于诗文的真正特色,不利于发挥其独至的魅力。晚清陈廷焯评宏壮一派词云:"东坡词全是王道。稼轩则兼有霸气,然犹不悖于王也。其年则竟似老瞒、石勒一流人物。板桥、心余辈,不过赤眉、黄巾之流亚耳。后之学词者,不究本原,好作壮语,复向板桥、心余词求生活,则是鼠窃狗偷,盖卑卑不足道矣。"①借史学正统观论词,颇为辩证地反映出词体包容的限度,抛开正变不论,老瞒、石勒、赤眉、黄巾也各有其审美价值及适用时势,但终究不能成为词体常态,也不如正常之美耐读,便于流传。因此,阳羡派立"纵"尊"横"的正变立场,以超出词体限制的变体词风为推崇重点,已注定了其能够也只能在特定的地域、时势及群体中流行。而实践此种词学主张的阳羡词派,其盛况终究无法与云间、浙西、常州派抗衡的根本原因也在于此。

第二节 刘熙载:集大成的立"纵"尊"横"类正变观

刘熙载(1813—1881)②,字伯简,又字熙哉,号融斋,晚号寤崖子,江苏兴化人。一生常任师职,曾为童子师、士人师、太学师、诸王师,主讲上海龙门书院以终,以文艺理论及语言学著称。著作有《艺概》《昨非集》《持志塾言》《四音定切》《说文双声》《古桐书屋六种》《古桐书屋续刻三种》等。文学批评论著以《艺概》最为著名,初刻于同治十二(1873)年。分为《文概》《诗概》《赋概》《词曲概》《书概》《经义概》六卷,词学思想集中在《艺概·词曲概》中,也散见于其他文论,又可与其诗文正变观互相发明。刘熙载也时填词,《昨非集》卷四收录词作三十首。

刘熙载词体正变观在时论中比较特殊,兼取浙西、常州两派词学观,与云间词派宋征璧分支也似有渊源,但却未采用这三派中最流行的立"横"追"纵"正变立场,而是延续了阳羡派立"纵"尊"横"的正变立场,构建出自成一家的词体正变观,为了用词体来表现最接近纵向正源的悲世宏雅意格,而将正宗特征定位为声情悲壮,发情止礼。并标举苏、辛一派宏雅词为正宗典范,而将源出于唐末五代的婉媚词风视为变调。正变体系的建构比阳羡派更为严密:鉴于在时间上唐五代词早于苏、辛词,故为了实现"正""始"合一,又选定了一个在特征上与苏、辛一派词稍有相似,而在时间上早于唐五代词的正始——盛唐李白词,这样就能婉转契合于正变逻辑了。其词体源流论及价值论均以阴阳正变说为依托,词作也大体贯彻其词体正宗主张。《昨非集》卷四收录的三十首词,大都是自道日常境遇感悟,而不投时俗所好,绝少

---

① 陈廷焯著,屈国兴校注:《白雨斋词话足本校注》下册,第731页。
② 本书引用刘熙载《艺概》均来自:刘熙载著,袁津琥校注:《艺概注稿》,中华书局 2009 年版。其余文论均来自:刘熙载著,薛正兴点校:《刘熙载文集》,江苏古籍出版社 2000 年版。

儿女情、修饰语,甚至少有苏、辛及阳羡派那样的豪旷纵横词风,以恬澹和平为主,若论发情止礼,哀乐中节,确实是当之无愧的,但也因此而丧失了词体真正的专长及魅力,显得质木无文,难以动人,造诣无法与同时名家相比。

刘熙载提出的唐末五代词为变调,苏辛为正声的正变理念,颇具创见,故在学界较受关注,研究重点在探讨其对刚柔与正变关系的独特定位。在对其理论背景、词品说、词境词法的研究中也有涉及正变问题,对从不同角度了解其正变观颇有帮助;但总体而言尚缺乏有意识的综合把握及系统分析,故未能很好地把握其立"纵"尊"横"的正变立场,以及刚柔正变间的辩证关系。对一些关键问题,如唐五代词为"变调"说,文天祥词为"变之正"说等,理解也有欠精准。有鉴于此,本书尝试在继承前辈研究成果的基础上,系统研究其词体正变观,补充并修正相关研究中言之不详或存在误解之处,以便更好的把握其特色及价值,并进一步证明词体正变观是其词学建构的理论支柱之一,其对历代名家词的述评、对词境词法的论述大都以此为依托,重要地位不容忽视。

一、纵向正源:发情止礼,悠然得正

《艺概》序云:"艺者,道之形也……文章名类,各举一端,莫不为艺,即莫不当根极于道。"开篇云:"《六经》,文之范围也……乃《文心雕龙》所谓:'百家腾跃,终入环内者'也。"可见,刘熙载的文体正变观与《文心雕龙》一脉相承,都以纵向正源——六艺所承载的"道",为判定各文体正变最重要的依据,而能代表性质之"正"的特征是发乎情,止乎礼义。即如《诗概》云:"不发乎情,即非礼义,故诗要'有乐有哀';发乎情,未必即礼义,故诗要'哀乐中节'"。刘熙载认为此特征通于孔子"思无邪"之说,表现为"乐而不荒,忧而不困"、"穆如清风",典范是《诗》《骚》。其阐释"发乎情,止乎礼义"的独到之处在强调情与礼义的关系,是基于高尚人品的自然契合,而非刻意节制,浙派朱彝尊的观点也与此略同,但刘熙载的表述更为清晰。试看以下论述:

> 《文章正宗纲目》云:"三百五篇之诗,其正言义理者盖无几,而讽咏之间,悠然得其性情之正,即所谓义理也。"余谓诗或寓义于情而义愈至,或寓情于景而情愈深,此亦三百五篇之遗意也。(《诗概》)
>
> 盖《诗》之情正者,即礼义。初非情纵之,而礼义操之……不正之情,盖之以礼义,遂为正乎? 故审其情者不可不豫也。后世作者徒恃其所止,则其发也无节,于是不正之言恢之弥广,曰:"情在于斯尔。"读者

> 徒恃彼之所止，则于彼所发者无择。于是取不正之言，玩之不厌，曰：
> "情在于斯尔。"然则若而人也，其视情之为情何如哉？（《读诗序》）

明确反对文情节制才能守"正"之说，而强调判定正邪，关键在人品。即如《诗概》云："诗品出于人品。"人品正者，自然随意便能使文情合于礼义；否则刻意节制也难合于礼义。因此，其论文最重视的是以人品为依托的文情，正变论具有以下特点：

第一、对文体的包容性更强。刘熙载主张能决定文艺正变的关键在人品，而不在体制，故并不认同前人以词、曲等文体为邪变的观点，认为品格无邪的作者即使创作词曲一类狭小通俗的文体，同样能体现出正直的性情。即如《词概》云："词家夐到名教之中，自有乐地，儒雅之内，自有风流，斯不患其人之退也夫。"

第二、对自然真挚的推崇更甚——要求有正直性情自然流露。在刘熙载为人、为学、为艺诸论中，自然真挚与"正"可谓同气连枝。即如《诗概》论"正"之根本——"思无邪"云："'思'字中境界无尽，惟所归则一耳。严沧浪《诗话》谓'信手拈来，头头是道'，似有得于此意。"其最称赏的艺文，无一不具有悠然合正的特点。

第三、对文情种类限制更严——主张包含邪欲之情均不宜入文，否则其本不"正"，再节制也难返"正"。其所关注的失"正"之"变"，实质上均是文情之变，大致有以下三种：

一是悲己。刘熙载认为"变风、变雅，变之正也；离骚，亦变之正也。'……耿吾既得此中正。'屈子固不嫌自谓。"（《赋概》）将风雅、骚中反映的哀怨变声，均归为"变之正"，因其善用"比兴"寄托"忧生忧世"之意，是君子在衰乱世中宜有的悲世正情。刘熙载强调判定诗中悲音悲情的正变，当综观其人之志与遇——乱世悲不遇，乃发乎情，不悲己而悲世，乃止于礼义。即如《读楚辞》云：

> 性为阳，阳主施。主施者，悲世者也。情而不纯乎性则为阴，阴主受。主受者，悲己者也。夫古人有悲不遇者，悲世……不用吾道，非世之幸也。然必殚吾所以愿效于世者，而后无恶于志。不然而戚戚焉者，必志牵于得失者也。吾读屈子之言，曰"余既不难夫离别兮，伤灵修之数化"……其志亦犹是也。若宋玉所作者，其意可以两言见之，曰"惆怅兮而私自怜"，曰"私自怜兮何极"……非其悲世与悲己异乎……吾昔与

学者论诗，尝以性情、阴阳、施受喻之，病未能达也。今乃由论屈宋而及之。曰：悲世者自屈以上见于三百篇者，其至善也；若悲己，则宋玉以下，至魏晋人为甚矣。

可见，诗中变声以属阳悲世者为"正"，以变风雅、骚为典范；以属阴悲己者为"变"，宋玉以下，至魏晋人为甚。悲己之作较之悲世之作，固当等而下之；但仍不失自然真挚，且情称其时，品格较之乐而不悲、加速亡国的靡靡之音，仍胜一筹。

二是涉"空"；三是涉"欲"，刘熙载认为"诗要超乎'空''欲'二界。空则入禅，欲则入俗。超之之道无他，曰'发乎情，止乎礼义'而已。"（《诗概》）因此，诗若涉及"空""欲"，即为"变"。其中，"空"表现为绝情出世，离儒道而入禅宗。诗文中的《庄子》率先涉及"空"的思想，故云："诗以出于《骚》者为正，以出于《庄》者为变。"（《诗概》）然而，"《庄子》文看似胡说乱说，骨里却尽有分数"。"寓真于诞，寓实于玄，于此见寓言之妙"（《文概》），貌空而实不空，属于不尽失"正"的"变"；"欲"则与"空"相反，表现为滥情从俗，柔媚、俗艳、轻薄之情均属此类，故文章要守"正"，就必须杜绝末俗，所谓："词述古义，箴贬末俗，文之正变，即二者可以别之。"（《文概》）而"欲则入俗"，可谓邪变之尤。因此，刘熙载文论对"悲己"与涉"空"之变，均颇为包容，认为其激怨、瑰奇、豪旷等特征表现能自成其妙，且不尽失"正"，故"惟涉而不溺，役之而不为所役，是在卓尔之大雅矣"（《文概》）；唯独不能容忍涉"欲"之"变"——刘熙载沿用儒家以中正、狂狷、乡愿三品论人之法，以三品论诗人，最上品"悃款朴忠"即是"止乎礼义"之情；中品"超然高举、诛茅力耕"，已包括涉"空"、为己之情；而最下品为"送往劳来、从俗富贵"，则属于涉"欲"之情了。又云："退之诗豪多于旷，东坡诗旷多于豪。豪旷非中和之则，然贤者亦多出入于其中，以其与龌龊之肠胃，固远绝也。"苏轼诗"出于《庄》者十之八九"，属于涉"空"之变；韩愈诗"时有感激怨怼奇怪之辞"，近似悲己之变，故均非正宗，但因其能以豪旷振起气格，杜绝涉"欲"之"变"，便能为贤者所好，跻身上品之中。

具体到词体，同样以纵向风雅正源为判定正变的首要标准，《词概》云：

乐，"中正为雅，多哇为郑"，词，乐章也。雅郑不辨，更何论焉！
词导源于古诗，故亦兼具六义。

乐歌，古以诗，近代以词。如《关雎》《鹿鸣》，皆声出于言也；词则言出于声矣，故词，声学也。

对词体的定位是《诗》六艺之遗,虽"变"而不失其"正"。"《诗》兼歌、诵","诵显而歌微","以意法胜者宜诵,以声情胜者宜歌。"认为由国风《九歌》《乐府》至词体,均属"歌"之一脉,特点是辞乐和谐,以声情胜,宜用比兴。而其对词体的正变定位,又是以对词正体特征的重新定位为基础的:前代主流词论所定位的正体特征,均不离柔情,这恰是刘熙载所不能容忍的涉"欲"之"变"。如王世贞一派"柔靡而近俗",甘为"大雅罪人"的正体定位,就与刘熙载崇尚大雅的正宗论背道而驰;而如清雅、云间、浙西词派虽也主张上承风骚,但对正体特征的定位是"簸弄风月"①、"言情……必托于闺襜之际"②、"旨本于私自怜,而私自怜近于闺房婉娈"③、"假闺房儿女子之言,通之于离骚变雅之义"④。而刘熙载则认为此类柔曼狭小之情本不"正",纵使节制也难返"正",更非正人君子所宜寄托,故《词概》云:

> 词家先要辨得情字,《诗序》言"发乎情"……所贵于情者,为得其正也……流俗误以欲为情。欲长情消,患在世道。倚声一事,其小焉者也?
>
> 词固必期合律,然雅、颂合律,桑间濮上亦未尝不合律也。"律和声"本于"诗言志",可为专讲律者进一格焉。

主张词体要上承纵向正源,摆脱小道邪变之讥,首先要颠覆以柔为尚、以欲为情的特征定位,而颠覆的方式,是重新确立词体的横向正宗,将其由悲己纵欲的邪变,上升为悲世中节的"变之正"。

二、横向正体:源出庄骚,声情悲壮

刘熙载《词概》论词体横向正宗云:

> 梁武帝《江南弄》、陶弘景《寒夜怨》、陆琼《饮酒乐》、徐孝穆《长相思》,皆具词体,而堂庑未大。至太白《菩萨蛮》之繁情促节,《忆秦娥》之长吟远慕,遂使前此诸家,悉归环内。
>
> 太白《忆秦娥》声情悲壮,晚唐、五代惟趋婉丽,至东坡始能复古。

① 张炎著:《词源》,唐圭璋编《词话丛编》第一册,第263页。
② 陈子龙著:《三子诗余序》,陈子龙著,王英志辑校:《陈子龙全集》,第1080页。
③ 宋征璧著:《倡合诗余再序》,宋存标等著,陈立校点:《倡和诗余》,序言。
④ 朱彝尊著:《陈纬云〈红盐词〉序》,朱彝尊著,王利民校点:《曝书亭全集》,第453页。

后世论词者,或转以东坡为变调,不知晚唐、五代乃变调也。

对正宗、变调的定位,独树一帜,学界对其正变论的研究均集中在此,但对其特色的阐释及评价却颇多可商榷之处。如普遍认为此论所包含的词史观极具创意,表现之一是以李白为词祖统摄词史,并以之为苏、辛之源。然而,此种观点实非刘熙载首创,前代杨慎、宋征舆等人已开其先,而此论真正的创意在于立"纵"尊"横"。以李白《菩萨蛮》《忆秦娥》二词为词祖的观点在明清词论中颇盛行,如杨慎《词品》序云"诗词同工而异曲,共源而分派。在六朝若陶弘景之《寒夜怨》,梁武帝之《江南弄》,陆琼之《饮酒乐》,隋炀帝之《望江南》,填词之体已具矣……(太白)《忆秦娥》《菩萨蛮》二首为诗之余,而百代词曲之祖也。"即当为刘熙载所本;但刘熙载特别标举太白词中"声情悲壮"为正体特征,并据此将前此六朝词,后此晚唐五代词均排除在正宗外,却是发前人所未发,体现出别是一家的正变立场:前人以晚唐五代词为正始,主要是就横向体制而言的,只因此时词体堂庑初具,婉丽特征自成一家,才取得了正始地位。至于此前的梁武帝、陶弘景、李白等词,均属个案,未成规模,但特征与定型后的词体相似,才被称为词祖;而刘熙载既已延用了杨慎的观点,承认梁武帝《江南弄》等词已具词体,却又以"堂庑未大"为由否定杨慎以六朝词为词体正始的定位,则其所谓"堂庑",显然已非横向体制之"堂庑",而是其心目中纵向正宗之"堂庑"——要求有洗尽绮罗的开阔气象,感慨千古的悲世情怀,天然浑化的古雅风度。

刘熙载分别将李白词与晚唐五代词定位为正始与变始,故要了解其对词体正变的定位,也需要以这两种词为参照。大体而言,其所定义的正体特征,当由《庄》《骚》两大先源发展而来,以《骚》为本,《庄》为用,具有悲世、真纯、深远的内涵,在纵向上属于"变之正"。试看《诗概》评李白诗云:

> 少陵纯乎《骚》,太白在《庄》《骚》间。
> 太白与少陵同一志在经世,而太白诗中多出世语者,有为言之也。屈子《远游》曰:"悲时俗之迫阨兮,愿轻举而远游。"使疑太白诚欲出世,亦将疑屈子诚欲轻举耶?
> 太白诗言侠、言仙、言女、言酒,特借用乐府形体耳。读者或认作真身,岂非皮相。

认为李白诗是以《骚》为本,《庄》为用,与纯乎《骚》的杜甫诗貌离神合,正所谓:"升天乘云,无所不之,然自不离本位,故放言实是法言",同具"日为苍生忧"的悲世情怀,乃"变之正"。因此,主张"学太白诗,当学其体气高妙,不当袭其陈意。若言仙、言酒、言侠、言女,亦要学之,此僧皎然所谓'钝贼'者也。"

刘熙载主张人品与文品紧密相联,故同一作者的各体文品是相通的,其对李白诗"以《庄》《骚》为大源"、"天然去雕饰"的评价也可移评其词,参看以下词论:

> 太白《菩萨蛮》《忆秦娥》,张志和《渔歌子》两家,一忧一乐,归趣难名,或灵均《思美人》《哀郢》,庄叟《濠上》近之耳。
>
> 太白《菩萨蛮》《忆秦娥》两阕,足抵少陵《秋兴》八首,想其情境,殆作于明皇西幸后乎?

李白、张志和两家词,一忧一乐,乃是刘熙载心目中早期词作的最佳典范,均具有源出《庄》《骚》,自然高妙的特征;而特别标举太白词的悲壮为词体正始,固然与其对太白人品的特别推重及太白具有公认的词祖地位有关,而更重要的是,太白二词之忧更近于《骚》之悲世,故可方驾杜甫忧生忧世的巅峰之作——《秋兴》八首;而张志和词之乐更近于《庄》之脱俗,因此,在崇尚儒家正统观的刘熙载看来太白二词当然更合于纵向正宗,列为横向正始,对推尊词体大有帮助。

不少学者认为刘熙载以李白为正始,进而将苏、辛一派宏壮词纳入正宗的观点,能跳出传统以婉约为正的窠臼,更符合词体发展的规律[1]。其实不然,此种观点虽具创意,却并不符合词体发展的客观实际。其中看似合理的部分是通过偷换正变立场与正体特征来实现的,实难与前人"以东坡为变调"的观点相辩难:其称太白二词"繁情促节""长吟远慕"的特征,足以"使前此诸家,悉归环内",本能自成其说——这些特征本宜于表现缠绵温婉之情,又是被称为词祖的诸家词所共有的,而太白二词的造诣又胜于他词。然而,

---

[1] 如詹安泰《刘熙载论词品及苏辛词》认为刘熙载此论:"是很正确的。我们现在在《敦煌曲》中所看到……的作品,是当时的社会现实的反映。应该说,词初起于民间,就是被作为反映现实的一种艺术形式而出现的。它转入封建文人的手里才变了质。"(《宋词散论》,广东人民出版社1980年版,第104—105页)郭延礼《论刘熙载文学批评的特色》认为刘熙载此论是"根据词发展的史实……确系卓识。"(《齐鲁学刊》1994年06期,第32页)梅大圣《论词的传统与东坡词定位及创作动因》认为此论:"从词史上把握住了词的发展轨迹,给予了东坡词以确切的定位"(《华中师范大学学报》1998年05期,第111页)等。

在论正体时,却又转以"声情悲壮"为特征,就有偷换概念之嫌了,"声情悲壮"只是太白《忆秦娥》词特有的,《菩萨蛮》及所列六朝诸家词中均无此种特征,在后世日趋兴盛的词体创作也不以此种特征为主流,因此,将其列为确立词体的正宗特征已不合适,又据此将婉丽归入变调,就更难自圆其说了。参看宋征舆《唐宋词选序》云:"太白二章为小令之冠:《菩萨蛮》以柔澹为宗,以闲远为致。秦太虚、张子野实师之,固词之正也;《忆秦娥》以俊逸为宗,以悲凉为致,于词为变,而苏东坡、辛稼轩辈皆出焉。"①对太白二词与宋代诸名家词渊源的阐述,已开刘熙载之先河,也恰可与刘熙载相辩难。客观而言,《忆秦娥》的悲壮顿挫,也是寓于深婉凄丽之中的,因此,即便以此为正体依据,也不能得出苏、辛词始能复古的结论。

其实,界定词体源始关键还是要看其所确立的特征是否足以使词自立其体②。如果抛开这一关键,只论产生时间先后,则在刘熙载词论中,论个案,梁武帝《江南弄》等六朝柔媚歌词产生更早于李白词;若论风尚,则唐末五代《花间》词的盛行又早于苏、辛词,故苏、辛词风只能算是词变之大宗,而不能称为正始。参看刘熙载有关晚唐五代词及词体体势的论述,可更为深入的了解上述正变定位的内涵、成因及矛盾。刘熙载对晚唐五代词的评价是一分为二的。《词概》云:

> 五代小词,虽小却好,虽好却小,盖所谓儿女情多,风云气少也。
>
> 温飞卿词精妙绝人,然类不出乎绮怨。韦端己、冯正中诸家词,留连光景,惆怅自怜,盖亦易飘扬于风雨者。若第论其吐属之美,又何加焉。

肯定其"好",表现为细美深挚;而不喜其"小",表现为"私自怜",不及悲世之作正大;又多绮怨,少风骨,已开启涉"欲"的邪变特征。然而,晚唐五代词的"好"与"小"是相辅相成的,词自成一体的妙处,正在于此。因此,刘熙载对

---

① 宋征舆著:《林屋文稿》,《四库全书存目丛书》集部215册,第290页。

② 随着对《云谣集》等早期词集关注度的提高,不少现当代学者主张按广义来阐释词体,将唐五代以前未形成柔婉主流的曲子也纳入研究范围,进而主张词体起源无定论或当以民间词为词体横向源始;但如回到古人立论的语境,此说并不成立:古典词论中词体意识自觉的前提,是文人词以柔美特征别于诗与燕乐自立一格——如果词没有在唐末五代凭借柔婉体性流行于文人创作中,而仅以民间曲子词或文人绝句歌诗的面目出现,则不可能作为独立的文体受到文论的普遍关注。即如刘熙载词论中提到的词祖及词体,也未出前代词论范畴,溯源的目的也在尚雅,故不可能接受比唐末五代词更为俚俗的民间曲子词为正始。

此时词的态度十分微妙：一方面，主张慎初始，而不满世人以晚唐五代词为借口，鼓吹涉"欲"邪变为正宗。所谓：

> 词尚风流儒雅，以尘言为儒雅，以绮语为风流，此风流儒雅之所以亡也。

> 耆卿《两同心》云："酒恋花迷，役损词客。"余谓此等只可名迷恋花酒之人，不足以称词客，词客当有雅量高致者也。

因此，为防微杜渐，在综论词体正变时，强调"纵""横"合一，将其归为变调，转以与其词风迥异的苏、辛派词为复古。另一方面，也不能忽视词纵向正源与横向正体间已然存在的分别，意识到形成于此时的细美轻灵，即是词体别于诗源的特征，故就体制而言，其实是"正"而非"变"。刘熙载选定《庄》《骚》为词体先源，不仅因其在纵向上为"变之正"，也因其轻逸、寄兴的特点，更能通于词细美幽约的特性。所谓：

> 一转一深，一深一妙，此骚人三昧，倚声家得之，便自超出常境。

> 空中荡漾最是词家妙诀。

> 词之妙，莫妙于以不言言之，非不言也，寄言也。如寄深于浅，寄厚于轻，寄劲于婉，寄直于曲，寄实于虚，寄正于余，皆是。

都肯定词体的独至之妙，在于以浅、轻、婉、曲、虚、余的小体制，寄托深、厚、劲、直、实、正的正大意蕴。

刘熙载主张人品决定文品，故其所定位的词体正变特征即是人品在词中的体现。其引陈同甫《三部乐》词："以判词品，词以'元分人物'为最上，'峥嵘突兀'犹不失为奇杰，'蹩珊勃窣'则沦于侧媚矣。"此种三品论词之法，正可与三品论人、论文之法相呼应：最上品的"元分"，非泛指"我"之本色，而是专指"真我""悃款朴忠"之本色，所谓：

> 惟此"婴儿"，纯乎其纯，故我虽老，而"婴儿"常新；我虽往，而"婴儿"常存。我与"婴儿"，虽一生之相从兮，亦"婴儿"为主，而我但为宾。（《戏为婴儿颂》）

> 人亦孰不有我，惟"耿吾得此中正"者尚耳。（《词概》）

刘熙载秉承儒家性善论,认为人能葆有赤子之心,即能得性情之正;中品的"峥嵘突兀",即指狂狷、激怨、豪旷、奇巧诸格,看似迥出凡俗,实已不及正宗之真纯浑厚;下品的"鬖珊勃窣"则沦为媚俗柔靡的涉"欲"邪变了。又云:"昔人论词,要如娇女步春。余谓更当有以益之,曰:如异军特起,如天际真人。"(《词概》)有的论者参照三品论词之说,将"娇女步春"等同于"鬖珊勃窣",然而结合语境,二者内涵实有差别:此论强调的是"益",而不是"改"——"鬖珊勃窣"的尘言绮语是涉"欲"邪变,必须杜绝;而"娇女步春"即如晚唐五代词之婉丽,自然温柔颇合于"正","私自怜"之"变"也不甚入邪,不失为词中宜有之品。刘熙载不满当时主流词论仅以此品为"正",故加入异军特起、天际真人二品,希望词体能在婉丽中融入气骨风神,以合于其心目中声情悲壮、长吟远慕的词体正宗。

《词概》具体论词的技法、意蕴,也均是以实现正体意格为旨归:《庄》出世而有瑰奇空灵之姿,《骚》入世而有沉郁实在之意,故要求词虚实结合:"词之大要,不外厚而清。厚,包诸所有;清,空诸所有也";《庄》纵横驰骋偏于豪旷,而《骚》则兼有幽约深婉之格,故要求词刚柔相济:"壮语要有韵,秀语要有骨";而《庄》《骚》中,虚、实、刚、柔的互相制衡,主要是通过婉转兴寄来实现的,故再三强调词体之妙,在擅用寄兴,以轻婉的体制,成就厚实的意蕴;《庄》《骚》虽有万变,而不离其正宗,故虚、实、刚、柔互相制衡的最终目的都是使其合于温柔敦厚的正宗,而不流于粗俗、柔靡的变调:"词要恰好,粗不得,纤不得,硬不得,软不得。不然非伧父即儿女矣。"

三、阴阳正变说与历代名家词源流

刘熙载的词体源流论及价值论均以正变论为依托,在论诗时自矜于其独创的性情阴阳施受之论,以阳为"正",阴为"变"。论词也移用此论,认为"词之章法,不外相摩相荡,如奇正……之类是已。""相摩相荡"语出《周易·系辞上》的"刚柔相摩,八卦相荡",《正义》释云:"刚柔共相切摩,更递变化也"[①],可见,刘熙载认为词的关键在阴阳调和,刚柔相济,故《词概》云:"词有阴阳,阴者采而匿,阳者疏而亮,本此以等诸家之词,莫之能外。""桓大司马之声雌,以故不如刘越石。岂惟声有雌雄哉?意趣气味皆有之。品词者辨此,亦可因词以得其人矣。"考察其对诸名家词源流考辨及特征评定,也确如所言,大体不离于阴阳,词体阴阳论与正变论相对应。

---

① 王弼注,孔颖达疏:《周易正义》,第303—304页。

刘熙载认为阴阳有表里之别,表面体格与内在意蕴的阴阳未必相同,而以内蕴为重。即如作为词体正源的《骚》,悲世的阳刚意蕴即是通过美人香草一类的阴柔寄托来实现的。词体制本身更接近于采而匿的属阴之品,因此,其再三强调词之妙在寄言:"寄深于浅,寄厚于轻,寄劲于婉,寄直于曲,寄实于虚,寄正于余",其实就是要求寄阳刚之意蕴于阴柔之体势,阳刚之意蕴即是悲世、深挚等正大的意蕴。宋词是刘熙载词论关注的重点,其综论两宋词云:"北宋词用密亦疏,用隐亦亮,用沉亦快,用细亦阔,用精亦浑。南宋只是掉转过来。"北宋词能以密、隐、沉、细、精的阴柔体制,展现疏、亮、快、阔、浑的属阳意蕴,正能展现词体正宗之妙,故在论者心目中的地位高于南宋词。然而,表面具有阳刚风格的作品,确实更容易反映出阳刚的意蕴。因此,刘熙载最推崇的是基本符合词体体性,里合于阳,表也稍近于阳的一类词。具体考察其对历代名家词的正变定位:作为词体正、变之始的太白词与晚唐五代词,所对应的即是词中阳、阴二品。刘熙载将太白词推为正宗,正是要借阳品之尊,来推尊词体,但也意识到词体体制本身更接近于采而匿的属阴之品,故所谓阴阳正变是相对而言的,正体太白词的悲壮也须以"繁情促节"之细密、"长吟远慕"之幽约为依托。具体词论也始终贯穿着阴阳调合、刚柔相济的思想。

（一）偏于阳刚的词统源流

刘熙载词论中,偏于阳刚一派的风格,源出于盛唐太白词的悲壮,被明确标举为词体正宗。此宗在唐末五代被盛行的婉丽之风所中断,至宋初"张子野始创瘦硬之体",旁逸斜出,复在婉丽中透出阳刚气,刘熙载认为:"《词品》喻诸诗……有似韦苏州者,张子野当之"(《词概》),又评韦应物诗云:"韦苏州忧民之意如元道州","苏州出于渊明","陶渊明则大要出于《论语》"(《诗概》),可见,词中瘦硬之体渊源可上溯至《论语》正宗,陶渊明、韦应物诗,均具有悲世、真挚的意蕴,能"臞而实腴、质而实绮",成就文质彬彬、刚柔相济之妙。因此,宋初瘦硬体初现归复正宗的趋向,但堂庑未大,风格单一,阳刚之妙未尽显。后来专尚此体的名家并不多,刘熙载论及的有宋初王安石及元代刘因,其中,王安石词"瘦削雅素,一洗五代旧习",但少"涉乐必笑,言哀已叹"的"深情",便有枯涩之弊,难称正宗。而刘因则能承继"陶渊明诗臞而实腴,质而实绮"的优点,得以彰显瘦硬体之妙。

而真正能接续李白词之"正",并发展成大宗的是苏轼、辛弃疾词。《词概》云:"《词品》喻诸诗,东坡、稼轩,李杜也。"唐诗中成就最高的李、杜诗,是刘熙载心目中的诗体正宗典范,特点是气象壮阔,包罗万象之变,而不离温厚之宗;故用以模拟阳刚派中成就最高的苏、辛词,以彰显其正宗的地位:苏轼"始能复古",囊括前代悲壮、瘦硬等阳刚词风,更将其发扬光大,后世阳刚派词人多出于此,故在诸名家词中最受重视。即如《词概》云:

> 东坡词颇似老杜诗,以其无意不可入,无事不可言也。若其豪放之致,则时与太白为近。
>
> "雪霜姿","风流标格",学坡词者,便可从此领取。
>
> 具神仙出世之姿,方外白玉蟾诸家,惜未诣此。
>
> 王敬美论诗云:"河下舆隶须驱遣,另换正身。"胡明仲称眉山苏氏词,"一洗绮罗香泽之态,摆脱绸缪宛转之度,使人登高望远,举首高歌,而逸怀浩气,超乎尘埃之表。"此殆所谓正身者耶。

认为苏轼词类似李、杜诗,出入于《庄》《骚》的超逸空灵与沉郁实在之间,变化于孤瘦、豪放、超逸、悲壮、风流诸格之中,而始终葆有天然高妙之正身,无尘言绮语之邪变,故堪称正体典范。考察其对苏轼一派词发展情况的论述:

> 东坡词在当时鲜与同调,不独秦七、黄九别成两派也。晁无咎坦易之怀,磊落之气,差堪骖靳。然悬崖撒手处,无咎莫能追踵矣。
>
> 无咎词堂庑颇大,人知辛稼轩《摸鱼儿》"更能消几番风雨"一阕,为后来名家所竞效。其实辛词所本,即无咎《摸鱼儿》"买陂塘、旋栽杨柳"之波澜也。

同时晁补之词神姿高秀,不作绮艳语,《摸鱼儿》尤为悲壮清峻,故能步武苏轼,下开此派后劲辛弃疾词:"辛稼轩风节建竖,卓绝一时……《宋史》本传称其'雅善长短句,悲壮激烈……谢校勘过其墓旁,有疾声人呼于堂上,若鸣其不平。'然则其长短句之作,固莫非假之鸣者哉。"辛弃疾悲壮激烈的豪杰之词,为此派南宋大宗,陈与义、刘改之、刘克庄与辛弃疾志趣相投,词品词风也相似,堪为羽翼。

值得注意的是,对上述诸家词,刘熙载称赏的重点在天然风流、悲天悯人、温厚和雅等内在的阳刚意蕴,而不在表面上的悲壮、瘦淡、豪放等阳刚的风格。故评苏轼词云:"词以不犯本位为高,东坡《满庭芳》:'老去君恩未报,空回首,弹铗悲歌。'语诚慷慨。然不若《水调歌头》:'我欲乘风归去,又恐琼楼玉宇,高处不胜寒。'尤觉空灵蕴藉"。若泛论悲壮,《满庭芳》显然更胜于

《水调歌头》，但评价却不及，只因刘熙载心目中词体正宗的声情悲壮，须以长吟远慕的方式来呈现，是一种寄劲于婉、寄直于曲的悲壮。除《水调歌头》外，备受论者称赏的苏轼词还有"不离不即"的《水龙吟·和章质夫咏杨花》，更是典型的婉丽格调，全无豪放之风。"空灵蕴藉""不离不即"也正能通于"长吟远慕"。鉴于阳刚派词人在发展过程中日趋于豪放，刘熙载更注重突显其温婉淳雅的意蕴，以与粗豪的变调相区别。《词概》云：

> 苏、辛词似魏玄成之妩媚，刘静修词似邵康节之风流，倘泛泛然以横放、瘦淡名之，过矣。
>
> 苏、辛皆至情至性人，故其词潇洒卓荦，悉出于温柔敦厚。世或以粗犷托苏辛，固宜有视苏、辛为别调者哉。

强调此派妙处在横放杰出中见妩媚，理语瘦语中得风流，哀乐中节，一归于温柔敦厚，故可在维护雅正同时，彰显词体的独得之妙。宋末最受推崇的词家是文天祥。《词概》云：

> 文文山词有"风雨如晦、鸡鸣不已"之意，不知者以为变声，其实乃变之正也。故词当合其人之境地以观之。

学界普遍认为其所谓"不知者"是指传统主张以婉约为"正"的词论者，而所谓"变"是指文天祥宏壮纪实的词风①。这显然是没有很好的理解"变之正"的涵义："变之正"即权变合正，意为特征虽与通常意义上的"正"有差距，却是能合当时之宜的非常之"正"。刘熙载既然明确赋予苏辛一派词"正"的地位，反对前人视之为"变调"；则文天祥词中的宏壮纪实也理当是纯粹的"正"，而不可能是降格适用的"变之正"。因此，其所谓"变之正"，所持立场当是纵向而非横向，而所谓"不知者"当是指那些拘于以和乐为正声，激怨为变声的通常准则，而不知权变的论者。"风雨如晦、鸡鸣不已"语出《郑风·风雨》，属于乱世变风。《毛诗序》释云："乱世则思君子不改其度焉。"即肯定此种乱世悲音承载着不改其度的正大之旨，属于权变合正之声。刘熙载所

---

① 如詹安泰评此论道："文天祥词在'以婉丽为宗'的人看来，似属'变调'，其实这才是真正能够反映社会现实的正宗。"（《宋词散论》，第 111 页）殷大云《刘熙载〈艺概·词曲概〉初探》也认为此论："一反词'以清切婉丽为宗'的历史定论……实在是卓见确论。"（徐林祥主编：《刘熙载美学思想研究论文集》，四川大学出版社 1993 年版，第 170 页）等。

见略同,故云:"变风、变雅,变之正也"。"变风始《柏舟》……读之当兼得其人之志与遇焉。""《大雅》之变,具忧世之懷;《小雅》之变,多忧生之意。《颂》固以美盛德之形容,然必原其所以至之之由,以寓劝勉后人之意,则义亦通于雅矣。"(《诗概》)合而观之,其认为变风雅与文天祥词同为乱世变声,能以悲壮、凄婉之音,承载悲世、忠贞之意,故乃"变之正"——较之《颂》一类的盛世正声,虽有忧愤与和乐之别,但若能知人论世,即可知其宗旨相通。

（二）偏于阴柔的词统源流

另有意格相对阴柔的一派,源出于晚唐五代词的婉丽。综上可知,刘熙载正变论排斥的并非柔婉的特征本身,而是依附于柔婉特征的艳情、尘俗等种种邪变,因此,对此派名家的态度首先决定于词人人品,对人品卑下者,词艺再高,也不推崇,即如《词概》云:"周美成律最精审,史邦卿句最警炼,然未得为君子之词者,周旨荡,而史意贪也";对人品高尚者,态度则颇为融通,肯定其中相对阳刚,不涉绮语、尘言的作品,能与阳刚一派平分秋色,对偶涉绮语、尘言的作品,也予以适度的包容,所谓:"褻体……病在标者,犹易治也。"仍按时代顺序来考察其关注的诸名家词特征及源流:

首先是北宋初晏殊、欧阳修词,特点是延续五代俊美、深挚词风。即如《词概》云:"冯延巳词,晏同叔得其俊,欧阳永叔得其深"。具体称引的词句,如晏殊的"无可奈何花落去"二句,欧阳修的"手种堂前杨柳,别来几度春风"句,都具有风流儒雅,自然疏朗的特点,属于"变之正"。

然后是元祐前后的晏几道、贺方回、柳永、秦观四家词,特点是"叔原贵异,方回赡逸,耆卿细贴,少游清远,四家词趣各别,惟尚婉则同耳。"其中又以秦、柳最受关注,因二家是当时公认的词手,更具影响力和代表性。刘熙载认为柳永词下开南宋"用疏亦密"词风:"南宋词近耆卿者多,近少游者少,少游疏而耆卿密也。"故总体评价不及保持北宋词风的秦观词。具体评柳永词云:

> 《词品》喻诸诗……耆卿,香山也。
> 柳耆卿词,昔人比之杜诗,为其实说无表德也。余谓此论其体则然,若论其旨,少陵恐不许之。
> 耆卿词,细密而妥溜,明白而家常,善于叙事,有过前人。惟绮罗香泽之态,所在多有,故觉风期未上耳。(《词概》)

以诗寓词,认为柳永词未足比杜诗,故降而比白居易诗。刘熙载认为白居易与杜甫均以身察民间疾苦,故诗能"代匹夫匹妇语","用常得奇",已臻于难能可贵的高境,但仍不及杜甫。《诗概》云:"尊老杜者病香山,谓其'拙于纪事,寸步不移,犹恐失之',不及杜之'注坡蓦涧',似也。至……杜牧……谓其诗'纤艳不逞,非庄士雅人所为……'。此文人相轻之言,未免失实。"可见,刘熙载认为白诗不及杜诗之处在叙事不擅提炼,繁密琐碎,能厚实不能清空,无疏畅文气;至于杜牧所说的纤艳也确实是白诗的特征之一,但非主流,故不宜因此否定其庄雅的人品。反观柳永,同样深入民间,词善用长调铺叙,能以常语得奇;但叙事时有繁琐之弊,绮罗之态,正可模拟白居易诗,有杜甫诗的平易疏快之体,而不能尽得杜诗疏朗正大之旨,当属于稍失其"正"之"变";而秦观词则相反,为北宋"用密亦疏"词风的典范:

> 少游词有小晏之妍,其幽趣则过之。梅圣俞《苏幕遮》云:"落尽梅花春又了,满地斜阳,翠色和烟老。"此一种,似为少游开先。
>
> 秦少游词得《花间》《尊前》遗韵,却能自出清新。东坡词雄姿逸气,高轶古人,且称少游为词手。山谷倾倒于少游《千秋岁》词"落红万点愁如海"之句,至不敢和。要其他词之妙,似此者岂少哉!(《词概》)

刘熙载眼中秦观词特点是以鲜妍幽秀的阴柔之体,承载清雅、悲壮、自然、舒畅的阳刚之旨,为晚唐五代《花间》一派之延续,而能"自出清新",而清新正是正宗表现之一,所谓:"杜于李亦以'清新'相目,诗家'清新'二字,均非易得。"(《诗概》)故可谓"变"而复归于"正",能与阳刚词风的奠基人苏轼志趣相投。刘熙载认为南宋陆游词"安雅清赡,其尤佳者在苏、秦间。然乏超然之致,天然之韵。"元代虞集、萨天锡佳作也能兼苏、秦之胜,可见其认为苏、秦二家词虽有刚柔之别,但在自然高妙上气脉相通,均属词中上品。

再到南宋清雅派诸名家,最受重视的是姜夔词。所谓:

> 姜白石词幽韵冷香,令人挹之无尽……与何仙相似?曰:"藐姑冰雪,盖为近之。"
>
> 白石才子之词;稼轩豪杰之词;才子豪杰,各从其类爱之,强论得失,皆偏辞也。
>
> 张玉田盛称白石,而不甚许稼轩,耳食者遂于两家有轩轾意。不知……其吐属气味,皆若秘响相通,何后人过分门户耶?(《词概》)

姜夔词风清健骚雅,柔中有骨,在南宋与辛弃疾分别为婉、豪二派词宗。南宋名家如高观国的"细腻曲折"、张炎的"清远蕴藉"、王祈孙的"闲雅"等,均源出于姜夔,但其下者有"绮语"之弊。刘熙载认为辛、姜词均有高雅人品为依托,气脉相通一如苏轼、秦观词。因此,反对张炎等前代论者拘于门户,扬姜抑辛。然而,刘熙载自身其实也未能完全摆脱门户之见,其以诗寓词,认为:"白石、玉田,大历十子也。"(《词概》)"大历十子诗,皆尚清雅,惟格止于此而不能变。"(《诗概》)大历十子诗虽能接武李、杜正宗,但取径偏狭,气象多有不逮,刘熙载以之比姜夔一派词,其实是在暗示其造诣不及苏、辛一派正宗词。

刘熙载除姜、张外,也颇关注清雅派中以密丽自成一格的吴文英词。以诗寓词云:"梦窗,义山也。"然而,其心目中吴文英词实不足以比拟李商隐诗,而更接近于学李商隐的西昆派诗。所谓:

> 诗有西江、西昆两派,惟词亦然。戴石屏《望江南》云:"谁解学西昆。"是学西江派人语,吴梦窗一流,当不喜闻。(《词概》)
> 西昆体所以未入杜陵之室者,由文灭其质也。(《诗概》)

可见,其对吴文英词评价不高,只因吴词文胜于质,"用疏亦密",既缺乏阳刚的内蕴,又太过密实,不合词阴柔的体性。而"用疏亦密"也正是其认为南宋词不如北宋的一个重要原因。刘熙载对金代的元遗山词,评价颇高,谓其"疏快之中,自饶深婉,亦可谓集两宋之大成者矣。"也正因其虽与南宋同时,却能上乘北宋"用密亦疏"之风。

四、小　结

刘熙载词体正变观在时论中独树一帜,考其渊源,可谓博采诸派,而自成一家:兼取浙西、常州两派词学观,又延续了阳羡派立"纵"尊"横"的正变立场,与云间词派宋征璧分支的关系尤其耐人寻味,二者立论的视角及方式颇为相似,但最终结论却恰恰相反,颇有相互辩难的意味——在界定纵向正源时,都特别标举楚骚悲情,且关注于悲己与悲世之辨,不同的是,宋征璧分支以宋玉所抒写的"私自怜"悲情为依据,最终结论是由于衰乱世之人多麻木不仁,故楚骚"犹夫一人之私悲,而不能以悲天下之人",为"私自怜"的典范,正可为婉约词体张目;而刘熙载却认为作为楚骚正宗的屈原《离骚》乃为天下人而悲,至宋玉才沦为仅为个人命运而悲的"私自怜",故据此将"私自怜"贬为衰变,进而将五代"私自怜"的小词视为变调。在界定横向正体时,都以盛唐李白为正始,且将《忆秦娥》中蕴含着恢弘气象的悲情视为苏、辛一派壮士词的来源,但据此拟定的正宗特征却有阴柔与阳刚之别。因此,笔者认为刘熙载词体正变观与宋征璧分支也是存在渊源关系的,否则核心观点的契合度不会如此之高,将二者合观互补,能更为全面、客观地把握楚骚、李白词及词体的特点。其实,词体最宜婉约,兼可寄托悲己、悲世之情,二者并不矛盾,即如《离骚》的遗世独立与悲世忧生本是相辅相成的①;也可兼容阳刚,即如《忆秦娥》词即是刚柔相济、未逾本色的典范。

刘熙载立"纵"尊"横"的正变理论建构在历代同类正变观中最为严密,实际上是依据其心目中的纵向正宗标准,先在前人界定的横向正始中,选定李白词为正始,以达到推尊词体的目的;再在李白词中,选定最能维护纵向正宗的声情悲壮特征为正体特征。这种正变立场,首先考虑的是纵向正宗的宏雅,然后才兼顾横向体制的温柔,因此,能最大限度的振起词格,并在一定程度上兼顾了词体温柔和平的体制,有助于矫正当时浮靡、粗豪、失真的诸种词弊。而人品决定文品之论,更能洞见根本,超越前人泥古不化的文体尊卑说,为推尊词曲等后起文体奠定理论基础。

然而,在词体特征的把握及体势的运用上却是存在缺陷的:词体的温柔与雅正诗源的温柔同中有异,词体能自成一家,正因其独具比诗源更为细美幽约,感发柔情的体态,一味强求其归复肃穆典雅的温柔,必不能尽显其体制之妙。试看刘熙载词论中所激赏的诸家词,确是经典,究其妙处,固然在于有正情至性为依托,但也因其能顺应词体体势,灵活运用纵横、超逸、柔媚、香弱等纵向正源所无的特征,以成其变化。即如李白诗,"言侠、言仙、言女、言酒"的所谓"皮相",与悲世悯人的所谓"真身",缺一不可成其妙。正所谓"虎豹之鞟犹犬羊之鞟",刘熙载在鉴赏诗词时分明兼赏其形体,在具体词评中最欣赏的也是天然风流、悲天悯人、温厚和雅等刚柔相济的意格,多标举柔中有骨的词;但在论正宗门径时,却主张作诗填词只宜学其真身,尽去闺情、春怨之态,实在是自相矛盾的。这也是其虽为词论大家,却无法成为填词大家的重要原因——观其自填之词,也因回避儿女情思与豪放情怀,而过于平淡质朴,虽比前代以柔媚、豪放见长的诸名家更符合发情止礼、温厚和平的纵向正源,却不能很好地展现词体特色。

---

① 正因世人皆醉我独醒,才能率先感知邪变,而悲己不遇、悲世衰乱;其在当时固不为世俗所知,少有同悲者,在后世却不乏同病相怜的知音,能引发千古悲己、悲世者的共鸣。

第三节　谢章铤:集大成的"纵""横"并行类正变观

谢章铤(1820—1903)①,初字崇禄,后字枚如,号江田生,又自称痴边人,晚号药阶退叟,福建长乐人。谢章铤精研词学,主要词学论著有:《赌棋山庄词话》(正编十二卷、续编五卷,光绪十年 1884 初刊)、《词话纪余》一卷(作于《赌棋山庄词话》正编之后、续编之前)、《词学纂说》一卷,此外,尚有多则词论散见于序跋、诗词、书信中。谢章铤词论兼收并蓄各派诸家正变理念,而能自出新意,堪称"纵""横"并行类正变观的典范。《词话纪余》云:

> 余撰《词话》十二卷,所论源流正变,颇有会心之语……词出于古乐府,上不及诗,下不及曲。其大旨则余词话详之矣,然有其要焉,则归于养性情。宅之以忠爱,出之以温厚,意旨隐约,寄托遥深,犹是作诗作文之根柢也,特其体格不同耳。苏、辛志于君国,故其词肮脏而不猥;秦之情深,姜之行洁,故其词缠绵而娟秀。幸勿以词为小道,而谓其无关学问心术也。

颇能涵盖其词论的特点:具有强烈的词体正变意识,大要在横向别于诗曲,自立一体,具有"情"之妙;纵向不离于诗文之根柢,通于"性"之妙。而"秦之情深"、"姜之行洁"、"苏、辛志于君国",分别代表了其论中最受关注的三派词:

第一派的特点是艳婉深挚,源出于唐五代的李白、温庭筠、李煜,后继名家主要有北宋晏氏父子、秦观、明代杨慎、王世贞、云间派的陈子龙、彭孙遹、清代纳兰性德、小山词社的王时翔、王汉舒等。重点推崇此派词的论者主要有明清间的杨慎、王世贞、云间词派(包括其分支广陵派)、小山词社;第二派的特点清空醇雅,源出于唐代张志和、白居易,至南宋姜夔出,始成气候,后继名家主要有南宋张炎、史达祖、清代浙派的朱彝尊、厉鹗等。重点推崇此派词的论者主要有南宋清雅词派、清代浙西词派;第三派的特点是豪宕恢宏,源出于北宋苏轼,后继名家主要有南宋辛弃疾、清初陈维崧等,重点推崇

---

① 本书引用谢章铤词论均来自:谢章铤著,陈庆元主编:《谢章铤集》,吉林文史出版社2009 年版。

此派词的论者主要有清代陈维崧、刘熙载。

在谢章铤后期词论中,受到特别推崇的常州派词论,突破时代局限,重新定义正宗标准、审视诸家词特征,故推崇重点并不受传统艳挚、宏壮、清雅的三派分法的限制,兼取三派中醇雅、温厚、浑融者为正宗,而以三派中俗艳、叫嚣、空疏者为邪变。谢章铤的词体正变论大体是围绕这三派词及词论展开的,总体而言,认为前两派缠绵娟秀,共同确立横向正体,第三派肮脏不猥,为横向变体,在纵向上则能矫纤靡之变,可与正体词并驾齐驱,令词体摆脱小道之讥,上乘纵向雅正之旨。当时词坛最突出的弊端是浙派末流偏尚南宋、空疏饾饤,致使"词之真种子,殆将没于黄苇白茅中",故成为谢章铤词论谴责的重点;而能为浙西"末派饾饤涂泽者别开真面",日益兴盛的常州词派,也自然成为其推崇、依附的主要对象。

谢章铤雅好填词,曾组织、参与红榭词社活动,编纂成集的词有《酒边词》(八卷)、《聚红榭雅集诗词录》《赌棋山庄余集(词附)》三种。谢章铤的填词好尚与论词宗旨是相辅相成的,自评其词特色云:

> 填词则自谓能拔戟成一队,其坏前人法处有之,其出奇前人法处亦有之。(《答颖叔书》)
>
> 近来词派悉尊浙西,余笔放气粗,实不足步朱、厉后尘。虽然,浙派不足尽人才,亦不足穷词境。今日者……兵气涨乎云霄……不得已而为词,其殆宜导扬盛烈,续铙歌鼓吹之音。抑将慨叹时艰,本小雅怨诽之义。人既有心,词乃不朽,此亦倚声家未辟之奇也。余方自愧其不逮,又何寻南宋之故步,斤斤奉一先生之言哉?(《赌棋山庄词话》续编五)
>
> 夫予何能词? 自抒胸臆,殆为无弦之琴,无腔之笛而已。然窃谓自唐以来。词人日兴,而词量则犹未尽。(《〈眠琴小筑词〉序》)

合而观之,其词"拔戟成一队"的特色在于不尽能协律、意格趋于宏壮。对此,谢章铤的态度始终颇为矛盾:自愧于"坏法",不能恪守横向词体擅写柔情之妙;而自得于"出奇",能摆脱当时因体限性,因律害意的时弊,上攀纵向正源经世致用,擅写正性之妙。这种矛盾而微妙的心态反映到词体正变论中,则表现为"纵""横"并行的正变立场,拓展词量与维护词体并行,时有冲突,而力求调和,希望使词体性、情兼擅,兼具"纵""横"正宗之妙。

一、横向正体:融合艳挚、清雅二派

谢章铤论词体横向正变云:

> 王阮亭之《花草蒙拾》……亦复金针暗度。今略其警语于左……弇
> 州谓苏、黄、稼轩为词之变体,是也。谓温、韦为词之变体,非也。谓之
> 正始则可,谓之变体则不可。(《赌棋山庄词话》卷一)
>
> 词渊源三百篇,萌芽古乐府,成体于唐,盛于宋,衰于元明,复昌于
> 国朝。温、李,正始之音也;晏、秦,当行之技也。稼轩出,始用气;白石
> 出,始立格。呜呼! 词虽小道,难言矣。与诗同志,而竟诗焉,则亢;与
> 曲同音,而竟曲焉,则狎。其文绮靡,其情柔曼,其称物近而托兴远,且
> 微骤,聆之若惆怅缠绵不自持,而敦挚不得已之思隐焉。是则所谓意内
> 言外者欤?(《我闻室词叙》)

总体而言,肯定词体能自立横向正宗,以词体初步定型的晚唐五代艳挚词为
正始,而对后起的宏壮、清雅二派,也颇为重视,肯定其奠基者辛弃疾与姜夔
在养气、立格上独具优势。参看《赌棋山庄词话》卷九云:

> 晏、秦之妙丽,源于李太白、温飞卿。姜、史之清真,源于张志和、白
> 香山;惟苏、辛在词中,则藩篱独辟矣。读苏、辛词,知词中有人,词中有
> 品,不敢自为菲薄,然辛以毕生精力注之,比苏尤为横出。

通过遥接唐词的方式,使意格与艳挚词同属柔婉一路的清雅词跻身正始。
正体特征即是二派词共通的特征:绮靡、柔曼、婉雅、深挚。因此,论正宗则
兼取两宋艳挚、清雅二派名家。即如《赌棋山庄词话》卷十二云:

> 北宋多工短调,南宋多工长调;北宋多工软语,南宋多工硬语;然二
> 者偏至,终非全才。欧阳、晏、秦,北宋之正宗也。柳耆卿失之滥,黄鲁
> 直失之伧。白石、高、史,南宋之正宗也。吴梦窗失之涩,蒋竹山失之
> 流。若苏、辛自立一宗,不当侪于诸家派别之中。

继承了浙派小令偏宗唐五代北宋艳挚派词,而慢词偏宗南宋清雅派词的合
理观点。而对于与正体特征差距较大的宏壮派词,谢章铤一贯称赏其擅长

精思、振起气格之妙,强调其虽为横向"变体",而能"自立一宗"。谢章铤对此自立之宗,在横向上,认为其在展现词体深情之妙上不及正体,故在《赌棋山庄词话续编》卷三中赞同浙派凌廷堪的观点,将此派词譬诸诗之李白,禅之北宗,虽非正宗,但技法门径因"变"出奇,宗旨"变"通于"正",仍不失为大家;在纵向上,则认为其能上承诗体以正性胜的特征,比艳挚、清雅二派词更合于"正"。

谢章铤所定位的词正体特征,是在与诗体、曲体的对照中产生的。具体考察其论中词体与纵向正源、诗体、曲体间的正变关系。

先看词体与诗体之异同。谢章铤云:

> 诗以道性情,尚矣。顾余谓言情之作,诗不如词,参差其句读,抑扬其音调,诗所不能达者,宛转而寄之于词,读者如幽香密味,沁入心脾焉。诗不宜尽,词虽不必务尽,而尽亦不妨焉。诗不宜巧,词虽不在争巧,而巧亦无碍焉……嗟乎! 夫人必先有所不忍于其家,而后有所不忍于其国。今日之深情款款者,必异日之大节磊磊者也! 故工诗者余于性,工词者余于情。(《〈眠琴小筑词〉序》)

> 作诗不求气体,徒讲字句,其不为《浣溪沙》亦仅矣。(《赌棋山庄词话》卷十二)

主张诗词既有差别,又能相通:在体制上各有偏胜,彼此不能取代。诗胜在性,更注重气体浑厚恢宏,不宜巧、尽;词胜在情,更注重情态婉转绵密,不嫌巧、尽;然而,"今日之深情款款者,必异日之大节磊磊者",性、情虽别而能通,均能契合于纵向正源的正大之旨。

兼观词体与曲体之异同。谢章铤云:

> 定远又述先辈之言曰:"套数之体……苟杂以鄙词,恐辱我象板鸾箫也。小令务在调笑陶写……收拾出众,便为佳手。"此论极佳,细参之并可悟词曲之分,不但于曲中能辨体裁也。(《赌棋山庄词话》卷十一)

> 自有诗即有长短句,特全体未备耳。后人不究其源,辄复易视……近日词坛哲匠,亦复不嫌鄙倍……夫古人乐府,专重典雅,竹垞操选,以此为准……况词又非曲比者,而必以钉铰为瓣香哉。(《赌棋山庄词话》卷二)

认为词体与曲体最大的差别在雅、俗:词体纵向正源风雅、古乐府原以典雅为本,而俚俗鄙亵之声词意格,乃是古乐府"多杂俗谚"的流弊,发展为曲体特征。因此,词正体宜上承正源之雅,不宜堕入曲体之俗;而同为配乐文体,词曲又有相通之处,谢章铤述评万树曲论云:

> 其言曰:"曲者有音有情有理……"予谓:词亦如是……然而文则必求称体,诗不可似词,词不可似曲,词似曲则靡而易俚,似诗则矜而寡趣,均非当行之技。吾请于音、情、理之外益之曰:有文。(《赌棋山庄词话》卷二)

主张词、曲体均须融会贯通于音、情、理,而各成其合体之文。诗、词、曲体之文,一脉相承,靡、俚、趣渐增,而宏雅、气格递减,故论词体特征,十分讲求适中,所谓:

> 词宜雅矣,而尤贵得趣。雅而不趣,是古乐府;趣而不雅,是南北曲。李唐、五代多雅趣并擅之作。雅如美人之貌,趣是美人之态。有貌无态,如皋不笑,终觉寡情;有态无貌,东施效颦,亦将却步。(《赌棋山庄词话》卷十一)

将雅趣并擅视为词体正始特征,强调词须以一种辩证的方式居于诗、曲之间。

　　谢章铤词论对"意内言外"意蕴的重新阐释,集中体现出其词体观辩证的特点:宋元间,遵奉清雅派词的陆文圭率先以"意内言外"阐释词体特征,其《山中白云词序》云:

> 词与辞字通用。《释文》云:"意内而言外也",意生言,言生声,声生律,律生调,故曲生焉。《花间》以前无杂谱,秦、周以后无雅声,源远而派别也。西秦玉田张君著《词源》上下卷,推五音之数,演六六之谱,按月纪节,赋情咏物……言外之意,异世谁复知者?[1]

---

① 陆文圭著:《山中白云词序》,张炎著,江昱诠:《山中白云词疏证》,上海古籍出版社1958年版,第5—6页。

根据崇尚源始的传统,能复"词"字古意的特征,即是词的最佳特征。因此,陆文圭为宣扬清雅派的填词理念,便将《释文》中对"辞"字的解释,与张炎追求"言外之意"的词体主张联系起来。后世沿用其思路以尊体的不乏其人,常州词派宗主张惠言即是其一,在其影响下,常州词派不少论者都攀附《孟氏周易章句》《释文》《说文解字》等古书对"词"字的解释,以"意内言外"解词,并根据《说文解字》的异文,派生出"音内言外"、"意内音外"之说,以推尊词体婉约、协律的特征。谢章铤对当时流行的这种解词方式,前后期词论的态度看似不同,其实宗旨始终未变,所关注的都不是"意内言外"的本义,而是其含义中能与词体特征相通的部分——"意内言外"中所蕴含的相反相成哲理,正能契合于词体宜用寄兴,以立于诗、曲间的特点:

前期侧重于继承拓展,结合词体特征阐释"意内言外"的含义。其在同治十年(1871)所作的《为石生廉夫录寄余酒边词跋》云:"夫词者,意内言外,上不可诗,下不可曲,其宗旨颇散见于余《词话》中。"而对"意内言外"内涵的阐释则颇有创见:如上引《我闻室词序》即用"意内言外"来概括词体于诗、曲间不卑不亢,自成一体的特征。又如《双邻词钞序》云:"词也者,意内而言外者也。言胜意,翦彩之花也;意胜言,道情之曲也。顾与其言胜,无宁意胜,意胜则情深……是故词贵清空,嫌质实。然而五石之瓠,非不彭然也,清空则清空矣,一往而尽焉。东坡词诗、稼轩词论,其流弊又有不厌众口者矣。盖言意之不易称也。"强调词体要彰显其妙,须言意兼胜,而其所谓言、意,又专指契合于词体的精艳清空之言与柔婉深挚之意,而非如吴文英词末流的精艳质实之言,也非如苏、辛一派词诗、词论的宏壮之言、意。故言胜意则如翦彩之花,精艳而无情,有空疏之弊;意胜言则如道情之曲,情真而粗俗。由于词体妙在深情,故能承载深情的意尤其重要,所谓:"'何处合成愁,离人心上秋。便芭蕉不雨也萧萧。'都无点缀,其移情更有甚于'檀栾金碧、婀娜蓬莱'者矣。"秉承张炎之论,认为吴文英清空有情的《唐多令》,比质实精艳的《声声慢》词句更能动人。值得注意的是,据《全宋词》,原词应为"纵芭蕉不雨也飕飕",谢章铤误用出韵的"萧萧"却浑然不觉,可见其确实不擅音律,这可能也是其不大愿意接受"意内言外"衍生的"音内言外"诸说的潜在原因。

后期则侧重于批判修正,谢章铤在《赌棋山庄词话》续编卷五及《与黄子寿论词书》中,结合"乾嘉以来,考据盛行,无事不敷以古训"的客观实际,指出"意内言外"非为词体专设,而是当时"填词者遂窃取《说文》,以高其声价。殊不知许叔重之时,安得有减偷之学,而预立此一字为晏、秦、姜、史作导师乎"?值得注意的是,其主要目的是反对当时浙派末流以"意内言外"论词时,脱离词体以情胜的关键特征,拘泥于本义,则"'意内言外'何文不然,不能专属之长短句",或解为为"音内言外""意内音外","专求虚义,专讲余腔",致使重音律而害言意的流弊盛行;而并不反对以"意内言外"论词,故又强调:"虽然,凡为文皆当意言兼美,则以'意内言外'论词,未尝不深中肯綮,第今之为词者,求其意不知起止,殆迁就于内而已矣;求其言又漫无归宿,殆涂泽于外而已矣。如儿女子咿嚘于帏闼之中,不敢出堂皇半步。噫!果填词之界限如是之严,画鸿沟乎?"

因此,其前后词论阐释"意内言外",只是侧重不同,基本观点则未变,合而观之,若结合词体,解为精艳清空之言与柔婉深挚之意,则是词别于诗、曲自成一体的特征,能以情胜;若追溯本义,则"意内言外",解为含蓄深远,是一切文体共通的优点,词体若能灵活运用,则能拓展容量,涉足于堂皇正大之境。

二、纵向正宗:宏壮、艳挚、清雅三派并重

《周易》云:"不性其情,何能久行其正?"孔颖达疏云:"性者天生之质,正而不邪,情者性之欲也,言若不能以性制情,使其情如性,则不能久行其正。"[1]在传统正变观中,性、情相通,都能合"正",但有本、末之别,故性仍尊于情,是衡量正变的根本标准。因此,谢章铤用性、情关系对应诗、词关系,词体"纵"、"横"正变体系间的矛盾也暗含其中:在横向上,即如上节所论,以情为"正";而在纵向上,传统正变论所定义的正宗,则表现为经世致用的大节,故诗文与以诗文为之的宏壮派词,能更为直接的反映正性;而合体制的艳挚、清雅词,要反映大节则颇为迂回,要通过微词寄兴的方式才能实现,与"正"终隔一层。

因此,历来正变论立足于纵向时,大都主张将婉媚小巧意格等而下之;立足于横向时,大都主张将豪宕恢宏意格等而下之。前代的综合正变论,大都选择对"纵""横"双方各加节制,降格以求的方式,调合矛盾,在纵向上的降格,表现为上承正源止于有变声、兼寄兴的雅、风、骚;在横向上的降格,表现为限制以儿女柔情为主的缠绵悱恻意格;谢章铤词论则与众不同,希望兼尽"纵""横"之妙,将性、情均发挥到极至,故其所定义的正宗,包容最广,矛盾也最多:

一方面,大力推崇以儿女柔情为主的缠绵悱恻意格,认为其既是词正体

---

① 王弼注,孔颖达疏:《周易正义》,第24页。

特色之一,能彰显词体为诗体所不及的"情";也能通于正性,上承纵向正源。所谓:"夫词始于太白……盖曼衍绮靡,词之正宗,安能尽以铁板铜琶相律……固有兴观群怨,事父事君,而与雅颂同文者……凡托兴男女者,和动之音,性情之始,非尽男女之事也。得此意以读词,则闺房琐屑之事,皆可作忠孝节义之事观。"(《赌棋山庄词话》卷十一)强调儿女柔情本为词体正始所有,且不违背人之正性,其高者能以寄托之旨上承风雅正源。所谓:"五伦非情不亲,情之用大矣……观情者要必自儿女之私始,故余于诸家著作,凡寄内及艳体,每喜观之。"(《赌棋山庄词话》卷二)对儿女柔情的推重可谓度越前人。

其认为词中柔情要合"正",首先要真挚。所谓:"情之悲乐,由于境之顺逆,苟当其情,辞无不工,此非可强而致,伪而为也。且竹垞尝曰:'南风之诗,五子之歌,此长短句之所由防'……夫词多发于临远送归,故不胜其缠绵恻悱……其情最真,其体亦最正矣。"(《赌棋山庄词话》卷十)强调诗词中柔情无论欢愉悲苦,均以真挚者为"正",而词体在表达深挚柔情上又更胜于诗。

其次,须区别情语与绮语,所谓:"作情语勿作绮语,绮语设为淫思,坏人心术。情语则热血所钟,缠绵恻悱,而即近知远,即微知著,其人一生大节,可于此得其端倪……绮语淫,情语不淫也。况词本于房中乐,所谓燕乐者,子夜、读曲等体,固与高文典册有间矣。"(《赌棋山庄词话》卷四)"惟其艳而淫而浇而俗而秽,则力绝之。"认为绮语淫亵有悖正性;而情语时有寄托,既通于正性,又能反映诗文所不及的深情,故反对"后世之说诗者,风雨怀人之作,子衿忧时之篇,尚以桑中濮上疑之,则谓填词为轻薄子……谁知以风人之旨,求之长短句哉"(《赌棋山庄词话》卷十一),将诗词中情语均等同绮语,致使雅郑无别,情语之妙难以彰显。

而在真挚与绮语之间,谢章铤更重视真挚。在观照当时词坛时,能适度包容及欣赏浙派前辈思涉绮艳但真挚的词,所谓:"自刘改之以《沁园春》咏指甲、咏小脚后,词家刻划闺秀,辄从其体。竹所最多……词皆稳帖,是何绮思之深也。"(《赌棋山庄词话》续编四)"国初词场诸老,蕴藉端推竹垞,即纸醉金迷,亦复令人意远……两庑豚蹄,宜不能换'风怀二百韵'也"(《赌棋山庄词话》卷二);但却不能容忍浙派末流雅而不韵不真的词,所谓:"近者或矫枉过正,稍涉香奁,一概芟薙,号于众曰:'吾词极纯雅。'及受读之,则投赠肤词,咏物浮艳,轇轕满纸,何取乎尔。反不如靡靡者之尚有意绪可寻也。香草美人,离骚半多寄托。朝云暮雨,宋玉最善微言。识曲得真,是在逆志。

因噎废食,宁复知音。"(《赌棋山庄词话》卷四)揭示出浙派流弊在过分强调雅正,尽弃儿女柔情,反流为空疏浮艳的游词,与宗主朱彝尊相比,不仅不及其情语之雅,甚至不及其绮语之真。此种划分严谨而运用融通的儿女柔情观,颇能切中词体之妙,且有助于矫治词坛真情缺失的时弊。

如何处理个性与词体的矛盾,一直是历代争论的热点,性情宏壮的谢章铤对此关注尤多。其后期词论对词体的理解更深,且受到常州派的启发,在调合词体与个性的矛盾上颇有创见。其评江顺诒(秋珊)《愿为明镜室词自序》中"余性刚而词贵柔,余性直而词贵曲,余性拙而词贵巧,余性脱略而词贵缜密,余性质实而词贵清空,余性浅率而词贵蕴蓄,学词冀以移我性也"之说云:"余谓此秋珊謷言,以写其不平耳。夫人文合一,理所固然,究之人自有人之性,文自有文之体,凡秋珊之所言者,其故在不深于情耳。深于情则刚无不柔,直无不曲。当于性中求情之用,若徒求柔求曲,则词格未工,而心术或先病矣。"(《赌棋山庄词话》续编三)江顺诒自序中提到的自身性情与词体特征间的矛盾,在谢章铤自论其词时也多次提及,不同的是江顺诒希望转变性情以适应词体,谢章铤在早期词论中主张宁可变体也要保持性情;而在此则词论中,则提出了一种更能两全的解决方式——"于性中求情之用",正人壮士也有柔情,而其柔情终不离于正性,故无论性情刚柔,若有人品,能立正性,再选择词体来表达性情中温柔深挚的一面,就能兼有真性与合体之妙,而不流于变体、失真之弊了。

另一方面,对不合词正体的宏壮之格,却也不愿等而下之,认为其继承了诗体以性胜之妙,在提高词品上比正体词更具优势,能令词体彻底摆脱小道之讥。谢章铤在论及此类意格时,颇为矛盾,论横向体制时不能不赞同王士祯、凌廷堪(次仲)等云间、浙西派论者的观点,将其视为变体旁宗;但论纵向品格时又将其尊为矫变之正宗。其以诗喻词云:"国初诸词家以诗譬之,竹垞严整,其高、岑乎?迦陵矫变,其李、杜乎?容若绵至,其温、李乎?而园次着墨不多,都适人意,殆王、孟欤?然难与刻舟求剑者道也。"(《赌棋山庄词话》卷九)又称刘熙载"谓'词喻诸诗,东坡、稼轩,李、杜也。耆卿,香山也。梦窗,义山也。白石、玉田,大历十子也。其有似韦苏州者,张子野也。'此可参次仲之说。次仲兼以时言,融斋专论格耳。"(《赌棋山庄词话》续编三)二论互相发明,可知在论者心目中,如不论以时间先后为依据的体制正变,而专论品格,则苏、辛、陈一派的宏壮词,足以追配历来公认为纵向正宗的杜甫诗,正可矫正柔靡之邪变。

因此,在阐述诗词关系时,常在"异体"与"同源"间转换正变立场,是谢章铤词论的一大特色:时而强调诗词异体,性、情有别,以推尊艳挚、清雅的正体;时而又强调诗词同源,性、情相通,性主导情,以推尊横向变体。所谓:"词虽与诗异体,其源则一,漫无寄托,夸多鬪靡,无当也……'铁板铜琶'与'晓风残月'齐驱并驾,亦复异曲同工。"(《赌棋山庄词话》卷一)"诗词异其体调,不异其性情,诗无性情,不可谓诗。岂词独可以配黄俪白,摹风捉月了之乎。"(《赌棋山庄词话》卷五)其对宏壮派词的推崇,集中体现在对"词量"的论述上:

谢章铤《眠琴小筑词》序,先是强调诗词异体,而提出词以情胜,诗以性胜之说。继而又强调诗词同源,提出词量说:

> 窃谓自唐以来。词人日兴,而词量则犹未尽。夫曲为词之余,乃传奇诸作,佳者纪事言情,外可考世运之盛衰,内足验人物之邪正。而词反靡靡焉,即素讲宗派,亦止争格调声律之幽眇。古云诗史,岂词毫不足以庀史耶! 故曰:未尽也!

所谓尽词之量,既拓展词体所能承载的意蕴类型,意格不仅限于柔婉,而能兼容宏壮;内容不限于儿女柔情、流连光景一类的细约题材,而能兼容咏史纪实、抑扬时局一类的重大题材,表达重大题材的方式,不仅限于微词寄兴,也可兼容直言论述,总之,要使词体能在保留原有的以情胜之妙的同时,兼有诗体的以性胜之妙。所谓:"夫词之于诗,不过体制稍殊,宗旨亦复何异。而门迳之广,家数之多,长短句实不及五七言。"(《赌棋山庄词话》卷十二)认为词体与诗体相比,追求性情雅正的宗旨相同,但容量不及,故颇有拓展空间。而且,结合词体发展的历程及词坛现状,也颇有拓展的必要:

首先,古音不存,知音日稀,致使词作为声学的功能下降,故作为文学的功能应相应的增强拓展,才能适应词体发展的需要。所谓:

> 词以声为主……既不能歌,则徒文也。亦求尽乎为文之道而已矣。词之兴也,大抵由于尊前惜别,花底谈心,情事率多褒,近数传而后,俯仰激昂,时有寄托,然而其量未尽也。故赵宋一代作者,苏、辛之派不及姜、史,姜、史之派不及晏、秦,此固正变之推未穷,而亦以填词为小道,若其量之只宜如此者。(《与黄子寿论词书》)
> 声音既变,文字随之,正不得轩轾太甚。至今日词学所误,在局于姜史。斤斤字句气体之间,不敢拈大题目,出大意义,一若词之分量不得不

如是者,其立意盖已卑矣,而奚暇论及声调哉!(《赌棋山庄词话》卷八)

勾勒出词量发展的轨迹:唐五代兴起时,惟艳挚一派,量颇狭小,仅以情胜,有率褒之弊;至宋稍拓展,能用气的苏、辛派与能立格的姜、史派兴起,但仍未尽量,不足以于晏、秦代表的艳挚一派分庭抗礼,故尚有拓展空间;然而,当时门径不拓反狭,唯推重姜、史一派,而将豪、艳二派尽排斥于外,又违背词体发展规律,专尚声学,反置文学于不顾,故拓展词量势在必行。综观上述轨迹,词中最能尽其量的显然是苏、辛一派的刚健宏大意格,故拓展词量的重点也应在此。

其次,结合时局,谢章铤认为当时多战乱,词也当顺应时势,振起气格,匡扶世运,能否维护体制反在其次。故限于柔情故非所宜,微词寄托尚嫌不足,确实有必要引入苏、辛派刚健宏大的意格,承担起词史的重任。正所谓:"词与诗同体,粤乱以来,作诗者多,而词颇少见。是当以杜之《北征》《诸将》《陈陶斜》,白之《秦中吟》之法运入减偷,则诗史之外,蔚为词史,不亦词场之大观欤?惜填词家只知流连景光,剖析宫调,鸿题钜制,不敢措手,一若词之量止宜于靡靡者,是不独自诬自隘,而于派别亦未深讲矣。"(《赌棋山庄词话》续编三)

第三,引入苏、辛派刚健宏大的意格,也符合时人的审美需要。谢章铤述评杨慎词论云:"'曲者曲也,固当以委曲为体,然徒狃于风情婉娈,则亦易厌。回视稼轩所作,岂非万古一清风哉!'此说极惬当。"(《赌棋山庄词话》卷四)历代词风婉约远多于宏健,容易造成审美疲劳,正需引入苏、辛派词加以调节。又云:"予尝谓南宋词家,于水软山温之地,为云痴月倦之辞……洵足感人。然情近而不超,声咽而不起,较之前人,亦微异矣……有花柳而无松柏,有山水而无边塞,有笙笛而无钟鼓,斤斤株守,是亦只得其一偏矣!辛、刘之派,安可废哉?"(《赌棋山庄词话》续编五)所论南宋词风与当时词风十分相似,故要跳出偏狭的审美取向,也有待于振兴宏壮派词。

上述转换正变立场的做法单看则左右逢源,综观就难免自相矛盾了,这固然与词话体的随意性有关,也颇能反映出其在词体纵向正变定位上的矛盾心态,这种心态也屡次出现在具体词评中,如以下两则词论:评杨慎补作李白应制《清平乐》①词云:"升庵此词,其即'罗衣香未歇,犹是汉宫恩'诗意

①　词其一云:君王未起。玉漏穿花底。永巷脱簪妆黛洗。衣湿露华如水。　　六宫鸾凤鸳鸯。九重罗绮笙簧。但愿君恩似日,从教妾鬓如霜。其二云:倾城艳质。本自神仙匹。二八承恩初选入,身是三千第一。　　月明花落黄昏,人间天上消魂。且共题诗团扇,笑他买赋长门。

也。譬之东坡《水调歌头》,庶几无愧。傅粉插花,诸伎扶筋,迹其行事,颇类风狂,然胸中实不知有几斗热血,眼中实不知有几升热泪,后人徒以郑夹漈、王深宁相视,犹浅之乎知升庵矣!"(《赌棋山庄词话》卷四)肯定杨慎这两阕意格艳挚之词,蕴含深情,寄托正性,在品格上并不逊于东坡《水调歌头》一类趋于宏壮的词。然而,其评黄瓯"词体如美人含娇掩媚,秋波微转,正视之一态,旁观之又一态,近窥之一态,远窥之又一态"之说,则云:"数语颇俊,然此亦谓温、李、晏、秦耳,若苏、辛、刘、蒋,则如素娥之视虙妃,尚嫌临波作态。"(《赌棋山庄词话》卷七)却认为作为词体正始的艳挚派词,在品格上不及自立一宗的宏壮派词。这种矛盾归根到底,是词体纵、横正变体系的矛盾:按照正变原则,儿女柔情一类的婉约题材,与经世致用的宏壮题材相比,在横向上必然更胜一筹,在纵向上必然等而下之,难以兼顾。

三、博采各派诸家而稍欠融贯

谢章铤对词体的正变定位,与其词学构成及填词经历密切相关。谢章铤所接触及推重的词论,大体来自艳挚、清雅二派:谢章铤论宋代词学,认为"宋人论词,精湛莫过乐笑翁",接纳了南宋清雅派领袖张炎以清空骚雅为"正"的词学观;对金元词论少有关注,论明代词学,则云:"明自中叶以后,知词仅三人,杨升庵、王弇州、及卧子。"杨慎、王世贞与云间派领袖陈子龙,尽管词学观各有偏至,但均奉艳挚派为词体正宗;再看对谢章铤影响最大的清代词论,在接触常州派之前,主要受浙西(上承清雅派)、云间(包括广陵派)二派的影响。据其自述的学词经历,其在十一岁接触到吴绮《艺香词钞》,读而"好之……方知世间有倚声之学。"吴绮属广陵派词人,其词平和雅丽,妍秀、豪宕兼而有之;论词继承云间派宗旨,以艳挚派为宗。如为谢章铤称引的《湘瑟词序》云:"词原靡丽,体虽本于房中,而语必遥深,义实通于世说。"又云:"昔天下历三百载,此道几属荆榛。迨云间有一二公,斯世重知《花》《草》。"谢章铤对吴绮词的喜爱源于天性,始终未变,在精研词学后,仍肯定其词"着墨不多,都适人意"(《赌棋山庄词话》卷九),对其人品及词论也颇推崇,称其上述词论"数语括尽词品词运。"

谢章铤至"二十一岁始学词",深受其时"以词有名于世"的许赓皞(秋史)词及词论的影响。许赓皞"生平酷好白石、玉田二家",在闽中颇有影响,词属浙派一路,特点是"用笔清秀,颇有姜、史遗风",论词特别强调"审音",反对"盲词哑曲",致使不擅音律的谢章铤"因是不敢为词者数年。"

此后,谢章铤读词渐多,对词体发展有了新的认识,不再局限于浙派的樊篱,而能博采诸家理念,结合自己的好尚及见解填词、论词。其不满于当时流行的浙西词派以协律为借口,不顾意格,舍本逐末,致使空疏平庸之弊泛滥,主张"秋史之说,可从而不可泥":"可从",因其确实为填词的"正道"——词之"用,则以合乐,不得专论文字";"不可泥",因其不甚合当时之宜——当时"作者不与古人共性情,徒与伶工竞工尺,遂令长短句一道,畏难若登天,不知皆自画之为病也。且夫既能词又能知工尺,岂不更善。然与其精工尺,而少性情;不若得性情,而未精工尺"(《赌棋山庄词话》卷五)。谢章铤认为就横向而言,能彰显词体制之妙的根本是性情,而最能体现性情的是文字中体现的意格,而非协律。故援引浙派所遵奉的张炎"音律固当参究,词章先宜精思"的理论,来纠正浙派末流一味拘于声律之说,而"平庸少味"的弊端(《赌棋山庄词话》续编五)。

就纵向而言,词体能与诗分庭抗礼,延续性情之正的也是文字意格,尽管各文体产生时是合律的,但所配声律难于掌握,失传在所难免,而文体的兴盛、成就、传承并没有受到太大的影响,故云:"唐人绝句,宋人词,亦不尽可歌,谓必姜、张而后许按拍,何其宽于诗而严于词欤?"(《赌棋山庄词话》卷八),强调文体之妙实不限于协律;而音律则趋于卑俗,难以守"正"——"今之自谓能歌词者,亦第以唱昆腔之法求之,而遂以周、柳、姜、史自命,此尤吾所不敢知者矣"(《赌棋山庄词话》续编四),认为时人词所协的声律,实近于曲,而不能复古人性情之正,大晟雅乐之旧,故难以追配宋词名家声律,过分拘泥则会因律害意,限制词学门径的拓展。故既不主张恪守古音,因噎废食,在词律失传后就连体制也一并不作;也不主张采用新律,逐末忘本,空有协律的形式,而背离性情真挚、醇雅的根本。

然而,受少年学词经历的影响,谢章铤借鉴、关注最多的仍是云间、浙西二派词及词论。其综论"词派中之盛衰"云:

> 昔陈大樽以温、李为宗,自吴梅村以逮王阮亭,翕然从之,当其时无人不晚唐。至朱竹垞以姜、史为的,自李武曾以逮厉樊榭,群然和之,当其时亦无人不南宋。迨其后,樊榭之说盛行,又得大力者负之以趋,宗风大畅,诸派尽微,而东坡词诗、稼轩词论,肮脏激扬之调,尤为世所诟病。(《赌棋山庄词话》续编三)

大致勾勒出清代前中期云间、浙西二派先后主导词坛的情况,二派虽分别以唐五代艳挚词与南宋清雅词为正宗,但均以宏壮派为变体。谢章铤对词体正变的基本定位即是在二派的影响下形成的,正体特征融合艳挚、清雅,而以宏壮为变体。对于宏壮词,除明代云间派与浙派末流取径偏狭外,其余诸家门径相对开阔,能适度包容。尤其是广陵派,词虽以婉雅、绮丽、深情为主,也间有豪宕劲健之风,其中陈维崧更是自立门户,独尊苏、辛一派的宏壮词为宗。谢章铤的性情与宏壮派颇为接近,而且当时纷乱的时局与趋于沉闷的词坛,也需要宏壮词风来调剂,故广泛采纳取径开阔的诸派词论,抨击取径狭窄的云间、浙西派末流,对宏壮派词的推崇也更进一步。其总评清初词云:

> 迦陵之豪宕,竹垞之醇雅,羡门之妍秀,攻倚声者所当铸金事之,缺一不可。

> 长短调并工者,难矣哉!国朝其惟竹垞、迦陵、容若乎?竹垞以学胜,迦陵以才胜,容若以情胜。(《赌棋山庄词话》卷八、卷十二)

从中可看出论者不拘一格的取法宗旨,在其心目中,陈维崧独树一帜的宏壮词,足以与秉承云间派宗风的彭孙遹、纳兰性德艳挚词;浙西派词宗朱彝尊的清雅词鼎足而三,同为填词典范。而其评宏壮派词时,提出的"矫变"、"词史"诸说,与陈维崧"为经为史,曰诗曰词,闭门造车,谅无异辙"的观念也不谋而合。

谢章铤有感于历代"嗣法不精,能累初祖"的现象,在论述、采纳诸家诸派正变观时,均注重将创始者矫变之功与末流偏狭之弊区别开来,以便更好的掌握词体正宗真味,故对明代以来诸派演变及得失的述评颇为客观:

其指出明中期至清初占据主流的,是尊唐五代宋初词为正始之风,由杨慎、王世贞等兴起,云间派壮大。其创始者"复古之功,正不可没",有助于纠正"明自刘诚意、高季迪数君而后","以鄙事视词"致使词道衰微的弊端;但"其后耳食之徒,又专奉《花间》为准的……并不知尚有辛、刘、姜、史诸法门。于是竹垞大声疾呼,力阐宗旨。"(《赌棋山庄词话》卷九)

清代前中期占据主流的是浙派,创始者朱彝尊词学门径颇广——诸词摹物与言情、音律与精思并重,冠绝清初词坛;选本《词综》"无美不收",偏尚清雅词,也兼容宏壮词;"小令当法汴京以前,慢词则取诸南渡"的宗法理念,是对云间派论词门径的继承及扩充;而特别标举南宋姜夔一派峭洁醇雅的词,乃"为当时孟浪言词者发",有助于纠正云间派专尚《花间》《草堂》,流于纤靡的弊端;与陈维崧以学问为词,流于堆垛繁缛的弊端,使词体得以"振兴之，真面目始出"、"去其浓醯厚酱，真味乃见"（《赌棋山庄词话》续编三、卷四）。

但末流"误会竹垞之旨"，主要表现为"选词（指王昶《国朝词综》）专主竹垞之说，以南宋为归宿，不知竹垞《词综》无美不收，固不若是之拘也"（《赌棋山庄词话》续编二）；学词则"置《静志居琴趣》《江湖载酒集》于不讲，而心摹手追，独在《茶烟阁体物》卷中……是方物略耳。""岂知竹垞、樊榭之所以挺持百辈、掉鞅词坛，在寄意遥深，不在用事生涩。舍其闲情逸韵，而师其襞积，学者何取焉求"（《赌棋山庄词话》卷七、张惠言《词选》跋）；论门径则主张"南宋以前词皆不正……浙西派之外，皆不足谓之词"，尽斥豪、艳二派；故"其盛也，斯其衰也"，重律轻意的弊端日趋明显，致唐五代至云间一脉婉艳派的古意不存；苏、辛至陈维崧一脉刚健派的"生气不出"；姜、张至朱彝尊一脉清雅派的性情真趣不传，生涩、堆砌、空疏诸弊泛滥。正所谓："宋词三派，曰婉丽，曰豪宕，曰醇雅，今则又益一派曰饾饤"，"颇怪其派别之讹，非但无苏、辛，亦无周、柳，大抵姜、史之糟粕耳。""降而愈下，索然无味。词之真种子，殆将没于黄茅白茅中矣"！（《赌棋山庄词话》卷九、卷五、卷四）

谢章铤中年接触常州词派词论后便大力推崇，置之于纠正三派流弊，为词坛"别开真面"的至尊地位。其采纳并拓展常州词派金应珪"近世为词，厥有三蔽"之说云：

> 一蔽是学周、柳之末派也。二蔽是学苏、辛之末派也。三蔽是学姜、史之末派也。皋文《词选》，诚足救此三蔽。其大旨在于有寄托，能蕴藉，是固倚声家之金针也。（《赌棋山庄词话》续编一）

对后起常州词派的推崇可见一斑。咸丰十年（1860年），谢章铤友人梁礼堂自京师归，为谢章铤带来张惠言《词选》，谢章铤读后大为激赏，称"此词家正法眼之作也"，见识卓绝，能通于浙派先贤"寄意遥深"之旨，纠正浙派末流"挹流忘原，弃实佩华……不攻意，不治气，不立格，而咏物一途，搜索芜杂，漫无寄托"之弊（《张惠言〈词选〉跋》）。谢章铤也注意到张惠言寄托说中存在牵强附会弊端，所谓："究之尊前花外，岂无即境之篇，必欲深求，殆将穿凿。""直以长短句为谤书矣。"但与其对浙派流弊的强烈谴责相比，对常州词派弊端要宽容得多，所谓：

> 诗三百，一言以蔽曰："思无邪。"说者谓诗不尽无邪，而能以无邪之

> 思读之,则无邪矣。吾谓词不尽有托,而能以有托之心读之,则有托矣。
> 是故皋文以寄托论词……诚为能尊诗词之体者。作家虽不必拘其说,
> 要不可不闻其说也。(《跋周济〈词辨〉》)

就颇有为张惠言字字求寄托的论词方式回护之意,认为其虽未必合作者本意,却能体现论者无邪之思,故能通于词体的纵向正宗。

光绪二年(1876 年),谢章铤在经过沪上书肆时,购得《艺概》,接触到刘熙载词论,称其"虽或为古人所已言者,抑言之而或有可商者,如谓晚唐五代为变调,元遗山集两宋之大成,予皆不能无疑。而精审处不少,不可废也。"(《赌棋山庄词话》续编三)刘熙载词论是推崇苏、辛一派豪雅词的,与谢章铤志趣相投,谢章铤未采纳其以晚唐五代为变调的观点,但从所称引的"精审处"看,二家词论相通之处颇多。常州派词论的另一位重要奠基者周济的词论也颇受重视,谢章铤在光绪八年(1882)所作的《词辨》跋中,便称赏其"持论创而确,大可开拓眼力。其选录大意,则本于皋文张氏……以有怀抱、有寄托为归,将以力挽淫艳猥琐、虚枵叫嚣之末习,其用意远矣!"

常州词派论词宗旨能与谢章铤迅速产生共鸣,因其与谢章铤葆有深情与养气立格并重的审美取向不谋而合。谢章铤在早期词论中已提出"稼轩出,始用气;白石出,始立格"的主张,而此种主张在常州词派中颇有知音,张惠言的寄托说就被认为能纠正浙派末流"不治气,不立格"之弊。更重要的是,常州词派不少论者对苏、辛词的论述颇有创见,更重视其中能与词正体特征相通的温厚意格,不再以宏壮变体概其词风,故能在一定程度上解决谢章铤倍感纠结的维护词体与拓展词量间的矛盾。刘熙载对南宋两大词宗——姜夔、辛弃疾词特点与关系的认识与谢章铤尤有默契:其称姜、辛二家"吐属气味,皆若秘响相通,何后人过分门户耶?"正与谢章铤在《赌棋山庄词话》正编卷十中已提出的"词家讲琢句而不讲养气,养气至南宋善矣。白石和永,稼轩豪雅。然稼轩易见,而白石难知"的观念不谋而合。

四、小　　结

谢章铤词论广泛借鉴了清雅、云间、浙西、常州各派诸家词论,对诸派词论源流的梳理颇为详尽,对各派中"嗣法不精,能累初祖"现象的总结尤为精辟,对诸家正宗门径得失的具体述评也颇多中肯之论。然而,其词论多限于即引即评,取径博杂而缺乏能一以贯之的宗旨,审美取向也摇摆不定。相应的词体正变观也是如此,正变立场与前代《古今词统》、王士祯词论颇为相

似,采取变化"纵""横"正变立场的方式分别推尊刚柔二派及历代诸家词,维护词体与拓展词量并行,希望兼取艳挚、宏壮、清雅的三派中杰出词为正宗,兼尽"纵""横"之妙。这种立场的优势是能兼容并包,而缺陷是难以融会贯通,理论建构不够严密,各则词论单看则能"纵""横"逢源,综观则顾此失彼,自相矛盾之处颇多。

相比之下,占据常州词派主流的立"横"追"纵"类正变论,论正宗同样不拘泥于时代家数,能兼取在传统词论中被分为宏壮、艳挚、清雅三派的杰出词人;但正变立场相对恒定,能于艳挚派词中见醇雅,宏壮派词中见温厚,清雅派词中见浑融,故理论体系也更为严密。

第六章　唐宋词史的正变建构研究：
两大词祖与词体本色

引　言

　　词体生成问题至今仍是学界论争热点，被誉为"千年学案"①。学界相关研究已颇为深入，但因研究思路存在偏差而形成的误区也不少。例如从者颇众的如下几种论证思路：

　　一是词体的根本特征是倚调填词，而所倚之乐是杂入胡夷里巷之曲，"非中夏之正声"的燕乐，因此，词体的主要来源是出自域外、民间的燕乐，而非此前中原流行的各体诗。按照这种思路，则倚声填出的词调在体势上应该与中原流行的诗体迥异，但唐宋流行词调无论是格律、技法、意境，与中原流行诗体都存在明显的继承关系。参看持此论的学者所追溯出的词体雏形，绝大部分都与传统诗体无显著差别，或类似包括乐府、民歌在内的古体诗，或类似初步确立声律规范的永明体诗，或类似乃至等同于近体诗，论者将其视为词体雏形，仅因其创作过程可考证为"由乐以定词"。这就如同一幅版画印刷出来的画风与国画极其类似，甚至一模一样，而论者却一味以制版材料主要源自异域，画又是依版印刷的为由，否认其以国画为主源，并不合理。

　　其实，乐曲与歌词的配合本就是具有一定灵活性的，所以同一首乐曲，才可以用不同国家、民族的语言配词演唱；而诗歌格律则是我国特有的，能体现出汉语一字一音一义的独到韵律特色，且为国人所熟知。所以，燕乐对词律的影响，只能通过格律来实现与体现。抛开诗源谈乐源，是舍本逐末，无法真正把握词体韵律的特色。歌曲与歌词的配合应是一种互相迁就、融合的关系，究竟以何者为主导，关键要看作者取舍与环境需要。从唐宋流行

---

　　①　李昌集：《词之起源：一个千年学案的当代反思》，《文学评论》2006年03期，第79页。

词调体势看，当是以中原作者最耳熟能详的诗体格律为原材料，根据不同时期的审美好尚，有选择地借鉴燕乐声情后形成的。乐器、乐调系统虽多源自胡乐，但在传入中原，特别是与中原歌词配合时，为了实现在中原流行的目的，其节奏必然会借鉴、迎合中原人熟悉且能引领唐代时尚的诗歌韵律，做出调整。即如产生于盛唐的《菩萨蛮》，音乐与调名虽源自南诏，但改制成流行词调后，格律却完全沿用中原律诗的基本律句，可见早期的依中原韵律规则或流行诗作配乐与后来的倚声填词并不矛盾。

二是源必先于流，故词源的产生时代必定先于词体；而在近体诗格律尚未定型的初盛唐，少数词调已经产生，故近体诗非词源。这种思路实有偷换概念之嫌。首先，同时代的文体可以形成，也更容易形成源流关系。即如比起相隔久远，妙处难明的古人，同时代的名人更容易成为大众师法的对象，历来能引领时尚的往往是一代宗师、盟主；唐代诗体作为最为流行的抒情文体，已深入人心的古体诗体势，日益成熟与流行的近体诗格律，自然都成为其他抒情文体、乐体的主要取法对象。因此，燕乐要配合流行的诗体歌唱，新生词调韵律要迎合时尚，首先要借鉴、迁就诗的体势，然后才能有所创新。再者，早期词调产生与词体定型本是不同的概念，词体定型与成熟确实晚于近体诗，李白、温庭筠等对词体定型贡献突出的文人，也是引领时尚的著名诗人，所接纳、创制的词调受诗体影响也在情理之中。即使在词体定型后，作为最富活力的新兴文体，在唐宋演进中仍可不断从已经成熟的各体诗中借鉴体势、技法。

三是将词体特征定义为早期词调普遍具备的特征，最受瞩目的特征有配合燕乐、倚调填词、填实泛声、格律化等，每家所认可的特征不同，据此界定的词体概念、追溯出的主要词源与词体雏形便不同，各种争议也由此而起。窃认为这种研究模式虽有助于多角度地探寻词源，却不利于准确地明辨词体。

其实，词能成为"一代之文学"，因其是一种文体，作为一种文体，其定型是以"一字一音一义"的汉语独到韵律为主，所配燕乐韵律为辅的。要探讨词体生成，首先要准确把握词体的概念，关键是要明辨词体定型的特征（即最早让词从先源文体中脱胎，自立一体的特征）、演进中流行的特征与可兼容的特征；而要探讨这些特征，应更多地关注唐宋词作与唐宋词体论的共通性，最好的证据是唐宋间公认为词体的作品，以及当时能体现出词体意识形成与自觉的评论——唐宋人对词体的共识值得重视，因时人兼有论者与作者双重身份，不仅是词体概念的界定者，也是词体定型及发展的促成者。词体定型特征即是能促成时人形成词体意识的特征，这种特征能让时人普遍感受到词与先源文体有显著差别,应当视为一种新文体。在词体定型后,时人可以根据其对词体的理解,引导词体的发展,发扬定型特征、促成主流特征、注入兼容特征。概言之,词体概念并非是一种纯客观的、静止的存在,而是在唐宋人的主观共识中形成与发展的,须通过唐宋词体观与词作的互相印证才能把握。

词体本色特征即是唐宋人公认的词体定型特征。即如第二章所述,唐宋诸家词论对词体独立的初始特征颇有共识:普遍以曾在中原流行的各体诗为先源文体与衡量词体特征的参照体——因诗体不仅是重要词源,而且自古以来就是文士最常用以抒情遣兴,富有文采的韵文文体,在唐代更具有"一代之文学"的地位;公认词体独立的初始特征即词别于诗自立一体的特点,主要表现为柔,由唐末五代《花间集》奠定。而"词体本色"概念的独到处在于将此种词体独立特征奉为词体最初的规范特色与最佳必备特色,大力肯定了词体独立的价值。因此,能促成词体本色、特色的词调具有怎样的体势特征?体势与意境间存在怎样的关系?享有词祖、词宗之誉的名家在词体定型与流变过程中发挥着怎样的作用?对唐宋人词体观的形成有怎样的影响?都是本专题要重点探讨的问题。

本专题研究中创用的研究方法主要有:体势与意境相结合的词调研究法、词调分类法、诗词对照的阐释与鉴别法、界定传承关系与划分传承程度的标准与方法,详见"绪论"第二节"研究范围、思路与方法"。

第一节　李白词真伪、特色与词史地位考论

李白是否为词祖,因何能成为词祖,是关系到词体本色生成与演进的重大问题,也是在古今学界都备受争议却悬而未决的棘手问题。李白词的古今词史地位界定与关注度之悬殊,堪称唐宋名家词之最。在古典词论中,李白是历代认可度最高的两大词祖之一,也是最早受重视、流变论中包罗词派最多的象征性词体正始。而在当今学界,正变观已不再流行,论者没有了攀附正始的需要;又受到明代胡应麟兴起的关于李白词真伪论争影响,大都认为李白名下最负盛名的《菩萨蛮》《忆秦娥》《清平乐》诸词既属存疑之作,对其词史地位与源流的探讨也容易流于空谈。因此,词史与词学史专著对李白词大都是弃置不论或数语带过,唯有田玉琪《词调史研究》、木斋《曲词发生史》等少数论著肯定李白的词史地位并对其进行比较系统研究。

　　然而,李白词的词史及词学史地位实不容忽视。文学史上常见"人以文传,文以人传"的现象,一些作品被归入名家名下或得名家引用后,便会声名鹊起,引来大量关注与效仿者。所以退一步来说,即使存在争议的诸词并非李白所作,但诸词能在词史、词学史上产生深远影响却是不争的事实,且这种影响与其被归入李白名下密切相关。在这种情况下,因作者存疑而无视诸词的词史地位,或是抛开李白来谈诸词的词史影响,都不合适。

　　此前学界在考辨李白词真伪时也常用诗词对照法,但古典词论大都只凭借对李白诗风主观、片面的认识来界定李白诗词风是否相符,而缺乏实证,因李白诗风本来不拘一格,给不同读者留下强烈印象的诗风也不同,故最终得出的仍是两种完全相反的论断,长期相持不下,难以互相辩难;近现代少数学者在论述时注重列举与李白名下词相似或迥异的诗作、诗句,作为辨别真伪的论据,但所举例证多是李白或与李白有渊源的诗人诗作中的少量名篇与部分意象,缺乏针对性、可比性与全面性,故纵使发现了许多差异处,也难以论证没有更多的相同处;纵使发现了不少相似处,也难以区分究竟是时人习用的意象沿袭、不同作者间部分意境的传承,还是如出一人之手的高度神似之作。有鉴于此,本节将采用"绪论"中所述诗词对照的方法与鉴别真伪的标准,来逐一辨析李白名下存疑各调词的真伪、体势与意境特色、创作背景、在学界存在争议或误读相关问题。

一、菩萨蛮:繁促跌宕宽对的体势与高度相似的意境

李白名下存有《菩萨蛮》词两首,词调格律如下:

> 双调四十四字,上下片各四句,两仄韵、两平韵。
> 中平中仄平平<u>仄</u>。中平中仄平平<u>仄</u>。中仄仄平<u>平</u>。中平中仄<u>平</u>。
> 中平平<u>仄</u>。中仄中平<u>仄</u>。中仄仄平<u>平</u>。中平中仄<u>平</u>。
> 注:加下划线处为韵脚,平韵标横线,仄韵标波浪线,换平韵标双横线,换仄韵标双波浪线。

　　此调与律诗相比,相同处在于由基本律句构成,共八句,两句一节,同节两句字数相同,故同具精工谐美,适用偶句对的特色;而差异处在于:1.章法:分上下片。2.句式:近体诗全由整齐的五或七言句构成,而此调以五言为主,兼有七言,句式长短变化与分片能带动意境转换。3.韵法:一则押韵频率增加——近体诗两句押一韵,此调则句句入韵,从而使节奏加速,韵律

感增强;二则以对称跌宕的方式换韵——近体诗一平韵到底,而此调两句一换韵,韵脚在"仄平仄平"间跌宕变化,尤能突显意境切换,增强对比、衬托的效果。4.对法:近体诗各联中两句格律多对仗,而此调各韵部中两句格律不对仗,故比起工对,更适用宽对。因此,独到体势特色可概括为繁音促节、跌宕陡转、灵活宽对。

先看李白名下最受瞩目的《菩萨蛮》词云:

> 平林漠漠烟如**织**。寒山一带伤心**碧**。暝色入高**楼**。有人楼上**愁**。玉阶空伫**立**。宿鸟归飞**急**。何处是归**程**。长亭连短**亭**。①

参看李白作于天宝十四载(755)《寄当涂赵少府炎》云:

> 晚登高楼望,木落双江**清**。寒山饶积翠,秀色连州**城**。目送楚云尽,心悲胡雁**声**。相思不可见,回首故人**情**。②

就意境而言,此诗取境、谋篇、情韵都与《菩萨蛮》十分相似,符合大篇幅多重相似的标准。就体势而言,此诗与《菩萨蛮》也多有相通,具有古、律合体的典型特点③,都以五言句为主,共八句,两相对比,可更直观地了解此调别于古、近体诗的特色。

"木落双江清"与李白开元三年(715)所作《对雨》诗中"古岫披云鬟,空庭织碎烟"组合起来,便构成了词中起句"平林漠漠烟如织。"历来都称赞词中用"织"字来形容山林烟雾、比兴伊人愁绪,极为精妙,堪为后世典范④,却未留意此字此境已见于李白诗中,正符合独造处相似的标准。而"寒山饶积翠,秀色连州城"+"心悲"即是词次句"寒山一带伤心碧"的意境。

---

① 本书引用唐五代词无特别标注者均见:曾昭岷等编撰:《全唐五代词》,中华书局1999年版。

② 本书所引李白诗及编年均参见:李白撰,安旗等笺注:《李白全集编年笺注》,中华书局2015年版。

③ 与五言律诗一样都由整齐的五言句组成,共八句,两句押一平韵。律句与拗句各占一半——第3、5、6、8为律句,第1、2、4、7句为拗句,2、4句还用了律诗大忌的三平尾。在律诗中应对仗的两联依然用对仗,颈联还是格律与内容都相对的工对。这样的体势显然是受到当时流行的五律影响,但为了别于律诗,呈现古风而有意加入拗句的结果。

④ 即如李调元《雨村词话》云:词用"织"字最妙,始于太白词"平林漠漠烟如织",孙光宪亦有句云"野棠如织",晏殊亦有"心似织"句,此后遂千变万化矣。(李调元著:《雨村词话》,唐圭璋编:《词话丛编》第二册,第1388页。)

那么，为什么"织"字在词中比诗中更受瞩目，词中"伤心碧"比诗中"饶积翠"更受称道呢？只因词中"织""碧"都置于韵脚的关键位置，且都为急促抑郁的入声韵，配合平仄韵转换的体势，沉郁顿挫之感大增，能成词眼。李白诗中与此词次句独造处更为神似的是"沙带秋月明，水摇寒山碧"（天宝十三载所作《泾溪南蓝山下有落星潭可以卜筑余泊舟石上寄何判官昌浩》），都妙在用清冷光影——词中为林烟暝色，诗中为秋月秋水，来突显山中碧色之寒；又都以入声字"碧"为韵脚，迫切而醒目，只觉寒碧逼人来，词中加入的"伤心"二字进一步将凄凉抑郁之感推向极致。此词第一韵二句能成为千古名句，还因其为全词中最长句式，在此后各韵五言短句的衬托下，呈舒展体势，恰能表现山林的辽远、苍茫。若放入齐言平韵的诗中，则句式整齐，独特气象难显；平韵舒缓，抑郁风神难出。

"晚登高楼望"＋"心悲"即是词中第二韵"暝色入高楼。有人楼上愁"的意境，而李白诗《江上秋怀》的"黄云结暮色……长叹令人愁"更是与词境如出一辙。与诗相比，词中二句转为平声韵，在前后入声韵的衬托下，更显悠扬舒展，只觉暝色由山外蔓延至楼内，引发的愁绪由楼内蔓延至天涯。

"目送楚云尽，心悲胡雁声"与"玉阶空伫立。宿鸟归飞急"的意境、技法相通，都包含了久暂对比，描述的都是楼上久立怅望的人被骤鸣急飞的鸟扣动的心弦——能为离人传书且能提醒他身在异乡的"胡雁"与急切盼归且得归的"宿鸟"，都能使人乡愁更深重、归心更迫切。而此类意境也是留心自然，多情善感的李白诗中惯用的，如《幽歌行上新平长史兄粲》云："哀鸿酸嘶暮声急，愁云苍惨寒气多。忆昨去家此为客……落叶飘扬何处归"、《题金陵王处士水亭》云："醉罢欲归去，花枝宿鸟喧"、《乌夜啼》云："黄云城边乌欲栖，归飞哑哑枝上啼……停梭怅然忆远人"、《奔亡道中》云："谁忍子规鸟，连声向我啼"等，融合起来便是"宿鸟归飞急"。而与"玉阶空伫立"意境最为相近的李白诗境，莫过于《玉阶怨》的"玉阶生白露，夜久侵罗袜。却下水精帘，玲珑望秋月"、《夕霁杜陵登楼寄韦繇》的"结桂空伫立，折麻恨莫从。"空伫立，长相思，切盼归的人看到归飞急的宿鸟，自然会"恨莫从"啊！

相比之下，词体特色有二：一是换用急促的入声韵脚"立"、"急"，比隔句押平韵"声"的诗，更能突显急切盼归的心情。二是诗中两句用的是格律、词性皆对的工对，两句押一韵；而词中两句用的是宽对，句句入韵，虽不如律诗对句精工，却别具灵动谐婉之妙。

"相思不可见，回首故人情"与"晚登高楼望"首尾呼应，这与词中第四韵用"何处是归程。长亭接短亭"遥接开篇"平林"二句悠远景致的章法也相通。而词中二句转为平声韵后，在此前入声韵的衬托下，更能突显余韵悠扬，篇终接浑茫之感。就形似而论，李白"长安如梦里，何日是归期"（《送陆判官往琵琶峡》）、"天下伤心处，劳劳送客亭"（《劳劳亭》）、"沙墩至梁苑，二十五长亭……云天扫空碧，川岳涵余清……缅书羁孤意，远寄棹歌声"（《淮阴书怀寄王宗成》）的诗境都与此词境颇为相似。就神似而论，"何处是归程"的问叹，道出了古今离人的心声，与平林寒山中"长亭接短亭"的阔朗、浑茫、悠远意境相连相应，更觉归程难见，归期难卜，归意无涯，余韵无穷。当由李白爱赏的崔颢《黄鹤楼》中"日暮乡关何处是，烟波江上使人愁"脱化而出，与之风神相通的李白诗境还有《奔亡道中》的"归心落何处，日没大江西"、《当涂赵炎少府粉图山水歌》的"惊涛汹涌向何处，孤舟一去迷归年"等，反复问叹，可见情有独钟。

再来看另一首归入李白名下的《菩萨蛮》云：

> 举头忽见衡阳雁。千声万字情何**限**。叵耐薄情**夫**。一行书也**无**。
> 泣归香阁**恨**。和泪掩红**粉**。待雁却回**时**。也无书寄**伊**。

独宿闺妇思夫与鸿雁传书，本是历来爱情诗词中极常见的题材与典故，而这首词与同类诗词相比，主要有三大独到处：一是通篇融情景入叙论，将雁传书的前后经过与期间细节娓娓道来，情事曲折、心思细腻而表达真率，颇能动人。二是敢怒敢怨，擅用口语，真率活泼，颇类乐府民歌中敢爱敢恨的女子形象，而有别于寻常文士偏好的那种怨而不怒，一味忠顺的闺秀形象。三是每转一韵，便随之转入一新意境：四韵依次描述雁书多情——夫君薄情——主人公（即闺妇）深情却被无情恼——索性转作无情决绝语，对比反衬，层层折进，读来却不觉突兀，只觉前因后果，合情合理。第一韵二句句式最长，押抑扬的去上声韵，恰能表现"千声万字情何限"；第四韵二句转结最妙，既能总结全篇，又透露出委婉微妙的多重情蕴——发誓此后"也无"，可知此前常有，而且是"千声万字情何限"，与"一行书也无"恰成鲜明对比，因此才会觉得被深深辜负，恨之切，只因情之深。

前两种独到处都能在李白赠内与自代内赠诗中寻得踪迹。李白与原配许氏夫人、续娶宗氏夫人都是伉俪情深，婚后却常离家远行，故诗中赠内或自代内赠之作不少，赠内诗的特点是一方面自道相思之苦，痴情夫形象跃然纸上；另一方面又想象妻子在家中思念自己的情景，往往是眷恋与怨恨交织，自代内赠的诗自然也是如此：

开元十九年(731)前后外出游历时寄与妻许氏的《寄远》：

新妆坐落日，怅望金屏<u>空</u>。念此送短书，愿因双飞<u>鸿</u>。（其二）

本作一行书，殷勤道相<u>忆</u>。一行复一行，满纸情何<u>极</u>。瑶台有黄鹤，为报青楼<u>人</u>。（其三）

寄书白鹦鹉，西海慰离<u>居</u>。行数虽不多，字字有委<u>曲</u>。天末如见之，开缄泪相<u>续</u>。泪尽恨转深，千里同此<u>心</u>。相思千万里，一书值千<u>金</u>。（其十）

天宝十一载(753)模仿妻子宗氏口吻所作的《代赠远》：

啼流玉箸尽，坐恨金闺<u>切</u>。织锦作短书，肠随回文<u>结</u>。相思欲有寄，恐君不见<u>察</u>。焚之扬其灰，手迹自此<u>灭</u>。

天宝十四载(755)模仿妻子宗氏口吻所作的《自代内赠》：

曲度入紫云，啼无眼中<u>人</u>。妾似井底桃，开花向谁<u>笑</u>。君如天上月，不肯一回<u>照</u>。窥镜不自识，别多憔悴<u>深</u>。安得秦吉了，为人道寸<u>心</u>。

这些诗境与此词多重相似，都具有融情景入叙论之妙，意象多有相同，意境则相反相通：

诗中"本作一行书，殷勤道相忆。一行复一行，满纸情何极"、"字字有委曲"正是词中与"一行书也无"形成鲜明对比的"千声万字情何限"之境，只不过诗中是痴情夫自道，而词则从对面写来，合而观之，正是"千里同此心"——君思我即如我思君。

词中设身处地地想象女主人公在殷勤传书后，因收不到回信而抱怨"薄情夫一行书也无"，也与《自代内赠》诗中"君如天上月，不肯一回照"的怨辞相类。此种怨辞由夫君代为道出，正可见对妻子的怜惜与愧疚。

诗中"新妆坐落日，怅望金屏空"、"啼无眼中人。妾似井底桃，开花向谁笑"、"泪尽恨转深"即是词中"泣归香阁恨。和泪掩红粉"之境，所强调的"泪"与"恨"，只因"新妆"、桃颜、"红粉"虽美无人赏，"香阁"、"金屏"纵归无人伴。

诗中也擅写如此词末二句那样富有个性、生趣的思夫情语。如"啼流玉箸尽，坐恨金闺切……相思欲有寄，恐君不见察。焚之扬其灰，手迹自此灭。"同样是感觉被辜负后"泣归香阁恨"，决定"也无书寄伊"，而押入声韵，决绝痛快，更甚于词；又如开元二十五年(737)《赠内》云："三百六十日，日日醉如泥。虽为李白妇，何异太常妻。"代妻言怨，与此词妙处略同——此种带有赌气、亲昵、调侃口吻的怨辞本就是恩爱夫妻间特有的，词所押支韵与诗所押齐韵也相通,但词中押韵频率增加后,更酷肖女儿口吻。

李白诗中惯用有灵性的鸟类来传书寄相思,如上述"双飞鸿""黄鹤""白鹦鹉""秦吉了"等,鸿雁传书的典故不仅频繁使用,而且表现出与此词相同的一些用典习惯,如《洞庭醉后送绛州吕使君某流澧州》"送君不尽意,书及雁回峰"也用了"衡阳雁"的典故。又如《学古思边》"白雁从中来,飞鸣苦难闻。足系一书札,寄言叹离群"、《送友人游梅湖》"莫惜一雁书,音尘坐胡越"、《寄当涂赵少府炎》"心悲胡雁声。相思不可见",都特别强调书的数量"一","一行""一札",以突显其珍贵——"一书值千金";又特别有感于雁声的凄苦多情,以突显同病相怜。再如《感兴》"裂素持作书,将寄万里怀。眷眷待远信,竟岁无人来。征鸿务随阳,又不为我栖"、《南流夜郎寄内》"北雁春归看欲尽,南来不得豫章书",描写的都是雁来盼书至,却"一行书也无"的情景。另外,"举头"二字在李白之前诗中并不多见,而"举头"见物兴起相思的意象始见于李白《静夜思》中名句"举头望明月,低头思故乡"。这些用典与造境习惯也可作为辨别真伪的旁证。

此词的第三大独到处是由《菩萨蛮》调跌宕宽对的体势特色成就的,因此为同类诗中所无——上述各诗都是五言古诗,韵脚转换也能带动意境变化,叙论抒情也委婉动人,但句式整齐,换韵频率不固定,相应的意境变化也不如词分明。若论音律谐美、意境精炼、转折新妙、对比鲜明生动,此词显然更胜一筹——擅写曲折跌宕之情境也正是此调的优势之一。

二、忆秦娥:繁促重叠灵变的体势与高度相似的意境

李白名下存有《忆秦娥》词一首,词调格律及词如下:

> 双调四十六字,上下片各五句,三仄韵、一叠韵。
> 平中仄。中平中仄平平仄。平平叠。中平中仄,仄平平仄。
> 箫声咽。秦娥梦断秦楼月。秦楼月。年年柳色,灞桥伤别。
> 中平中仄平平仄。中平中仄平平仄。平平叠。中平中仄,仄平平仄。
> 乐游原上清秋节。咸阳古道音尘绝。音尘绝。西风残照,汉家陵阙。

此调同样是全用律句,别于近体诗的特色主要有:1.章法:分上下片,采用换头,从而突显过片意境切换。2.句式、句法变化极繁多:一则大量加入

短句,10 句中仅有 3 个七言句沿用了近体诗基本律句,其他 7 句均为近体诗中所无的三、四言超短句;二则各句采用长短错综盘旋的独特组合方式;三则用叠韵句,上下片第三句格律都由第二句末三字重叠而成,相应的意境也重叠,发挥着强调与承转的作用;四则用折腰句,上下片末为"四、四"八字折腰句。3.韵法:一则押韵频率增加,除上下片第四句外,句句入韵;二则灵变句式能促成灵动韵律,叠句促成叠韵;三则用仄韵格,此词押入声韵,配合上述各种体势特色尤能加强顿挫之感,故后世同调词例押入声韵。总之,独到体势特色可概括为:以短句密韵为主,长短错综、重叠回环、繁促灵变。

此词牌即是词题,秦娥即传说中秦穆公的女儿弄玉,善吹凤箫,能引凤凰,居于凤台上,最终随夫君萧史乘凤凰登仙而去①。前辈学者通常认为此词主人公是用秦娥指代的秦地女子,主题是别后忆郎君,词中"灞桥""咸阳古道"等均为秦娥与郎君的分别之所与盼归之地。其实不然。首先,若按此种解读,则词牌应名为《秦娥忆》,而不应为《忆秦娥》。参看李白诗《忆襄阳旧游赠马少府巨》《忆旧游寄谯郡元参军》《忆东山》《忆秋浦桃花旧游》等、词牌名《忆江南》《忆王孙》《忆旧游》《忆东坡》《忆瑶姬》等,"忆"字后接的都是思忆的内容,故《忆秦娥》的主题应如词牌《凤凰台上忆吹箫》一般,是对秦娥的思忆。再者,灞桥、咸阳古道分别位于长安城东与城西,所以若是秦娥忆郎君,不可能在灞桥上"伤别",送郎君东行,别后反而对着西边的咸阳古道感叹"音尘绝"。只有解为主人公忆秦娥才说得通——词中种种感慨是由"忆秦娥"兴起的,故所思忆的情景并不限于一时一地,而是以秦娥的时代为起点,以都城长安为中心,以兼容生离死别、朝代兴亡的眷念忧患为底蕴,涵盖古今四方——上片的"灞桥"是秦娥之父秦穆公称霸西戎时所建,唐时设有驿站,是从长安往东、南方向去中原的必经之地与送行分别之所,桥畔杨柳依依,折柳赠别,倍增离思;下片的"咸阳古道"是秦都城留下的,是从长安往西、北方向去边关的必经之路,其上建于汉代的咸阳桥为送行分别之所,李白时多战乱,由此道去者多是从军,生死未卜,故别情尤沉痛,即如杜甫《兵车行》云:"爷娘妻子走相送,尘埃不见咸阳桥"。而换头提到的"乐游原"是建在秦代宜春苑故址上的汉宣帝皇后葬所,位于长安城东南,是长安城中地势最高处,唐时为游赏胜地,也是离人遥望所念人行踪的最佳去处。在此

---

① 据刘向《列仙传》记载:"萧史者,秦穆公时人也。善吹箫,能致孔雀、白鹤于庭。穆公有女字弄玉,好之,公遂以女妻焉,日教弄玉作凤鸣。居数年,吹似凤声,凤凰来止其屋。公为作凤台,夫妇止其上不下数年。一旦,皆随凤凰飞去。故秦人为作凤女祠于雍宫中,时有箫声而已。"(上海古籍出版社 1990 年版,第 11 页。)

处可遥望长安周边的灞桥、咸阳古道、汉家诸陵阙与唐代宫阙,故正适合用以连接上下片。

具体来分析体势与意境,起句为三字短韵句,在其后七字长句衬托下,凝练醒目,故宜以先声夺人,笼罩全篇。此词"箫声咽"三字破空而出,突显"梦断"的突然与遗憾——主人公正沉醉于秦娥凤箫声中,突然梦断,箫声仿佛尤在耳边呜咽,而秦娥已无踪,只有曾照秦楼的明月依旧,由此催生出穿越时空的离恨,即如李白诗《把酒问月》云:"今月曾经照古人。古人今人若流水,共看明月皆如此"、《金陵》云:"亡国生春草,王宫没古丘。空余后湖月,波上对瀛州。""秦娥梦断秦楼月"句法与秦观《千秋岁》"日边清梦断,镜里朱颜改"、贺铸《新念别》"扬州梦断灯明灭"、陆游《诉衷情》"关河梦断何处,尘暗旧貂裘"等相同,都是"梦断"二字之前为梦境,之后为醒来所见所感。参看李白诗,可知李白开元天宝在长安期间,一直对"秦娥凤台"典故与遗迹颇为青睐,惯用以寄托情志。李白在开元十八年(730)初至京城长安,就西游岐山访相传为弄玉留下的凤凰台,所作的两首五言古诗便以忆秦娥为主题:

> 《凤凰曲》嬴女吹玉箫,吟弄天上**春**。青鸾不独去,更有携手**人**。影灭彩云断,遗声落西**秦**。
>
> 《凤台曲》尝闻秦帝女,传得凤凰**声**。是日逢仙子,当时别有**情**。人吹彩箫去,天借绿云**迎**。曲在身不返,空余弄玉**名**。

上述诗境与《忆秦娥》起三句词境如出一辙。"秦娥"既指传说中的弄玉,也可用以象征作者思忆、思慕的人物与历史。此情此景,与李白《寄远》的"春风复无情,吹我梦魂断。不见眼中人,天长音信短"、《感遇》的"二仙去已远,梦想空殷勤"颇为相似。相比之下,此意境在词中配合长短急徐相应的体势,起句箫声随短韵句破空而出,次句梦月随长韵句笼罩古今,三句前后时空随叠韵承转挪移,使人心旌也随之摇荡;而在韵句整齐少变化的诗中就显得平平无奇,逊色不少了。

天宝初年唐朝国运与唐玄宗对李白的恩宠都由盛转衰,李白用代言、寓言体创作了大量忧谗忧生忧世的诗。天宝三载(744)三月李白上书请还山,玄宗赐金放还,在离京前所作诗仍常用秦娥、凤凰典故来寄托身世之感,如《上元夫人》的"手提嬴女儿,闲与凤吹箫。眉语两自笑,忽然随风飘"、《寓言》的"遥裔双彩凤……鸣舞玉山岑。以欢秦娥意,复得王母心。区区精卫鸟,衔木空哀吟。"都含比兴之意,以秦娥寓得宠的后妃公主,而自伤秉忠怀才却不遇,反不如幸佞之臣能通过攀附皇亲得宠信。《古风》的"凤饥不啄粟,所食唯琅玕。焉能与群鸡,刺蹙争一餐……怀恩未得报,感别空长叹。"则是以不被重视而将远去的凤凰自寓。《忆秦娥》的主题、意境与寓意很可能是由上述诗变化而出的,以"秦娥""秦楼"象征皇室宫廷,以"秦楼梦断"暗指在京城中一展抱负,忠君报国的梦想破灭,而兴起种种"伤别"之情的真实动因是即将离开长安——"怀恩未得报,感别空长叹"。重点来看这年春所作七古《灞陵行送别》云:

> 送君灞陵亭,灞水流浩<u>浩</u>。上有无花之古树,下有伤心之春<u>草</u>。我向秦人问路歧,云是王粲南登之古<u>道</u>。古道连绵走西京,紫阙落日浮云<u>生</u>。正当今夕断肠处,骊歌愁绝不忍<u>听</u>。

此诗与《忆秦娥》词大幅多重相似:在体势上,诗词同具句式长短错综变化,先开后阖的特点,而词句更短,韵更密,加入叠韵、全压入声韵,故独具繁音促节的特色;且开阖幅度更大,故灵变气韵更盛。在意境、意象、章法上都颇多相通处,而最大的差别在于诗中种种感慨是由送别友人一事引发的,故所思忆的时空变化不大,都是顺承而非跳转;词则如上所述,种种感慨是由"忆秦娥"兴起的,故所思忆的时空多次转接腾挪,主要是通过叠韵与换头的独到体势来实现的。第四句用叠韵方式重复"秦楼月",是要强调此月普照千里千秋,尤能惹人相思,即如《静夜思》云"举头望明月,低头思故乡"、王昌龄《出塞》云"秦时明月汉时关,万里长征人未还",故此后描述的便是主人公被秦娥梦与秦楼月引发的跨越古今、四方、日夜、春秋的"伤别"情思。

此诗前四句即词中"年年柳色。灞桥伤别"之境,均为春日情景,以灞水一带的古迹、草木来寄兴、渲染绵延亘古今的依依别情。秦时"灞桥"与汉时"灞陵亭"均是送别之地,而"年年柳色"则兼有"古树"之沧桑与"春草"之缠绵,参看李白《宫中行乐词》的"柳色黄金嫩"、《上皇西巡南京歌》的"柳色未饶秦地绿"等,可知他对长安柳色的青睐眷念。

词换头"乐游原上清秋节"转而描写春去秋来的情景,参看李白天宝六载所作的《月夜金陵怀古》:

> 苍苍金陵月,空悬帝王<u>州</u>。天文列宿在,霸业大江<u>流</u>。绿水绝驰道,青松摧古<u>丘</u>。台倾鸤鹊观,宫没凤凰<u>楼</u>。别殿悲清暑,芳园罢乐<u>游</u>。

一闻歌玉树，萧瑟后庭<u>秋</u>。

相比之下，怀古时空虽有别，意象情味却相似，可互为注脚。"秦楼月"与"金陵月"都是见证了一代古都兴衰的天文列宿；"灞"原为水上称霸之意，易代后兴起的便是"霸业大江流"之感了；"乐游原"与"乐游苑"都是寓意盛世安乐的皇家园林，却在"乐游"与"罢乐游"间几经更迭，成为朝代兴衰的缩影；秦娥"箫声"与陈后主"玉树后庭花"歌，"清暑殿"、"古丘（指六朝帝陵）"等与"汉家陵阙"都是前代王室的遗音、遗迹，在"萧瑟""清秋节"中耳闻目睹，更增添了繁华消逝的沧桑感与伤别情。柳永《雨霖铃》中名句"多情自古伤离别，更那堪冷落清秋节"当由此词脱胎，也正可为此词作注。

此诗中"王粲南登之古道"与词中"咸阳古道"意蕴极相似，与李白《王昭君》"汉家秦地月，流影照明妃。一上玉关道，天涯去不归"的意境也相通，都兼有两重含义：一是依依满别情的征途，古今无数离人为所念人在此道上"音尘绝"而"断肠"。李白诗"莫惜一雁书，音尘坐胡越"（《送友人游梅湖》）、"云山万重隔，音信千里绝。春去秋复来，相思几时歇。"（《望夫山》）中也出现了春去秋来，故人"音尘绝"的意象。二是寄托着兴亡之感与恋阙之意的古迹。"咸阳古道"是秦都城留下的，汉兴秦亡，而"王粲南登"发生在汉末乱世中，王粲南下荆州倚刘表时，曾登上当阳城楼，写下了著名的《登楼赋》，抒发怀乡怀国、忧生忧世之情。因此，李白在诗词中特别强调此乃"王粲南登"、"咸阳"之"古道"，当作于唐代转衰的天宝二载（743）以后，寄托着国运堪忧、聚散难期之意；联系下文，更突显出爱国恋阙之意。李白《金乡送韦八之西京》的"客自长安来，还归长安去。狂风吹我心，西挂咸阳树"、《以诗代书答元丹丘》的"离居在咸阳，三见秦草绿……长望杳难见"所感略同。

此诗中"古道连绵走西京，紫阙落日浮云生"即词中"音尘绝。西风残照，汉家陵阙"之境，但体势差别显著：为配合空间的变化，诗换平韵，突显连绵悠长之境；词则用入声叠韵句，突显决绝抑郁之境。此七古诗中"紫阙"句仍用七言句，而词中最受称道的结句体势在全词中颇为独特："平平平仄，仄平平<u>仄</u>。"一则平仄交替，仄声收尾，故抑扬顿挫、铿锵有力；二则两四字短句对称，隔句用韵，有别于此前各句的参差密韵，用以作结，既醒目，又沉稳，能压阵。故尽管意境相类，但词的气韵更胜于诗。

诗词中兴亡忧患之感与爱国恋阙之意至此都更趋分明："古道"通向的征途走向虽有东南、西北之别，另一头却都连着长安城，这也正是李白与友人都眷恋不舍的"西京"。但此国都虽可恋，现状却甚堪忧——诗中都城从生的"浮云"象征蒙蔽君王的奸邪与昏暗的政局，即如李白《登金陵凤凰台》云："总为浮云能蔽日，长安不见使人愁。"词中"西风"意象肃杀凄清，不解人意——年复一年的凋残了挽留行人的柳色，吹断了古道上故人的音尘。诗词中都出现在那城上的"落日""残照"意象，曾经辉煌而即将暗淡，历来是世运衰落的象征，即如同年所作《乌栖曲》云："吴歌楚舞欢未毕，青山欲衔半边日。"而词中"汉家陵阙"四字比诗中直言唐宫"紫阙"更能体现出婉约、厚重的忧患意识——此陵阙建于汉朝盛时，而汉之盛源于秦之衰，陵阙本身又意味一代帝王的亡故，至唐代连汉朝也衰亡了，只留下这些秦汉古迹屹立于残照、月明中。因长安也是唐代都城所在，唐人常以汉家指代唐家，李白诗中也常用，如《清平调》云"借问汉宫谁得似"、《战城南》云"秦家筑城备胡处，汉家还有烽火燃"等，故此陵阙其实也能指代唐家陵阙，而诗词中出现如此多体现秦汉兴衰的古迹，诗人以汉代唐，希望以史为鉴，而唯恐重蹈覆辙的拳拳之心昭然若揭。

此诗末句与《忆秦娥》起三句的意境选择与转接方式都相通，描述的都是夜间能惹人相思的古乐与被触动后绵延不绝的思忆，只不过诗是由昼转夜，骊歌余音不绝；词则是由夜转昼，凤箫先声夺人。

总之，词中所伤之"别"，不仅包括一时一地一人分离之小别，还包括跨越时空，涵盖朝代灭亡与生命逝去之大别——世事难测，时又多战乱，小别很可能转换成大别，而所谓的大别在朝代迭兴的历史长河中，在日月迭照的大自然中，又显得这样渺小。将人类永恒之大悲寓于一己一时之私悲中，忧生兼忧世，正是此词能震撼人心，引发多种感受与丰富联想的关键所在。

三、清平乐：繁促灵动善转的体势与大体相似的意境

李白名下存有《清平乐》词五首，格律如下：

> 正格：双调四十六字，前段四句四仄韵，后段四句三平韵。
> 中平中仄。中仄平平<u>仄</u>。中仄中平平仄<u>仄</u>。中仄中平中<u>仄</u>。
> 中仄中仄平<u>平</u>。中平中仄平<u>平</u>。中仄中平中仄，中平中仄平<u>平</u>。
> 变格："画堂晨起"一首上片与其余四首相同，下片格律变为：
> 中仄中仄平平，中仄中平中<u>仄</u>。中仄中平中<u>仄</u>。中仄中平中<u>仄</u>。

此调正体与《菩萨蛮》《忆秦娥》二调一样，分上下片、句偏短、韵偏密、平仄韵转换，故同具繁音促节的特色；而新增特色主要有：1.加入拗句。此调

后五句都为六言,故过片第一句第二字由平声拗成仄声,有助于突显过片意境的转换。2.上下片句式、韵法差别显著:上下片四句格律全不相同,句式由参差变为整齐,韵脚由仄转平,故能突显意境转换,展现参差变化之美。3.句式新巧:以近体诗所无的六言句为主,除第二句外,都为偶字句,下片全用六言,故比奇偶字参差交替的上片更为圆转流畅,结二句押韵频率降为两句一韵,尤为疏畅。总之,新增特色尤能突显上下片意境转换,也更适合表达灵动流丽的情景。

据唐《遏云集》与《花间集叙》记载,李白名下应有"应制《清平乐》词四首",前两首是"禁庭春昼"、"禁闱清夜",被悬格颇高的《花庵词选》选录后颇受称道,关注度仅次于《菩萨蛮》《忆秦娥》二词。所描述的禁中春日由昼入夜情景,寻常人不得见,但"晨趋紫禁中,夕待金门诏"(《翰林读书言怀呈集贤诸学士》)的李白却不难窥得,词云:

> 禁庭春<u>昼</u>。莺羽披新<u>绣</u>。百草巧求花下<u>斗</u>。只赌珠玑满<u>斗</u>。
> 日晚却理残<u>妆</u>。御前闲舞霓<u>裳</u>。谁道腰肢窈窕,折旋笑得君<u>王</u>。
> 禁闱清<u>夜</u>。月探金窗<u>罅</u>。玉帐鸳鸯喷兰<u>麝</u>。时落银灯香<u>炧</u>。
> 女伴莫话孤<u>眠</u>。六宫罗绮三<u>千</u>。一笑皆生百媚,宸衷教在谁<u>边</u>。

此二词作为组词,取境谋篇之法颇相似,独造处主要有二:

一是上片顺应体势营造密丽灵变意境:不仅能通过细腻的笔触,渲染出宫廷景、物的精美奢华;更妙在能敏锐捕捉、设法彰显出静中之动,选取的都是肃静寂寞的宫禁生活中蕴含生趣、生意的动景,流露出宫人们不甘寂寞的心情。而李白描写宫廷、闺阁的诗中也擅于营造此类静中含动,体贴入微的意境。

前词起二句"禁庭春昼。莺羽披新绣。"即李白《宫中行乐词》中"绣户香风暖,纱窗曙色新"、"莺歌闻太液"、《侍从宜春苑奉诏赋龙池柳色初青听新莺百啭歌》中"东风已绿瀛洲草,紫殿红楼觉春好……上有好鸟相和鸣……千门万户皆春声"之境。新莺羽丽如绣,与宫中朱门绣户正相衬,加上歌声清脆动听,能报新春新气象,传出宫禁便如将充满生意的新风由天家传向人间一般,正是应制宫词宜有的意象。

前结"百草巧求花下斗。只赌珠玑满斗。"与《宫中行乐词》"艳舞全知巧,娇歌半欲羞。更怜花月夜,宫女笑藏钩"、《古风》"斗鸡金宫里,蹴鞠瑶台边。"都是着重描绘宫女游戏场景,既能展现出宫廷特有的精巧豪奢,又能展现出与寻常女儿无异的活泼情态，为寂寞无聊的宫禁增添生趣。而注重描写舞斗巧、人争艳、游戏为"斗鸡""斗草""斗鸭"（《连理枝》），很可能隐喻宫人之间互相争宠的心理。

后词起二句"禁闱清夜。月探金窗罅。"妙用动词"探"，体贴出明月能牵动幽闺独宿情思的微妙动态，李白诗中类似意境颇多，如《春怨》的"落月低轩窥烛尽，飞花入户笑床空"、《对酒》的"明月窥金罍"、《独漉篇》的"罗帏舒卷，似有人开。明月直入，无心可猜"、《塞下曲》的"月度霜闺迟"等，此词中"探"字与诗中含义略同的"窥"字，比"入""度"诸字更为新妙、传神。而李白诗如《登锦城散花楼》"金窗夹绣户"、《双燕离》"金窗绣户长相见"等，也惯用"金窗"来形容精美闺阁。

接下来的"玉帐鸳鸯喷兰麝。时落银灯香灺"，同样擅用动词来描绘室内精美静物，以增添生趣。意境与李白《宫中行乐词》的"金殿锁鸳鸯"、《拟古》的"明月看欲堕，当窗悬清光……愿逢同心者，飞作紫鸳鸯"、《夜坐吟》的"冰合井泉月入闺，金缸青凝照悲啼，金缸灭，啼转多"、《长相思》的"孤灯不明思欲绝，卷帏望月空长叹"颇为相似。户外月与室内灯都只能照见形单影只的相思人，月明人不圆，灯残时空逝，再加上形如恩爱鸳鸯、烟如相思缠绵的香炉，自然会使离恨倍增，而熏香、燃灯还意味着痴心守候，灯残则意味着青春消逝。其中最为生动张扬的动词"喷"也是李白诗中常用的，如《天马歌》云"口喷红光汗沟朱"、《横江词》云"涛似连山喷雪来"等。

二是下片都随着体势变化，由密丽转疏快，从而增强动感，更巧妙地将畅快精辟的议论与品鉴，融入情态生动的传神描写中。通观全词，意境与李白开元十三年（725）所作七古组诗《白纻辞》多重相似：

> 馆娃日落歌吹**深**，月寒江清夜沉**沉**。美人一笑千黄**金**，垂罗舞縠扬哀**音**。郢中白雪且莫**吟**，子夜吴歌动君**心**。动君**心**，冀君**赏**。愿作天池双鸳鸯，一朝飞去青云**上**。（其二）
>
> 吴刀剪彩缝舞**衣**，明妆丽服夺春**晖**。扬眉转袖若雪**飞**，倾城独立世所**稀**。激楚结风醉忘**归**，高堂月落烛已**微**，玉钗挂缨君莫**违**。（其三）

诗中"馆娃日落歌吹深，月寒江清夜沉沉"、"吴刀剪彩缝舞衣，明妆丽服夺春晖"即词中"禁闱清夜。月探金窗罅"、"日晚却理残妆。御前闲舞霓裳"之境，清夜明月兼有映衬美人容光的作用。

诗词都着意刻画美人生动曼妙的舞姿与更为妩媚动人的神姿——诗中

"垂罗舞縠""扬眉转袖若雪飞"即词中"窈窕折旋"之态,《宫中行乐词》"只愁歌舞散,化作彩云飞"之态也略同;诗中值"千黄金"的"美人一笑"即词中"生百媚"的"一笑",笑的魅力在"一"与"千""百"的对比中突显,而词加上"罗绮三千""皆"的形容更觉妩媚春光无限,李白诗中也有"三千双蛾献歌笑"(《春日行》)、"宫花争笑日……青楼见舞人……罗绮自相亲"(《宫中行乐词》)之境。参看李白诗"窈窕夸铅红……含笑出帘栊"(《经乱离后天恩流夜郎忆旧游书怀赠江夏韦太守良宰》)、"绿珠红粉沉光彩……生前一笑轻九鼎"(《鲁郡尧祠送窦明府薄华还西京》)、"蛾眉艳晓月,一笑倾城欢"(《感兴》)等,可知李白对美人一笑的魅力深有体会,也颇擅表现。

又都着意强调这些意态都只为"动君心,冀君赏",词中"玉帐鸳鸯"所寄托的正是诗中"愿作天池双鸳鸯"之意。《白纻辞》诸诗空间未变,描绘的都是君前歌舞的情景,而《清平乐》二词空间多次变化,前词上片是宫人日间游戏情景,下片转为晚间君前歌舞的情景,渲染的是得君赏之乐,所谓"折旋笑得君王"。此笑中流露出欣赏与眷恋,与舞姿互动,脉脉含情,即如《清平调》中"名花倾国两相欢,长得君王带笑看"之境。而后词则转为宫人独守空房的情景,此前的喧嚣爱赏更反衬出此时的孤独寂寞。由此引出下片感悟,可谓入情入理,水到渠成。

在章法上,诗词都是先描写人物景致,篇末转为直接抒情议论。差别在于词利用灵变、陡转、反衬的体势特色,使上片描写渲染更为密丽,而下片抒情议论更为疏快。柔情词通常都擅长抒情、描写,而不适用议论,李白词却非常擅长利用灵动流丽的体势,将精辟议论与绝妙品鉴融入抒情、描写中,以女主人公自述或旁观者品评的口吻道出,不仅不嫌突兀生硬,反更觉生动真切,如在目前,富有情韵。如前词末二句:"谁道腰肢窈窕,折旋笑得君王。"若理解为宫女自述,则见自信活泼之情;若理解为女伴评论,则见羡慕诙谐之情。又如后词下片:"女伴莫话孤眠。六宫罗绮三千。一笑皆生百媚,宸衷教在谁边。"转为真率疏快,夹叙夹议的情语,包含了对宫女命运的精辟见解,而以宫女间对话的口吻道出,如闻其声,笑容愈见妩媚可爱,而情思愈觉哀婉可怜。参看《清平调》云:"云想衣裳花想容"、"借问汉宫谁得似,可怜飞燕倚新妆。"品评同样精妙,但因《清平调》体势与近体七绝诗无异,所以无法形成《清平乐》词那样流丽灵动,酷似女儿口吻的效果。

《全唐五代词》据《尊前集》录入《清平乐》词共5首,前两首即"禁庭春昼"、"禁闱清夜",后3首是否属宫词,又是否包含《遏云集》与《花间集叙》中记载的另外两首应制宫词,都难以确定。其词如下:

　　烟深水**阔**。音信无由**达**。惟有碧天云外**月**。偏照悬悬离**别**。
尽日感事伤**怀**。愁眉似锁难**开**。夜夜长留半被,待君魂梦归**来**。
　　鸾衾凤**褥**。夜夜常孤**宿**。更被银台红蜡**烛**。学妾泪珠相**续**。
花貌些子时**光**。抛人远泛潇**湘**。欹枕悔听寒漏,声声滴断愁**肠**。
　　画堂晨**起**。来报雪花**坠**。高卷帘栊看佳**瑞**。皓色远迷庭**砌**。
盛气光引炉烟,素草寒生玉**佩**。应是天仙狂**醉**。乱把白云揉**碎**。

　　"画堂晨起"一首从词境看,可能也是宫词,因其与"禁庭春昼"、"禁闱清夜"二词一样,都是开篇点明时节风物,符合李白宫词的创作习惯,而且"高卷帘栊看佳瑞"这样盛世祥瑞的主题、与世隔绝的意象本是应制宫词中常见的,与《连理枝》中"雪盖宫楼闭。罗幕昏金翠"的意境也颇相似。此词上片铺叙平平无奇,下片情景却富有动感奇趣。

　　精彩处一是"盛气光引炉烟",在寻常人眼中香炉烟是丝缕纤柔的,但此句却将被雪光寒风引动的炉烟描绘得活泼张扬,盛气凌人,与《清平乐》《连理枝》中用"喷"字形容炉烟有异曲同工之妙。参看李白开元十四年(726)所作《杨叛儿》云:"乌啼隐杨花,君醉留妾家。博山炉中沉香火,双烟一气凌紫霞。"可知这位谪仙人眼中的炉烟惯有超逸的气象风神,兼能象征主人公蓬勃涌动,不可遏制的情思。

　　二是末二句由铺陈转为品鉴,把漫天飞雪想象成"应是天仙狂醉。乱把白云揉碎。"同样是活力十足,盛气凌人,而此种妙想奇思也与李白诗独造处相似,李白诗如"愁如回飙乱白雪"(《久别离》)、"我且为君槌碎黄鹤楼,君亦为吾倒却鹦鹉洲"(《江夏赠韦南陵冰》)、"愿扫鹦鹉洲,与君醉百场。啸起白云飞七泽"(《自汉阳病酒归寄王明府》)、"相随迢迢访仙城……我醉横眠枕其股。当筵意气凌九霄"(《忆旧游寄谯郡元参军》)、"聊向醉中仙"(《赠宣城宁文太守兼呈崔侍御》)、"醉后发清狂"(《陪侍郎叔游洞庭醉后》)等,诗仙酒狂的风范由此可见一斑。

　　从体势看,此词变体方式是下片第二、四句均重复使用正体下片第三句格律,且末三句都入韵。而体势变革与意境正相配:全词由平仄韵转换格,变为仄韵格,不换韵,故上下片体势差异缩小,相应的意境转换也不如其他四词显著——此词下片前两句依然承上描写雪景,并配合基本对仗的格律采用工对。唐宋词调根据造境需要,对既有格律进行微调、重组的现象本来常见,但这可能意味着此词与"禁庭春昼""禁闱清夜"二词并非组词。

　　"烟深水阔""鸾衾凤褥"二首有可能是同一主题的组词,因二者章法句法相近,而且"远泛潇湘"之境正适用"烟深水阔"来描述。李白一生中多次到潇湘一带游历,留下了大量抒写自己与亲朋"远泛潇湘"情景的诗篇。如《远别离》的"帝子泣兮绿云间,随风波兮去无还。恸哭兮远望……苍梧山崩湘水绝,竹上之泪乃可灭"、《临江王节士歌》的"洞庭白波木叶稀……风号沙宿潇湘浦,节士悲秋泪如雨"、《留别曹南群官之江南》的"帝子隔洞庭,青枫满潇湘。怀君路绵邈,览古情凄凉"、《陪族叔刑部侍郎晔及中书贾舍人至游洞庭》的"帝子潇湘去不还,空余秋草洞庭间"等,都用了《九歌·湘夫人》中"帝子降兮北渚,目眇眇兮愁予。袅袅兮秋风,洞庭波兮木叶下"的意境与湘妃思舜泣竹成斑的典故,因其与李白忧世、不遇、怀远的心境多有契合。故词中"烟深"二句、"花貌"以下六句很可能也暗用了这些意境、典故。

李白758—760年间在流放途中常在潇湘一带盘桓,参看其上元元年(760)将离江夏时所作《禅房怀友人岑伦》云:"归鸿渡三湘……空长灭征鸟,水阔无还舟。"即类似"烟深水阔。音信无由达"之境。再参看乾元二年(759)遇赦至江夏时所作《江夏使君叔席上赠史郎中》云"昔放三湘去,今还万死余"、同年所作《鸣雁行》云"客居烟波寄湘吴,凌霜触雪毛体枯……闻弦虚坠良可吁",自述被流放潇湘后的艰险忧惧与对远行友人的思念,故在词中很可能是从对面写来,想象女主人公挂念远泛潇湘的夫君。《长干行》云"湘潭几日到,妾梦越风波……自怜十五余,颜色桃花红"也即"花貌些子时光。抛人远泛潇湘"之境。

李白此二词中与诗相类的精彩意境,还有如词中"惟有碧天云外月。偏照悬悬离别"与诗中"夜悬明镜青天上,独照长门宫里人"(《长门怨》)、"天借一明月,飞来碧云端。故乡不可见,肠断正西看。"(《游秋浦白笴陂》)描绘的都是不解人意的月照,正所谓"有我之境"。又如词中名句"夜夜长留半被,待君魂梦归来"与诗中"美人去后空余床。床中绣被卷不寝,至今三载犹闻香"(《长相思》)、"卷帷望月空长叹,美人如花隔云端……天长路远魂飞苦,梦魂不到关山难"(《长相思》)、"锦衾与罗帏,缠绵会有时。"(《相逢行》)描绘的都是痴心守候的深情。

四、连理枝:疏密相成的奇变体势与大体相似的意境

李白名下存有《连理枝》词二首,词调格律及词如下:

单调三十五字,七句、四仄韵。
中仄平平仄。中仄平平仄。中仄平平,中平仄仄,中中中仄。仄中

平中仄仄平平,仄平平仄<u>仄</u>。

　　雪盖宫楼<u>闭</u>。罗幕昏金<u>翠</u>。斗鸭阑干,香心淡薄,梅梢轻<u>倚</u>。喷宝猊香烬麝烟浓,馥红绡翠<u>被</u>。

　　浅画云垂<u>帔</u>。点滴昭阳<u>泪</u>。咫尺宸居,君恩断绝,似远千<u>里</u>。望水晶帘外竹枝寒,守羊车未<u>至</u>。

　　此调以律句为主,唯有第五句可律可拗。别于近体诗的体势特色较多,除上述诸调已用的短句、偶字句、句式长短错综回环外,还有几种他调所无的独到特色:1.第三韵采用由 3 个四字短句构成的三句一节结构。2.第七句采用八言长句。3.全词押韵频率递减,至末二句 13 字才押一韵,相应的文气也趋向疏朗。4.句法新妙:第七句使用领字"喷""望",第八句用领字"馥""守",不仅能成就近体诗中所无的上一下七,上一下四句法,而且能将两句连成一气,使意境更多变,文气更酣畅。总之,这些特色能合成此调疏密相成的奇变体势。

　　此调名即词题,有语义双关之妙,一则连理枝历来被认为是圣朝祥瑞,即如魏晋曹植《木连理讴》云"皇树嘉德,风靡云披。有木连理,别干同枝。将承大同,应天之规";南朝宋王韶之《食举歌》云"木连理,禾同穗。玄化洽,仁泽敷",故此调名与《清平乐》《清平调》一般,都可用以歌颂圣明,这本是应制宫词的题中宜有之意。二则连理枝有妻子忠贞不渝的寓意。东晋干宝《搜神记》所载韩凭夫妻化作连理枝生死相依的典故感人至深。故以此为调名,正宜表现宫人望幸的内容。此二词都以寒日宫人独宿望幸为主题,当如《清平乐》二首与《清平调》三首一样,也是组词,而意象、意境、技法与李白诗也多有相通。李白《白头吟》云:"但愿君恩顾妾深,岂惜黄金买词赋……覆水再收岂满杯,弃妾已去难重回。古来得意不相负,只今惟见青陵台。"《去妇词》云:"罗帏到晓恨,玉貌一生啼……君恩既断绝,相见何年月。悔倾连理杯,虚作同心结。""青陵台"即用韩凭妻自投青陵台后化作连理枝的典故,"连理杯"也是根据连理枝的形状与寓意设计的,此二诗都堪为此调名作注脚,名为"连理",抒写的却是君恩断绝,欲成连理而不可得之恨。

　　前词起二句渲染出与世隔绝的深宫环境与宫人心境——"金翠"本极绚烂,但在"雪""楼""罗幕"的重重"盖""锁"之下,也会显得昏暗不明;即如其女主人,纵使容饰极明艳、内心极思君、表现极殷勤,也难以被关注。对比李白《感时留别从兄徐王延年从弟延陵》云:"鼓钟出朱邸,金翠照丹墀。君王一顾盼,选色献蛾眉。"主题、意象与技法相反相通:词中人美貌痴心未被君王察觉,故强调的是"闭""昏";而诗中美人得君王重视,故强调的是"出""照"。

接下来的三个四字句,描述的是宫人终日倚梅凭栏望君王,而无心于"斗鸭"游戏。参看李白诗《古风》"斗鸡金宫里"、《宫中行乐词》"寒雪梅中尽"、《清平调》"解得春风无限恨。沉香亭北倚阑干",与此词境虽有哀乐之别,对宫廷意象的选择、描写却相似。李白有诗名《至鸭栏驿上白马矶赠裴侍御》,所谓"鸭栏"即是临湘中相传为吴建昌侯孙虑所建的斗鸭栏,"斗鸭"游戏在宫廷流行已久,与"斗鸡""斗草"一样,都是宫中富有生趣,却只能稍慰寂寞的游戏。而用"香心淡薄"来形容终日独处心境,则与李白《江上望皖公山》的"独游沧江上,终日淡无味"相似。

末二句配合两个领字"喷""馥"与舒畅体势,营造出香烟弥漫笼罩的浓烈馥郁意境。如上所述,此种喷薄生动的意象本是李白诗词中惯用的,兼能象征蓬勃涌动的情思。李白《代寄情,楚词体》云:"君不来兮,徒蓄怨积思而孤吟……留余香兮染绣被,夜欲寝兮愁人心。"《长相思》云:"床中绣被卷不寝,至今三载犹闻香。香亦竟不灭,人亦竟不来。"也正可为此意境作注脚。

后词中最为出彩,堪称警句的是"咫尺宸居,君恩断绝,似远千里"。同样是以宫女自述口吻道出的妙论,精辟入理能服人,哀婉欲绝能动人。李白诗中常见咫尺千里的意象,如《宣州九日…寄崔侍御》"咫尺不可亲,弃我如遗舄"、《观元丹丘坐巫山屏风》"高咫尺,如千里"、《少年行》"报仇千里如咫尺";也常见渴望君恩,唯恐君恩断绝的意象,如《去妇词》的"君恩既断绝"与此词句表述完全相同,又如《白头吟》的"但愿君恩顾妾深,岂惜黄金买词赋"、《赠裴司马》"君恩移昔爱,失宠秋风归",所用的陈皇后与班婕妤典故都出自汉宫,情致也与此词略同,因此,在李白宫词中出现这样的佳句自在情理之中。

再看此词起二句,描述宫人相思泪点滴落在云帔上的凄美意境,与李白《乌夜啼》"独宿孤房泪如雨"、《学古思边》"相思杳如梦,珠泪湿罗衣"、《幽涧泉》"泪淋浪以沾襟"相类。所用"昭阳"典故堪称李白宫廷诗中最常用典之一,如《宫中行乐词》的"飞燕在昭阳"、"昭阳桃李月"、《永王东巡歌》的"春风试暖昭阳殿"、《长信宫》的"月皎昭阳殿"、《清平调》的"可怜飞燕倚新妆"、《阳春歌》的"飞燕皇后轻身舞"等。而末二句妙在将湘妃泣竹成斑与晋宫人取竹叶引帝羊车这两个典故巧妙融合在一起,配合两个领字"望""守"与舒展体势,突显出遥遥无踪,望眼欲穿之感。李白诗中类似的意境如《劳劳亭歌》的"苦竹寒声动秋月,独宿空帘归梦长"、《远别离》的"苍梧山崩湘水绝,竹上之泪乃可灭"、《玉阶怨》的"却下水晶帘,玲珑望秋月。"

五、小结:诗词对照可证词祖非虚誉

按照精彩独造处相似、取境习惯相似、多重相似的标准,李白名下词中,《菩萨蛮》《忆秦娥》二调诸词、《清平乐》前二词都与李白诗高度相似:

一则词中除因体势成就的独造处为诗所难及外,其他因炼字、选题、取境、谋篇、立意等形成的精彩独造处都见于诗。

二则每首词都能找到符合大幅多重相似标准的诗作,不仅意象、意境、章法、技法多有相通,在体势上也有相通处:《菩萨蛮》调以五言句为主,而与《菩萨蛮》二词大幅多重相似的《寄当涂赵少府炎》与赠内、代内赠诸诗都是五言古诗;《忆秦娥》调句式长短错综回环,仅三句沿用七言基本律句,而与《忆秦娥》词大幅多重相似的《灞陵行送别》是七言古诗,句式也具有长短错综回环的特点,即如《李太白诗醇》云:"长短错综,亦一奇格也"①;《清平乐》调除倒数第二句外句句入韵,而与《清平乐》前二词大幅多重相似的《白纻辞》二诗也是除其二倒数第二句外句句入韵。

三则几乎每句意境,甚至每个意象都能在李白诗中找到踪迹,有不少意境、意象还是李白诗惯用的。

这样大的相似度不可能是巧合,鉴于唐五代时词体意识尚未自觉,尊体意识尚未形成,没有刻意模仿李白诗填词的动机,而且模仿之作也难得如此造诣,如此神似,因此,这些词确实为李白所作的可能性最大。

《连理枝》二词虽不能在李白诗中找到多重相似的对应诗作,但符合精彩独造处相似的标准、基本符合取境习惯相似的标准,故确为李白所作的可能性也较大。而《清平乐》后三词在独造与取境上与李白诗的相似处也有不少,在意蕴、风神上也多有相通。可能是李白所作,也可能是其他作者所作,因李白在当时词名颇著,而这些词风又与李白相类,故在唐末五代词体流行后被误归入李白名下。

依据李白诗词中内证,可推测诸词大致的创作时间与背景:各调宫词应是李白在天宝初年供奉翰林期间所作的,包括《清平调》三首、《连理枝》二首、《清平乐》"禁庭春昼"、"禁闱清夜"、"画堂晨起"三首,有可能借鉴了开元十三年(725)所作《白纻辞》与开元十四年(726)所作《杨叛儿》等诗境。这三调都是调名即词题,调名中歌颂圣明寓意本是宫词题中宜有之意,应是当时

---

① 詹锳主编:《李白全集校注汇释集评》第五册,百花文艺出版社1996年版,第2377页。

宫中流行的教坊新调。而《清平乐》"烟深水阔"、"鸾衾凤褥"二词有可能是李白在758—760年间流放途中,经过潇湘一带时创作的。《忆秦娥》一词很可能与天宝三载(744)春在长安所作的《灞陵行送别》创作时间相近,而词稍后于诗,因此诗为纪实之作,而词为神游万里,思接千载的升华之作。词中对秦娥典故的感悟与李白初至长安的开元十八年(730)所作《凤凰曲》与《凤台曲》、上书请离京还山的天宝三载所作《上元夫人》与《寓言》等诗境相通。此调名即词题,有可能是李白离开长安前与教坊乐工合作创制的。《菩萨蛮》(平林漠漠烟如织)一词很可能作于天宝十四载(755)《寄当涂赵少府炎》之后,因此诗为纪实之作,而词为代言体。《菩萨蛮》(举头忽见衡阳雁)一词很可能是李白在离家远行时自代内赠之作。此调名非词题,应是李白依据在供奉翰林期间接触到的教坊词调创作的。此二词都是离情词,故原调主题有可能也是与离情有关的,或是偏向哀婉的。

在词调体势上,继承了古体诗灵变的句式、句法、对法、韵法,借鉴了近体诗精工谐美的格律与流行燕乐的繁音促节[1]。诸词以律句为主,偶有一二拗句,故比古体诗更为精工谐美,又具有燕乐所无的中原声律特色。除《清平调》与近体七绝无异外,其余各调大都具有句短、韵密的特色,《连理枝》兼用长句、疏韵,各调章法、句式、句法、对法、韵法变化颇多,跌宕、陡转、错综、重叠、回环、宽对、工对、领字、折腰、疏密相成兼而有之,因此,体势之巧妙灵活,不仅远胜于近体诗,也为古体诗所难及。即体成势的意境也同样新妙灵变。而在各调中占据主流的句短、韵密、变化繁多特色,也使其比诗体更为繁促,更适合表达细美柔婉的意境。

依据李白诗中内证,李白词能在盛唐时率先成就这样新妙灵变的体势,主要因其兼擅各体诗,尤擅古体诗,而古体诗中又借鉴了近体诗律,传承了古乐府、民歌风情,偏爱且擅写代言体与室内柔情意象,而且在句式、句法、韵法、对法上的灵变程度也为他家古体诗所难及。

李白《菩萨蛮》的格律,即是后世文人词中通行的格律,参看敦煌曲子词,共有《菩萨蛮》15首与残篇1首,都是律词,其中4首与残篇1首[2]格律与李白词全同,风格相对婉雅,很可能也是文人之作。其余11首格律与李白词大同小异,风格以俚俗率露为主,应该大都为民间之作,变化方式主要

---

① 田玉琪《词调史研究》:"词调音乐与传统音乐最主要的区别是音节繁复,节奏旋律变化多样。"(第29页)

② 即(清明节近千山绿)(朱明时节樱桃熟)(香销罗幌堪魂断)(霏霏点点回塘雨)与残篇(羞着旧罗裳)

有三种:1.基本律句互换。有 7 首都用此法,最常用的是下片第一句换成"仄仄中平仄"①。2.添少量字。(再安社稷垂衣理)(昨朝为送行人早)(自从宇内充戈戟)3 首添 1 字,(自从涉远为游客)1 首添 2 字,(枕前发尽千般愿)1 首添 6 字,添字通常位于句首。3.个别字出律出韵。(御园照照红丝罗)(枕前发尽千般愿)(再安社稷垂衣理)3 首有 1 字出韵,(自从宇内充戈戟)1 首有 1 字出律。其实,对比敦煌曲子词与唐五代文人词中的同调小令,如《天仙子》《破阵子》《浣溪沙》《鱼歌子》《临江仙》《望江南》等,便会发现《菩萨蛮》词调的上述情况是普遍存在的。可见当时律句,尤其是基本律句已在词中通行,只是文人词比民间词律更精严,也因此更适合表现婉约的意格。

　　李白在天宝初年供奉翰林,常奉旨作词,以供教坊乐工演唱,故比一般文士更有机会接触到各种教坊新调,所作新词既能配合流行的曲调韵律,呈现出前代各体诗中未有的繁促体势;又融入了中原诗律与文士风格——当时近体诗格律能成熟并流行,正因时人感受到此种格律比古体诗更为谐美,李白同教坊乐师创制新词调时,自然也会投时所好,融合了源自胡夷里巷的燕乐与中原流行的近体诗韵律,因此各调词才会以律句为主。

　　综上所述,李白确实创作了不少词,所用词调体势正能体现出两大词源——燕乐繁促韵律与中原流行各体诗体势的融合,在当时独树一帜,与诗体差别比其他盛中唐文人词更显著,即体成势的意境新妙灵变,为诗体所难及,正能为晚唐温庭筠引领的花间词导其先路,对奠定词体本色颇有帮助。因此,无愧于词祖之名。

第二节　李白词传播与接受考论

　　本节主要通过辨析李白词在传播与接受中,未得足够重视或存在较多争议的几个重要问题,来探讨李白的词史、词学史地位。在此基础上,论述正变观对李白词学史地位的影响。

一、当时寡和而代有传承的本色词祖

　　李白词在唐五代期间的传播与接受情况如何,是关系到词体生成与本

---

① 共有 6 首采用,即(千年凤阙争雄弃)(自从銮驾三峰住)(常惭血怨居臣下)(枕前发尽千般愿)(敦煌古往出神将)(数年学剑攻书苦)。

色奠定的重大问题,却因受文献记载缺失与真伪之争的干扰,长期未得足够重视。

就体势传承而言,李白词调堪称词史上具有创始地位与跨时代影响力的奇葩。盛中唐文人词调全为令词,用调情况可参见附表1。盛唐词调尚少,但影响力不容小觑,可分为三类:1.六言句主导类,包括《回波乐》与《清平乐》二调。2.基本律句主导类,包括《好时光》《菩萨蛮》。3.混合类,包括《忆秦娥》《连理枝》。其中,始见于李白的词调体势最灵变,已能展现出迥别于诗的鲜明特色。主要表现有:句式灵变、趋短,兼有三至八言句,以律句为主,兼有拗句与折腰句;除《连理枝》用了一句八言长句外,其余句式都等于或短于近体诗;韵法灵变、趋密,擅用换韵、短韵①、叠韵,4调共40句,仅8句不入韵。至中唐时文人填词之风初步兴起,延续了李白词调句短、韵密、灵变的主流特色;但受声律造诣与创作习惯影响,罕有能驾驭混合类词调者,普遍采用的是与诗体更为接近的其他两类词调:属六言句主导类的有4调,属基本律句主导类的有10调②。

具体而言,六言句主导类词调较流行。其中,《回波乐》《谪仙怨》《三台》3调体势与六言诗相同,全由整齐的六言句组成,四句或八句,除首句入韵者外,两句押一韵。《调笑》《宴桃源》都是单调,除《宴桃源》中的一个五言律句外,均为二、六言偶字句式。句句入韵,堪称词眼的都是格律连贯,内容重叠的二言短韵句:"中仄。中仄。"《宴桃源》未换韵,《调笑》则采用平仄韵错叶格,别具"转应"之妙。而始见于李白词的《清平乐》体势最独特,也最灵变:双调,上片体势实已与混合类词调无异,句式极灵变,依次由四、五、七、六言四种奇偶字兼有的句式组成,句句入韵,押仄韵;下片转押平声韵,相应的句式变整齐,沿用首句入韵的六言四句诗格式。因此,具有句短韵密,先开后阖,先声跌宕夺人,余韵平缓悠扬的特色。历来认为六言诗"难工"③,作者不多,只因其音节整齐,句法变化少,虽有圆转之美,却也有单调之弊;而《调笑》《宴桃源》《清平乐》体势与六言诗同中有异,正能扬长避短——句更短,韵更密,有助于加强圆转之美;而句式、韵脚、结构的变化,又有助于防止单调之弊。

基本律句主导类词调最流行,名作数量也最多。其中,唯有唐玄宗《好

---

① 短韵,指位于起句或连接在韵句后的一至四言韵句,因比近体诗中最短的五言韵句更短,故称,能集中体现出句短韵密的体势特色。
② 参见附表1《盛中唐文人词用调分析》。
③ 洪迈著,穆公校点:《容斋随笔》,上海古籍出版社2014年版,第245页。

时光》兼有六言句,其余各调均纯用奇字句式,包括三、五、七言;唯有始见于李白词的《菩萨蛮》采用平仄韵转换格,其余各调均不换韵。中唐文人词调均属不换韵的纯奇字句式。名家有张志和、刘禹锡、白居易等,名篇常用调有《渔父》《竹枝》《杨柳枝》《忆江南》《浪淘沙》等。各调均未使用折腰句法。常用且有影响力的句式组合有三种:1.“五五”“七七”式。本为诗中最常见的组合,自然能流行。2.“三三七”式,如《渔父》《拨棹歌》《长相思》《步虚词》中都有,前代不少诗中已有,在后世词调中,此式及同类组合(“三三五”“三三六”)都颇为流行。因其体势匀称、稳健、骈散兼宜,其原理与搭积木是一样的——最常用的方式是将两个等长的短积木,搭在一个与两个短积木总长差不多的长积木上,只因这种结构和谐中有变化,更匀称,更稳健。3.“七五”式结尾。如《长相思》《忆江南》。在后世流行词调中也常用。因其能利用诗中常用的五七言句与渐变式组合,表现出别于齐言诗的摇曳、聚焦效果。

混合类词调与流行诗体差别太大,不符合当时文人的创作习惯,故仅见李白《忆秦娥》《连理枝》二调。独树一帜的特色主要有:1.句式极灵变。仅有小半为基本律句,兼有其他词调所无的四、八言句,都采用长短错综回环的组合方式,此类大开大阖,变化多端的体势尤难驾驭,相应的意境若能开阖自如,则有奇气壮采,否则便支离破碎,形神俱散,所以直至五代都罕有作者。2.句法新妙,《忆秦娥》上下片末用八字折腰句,《连理枝》末二句采用了领字,从而形成了他调中所未有的八言长句与上一下四句法的五言句。

总之,李白词在盛中唐文人词中,能代表、引领时尚的鲜明特色是以律句为主、句短、韵密、奇偶句灵活混搭、平仄韵灵活转换、句法灵活变化,这些特色本就比诗体更适合表达细美柔婉意境,故诸词内容大都为清景、柔情、逸思。他人他调也普遍体现出句短、韵密的趋向,但罕见短、密如李白词者;奇偶句混搭的仅有《好时光》《宴桃源》,平仄韵转换的仅有《调笑令》;未见有如李白词般用领字来变化五、七言句法者。因此,李白词能代表、引领时尚的关键原因是文坛声望高、产生时间早与特色鲜明;而当时寡和的关键原因是句式、句法、韵法新巧灵变,非他人他调所能及。直至唐末另一位词祖温庭筠词中,李白的《清平乐》《菩萨蛮》与混合类词调才得到继承发扬,最终成为唐末五代流行词调;李白诸调中各种鲜明、独到的特色也得以发扬光大。

就意境传承而言,中唐时与李白一样兼擅诗词的白居易,在词中只偏爱基本律句主导类纯奇字句式词调,但在诗中对李白词境却多有借鉴,最常用的是李白《清平乐》中“女伴莫话孤眠。六宫罗绮三千。一笑皆生百媚,宸衷教在谁边"的意境与"连理枝"的意象。如《后宫词》云:"雨露由来一点恩,争能遍布及千门。三千宫女胭脂面,几个春来无泪痕。"与《清平乐》所见略同,但用直接议论的方式表达,说理味太浓,反不如李白词以宫人口吻道出那样姿态生动,情韵感人。而如《长恨歌》云:"回眸一笑百媚生,六宫粉黛无颜色。"继承了《清平乐》词境而反用其意,却有出蓝之妙:李白原词中"三千""皆"的形容,不过能突显妩媚之多,以数量胜;而此诗加入"回眸"的生动意态,再以"六宫粉黛无颜色"反衬,更能彰显"一笑百媚生"的魅力无与伦比,以质量胜。至宋代谢绛《菩萨蛮》云:"一瞬百般宜。无论笑与啼。"又进一步变化出新,可知善创还须善因。再如《长恨歌》云:"昭阳殿里恩爱绝……在天愿作比翼鸟,在地愿为连理枝。"李白应制诸宫词中也以"昭阳"飞燕指代唐宫杨妃,以"连理枝"寄托相思望幸之情,因李白本是杨妃时人,宫词所写也是玄宗宫廷,故在描写帝妃爱情的诗中化用李白词意象,正是擅用典的表现。由此可见,白居易未使用李白词调,并非未见过或不喜爱李白词,只是用调习惯与能力不同。

唐末五代《花间集叙》将李白奉为词坛先驱,并强调他有"应制《清平乐》词四首",故《花间集》中对李白词意境多有传承。备受青睐的是李白《清平乐》中最精彩的"谁道腰肢窈窕,折旋笑得君王"与"一笑皆生百媚",如尹鹗的《清平乐》"芳年妙伎……轻笑自然生百媚……赚得王孙狂处,断肠一搦腰肢。"孙光宪《南歌子》的"窈窕一枝芳柳入腰身。舞袖频回雪,歌声几动尘。慢凝秋水顾情人。只缘倾国著处觉生春"、《应天长》的"窈窕年华方十九。鬓如云,腰似柳。妙对绮筵歌醁酒"等。孙光宪对李白词尤为钟爱,词中传承痕迹不少,除上述二词外,的还有《河渎神》的"小殿沉沉清夜。银灯飘落香炧"、《更漏子》的"下珠帘。满庭喷玉蟾。"都明显承自《清平乐》"禁闱清夜"上片词境。鉴于他有传承李白词的习惯,故《南歌子》的"愿如连理合欢枝,不似五陵狂荡,薄情儿"也有可能借鉴了李白词中"连理枝"意象与《菩萨蛮》(举头忽见衡阳雁)技法。牛峤《望江怨》的"倚门立。寄语薄情郎,粉香和泪泣"同样用了李白《菩萨蛮》"叵耐薄情夫。一行书也无。泣归香阁恨。和泪掩红粉"的意境。再如温庭筠《清平乐》(上阳春晚)的宫词题材、点明时地的起法、以宫人口吻叙论抒情的技法都承自李白《清平乐》(禁庭春昼)、(禁闱清夜)二词,而"凤帐鸳被徒熏。寂寞花锁千门"的意象也承自李白的"鸳衾凤褥。夜夜常孤宿""喷宝猊香烬麝烟浓,馥红绡翠被";欧阳炯《更漏子》(三十六宫秋夜永)全篇都是化用李白《清平乐》《连理枝》诸词境等等。

南唐君臣词中对李白词意境也多有传承,受青睐的除《清平乐》外,还有

《忆秦娥》。如李煜《谢新恩》云"秦楼不见吹箫女，空余上苑风光……碧阑干外映垂杨。暂时相见，如梦懒思量"，冯延巳《更漏子》云"夜初长，人近别。梦断一窗残月"都由李白《忆秦娥》上片中脱化而出。冯延巳词中化用李白词境处尤多，如《鹊踏枝》的"水阔花飞，梦断巫山路"、"夜夜梦魂休谩语。已知前事无寻处"、《舞春风》的"少年薄幸知何处，每夜归来春梦中"、《酒泉子》的"天长烟远恨重重"、《应天长》的"水阔天遥肠欲断"等，都用李白《清平乐》："烟深水阔。音信无由达……尽日感事伤怀……夜夜长留半被，待君魂梦归来"词境。又如《采桑子》的"愁颜恰似烧残烛，珠泪阑干"、《菩萨蛮》的"红烛泪阑干……和泪拭严妆"，都用李白《清平乐》"更被银台红蜡烛。学姜泪珠相续"与《菩萨蛮》"和泪掩红粉"词境。再如《谒金门》的"手挼红杏蕊。斗鸭阑干独倚……终日望君君不至。举头闻鹊喜"，则融合了李白《连理枝》"斗鸭阑干。香心淡薄，梅梢轻倚"、"望……守羊车未至"与《菩萨蛮》（举头忽见衡阳雁）诸词境。而冯延巳也是唐五代除李白外，惟一一位有《忆秦娥》词传世的作者。

综上所述，李白凭借诗仙的天才造诣与供奉翰林的独特经历，创作出新妙灵变的各调词，带给时人以新颖、别致、独到的审美体验，从宫廷流播开来。受文体发展与作者造诣的限制，在当时曲高和寡：就文体而言，盛唐时诗体作为"一代之文学"，生命力正旺盛，符合抒情审美的时需，故新制词调尚不具备从诗体中脱胎，自立一体的必要与条件。就作者而言，其他盛中唐文人因缺乏李白那样独特的经历与天赋，普遍不具备驾驭奇变体势词调的需要与能力。尽管如此，其影响却不容忽视，颇能代表与引领文人填词的新时尚：在盛中唐文人词中，李白词调虽因体势太过特异前卫，而罕见能直接继承者，但句短、韵密与韵、句灵变的特色却得到传承，成为时尚；李白诸词在现存唐五代文献中虽未有收录，但其意境在中唐五代现存诗词中的传承痕迹却依然可考。唐末五代温庭筠及其引领的花间词更堪称李白词调的隔代知音，促成了词体本色（详见下节）。

二、真伪之争源于正始词祖之争

当今学界尽管一直无切实证据来证明李白词为伪[①]，但大都陷入李白词真伪之争由来已久，不为无因的思维模式中，故总习惯给李白词戴上存疑

[①] 当代收录唐五代词与李白作品的重要论著，如曾昭岷等编《全唐五代词》、田玉琪《词调史研究》、安旗主编《李白全集编年笺注》等，多认为李白词虽真伪难辨，但无实据证伪的诸词，还是应归入李白名下。

的帽子,也因此在论述词史地位与源流时总显得底气不足。因此,要为李白词正名,探讨真伪之争的起因颇有必要。

李白在词史上实至名归的地位主要有二:一是文人词先驱——只有文人参与作词,词才有可能作为一种文体受到关注并得到长足发展。二是词体本色先导。但在古典词论中,李白词还有一个更为显赫的词史地位——统摄各派的象征性正始词祖。唐宋词史上最重要的几个词风各异,引领时尚、分庭抗礼的体派领袖——唐末五代花间词派领袖温庭筠、南唐词派与宋初台阁词人群领袖李煜、刚健宏雅词派领袖苏轼、南宋清雅派领袖姜夔的支持追随者都将李白词奉为正始词祖,又都以李白词的嫡传自居,并以此为据,与其他体派争夺正宗地位。只因李白其人与名下诸词的结合在正变语境中可谓相得益彰,能近乎完美地契合于人们对正始词祖的各种期待:

一是问世早、时代好、声望高,其人其世其词具有后世名家词所难及的时代与身份优势。就时代而言,据《全唐五代词》,现存李白词共13首,其中最受瞩目,堪称名作的是《花庵词选》选录的7首①。这样的存词与名篇数量,在前代与同时文人中已是首屈一指,在词体雏形初现的盛唐更是难能可贵。就身份而言,李白集高尚人品与诗坛正宗于一身,又经历了盛衰交替的世运,诗词中兼有盛世正声与衰乱世权变声,故对希望推尊词体的正变论者而言,词体兴起于晚唐的观念一直使其蒙受诗体末流、亡国邪音之讥,而将李白奉为词祖,正能使词体摆脱恶名,跻身正宗。

二是李白诸词特色独到鲜明、造诣高、容量大,正能满足后世不同风格的诸家各派攀附及取法的需求。李白诸词以句短、韵密、变繁的体势为依托,以代言体为主,以自然柔美为底色,直、婉、浓、淡、疏、密、精、浑、纤、宏诸格并包,喜、怒、哀、乐诸情兼容,能灵活运用抒情、描写、叙述、议论的表达方式,适合承载寄托及引发寄托联想,语言文雅而能通俗,因此,能展现出别于诗的独到特色,富有变化之妙与相反相成之美。

更难能可贵的是,其中最受瞩目且能奠定其词祖地位的《菩萨蛮》(平林漠漠烟如织)与《忆秦娥》二词,能利用独到体势,在柔美的题材、基调中,呈现出本色词中少有的恢宏气象与顿挫力量,故能同时受到历来泾渭分明,最难调和的刚柔二派词拥护者的推重。试看历代论者对此二词的评价,如"'西风残照,汉家陵阙'以短而工也"(刘克庄《后村先生大全集》)、"悲凉跌荡,虽短词,中具长篇古风之意气"(《古今词统》评《忆秦娥》)、"节短韵长,妙

---

① 即《菩萨蛮》(平林漠漠烟如织)《忆秦娥》《清平乐》(禁庭春昼)(禁闱清夜)《清平调》三首。

有一气挥洒之乐。结笔音节绵邈,神味无穷"(陈廷焯《云韶集》评《忆秦娥》)、"繁情促节"(刘熙载《词概》评《菩萨蛮》)等,强调的都是二词源于诗而别于诗的体势之妙。又如对《菩萨蛮》的评价有"柔澹闲远"(宋征舆《唐宋词选序》)、"入首二句,意兴苍凉壮阔。第三、第四句……又自静细孤寂,真化工之笔……至结句,仍含蓄不说尽,雄浑无匹。"(黄苏《蓼园词选》)等,对《忆秦娥》的评价有"凄婉流丽"(顾起纶《花庵词选跋》)、"有林下风气"(沈际飞《草堂诗余正集》)、"俊逸悲凉"(宋征舆《唐宋词选序》)、"长吟远慕"、"声情悲壮"(刘熙载《词概》)、"纯以气象胜"(王国维《人间词话》)等,可见二词刚柔纤宏相济的特点。

因此,才能在流变论中包含主流风格迥异的各派名家,也因此决定了其在风格、意蕴上与这些名家词似是而非,渊源关系只能是象征性,而非实质性的——大多数名家都能从李白词中找到与其主流词风类似的词,却难以仅凭一、二首词风的相似,论证为嫡传神似。

三则李白名下诸词以代言体为主,题材都是宫词或离思词,在古典语境中非常适合用以寄兴及引发寄托联想;而词有寄托,大有助于抬高词境词格,垂范后世。只因当时以男女关系类比君臣关系的思维模式深入士心,而宫人与君王之间本就兼有男女与君臣关系,应制词又以君王为预期读者,所以在宫词,尤其是应制宫词中寄托身世之感是理所当然的。至于离思词,更是常以乡关之思通于家国之思,以女子思君之情寄托臣子思君之意。如上所述,李白词中除《菩萨蛮》(举头忽见衡阳雁)一首敢怒敢怨,并无寄托外,其余均是婉约蕴藉,痴心不渝,其中对怀美无偶女子遭际、处境的精辟议论也通于怀才不遇的文士,大都原本就寄托了作者的身世之感,也极易引发寄托联想。因此,将李白奉为词祖的古典词论都注重从寄托的角度来解读、评价李白词。

在词体正变论中,李白词的上述特点使其能成为统摄各派的象征性正始,却也使其词史地位与源流关系备受争议——既然词祖身份显赫且完美,与诸家各派的渊源关系容易建立却难以落实,那么,诸家各派要推尊自己所崇尚的词风,便有两种捷径:

一是攀附。将李白奉为正始词祖,设法在李白名下诸词中选出符合自己审美好尚的意蕴、风格,特别标举为正始特征,进而让己所崇尚的一脉词风与李白词攀上渊源,尊为正宗。明代论者推尊《草堂诗余》,云间诸子提出词坛"三李"说来推尊南唐北宋一脉词,晚清刘熙载、沈祥龙推尊苏轼、辛弃疾一脉词,采用的都是这种方法。此法的优势是便于立说,而缺陷是能立不能破,因立论依据本就十分薄弱,故只能各自立说,而无法互相辩难。

二是辨伪。论者若觉得李白名下诸词有部分不符合自己的审美好尚,便设法将其论证为伪作,如此既能维护李白作为词祖的声誉,又能更好地为己说张目;若是觉得李白名下诸词完全背离自己的审美好尚,则索性将它们都论证为伪作,进而推翻李白的词祖地位。

考察李白词的接受史,便会发现李白词的真伪之争兴起较晚,实质上是正始词祖之争。

在词论初兴的五代北宋,五代欧阳炯《花间集叙》、宋初《尊前集》、文莹《湘山野录》、北宋末邵博《邵氏闻见后录》等文献陆续收录在体势上别于诗的《清平乐》《菩萨蛮》《连理枝》《忆秦娥》诸词,并将其归入李白名下。相关论述普遍认可李白词坛先驱的身份,对诸词评价较高,从表述上看,都认为斯人配斯词理所当然,时人对此也未感到惊异或提出质疑。如文莹《湘山野录》录《菩萨蛮·平林漠漠烟如织》词云:

> 此词不知何人写在鼎州沧水驿楼,复不知何人所撰。魏道辅泰见而爱之。后至长沙,得古集于子宣(曾布 1036—1107)内翰家,乃知李白所作!①

末句流露出的是慧眼独识,理所当然之意——难怪词如此可爱,原来是出自词坛名家李白之手。那么,是否有可能是为了推尊此词与标榜见识,才将其附会在李白名下的呢?倘若如此,也恰能证明李白在当时词名颇著,且词风与此词颇相似——只因此类附会只会选择同领域的名家,且普遍会选择风格相近的名家,才有说服力。北宋元丰(1078—1085)时高承《事物纪原》依据《花间集叙》与《湘山野录》的记载,率先提出李白比温庭筠更适合称为"小词"之"始"的观念②。北宋末邵博的《邵氏闻见后录》录《忆秦娥·箫声咽》词后评云:"李太白词也。予尝秋日钱客咸阳宝钗楼上,汉诸陵在晚照中,有歌此词者,一坐凄然而罢。"③已能切身感受到此词境能在衰乱世中兴起家国兴亡之感。此时尊体意识尚不强烈,大都是就词论词,而未试图通过攀附

---

① 文莹著:《湘山野录》,北京:中华书局 1984 年版,第 15 页。
② 高承《事物纪原》云:"杨绘《本事曲子》云近世谓小词起于温飞卿……《花间集》序则云起自李太白……又曰近传一阕,云李白制,即今《菩萨蛮》,其间非白不能及此,信其自白始也。"(邓子勉编著:《宋金元词话全编》上册,凤凰出版社 2008 年版,第 203 页。)
③ 邵博著:《邵氏闻见后录》,中华书局 1983 年版,第 151 页。

李白以推尊词体或为自身词学观念张目——"小词"之"始"显然算不上是如何尊崇的地位,因此,对李白词的判断与感受应是相对客观的。

在尊体意识增强的南宋,黄昇《花庵词选》(刊刻于淳祐己酉年,1249)率先赋予李白《菩萨蛮》《忆秦娥》二词"百代词曲之祖"的尊号,对李白词推尊力度空前;也率先对李白名下诸词的作者归属问题提出质疑,认为"唐吕鹏《遏云集》载应制(《清平乐令》)词四首",仅有前两首"禁庭春昼"、"禁闱清夜"值得收录,而"后二首无清逸气韵,疑非太白所作。"①言下之意,是此选悬格颇高,所录李白词都具有"清逸气韵",不愧为词祖。此种仅凭对李白风格的印象臆测的辨伪方式,有欠客观,却能彰显维护词祖名誉、树立取法典范的意图。黄昇选词、论词、填词都体现出追慕姜夔及其引领清雅派词的倾向,故推尊李白为词祖,标榜"清逸气韵",也是为尊体与推尊清雅派词风。

在词体正变观与尊体观兴盛的明代中后期,黄昇的相关论述与李白"百代词曲之祖"的地位得到普遍认可与大力推崇,所选李白词也成为流行程度最高的名篇。此时词坛最流行选本《草堂诗余》就被认为是依据李白的《草堂集》命名的②;而李白词坛先驱的地位也开始受到质疑,此时胡应麟(1551—1602)率先质疑李白名下诸词的真伪,并试图据此来动摇李白的词祖地位。《少室山房笔丛》主张历来公认为李白代表名篇的《菩萨蛮》《忆秦娥》二词与《清平乐》二词均非李白所作,进而提出李白根本不曾填词的观念,由此兴起了关于李白是否为词祖的论争,历时四百余年,绵延至今。综观胡应麟词论,便会发现他否定李白词祖地位的根本目的是要先破后立,所谓:

> 今诗余名《望江南》外,《菩萨蛮》《忆秦娥》称最古。以《草堂》二词出太白也,近世文人学士或以实……原二词嫁名太白有故,《草堂词》,宋末人编,青莲诗亦称《草堂集》,后世以二词出唐人,而无名氏,故伪题太白,以冠斯编也。③

所分析的时人嫁名太白之故,其实也正是他否定太白填词之故——论点虽相反,但通过李白是否为词祖之争,来为自己词学观念张目的思路却是一般无二。前人赋予李白词祖地位是为了尊体,而胡应麟否定李白为词祖

---

① 黄昇选:《花庵词选》,第11页。
② 杨慎著:《词品》,唐圭璋编:《词话丛编》第一册,第421页。
③ 胡应麟著:《少室山房笔丛》,上海书店出版社2009年版,第423页。

主要是为了消解温庭筠所引领《花间》词的正宗地位——只因在他看来李白名下诸词"意调绝类温方城辈",如此才能进一步将李煜所引领的南唐词推为正始词祖,即如他在《诗薮》中云:"后主……乐府为宋人一代开山祖。盖温、韦虽藻丽,而气颇伤促,意不胜辞,至此君方是当行作家,清便宛转,词家王、孟。"①

胡应麟的时代距李白已有八百多年,距将应制《清平乐》词四首列为李白代表作的《花间集叙》已有六百多年,距普遍认可《菩萨蛮》《忆秦娥》二词为李白所作的宋初也有五百多年。按理这样跨时代的辨伪若无切实可靠的证据是难以服人的,考察其论据主要有二:

一是"《菩萨蛮》之名当起于晚唐",这一论据如可靠,确实足以证明《菩萨蛮》词非李白作,但却不足以证明李白不曾填词。更何况这一论据并不可靠,《菩萨蛮》词调在盛唐开元年间崔令钦《教坊记》中已有记载,对此况周颐、詹安泰、任二北等前辈学者所论甚详,不再赘述。

二是认为诸词词风与李白的人品诗风不符。但在具体论述时却如黄昇般仅凭个人阅读印象而无实证,明清间与之辩难的论述也多是如此,这种辨伪方式主观性太强,本就不足为据。如《菩萨蛮》《忆秦娥》二词,在胡应麟看来是"虽工丽而气衰飒……详其意调绝类温方城辈,盖晚唐人嫁名太白",但在晚清刘熙载、沈祥龙看来却是"声情悲壮"②、"以气格胜"③,与温庭筠引领的"婉丽"花间词风迥异。又如《清平乐》二词,在胡应麟看来是"尤浅俚",但在黄昇、张愈光、杨慎等人看来却是有"清逸气韵""填词中有风雅"④的典范。至于说李白"以风雅自任,即近体盛行七言律,鄙不肯为,宁肯事此。"认为李白最擅古体,而不擅写七言律,便是鄙视近体诗,进而推定他必不屑为体更新近的词,同样是以今度古,想当然耳。李白的时代根本没有词体的概念,自然不可能有鄙视词体的观念。按时人的眼光看,像《菩萨蛮》《忆秦娥》《清平乐》这样虽用律句,但句、韵自由变化,又能配乐的体裁,应比近体诗更接近古体诗,而且句式偏短,正是擅写古诗与短律诗的李白应该喜爱且能驾驭的。

---

① 胡应麟著:《诗薮》,第291页。

② 刘熙载著:《词概》,唐圭璋编:《词话丛编》第四册,第3690页。

③ 沈祥龙著:《论词随笔》,唐圭璋:《词话丛编》第五册,第4049页。

④ 杨慎《词品》录此二词后云:"词见吕鹏《遏云集》,载四首。黄玉林以其二首无清逸气韵,止选二首。慎尝补作二首……永昌张愈光见而深爱之,以为远不忘谏,归命不怨,填词中有风雅也。荒浅敢望前人,然亦不孤愈光之赏尔。"(唐圭璋编:《词话丛编》第一册,第427页。)

　　既然这两大论据都不甚有力,为何李白非词祖的论断在后世会产生如此大的影响呢? 笔者认为主要原因有二:一是胡应麟论述中提到的一些现象确实是客观存在,值得思考的。即如上节所述,李白词在体势与意境上确实存在不少特色,在盛中唐文人词中罕见,却与晚唐温庭筠词颇为相似。这些特色的具体表现是怎样的? 在李白的时代能不能产生? 因何能产生? 这些在晚唐被认为是诗体末流的特色,又为何偏偏由被公认为唐诗正宗的李白来促成? 这些都是值得思考的问题,也是本章重点论述的问题。二是胡应麟采用李白诗词对照来辨别真伪的方法本身是符合思维逻辑的,值得借鉴的。胡应麟无法据此得出正确结论,只因他使用不当。故本书上节通过借鉴并改进此法来鉴别李白词真伪。

　　近现代学界尽管已经没有推尊正始词祖以立说的必要,但对李白真伪的论争已成习惯,依然延续。学者在考辨李白词真伪与词史地位时,更侧重从收录情况、词调使用与词体发展情况等方面入手,相关考证虽颇为详实,但所举论据却不足以支持论点。否认李白为词祖的论据主要有三:

　　论据一是盛中唐词体发展尚不成熟,此时其他诗人都未能用如此成熟的词调作词。词体确实要到唐末五代才能定型,但这不意味着在此前不可能出现类似定型后词体的词调。即如五言体诗到汉魏才成熟,但《诗经》中同样出现了少量五言诗。而且即如任二北、木斋、田玉琪等学者所论,《教坊记》中已记载了大量初盛唐的词调,证明此时宫廷中适合配词的新乐已蓬勃发展,而兼擅各体的李白在供奉翰林期间奉旨作新词,自然有机会也有能力成为文人词祖。

　　论据二是诸词在五代以前未见有文献记载。但无传世记载不代表未流传。五代以前词体意识淡薄,不会意识到这些词具有词祖的价值而特别记录保存,而且世易时移,即便有文献记载也可能失传,如宋初文莹曾见过的"古集",南宋黄昇见过的唐吕鹏《遏云集》,在当时已罕见,如今更是失传了。如上所述,在中唐五代传世诗词中可考见李白词的传承痕迹,参看五代北宋提及、收录李白诸词的文献表述与时人接受情况,也普遍认为斯人配斯词理所当然,并未将李白有词当作一个新发现或不可思议事。

　　论据三是《忆秦娥》与《连理枝》词调在五代前未见有其他作者的词传世,直到五代宋初才有人采用。持此论者认为"一种词调出现后,必然流行于世,经多数人采用,体制逐渐完备。"①其实不然,如温庭筠、柳永、姜夔等

---

① 　吴企明著:《莳溪诗学丛稿续编》,苏州大学出版社 2012 年版,第 66 页。

精通音律,大量创调的名家,所创调中都包含了不少孤调、僻调,只因其声律太过新奇生僻,适用性不强。又因时代审美需求不同,词调隔代流行的情况也不少,如温庭筠所创《蕃女怨》便是孤调——唐宋金元间仅存温庭筠词,《荷叶杯》《思帝乡》《遐方怨》等调在宋代也少有作者,但这些词调到了明末清初却作者大增。

综上所述,李白词真伪之辨、词祖地位之争分别由南宋黄昇、明代胡应麟兴起,从兴起时间看,与李白的时代与传世文献将诸词归入李白名下的时代都相距甚远,不合逻辑——李白这样的一流诗人若名下出现大量伪造且体势特异的词,理应在短时间内便引发惊奇与质疑,但从唐五代北宋现存文献中却只能找到传承的痕迹与斯人配斯词理所当然的表述。从起因看,这场论争一开始就不是纯粹以辨伪存真为目的的,实质上是词体正始之争——真伪之辨只是手段,主要目的还是要维护或消解李白的正始词祖地位,进而将符合论者词学好尚的一类词推尊为正宗。这种目的印证了正变观在古典语境中的影响力与李白词祖地位的重要性,却也使论争中掺杂了过多的主观与功利因素,有欠全面客观、细致深入。因此,当今学界不应被李白词真伪之争由来已久,不为无因的思维模式所束缚,而忽视李白词具有奠基意义的重要词史地位。

第三节　温庭筠奠定词体本色的词调体势考论

即如上两节所述,盛中唐是词体在诗体中孕育的时期。盛唐时李白诸词调已能展现出迥别于诗的鲜明体势特色,但因诗体鼎盛,正合时需,故词体不须独立;而且文士填词多限于教坊乐流行的宫廷中,尚未在国中普及,故词体不能独立。至中唐时文人填词之风初步兴起,延续了李白词调句短、韵密的主流特色;但受声律造诣与创作习惯影响,罕有能驾驭李白诸调者,普遍采用的是体势与诗体更为接近的两种词调:一是六言主导类,以六言与二言叠韵句为主;二是基本律句主导类,纯用三、五、七言奇字句式,不换韵。体势更接近近体诗的第二种词调最流行。中唐诗人张志和、刘禹锡、白居易以组词形式大量创作出此类名篇,令此种词调得以形成一类,风靡一时。但此类词调体势与近体诗大同小异,难以凭借如此微妙的差异自立一体。

唐末五代诗受体势与发展阶段限制,已难以胜任"一代之文学"的使命,满足时人表达柔婉情志的迫切需要,故词体从诗体中脱胎独立的时机已到;

而此时的温庭筠精通音律,选用与创制的大量词调,正能顺应时需,担当起奠定词体本色,促成词体独立的大任。温庭筠现存词用调颇繁,共十八调,除《菩萨蛮》《清平乐》《梦江南》《杨柳枝》四调沿用旧调外,均始见于温庭筠词。其中,《南歌子》《归国遥》《酒泉子》《定西番》《河渎神》《女冠子》《遐方怨》《诉衷情》《思帝乡》《荷叶杯》10 调名见《教坊记》,《玉胡蝶》《更漏子》《河传》《蕃女怨》四调名始见于温词。这些词调体势大都自成一格,与此前流行的文人词调、传世的民间词调都差别颇大,故很可能是温庭筠自创或依《教坊记》旧名新制的。各调以律句为主,除《杨柳枝》(八首)外,体势与近体诗相比均有差异,根据变革方式与程度的不同,可分为三种:第一种基本律句占主导,不换韵。基本沿用中唐文人词中最流行的体势,因与近体诗律的差异相对小,意境大都疏朗、圆转,与前代文人主流词风相似,往往被视为温词别调。第二、三种体势与近体诗差别较显著,能将始见于李白词,而罕见于中唐文人词的句极短、韵极密、奇偶句灵活混搭、平仄韵灵活转换、句法灵活变化等特点发扬光大,堪称李白词的隔代知音。此种体势与温庭筠创用的意境陡转法相得益彰,因此能成就密丽、繁促的独到特色,也因此能奠定词别于诗自立一体的本色。相比之下,第二种更具参差自由之美,温庭筠创制的词调大都属此种;而第三种更具对称精工之美,当今学界对温庭筠主流词风的共识——密丽、精艳、冷静、深隐基本上来自这种词调。因此,对比分析这三种词调的体势与意境特色,有助于把握词体本色及其成因。

一、延续中唐主流的第一种词调

第一种包括《梦江南》(2 首)《南歌子》(7 首)《玉胡蝶》(1 首)3 调,特点是体势与近体诗大同小异,以基本律句为主,押平韵,不换韵。唐五代流行词调《梦江南》《南歌子》都沿用了中唐文人词流行的纯奇字句式,《玉胡蝶》除首句为六言拗句外,其余 7 句均为五言基本律句。各调都具有篇短、句短、韵密的特色,故比近体诗更为繁促、精致、富有韵律感;有的词调还兼用了变化结构与参差对的革新方式,故比近体诗更为灵变。各调中,别于基本律句的句式大都能凭借新颖鲜明的特色,在全词中担负关键作用,成为精神汇聚的词眼或意境转换的枢纽。

以较流行的《梦江南》与《南歌子》为例,《梦江南》格律及二词①如下:

---

① 本文引用温庭筠诗词均出自:温庭筠著,刘学锴校注:《温庭筠全集校注》,中华书局 2007 年版。

正名《忆江南》,单调二十七字,五句三平韵。

平中仄,中仄仄平<u>平</u>。中仄中平平仄仄,中平中仄仄平<u>平</u>。中仄仄平<u>平</u>。

千万恨,恨极在天涯。山月不知心里事,水风空落眼前花。摇曳碧云斜。

梳洗罢,独倚望江楼。过尽千帆皆不是,斜晖脉脉水悠悠。肠断白萍洲。

此调始见于白居易词,5 句中有 4 句为基本律句,押平韵,未换韵。别于近体诗的关键处主要有:

1. 起句为三言短律句,如鹤立鸡群,宜以精炼意境总揽或领起全篇。如此二词都是以起句托出景中之人,视野、情绪笼罩全篇。前词"千万恨"以直质情语顿入——短句用重笔,尤见力度;而后词"梳洗罢"如一声轻叹,道出妆成无人赏的遗憾,"罢"字举重若轻。

2. 句式富有变化,前四句句式不断增长,舒展飘逸,故意境要放得开,如此二词配合不断拓展、绵延的视野、思绪,形成由抑郁转开朗(其一)、由孤独、精致转众多、悠远(其二)的意境;末句句式较前句缩短,结构独立,单句入韵,故意境要收的住。如前词起句既重,故宜用"摇曳碧云斜"这样余韵悠扬的景语作结;后词起句轻倩,故宜用"肠断白萍洲"这样斩截有力的情语作结。有论者认为此结句"一语点实,便无余韵"[①],其实不然,如果全词无一真率重语,则太过轻淡,少变化,难动人。二词的主题可概括为"寸心千里目",独倚楼的严妆美人何以能动人? 因其姿容虽娴静,寸心虽微婉,但包含了"千万恨""肠断"一类直质热情,便能"极天涯"——笼罩"水风空落眼前花。摇曳碧云斜""过尽千帆皆不是,斜晖脉脉水悠悠"一类灵动浩渺之景。

3. 第二韵沿用七言近体诗中对句格律,故适合配以工对意境。值得注意的是,此处配合工对后易出佳句,受瞩目,与全词体势密切相关,因其占全词过半篇幅,又有前后长短变化的散句衬托。同样的意境若放回近体诗中,妙处便不如在词中那样彰显。如前词第二韵中著名的对句若换用七绝体"芬芳摇曳碧云<u>斜</u>,万恨千愁宁有<u>涯</u>。山月不知心里事,水风空落眼前<u>花</u>。"因句式整齐,便不如在词中那样风情摇曳,余韵悠扬。

---

① 李冰若评注:《花间集评注》,人民文学出版社 1993 年版,第 37 页。

《南歌子》格律及词(选三)如下：

> 单调二十三字，五句三平韵。
> 仄仄平平仄，平平仄仄<u>平</u>。平仄仄平<u>平</u>。仄平平仄仄，仄平<u>平</u>。
> 手里金鹦鹉，胸前绣凤皇。偷眼暗形相。不如从嫁与，作鸳鸯。
> <u>似带如丝柳</u>，<u>团酥握雪花</u>。<u>帘卷玉钩斜</u>。九衢尘欲暮，逐香车。
> <u>懒拂鸳鸯枕</u>，<u>休缝翡翠裙</u>。<u>罗帐罢炉熏</u>。近来心更切，为思君。
> (加相同下划线处词性相对，下同。)

此调很可能是温庭筠自创调，声律比前代词调更精严，传世的六首温词每个字的平仄都一致。在体势上，乍看去只是将五言律绝末二句顺序调换后，再加一个三字律句作结；但结合内容便会发现，此种变革能使第三句变为独立韵句，从而形成迥别于诗的灵动特色：

第三韵句结构既可独立，发挥承上启下的关键作用；也可与前二句连成一节，适合配以参差对的意境，形成排比铺陈或联动递进的效果。如第一词第三句"偷眼暗形相"，单句成节，写活了少女羞涩而萌动的意态，正宜藏在"手里金鹦鹉，胸前绣凤皇"这样精美冷静的装饰后，转引出"不如从嫁与，作鸳鸯"这样直质活泼的热情。而如后二词前三句连成一节，都使用了参差对，从而化静为动，化美为媚：第二词中连用"似""如""团""握""卷""斜"六个动词，让原本静态的柳丝(象征伊人如柳曼妙的纤体)、杏花①(象征伊人如花明艳的雪肤)、帘钩更富有生趣与情意，自然能引出此后"逐香车"的痴迷冲动之举。第三词中"鸳鸯枕""翡翠裙""罗帐""炉"这一系列闺中精美静物与"懒拂""休缝""罢熏"这一系列静态描写，宛如情感三级跳的助跑跑道，只为托引出心无旁骛、更趋急切的思君情。

总之，温庭筠此种词调体势与中唐文人词中最流行的词调相同或相近，与温庭筠其他词调相比，与近体诗律的差别相对小，句式偏长，故即体成势的意境也依然延续了中唐文人词疏朗清隽的主流风格与圆转渐变的转接方式。但始见于温词的《南歌子》以三字句作结、《玉胡蝶》加入偶字句式，仍属于中唐文人词中所无，且能引领时尚的体势特点(详见下节)。

---

① 有学者认为"团酥握雪花"指梅花，而"柳与梅不同时，当非实指。"(刘学锴校注：《温庭筠全集校注》，第 986 页)其实不然，参看温庭筠《菩萨蛮》"杏花含露团香雪"、《杏花》"红花初绽雪花繁"，可知指的是杏花，与柳同为春日常见植物，谐音"留""幸"，寄托有幸邂逅，甚欲挽留之意，与"逐香车"呼应。

二、能展现独到参差之妙的第二种词调

第二种词调包括《清平乐》(2首)《河渎神》(3首)《女冠子》(2首)《河传》(3首)《蕃女怨》(2首)《归国遥》(2首)《酒泉子》(4首)《定西番》(3首)《遐方怨》(2首)《诉衷情》(1首)《思帝乡》(1首)《荷叶杯》(3首)12调,句式、用韵、结构以参差为主,时见拗句。除《清平乐》始见于李白词外,均始见于温词。

其中,属基本律句主导类的有《女冠子》1调,属六言句主导类的有《清平乐》《河渎神》2调。《河渎神》始见于温庭筠词,为平仄韵转换格,兼用了3种句式,与六言诗的差别已较显著。在唐末五代发展为流行词调的《清平乐》《女冠子》,都兼有了混合类词调的特征。《清平乐》始见于李白词,上片已与混合类词调无异,是盛中唐六言句主导类词调中句式最灵变的,同类词调大都仅用1至2种句式,此调则兼用了4种句式。《女冠子》始见于温庭筠词,格律及词如下:

> 双调四十一字,前段五句两仄韵、两平韵,后段四句两平韵。
> 中中中仄。中仄中平中仄。仄平平。中仄平平仄,平平仄仄平。
> 含娇含笑。宿翠残红窈窕。鬓如蝉。寒玉簪秋水,轻纱卷碧烟。
> 中平平仄仄,中仄仄平平。中仄平平仄,仄平平。
> 雪胸鸾镜里,琪树凤楼前。寄语青娥伴,早求仙。

全调第四至七句格律如五言排律,相应的意境也例用对仗描写铺陈。首尾体势之奇变则为其他同类词调所未见:起三句句句入韵,意境往往连成一体,而体势变化颇多。四六言句组合适合铺陈,时见于混合类词调中,常见于长调中,却罕见于此类词调中。此后又骤阔为三言短句,且换韵,体势更奇,不易驾驭。温庭筠此词胜在起句以"含娇含笑"四字精辟绘出美人神采,先声动人,此后铺陈也因之生色。末句以三言句作结,为此前基本律句主导类词调中所无,宜以精辟语压阵。此词之前描述宛如寻常美人,至此始以"早求仙"三字点明女冠子身份,还算结得不错。另一词云:"早晚乘鸾去,莫相遗。"结句用对话口吻精辟表达出相追随的愿望,更佳。总之,全调句颇短,最长仅五言,兼用4种句式且组合颇奇,兼用2种短韵且换韵,实已兼有了混合类词调的各种特征。

其余8调均属混合类,始见于温庭筠词。混合类此前仅见李白《忆秦

娥》《连理枝》,均包含 3 种句式,全为律句,未换韵。《忆秦娥》用 3 个三言短韵,《连理枝》采用了八言长句。而温庭筠词调承中有变,句短、韵密、灵变的特色更为突出,主要表现在:句式多变,各调兼用二、三、四、五、六、七、九言句,一调中最多用 5 种句式,为此前各调所未有;至少也用 3 种句式。尤擅用短句,仅《思帝乡》用了一个长句,二、三言超短句的使用频率远大于此前词调。以律句为主,兼用拗句。擅换韵,除《思帝乡》《归国遥》《遐方怨》外,其余 7 调均有平仄韵转换。尤擅用短韵,除《遐方怨》外,其余 8 调均用短韵。此前词用短韵,一家词调最多用两种句式,一调仅用一种句式,最多用 3 个短韵;而温词各调兼用二言、三言、四言 3 种句式,《酒泉子》《诉衷情》《河传》《蕃女怨》《荷叶杯》五调均兼用两种句式,单调使用频率也显著增加,如《诉衷情》用 9 个短韵,《河传》用 8 个短韵。

此种词调根据题材、意境的不同,又可分为两小类:

(一)主要以户外自然为背景,包括《河传》《河渎神》《荷叶杯》。通过描写采莲、赛神等富有民间风情的活动,抒写主人公的思慕之情。在中唐文人词中,这类以自然风光为背景的词已占主流,颇具自然、质朴、生动的民歌风味。而温词以独到体势来表现此类意境,别具繁促密丽之风与生动逼真之妙。

以《河传》为例,格律及词(选一)如下:

双调五十五字,上片七句两仄、五平韵,下片七句三仄、四平韵。
平仄。平仄。仄平平。中仄中中中平。
江畔。相唤。晓妆鲜。仙景个女采莲。
中中中中中仄平。中平。中平平仄平。
请君莫向那岸边。少年。好花新满船。
中仄中中中仄。平仄仄。中仄中平仄。
红袖摇曳逐风暖。垂玉腕。肠向柳丝断。
仄平平。中仄平。仄平。仄平平仄平。
浦南归。浦北归。莫知。晚来人已稀。

注:第三韵韵脚也可如此词般用回第一韵部,也可如"湖上"一词般换用其他韵部,故标注为"仄"。

相传隋炀帝将幸江都时曾作《河传》,此调名本此,相应的意境也取自江上水边。此调为平仄韵转换格,别于诗的显著特色在句极短、韵极密、句式与韵脚变极繁,拗句较多:平均 3.9 字一句,句句入韵,平仄韵转换 3 次,兼有二、三、五、六、七言句,六、七言句多用拗句,为此调注入质朴古风。

开篇短短七字,连押三韵,换一韵,让人领略到诗体难及的奇变意境:起二句为第一韵,先闻其声,连贯跳跃的体势正宜表现活泼轻快的唤声;接下来的"晓妆鲜"换平韵,寻声见其面,鲜艳照人。如换成基本律句"江边相唤晓妆**鲜**",则韵味全无。此句起转平声韵,正适配以优美意境,而在写景中杂入对话,便不呆板,且文气疏快晓畅,与纯写景的密丽风格不同。设问颇妙,为何要"请君莫向那岸边"呢? 因为那边有"好花新满舡",语义双关,满船的是莲花也是如花惜花人。故过片前三句转第三韵,重点渲染花如何好,"向那岸边"的后果如何严重——"暖""腕""断"三个上、去混用的韵脚正宜表现曼妙灵动的意态,聚焦于采莲人除容颜外最动人的纤纤玉腕上,在其牵动下的柔肠也如柳丝般千回百转、相思欲断。下句又换韵,由精美特写拓展为辽远的求之不得、徒唤奈何情景:平韵舒缓,正如悠悠然四散归去的采莲舟;押韵频繁,则在缓中见急促,透露出求之不得的急切,妙在叙述顺序全按思慕者的心绪,先是南北张望采莲女究竟归向何方,无奈望而不见,"莫知"二字含无限惆怅,最终但见"晚来人已稀",正是"多情却被无情恼"。如换成寻常律句"莫晓归何处,晚来人已**稀**",便无此妙。

与此意境妙处略同的是《荷叶杯》其三的末三句:

仄平平仄仄平<u>仄</u>。平<u>仄</u>。仄平<u>平</u>。
小舡摇漾入花里。波起。隔西风。

同样是妙用拗句与长短句的典范:"里""起"两个密集的上声韵动感十足,正宜表现舡摇波起之速,令伊人转瞬已远,而七字拗句能加强急荡入花里的纷搅之感;末句转平韵,正宜表现人去江空,一切归于平静,唯有思慕心难平。动词"隔"看似无理,无形西风如何能隔? 却甚合情——在目送小舡远去的相思人眼中,推波助澜的风自然是导致彼此阻隔的罪魁祸首。

总之,此种词体势以短句密韵为主,又配以单句语义自足、融情入景的意境,故与前代同题诗词相比,独具繁促、密丽的特点,而擅用拗句,有助于表现自然真率的民风,与灵变体势配合后,更能营造出独到的生动逼真意境。值得注意的是,其中柔情因发生在户外广阔天地中,又多用拗句,故取景阔朗大气,言情真率热烈。如《河传》三首都展现出投入自然后特有的开阔视野与奔放情思。又如《河渎神》云:"何处杜鹃啼不歇。艳红开尽如血。

蝉鬓美人愁绝"、"孤庙对寒潮。西陵风雨萧萧。谢娘惆怅倚栏桡。泪流玉箸千条"、"水村江浦过风雷。楚山如画烟开。离别橹声空萧索。玉容惆怅妆薄"，意境都由悲壮、苍凉、雄阔陡转为精艳、凄婉，而前者风神气象俱佳，颇有《九歌》遗风；若无此衬托，后者便落入俗套。故其特色与妙处绝不适合用"冷静"来形容，也非"精艳"可以涵盖；而其取境视角与风格转变虽快，但毕竟同在户外，空间变化不大，即景抒情，时间也是顺延而无跳转，且传承了民歌真率的表达与思维方式，故不会给人以深隐难明之感。

（二）注重刻画室内景，以闺思题材为主，温庭筠第二种词调大都属此类。温庭筠词继承李白传统，偏爱室内柔情意象，尤擅闺阁用具特写，闺阁物象比自然景观更为精美婉约，因此更适合用短句密韵来表现，也因此在学界形成精艳、冷静、深隐的主流印象。其实，温词中的闺思意象是配合独到体势，用意境陡转法成就的，室内精艳、幽静的突显，有赖于户外阔朗、清丽、生动的衬托，貌似冷静的意象中包含深情热情，转接新巧、意象含蓄却并非晦涩无理。

以《诉衷情》为例，格律及词如下：

> 单调三十三字，十一句五仄韵、六平韵。
> 平<u>仄</u>。平<u>仄</u>。平平<u>仄</u>。<u>仄</u>平平。平仄<u>仄</u>。平<u>仄</u>。<u>仄</u>平<u>平</u>。
> 莺语。花舞。春昼午。雨霏微。金带枕。宫锦。凤皇帷。
> 中<u>仄</u>仄平<u>平</u>。平<u>平</u>。中平平仄<u>平</u>。<u>仄</u>平<u>平</u>。
> 柳弱燕交飞。依依。辽阳音信稀。梦中归。

此调名即词题，全为律句，别于诗的显著特色在句极短、韵极密、句式与韵脚变换极繁：为平仄韵错叶格，前半段短短 18 字，竟然分为 7 句，连押 7 次韵，换 3 次韵，故能形成前所未有的精巧灵动之势，正能与对比鲜明又相互关联的两组意境配合无间：按平仄韵错叶的体势，以平韵为界，1—4 句为一节，描写户外动景，5—7 句为一节，陡转为室内静景，卧榻特写托出景中人。每节中都用了参差对法，将各句景致连成一体，而两组间又能通过句法、韵脚变化突显意境转换——第一节"语""舞""霏微"三动词突显外景之生动，先用抑扬跳跃的上声韵来表现鲜活明快的声色，进而转用柔和平韵来表现轻柔迷蒙的雨；第二节三句同样是参差对，但全用名词，且句法已变，作主语的名词由前转后，先换用上声韵，以突显意境转换；再换回原平韵，突显关联，户外生动春光能反衬出重帷深掩的静，又能撩动室中人的春心。

通常乐曲在经过这样令人耳不暇接的高峰后，便转入轻缓低回，以免审美疲劳，即如《琵琶行》①在"嘈嘈切切错杂弹，大珠小珠落玉盘"后，便转入"间关莺语花底滑，幽咽泉流水下滩"，此调从"凤皇帷"至尾声，也全用舒缓平韵，不再换韵，句式相对加长，缓和悠扬，正能配合渐入梦乡的意境。长短交替的句式又能突显意境变化：此前经过重重景语铺垫，至"辽阳音信稀"才点明题旨，似已与爱人相会无望，紧接着的结句"梦中归"却突然翻转，相会的惊喜与梦幻的失落交织，堪称点睛之笔。若换用七绝体："凤帷宫锦金丝枕，莺语花翻春雨<u>微</u>。弱柳依依双燕舞，辽阳无信梦中<u>归</u>。"便嫌陈熟，也难点睛。

总之，此种词在取境上，与前代闺思诗词佳作一样，都注重将声、色、光、香、味、触及梦思意象组合在一起，以求触动各种感官，形成立体效果——只因对幽闭深闺中人而言，最难得，也最渴求的便是户外自然，故对少数能穿越阻隔进入室内的自然物与能沟通内外的媒介，必然会分外关注与珍惜。而温词能成就有别于前代同题佳作的特色，与其创用的独到体势密切相关。即如此词句短韵密，单句语义自足，犹如一幅幅以特写为主的精美小景，用蒙太奇的方式，跳跃连环呈现，因此，能形成密丽繁促的特色；若单看其中一景，意蕴难明，若递观诸景，则情蕴、题旨渐趋明朗，篇终点题，水到渠成，但与直接具体的情语相比，仍存在更多的解索玩味空间，能形成婉约蕴藉的特色。

值得注意的是，词中意象都是历来春情、闺思题材诗词中常见的，故以陡转拼接方式呈现时，寓意不难领会；也唯有以此种方式呈现，才能产生陌生、新鲜之感。如果读者不了解陡转之妙，只关注于单句意象，就会觉得陈熟乏味。而在各种意象中，又以"金带枕。宫锦。凤皇帷"这类室内精美用具特写最符合学界对温词精艳、冷静的特色界定。不应忽视的是这三个本身无生命的静物，组合起来便是一个幽闺寝室的逼真意境，此境中有人，独宿伤情；此境外有境，从活泼户外到辽远边关，都为此境中人梦思所笼罩。

三、能展现独到对称之妙的第三种词调

第三种词调包括《菩萨蛮》(15首)《更漏子》(6)二调，句式、用韵、结构以对称为主，参差为辅，全用律句，更适合配以对称的意境。

---

① 琵琶是隋唐传播燕乐的主要胡部乐器，也是唐宋词调常用伴奏乐器，故《琵琶行》对琵琶乐旋律的描述颇能代表当时流行燕乐的节奏特色。

先看《菩萨蛮》词调,即如第一节所述,此调的体势特色可概括为繁音促节、跌宕陡转、灵活宽对。这种句式以对称为主,韵脚在"仄平仄平"间递转的体势,比第二种词调更能彰显意境的对比与转换。此调在温庭筠前文人作者不多,传世词仅李白二首,至温庭筠才有较多名篇传世,此后文人佳作迭出,成为唐宋第二大流行词调①。温庭筠能成为此调流行的促成者,主要因其词中创用的意境陡转法,能突破时空限制,将融情入景、丰富多变、对比强烈、相反相成的各种意境巧妙拼接起来。此法不仅比圆转法更能彰显这种词调的体势特色,而且其中融情入景的意境、技法不拘一格,也为后人树立了可资效法的榜样,让后继名家得以各取所需,开拓创新,发扬光大。

在李白《菩萨蛮》二词中,韵脚转换如同镜头变换,能突显时空、情景、表达方式的转变;而随韵脚转换的各意境,都是自然圆转的顺承关系:"平林漠漠烟如织"一词,第一韵中"伤心"二字已令景中人呼之欲出,故第二韵镜头便随着暝色推近,拂过平林聚焦在高楼中的愁人身上。第三韵便重点刻画此人"玉阶空伫立"的孤独惆怅形象,进而站在此人的立场观景,注目于"宿鸟归飞急",可见此愁是急切盼归的离愁、乡愁。故第四韵中视野便拓展开来,由侧面描写转为直接抒情,发出"何处是归程。长亭连短亭"的感叹——盼归之人登高时自然会遥望归程,由此可知起二句情景其实也是此人望归程时的所见所感,首尾情景融合呼应。"举头忽见衡阳雁"一词也是如此,耳闻目睹雁书多情(第一韵),故反衬之下更觉夫君薄情(第二韵),深情却被无情恼,故泣归香阁,不忍再看再听,但恨仍不能平(第三韵),故不禁道出"待雁却回时。也无书寄伊"的负气决绝之言(第四韵),首尾呼应。总之,各韵间意境虽层层转新,但前因后果,愈转愈明;时空虽有变化,但彼此间关联显而易见,符合历来诗词的叙述习惯与读者的思维习惯,故不难理解。

而温庭筠《菩萨蛮》诸词则不同,各韵间意境不仅在风格上对比强烈,而且时空转接打破了历来诗词的叙述习惯与读者的思维模式,能形成独特的陡转效果,具体意蕴与转接理据也耐人寻味。以《菩萨蛮》其二②为例:

> 水精帘里颇黎**枕**。暖香惹梦鸳鸯**锦**。江上柳如**烟**。雁飞残月**天**。
> 藕丝秋色**浅**。人胜参差**剪**。双鬓隔香**红**。玉钗头上**风**。

---

① 在唐五代、宋代流行词调中分别排名第三、第五。本书对唐宋流行词调排名的统计数据参照:刘尊明、王兆鹏著《唐宋词的定量分析》,北京大学出版社 2012 年版,第 52—54、118—119 页。

② 本书称引唐五代名家同调诸词时,都按《全唐五代词》收录顺序标注序号,以便区别。

词境宛如一幅幅变化多端且相反相成的优美画卷连贯而出,令人目不暇接,能强烈感受到此调转、对灵活的独到体势特色:第一韵中两句用坚硬、冷静、通透的"水精帘里颇黎枕",反衬鸳鸯锦的柔软、温馨、迷蒙,使视、触、嗅觉先后被触动,配合两个悠扬的上声韵脚,情思也顺势摇荡入朦胧梦乡。第二韵转为悠长的平声韵,相应意境也由室内特写陡然切换为淡远的自然景观,置于前后精艳的近景特写中,犹如奇峰突起。同韵两句配合,营造出江天、暗明、静动浑然一体的梦幻意境。但两韵间意境的时空关系却耐人寻味,难以分辨此境究竟是梦中所见,还是醒时所见? 是当时所见,还是回忆、想象中所见? 第三韵又转押上声韵,由上片的眠时景,陡转为下片的醒时景。同韵两句将明净淡雅的衣裳与绚丽多姿的首饰特写拼接起来,衬托出一个淡浓得宜的美人形象。第四韵由静转动,可以想见伊人渐隐入红艳芬芳的花丛中,玉钗随风颤动,暗示着她在花间渐行渐远,也象征着她被相思扣动的心弦。至于她是何时,又因何出现在花丛中呢? 又耐人寻味了。可能单纯只是回忆中与爱人初见、相会或分别时的景观,也可能仍是另一个梦境。这多种解读,古今争论不休,每换一种便有一种境界,这正是此种转接方式的妙处之一。

全词运用了意境陡转法后,独到的体势特色便昭然若揭了。意境在上下片间、各韵部间与同韵部中两句间都会发生转换,适用宽对。其中在平仄韵间递转的各韵部,意境转接、对比、衬托的效果最鲜明。若将此词改成五律体:

> 水精帘里枕,惹梦暖香**牢**。烟笼沧江柳,雁飞残月**天**。藕丝秋色浅,人胜彩妆**妍**。双鬓香红隔,玉钗头上**翩**。

句式整齐,一韵到底,其节奏不如词体繁促、灵动、多变。仅有颔联、颈联能通过对仗来彰显意境对比,难以展现陡转、叠对的奇丽变幻之美。然而,即使在转变为诗境后,按通常的思维习惯,各韵句间的时空关系仍是隐约难明,也因此被许多读者认为是晦涩无理。只因温词中成就陡转意境的除词调体势外,还有其创用的静物拟生技法(详见下节)。

总之,温庭筠《菩萨蛮》诸词中创用的陡转方式能彰显并充分发挥此调独到的体势特色,带动读者的感观与思维迅速跳跃,形成别致的奇丽之美,增强了繁促、隐约之感,让世人强烈感受到词体别于诗的特色。而能成就此法关键在融情入景的意境、技法不拘一格,形成跌宕变化的陡转之妙,能令人情随之跌宕起伏,给人以无穷的解读和想象空间。因此,能促成此调的流行,温庭筠也因此成为后世名家争相效法的词祖。

再来看《更漏子》词调,格律如下:

> 双调四十六字,上片六句两仄韵、两平韵,下片六句三仄韵、两平韵。
> 仄平平,平仄<u>仄</u>。中仄中平平<u>仄</u>。
> 中仄仄,仄平<u>平</u>。中平中仄<u>平</u>。
> 平中<u>仄</u>。中平<u>仄</u>。中仄中平中<u>仄</u>。
> 中中仄,仄平<u>平</u>。中平中仄<u>平</u>。

此调应为温庭筠所创,题材内容与调名紧密配合,以闺情为主,强调"更漏"一类能触动情思的音响意象。属兼有混合类特征的三言主导类词调,体势革新方式比《菩萨蛮》更新妙:同样分上下片,押韵频繁,各韵部结构相同,韵脚在"仄平仄平"间递转,所以各片间、各韵部间意境转换分明;而差别在句式缩短——以近体诗所无的三、六言律句为主;结构革新——各韵部都采用近体诗所无的三句一节结构,骈散结合,所以在意境营造上更为精致灵巧,适用工对与参差对。

此调第一、二、四韵部都由两个平仄对仗的三言句与一个五言或六言句组成,这种体势本就是为配合工对、参差对的意境而设的。温庭筠六阕《更漏子》词中格律对仗的两个三言句都采用工对,包括词类相对的极工对,如"惊塞雁"对"起城乌"、"兰露重"对"柳风斜"、"银烛尽"对"玉绳低"等;也包括流水对,如"相见稀,相忆久"、"知我意,感君怜"等。而且大都能与第三句构成参差对——六阕词中除"花里暂时相见"、"眉浅澹烟如柳"与"空阶滴到明"三句外,都属参差对。而第三韵部的特色在首句入韵,韵律感更强,前两句平仄不对仗,相应意境以散句为主①。此种与众不同的体势置于过片处,正有助于彰显上下片意境的转换。

以《更漏子》其六为例:

> 玉炉香,红蜡<u>泪</u>。偏照画堂秋<u>思</u>。眉翠薄,鬓云<u>残</u>。夜长衾枕<u>寒</u>。
> 梧桐<u>树</u>。三更<u>雨</u>。不道离情正<u>苦</u>。一叶叶,一声<u>声</u>。空阶滴到<u>明</u>。

---

① 六阕词中唯有其三的"香作穗。蜡成泪"对仗。

不少学者认为质朴疏快的下片更能动人,如李冰若评云:"温词如此凄丽有情致不为设色所累者,寥寥可数,温韦并称,赖有此耳。"①殊不知正因有上片密丽婉约的层层渲染,将闺妇抑郁之情推向极致,才能在下片被梧桐雨一触即发,绵延不尽。而这种疏密浓淡相反相成的意境,又是在充分发挥体势特色的基础上成就的。上片连用两个参差对描写密丽的室内意境:第一韵"玉炉香,红蜡泪。偏照画堂秋思。""玉炉香、红蜡泪"的精艳温馨,反衬出"画堂秋思"的凄清悠远,以"偏照"串联翻转,突显出不照团圆,偏照离恨的困惑不平。第二韵"眉翠薄,鬓云残。夜长衾枕寒。"聚焦于"秋思"的主人公身上,句末"薄"、"残"、"寒"三个形容词使凄凉秋意递增,第三句点明独宿相思主题,使此前各句意蕴趋于明朗:香、泪为待郎而熏而流,眉、鬓因辗转难眠而薄而残,秋夜、衾枕也因无郎伴而倍觉漫长寒冷。第三韵配合格律不对的体势转用散句,引出下片清疏的户外意境,连押三个上声韵,正能模拟抑扬的雨打桐叶声。

最受称道的第四韵也妙在即体成势,质朴、疏快中含精工、顿挫——两个三字短句构成流水对,恰能模拟连绵、急促落下的叶声、雨声;此后稍长的五字句又生动表现出阶之空阔与夜之久长,由"滴"字串联,"明"字收束,声光的通感效果顿出,平声韵更增强了余韵悠长之感。参看晚唐徐月英诗云:"枕前泪与阶前雨,隔个窗儿滴到明。"②取境虽相似,但徐诗用整齐律句,音响效果与情感力度便远不如温词。总体而言,此调每一韵部都由三句适用参差巧对的灵变意象合成一个局部意境,而各韵部间又随着平仄韵脚转换,将情景各异而都能切题的意境拼接起来,又以上下片间意境转换最显著。

总之,温庭筠创用的意境陡转法,尤能彰显此二调韵律谐婉、韵脚陡转、对法灵活的体势特色。此二调诸词以闺思题材为主,意境常在宏远的自然景观与精美的人物容饰、居室间迅速切换,以增强其内外交流的迫切感,暗示无边清景均为伊人而设,因伊人而妙。其艺术效果相当于影视中镜头在全景与特写间切换,能以最精练的篇幅促使人思考二者关联,并将关注重心落到特写上,从而成就密丽、精艳的特色,令人惊艳,又耐人寻味。

---

① 李冰若评注:《花间集评注》,第 27 页。
② 《全唐诗》卷 802,第 9034 页。

四、小结：别诗自立的词体本色

中唐文人词采用的基本律句主导类奇字句式、不换韵词调，虽便于流行，但毕竟与诗体差别太少，仅凭此种细微的差别与特色，充其量仅能被视为一种新诗体，而不足以让时人将其与诗区别开来，视为一种新文体。词体要独立，光靠耳熟能详还不行，必须要有能惊世骇俗的大变革，在温庭筠词调中便能领略到这种变革。温庭筠三种词调在体势与意境上的各种特色都是相辅相成的，颇能把握时需，引领时尚。尤其是大量选用、创用的第二、三种词调，绝大多数属混合类词调，少数属三言主导类、六言主导类与基本律句主导类的词调，也兼有了前代同类词调所无，而更接近混合类词调的特征。独到特色主要有三：一是顺应时需，继承了既有文人词调中比诗体更擅写柔情的篇句短、押换韵频繁、句式奇偶长短错综等特色，并将其发挥到极致，应用于全篇。二是精研声律，不仅擅用精工谐美的律句，还擅长在律句中加入自由顿挫的拗句，从而使体势与意境更为契合，也更为灵变。三是创用意境陡转法，正能与词调新妙的体势相得益彰。

因此，大大突破了此前流行诗体的体势局限，不仅为当时词坛注入了新意，更增添了活力。将前代文人词中初步形成的灵变、精致、韵律感丰富等合时宜的特色，发挥得更充分，彰显出诗体所不及的独到优势，更适合表达柔婉情境、繁促音节，是促成词体本色与词体意识的关键词调。这些新兴词调的体势特色在唐末五代文人中流行开来，得到继承与发展，促使时人强烈感受到这是一种别于诗体的新文体，词体意识也逐渐形成。在下一节中，将重点论述率先将温庭筠词调特色发扬光大的《花间集》。

第四节　温庭筠引领的《花间》词调考论

《花间集》[①]作为第一部文人词总集，在奠定词体特色与促成词体意识上发挥着关键作用。即如上节所述，《花间》鼻祖温庭筠用调数量空前，不仅迥别于诗的混合类词调得到长足发展，其他两类词调也展现出更多别

---

① 本书引用与统计《花间集》词均依据：赵崇祚编、杨景龙校注：《花间集校注》，中华书局2014年版。

于诗的新特色。《花间集》在盛中唐文人词与温庭筠词引领下,主要特色有:

1. 用调共 74 调,基本律句主导类有 38 调,基本律句非主导类有 36 调,呈分庭抗礼之势。

2. 基本律句主导类仍然全是小令,仍是最流行的类型。

纯奇字句式词调流行程度仍是最高,共 24 调①,存词数量超过十首的有《浣溪沙》《菩萨蛮》《杨柳枝》《虞美人》《南歌子》5 调,在《花间》词调中流行程度排名依次是 1、2、5、9、12,都成为唐五代流行词调,除正体与近体诗无差别的《杨柳枝》外,其余 4 调在宋代仍流行。唐宋间发展为流行词调的还有《生查子》《玉楼春》《小重山》《望江南》《浪淘沙》《渔父》6 调。

体势与前代同式词调一脉相承,差别不大,但也形成了一些新风尚:一则平仄韵转换格词调更受青睐,如《菩萨蛮》《虞美人》,作品作者都颇多。二则与绝句诗无分别的词调流行性大幅度降低,共 5 调,《八拍蛮》《浪淘沙》《采莲子》《竹枝》都少人问津,唯一仍流行的《杨柳枝》到宋代也不再流行。从而使此式词调别于诗的特色更趋鲜明。

兼用偶字句式的词调也逐渐兴起,共 14 调②,存词数量超过 10 首的有《临江仙》《女冠子》《南乡子》3 调,在《花间》词调中流行程度排名依次是 3、6、7。都成为唐五代流行词调,除体势迥别于诗的《女冠子》外,其余 2 调在宋代仍流行。唐宋间发展为流行词调的还有《谒金门》《喜迁莺》《采桑子》3 调。

3. 混合类词调盛况空前绝后。小令有 23 调,中调有 4 调③。存词数量超过 10 首的有《酒泉子》《河传》《荷叶杯》《诉衷情》4 调,在《花间》词调中流行程度排名依次是 3、7、9、12,均属小令,始见于温庭筠词,为唐五代流行词调,但在宋代不再流行。属唐五代流行词调的还有《渔歌子》《江城子》《应天长》3 调,仅基本律句占过半篇幅的《江城子》在宋代仍流行。

4. 其他句式主导类词调仍占有一席之地,共 9 调④,前代已较流行的六

---

① 参见附表 2。
② 参见附表 3。
③ 参见附表 4。小令、中调、长调的分法始见于南宋《草堂诗余》,原本规定是:"五十八字以内为小令,五十九字至九十字为中调,九十一字以上为长调。"鉴于唐五代基本律句主导类词调,如《蝶恋花》(60 字)《渔家傲》(62 字)《定风波》(62 字)等,体势与 58 字以内的令词差别不大,故将小令上限提到 62 字。
④ 参见附表 5。

言句主导词调占绝大多数,共5调,四言句主导类2调,三言句主导类2调。属唐五代流行词调的有六言主导的《清平乐》《何满子》,三言主导的《更漏子》,《更漏子》与《清平乐》在宋代仍较流行。

参看继花间词后引领词坛的南唐君臣词与宋初台阁词,基本律句主导类所占比例显著上升:南唐词宗冯延巳用调共35调,属此类的有21调,占60%;李煜词用调共21调,竟有19调都属此类,占90%。台阁词领袖晏殊、欧阳修与后劲晏几道的名篇用调多承自南唐君臣,也集中在此类词调上。特色是在名篇迭出的流行词调中,兼用偶字句式的词调显著增加,盛况空前,如《鹊踏枝(蝶恋花)》《采桑子》《踏莎行》《临江仙》等,足以与《浣溪沙》《渔家傲》《生查子》《鹧鸪天》等纯奇字句式词调分庭抗礼。

综合来看,花间词调置于中唐与南唐宋初词调之间,既如奇峰突起,空前绝后;又如斡旋关键,继往开来。最显著也最具影响力的特色是繁促多变,以句短、韵密、灵变的体势为依托。这种特色既与当时流行燕乐的繁促特色①相辅相成,又能顺应表达婉约情志的时代需要。

一、基本律句主导类词调特色分析

基本律句主导类词调从中唐起一直流行,在唐宋流行词调中所占比例最大,传世词调流行的时间最早,跨度最大,在传承中体势稳定性最高,堪称唐宋词调的主力军,能集中彰显出诗词体渊源、演进与特色。

先来看流行时间最早、程度最高的纯奇字句式词调,也是最接近近体诗的词调。排名前二的《浣溪沙》《菩萨蛮》正体都全由近体诗基本律句构成,因此更容易被时人接受与采用。但因律句的组合方式不同,便能呈现出别于诗的体势与意境特色。《浣溪沙》正体格律如下:

> **正体**:双调四十二字,上片三句三平韵,下片三句两平韵。
> 中仄中平中仄<u>平</u>。中平中仄仄平<u>平</u>。中平中仄仄平<u>平</u>。
> 中仄中平平仄仄,中平中仄仄平<u>平</u>。中平中仄仄平<u>平</u>。

与近体诗相比,都押平声韵,上下片前两句的组合方式也相同,而特色

① "词调音乐与传统音乐最主要的区别是音节繁复,节奏旋律变化多样。"(田玉琪:《词调史研究》,人民出版社2012年版,第29页。)

在于:1.分上下片,从而缩短篇幅——全词比七律少两句,各片比七绝少一句,同时增加变化,各片意境既相对独立,又可连成一体。相应的意境也更精灵轻盈。2.变化句式组合与增加押韵频率,前后结未遵循近体诗粘对规则,而是重复了第二句格律,如同歌曲结尾常见的复沓与拖腔。此句以双平声韵句结尾,是基本律句中最悠扬者,连用以作结,韵律感增强,余音悠扬的特色也更能彰显。3.以上变化,使过片成为全词唯一隔句入韵与格律对仗的句式,比七律颈联更显得特立杰出,故往往是一篇警策所在。对称的体势催生出对称的内容,词调中此类格律对仗的句子,往往惯用如近体诗对句般的工对,但也可灵活采用宽对或不用对。语义衔接方式也更灵活,通常按韵脚分段,一二句为一境,三句自成一境。但也可按句式分段,一句为一境,二三句合成一境,如下列韦庄词。

相应的,同调名句大都集中在体势最具特色的前后结与过片上。如孙光宪词上片云:"蓼岸风多橘柚香。江边一望楚天长。片帆烟际闪孤光。"起二句渲染出一派芬芳悠远的意境,只为通过静动、宏纤、晦明对比,烘托出末句——使远处一片孤帆穿透重烟,闪亮登场,摄人心魄,成为上片最出彩的意境,又能牵出下片离思。故王国维赞其"尤有境界也!"[1]顾敻词下片云:"帘外有情双燕飏,槛前无力绿杨斜。小屏狂梦极天涯。"过片以工对作动静相成的婉约景语,结句转为直质热烈的情语,暗含因果关系,令人思绪也随着燕飏、杨斜、梦幻越积越深转成狂,越飞越远极天涯。而如张曙下片的"天上人间何处去,旧欢新梦觉来时。黄昏微雨画帘垂。"则是过片用宽对加句中自对作深挚情语,转以觉来所应见的婉约景语作结,自然蕴藉。再如韦庄词下片云:"暗想玉容何所似,一枝春雪冻梅花。满身香雾簇朝霞。"过片不用对,而用别出心裁的问答与妙喻,第一句设问,二三句妙用流水对作答,结句以绝妙形容烘托喻象,塑造出高洁芬芳,令人心醉的美人形象。

总之,此调与近体诗相比,具有篇短、韵密、灵变的特色,故更适合营造精致轻灵意境,如上述各名句入此调则宜,入律诗则嫌纤弱,正所谓:"律诗俊语也,然自是天成一段词,著诗不得。"[2]

《菩萨蛮》是盛中唐此类词调中唯一换韵的词调,体势在上两节中已有详论,故不再赘述。

---

① 王国维著、彭玉平疏证:《人间词话疏证》,中华书局 2011 年版,第 346 页。
② 沈际飞:《草堂诗余正集》卷一,莫友芝藏本,第 10 页。

重点来看采用了近体诗中所无的三言句的词调，三五七言句式组合本就是古体诗中常见的句式组合。三言句因体势精炼，句法又比二言句更灵变，故堪称唐五代令词中使用最灵活的句式，往往能发挥关键作用。可位于词调起首、中间与结尾；在此类词调中通常是单用或双连用，在混合类词调中则可三连用。

起首单用三言句者，佳句能以精辟意境先声夺人，领起全篇。以流行词调《忆江南》为例，温庭筠的"千万恨"、皇甫松的"楼上寝"、牛峤的"衔泥燕"，都能直揭全词的主情、主因、主题或主角。中间三言句双连者，格律以对仗或相同者居多，分别适用工对与叠句，以流行词调《天仙子》为例，格律对仗的双连三言句位于前后七言句中，颇为醒目，能起到调节节奏、承前启后的作用。相应的佳句也集中在三言句所在的后半部分。如韦庄的"绣衾香冷懒重薰。人寂寂，叶纷纷。才睡依前梦见君"，和凝的"阮郎何事不归来，懒烧金，慵篆玉。流水桃花空断续"等，长短骈散结合，从而使铺叙更富变化，不呆板。结尾单用三言句者，始见于温庭筠《定西番》等词调，佳句能以精辟意境绾合全篇，推陈出新。以流行词调《虞美人》正体与《浣溪沙》变体（《山花子》）为例，毛文锡《虞美人》下片云："玉炉香暖频添炷。满地飘轻絮。珠帘不卷度沉烟。庭前闲立画秋千。艳阳天。"结句意境与此前渲染的一派凄迷暗淡形成鲜明对比，以艳景反衬愁情，收束斩截有力，令人耳目一新。和凝《山花子》云："几度试香纤手暖，一回尝酒绛唇光。偎弄红丝绳拂子，打檀郎。"结句不仅点明了惹起此前一系列妩媚情态的男主角，更写活了小女儿俏皮多情之态。

再来看在《花间集》中兴起的奇偶句混合式词调。其中偶字句式基本用法有：

（一）单句置于奇字句式中，此种最常见也最流行。采用词调有《临江仙（中）》《南乡子（首、中）》《喜迁莺（中）》《后庭花（中、后）》《望远行（中）》《玉胡蝶（首）》《恋情深（中）》《月宫春（中）》《黄钟乐（中）》《更漏子（变体换头）》。偶字句大都位于词调中间，少数位于首尾（即如括号中标示），能增加变化，给奇字句式为主的词调注入圆转、流丽之风。以最流行的《临江仙》词调为例。格律如下：

　　　双调五十八字，上下片各五句、三平韵。

　　　中仄中平平仄仄，中平中仄平平。

中平中仄仄平<u>平</u>。中平中仄，中仄仄平<u>平</u>。
中仄中平平仄仄，中平中仄平<u>平</u>。
中平中仄仄平<u>平</u>。中平中仄，中仄仄平<u>平</u>。

特色是重头，兼用四六两种偶字句式，全词句式奇偶长短交替，大都以双平声结尾，故更适合表现柔婉意境，尤能展现开阖变化之妙；各句作为开阖枢纽，都能自成特色，出佳句；末三句开阖变化相对大，故更易出佳句。

试看鹿虔扆词过片云："烟月不知人事改，夜阑还照深宫。"对比纯六言律句"烟月不知人事，夜阑还照深宫"与纯七言律句"烟月不知人事改，夜阑还复照深宫。"可知七六言交替的优势在于：相比相衬之下，七言句句法更灵活，容量更大，能突显出句末节奏特立杰出的"改"字，更能强调"改"的巨大与震撼；而六言句音节更婉转精炼，有聚阖的效果，更宜表现朦胧月光流转聚焦于深宫中的意境。继云："藕花相向野塘中。"是全片唯一单句入韵的句子，句式最长，位置正中，故相应的意境应是承上启下的枢纽。"藕花相向"处，是昔日的"深宫"，却也是此时的"野塘"——"改"之巨大由此可见一斑。结韵云："暗伤亡国，清露泣香红。"体势骤阖旋开，欲卷还舒，先由七言句骤减为四言句，旋开为五言句作结，在全片中开阖变化最大，最醒目，意境要能迅速转深转新，豁人心目，并压住阵脚。如此词之前以蕴藉的融情入景语为主，至"暗伤亡国"四字顿作直截沉痛的情语，情感力度骤然加重。此后"清露泣香红"特写之凄艳绝人，更足以压倒此前诸景。

再看张泌词过片云："烟收湘渚秋江静，蕉花露泣愁红。"同样能通过七六言对比，彰显"静"，并聚焦于"露泣愁红"的"蕉花"特写上。李珣词下片云："强整娇姿临宝镜，小池一朵芙蓉。旧欢无处再寻踪。更堪回顾，屏画九疑峰。"过片先强调"临宝镜"，再聚焦到如水镜光中的如花面上，"小池"句喻象极妙，真幻难辨，恍如仙境。"旧欢"句以疏朗情语承上开下，"更堪回顾"句情递进加深，回顾的目光最终拓展定格在"屏画九疑峰"上，"九疑"的典故与意境，将仙凡交融、凄婉难明之感推向极致。

此调在后世流行的变格，有将上下片起句变为六言律句者，音调更流丽，适用对句，在表现柔情上有独至之妙，但易生滑易之弊。还有上下片起句不变，仅将末二句变为五言对仗律句者，能使末二句体势变得特立杰出，易出能令全篇生色的工对佳句，也能兼容阳刚情志，但在表现柔情上稍逊于他格。

（二）相同句式双连后,置于奇字句式中,格律也是对仗或相同,适用工对与叠句。包括《采桑子(中)》《薄命女(换头)》《赞浦子(换头)》。以《采桑子》词调为例,此调《花间集》中仅见和凝一词,但在后世颇流行。格律及词如下:

> 双调四十四字,上下片各四句、三平韵。
> 中平中仄平平仄,中仄平**平**。中仄平**平**。中仄平平中仄**平**。
> 蝤蛴领上诃梨子,绣带双垂。椒户闲时,竞学撑蒲赌荔支。
> 中平中仄平平仄,中仄平**平**。中仄平**平**。中仄平平中仄**平**。
> 丛头鞋子红编细,裙窣金丝。无事颦眉,春思翻教阿母疑。

重头曲,上下片均是在近体诗中常用的七言对句"中平中仄平平仄,中仄平平中仄**平**"中,加入两个双平声结尾的四言句,音节流丽轻快,整齐对称,易记易用,故能流行,尤其适合表现婉转、轻灵、活泼的意境,各句意境圆转交融,如行云流水者尤妙。

和凝此词上下片宛如少女生活的两个剪影。都是先用起二句特写她服饰上的精美细节,顺应句式长短的变化调节繁简,便不呆板。妙在特写玲珑微妙,正能引出下文情事。上片特写玉颈装饰,因其是少女在垂头撑蒲时所见的,目光随着双垂的绣带便能看到桌上"竞学撑蒲赌荔支"的明快活泼情景;下片特写鞋子、裙摆,因其是少女在若有所思时所见的,她连"红编细""窣金丝"的细节都看得清楚,可见低头伫立已久,加上"无事颦眉"的表情特写,难怪会"翻教阿母疑"她在思春了。

后世同调词能更充分发挥其中最独特的四言短句双连体势,配以联动、对仗、叠字等技法,意境尤能出彩。如冯延巳的"西风半夜帘栊冷,远梦初归。梦过金扉。花谢窗前夜合枝";欧阳修的"无风水面琉璃滑,不觉船移。微动涟漪。惊起沙禽掠岸飞"等,两个四言句意境都如行云流水般的无缝拼接,尤能发挥此体势动如贯珠之妙。又如晏殊的"梧桐昨夜西风急,淡月胧明。好梦频惊。何处高楼雁一声";辛弃疾的"而今识尽愁滋味,欲说还休。欲说还休。却道天凉好个秋"等,配合对仗与叠字,更见巧思。

（三）四六言句组合,置于奇字句式中,唯有体势接近混合类的《女冠子》起首采用。如上节所述,此调始见于温庭筠词,首尾体势之奇变为其他同类词调所未见,实已兼有了混合类词调的各种特征。这样两类混搭的词调不易驾驭,所以在《花间集》中作品虽不少,佳作比例却较小。

因近体诗基本律句已深入人心,时人守律已成习惯,故此类词调流行性最高,在传承中的稳定性也最高。流行词调变体较少,变体体势变化也相对小,基本仍属同类,绝大多数仍属同式。主要变化方式有:1.改变押韵方式,或是换韵与不换韵互换;或是用韵与不用韵互换,最常变化的是两句一节结构中的第一句、三句一节结构中的前二句。这与近体诗首句可入韵,也可不入韵的原理略同。2.基本律句互换。即五、七言各式基本律句互相转换。3.单片变为双片。4.改变原调中特殊句式的使用频率。5.将特殊句式变回基本律句。6.加入同类同式词调中常用的特殊句式。7.在原句上增减一二言。8.句中格律微调。各流行变体采用的变化方式通常不超过两种,新增特殊句式通常仅有一种。

二、混合类词调特色分析

温庭筠兴起的混合类小令,能将句短、韵密、灵变的体势特色发挥到极致,在基本律句非主导类词调中占比例最大,流行程度也最高,尤能彰显《花间集》独树一帜的特色与词体自成一家的本色。

此类词调句式都是奇偶混合的,与基本律句主导类相比,三言句最常见的用法仍是单句或双连句,但新增的三连句也较流行,佳作能发挥连环短句特有的动如贯珠之妙,末句多为独立韵句,佳作意境较之前二句,能承中有变,翻转出新。偶字句式最常见的用法仍是将单句或同式双连句置于奇字句式中,但也新增了不少特殊用法:四六言句组合,如《酒泉子(首)》《接贤宾(中)》;六二言句组合,如《荷叶杯(首)》;四言三连句,如《中兴乐(中)》等。

此类词调与近体诗差别显著,时人不惯遵守,且本身变化繁多,也难以严守,故传承方式大都自由灵活。各流行词调都有变体,不少词调变体颇多,如排名前二的《酒泉子》《河传》变体都多达十余种,《河传》竟然每家用调都有变化,没有哪两家采用同体。变体方式与基本律句主导类大体相同,但使用频率更高,兼用方式更多,新增句式也更多。流行变体大都有正常化的趋向——即基本律句使用频率增加,奇变体势使用减少。但总体而言,变体虽繁多,但各调正体中最为独特、出彩的体势,大都得到传承乃至发扬;变体虽有正常化趋向,但绝大多数仍属混合类,转换成基本律句主导类的仅有《酒泉子》2首、《荷叶杯》2首、《诉衷情》2首与《应天长》3首。

试以双调中最流行的《酒泉子》与单调中最流行的《荷叶杯》为例，二调均始见于温庭筠词，《酒泉子》正体格律如下：

双调四十字，上片五句两平韵、两仄韵，下片五句三仄韵、一平韵。

中仄中<u>平</u>。中仄中平中<u>仄</u>。仄平平，平仄<u>仄</u>。仄平<u>平</u>。

日映纱窗。金鸭小屏山碧。故乡春，烟霭隔。背兰釭。

中平中仄中平<u>仄</u>。中中平<u>仄</u>。仄平平，平仄<u>仄</u>。仄平<u>平</u>。

宿妆惆怅倚高阁。千里云影薄。草初齐，花又落。燕双双。

前所未有的奇变体势体现在：1.采用平仄韵错叶格。此格韵脚变化繁复而独具匠心，似转仍连——平仄韵转换处彰显意境切换，换回原韵处又提示意境关联。此种跌宕盘旋的旋律应也是精妙动听的。2.兼用5种句式，此词仅一句为基本律句。3.占全调大半篇幅的四六言句组合、三言句三连组合，为此前词调所未见。4.句极短，平均4字一句；韵颇密，平均5字一韵。

以其中最具特色的三言三连句为例，探讨其特色与传承情况。此三连句体势独特，位于前后结的关键位置，占全调近半篇幅，故最易出彩，堪称词眼。为除毛文锡外的词家与绝大多数变体所采用①。其中，正体三句格律均对仗，前两句常用工对，结句转回平韵，独立性、跌宕感更强，意境宜在连贯中翻新或绾合。而各句意境衔接以能成联动、流水之势，自然灵动者为高。如温庭筠的"草初齐，花又落。燕双双"，前二句是富有生趣的联动工对，芳草才初长齐，鲜花却已飘零，可见青春难得而易逝，兼美谈何容易？恰似伊人空对屏上家山与户外春光，却困在深闺，难以还乡。结句意象由植物变为更具灵性、通人情的动物，对比工对"燕双飞"，可见用叠字后，能引人注目于"燕"，更注目于"双"，在前两句带动下，不须言飞而飞自可感。可想见伊人正自惆怅，忽见花草上飞来燕双双，自然会更伤孤独更思乡。温庭筠另一词云："一双娇燕语雕<u>梁</u>。还是去年时<u>节</u>。绿阴浓，芳草<u>歇</u>。柳花<u>狂</u>。"结三句用鼎足对，均是能透露出时节变迁的植物意象，组合起来又能暗示人情变化：由春至夏，绿阴渐浓如离愁渐浓，芳草衰歇如青春消逝，结句意象突然由极凄婉转极张扬，相反相成，最精彩。谐音"留"、神似"思"的纷飞柳花，渐多乃至于狂舞，恰似在离愁春恨中越压抑越强烈，终成狂的相思。同类佳句还有毛熙震的"晓花微敛轻呵<u>展</u>。袅钗金燕<u>软</u>。日初升，帘半<u>卷</u>。对妆<u>残</u>"；李珣的"寂寞青<u>楼</u>。风触绣帘珠碎<u>撼</u>。月朦胧，花暗<u>澹</u>。锁春<u>愁</u>"；孙光宪的

---

① 《花间集》收录的十家二十六首《酒泉子》中，未采用三言三连句的只有张泌体一词、顾复体三词与毛文锡体一词。

"敛态窗前,袅袅雀钗抛**颈**。燕成双,鸾对**影**。耦新**知**"等。

各变体中三言三连句的变化方式主要有:1.改变押韵方式。有第二句不入韵的,佳作如李珣词下片云:"牵愁惹思更无**停**。烛暗香凝天欲晓,细和烟,冷和雨,透帘**旌**。"李珣此体全押平声韵,结尾与正体相比,少了跌宕感,添了流畅感,正适合表现香和烟雨直透帘旌,不断牵惹出无穷愁思的意境。也有将韵脚从第二句移到第一句的,如牛峤词上片云:"记得去年,烟暖杏园花正**发**,雪飘**香**。江草绿,柳丝**长**。"相应的意境也由分总式变为总分式了。2.将特殊句式变回基本律句。张泌、顾敻、李珣都有词将前两句合成一个七言基本律句:"中平中仄仄平**平**",与原结句"仄平**平**"相连后,体势由跌宕变为舒缓。试看毛文锡词云:"绿树春深,燕语莺啼声断续,蕙风飘荡入芳**丛**。惹残**红**。　　柳丝无力袅烟**空**。金盏不辞须满酌,海棠花下思朦**胧**。醉香**风**。"已变为基本律句主导类,相应风格也属和婉一路,平平无奇。3.拆分基本律句,顾敻有二词上片结三句格律为"平平中**仄**。仄平**平**。仄平**平**。"当是由上述"中平中仄仄平**平**。仄平**平**"体演变而来——将其中七言基本律句一分为二,首句入仄韵。参看词一云:"金虫玉燕。琐香奁。恨厌厌。"词二云:"残花微雨。隔青楼。思悠悠。"前二句句意都是连贯的,其中仄韵相当于句中韵,似断仍连,颇别致。

《荷叶杯》正体格律如下:

> 单调二十三字,六句四仄韵、两平韵。
>
> 仄仄仄平平**仄**。平**仄**。仄平**平**。仄平平仄仄平**仄**。平**仄**。仄平**平**。
>
> 一点露珠凝冷。波影。满池塘。绿茎红艳两相乱。肠断。水风凉。

前所未有的奇变体势体现在:1.采用平仄韵错叶格。2.兼用4种句式,却无基本律句。3.六二言句连用。此前混合类中无此种用法,六言主导类中二言句都为叠句,无单用者。此调中二三言句组合"平仄。仄平平"常见于温庭筠创用词调中,很可能是由基本律句"平仄仄平平"拆分而成的。4.篇极短,仅23字;句极短,平均3.8字一句;韵极密,句句入韵;擅用拗句。

此体势正可与词境配合无间:开篇两个上声韵正宜表现露滴影动的抑

扬跳跃,然后换平韵,又宜表现波影荡满池的平远开朗;再换去声韵,主景出,七字句拗折处正是"乱"字所在,能加强纷乱拗怒之感,红光绿影交织,搅动人心;接下来的"肠断",末字入韵,突显其断,是"乱"之果;"水风凉"是"乱"之因,倒叙绾合的手法极妙。

此调变体有二,都保留了开篇独特的六二言句组合,韦庄体格律及词如下:

> 双调五十字,上下片各五句,两仄韵、三平韵。
> 中仄仄平平<u>仄</u>。平<u>仄</u>。平仄仄平<u>平</u>。中平平仄仄平<u>平</u>。平仄仄平<u>平</u>。
> 记得那年花下。深夜。初识谢娘时。水堂西面画帘垂。携手暗相期。
> 中仄仄平平<u>仄</u>。平<u>仄</u>。平仄仄平<u>平</u>。中平平仄仄平<u>平</u>。平仄仄平<u>平</u>。
> 惆怅晓莺残月。相别。从此隔音尘。如今俱是异乡人。相见更无因。

变单调为重头双调。与原调相比,大有向近体诗格律靠拢的趋向:第三句将原二、三句合并为五言基本律句,第四句将原七字拗句改回律句,第五句将原五、六句合并成五言基本律句。总体来看,已变为基本律句主导类词调了。占全词近半篇幅的七五言基本律句组合更是基本律句主导类词调中最常用的句式组合。

此词中意境转接方法是时空互补、各句语义连贯,浑然一体;与温词时空陡转、单句语义自足的方式恰恰相反,如其中名句:"记得那年花下。深夜。初识谢娘时。"即用此法。值得注意的是,换用连贯语义后,原本繁促灵变的韵律感仍有体现,效果相当于句中韵,若改为"记得那年花间,深夜,初识谢娘时",不用韵、换韵,读去便会觉得少了跌宕的韵律美。用繁促体势表现出明快清丽意境,别具相反相成之妙,正是韦庄词的特色之一,也是温、韦词风公认有浓密、疏淡之别的重要原因。

而顾敻体为单调二十六字,共六句,前四句格律与韦体相同,末二句别出心裁地改为叠韵句"平仄平。平仄平。"维持原调中句短韵密的体势,又变律句为拗句,故独具质朴、轻快特色,颇类古乐府,堪称词眼。而这新体势又是为八阕组词共有的"□么□。□么□"内容量身定制的,如"泥人无语不抬头。羞么羞。羞么羞";"手捻裙带独徘徊。来么来。来么来"等,宛如小儿女娇痴口吻,质朴活泼,故大受明清同调词青睐,从者甚众。

此类词调在宋代仍流行的唯有体势接近基本律句主导类的《江城子》①:

> 单调三十五字,八句五平韵。 韦庄
> 中仄平平中仄<u>平</u>。仄平<u>平</u>。仄平<u>平</u>。中平中仄,中仄仄平<u>平</u>。
> 恩重娇多情易伤。漏更长。解鸳鸯。朱唇未动,先觉口脂香。
> 中仄中平平仄仄,平仄仄,仄平<u>平</u>。
> 缓揭绣衾抽皓腕,移凤枕,枕潘郎。
> 起句也可换用另一式基本律句"中平中仄仄平平"。

基本律句虽仅有 3 句,却多达 19 字,占了全词大半篇幅,其余句式也均采用了基本律句主导类词调中流行的经典组合,包括:

1. 格律相同或相对的三言双连句,中唐起便已在基本律句主导类词调中流行,也常与七言基本律句连用,构成三句一结构。但此种组合在基本律句主导类词调中都置于七言律句之前,相应的意境也是先分后总;在此调中则置于七言律句之后,相应的意境也变为先总后分,别具一格。三言双连句比七言律句体势更轻灵,用对句更显精巧,故用在起首,较易驾驭;若如此调般用以作结,便须有举重若轻的缩合之力,因难见巧,有助于成就词眼,荟萃佳句。通常用连贯语义之法来增强气韵,如韦庄此结"移凤枕,枕潘郎"妙用流水顶针对点明"缓揭绣衾抽皓腕"的温柔曼妙举动只为怜君爱君,深意挚情,更胜于前。首尾呼应,尤能彰显"恩重娇多"。又如张泌"浣花溪上见卿卿"一词,前五句均在描写伊人容饰之美。至末云:"好是问他来得么,和笑道,莫多情。"问得妙,答得更妙。只觉神情妩媚,更胜容饰,道是无情却有情也。而如欧阳炯词末名句云:"空有姑苏台上月,如西子镜,照江城。"第二句起首添一字后,体势顿改,末二句"平平仄仄,仄平平"可连成七言基本律句"平平仄仄仄平平",与前句"中仄中平平仄仄"格律正好相对,相应的韵律感也由轻灵变为稳重。配合语义连贯的"如西子镜,照江城",便能成就不逊于诗的厚重沧桑感。

---

① 在宋代流行词调中排名 29。

2. 四五言句组合,是宋代最流行的两大基本律句主导类奇偶句混合式词调《蝶恋花》与《临江仙》①中共有的。体势特色是偶奇配合,微微展开,谐美圆转,适用以调节、丰富节奏,转接意境。在此调中,作为全词中唯一包含偶字句的组合,至于体势略同的前后三句间,颇为独特,又能令句式按三、四、五、七言逐渐增长,是前后过度、意脉流转的关键。如韦庄此词的"朱唇未动,先觉口脂香。"便是引出似水柔情媚态的关键,只觉朱唇芳香随着渐展句式弥漫开来。若改为五言律对"朱唇犹未动,已觉口脂香",便嫌呆板,不如四言句流丽,置于三七言句间,更觉突兀。妙处略同的还有韦庄另一词的"角声呜咽,星斗渐微茫";欧阳炯词的"六代繁华,暗逐逝波声"等。

从其他基本律句非主导类词调中,也可看出混合类小令的强势影响。

其他句式主导类词调,大多仍为六言主导式,包括《清平乐》《何满子》《河渎神》《风流子》《望梅花》5调,其中唯一流行的《清平乐》体势与混合类小令已十分接近。另一流行词调为三言主导的《更漏子》,体势也近似混合类小令。此外,还有四言主导的《贺明朝》《赞成功》2调、全为三言的《三字令》1调,都仅存一家1—2首词。

中调有《离别难》《甘州遍》《献衷心》《凤楼春》4调,都仅有1家1词,都属混合类,体势繁促,相当于混合类小令的加长版。而未见后世中调中最流行的基本律句主导式与四六主导式。然而,体势繁促的词调是不宜过长的,否则便会显得太过繁琐,文气不畅,这应该也是这些中调造诣与评价都不高,被认为有冗长之弊的重要原因。

三、小结:奠定词体本色与促成词体演进

综合考察《花间》词调,与此前占据"一代之文学"地位的文人诗相比,在格律上最鲜明的特色是句短、韵密、偶字句增加,押换韵频率、句式长短、结构、声律更灵变。由此形成了繁促细密的风格状态与趋势,能服务于抒写细美柔婉情境的时代需要,奠定词体本色。而对词体本色奠定贡献最突出的是基本律句主导类小令与混合类小令。因此,《花间》小令被历代论者公认为小令的最佳典范,即使是偏重长调的清雅词派领袖张炎也主张令词"当以唐《花间集》中韦庄、温飞卿为则"②。浙西词派领袖朱彝尊也主张"小令当

---

① 宋代排名前十的流行词调中,属基本律句主导类奇偶句混合式的仅有此二调,排名分别为7、9。

② 张炎著:《词源》,唐圭璋编:《词话丛编》第一册,第265页。

法汴京以前"①。

盛中唐文人词调与近体诗相比,已初步形成了篇短、句短、韵密、变繁的特色,但还不够鲜明,绝大部分是纯奇字句式基本律句主导类小令,所以在时人眼中,与近体诗大同小异,最多只能如骚体、古体、近体诗一般,算是诗之一变体,而不能算是一种别于诗独立的新文体②。在鼻祖温庭筠引领下,《花间》词调继承并发展了上述特色,新兴特色主要表现为短句使用更频繁、韵更密、奇偶句式混用、拗句更多、换韵方式更灵活、兼用句式更多、句法与结构更灵变。其中混合类小令尤能将上述特色发挥到极致,让时人强烈感受到词调体势具有别于诗的鲜明特色,能展现出前所罕见的细美婉约意境;而基本律句主导类小令更有助于将上述新特色推广普及开来,从而促成了词体本色与词体意识。

在发展传播上,与诗越接近的词调流行普及程度越高,而与诗差别越大的词调发展变化潜力越大。中唐以来,基本律句主导类一直都是最流行的词调类型,能彰显诗词体渊源与分别。此类词调能在唐宋盛行,主要因其格律一方面类似诗,在当时耳熟能详,能兼容诗所能表达的大部分意境与风格。所以更容易为不同音乐造诣与性格好尚的作者、论者所接受。另一方面又能成为不断兴起的词体新特色载体,在体势上不断推陈出新,在表达柔婉情境上比此前流行的诗体更具优势。其中最接近近体诗的纯奇字句、未换韵式词调,一直占据着流行词调的塔尖位置,直至宋代流行小令中排名前2的《浣溪沙》《鹧鸪天》仍属此式,排名前30的词调中有9调属此式③。但在《花间词》调引领下,也形成了新风尚:最具影响力的是兴起了奇偶句混合式小令与平仄韵转换式小令,比中唐流行的小令更能展现出别于诗的特色,又比混合类小令更易于推广。所以在之后的南唐词中迅速兴起,此后的流行程度足以与纯奇字句、未换韵式词调抗衡。宋代流行小令中排名3—6的《菩萨蛮》《蝶恋花》《临江仙》《减字木兰花》都属此二式,排名前20的词调中有10调都属此二式④。

---

① 朱彝尊著、王利民校点:《曝书亭全集》,吉林文史出版社2009年版,第455页。
② 此时的元稹的《乐府古题序》、刘禹锡的《竹枝词引》《插田歌并引》等都将词调归入歌诗一类,而未视为有别于诗的独立文体。相应的,在文坛上贬抑词体、词人的观念也未兴起。
③ 《浣溪沙》《鹧鸪天》《玉楼春》《渔家傲》《南歌子》《卜算子》《望江南》《阮郎归》《生查子》。
④ 《菩萨蛮》《蝶恋花》《临江仙》《减字木兰花》《虞美人》《踏莎行》《南乡子》《浪淘沙》《采桑子》《一斛珠》。

《花间集》中盛况空前绝后的混合类小令,源于词祖李白词,兴起于温庭筠词,在促成词体定型、奠定词体本色、彰显《花间》特色上居功至伟。因此,后世论及唐五代词,或云"《花间》犹伤促碎"[1];或云"促碎正是唐余本色,所谓词之境界,有非诗之所能至者,此亦一端也。五代之词促数,北宋盛时啴缓,皆缘燕乐音节蜕变而然。即其词可悬想其缠拍。花间之促碎,羯鼓之白雨点也。乐章之啴缓,玉笛之迟其声以媚之也"[2];或云"绮琢处于诗为靡,而于词则如古锦纹理,自有黯然异色"[3],褒贬虽不一,所指特色却相同,正是由此类词调奠定的。有选择地继承了诗体与燕乐,形成精致、绵密、灵变的体势,专擅柔情。此时诗受体势与发展阶段限制已不能满足表达柔婉情志的迫切时需,故此类词调成为时人抒情的绝佳选择。

尽管此类小令因体势太过特异,曲高和寡,且不太符合南唐至北宋盛时"啴缓"的词乐发展趋向,在后世流行程度下降,但影响仍不容忽视。首先,在流行词调中仍占有较大比例,在宋代流行小令中排名前三十的词调中有八调都属此类[4]。与温庭筠创用的同类词调相比,奇变程度普遍降低,主要表现为押换韵频率降低、句式变化趋向整齐规律、基本律句增多,这些正常化趋向更有助于推广流行。

更重要的是,不少体势特色在新兴长调中得到恰当地继承与发展。宋代流行长调并没有以基本律句为主的,采用最多的是四六言偶字句式,大都属四六主导类,以四六言句为主,杂用奇偶混合的多种句式;也有不少属混合类。《花间集》中中调相当于混合类小令的加长版,有破碎繁琐之弊,只因繁促体势并不适用于中长调。而温庭筠诗友杜牧所作《八六子》值得重视,堪称文人中长调正始。既表现出混合类小令擅用的特征,主要有句偏短、擅用短韵与拗句,句韵灵变[5]。又表现出混合类小令中罕见的特征,主要有以四六言句为主,不换韵,擅用领字与折腰句,堪为流行长调先驱的特征还有短韵位于上下片起首。这些特征能令体势趋向疏朗,变化更适用于长篇,在柳永词中得到继承,促成了长调的兴起。流行长调与近体诗相比,普遍具有

---

① 王世贞:《艺苑卮言·论词》,唐圭璋编《词话丛编》第一册,第387页。
② 沈曾植:《菌阁琐谈》,唐圭璋编《词话丛编》第四册,第3606-3607页。
③ 邹祗谟:《远志斋词衷》,唐圭璋编《词话丛编》第一册,第651页。
④ 《点绛唇》《好事近》《朝中措》《谒金门》《江城子》《鹊桥仙》《诉衷情》《忆秦娥》。
⑤ 兼有五种奇偶句式,至密处3字便押一韵,疏处31字才押一韵。

以短句、偶字句为主、押韵频率与句式句法多变的体势特色,故能迥别于诗,更适合表现流丽、婉转、跌宕的意境。混合类小令尤擅用短韵与拗句,来构成奇变韵律与意境,这种体势与意境在北宋元祐前后名家词调中较罕见,在北宋末至南宋兴起的清雅派名家词调中却大受青睐,得以发扬光大。历来公认北宋至南宋主流词风由变体转守体,由疏畅转密丽,应与上述体势变化密切相关。综合来看,混合类小令特征恰当引入长调后,对促成词体特色与维护词体本色颇有帮助。

四、附录:盛中唐文人词调与《花间》词调统计表

说明:

排序:各附表词调先按作品数量排序,作品数量相同者按作者数量排序。

词调名加下划线:指此调在《花间集》中佳作数量较多(五首以上)或占比例较大(占同调词一半以上)

∨:指词调中存在此种特征。

∨加下划线:指此种句式(非基本律句)在词调中占主导,即调中有超过一半的句子都是此种句式。

变:指此种特征未见于正体,仅见于变体。

短韵:指位于起句或连接在韵句后的一至四言韵句。(如果词调中采用短韵不止一个,则用数字标明数量;位于词调起首处,则标"首";位于词调中间处,则标"中";位于结尾处,则标"尾";连用短韵者,则标"连";为叠韵者,则标"叠"。)

始见处:在盛中唐文人词调统计中,指现存盛中唐文人词中率先采用此调的作者。在《花间》词调统计中,"/"之前为现存词中率先采用此调的作者,之后为《花间集》中率先采用此调的作者。

五七言拗折句:指五七言拗句、折腰句。五拗指五言拗句、七拗指七言拗句、五折指五言折腰句、七折指七言折腰句。

变体换类:指词调正体为基本律句非主导类,却存在属于基本律句主导类的变体。

附表 1:盛中唐文人词用调分析

序号	词调名称	作品数量	作者数量	七言律句	五言律句	五七言拗折句	二言	三言	四言	六言	八言	短韵	换韵	基本律句主导	始见处
1	回波乐	4	4							✓					沈佺期
2	好时光	1	1	✓	✓	五拗		✓		✓折				✓	李隆基
3	菩萨蛮	3	2	✓	✓									✓	✓	李白
4	忆秦娥	1	1	✓				✓	✓			✓3首中			李白
5	清平乐	5	1	✓	✓				✓	✓		✓首	✓		李白
6	连理枝	2	1		✓	五折			✓		✓折				李白
7	转应词（调笑）	7	3				✓			✓		✓4首叠中叠	✓		戴叔伦
8	谪仙怨	2	2							✓					刘长卿
9	三台	7	2							✓					韦应物
10	渔父（拨棹歌）	60	4	✓				✓						✓	张志和
11	忆江南	725	3	✓	✓			✓						✓	刘禹锡
12	杨柳枝	25	5	✓										✓	刘禹锡
13	竹枝	14	2	✓										✓	刘禹锡
14	浪淘沙	15	2	✓										✓	刘禹锡
15	纥那曲	1	1		✓									✓	刘禹锡
16	潇湘神	2	1	✓				✓				✓2首叠		✓	刘禹锡
17	抛球乐	2	1		✓									✓	刘禹锡
18	宴桃源	3	1		✓		✓			✓		✓2中叠			白居易
19	长相思	3	2	✓				✓				✓4首叠		✓	白居易
20	步虚词	1	1	✓				✓						✓	李德裕

附表 2：《花间集》基本律句主导类纯奇字句式词调

序号	词调名称	作品数量	作者数量	五言律句	七言律句	三言	短韵	换韵	始见处
1	浣溪沙（变：山花子）	59	11		√	√变			无名氏/韦庄/和凝
2	菩萨蛮	41	9	√	√			√	李白/温庭筠
3	杨柳枝（柳枝）	24	7		√	√变	√变中尾	√变	白居易/温庭筠
4	虞美人	14	6	√	√	√		√	毛文锡
5	南歌子	12	3	√	√变	√			温庭筠
6	天仙子	9	3	√	√			√变	无名氏/皇甫松
7	生查子	7	4	√	√变	√变			魏承班
8	玉楼春	7	3		√			√变	顾夐
9	小重山	6	4	√	√	√			无名氏/韦庄
10	望江南（梦江南、忆江南）	6	3	√	√		√首		白居易/皇甫松
11	甘州子	5	1	√	√	√			顾夐
12	醉公子	4	3	√				√	无名氏/薛昭蕴
13	木兰花	3	3	√	√			√	韦庄
14	巫山一段云	3	2	√	√				李晔/毛文锡
15	八拍蛮	3	2		√				孙光宪
16	浪淘沙	2	1		√				刘禹锡/皇甫松
17	采莲子	2	1		√				王昌龄/皇甫松
18	竹枝	2	1		√				刘禹锡/孙光宪
19	摘得新	2	1	√		√	√首		皇甫松
20	醉花间	2	1	√		√	√首叠韵		毛文锡
21	望梅花	1	1	√	√				孙光宪
22	渔父	1	1		√	√			张志和/和凝
23	胡蝶儿	1	1	√	√	√	√首中		张泌
24	望江怨	1	1	√		√	√首连		牛峤

附表3:《花间集》基本律句主导类奇偶句混合式词调

序号	词调名称	作品数量	作者数量	七言律句	五言律句	五七言拗句	二言	三言	四言	六言	短韵	换韵	始见处
1	临江仙	26	11	√	√			√变	√	√			牛希济
2	女冠子	19	9	√				√	√	√	√2首中	√	温庭筠
3	南乡子	18	2	√			√	√变		√	√	欧阳炯
4	谒金门	6	4	√	√			√		√	√首		无名氏/韦庄
5	喜迁莺	6	3	√	√			√		√		√	韦庄
6	后庭花	5	2	√	√变			√变	√		√中尾		毛熙震
7	望远行	3	2	√	√	七拗		√		√			韦庄
8	玉胡蝶	2	2		√			√变		√	√变首连	√变	温庭筠
9	恋情深	2	1	√	√			√	√折	√变折	√中尾	√	毛文锡
10	采桑子	1	1	√						√			和凝
11	薄命女	1	1	√	√			√		√	√首		和凝
12	赞浦子	1	1		√					√			无名氏/毛文锡
13	月宫春	1	1	√	√								毛文锡
14	黄钟乐	1	1	√	√								魏承班

附表4:《花间集》混合类词调

序号	词调名称	作品数量	作者数量	五言律句	七言律句	五七言拗折句	二言	三言	四言	六言	八九言	短韵	换韵	变体换类词数量	始见处
1	酒泉子	26	10	√变	√	变五拗		√	√	√		√3首尾	√	3	温庭筠
2	河传	18	7	√	√变	七拗变五拗	√	√	√变	√		√8首中变尾	√		温庭筠

续表

序号	词调名称	作品数量	作者数量	五言律句	七言律句	五七言拗折句	二言	三言	四言	六言	八九言	短韵	换韵	变体换类词数量	始见处
3	荷叶杯	14	3	✓变	✓变	七拗	✓	✓		✓		✓3中尾	✓	2	温庭筠
4	诉衷情	12	5	✓	✓变		✓	✓				✓9首中尾	✓	2	温庭筠
5	渔歌子	8	4		✓	变七拗	✓	✓		✓					李珣
6	江城子	7	4	✓	✓		✓	✓				✓中连			韦庄
7	定西番	7	4	✓				✓		✓		✓2中尾	✓		温庭筠
8	应天长	5	4	✓	✓	变五拗		✓		✓				3	韦庄
9	归国遥	5	2	✓	✓		✓	✓变		✓		✓首			温庭筠
10	思帝乡	4	3	✓				✓		✓	九变八折	✓首			温庭筠
11	思越人	4	3		✓	变七拗		✓		✓			✓		无名氏/孙光宪
12	上行杯	4	2		✓	七折	✓	✓	✓变			✓中	✓变		韦庄
13	柳含烟	4	1	✓				✓		✓		✓尾			毛文锡
14	西溪子	3	3	✓变				✓		✓		✓中尾连			牛峤
15	满宫花	3	3		✓			✓		✓					尹鹗
16	遐方怨	3	2	✓	✓	七拗变五折		✓	✓						温庭筠
17	中兴乐	2	2	✓			✓	✓		✓		✓中尾	✓		牛希济
18	蕃女怨	2	1		✓	七拗	✓	✓				✓3中尾	✓		温庭筠
19	感恩多	2	1	✓	✓变		✓	✓		✓		✓中尾			牛峤
20	纱窗恨	2	1	✓变	✓	七折	✓	✓				✓中尾			毛文锡
21	春光好	2	1	✓				✓		✓		✓中			和凝
22	相见欢	1	1					✓		✓	九	✓换头连中	✓		薛昭蕴
23	接贤宾	1	1	✓	✓			✓	✓	✓					毛文锡

续表

序号	词调名称	作品数量	作者数量	五言律句	七言律句	五七言拗折句	二言	三言	四言	六言	八九言	短韵	换韵	变体换类词数量	始见处
24	离别难	1	1	✓	✓			✓		✓		✓换头连中连	✓		薛昭蕴
25	甘州遍	1	1	✓	✓			✓	✓	✓		✓中	✓		毛文锡
26	献衷心				✓	五领		✓	✓	✓					欧阳炯
27	凤楼春			✓	✓	七		✓	✓	✓		✓换头中			欧阳炯

附表5：《花间集》其他句式主导类小令

序号	词调名称	作品数量	作者数量	五言律句	七言律句	五七言拗折句	二言	三言	四言	六言	短韵	换韵	始见处
1	更漏子	14	7	✓			✓变	✓		✓	✓2中	✓	温庭筠
2	清平乐	9	4		✓				✓		✓首	✓	李白/温庭筠
3	何满子	6	4			✓变			✓				薛逢/和凝
4	河渎神	6	3	✓	✓				✓			✓	温庭筠
5	风流子	3	1				✓	✓	✓		✓中连		孙光宪
6	贺明朝（贺圣朝）	2	1		✓	五拗五折			✓		✓尾		欧阳炯
7	三字令	1	1					✓					欧阳炯
8	赞成功	1	1	✓					✓				毛文锡
9	望梅花	1	1	✓						✓			和凝

第五节　温庭筠成就词史地位的技法与意格考论

温庭筠词史、词学史地位的成就，不仅由其词的实际特色与贡献决定，也同其给后世留下的主流词风印象与诸家各派的立说目的密切相关。本节主要结合上节阐释的词调体势与意境陡转法，阐释温词中未得足够重视或存在较多争议的技法、意蕴与风格，以明辨温词的实际特色与词史地位。在此基础上,探讨当今学界对温庭筠主流词风印象的成因,论述正变观对温庭筠词学史地位的影响。

一、彰显独到特色的参差对法与静物拟生法

在温庭筠词调中,最能彰显意境陡转之妙的是由《菩萨蛮》《更漏子》构成的第三种词调,因跌宕对称的体势更有助于突显意境对比与切换。温词中意境虽灵变陡转,不拘一格,意脉却是前后融贯,相反相成的。而温庭筠在此二调诸词中集中采用的参差对法与静物拟生法,大有助于贯通意脉,发挥陡转之妙,也促成了温词婉约蕴藉的特色——包含了学界公认的深隐特色。这些技法在此前学界未受重视,却能让许多备受争议与误解的问题迎刃而解。

温庭筠许多词调中都配合体势采用了参差对法,而使用最为密集的便是《更漏子》词调——如上所述,此调体势本就是为了此种对法而量身定制的。综观温庭筠《更漏子》诸词,可概见此调参差对的妙处与基本技法:其中字数与众不同的第三句往往包含与众不同的意象,因句式加长,内容更丰富,形容更细致,往往能发挥独特作用,彰显参差之妙。具体对法十分灵活,大都是词性、词类依次相对。如"柳丝长,春雨细。花外漏声迢递"。(其一)词性依次相对,都是细长、灵动、缠绵,能扣人心弦的意象,所以可互衬互拟,引发了各种联想①。第三句意象与前两句有形声之别,加上"花外"突显层次感,使人如临其境地感受到清亮的漏声穿透柳丝、雨烟、花光,迢递入闺中,形声互动,摇曳传情。参差对中可包含流水对,如"春欲暮,思无穷。旧欢如梦中"(其二)。第三句总结点题,"旧欢"即是导致连年春思无穷的根源。也可包含鼎足对,如"垂翠幕,结同心。待郎熏绣衾"(其四)。用环环相扣,殷勤备至的一系列动作构成鼎足对,再由"待郎"二字串联点题。类似参差对还有"山枕腻,锦衾寒。觉来更漏残"(其三)、"堤柳动,岛烟昏。两行征雁分"(其五)等。

也有不少是词性、词类交错、间隔相对的。如"银烛尽,玉绳低。一声村落鸡"(其五)。前两句用极工对,描绘天将晓时逐渐隐没的银烛光与玉绳星光;第三句则用交错相对法,引出更能触动人心的骤起鸡声,温庭筠将"一声"提到"村落鸡"之前,突出鸡鸣破晓,先声夺人的音效与惊觉离别在即的

---

① 如叶嘉莹认为"漏声"是用来比喻"滴答之雨声"的(《迦陵论词丛稿》,上海古籍出版社1980年版,第29页),而夏承焘则认为前二句描写的是"像柳丝那样长,春雨那样细"的漏声(《唐宋词欣赏》,浙江古籍出版社2003年版,第22页),这些不同的解读和联想,都因这三句意象本来相似,能构成参差对。

心境，成为词中最精警传神的点睛之笔。若将末句改为鼎足对："银烛尽，玉绳低。村鸡啼。"便点金成铁，平板乏味了。妙处略同的还有"宫树暗，鹊桥横。玉签初报明"（其四）。"星斗稀，钟鼓歇。帘外晓莺残月"（其二）等，都用参差对来表现黎明时能扣人心弦的微妙声、光变化。

　　还可包含隐然相对的意境。如"惊塞雁，起城乌。画屏金鹧鸪"（其一）。"雁""乌"与"鹧鸪"都是鸟类，但真假有别；"塞""城"与"屏"都是鸟类处所，但外内有别；而与"画""金"的精致、华丽隐然相对的是城塞、雁乌的浑成、质朴，与"惊""起"的自由、生动隐然相对的是屏上鹧鸪的困守与静默。因此，在解读词境时如果忽视了其中最具创意的参差对法，便难以正确把握各句中景语的巧妙关联，容易将其误解为繁杂无章的密丽意象堆砌。

　　再来看温庭筠创用的静物拟生法，此法能将服饰、用具上的生物图案描绘得活灵活现，栩栩如生，与主人公形神相通。温词特别注重描写美人常用服饰、用具上的生物图案，如鹧鸪、鸳鸯、蝶、鸂鶒、翡翠鸟、凤凰、雁、镜鸾等，其被学界认为冷静、无情、晦涩，很重要的原因是这些图案本是客观静物的一部分——王国维率先选用"画屏金鹧鸪"来概括温庭筠词品，又批评温词只有"句秀"，而无"神秀"，只有"精艳绝人"之妙，而难当"深美宏约"之誉。从而让学界普遍关注到此类静物意象有助于成就温词特色，却也让不少学者误以为其只能展现出浅俗、冷静之艳。如李冰若认为："飞卿惯用'金鹧鸪''金鸂鶒''金凤凰''金翡翠'诸字以表富丽，其实无非绣金耳……乃徒彰其俗劣。"[1]《中国诗史》认为"金和画屏固然可使鹧鸪富丽，但同时也足以斩丧鹧鸪的生意"[2]。袁行霈认为："温词就好比一架画着金鹧鸪的美丽精巧屏风……是一种装饰美、图案美、装潢美。"[3]都仅关注到这些图案冷静精艳的装饰美，而未留意其别开生面的表现方式：温庭筠着意刻画的不是图案所属静物的基本功能，也不是普通的装饰功能，而是图中生物的拟生效果，这些生物具有为时人所熟知的相思寓意，堪称最富活泼生趣与深婉情韵的装饰意象，在困守闺阁、难以亲近自然的思妇眼中尤显得难能可贵、同病相怜，正适合作交流与移情的对象——她们在日常生活中，往往会将这些图案想象成真的生物，进而将其视为闺中密友或精神化身。温词极偏爱并擅长表现这种拟生意象，是故它们进入温词后，不仅没有被"斩丧生意"，反而被赋予了勃勃生机。表现途径主要有：

---

①　李冰若评注：《花间集评注》，第 19 页。

②　陆侃如、冯沅君著：《中国诗史》，百花文艺出版社 2008 年版，第 315 页。

③　袁行霈著：《中国诗歌艺术研究》，北京大学出版社 1996 年版，第 299 页。

一是着意刻画装饰生物随着人的行动、想象而变得生动鲜活的意态。如《菩萨蛮》其二的"相见牡丹时,暂来还别离。翠钗金作股。钗上蝶双舞。"有情人在牡丹中依依来去,引动钗上双蝶,宛如真蝶在花间双双飞舞,与情侣形似神肖。又如其一的"照花前后镜。花面交相映。新帖绣罗襦。双双金鹧鸪。"美人在前后镜间旋转顾盼的意态本极活泼,而视线最终定格在双鹧鸪上,意味着这是她精心挑选且尤为关注的图案——双鹧鸪本就有恩爱相思寓意,随着照镜时身姿的转动,更如比翼双飞,此前词句中深藏不露的伊人心事便呼之欲出了。

二是利用词调对称体势与意境陡转法,突破时空限制,将装饰生物与真实景物拼接起来,使意境丰富多变,生动逼真。此前也有学者关注到此类拼接的独特处,或将其视为堆砌辞藻,生搬硬套的败笔,如李冰若评《更漏子》其一云:"全词意境尚佳,惜'画屏金鹧鸪'一句强植其间,文理均因而扞格矣。"评《菩萨蛮》其三"翠钗"二句云:"以一句或二句描写简单之妆饰,而其下突接别意,使词意不贯,浪费丽字,转成赘疣,为温词之通病。"[1]或将其视为无理而妙的神来之笔,如叶嘉莹评道:"温词纯美之特色,原不必深求其用心及文理上之连贯。塞雁之惊,城乌之起,是耳之所闻;画屏上之金鹧鸪,则目之所见,机缘凑泊,遂尔并现纷呈。"[2]这两种观点褒贬虽异,深隐难明的感受则同。如果我们从静物拟生的角度去解读这些备受争议的意象,便会对其转接的理据和脉络有新的认识:

温词中加强拟生效果的拼接方法,一是将装饰生物与同类真实生物拼接,引发联想,形成联动。如《更漏子》其一云:"惊塞雁,起城乌。画屏金鹧鸪。"户外激动的塞雁、城乌,何以能同室内冷静的画屏金鹧鸪拼接在一起?历来众说纷纭,却很少关注它们同为蕴含相思寓意的鸟:历来传说雁能传书,乌"夜啼望郎来"[3],鹧鸪声如"行不得也哥哥",当时流行用鹧鸪词传递相思[4],故关入画屏的鹧鸪与困在闺中的女主人同病相怜。若仅截取"画屏金鹧鸪"来评价温词,当然会只见形秀,不见神秀;只见丽辞,不知隐情。又

---

① 李冰若评注:《花间集评注》,第 24、16 页。

② 叶嘉莹著:《迦陵论词丛稿》,第 31 页。

③ 南朝刘义庆伎妾《乌夜啼》云:"笼窗窗不开。乌夜啼,夜啼望郎来",此后乌夜啼便有了望郎来的寓意,《全唐诗》中就有不少题为《乌夜啼》《乌栖曲》的相和歌辞,聂夷中"还应知妾恨,故向绿窗啼"的诗境就与温词相似。

④ 《全唐诗》中收录了不少题为《山鹧鸪》《鹧鸪词》,抒写相思的杂曲歌辞,还有不少被鹧鸪触动相思的诗词,如韦应物《鹧鸪啼》的"何意道苦辛,客子常畏人"、王建《宫中调笑》的"商人少妇断肠。肠断。肠断。鹧鸪夜飞失伴"等。

如《南歌子》云："手里金鹦鹉，胸前绣凤皇。偷眼暗形相。不如从嫁与，作鸳鸯。"历来评论多关注于"金鹦鹉"是真是假与"绣凤皇"是何物种，唯有个别论者关注到它们有"引起下文抽象之鸟"[①]的作用。其实，它们能促使主人公产生"不如作鸳鸯"的想法，不仅因同为鸟类，还因拟生后能兴起相思：鹦鹉能言，被困笼中，故常被锁深闺的女子视为传情伴侣，或用以自喻[②]；凤凰则有凤求凰与高贵难及的寓意。再如《菩萨蛮》其六云："画罗金翡翠。香烛销成泪。花落子规啼。绿窗残梦迷。"金翡翠传说是能为王母传信、情人传书的青鸟，故室内拟生的金翡翠、拟人的烛泪与户外频劝子归的子规声交织在一起，真幻难辨，才会导致"绿窗残梦迷"。韦庄《归国遥》的"金翡翠。为我南飞传我意……别后只知相愧。泪珠难远寄"、《应天长》的"空役梦魂来去。夜夜绿窗风雨。断肠君信否"，都与温词一脉相承。

方法二是将装饰生物与同类真生物惯处的自然环境联想拼接在一起，令人认假作真，忘其为装饰。其中一些意象组合明显打破常规，能促使人们关注温词独到的深隐特色。如《菩萨蛮》其七云："凤凰相对盘金缕。牡丹一夜经微雨。"起句未点明凤凰的物种，又与经雨牡丹拼接，给人的第一印象便是真凤凰伴随着微雨，从天飞降。但细思之下，便会疑惑：世间所无的凤凰，为何会与微雨中牡丹亲密相处？结合第二韵"明镜照新妆"的意境，凤凰应是与新妆有关的头饰或服饰。若按传统搭配习惯，牡丹应与凤凰、明镜同处于室内，可解为以经雨牡丹喻含泪娇颜；但结合同调诸词意境[③]，更有可能是女子新妆时隔窗望见的真牡丹。读者能产生此种穿越内外的联想，乃因雍容凤凰与华贵牡丹本是经典搭配，且都为女主人公形神所系：凤求凰是她恩爱回忆与理想的化身，经雨牡丹则宛若她虽憔悴仍艳丽的含泪容颜。又如其三云："翠钗金作股。钗上蝶双舞。心事竟谁知。月明花满枝。"其十云："宝函钿雀金鸂鶒。沉香阁上吴山碧。杨柳又如丝，驿桥春雨时。"双蝶、鸂鶒都是美人首饰，何以能接入前后种种自然风光中，历来备受争议；试按温庭筠特有的拟生思维方式来审视，便不会有"强植""突接"的违和感了：钿钗上的双蝶、鸂鶒都已被女主人公关不住的相思赋予了生命。双蝶本性恩

---

① 华钟彦著：《华钟彦文集》上册，河南大学出版社 2009 年版，第 134 页。

② 如高蟾《长门怨》："天上凤凰休寄梦，人间鹦鹉旧堪悲。平生心绪无人识，一只金梭万丈丝。"苏郁《鹦鹉词》："莫把金笼闭鹦鹉，个个分明解人语。忽然更向君前言，三十六宫愁几许。"张碧《美人梳头》"鹦鹉偷来话心曲"等。

③ 《菩萨蛮》其三："相见牡丹时。暂来还别离"，其八："牡丹花谢莺声歇。"

爱又恋花,自然会被明月下的满枝花所吸引,双双飞入,翩翩起舞,正如浦江清所论:"'知''枝'为谐音双关语"①。韦庄《女冠子》的"空有梦相随。除却天边月,没人知"、冯延巳《上行杯》的"梦里佳期。只许庭花与月知"都由温庭筠此词脱化而出,但言情更为直质疏快。而鸂鶒为鸳鸯一类惯双栖的水鸟,为寻觅伴侣,自然会飞出宝函、沉香阁,飞跃吴山,落到柳丝、雨丝摇曳的驿桥春水中,驿桥也正是女主人公所念之人的经行之地呵!

当此种搭配的独至之妙受到普遍关注后,人们在解读温词时,也习惯按其拟生的思维模式来解读,而不再拘泥于时空与物种,从而对一些本来可按常规解释的意象组合,也能翻出新意,等同于对词中意象的再创造,从而使温词的深隐特色更突出,引发的论争也更激烈。如其四云:"翠翘金缕双鸂鶒。水纹细起春池碧。池上海棠梨。雨晴红满枝。"若按通常解法,首句显然是池中真鸂鶒,韦庄的"桃花春水渌。水上鸳鸯浴"即承此而来。但俞平伯先生却以上述"宝函钿雀金鸂鶒"一词的搭配方式为依据,将其解作金雀钗上装饰品②。又如其九云:"满宫明月梨花白。故人万里关山隔。金雁一双飞。泪痕沾绣衣。""金雁"句含义颇多争议:有将其与第一韵意境相连,解为"高空飞雁"③,或指代"远人书信"④;也有将其与同韵下句意境相连,解为"衣上的绣纹"⑤。更有将其独立出来,解为"筝柱"⑥,理由是筝柱形似雁行,素有雁柱之称,温庭筠《咏弹筝人》即云:"钿蝉金雁今零落,一曲伊州泪万行",故"金雁一双飞"描写的是闺人弹筝以寄相思。但此词前后均未出现与筝相关的意象,且筝柱与雁的主要相似处在有声与成行,而不在"一双飞",故而此解甚新奇,不合常理,却是知人论词的产物:试看温诗《和友人悼亡》用"钿筝弦断雁行稀"来暗示女主人已去世,也是将拨弦引动筝柱比作雁飞,故将拨动双弦喻为"金雁一双飞"也并非无可能。这种迂回曲折的解读未必是温词原义,奇思妙想却得温词真传,能令人耳目一新,故而浦江清说"以此解为最胜"⑦。

在温庭筠此二调词中,还有一些生物装饰历来不被读者重视,但笔者按拟生思路来解读,却感到更有意趣。如学界就《菩萨蛮》其二第二至四韵的

---

① 浦江清著:《中国古典诗歌讲稿》,北京出版社2016年版,第282—283页。
② 俞平伯著:《读词偶得》,上海书店1984年版,第6页。
③ 温庭筠著,刘学锴校注:《温庭筠全集校注》中册,第929页。
④ 华钟彦著:《华钟彦文集》上册,第121页。
⑤ 俞平伯选释:《唐宋词选释》,人民文学出版社1979年版,第21页。
⑥ 刘攽《中山诗话》,转引自华钟彦《花间集注》,中州书画社1983年版,第8页。
⑦ 浦江清著:《中国古典诗歌讲稿》,第295页。

陡转意境究竟是梦是真,是眼前实景,还是回忆、想象展开激烈的论争,却很少留意词中意象的关联。笔者认为,词中强调能"惹梦"的是"暖香"萦绕的"鸳鸯锦"被,鸳鸯本是双宿双飞的水鸟,故独宿人在朦胧中自然会随拟生的鸳鸯,飞入"江上"由寓意离思的"柳""雁""月"营造的相思梦境或回忆中,这与上述诸词由鸂鶒联想到驿桥、春池的思路相通。再参看温诗《春愁曲》云:"远翠愁山入卧屏,两重云母空烘影。凉簪坠发春眠重,玉兔煴香柳如梦。"由此可推测此幻境中的"残月""柳如烟"很可能是兔形香炉散发的暖香,因玉兔居于月中,而香烟摇曳如柳。然后又由"江上"联想到"藕丝秋色浅",因藕生于秋江上,藕丝谐音双关,有配偶相思牵连的寓意;进而联想到自己穿着如秋藕丝般明净的衣裳,在花间依依惜别的情景。温庭筠诗词常包含谐音双关语与多重隐喻象征意蕴,便如同连环又跳跃的奇丽梦境一般。参看其《织锦词》云:"鸳鸯艳锦初成匹……为君裁破合欢被……象尺熏炉未觉秋,碧池已有新莲子。"篇末同样由鸳鸯锦被联想到秋池莲藕,只因"藕丝""莲子"谐音"偶思""怜子",本是古乐府民歌的传统。

又如《菩萨蛮》其十四云:"竹风轻动庭除冷。珠帘月上玲珑影。山枕隐浓妆。绿檀金凤凰。两蛾愁黛浅。故国吴宫远。春恨正关情。画楼残点声。"论词者通常将"绿檀金凤凰"视为普通装饰,但《菩萨蛮》诸词中其他生物装饰都有拟生寓意,此处也不应例外。相传凤凰"非竹实不食",故诗中常以竹为凤之归宿,凤为竹之知音,所以"绿檀金凤凰"的特写镜头表现的可能不仅是伊人装饰,还包括伊人心事。此凤凰拟生后,便会受竹风与团圆月影的召唤,穿越珠帘,回归竹林,正如伊人希望回归故国,见到故人一般。韦庄《谒金门》的"一夜帘前风撼竹。梦魂相断续"即承此而来。

总之,温词在静物描写上最具创意的特色在于配合陡转体势营造拟生效果,造成了历来词学界备受关注与争议的多种解读。读者若将其理解为装饰静物,固然会觉得无理据、无情韵;但若将其理解为拟生生物,便会觉得理所当然,富有情韵——因所配的景物本就是适合它们展现生意的自然环境,所配的真动物也与它们的物种、寓意相类,而赋予这些静物图案生命,让它们能亲近自然、比物连类的,正是词人与词中主人公郁积于内心的深挚情思,从而使词的意境尤富于暗示性,含蓄蕴藉,耐人寻味。

二、以诗词对照法辨析温词意格

历来学界对于温庭筠词有无寄托,有何寄托多有争议,对其中一些词的题材、意蕴也是众说纷纭。仅就词中内证而言,可谓见仁见智,但如采用诗词对照法,许多疑问便趋向明朗了。温庭筠古体诗的体势、意境都与词十分接近,后世不少词中佳句也都由温诗脱化而来①。因此,将温庭筠诸词与其意境相似的古体诗相对比,再参看前人与时人同类诗境,能更确切地理解其词中意蕴与词体特色,解决相关争议。

先看备受争议的《菩萨蛮》其一:

> 小山重叠金明<u>灭</u>。鬓云欲度香腮<u>雪</u>。懒起画蛾<u>眉</u>。弄妆梳洗<u>迟</u>。
> 照花前后<u>镜</u>。花面交相<u>映</u>。新帖绣罗<u>襦</u>。双双金鹧<u>鸪</u>。

关于"小山"为何物,历来有山眉、山枕、山形梳、屏风诸说,单看词境实难确定,但看相关诗境,含义就趋于明朗了。词中"小山"二句与温诗《春愁曲》前三句、《郭处士击瓯歌》的"兰钗委坠垂云发,小响丁当逐回雪。晴碧烟滋重叠山,罗屏半掩桃花月"、《夜宴谣》的"长钗坠发双蜻蜓,碧尽山斜开画屏"在意境、笔法上多有相通处,可知温庭筠诗词特别偏好此种重叠屏山与委坠鬓云的搭配,只因重叠能令屏山的光、色、形、景更密丽多变,而委坠鬓云的特写正是娇慵意态的绝妙缩影。因此,可以断定"小山"即是含义为山景画屏的"屏山"②,与《菩萨蛮》十一的"枕上屏山掩"前后呼应,结合诸词境,很可能是江南山景枕屏。

学界对此词主人公是少妇,还是舞伎;主题是纯写梳妆意态,还是包含相思恋情,乃至身世寄托也颇多争议。参看以闺思为主题的《春愁曲》云:

> 远翠愁山入卧屏,两重云母空烘<u>影</u>。凉簪坠发春眠重,玉兔煴香柳如<u>梦</u>。锦迭空床委坠红,飔飔扫尾双金<u>凤</u>。蜂喧蝶驻俱悠<u>扬</u>,柳拂赤栏纤草<u>长</u>。觉后梨花委平绿,春风和雨吹池<u>塘</u>。

前六句诗境可看作《菩萨蛮》其一与其二前两韵词境的融合与再现,如上所述,参照此诗可使词中"小山""柳""雁""月"的意蕴趋于明朗;但诗因少

---

① 如《莲浦谣》"镜里见愁愁更红"与韦庄《定西蕃》"愁销镜里红";《湘东宴曲》"堤外红尘蜡炬归,楼前澹月连江白"与李煜《玉楼春》"归时休放烛花红,待放马蹄清夜月";《惜春词》"百舌问花花不语"与冯延巳《鹊踏枝》"泪眼问花花不语"等。

② "屏山"的含义在学界备受争议,实为唐五代流行的山景画屏。奠基于初唐以来兴起的屏风与山景互拟诗,被温词提炼出来后流行于唐宋词中;因山景画与屏障形制配合,在拟山上有独至之妙,能不受时空限制地兴起望山念远之思。参见拙文《唐五代词中的"屏山"意象考论》,《中山大学学报》2017年第4期。

变化而显得繁重晦涩，而词则能发挥灵变体势，将美人晨妆意态描写得惟妙惟肖：词起句"小山重叠金明灭"与《春愁曲》前两句同为山景枕屏特写，妙在只取物象，而略去物种，宛如真山，金光闪烁，更能营造望山念远的梦幻氛围。次句与《春愁曲》的"凉簪坠发春眠重"都是睡美人坠发特写，妙在以"云"代"发"，加上"欲度"二字化美为媚，在如雪香腮衬托下，黑白分明之美，将堕未堕之态如在目前，堪称神来之笔。"懒起"二句换舒缓平韵，随之加入和缓的动态美，表现出恐无人欣赏又盼人欣赏的微妙心理。"照花"二句换用灵动的上声韵，转为活泼明艳的动态美，可见她不妆则已，妆则必求尽美。结句再换韵，定格在随身姿翩翩起舞，寄托着双栖愿望的"双双金鹧鸪"上，点题点睛，水到渠成。《春愁曲》的"飔飔扫尾双金凤"虽同具静物拟生之妙，但淹没在前后单调、繁杂的体势、意境中，难以彰显。

而后四句诗境也与《菩萨蛮》其四"绣衫遮笑靥。烟草黏飞蝶"、其七"画楼相望久。阑外垂丝柳"、十一"雨后却斜阳。杏花零落香"等极其相似，当有渊源。再参看温诗《感旧陈情五十韵献淮南李仆射》云："有客将谁托，无媒窃自怜。"用寄托代言方式，以女子欲嫁无媒，喻自己欲入仕而无贵人引荐，盼得李仆射汲引；又自述不遇时的精神状态是"懒多成宿疢，愁甚似春眠"，与《菩萨蛮》《春愁曲》中女主人公"懒起画蛾眉"、"凉簪坠发春眠重"的意态颇相似；而"定非笼外鸟，真是壳中蝉"的感慨，也与诸词中的闺妇心态及拟生意象相通。因此，可以推测《菩萨蛮》也是闺思词，很可能融入了怀才不遇的身世之感，这种寄托未必是有意为之，只因同病相怜，故能感同身受。

常州派论者激赏此词下片寄托了《离骚》"初服"之意，而现代不少学者认为此说牵强附会，还认为因"空虚寂寞"而自怜的独宿思妇不可能如此用心容饰，词中"弄"字可见主人公是妆成后"自我欣赏"的舞伎，未涉及爱情①。其实不然，所谓："顾影自媚，窥镜自怜。"（南梁张率《绣赋》）本就兼有自惜与自赏之义，正因自赏良材美质，才更自伤孤独无偶。参看南陈江总《长相思》："长相思，久别离。春风送燕入檐窥，暗开脂粉弄花枝"、晚唐刘驾《贾客词》："扬州有大宅，白骨无地归。少妇当此日，对镜弄花枝。"所写都是对镜弄妆的思妇，与温词中"照花前后镜，花面交相映"、"鸾镜与花枝，此情谁得知"如出一辙。

历来深情思妇本有两种表现：一种是无心容饰，如曹植《七哀诗》所谓："膏沐谁为容，明镜暗不治"；另一种却是精心容饰，以保持美好形象，体现爱

---

① 刘学锴著：《温庭筠传论》，安徽大学出版社 2008 年版，第 269、264 页。

美的天性、自赏的清高与守候的痴心。即如《离骚》云："进不入以离尤兮,退将复修吾初服。""既替余以蕙纕兮,又申之以揽茝。亦余心之所善兮,虽九死其犹未悔。"描写天性重修饰的美人,盼得君王爱重,纵被误解疏远,仍不改初衷,隐含以男女喻君臣,怀美喻怀德,修饰喻修德之意。而此词独到处在于上片描绘独宿思妇初醒后无心容饰的慵懒意态,下片转而描绘她起身后精心容饰的殷勤意态,合成情思婉转,妩媚多姿的美人形象,可谓体贴入妙,推陈出新。笔者认为她最终决定精心容饰,主要还是因天性爱美,也期待有悦己者来欣赏;而未必有如"初服"般守节不移的深意,但因表现相近而能引发读者类似联想也是可以理解的。

关于温词的寄托问题,还可参看意境相通的以下诗词:

《遐方怨》凭绣槛,解罗帏。未得君书,断肠潇湘春雁飞。不知征马几时归。海棠花谢也,雨霏霏。

《醉歌》辛勤到老慕箪瓢……欲用何能报天子。驽马垂头抢暝尘,骅骝一日行千里……唯恐南园风雨落,碧芜狼藉棠梨花。(篇末)

《醉歌》诗自叙欲报君王却无门的遭际,《遐方怨》词则代言盼夫归却未得书信的遭际。篇末都用风雨摧落海棠梨花的意象,比喻才士、美人心愿未偿,而青春空逝,与《离骚》"惟草木之零落兮,恐美人之迟暮"一脉相承。而词用八字涵盖十四字诗境,更觉蕴藉有味:"海棠花谢也",如闻闺中一声轻叹,再以短句"雨霏霏"作结,举重若轻,风致宛然,堪称"有余韵"的景语作结典范①,李清照《如梦令》(昨夜雨疏风骤)与此或有渊源。《醉歌》中"驽马"二句自喻仕途坎坷,如乘驽马般困顿不前,故期待有如骅骝般得力的人引荐,使自己早近天子,获得重用,与《清平乐》中"竟把黄金买赋,为妾将上明君"之意略同,而《遐方怨》中思妇又何尝不盼望"征马"是千里马,能载丈夫早日归来呢?温庭筠填闺情词时当包含了对主人公遭际的同情之理解,才会将诗中自伤身世的种种意境移入词中,《菩萨蛮》《更漏子》诸词也不例外,毕竟这种以男女关系类比君臣关系的思维模式,由来已久,深入士心。

再看主题与意蕴都耐人索解的两阕《菩萨蛮》:

满宫明月梨花白。故人万里关山隔。金雁一双飞。泪痕沾绣衣。

---

① 唐圭璋著:《论词之作法》,《词学论丛》,上海古籍出版社 1986 年版,第 855 页。

小园芳草<u>绿</u>。家住越溪<u>曲</u>。杨柳色依<u>依</u>。燕归君不<u>归</u>。（其九）

两蛾愁黛<u>浅</u>。故国吴宫<u>远</u>。春恨正关<u>情</u>。画楼残点<u>声</u>。（十四）

此二词在学界多有争议，因其中出现了"宫"意象，但如解为宫词，宫女又不应有"燕归君不归"这样的相思情。流行解说有二：或从浦江清之说，认为是闺思词，因"古者宫、室通称，不必指帝王所居"①，也可指闺阁；质疑者则认为唐代"宫"含义已基本固定为宫苑。或从俞平伯之说，认为是借用西施事的宫词，上下片叙述者分别为宫女与越溪女伴，"故人"指女伴，而"君"指宫女；质疑者则认为其他温词均未见上下片叙述者分离的结构，且"君"都指男性。

试看温诗《苏小小歌》末四句云：

吴宫女儿腰似束，家在钱唐小江<u>曲</u>。一自檀郎逐便风，门前春水年年<u>绿</u>。

正可为《菩萨蛮》的"小园芳草绿，家住越溪曲""春水渡溪桥，凭阑魂欲消"（十三）作注脚。诗中称盼郎归的苏小小为"吴宫女儿"，只因她与西施都是家住钱塘江畔的美人。再参看唐代王昌龄《浣纱女》的"钱塘江畔是谁家，江上女儿全胜花。吴王在时不得出，今日公然来浣纱"与白居易《忆江南》的"江南忆，其次忆吴宫……吴娃双舞醉芙蓉。早晚复相逢。"同是用西施典，以"吴宫"指代馆娃宫所在的苏州，以吴宫女指代生活在吴越故地的美人。因此，可以推测《菩萨蛮》二词也是闺思词，"宫"可能指当时尚存的吴王故宫，"故人"与"君"都指她所念之人，"家住越溪曲""故国吴宫远"云云，或是实写，或是用西施典表达对故乡故人的眷念。而"杨柳色依依。燕归君不归"正可与其十的"画楼音信断。芳草江南岸"、其七的"画楼相望久。阑外垂丝柳。音信不归来。社前双燕回"前后呼应，一唱三叹。《更漏子》其四中"待郎熏绣衾"直至"宫树暗"的女主人公应也是此类居于故宫畔的闺妇。

温庭筠在许多诗中都把江南当作故乡②，流露出对吴中旧居的怀念，如

---

① 浦江清著：《中国古典诗歌讲稿》，第 80 页。

② 《旧唐书》本传记载温庭筠是太原人，但他在诗中常以"江南客""吴客"自居，期盼回归的故乡是江南吴中，而非太原。以往学者多认为因他幼时客居江南，而刘学锴综合考辨温庭筠诗词与生平后，认为"庭筠的实际出生地当为吴中"，"在苏州附近"，青少年时也生活在吴中。（《温庭筠传论》，第 10—15 页。）

《送卢处士游吴越》诗前四句云：

> 羡君东去见残梅，唯有王孙独未<u>回</u>。吴苑夕阳明古堞，越宫春草上高<u>台</u>。

用"王孙游兮不归，春草生兮萋萋"（淮南小山《招隐士》）的典故，慨叹自己如远游王孙，无法回到吴苑、越宫畔的故乡。温庭筠《杨柳枝》中"系得王孙归意切"的杨柳也位于"馆娃宫外邺城西。"反观《菩萨蛮》诸词频频将相思融入江南风光中，很可能因作者本就是江南游子，在历次羁旅中，曾面对"千里关山边草暮"（《回中作》）、"营前月照沙"（《敕勒歌塞北》）的边塞景观，曾想念故乡的"吴苑夕阳明古堞，越宫春草上高台"，曾发出"钱唐岸上春如织……碧草迷人归不得"（《堂堂曲》）的感慨；因此，会在诸词中想象、同情江南思妇对着"满宫明月梨花白"、"小园芳草绿"，想念"故人万里关山隔"，发出"玉关音信稀"、"燕归君不归"的叹息。温词《定西番》的"攀弱柳，折寒梅。上高台。千里玉关春雪。雁来人不来"意境也相类。即如李白《春思》云："当君怀归日，是妾断肠时。"游子乡思与闺妇相思本来相通，共同构成了"春恨"。

　　最后来对比温庭筠词中佳境与类似诗境。温词中多征夫思妇词，此种题材颇适用陡转意境来表现——只因思妇所在闺阁与征夫所在边关意格本就迥异。究其成因，晚唐本多战乱，且时人面对战争的心态与盛唐人不同，豪气消而哀思多。温庭筠专写战争题材的古体诗大都遵循一种套路：先发挥他擅铺陈的特长，用过半篇幅渲染战事的惊险、激壮、惨烈，至末尾一二句意境却陡转为凄艳、柔美、宁静。如《遏水谣》末尾云"麟阁无名期未归，楼中思妇徒相望"、《塞寒行》末尾云"彩毫一画竟何荣，空使青楼泪成血"《湖阴词》末尾云"吴波不动楚山晚，花压阑干春昼长"、《昆明池水战词》末尾云"渺莽残阳钓艇归，绿头江鸭眠沙草"等，后世学者对此种结尾方式的评价与对温词中陡转意境的评价极为相似，有斥为"有词无情，如飞絮飘扬……直不知所谓"[1]者，也有赞为"若与题绝不相关，正是咏史妙境"[2]者。其实，此种写法与陈陶名作《陇西行》"誓扫匈奴不顾身，五千貂锦丧胡尘。可怜无定河边骨，犹是春闺梦里人"一脉相承，前后风格看似迥异，实则相反相成，流露出作者的真实态度，那便是对战乱的反感与对和平的渴望。

---

① 陆时雍著：《诗镜总论》，丁福保辑：《历代诗话续编》下册，第 1422 页。
② 黄周星：《唐诗快》，陈伯海编：《唐诗汇评》，浙江教育出版社 1995 年版，下册，第 2612 页。

当温庭筠用诗来表达这种意境与见解时，难免显得千篇一律，欠缺新意；但用灵变新生的词调来表现时，便能展现出诗所难及的鲜活生动。以与其诗境最为相似的《蕃女怨》为例：

> 平仄韵转换格，单调三十一字，七句四仄韵、两平韵。
> 仄平平仄平仄仄。中仄平仄。仄平平，平仄仄。中平平仄。
> 碛南沙上惊雁起。飞雪千里。玉连环，金镞箭。年年征战。
> 仄平平仄仄平平。仄平平。
> 画楼离恨锦屏空。杏花红。

此调为温庭筠所创，颇能代表温庭筠第二种词调句短、韵密、换韵频繁、句法灵变，擅用拗句的特色。全词以小小沙雁为线，笼罩了漫长的时空：起二句由长拗句陡转为短拗句，正是备刚柔之气的体势，能促成意境切换。词中意境呈辐射之势，视线先被生动的惊雁吸引，随之拓展到雁所处的环境，乃是飞雪千里的边关沙场。拗句与密集抑扬的上声韵增强了惊起、绵延之感，堪称"有力如虎"[1]。进而留意雁为何惊起，换韵后视线聚焦到超短句"玉连环，金镞箭"上，看似精美，实则悲壮，是"惊雁起"的原因，更是"年年征战"的明证。末二句转为舒缓的平韵，意境顺势由辽阔、动荡沙场陡转为盼望"雁门消息"的精美、幽静闺阁，此种强烈的对比尤能使前后意境相反相成——夫君年年征战，导致妻子独守画楼，"锦屏空"何其幽静，而"离恨"之强烈迫切却不逊于战场上频惊起的雁、急飞舞的刀环箭镞，战场也因承载了此离恨而更觉悲壮。

备受常州派论者称道的《更漏子》词境也有对应的诗境：

> 《更漏子》其二：星斗稀，钟鼓歇。帘外晓莺残月。兰露重，柳风斜。满庭堆落花。
> 《经李征君故居》一院落花无客醉，五更残月有莺啼。
> 《更漏子》其五：银烛尽，玉绳低。一声村落鸡。
> 《赠知音》翠羽花冠碧树鸡，未明先向短墙啼。窗间谢女青蛾敛，门外萧郎白马嘶。

---

[1] 陈廷焯选编：《词则》上册，上海古籍出版社 1984 年版，第 548 页。

相比之下,可见《更漏子》调陡然转、灵活对的特色与温词密丽生动、婉约蕴藉的特色:

《更漏子》其二用二十三字的连环参差对,演绎出《经李征君故居》十四字的诗境——不须以"有""无"作提示,仅通过平仄韵转换,便能表现出莺声破晓与花落人去的对比。而韵中参差对法使对比更丰富鲜明:第一韵星斗与报更钟鼓的暗淡沉寂,更突出残月与报晓莺声的明亮响亮,能向帘内人昭示天已破晓,"晓莺残月"因此成为经典的报晓声光意象,在后世词中被广泛继承,佳句如韦庄的"莺啼残月。绣阁香灯灭"、柳永的"杨柳外晓风残月"等。第二韵兰、柳的繁盛生动,更突出满庭落花的衰残幽静,能提示卷帘人,所念者久别未至,而青春已如花飘逝。

《更漏子》其五中十一字的交错参差对,内蕴却比《赠知音》二十八字的诗更丰富,通过星、烛光渐暗与一声鸡啼骤起的对比,生动再现出"未明先啼"的场景与室中人惊觉、惜别的心境,至于具体情形是"青蛾敛""白马嘶",还是其他,则任人想象了。将叙、论、情寓于体贴入微的景物描写与即体成势的鲜明对比中,留下丰富的想象空间,正是温词意境的独至之妙。

常州词派论者率先关注到温词意境的此种独至之妙,陈廷焯秉承宗主张惠言之说,认为《更漏子》中"惊塞雁"三句与"兰露重"三句包含了苦乐、盛衰对比,"颠倒言之,纯是风人章法,特改换面目,人自不觉耳。"又云:"飞卿古诗有与骚暗合处,但才力稍弱,气骨未遒。可为骚之奴隶,未足为骚之羽翼也。惟《菩萨蛮》《更漏子》诸词,几与骚化矣,所以独绝千古。"[1]虽有攀附风骚之嫌,却也不无见地。所谓"风人章法",当指由《诗经》奠定的通过对比来彰显深情的诗歌传统。如《卫风·氓》云:"不见复关,泣涕涟涟。既见复关,载笑载言……桑之未落,其叶沃若……桑之落矣,其黄而陨",即通过对称句式营造忧乐、盛衰对比,彰显痴怨之深。这种章法在后世诗歌中从者甚众,但善因还须善创:温庭筠古体诗革新程度有限,未能打破诗体既定的审美范式,故被视为纤弱夸饰的诗体末流,影响有限。而温庭筠词能超越前代诗歌与自家古体诗,不必沦为风骚之奴隶,只因其词调在韵律、句式、句法、对法、结构上都比古、近体诗更趋灵活,相应的意境能即体成势,别开生面,形成诗中所无的繁促、密丽、深隐特色,从而促成词体意识,开创出一种新的审美范式。

---

① 陈廷焯著,屈兴国校注:《白雨斋词话足本校注》,第23、688页。

三、正变观促成的主流词风印象与词学史地位

当今学界认可度颇高的温庭筠词主流特色有婉约、密丽、冷静、深隐，其中，婉约、密丽的特色是温词固有的，为历代学界所认可。而冷静、深隐的特色则是在近现代学界才被强调的，对这些特色的成因与得失也多有争议。历代关于温词特色的争议集中在雅俗上，而温词是否包含寄托，又是界定雅俗的关键之一。鉴于今天所能看到的温词与特别关注的温词都是经过筛选的，故在探讨温词实际风貌时有必要先考察筛选的标准与目的。

温庭筠传世词以《花间集》所录六十六首最为著名，又以置于此集卷首的《菩萨蛮》《更漏子》诸词最受瞩目。《花间集叙》已标榜此集选编目的是选录"诗客曲子词"，来取代"言之不文"，"扇北里之娼风"的流行俗艳曲子词，取名"花间"只为追步古雅乐"阳春"的格调，又特别标举"近代"温庭筠的"《金荃集》"为典范①；故温词作为最受推崇的开篇第一家，去取自然最为精严，所选多是流行温词中造诣高妙且相对婉雅者，如此才能别于且胜过流行俗艳曲子词，为"诗客曲子词"张目。试看《全唐五代词》收录温词六十九首，其中来自《云溪友议》的 2 首《新添声杨柳枝》、来自《尊前集》的一首《菩萨蛮》(玉纤弹处真珠落)与《花间集》六十六首相比，词风差别显著，也因此在学界引发了关于温词的真伪雅俗之争。要了解这场论争的起因与是非，还须参看以下两则记载：

> 晚唐《云溪友议》温歧（与裴诚）为友，好作歌曲，<u>迄今饮席多是其词</u>⋯⋯二人又为《新添声杨柳枝》词，<u>饮筵竞唱其词而打令也</u>。词云："思量大是恶因<u>缘</u>。只得相看不得<u>怜</u>。愿作琵琶槽那畔，美人长抱在胸<u>前</u>"又曰："独房莲子没人<u>看</u>。偷折莲时命也<u>拼</u>。若有所由来借问，但道偷莲是下<u>官</u>。"温歧曰："一尺深红朦曲<u>尘</u>。旧物天生如此<u>新</u>。合欢桃核终堪恨，里许元来别有<u>人</u>"又曰："井底点灯深烛<u>伊</u>。共郎长行莫围<u>棋</u>。玲珑骰子安红豆，入骨相思知不<u>知</u>"⋯⋯宴席中有周德华⋯⋯（唱）《杨柳枝》词，采春（德华母）难及⋯⋯<u>豪门女弟子从其学者众矣</u>。温、裴所称歌曲，请德华一陈音韵，以为浮艳之美，德华终不取焉。二君

---

① 赵崇祚辑，李一氓校：《花间集校》，人民文学出版社 1981 年版，第 1 页。

深有愧色。所唱者七八篇,乃近日名流之咏也。(下列滕迈"三条陌上拂金羁"、贺知章"碧玉装成一树高"等词,长不备录。)①

五代《北梦琐言》宣宗爱唱《菩萨蛮》词,令狐相国假其(温庭筠)新撰密进之,戒令勿他泄,而遽言于人,由是疏之。②

学界或据《北梦琐言》所载与《花间集》所录温词,认为温庭筠词风婉雅,包含寄托,进而认为《花间集》未收的那首《菩萨蛮》"颇鄙俗",与《花间集》所录十四首《菩萨蛮》"不类",故"是否确为温作,不无可疑"③;或据《云溪友议》所载,认为包括花间词在内的温词在时人眼中"多为应歌之作,内容、风格连当时的名歌妓都认为系'浮艳之美'而不取,致使其'深有愧色'",进而将应歌与真情、高格、新意对立起来,认为当时流行歌词都是"类型化"的,表现为缺乏有个性的情语,且为代言体,温词即是典范,故"不可能有寄托个人身世遭遇之意"④。其实,这两则记载与《花间集》选词并不矛盾,共同印证了当时流行歌词的三大特色:

一是流行词风有两种:一种艳质谐俗,广泛流行于歌馆酒筵中。如温、裴《新添声杨柳枝》诸词,以具体生动的情语、谐语见长,乐以淫,怨以怒,极打情骂俏之能事,与文人推崇的风骚宗旨背道而驰,却能从俗悦众。另一种相对文雅婉约,主要受上层人士的青睐。如《花间集》所录温词与周德华所唱词,颇多融情入景语,也不乏个性情语,如德华所唱刘禹锡词云:"清江一曲柳千条,二十年前旧板桥。曾与美人桥上别,恨无消息至今朝。"

二是雅俗词都兼有自言与代言体,如裴诚两首《新添声杨柳枝》与德华所唱大多数词都是男作者自言其情的。偏重女音固然是唐宋时尚,但只要是柔曼词便适合女性演唱,未必要是代言体。如公认"只合十七八女郎执红牙板歌"⑤的柳永"今宵酒醒何处,杨柳岸、晓风残月"词,就是自言,而非代言。

三是应歌词宜配合特定听众、场合、歌者,最好在词调与意格上都能投其所好、适其所需、尽其所长,有如量身定制,才易受欢迎,能流行。就词调而言,温庭筠选用《新添声杨柳枝》与《菩萨蛮》二调来填词,只因周德华善歌

---

① 张鷟、范摅撰,恒鹤等校点:《云溪友议》,上海古籍出版社 2012 年版,第 123 页。
② 孙光宪著:《北梦琐言》,上海古籍出版社 1981 年版,第 29 页。
③ 曾昭岷等编撰:《全唐五代词》,第 126 页。
④ 刘学锴著:《温庭筠传论》,第 267 页。
⑤ 王奕清等:《历代词话》,唐圭璋编:《词话丛编》第二册,第 1175 页。

《杨柳枝》,而唐宣宗爱唱《菩萨蛮》。就意格而言,温、裴给德华的歌词描写欢场风情,艳质谐俗,因这是最受当时歌妓欢迎、"饮筵竞唱"的风情;怎料德华虽为歌妓,品味却不同流俗,选唱歌词大都婉雅,故能得上层名流青睐,豪门女弟子也投主人所好,争相追随——像温、裴这样的词场老手尚有失策时,可知应歌之难能,绝非"类型化"之词可胜任。

而《菩萨蛮》的预期听众是唐宣宗,温庭筠不会低估皇帝的品味,也不会在皇帝面前自曝低级趣味,故自当选用婉雅精艳的歌词①,在一些豪门名流汇聚的场合也会选用此类歌词,花间十四首《菩萨蛮》即属此类。如果一定要说此类词意格单一,是受到某种模式的限制,那么这种模式也不是时兴的应歌模式,而是传统的微婉寄兴模式:因君臣、上下关系对应的是男女关系,故身为臣下者要寄托,便宜作闺音,言婉约忠恕之情,而在寻常应歌词中颇受欢迎的撒娇撒痴、敢怨敢怒、具体真率的风情则不相宜。《花间集》所录《菩萨蛮》等温词有意或无意地契合于传统寄托模式,故能引发寄托联想。参看《花间集》未收的一阕《菩萨蛮》,被学界认为"颇鄙俗",与其余十四阕"不类",正因下片"风流心上物。本为风流出。看取薄情人。罗衣无此痕"属敢怨敢怒的真率情语。

其实,应歌新词有如命题作文,要能动人,或是即兴即景抒情,或是以日常能动己的真情真景为基础,而不宜落入俗套。综上可见温词中美人的意态当来自他平日由衷欣赏或爱慕的对象;而心态则多是用同情理解的方式体察到的,或从其融入身世情怀的旧诗意境中提炼变化而来的——配合独特体势,注入奇思妙法,故虽为代言,却不失真情、新意。其中如花间十四首般主题、意象、风格相近相通的同调词,可单独演唱,也可连缀成章,同时演唱。

总之,温庭筠作为引领时尚的歌词作者,能兼擅婉雅与谐俗两种流行词风,以迎合不同需求。其中婉约密丽者在词调体势与意境上都更能体现独树一帜的造诣与词别于诗的特色,也更符合文士的审美追求,有助于让词体与词人摆脱卑格末流之讥,因此更能得到《花间集》与后世文坛流行选本的青睐。而如《新添声杨柳枝》与《菩萨蛮》(玉纤弹处真珠落)这类相对直俗艳质的词,不为《花间集》所选也是理所当然的。在清以来影响颇大的常州派《词选》悬格更高,特别选录《花间集》中最为婉约密丽的《菩萨蛮》十四阕与

----

① 历来文人应歌词不拘一格,但应制歌词多是精美婉雅的,以符合宫廷气象与文士身份。如李白《宫中行乐词》《清平调》、柳永《醉蓬莱》(渐亭皋叶下)、曾觌《壶中天慢》(素飙漾碧)等。

《更漏子》其一、二、六阕,因此,婉约密丽确实是温词独造擅场的特色与传世名篇的主流风格,却不是温词仅有或专擅的风格,今人在评价温词的真伪、意格与用途时应避免以偏概全。

在近现代词坛,将温庭筠《菩萨蛮》《更漏子》诸词推上评论风口浪尖,促成当今学界主流印象的,是晚清近代常州派论者与王国维等论者围绕温词特色与优劣展开的论争。常州词派将温词奉为地位至尊的词体正始,推尊力度空前,而最推崇的代表作便是在宗主张惠言选编的《词选》中,置于卷首的《菩萨蛮》十四阕与《更漏子》三阕。张惠言认为这些词寄托了"感士不遇"之情,能秉承"离骚初服之意",堪称"深美闳约"的正始典范。《词选》被常州派奉为词学纲领,

另一领袖周济进一步通过生动比喻来对比分析温庭筠与韦庄、李煜词:

> 毛嫱、西施,天下美妇人也,严妆佳,淡妆亦佳,粗服乱头,不掩国色。飞卿,严妆也;端己,淡妆也;后主则粗服乱头矣!①

严妆美人是有生命、有内涵的,展现的是根源于天姿与性情的内外兼修、动静相成之美。即如陈洵道:"飞卿严妆……惟其国色,所以为美。若不观其情盼之质,而徒眩其珠翠,则飞卿且讥。"②严妆美人最动人处在为悦己者精心容饰的情盼之姿与深挚之情;且按传统观念,其婉约蕴藉、端庄得体,比粗服乱头者更能秉承"要眇宜修"的风骚深意。尤其能将张惠言之说发扬光大的后劲陈廷焯所著《白雨斋词话》云:

> 飞卿词全祖《离骚》,所以独绝千古。《菩萨蛮》《更漏子》诸阕,已臻绝诣,后来无能为继。③

再次强调能奠定温词主流特色与词史地位的是《菩萨蛮》《更漏子》诸词,并进一步论述了诸词由风骚变化而来的章法与深意。

常州派对温词寄托的解读过于质实,引发不同审美好尚者的不满,率先提出强烈质疑的是王国维。正所谓擒贼先擒王,常州派最推崇的温词自然首当其冲,相关论述也是针锋相对。《人间词话》指责常州派所谓风骚深意,

① 周济著:《介存斋论词杂著》,唐圭璋编:《词话丛编》第二册,第1633页。
② 陈洵著:《海绡说词》,唐圭璋编:《词话丛编》第五册,第4841页。
③ 陈廷焯著,屈兴国校注:《白雨斋词话足本校注》上册,第15页。

全属"深文罗织",主张:

> 温飞卿之词,句秀也;韦端己之词,骨秀也;李重光之词,神秀也。词至李后主而眼界始大,感慨遂深,遂变伶工之词而为士大夫之词。周介存置诸温、韦之下,可为颠倒黑白矣!
>
> 张皋文谓飞卿之词"深美闳约"。余谓此四字唯冯正中足以当之;刘融斋谓飞卿"精艳绝人",差近之耳。"画屏金鹧鸪",飞卿语也,其词品似之。"弦上黄莺语",端己语也,其词品亦似之;正中词品,若欲于其词句中求之,则"和泪试严妆",殆近之欤?
>
> 温、韦之精艳,所以不如正中者,意境有深浅也。①

特别选温庭筠《更漏子》、韦庄《菩萨蛮》、冯延巳《菩萨蛮》中词句来概其词品,显然是要挑战温庭筠《菩萨蛮》《更漏子》诸词被常州派赋予的权威地位。言下之意是温词只有精艳绝人的词句,而无生命情韵,难当"深美闳约"之誉,造诣尚不如虽精艳而尚有生趣的韦庄词,更不如意境"深美闳约"的冯延巳词与"感慨遂深""神秀"的李煜词。同时李冰若受此说影响,认为温词缺陷在只有华丽辞藻,"而乏深情远韵";并进一步探讨其成因,明确将《菩萨蛮》《更漏子》诸词因意境陡转而形成的深隐特色视为罪魁。近现代支持王、李观念者颇多,却未留意到二家观念看似同一战线,实则存在矛盾,可互相辩难:既然反感温词有句无神,零碎不贯,却为何偏要用断章取义的方式来评价温词呢? 若将温词孤立的比作"画屏金鹧鸪",如此有表无里,一目了然之物,又如何会给人以破碎难解之感呢? 其之所以难解,只因接在了风格迥异的"惊塞雁,起城乌"之后,故要了解其是否连贯,不宜断章摘句,而宜通观对比,不能仅停留于单句静的印象,还应探讨其全篇动的规律。

在这场论战的影响下,温庭筠最具对称之美的第三种词调,即《菩萨蛮》《更漏子》二调诸词,及其引发的"严妆"美人、"画屏金鹧鸪"两大妙喻成为近现代学界探讨温词特色时引用率最高的论据,也因此成就了当今学界对温庭筠词风的主流印象,因《人间词话》在当代流行更广,故"画屏金鹧鸪"之喻所强调的客观冷静与衍生的深隐难明特色更为深入人心。

总之,当今学界对温词冷静、密丽、隐约的主流印象,主要来自张惠言《词选》从《花间集》中选录,置于卷首的《菩萨蛮》十四阕与《更漏子》三阕;对

---

① 王国维著:《人间词话》初刊本,彭玉平疏证:《人间词话疏证》,第 410 页。

温词的题材、意格、造诣、转接理据与用途的各种争议,也多围绕此二调诸词展开,故包含着多重偏见与误解:一则《花间集》与《词选》在选录温词时,都受到正变观念的影响,更偏向于婉雅一路,置于卷首的此二调诸词堪称婉雅典范,却难以涵盖温词全貌。二则此二调诸词仅是传世温词中尤具繁促、对称之美者,虽能彰显温词独到的特色,却无法涵盖温庭筠传世名篇的意蕴、风格,也无法尽显其独造擅场的体势、意境特色。三则许多论者未留意温词中独到的参差对法与静物拟生技法,而将主客动静相成误解为客观冷静,将婉约蕴藉误解为隐晦无理。有鉴于此,本节通过综合分析温庭筠词调体势、独到技法与相关诗境,来明辨此二调诸词的特色及成因,温词真正的特色与创作实况;下一章将在此基础上,对比分析温庭筠与其他几位唐五代词宗韦庄、冯延巳、李煜同调诸词,以明辨诸家的特色、渊源、异同与词史地位,更好地解答存在争议的相关问题。

第七章　唐宋词史的正变建构研究：
各大词宗与词体流变

第一节　韦冯李：唐五代三大词宗考论

　　唐末五代词坛中能引领时尚的名家,除词祖温庭筠外,还有三大词宗:韦庄、冯延巳、李煜。《花间集》是词体定型的重要标志,而韦庄是此集中除花间鼻祖温庭筠外,时代最早、影响最大的名家,公认为花间词宗,后世言唐五代本色词必推尊《花间》,言《花间》必推尊"温、韦",几成通例。韦庄词在体势、意境上都与温庭筠一脉相承,主流词风则能自成一家,堪称是花间派一流名家词中,词风与温庭筠渊源最深而差别最显著者。当今学界公认温、韦主流词风有客观冷静、密丽、隐约与主观热烈、疏快、明朗的显著差别。因此,对比分析温、韦词,能集中考见花间派词的特征(即词体定型的特征)、传承情况与兼容性。继花间派后兴起的是南唐词人群,词宗冯延巳、李煜是温、韦外最受瞩目的唐五代词大宗,二家词体势与意境自有渊源,又都上承温、韦引领的花间派,下开晏殊、欧阳修所引领的宋初台阁词人群,堪称唐宋词风转换的枢纽。因此,对比分析冯延巳、李煜词的特色与渊源,能集中考见南唐词人群特征的形成过程与兼容性。而综合对比分析温、韦、冯、李四家词,则能概见唐末至宋初词体演进的轨迹,也能集中考见词体本色的特征与兼容性——只因唐宋人对"词体本色"的界定主要是以唐末五代宋初词为依据的。

　　要界定词体、词体本色与各体派的特色,须明辨关键特征与兼容性。只因词能自成一体,各体派能自成一派,都要求成就词体、词派的诸家词本同末异:一方面,具有相通的渊源与共同的特色,这种特色即是词派与词体的关键特征,即如作为花间派正始典范的温、韦词,共同特色正堪代表此派的关键特色,而彼此渊源也为此派共同的渊源;另一方面,在保留关键特征的基础上,各有变化,自成独到的特色——若是后继者都千篇一律,亦步亦趋,便不具备成体、成派的分量与资格了。即如《花间集》中词风相对鼻祖温庭筠变化颇大的词宗韦庄词,为此派变始,也是衡量此派变幅与兼容性的绝佳参照——考察韦与温词的差异及成因,有助于了解花间词风与词体本色究竟能兼容多大的变化,又是怎样的变化。

一、《菩萨蛮》较论:一脉相承而各有胜场

在唐五代词调中,地位独特且影响最大的当属《菩萨蛮》,不仅是最早为文人词采用的词调,也是最受一流名家青睐的词调①,更是唐宋第二大流行词调②。采用了最便流行的基本律句主导类纯奇字句式,又是盛中唐同式词调中,唯一采用平仄韵转换格,最能彰显跌宕对照之妙的词调。唐五代具有词祖、词宗地位的李白、温庭筠、韦庄、冯延巳、李煜都擅写《菩萨蛮》,同调名篇一脉相承,各有胜场,自开境界。故对比分析诸家同调诸词,能更直观地了解此调特色、诸家词渊源、特色、专长及影响。

一些前辈学者采用摘句的方式来概括诸家词的特色与差异:

> 王国维:"画屏金鹧鸪",飞卿语也,其词品似之。"弦上黄莺语",端己语也,其词品亦似之;正中词品,若欲于其词句中求之,则"和泪拭严妆",殆近之欤?③
>
> 袁行霈:用"画屏金鹧鸪"来概括温词的这种装饰性真是恰到好处……用韦庄的一句词来概括他的风格,最恰切的莫过于"春水碧于天"……一个浓,一个淡,二者的不同显而易见。④

此种方式所摘词句融情入景,直观生动,故影响甚广;但因有句无篇,摘句格律又与近体诗句无异,所以无法体现词体特色,也就难以反映出诸家词的真正特色与差异。参看温庭筠《菩萨蛮》诸词便会发现,从韦、冯《菩萨蛮》词中摘出的这些融情入景句,无论是风格,还是技法,都只能算是对温词的继承发扬,算不得是戛戛独造;但若将这些词句放回篇中,结合词调体势,诸

---

① 唐五代最具影响力的五大名家李白、温庭筠、韦庄、冯延巳、李煜,代表名篇都包含的词调仅有《菩萨蛮》。
② 在唐五代、宋代流行词调中分别排名第三、第五。
③ 王国维著:《人间词话》初刊本,彭玉平疏证:《人间词话疏证》,第410页。
④ 袁行霈著:《中国诗歌艺术研究》,第305页。

家不同的特色便能彰显。

先重点探讨时代较早、奠定花间词风的温、韦词,对比温《菩萨蛮》其三与韦《菩萨蛮》其一,韦词的"琵琶金翠羽。弦上黄莺语"显然承自温词的"翠钗金作股。钗上蝶双舞。"二者同处于第三韵位置,押上声韵,结构、句法都相同,意象表述也相近,精彩处都在于是精艳、鲜活、含情的拟生意象,而静物拟生法本就是温词所创,故仅就此句而言,堪称嫡传神似,可概见的并非韦别于温的词品,反而是温、韦一脉相承的词品。但若放回篇中,二家差别立显:温词的"钗上蝶双舞"后接的是"心事竟谁知。月明花满枝",由精美饰品陡转为自然景观,欲知双蝶与伊人心事,还须从景语中索解寻味;而韦词的"弦上黄莺语"后接的是"劝我早归家。绿窗人似花",直接道出莺语内容,一语道破伊人心事。

其实,《菩萨蛮》其一通篇都是对温庭筠同调词意象、意境、技法的大量继承与重新组合:起句"红楼别夜堪惆怅"与温词"玉楼明月长相忆"(《菩萨蛮》其六)取境、句法基本相同。接下来的"香灯半卷流苏帐。残月出门时。美人和泪辞。琵琶金翠羽。弦上黄莺语"显然承自温词"灯在月胧明,觉来闻晓莺。玉钩褰翠幕,妆浅旧眉薄。"(《菩萨蛮》其五)都是拂晓时分在室内"香灯"、户外"残月"的朦胧微光与清脆婉转的莺语中,隔着半卷的精美帐幕窥见含情的"美人",而擅用声光显隐搭配营造生动凄美的黎明意境本是温词所长,只不过韦词用弦上拟生含情的莺语取代了温词中真实的莺语,更便于代伊人道出心事。冯延巳《菩萨蛮》其二的"金炉烟袅袅。烛暗纱窗晓。残月尚弯环。玉筝和泪弹。"显然又是从温、韦词境中继承而来,而婉约、代言的言情方式则类温词。

而第四韵"劝我早归家。绿窗人似花"也是从温词"花落子规啼。绿窗残梦迷"(《菩萨蛮》其六)中脱化而出的,其中女主人公绿窗独守的处境与劝夫君珍惜易逝花颜,尽早归家的心事都相同,差别在于韦词是直抒胸臆,温词则通过描述她对消逝的落花、劝子归的子规声这类同病相怜意象的关注,来婉转言情。"绿窗残梦迷"的意象同样被韦词"碧天云,无定处。空役梦魂来去。夜夜绿窗风雨。断肠君信否"(《应天长》)"柳暗魏王堤。此时心转迷。"(《菩萨蛮》其五)化用了,而言情同样有婉约密丽与质直疏快之别,由此可见韦庄对这两句温词情有独钟,也可见二家词风的异同。

再对比温庭筠《菩萨蛮》其二与韦庄《菩萨蛮》其二:

水精帘里颇黎枕。暖香惹梦鸳鸯锦。江上柳如烟。雁飞残月天。

藕丝秋色<u>浅</u>。人胜参差<u>翦</u>。双鬓隔香<u>红</u>。玉钗头上<u>风</u>。

人人尽说江南<u>好</u>。游人只合江南<u>老</u>。春水碧于<u>天</u>。画船听雨<u>眠</u>。

炉边人似<u>月</u>。皓腕凝双<u>雪</u>。未老莫还<u>乡</u>。还乡须断<u>肠</u>。

韦词第二、三韵为融情入景意境,转接方式与搭配技法多承自温词,都利用转韵由淡远景语切换到精艳美人特写,以形成丰富多变,相反相成的美感:韦词的"春水碧于天。画船听雨眠"与温词的"江上柳如烟。雁飞残月天"、"杨柳又如丝。驿桥春雨时"同为清秀淡远、风神相似的江南景致,故同样不适合用来概括韦庄别于温庭筠的词品。而韦词的"炉边人似月。皓腕凝双雪"与温词的"鬓云欲度香腮雪",都是用了自然物拟人与对比辉映法的美人特写,或用红炉映衬雪腕[①],或用白腮雪烘托乌鬓云,使色泽、意态更鲜活;都妙用动词,韦用"凝"化动为静,突出温酒时的娴静温柔,温则用"欲度"化静为动,突出睡眠时的活色生香。而温词更精炼,故能进一步与"小山重叠金明灭"的精艳意象拼接,使意境更密丽,对比更丰富,透露出望山念远的相思情。

不同的是温词第二、三韵是陡转,由眠时景跳跃到醒时景,耐人寻味;韦词第二、三韵则是顺承,先承上"江南好"来表现江南风景好,进而表现人更美好,顺理成章。"炉边人"应是"画船"上温酒的美人,与徐铉的"暖酒红炉火,浮舟绿水波"(《又赋早春书事》)意境相类。通观全篇,二家差别就更明显了:韦词是自言体,第一、四韵都是夹叙夹议的直接情语,文气疏畅,占全词过半篇幅;而温词是代言体,以融情入景意境为主,仅"惹梦"二字直接涉及人情。

不少学者以"春水碧于天"为依据,认为韦庄《菩萨蛮》中景语以清淡宏远为主,与温词的精艳不同。其实不然,韦、温词景语都是以华彩精艳为主的。即如其二中描写的"画船"便是华彩的船,而船上在碧波红炉辉映下的美人皓腕,更是明艳如月,光彩照人。综观其余四首《菩萨蛮》中景语依次为"红楼""香灯半卷流苏帐""琵琶金翠羽。弦上黄莺语""绿窗人似花""骑马倚斜桥。满楼红袖招。翠屏金屈曲。醉入花丛宿""柳暗魏王堤""桃花春水渌。水上鸳鸯浴。凝恨对残晖"都以设色见长,金、碧、黄、红、翠、粉、彩兼而有之,纵使是描写宏远景观,也是聚焦于其间"红袖""画船""皓腕""柳""桃

---

① 学界普遍将"炉"解作"垆",即酒店中放酒瓮的土台子,但笔者认为当指温酒的火炉,因与炉火辉映的美人,才能明朗如月。参看韦庄诗中不少"炉"都指温酒火炉,如《冬夜》的"睡觉寒炉酒半消,客情乡梦两遥遥"、《留题王秀才别墅》的"火满红炉酒满瓢"等。

花""鸳鸯"一类精艳轻灵之物上,而此类以设色精妙且纤宏相成的景语正是温词所长。除上引各句外,温词中与韦词意境相似的还有"满宫明月梨花白""万枝香袅红丝拂""翠翘金缕双鸂鶒,水文细起春池碧。池上海棠梨,雨晴红满枝""时节欲黄昏,无憀独倚门"等。

但若论直接情语,则韦词显然更胜一筹。综观《花间集》所收温庭筠《菩萨蛮》十四阕,抒情大都仅用"心事""关情""忆""恨"等语点到为止,而韦庄《菩萨蛮》五阕却有近半是夹叙夹议的直接情语,具体真切,且大都两句一意,文气疏畅,有别于温词单句语义自足的致密风格。就抒情方式与内容而言,韦词是自言其情,内容丰富,包括"劝我早归家"的夫妻情分、"满楼红袖招"的露水情缘、"酒深情亦深"的主客情谊,还寄托了"还乡须断肠"的乡愁国恨与"洛阳才子他乡老"的身世之感。而温词则全是用代言体写痴心守候情的闺思词,当今学者因此反感其过于单一化和类型化,却很少留意其有助于成就婉雅格调,承载寄托并引发寄托联想。

总之,韦庄传世五首《菩萨蛮》(都收入《花间集》)词中融情入景的意境绝大多数都与温庭筠同调词有直接渊源,都以精艳华彩,婉约蕴藉见长,同类意境有堪称神似者,也有韦词意象较疏朗者,又因韦词没有温词中那种只取物象,略去物种的状物方式,故相对疏、显,但在景语上的这些细微差别尚不足以成就韦词特色。温、韦词能给人留下精巧、密丽、隐约、蕴藉与质朴、疏快、显明、真率的不同印象,关键原因还在于:1.在抒情方式与内容上,有代言与自言之别,代言更婉转;又有专擅婉约、密丽、题材单一、普适化的融情入景语与兼擅质直、疏快、内容丰富、有个性的直接情语之别。2.在意境转接方式上,有时空跳跃的跌宕陡转与时空互补的顺承圆转之别。韦词能超越温词,自成一家,关键还是因其更擅用自言体抒写富有个性的直接情语。

再来探讨与花间同源分派的南唐冯延巳、李煜词。从抒情内容与方式上看,冯延巳同调词(共八首)与温词相似,除其八为采莲词外,全为用代言体写痴心守候情的闺思词,故也以婉雅寄托闻名,融情入景意境有许多都承自李白、温、韦词。而独造处在于对人情物态的比兴关系体贴入微,而且非常擅长描写具有微妙联动关系的情景,尤其擅长表现深婉悲情。以其五为例:

娇鬟堆枕钗横凤。溶溶春水杨花梦。红烛泪阑干。翠屏烟浪寒。锦壶催画箭。玉佩天涯远。和泪拭严妆。落梅飞晓霜。

此词的意境主要承自李白《清平乐》(鸾衾凤褥)，而佳句兼采温、韦词中意象与技法，堪称善因善创，能自成清艳、婉雅、深悲境界的当数第四韵中二句，意象、技法均有渊源："和泪拭严妆"意象略同于李白《菩萨蛮》的"和泪掩红粉"，而"严妆"的表述比"红粉"更显端庄。此句单看并不算佳，能成其妙关键还在与"落梅飞晓霜"拼接后，风神独绝。此种意境与拼接法源于温庭筠《菩萨蛮》十五："玉纤弹处真珠落。流多暗湿铅华薄。春露泛朝华。秋波浸晚霞。"采用了独到的自然物拟人法，特点是不用比喻词，即体成势地呈现亦真亦幻，生动多姿之美。"春露"两句单看是精致春晨与恢宏秋晚的风光，但与第一韵联合后，便都成为严妆美人拭泪的传神特写——纤指拭落的泪珠冲淡了铅华，露出明艳肌肤，宛若朝露沾润下初放的春花；又浸红了顾盼含情的明眸，恰似灵动秋波中沉浸的晚霞，将美人面部细节刻画得如此有自然气象，前所罕见，令人惊艳。冯词的"落梅飞晓霜"妙处略同，既是一夜无眠后所见的凄美晨景，又能与"和泪拭严妆"美人互拟，落梅如清丽憔悴的玉颜，飞霜如拭落的清泪。

相比之下，冯词的喻象更清雅独特，只因世间如花美人虽多，风姿高洁堪比梅花的却极罕见。即如况周颐评韩元吉咏梅词"莫把玉肌相映，愁花见，也羞落"云："花羞玉肌，其海棠、芍药之流亚乎？对于梅花，殊未易言，人世几曾见此玉肌也！"[1]其实，此类美人并非初见于韩元吉词，也非初见于冯延巳词，而是源出于韦庄《浣溪沙》：

> 惆怅梦余山月斜。孤灯照壁背窗纱。小楼高阁谢娘家。
> 暗想玉容何所似，一枝春雪冻梅花。满身香雾簇朝霞。

冯延巳对韦庄此词非常钟爱，词中多次采用相关意境，如《相见欢》云："晓窗梦到昭华。阿琼家。欹枕残妆一朵，卧枝花。"其中清雅芬芳的喻象正契合于冯词词品，故更得青睐。意境与韦词多重相似的如《酒泉子》："云散更深。堂上孤灯阶下月。早梅香。残雪白"、《采桑子》："窗月徘徊。晓梦初回。一夜东风绽早梅"、《醉桃源》："角声吹断陇梅枝。孤窗月影低"等，自成境界的则如《鹊踏枝》："梅落繁枝千万片。犹自多情，学雪随风转。"《抛球乐》："波摇梅蕊当心白，风入罗衣贴体寒。"上述各词中的梅花既是伊人眼前景，也与伊人形神相通。

---

① 况周颐原著，孙克强辑考：《蕙风词话·广蕙风词话》，第23页。

　　既然冯词中意境、喻象、技法都承自前人,又何以能成就独绝风神呢?

　　一则与词的主题、情感类型与抒情方式有关。韦庄《浣溪沙》是自言体,其中谢娘是作者思慕的对象,故渲染出的是情人眼中的如梅玉容,清艳绝俗,令人心醉。而李白与温庭筠《菩萨蛮》虽然也是代言体的相思词,但塑造的都是敢怒敢怨的美人形象,抒写的是"待雁却回时。也无书寄伊"、"看取薄情人。罗衣无此痕"这类直质真率情,故不可能引发寄托联想,也不可能给人以清雅端庄之感。而冯延巳词要塑造的是怨而不怒的相思人形象,故其中喻象包含了韦庄词中所无的深婉悲情,李白、温庭筠词所无的清雅气质与忠贞品格。

　　二则与冯词的独到造诣有关。试看其中梅花喻象,最动人的不是初开的梅,而是凄美的落梅、断梅,寓意着青春与欢情的消逝,具体描写十分细腻生动,如《菩萨蛮》以清冷飞动"晓霜"来比喻拭落的凄凉清泪,《鹊踏枝》以繁枝千万片落尽而犹自多情随风转的梅花,来比兴在华筵笙歌散尽后,思绪犹自多情地追随所念人而去,"红绡掩泪思量遍"的伊人。《抛球乐》则以"波摇梅蕊当心白"比兴为相思牵动,昭昭可见的眷恋之心,而以随波荡起的贴体寒风比兴别后的刻骨凄凉,故要劝"且莫思归去,须尽笙歌此夕欢。"从而充分展现出伊人的清雅气质、深婉悲情与忠贞品格,能被王国维推为"深美闳约"典范。

　　在意境转接方式上,冯词仍沿用传统的圆转方式。如此词第一韵两句的意境搭配与温庭筠《菩萨蛮》其二前两韵相似,都是由睡美人特写转为由户外远景构成的梦境,但转接方式却不同——温词"暖香惹梦鸳鸯锦"后陡转为"江上柳如烟",甚为奇丽,只有细加玩味,才能明白这拟生的鸳鸯是通过暖香惹起的梦境才飞到江上的;而冯词直接阐明伊人在"娇鬟堆枕钗横凤"后所见的"溶溶春水杨花"是"梦",就不必费心解索,也无甚寻味空间了。其实,此词起句意象也承自温庭筠《菩萨蛮》十四的"山枕隐浓妆,绿檀金凤凰。"温词尤擅描写这类在屏、枕等寝具间若隐若现的睡美人特写,容饰精致,意态娇憨,同调词中还有"小山重叠金明灭。鬓云欲度香腮雪""无言匀睡脸。枕上屏山掩",此后从者甚众,风靡一时。冯延巳同调词中同类意象还有"双娥枕上颦""宝钗横翠凤。千里香屏梦。"李煜同调词中也有"抛枕翠云光"。

　　而李煜同调诸词从抒情内容与方式上看,采用圆转顺承的方式,以生动且富有个性的情语见长,故如韦庄词般,以疏快、显明、热烈著称,意境有许多也都承自温、韦、冯词。而独造处源于王国维所谓"赤子之心",自然率性人难及。擅于运景、叙、论入情,尤擅写极悲极乐之境,故景的真切独到、情的淋漓尽致,也为人所难及。如《菩萨蛮》云"眼色暗相钩。秋波横欲流",同样承自温庭筠的"玉纤弹处真珠落。流多暗湿铅华薄。春露泮朝华。秋波浸晚霞",但此种被眼色"钩"出的秋波,展现的并非如温词般的陡转之妙,而是运景入情的灵动流转之妙,其顾盼生姿,脉脉含情,堪比"回眸一笑百媚生",看在情人眼中,其乐何及! 又如另一首《菩萨蛮》云"潜来珠锁动。惊觉银屏梦"承自冯延巳的"画堂昨夜西风过。绣帘时拂朱门锁。惊梦不成云。双娥枕上颦"。擅长体贴出人、情、景、物间微妙的联动关系,营造灵动流畅的意境本就是冯词所长。但李煜词下一韵是"脸慢笑盈盈。相看无限情",惊觉后见到的乃是情人入门相会的极乐境,与冯词连梦中相会也未得的凄婉境迥异。

再看李煜最著名的《菩萨蛮》云:

> 花明月暗笼轻雾。今朝好向郎边去。刬袜步香阶。手提金缕鞋。
> 画堂南畔见。一向偎人颤。奴为出来难。教君恣意怜。

此词与李白《菩萨蛮》(举头忽见衡阳雁)都极富戏剧性,情景随韵脚转换层层出新。不同的是,李白词宛如女子的内心独白,通篇融情景入叙论,读去先觉有理,细思便觉有情;而此词宛如女子对情人的告白,通篇运景、叙、论入情。读去先觉有情,细品才觉有理,景致意态也颇能动人。此类直接抒写真实情事的词,最妙在景语、情语都富有个性,能推陈出新,为前人所未道。不仅坦诚真率,毫无掩饰;而且前七句对"出来难"情景的传神刻画、重重铺垫,只为托出"教君恣意怜"的愿望——这也是天下有情人共同的愿望与最大的乐事。而且根据词境,这一愿望已付诸实践,很快便能成真,与冯延巳《点绛唇》中"意凭风絮。吹向郎边去"这种虚无缥缈、自我安慰式的愿望不同,故最终成就的是极乐之情境。参看李煜在亡国后所作《菩萨蛮》云"人生愁恨何能免。销魂独我情何限",由极乐变为极悲,而坦诚真率的作风未变,李煜词正擅长表现此种普适性与个性合一——"人生"所共有,而"我独"能有极致发挥与感悟的情感。

二、用调特色较论:繁促渐变为疏快

韦庄词用调情况:共 21 调

1. 基本律句主导类 8 调:

(1) 纯奇字句式 5 调:《浣溪沙》(5 首)《菩萨蛮》(5 首)《天仙子》(5

首)《木兰花》(1 首)《小重山》(1 首),仍用三、五、七言句。

(2) 奇偶句混合式 3 调:《女冠子》(2 首,兼有混合类特征)《喜迁莺》(2 首)《望远行》(1 首)。

2. 混合类 11 调:《河传(怨王孙)》(4 首)《归国遥》(3 首)《谒金门》(3 首)《荷叶杯》(2 首)《应天长》(2 首)《江城子》(2 首)《思帝乡》(2 首)《诉衷情》(2 首)《上行杯》(2 首)《定西番》(2 首)《酒泉子》(1 首)。

3. 其他句式主导类 2 调:六言主导类 1 调:《清平乐》(6 首,兼有混合类特征);三言主导类 1 调:《更漏子》(1 首)

与温庭筠词一样,都以混合类词调为主,这也是花间词派能形成繁促特点的关键原因;调名、体势、意境与技法仍是大量承自温词,这也是温庭筠堪称《花间》鼻祖的关键原因。但基本律句主导类词调所占比例比温词提高了,温词中占 27%,韦词中占 38%。

韦庄在基本律句主导类词调中,不仅擅于顺应相对疏朗、简洁的体势,加入质朴、真率、畅快的直接情语,如《浣溪沙》的“咫尺画堂深似海,忆来唯把旧书看。几时携手入长安”、《望远行》的“不忍别君后,却入旧香闺”、《菩萨蛮》的“此度见花枝。白头誓不归”等;而且在《菩萨蛮》(劝君今夜须沉醉)《天仙子》(深夜归来长酩酊)《喜迁莺》(人汹汹)、(街鼓动)这四首词中,通篇以叙论为词,其中快语、佳句如“劝君今夜须沉醉。樽前莫话明朝事。珍重主人心。酒深情亦深……遇酒且呵呵。人生能几何”“惊睡觉,笑呵呵。长道人生能几何”“人汹汹,鼓冬冬。襟袖五更风。大罗天上月朦胧。骑马上虚空”“风衔金榜出云来。平地一声雷”“争看鹤冲天”等,展现出当时文人词中罕见的阳刚之风与豪放之气[1]。当时词体意识尚未自觉,民间词中也不乏阳刚之作,故韦庄此类词不过是即体成势,即兴抒情,并非有意创新,也算不上是创新;但韦庄填词名家的身份与诸词造诣,使得其在五代文人词中颇有流传,从而为唐末五代文人词注入阳刚之风。

试看冯延巳《喜迁莺》的“相逢携酒且高歌。人生得几何”、《金错刀》的“歌宛转,醉模糊。高烧银烛卧流苏。只销几觉懵腾睡,身外功名任有无”豪放不减韦庄;而《抛球乐》的“波摇梅蕊当心白,风入罗衣贴体寒。且莫思归去,须尽笙歌此夕欢”、“归去须沉醉,小院新池月乍寒”将从韦庄处传承的词境,与其独到的清雅微妙、融情入景语组合后,便令百炼钢化为绕指柔,壮士

---

① 同时文人惟易静的 720 首《兵要望江南》也是通篇以叙论为词,具有阳刚之风与豪迈之气的,《望江南》词调也属基本律句主导类词调。

气变作林下风了。参看李煜词中类似意境,亡国前《渔父》云:"一壶酒,一竿身。快活如侬有几人"、亡国后《乌夜啼》云:"世事漫随流水,算来梦里浮生。醉乡路稳宜频到,此外不堪行"。韦、冯词中醉语,貌似畅快,实则顿挫,暗含着人生苦短、世事难测的隐忧;而李煜词中醉语,乐是真乐极乐,悲则是表里皆极悲,其词独造处由此可见一斑。

韦庄混合类词调共 11 调,《归国遥》《荷叶杯》《河传》《思帝乡》《诉衷情》《酒泉子》《定西番》7 调都始见于温词;各调格律都在温词的基础上作了调整,可见此类词调源自温词,而具有势奇多变的特色;其中体现出"正常化"趋向(即向近体诗律靠拢)的仅有上章中提到的《荷叶杯》《诉衷情》2 调,其余 5 调则是在变化中灵活运用了各种革新方式,变化后别于诗的特色同样显著。如《思帝乡》词调:

> 温体及词:花花。满枝红似霞。罗袖画帘肠断,卓香车。回面共人闲语,战篦金凤斜。唯有阮郎春尽,不归家。
>
> 韦体 1 及词:春日游。杏花吹满头。陌上谁家年少,足风流。妾拟将身嫁与,一生休。纵被无情弃,不能羞。
>
> 韦体 2 及词:云髻坠,凤钗垂。髻坠钗垂无力,枕函欹。翡翠屏深月落,漏依依。说尽人间天上,两心知。

三体都全用律句,共具篇短、句短、韵密、句式灵变的特色,在革新方式上各有偏擅:温体句式最灵变,兼有 4 种句式,7 句中保留了 2 个五言基本律句,而韦词变体 1 起句比温词多 1 字,第 6 句比温词少 2 字,第 7 句比温词少 1 字,其余俱同,变化后句更短、韵更密;变体 2 与变体 1 相比,第 2 句又减 2 字,第 7 句仍沿用温体句式,变化后全由三、六言句组成了。

结合意境看,韦词 2 与温词都是代言体,章法、各句语义衔接方式与抒情方式都相似,风格也无甚差别:前六句都以精艳的融情入景语为主,单句语义自足,每押一韵,意境便随之变化,故同具精艳密丽风格;末二句都为点到为止的泛化情语,如"不归家""两心知"之类本是相思与欢会词的题中之义,对具体因由、内容与感受都无说明,故同具婉约风格。

韦词 1 与温词都是代言体,章法也相似,但各句语义衔接方式与抒情方式不同,风格便有婉约与疏快的显著差别,韦词独造处也得以彰显:都是先写花,再写人,最后抒情,但温词前六句是以旁观者视角写来,融情入景,抒情颇婉转,第三韵二句已点明"肠断",第四韵二句又故作"回面共人闲语"之态来掩饰，末句虽直言心中所念，也是点到为止，营造出的是一个婉约羞涩的美人形象；而韦庄词前四句则是以女主人公视角写来，运景入情，次句便巧妙地以"杏花"引出有幸邂逅心上人的女主人公，"吹满头"的描述更流露出幸何如之的心情。接下来"陌上"两句语义连贯，描述情人眼中的"少年"，景语即情语，"足风流"三字极张扬，也甚钟情，可想见当是如韦庄《菩萨蛮》中描述的"当时年少春衫薄。骑马倚斜桥"这样意气风发的少年形象。末二句直接抒情，一气呵成，韵中断句浑难觉，更妙在内容具体，富有个性，此类情语最能动人。值得注意的是，真率、具体的情语未必有个性，如"妾拟将身嫁与"虽真率，却未见个性，爱之便欲嫁之，本是人之常情，温词中也有"偷眼暗形相。不如从嫁与，作鸳鸯"，但接下来的"一生休。纵被无情弃，不能羞"便有个性，能如此敢爱敢当的女子实不多见，可见爱之深与性之烈。冯延巳《鹊踏枝》中名句"日日花前常病酒。敢辞镜里朱颜瘦"用意略同，在冯词中也算直质情语了，但比韦庄此词还是婉雅蕴藉不少，三家所擅情语之别由此可见一斑。

韦庄沿用温庭筠词调的词，有不少风格都类似温词，如《更漏子》词调，韦庄体及词云"钟鼓寒，楼阁暝。月照古桐金井。深院闭，小庭空。落花香露红。烟柳重，春雾薄。灯背水窗高阁。闲倚户，暗沾衣。待郎郎不归"，在体势上也没有向近体诗律靠拢，惟过片句不用韵，且采用参差对与温词异，这些调整降低了过片转换意境、调节节奏的作用，反而使词境变得呆板了；在意境上完全是温庭筠同调词中"星斗稀，钟鼓歇。帘外晓莺残月。兰露重，柳风斜。满庭堆落花。""香雾薄。透帘幕。惆怅谢家池阁""倚栏望……思无穷。旧欢如梦中"的翻版，无甚新意，置于温集中风格也无分别。后世同调词中温、韦体都有传人。

而那些能自开境界，为世所称道的，大都采用了各句语义连贯的意境搭配与富有个性的直接情语。如《女冠子》词调，韦庄虽然沿用了温体，但起三句温词云："含娇含笑。宿翠残红窈窕。鬓如蝉。"融情入景，一句一换，配合短句、密韵、多变句式，极密丽灵动之妙。而韦词则云："四月十七。正是去年今日。别君时。"采用了各句语义连贯的方式，用主人公向情人倾诉的口吻道出，短短十三字已道明今日日期、去年相会的具体时间与别离时长，直质如话，期间频繁押换韵、变换句式，似乎也变得难以察觉了。但这不意味着词调体势特色就泯灭了，试将此句换为普通陈述语言"四月十二正是去年今朝别君时"，读去就全无原词的韵律之美了。妙处略同的还有另一首《女冠子》的"昨夜夜半。枕上分明梦见。语多时"。《荷叶杯》的"记得那年花下。深夜。初识谢娘时",若换成无短句密韵的"昨夜夜中枕上分明梦见,语多时""记得那年花间,深夜初识谢娘时",也都变成大白话,而不成词了。因此,韦庄此类词的独造处在于:既能展现出灵变富有韵律感的体势特有的韵味,又能展现出疏密、巧拙相成之美。

总体而言,从词调体势上看,韦庄词大体秉承并发扬了温词别于诗的灵变、繁促特色,向近体诗律靠拢的"正常化"趋向稍有体现,但不明显。韦庄词风能自成一家,关键还在于运用上文已提到的两大法宝:一是意境自然圆转,时空互补,各句语义连贯,浑然一体;二是擅写富有个性,具体生动的直接情语。从而能用繁促、精巧的体势,表现出相对疏畅、自然的意境,别具相反相成之妙。因此,能与温词共同奠定花间风尚与词体本色。

冯延巳用调情况:共 35 调

1. 基本律句主导类 21 调:

(1) 纯奇字句式 13 调:《菩萨蛮》(8 首)《抛球乐》(8 首)《醉花间》(4 首)《归国遥》(3 首)《醉桃源》(3 首)《浣溪沙》(2 首)《舞春风(瑞鹧鸪)》(1 首,格律同七律)《长相思》(1 首)《莫思归》(1 首)《金错刀》(1 首)《玉楼春》(1 首)《捣练子》(1 首)12 调,仍用三、五、七言句;《虞美人》正体(2 首)仍用三、五、七言句,变体(2 首)包含九言长句。

(2) 奇偶句混合式 8 调:《鹊踏枝(蝶恋花)》(14 首)《采桑子》(13 首)《临江仙》(3 首)《喜迁莺(鹤冲天)》(3 首)《南乡子》(3 首)《忆江南》(2 首)《上行杯》(1 首)《薄命女》(1 首)

2. 混合类 9 调:《酒泉子》(6 首)《应天长》(5 首)《谒金门》(3 首)《芳草渡》(1 首)《相见欢》(1 首)《点绛唇》(1 首)《忆仙姿》(1 首)《忆秦娥》(1 首)《思越人》(1 首)。

3. 其他句式主导类 5 调:《清平乐》(3 首,兼有混合类特征)《三台令》(3 首)《寿山曲》(1 首)3 调为六言主导;《更漏子》(5 首,兼有混合类特征)为三言主导类;《贺圣朝》(1 首)为四言主导。

李煜词用调情况:共 21 调

1. 基本律句主导类 19 调:

(1) 纯奇字句式 11 调:《菩萨蛮》(4 首)《望江南》(2 首)《望江梅》(2 首)《渔父》(2 首)《捣练子》(2 首)《浣溪沙》(1 首)《长相思》(1 首)《阮郎归》(1 首)《玉楼春》(1 首)《子夜歌》(1 首)10 调仍用三、五、七言句;《虞美人》(2 首)1 调包含九言长句。

(2) 奇偶句混合式 8 调:《临江仙(谢新恩)》(8 首)《采桑子》(2 首)《浪

淘沙》(2 首)《蝶恋花》(1 首)《一斛珠》(1 首)《乌夜啼》(1 首)《破阵子》(1 首)《喜迁莺》(1 首)。

2. 混合类 1 调:《相见欢(乌夜啼)》(2 首),包含九言长句。

3. 六言主导类 1 调:《清平乐》(1 首,兼有混合类特征)

温庭筠、韦庄、冯延巳、李煜四家对比,可知花间与南唐词风的差异首先与用调趋向有关,四家词中基本律句主导类词调所占比例逐渐增大,依次为 27%、38%、60%、90%,相应的词风也由繁促渐变为疏朗。而北宋初主导词坛的台阁词人群,名家名篇用调同样以基本律句主导类词调为主,如领袖晏殊与欧阳修的传世名篇用调大都集中在《鹊踏枝》《玉楼春》《采桑子》《踏莎行》《渔家傲》《生查子》《蝶恋花》《南歌子》《浪淘沙》《浣溪沙》《望江南》等此类词调上,在意境上也对冯、李词多有继承,故南唐词风公认能下开北宋。

具体来看,冯、李相对温、韦,在用调上的新风尚主要有:

一是擅用基本律句主导类奇偶句混合式词调,此式词调在冯延巳、李煜基本律句主导类词调中所占比例大于《花间集》。冯、李所用此式词调,承自《花间集》的唯《临江仙》《采桑子》2 调;调名承自前代,而创用奇偶句混合式变体的有《上行杯》《南乡子》《忆江南》《浪淘沙》4 调;率先采用的有《鹊踏枝》《一斛珠》《乌夜啼》《破阵子》4 调。

冯延巳尤擅用此类词调,代表名篇多集中在此。其偏爱的此类词调大都兼有参差与对称体势,故流美特色更突出,正能发挥其擅写微妙联动情景,以抒发深婉悲情的独造处。以最著名的《鹊踏枝》与《采桑子》为例:

鹊踏枝:双调六十字,上下片各五句、四仄韵。

中仄中平平仄仄。中仄平平,中仄平平仄。

中仄中平平仄仄。中平中仄平平仄。

中仄中平平仄仄。中仄平平,中仄平平仄。

中仄中平平仄仄。中平中仄平平仄。

采桑子:双调四十四字,上下片各四句、三平韵。

中平中仄平平仄,中仄平平。中仄平平。中仄平平中仄平。

中平中仄平平仄,中仄平平。中仄平平。中仄平平中仄平。

都为上下片格律相同的重头曲,分三部分,首尾都是七言句,中间相对短小的两句便成为全词开阖的关键,以四言偶字句串联,音节流美,意境衔接也更流畅,《采桑子》连用两个格律相同,呈对称之势的四言句串联,流美特色更突出,声如贯珠。试看冯词《鹊踏枝》云:"萧索清秋珠泪坠。枕簟微凉,展转浑无寐。残酒欲醒中夜起。月明如练天如水。"起句"萧索清秋珠泪坠"至次句"枕簟"上,故觉"微凉",此"凉"是秋凉、泪凉,更是相思凄凉,"微"字妙在举重若轻——珠泪落枕引起的凉自然是极轻微的,只有枕上人能感受到,但却足以令人"展转浑无寐",只因其人心中催生此泪的相思凄凉甚多甚重,无奈只能用这微弱的清泪来表达,又有谁知呢?既然"无寐",自然就进入第三句的"欲醒"状态,醒后便"中夜起",起后便望见第四句中阔朗的"月明如练天如水"。由此也可见温、冯词中融情入景同中有异,各有胜场:同样是单句语义自足,纤宏变化自如,不同的是温词意境一句一换,以相反相成的强烈对比成就奇丽,而冯词意境句句关联,上句意象自然进入下句中,故成就的是微妙联动的流丽。如果将第二句换成三言律句"簟微凉",或五言律句"枕簟透微凉",便难以彰显流丽之妙了。再看《采桑子》云:"西风半夜帘栊冷,远梦初归。梦过金扉。花谢窗前夜合枝。"不说梦被西风惊醒,而说飞到远方去寻找所念人的梦被西风带回,可谓妙想奇思。配合灵动的体势,读来只觉思绪随着西风吹入帘栊,带回远梦,途经那道现实中希望跨越却无法跨越的金扉,再回到窗前时,看到夜合花枝已凋谢了,也就意味着希望好合的梦想破灭了。又如"画堂灯暖帘栊卷,禁漏丁丁。雨罢寒生。一夜西窗梦不成""起来点检经游地,处处新愁。凭仗东流。将取离心过橘洲",令人思绪随词中情景流动的妙处也略同。若将其中一个四言律句改成五言律句"处处是新愁""雨罢觉寒生",思绪流动便会因而中断。

《鹊踏枝》全押仄韵,比平韵更急促有力;上下片末二句句式整齐、句句入韵,故韵律感和力度更增,所配合意境也宜一韵一转,愈转愈深,末二句作为最深处,除了要进一步承转出新外,还宜有能令人惊艳、感动的佳句来为全篇点睛。这样的体势与柔情题材配合,能增强情感的力度和深度。冯词如"河畔青芜堤上柳。为问新愁,何事年年有。独上小楼风满袖。平林新月人归后""阶下寒声啼络纬。庭树金风,悄悄重门闭。可惜旧欢携手地。思量一夕成憔悴""雨横风狂三月暮。门掩黄昏,无计留春住。泪眼问花花不语。乱红飞入秋千去"等,经过前三句渲染后推出的末二句,既是水到渠成,又能更进一层,彰显出清雅、深悲的独造特色,故能成为备受称道,代有继人的千古名句。

二是擅用领字与延长基本律句的革新方式。温、韦引领的花间词惯用缩短句式的革新方式,以短句密韵著称,而冯、李《虞美人》《乌夜啼》词调则兼善长句,由此成就了独到的疏畅风格。

先看《虞美人》词调,现存最早的文人词是毛文锡词。冯延巳词中有两首沿用了毛文锡的正体，另两首为包含九字长句的变体。此二体都属平仄韵转换格，重头曲，上下片前三句格律相同："中平中仄平平<u>仄</u>。中仄平平<u>仄</u>。中平中仄仄平<u>平</u>。"都为基本律句，而差别在于末句分别采用了截短、延长基本律句的方式，两相对比，有助于了解变换句式的作用：正体末二句格律是"中平中仄仄平<u>平</u>。仄平<u>平</u>。"结句是截取前句末三字后形成的，类似泛声，在前后七字句衬托下，短频快特点越发彰显，令词调重心后移，顺势而成的意境须有迅速缩结全篇之力，堪称词眼。如冯词下片云："风笙何处高楼月。幽怨凭谁说。须臾残照上梧桐。一时弹泪与东风。恨重重。"此前种种渲染，堆叠出重重春恨，至结句一语道出，收束斩截有力。而变体上下片由五句变为四句，结句格律变为"中仄中平中仄仄平<u>平</u>。"填词时若采用二字领起，则将七言基本律句延长成九言律句，体势顿时由原调的精炼急促，变为疏放酣畅。配合此前平仄韵转换的跌宕与渐长句式的铺垫，酣畅之势更能突显。试看冯词云："春山澹澹横秋水。掩映遥相对。只知长作碧窗期。谁信东风吹散彩云飞。　　银屏梦与飞鸾远。只有珠帘卷。杨花零落月溶溶。尘掩玉筝弦柱、画堂空。"前结以"谁信"领起，九字一气，贯注着难以置信的震惊与沉痛。而后结未用领字，中间便稍停顿，文气便由疏快酣畅变为抑郁低回了。此体前后结通常会如此词般采用不同句法，以增加变化，防止审美疲劳。也正是这一变体，成就了李煜的代表名篇《虞美人》：

> 春花秋月何时<u>了</u>。往事知多<u>少</u>。小楼昨夜又东<u>风</u>。故国不堪回首、月明<u>中</u>。　　雕阑玉砌依然<u>在</u>。只是朱颜<u>改</u>。问君都有几多<u>愁</u>。恰似一江春水向东<u>流</u>。

前结未用领字，正宜表现"不堪回首"的哀婉低回，过片连押两个抑扬的上声韵，文气已被引起，句式先阖后开，"问君"句式稍延长且换平韵，引起的文气被徐徐导出，而问句本身也正是导出情感的闸口，故后结顺势以二领字引出"恰似一江春水向东流"，九字平仄交错，一气呵成，情、象、声融为一体，读来也似春江波翻浪涌，奔腾而去，悲情力度震撼人心。若将下片第二句改为"花貌却难<u>留</u>"的基本律句，文气便不如原词跌宕酣畅，若将后结改为"恰如春水向东<u>流</u>"的基本律句，更是点金成铁，软弱乏力，境界全无了。即如田玉琪所论："李煜对此调的新变对后来创作产生重要影响，两宋及后世创作，体式上绝大部分沿用李煜此体。"①可见其魅力与影响力。

---

① 田玉琪著：《词调史研究》，第 352 页。

比起冯延巳,李煜在擅用长句方面可谓"青出于蓝而胜于蓝"。除两首《虞美人》外,《乌夜啼》词调更通过领字与独到造诣,成就了前所未有的奇格:

> 双调三十六字,上片三句三平韵,下片四句两仄韵、两平韵。
> 中平中仄平<u>平</u>。仄平<u>平</u>。中仄中平中仄、仄平<u>平</u>。
> 中中<u>仄</u>。中中<u>仄</u>。仄平<u>平</u>。中仄中平中仄、仄平<u>平</u>。

此调本名《相见欢》,始见于薛昭蕴词,但薛词上下片末句未用领字,中断为"六、三"节奏,如前结"细草平沙蕃马、小屏风";或"六,三"节奏。如后结"暮雨轻烟魂断,隔帘栊",展现出的是短句婉约之妙,另有冯延巳《相见欢》一词也未用领字。但李煜二词则不同,末句多用领字合成九言长句,如其一云:"林花谢了春红。太匆匆。<u>常恨</u>朝来寒重晚来风。 胭脂泪,留人醉,几时重。<u>自是</u>人生长恨水长东。"其二下片云:"剪不断。理还乱。是离愁。<u>别是</u>一番滋味在心头。"率先在此调中使用了领字"常恨""自是""别是",将短句的婉约变为长句的酣畅。此调无一基本律句,以三字超短句为主,加入九字超长句后,便形成了长短陡转交替的奇变体势,故《虞美人》中长句抒情是渐进,而此调则是突发,结合词境,其二起句用流丽六言表现春花谢,温柔凄婉,陡转为三字短句道出"太匆匆"这样斩截沉痛的论断,又陡转为九字长句,将朝暮不尽的沉痛恼恨和盘托出,仿佛上天无一刻不在专门与惜花人作对。换头又突变为三个三言短韵句,仄平交替,声情顿挫,"胭脂泪"极精艳,却是恨的来源,自此似乎已知恨为何如此深了,原来惜的不只是林花谢,而是宫花谢,国家亡,此"留人醉。几时重"之泪当是离故宫时宫娥送别之泪,即如《破阵子》云:"最是仓皇辞庙日,教坊犹奏别离歌。垂泪对宫娥。"通常名家词在此种无法作答也不必作答的问句之后,或是戛然而止,或是转以景语作结,以留余韵。李煜词则不然,其下又陡转出九字长句,一语说尽了人生此恨如逝水不可挽回的现实。原来此恨也不限于宫花、国家,而是自然人生共有难消之恨,无怪乎如此之深!其二换头三个顿挫短句正宜表现"剪不断。理还乱"的愁绪,至此既明白说出"是离愁",似乎便无可再言了,其下陡转出的一声长叹道"别是一番滋味在心头!"真可谓"愈说尽,而愈无尽",这别有的一番滋味应不限于离愁,何其耐人寻味。而李煜词特有的刚柔相济、直婉相成的奇丽之美,也因此奇变体势而彰显。

总之,冯延巳词用调颇繁,兼容并包,基本囊括了前代曾出现的各类词调,包括一直流行的基本律句主导类纯奇字句式词调、能彰显花间词特色的混合类词调;又兴起了能彰显南唐词特色的基本律句主导类奇偶句混合式词调与加领字的长律句。相应的意境也丰富多样,既大量继承了温、韦花间词中的意象与技法,又开启能引领南唐词风的富贵气、深悲、清雅、微妙联动等特色,故"堂庑特大",堪称上承花间、下开南唐北宋的关键。而李煜词调体势更趋疏快舒畅,九成都是基本律句主导类词调,尤擅用加领字的长律句,唯一的混合类词调《相见欢(乌夜啼)》也创用了加领字的长律句。此种体势正适用以抒写性质纯粹而内蕴丰富的极悲极乐之情,别人不敢说破处,偏能说破;别人以为说尽处,偏能出新,这也正是其独造擅场处,因此,才能迥别于《花间》派繁促密丽的主流词风,独树一帜,成为唐末五代惟一一位能与温庭筠分庭抗礼的词宗。温、韦、冯、李四大家词,一脉相承而各有偏擅,都能引领时尚,共同奠定了时人对词体本色的印象。由此也可见词体本色以柔为底色,而能兼容疏、密、纤、宏、雅、俗、直、婉诸格与适度的刚健风格。

三、正始之争引导下辨明的宗派特色

尽管温庭筠、韦庄、冯延巳、李煜词风的差异是客观存在的,但学界普遍关注到这种差异,并就其词宗地位与体派归属展开深入探讨,却需要一个过程与一定的契机,这个契机便是在古典语境中颇具权威性与影响力的正始界定与正变之争。

在四家词中,温、韦二家引领的花间词与冯、李二家引领的南唐词在时代与词风上差异更为显著,故较早受到关注。宋元间一些论者已关注到二派词风的差异,如本书第二章第七节论述的李清照《词论》,论五代词,只字不提《花间集》,而"独"取"尚文雅"、"亡国之音哀以思"的南唐君臣为典范,对二者差异应该已有认识,只是语焉不详。约略可见她心目中的南唐词特色是比五代其他家词更文雅,流露出亡国哀思,更能以悲情动人。又如元代朱晞颜《跋周氏埙篪乐府引》云:"旧传唐人《麟角》《兰畹》《尊前》《花间》等集,富艳流丽,动荡心目,其源盖出于王建宫词……五季之末,若江南李后主、西川孟蜀王,号称雅制,观其忧幽隐恨,触物寓情,亡国之音,哀思极矣。"[1]对五代末词风特色的认识与李清照对南唐词风的认识略同,但对词风的划分比较笼统,仅以时代为限,而没有特别突出花间与南唐词。

---

[1] 朱晞颜著:《跋周氏埙篪乐府引》,《朱晞颜诗话》,吴文治主编:《辽金元诗话全编》第一册,凤凰出版社 2006 年版,第 576 页。

率先明确将南唐词置于引领时尚,与花间词分庭抗礼的地位,并引发普遍关注的,还是本书第三章第三节中论述的王世贞词体正变论。其能备受瞩目,一则因率先把握到二派词风的差异与南唐词长期被忽视的词史地位;二则因其采用了重定至尊正始的方式立说,所提出的南唐二主为正始,温、韦为变体的论断,本身虽不合学理,却足以惊世骇俗,因涉及了词体起源、正变、审美趋向等词学热点,在明清词论中备受关注及争议,堪称词学辨体与审美的风向标,而花间词与南唐词的特色与异同也在相关论争中越辩越明。

温、韦词差异与李、冯词差异,因相对较小,故受普遍关注也比较晚。直到清代常州派词论中才得到深入探讨。因此派将温庭筠词奉为至尊正始,只有详细辨明温词与唐末五代其他几位词宗韦、冯、李词的异同与源流,才能彰显温词为他家所难及的最佳、独造处,界定正宗特征,进而以此为参照,划分历代名家词正变。又因此派主要论者对诸家词的正变界定稍有分歧,如张惠言将南唐"李氏君臣"都视为"词之杂流,由此起矣"的邪变之始。但陈廷焯则认为冯延巳词仍属"与温、韦相伯仲"的正宗一脉,至李煜词才是"非词中正声"的邪变之始。因此而使温、韦、冯词之同与冯、李之异也得到关注与探讨。在常州派的引领下,对诸家词的特色、异同与渊源探讨一直延续至今。

如果抛开优劣判断,不难发现正反双方都公认的评词标准,便是合学理、合实际的标准;都公认的两派名家词特征,其实便是其独造擅场的特征,主要有:

(一)温、韦代表的花间词与冯、李代表的南唐词有艳促与清疏之别。

率先兴起正变之争的王世贞及同时追随者胡应麟,已将温、李及其引领的花间、南唐词特色概括为"艳而促"与"清便宛转",对"艳而促"成因的理解是"藻丽""意不胜辞",此种审美好尚与特征成因分析与王国维一派论者一致,王国维亦云:"温、韦之精艳,所以不如正中者,意境有深浅也。"在不能欣赏温词的论者看来,其"艳"空有藻丽之辞,而欠缺情意;其"促"则会导致文理不通、文气不畅,但在懂得欣赏温词的论者眼中则不然。

客观而言,"艳而促"比单纯强调"艳"的"画屏金鹧鸪"更能全面反映出温词由体势与意境共同成就的特色:大量选用、创用的词调普遍具有句短、韵密、变化灵活繁多的特色,相应的意境又精炼独立、陡转妙接、跳跃多变,文气自然就繁促。其实,前代诗词中也不乏"艳",而温庭筠引领花间词的"艳"之所以能独树一帜,自成一体,关键因其是与"促"相辅相成的——注重选择各种色泽明艳、情思香艳、凄艳的意象,放入景深、风格不同,光影、声香交织的背景中，综合采用静物拟生、参差对等多种技法，由灵变体势表现出来，自然是艳丽非凡，能令人惊艳。南唐词中也不乏艳丽情境，但被清雅深悲的独造意境、趋向疏朗的词调体势所冲淡了，所以与花间词相比，就显得相对清疏了，以最能彰显二派特色的温庭筠、李煜词为参照，艳促与清疏之别就更鲜明。

　　一些前辈学者已关注到温庭筠引领花间词特色的形成与其词体体势有关，有助于奠定词体别于诗的本色。如邹祗谟云："小调不学花间，则当学欧、晏、秦、黄。花间绮琢处，于诗为靡。而于词则如古锦纹理，自有黯然异色。"①已意识到花间小调的繁艳有别于诗的纯真特异之处。又如上述沈曾植词论更阐明由温词开创的"促碎"与当时流行音律有关，能奠定词体本色，可谓慧眼独具。而废名《谈新诗》认为温词难以理解，因其"艺术超乎一般旧诗的表现，即是自由表现……都是一个幻想，上天下地，东跳西跳，而他却写得文从字顺，最合绳墨不过……这个解放的诗体可以容纳得一个立体的内容，以前的诗体则是平面的。"②认为温词意境具有急速跳跃，看似破碎而仍觉和谐，更觉立体的灵变特色，是词别于诗的关键，也是自由生动的新诗之源，更具创见。温词中与灵变繁促体势配合的意境陡转法，之所以在很长一段时间内都后继乏人，正因其为一种特异超前的艺术技法，其灵动多变、奇妙联想、跳跃陡接与新诗也确有相通处。但词体与新诗在体势上最显著的区别在于其灵变是建立在守律的基础上的，温庭筠词调所配的燕乐音节虽难再现，但其格律却可考，故本书主要以其现存词调格律为依据，分析其体势特色。

　　（二）温、韦词相比，有婉、密、隐、浓与直、疏、显、淡之别。

　　常州派周济论温韦之别，除著名的浓、淡妆妙喻外，还有"端己词，清艳绝伦，初日芙蓉春月柳，使人想见风度""词有高下之别，有轻重之别，飞卿下语镇纸，端己揭响入云，可谓极两者之能事"。温庭筠词风密丽繁促，故重；韦庄词风疏朗畅逸，故轻。陈廷焯则云："韦端己词，似直而纡，似达而郁，最为词中胜境。""惓惓故国之思，而意婉词直，一变飞卿面目，然消息正自相通。余尝谓后主之视飞卿，合而离者也。端己之视飞卿，离而合者也。"对温、韦、李词风异同的认识也颇为辩证，韦庄如上述《菩萨蛮》诸词，纵使在貌似旷放、逸乐之处，也隐含着深重的身世家国之忧，与在婉约相思情中寄托

①　邹祗谟著：《远志斋词衷》，唐圭璋编：《词话丛编》第一册，第651页。
②　废名著：《招隐集》，中国文联出版社2009年版，第37—38页。

身世之感的温词有相通处,而与李煜词中纯粹无掩饰的悲乐境不同。至王国维、李冰若等论者指责温庭筠只得"句秀",堆砌丽辞,缺乏情韵,如"画屏金鹧鸪",而且转接突兀,文气不畅等,而韦词如"弦上黄莺语",虽同样停留在精艳、虚假的层面,缺乏深度,但尚有生趣,便于理解,算得上是"骨秀"。虽有欠客观,但也有助于让世人关注到温、韦词有隐、显之别,促使后世进一步探讨温词隐约的原因与得失。

值得注意的是,上述诸家都清醒地认识到温、韦词风还是以继承、相似者为多,彼此差别只是相对而言的。而近代胡适《词选》评韦庄词则云:"他的词长于写情,技术朴素,多用白话,一扫温庭筠一派纤丽浮文的习气,在词史上他要算一个开山大师。"①导致不少近现代学者认为二家词风迥别,这其实是一种误解,关于这一点,上文已有详论,就不再赘述了。

(三)南唐君臣词比花间词更能以富贵、高华气象见长,能下开宋初晏、欧领袖的台阁词风。

王世贞已主张擅写"归来休放烛花红,待踏马蹄清夜月"这样的"致语",是"后主直是词手"的两大原因之一。同样尊南唐词为正始的云间派领袖陈子龙,所界定的正始特征是"繁促之中尚存高浑",王国维评冯延巳词也云:"除《鹊踏枝》《菩萨蛮》数十阕最煊赫外,如《醉花间》之'高树鹊衔巢,斜月明寒草',虽韦苏州之'流萤度高阁'、孟襄阳之'疏雨滴梧桐',不能过也。"这些评论,都与南唐词特有的富贵气象有关。

什么是富贵气象呢? 就是贯享富贵且有修养的人自然流露出来的气象。宋初台阁词人以士大夫为主,以闲雅、尊贵为尚,尤以富贵气象闻名的晏殊就指出那些满纸金玉的诗词都不脱乞儿相,常常自负地举自家"梨花院落溶溶月,柳絮池塘淡淡风"的名句问人道:"穷儿家有这景致也无?"②其实,风月无私,而人心有别,能见未必能赏,能赏未必能写。寻常人到了豪门中,通常最关注金玉满堂,寒门诗人日常生活中也会留心风月,但感受到的往往不是"溶溶""淡淡"的闲适雍容,而是凄凉哀婉,即如杜甫诗中所说:"永夜角声悲自语,中天月色好谁看。"但对身居高位、有学养的富贵人而言,自然清景比人工富丽更为难得,更值得去倾心体悟、细心玩味。只因金玉司空见惯,风月的天然佳趣与赏风月的闲情逸致才是难能可贵的。而且因身份、眼界与修养的关系,所爱赏、擅写的意境往往具有雍容、高华气象。因身份

---

① 胡适选注:《词选》,河北人民出版社 1999 年版,第 12 页。
② 吴处厚:《青箱杂记》,第 46—47 页。

与经历的关系，温庭筠词中虽多华丽金玉字眼，但缺乏此种富贵气；而冯延巳词如《鹊踏枝》的"独立小桥风满袖。平林新月人归后"、"檐际高桐凝宿雾。卷帘双鹊惊飞去"、"庭树金风，悄悄重门闭"、《清平乐》的"砌下落花风起，罗衣特地春寒"、《醉花间》的"高树鹊衔巢，斜月明寒草"、《谒金门》的"风乍起。吹绉一池春水"等，李煜词如《浣溪沙》的"酒恶时拈花蕊嗅。别殿遥闻箫鼓奏"、《浪淘沙》的"晚凉天静月华开。想得玉楼瑶殿影，空照秦淮"、《阮郎归》的"东风吹水日衔山。春来长是闲"等，都洋溢着此种富贵气象。

重点来看李煜《玉楼春》云："晚妆初了明肌雪。春殿嫔娥鱼贯列。笙箫吹断水云间，重按霓裳歌遍彻。　　临春谁更飘香屑。醉拍阑干情味切。归时休照烛花红，待放马蹄清夜月"。前数句将"红烛"所代表的华筵在色、声、香、味上的乐趣渲染到极致，读至此，疑乐无以复加——若再"重按霓裳"，也难免审美疲劳；若罢宴归去，又难免意兴阑珊，情味顿减；怎料精通富贵人享乐之诀的李煜能别出心裁，索性抛开红烛，纵马踏入自然界的无边清月中，顿能别开一境，令气象一新——清夜月光的清雅、爽朗、宁静与红烛光的浓艳、精致、热烈形成鲜明的对比，心情因而舒展，兴味也转而愈浓。此种意境颇能为台阁词人开先。唯有惯享富贵之人才能以平常心看待宴散，唯有擅享富贵之人才能以随性随缘的态度，兼享自然与人工、富丽与清雅之乐。李煜恰是能享兼能写之雅人妙人。既不同于前蜀后主王衍"者边走。那边走。只是寻花柳。那边走。者边走。莫厌金杯酒"那种暴发户式的无节制，也不同于晏殊"酒筵歌席莫辞频。满目山河空念远，落花风雨更伤春。不如怜取眼前人"那样士大夫式的节制和超脱，而是文士特有之超脱与赤子独钟之沉溺，相反相成，有雅趣，含妙悟，深谙享乐、续乐之法。令此词得以集明艳与清雅、沉溺与超脱、含蓄与放纵于一身，令人回味无穷。

（四）词体以"要眇宜修""深美闳约"，宛如"严妆"美人者为高，须能秉承风骚雅意，擅用寄托；名家词则以"堂庑特大"，能引领新时尚者为最高。对比常州派与王国维词论，会发现他们虽然针锋相对，但实际评词标准却颇相似，论争焦点其实在于最符合这一标准的究竟是花间词领袖温庭筠，还是南唐词领袖冯延巳。

张惠言《词选序》云："词者……以道贤人君子幽约怨悱不能自言之情，低徊要眇以喻其致。盖《诗》之比、兴、变风之义，骚人之歌则近之矣。"王国维亦云："词之为体，'要眇宜修'。能言诗之所不能言，而不能尽言诗之所能言。""'纷吾既有此内美兮，又重之以修能。'文学之事，于此二者，不能缺一。

然词乃抒情之作,故尤重内美。"①都强调词要顺应并发挥体势之长,便要有如《离骚》般"要眇宜修""内美"兼"修能"之境。而周济"严妆美人"的妙喻也是应此而设的,与"淡妆"、"粗服乱头"美人相比,同具"内美"——"国色",在"修能"上则更胜一筹。按传统道德观念,美人注重仪容、为悦己者精心修饰,是有修养,有品格的体现,《离骚》美人的品格就体现在爱用各种香草来装饰自己,《古诗为焦仲卿妻作》也通过对"新妇起严妆"的着重刻画,来表现刘兰芝德容兼备且有深情。"深美闳约"强调的也是这种美,表现为婉约,内蕴却闳深。因此,这三类美人类似大家闺秀、小家碧玉与乡野村姑,各有其独造之美,但修养却有高下之别。今人在解读时,切不可无视同具国色的前提,将"严妆"误解为浓妆艳抹的俗艳美,或全靠粉饰的虚伪美,而得出唯有"粗服乱头"才是天然去雕饰真美的结论。

王国维其实是支持词宜婉约蕴藉、有品格、有寄托的,他欣赏的本朝词与自家词也是婉约蕴藉有寄托的,只是受个人爱好影响②,觉得真正符合这些标准的不是常州派推重的温词,而是冯词。因此,才要说:"张皋文谓飞卿之词'深美闳约'。余谓此四字唯冯正中足以当之。刘融斋谓飞卿'精艳绝人',差近之耳。"③又特别选"和泪试严妆"之句来概冯延巳词品,以取代温庭筠在周济词论中的"严妆"美人地位,又赞其"堂庑特大,开北宋一代风气",以取代温庭筠在陈廷焯词论中"周、秦、苏、辛、姜、史辈,虽姿态百变,亦不能越其范围"的宋词始祖地位。

按知人论世的传统习惯,谈到词品,就不得不论及人品。常州派要推尊温庭筠为正始,虽然按时代与贡献,温庭筠本就是实至名归的词祖,但在人品声誉上却有欠缺,背负着无行才子之名,历来也因此而有损词格。而冯延巳历来被认为是导致南唐衰亡的佞臣,人品声誉更是不佳。所以只能用人品不影响词品的方式来立论,周济、陈廷焯都从张惠言之说,认为冯延巳:"为人专蔽固嫉,而其言忠爱缠绵,此其君所以深信而不疑也。"④而赞同王

---

① 王国维著:《人间词话》手稿本,彭玉平疏证:《人间词话疏证》,第311页。

② 王国维云:"予于词,于五代喜李后主、冯正中,而不喜《花间》";"冯正中词……《鹊踏枝》《菩萨蛮》数十阕最煊赫";"半唐……和冯正中《鹊踏枝》十阕,乃《鹙翁词》之最精者。""'望远愁多休纵目'等阕,郁伊惝恍,令人不能为怀。""国朝人词,余最爱宋尚木《蝶恋花》'新样罗衣浑弃却。犹寻旧日春衫著。'及谭复堂之'连理枝头侬与汝。千花百草从渠许',以为最得风人之旨。"这些词境显然都由冯延巳《蝶恋花》中变化而来,寄托了身世之感。(彭玉平疏证:《人间词话疏证》,第349、338、342页。)

③ 王国维著:《人间词话》初刊本,彭玉平疏证:《人间词话疏证》,第325页。

④ 周济著:《介存斋论词杂著》,唐圭璋编:《词话丛编》第二册,第1631页;陈廷焯著,屈兴国校注:《白雨斋词话足本校注》上册,第40页。

国维的李冰若云："飞卿为人，具详旧史，综观其诗词，亦不过一失意文人而已，宁有悲天悯人之怀抱？昔朱子谓《离骚》不都是怨君，尝叹为知言。以无行之飞卿，何足以仰企屈子。其词之艳丽处，正是晚唐诗风，故但觉镂金错彩，炫人眼目，而乏深情远韵。"①又以人品为依据，否定温词能寄托骚雅。直到当今学界，许多学者仍以温庭筠人品与唐末五代词应歌的用途为由，否定温词存在寄托。

其实，无论是用人品、用途来否认寄托，还是用词品与人品分离来肯定寄托，都不足为训。温庭筠、冯延巳无论人品如何，作为士大夫，就必然会受到风骚以来深入士心的寄托传统影响，看到香草、美人等在风骚中被赋予了寄兴内涵的事物便会自然而然地引发寄托联想，而多用代言，源于宫词的词体更适合承载寄托，故早在文士初涉词坛的盛唐，最著名的李白词已大都寄托了身世之感，温庭筠、冯延巳作为擅写代言婉雅词的大家，同样是擅用寄托的典范。当然，这种寄托并非是每篇都有的，也并非如常州派论者阐释的那样质实、功利，而是日常生活中积淀的家国身世之感的自然流露——与人品、真性情分离的寄托，是不可能感人的，温、冯佳作中的寄托绝不可能是矫揉造作而来的，其中寄托的怀才不遇、生不逢时、世事难料、离愁国恨，都是真实存在的；冯词中特有的富贵、清雅、高华气象与高处不胜寒的感受，也是其身份处境所能真实感受到的。因此，二家词一脉相承，同为唐末五代符合"要眇宜修""深美闳约"标准的最佳典范，也因此最能发挥词别于诗的体势特色。再加上二家用调、取境都不拘一格，能引领时尚，故同样是"堂庑特大"，能开宗立派，为后世诸家各派争相效仿的大宗。

（五）佳词须有能感人的真情深情，公认的典范是李煜词。王世贞已主张擅写"问君能有几多愁，却似一江春水向东流"这样的"情语"，是"后主直是词手"的另一关键原因。将李煜词视为邪变之始作俑者的常州派论者，也承认李煜词"粗服乱头，不掩国色"②；"非词中正声，而其词则无人不爱，以其情胜也。情不深而为词，虽雅不韵，何足感人"③。最推重李煜词的王国维体会更深："词人者，不失其赤子之心者也。故生于深宫之中，长于妇人之手，是后主为人君所短处，亦即为词人所长处。""后主之词，真所谓以血书者也……俨有释迦、基督，担荷人类罪恶之意。"④"赤子之心"四字，比前人所

---

① 李冰若评注：《花间集评注》，第8页。
② 周济著：《介存斋论词杂著》，唐圭璋编：《词话丛编》第二册，第1633页。
③ 陈廷焯著，屈国兴校注：《白雨斋词话足本校注》下册，第721页。
④ 王国维著：《人间词话》初刊本，彭玉平疏证：《人间词话疏证》，第326—327页。

谓"亡国之音哀以思",更能道出李煜词情千古独步,感人至深,无人不爱的根源:历来承载亡国忧患意识的词颇多,温、韦、冯词中都有,且同样真且深,也不乏情语,但却难如李煜词般无人不爱,只因"赤子之心"难得。

李煜其人之才性与词体堪称绝配——历来最能动人、便流传的文人词,或有雅趣、或有痴情,而李煜兼而有之,其词绝妙之处正在于为雅人深致与赤子天真结合后诞生的奇葩。风格内容虽异,本质却相通,如果不能欣赏其亡国前的极乐境,便无法真正体会其亡国后的极悲境——正是一以贯之的痴情任性,最终成就了承载人类永恒情感与生命感悟的大境界。然而,李煜在用调方面,取径过狭,只偏爱简明易记,趋向疏快的基本律句主导类词调,堂庑不如温、韦、冯词广大,这对李煜词而言是因情选体,并非缺陷;但后人学词若仅以李煜词为则,便难以尽词体之妙,故张炎《词源》在推选令词典范时,首推"唐《花间集》中韦庄、温飞卿为则",其次便推"冯延巳",而未提李煜。

(六)温、韦与冯、李四家词一脉相承,各有独造胜场,分别领袖唐末五代花间、南唐两大阵营,上承唐音,下开宋调。

试看胡应麟《诗薮》云"后主一目重瞳子,乐府为宋人一代开山祖";周济《宋四家词选目录序论》云"晏氏父子,仍步温、韦"[①];陈廷焯《白雨斋词话》云"晏、欧继温、韦之后,面目未改,神理全非"[②];刘熙载《艺概》云"冯延巳词,晏同叔得其俊,欧阳永叔得其深";冯煦《唐五代词选序》云"吾家正中翁,鼓吹南唐,上翼二主,下启晏、欧,实正变之枢纽,短长之流别也"[③]。可见诸家各派词论因推尊对象与对词风理解不同,论四家与宋初词的传承关系时也各有偏重,各执一词,但综观后便可得出上述结论。

第二节　柳苏秦:元祐词坛三大词宗考论

唐五代文人词绝大多数是令词,但从唐末两首慢词杜牧《八六子》与钟辐《卜算子慢》中,已体现出与令词的体势差异,主要表现在:

(一)在句式上,流行令词大都以奇字句式为主,而慢词以四、六言偶字句为主,音节更圆转流美,七言以上长句数量更多,与近体诗差别更大。后

---

①　周济著:《宋四家词选目录序论》,第 1643 页。

②　陈廷焯著,屈国兴校注:《白雨斋词话足本校注》下册,第 749 页。

③　冯煦著:《唐五代词选序》,成肇廖选辑:《唐五代词》,上海书店 1987 年版,第 1 页。

世流行长调也大都有此特色。

（二）在用韵上，慢词有平韵、仄韵格，未换韵。后世长调也以此二格为主，换韵相对令词要少。

（三）押韵频率相对降低，如《八六子》平均 2.4 句、12.9 字押一韵，《卜算子慢》平均 1.8 句、9.9 字押一韵，故体势相对疏朗；但更灵变，如《八六子》起句"洞房深"3 字便押一韵，而下片第三韵"绣帘垂、迟迟漏传丹禁，薜华偷悴，翠鬟羞整，愁坐，望处金与渐远，何时彩仗重临"31 字才押一韵。

（四）短韵位于上下片起首。《八六子》中两处采用短韵，一在起句用三言短韵"洞房深"，领起全篇，全词描述的正是在深闺中所见所感。二是在换头用四言短韵"辇路苔侵"，引领下片意境转换，由室内转为户外。后世长调中短韵也最常见于这两个位置，能利用短促、醒目的体势，发挥迅速切入词境与转入新境的作用。

（五）在句法上，慢词变化更多，更常用领字与折腰句。如《八六子》"听夜雨冷滴芭蕉，惊断红窗好梦"，《卜算子慢》"惜春心、不喜闲窗牖。倚屏山、和衣睡觉"，用了领字、折腰句后，句法、节奏都发生变化。后世慢词也是如此。

（六）在对法上，因句式、句法、韵法多变的关系，也更灵变。除小令中常见的三、五、七言对外，四、六言对与参差对数量大增，如《卜算子慢》"把玉筝偷弹，黛蛾轻斗"就是使用了领字的参差对，后世慢词对法变化更多。

总体而言，慢词体势比起令词，尤其是唐末五代流行，奠定词体本色的混合类令词，更疏朗和缓，在唐末不符合繁促婉约的时代需要，故无法像令词那样流行；到了宋代，既能顺应趋向舒缓的流行音乐需要，又能迎合填词之风大盛后，拓展词量的需要，故流行时机已到。宋代流行慢词仍是以律句为主，拗句为辅的，又具有以偶字句为主的灵变体势，故与唐代流行的古近体诗差别颇大，与混合类令词一样，都能彰显词体独到特色。

元祐词坛，兴起直俗新变的柳永词、兴起宏壮变体的苏轼词、公认为合体典范的秦观词，都擅写新兴的长调，彼此间词风各异而互有渊源，故堪称促成词体意识自觉的铁三角——在时论对三家词的对比、反思中，词体概念逐渐形成，两大正变体系也正式确立；而围绕三家展开的词体价值之争，又使纵、横体系间的交锋逐渐明朗。因此，对比分析这三家词调体势与意境的特色、渊源与异同，有助于把握词体意识自觉与词体演进、变体兴起的过程及动因。

一、相关名家词用调分析

鉴于宋代名家词作与词调数量众多,本书分析名家用调情况采用以下方法:在概述名家传世词用调情况的基础上,重点分析其流行名篇的用调情况与体势特色,因名篇对名家词主流印象与影响的形成发挥着关键作用。

宋初台阁词领袖晏殊、欧阳修词用调概况:

晏殊有小令 31 调,中调 6 调;欧阳修有小令 51 调,中调 8 调,长调 6 调。总之,二家词绝大多数都是小令,所用词调大都传承自唐五代,尤其偏爱在南唐君臣词中流行的词调。

柳永词用调概况:共 142 调

小令 25 调,中调 37 调,长调 80 调。其中,传承词调有 19 调,数量最多的是小令,共 14 调——基本律句主导类有 10 调,混合类有《诉衷情》《河传》《少年游》①3 调,六言主导类有《西江月》《清平乐》2 调;中调有《秋夜月》《卜算子慢》2 调;长调有《内家娇》《集贤宾》《八六子》3 调。其中,《玉楼春》②《巫山一段云》《蝶恋花(凤栖梧)》《浪淘沙令》《临江仙》《西江月》《河传》《清平乐》《秋夜月》《内家娇》《卜算子慢》《集贤宾(接贤宾)》《八六子》13 调沿用唐五代词调,《鹧鸪天》《甘草子》《少年游》《燕归梁》《望汉月》《诉衷情》6 调为宋人词调。柳永创调或始见于柳永词的词调有 123 调③,包括小令 11 调——基本律句主导类有 7 调,混合类有 4 调;中调 35 调,数量最多的是长调,共 77 调。

柳永词大都是根据情境需要,即兴选调、创调以填词,故很少重复使用同一词调,同调存词大都只有 1—2 首,超过 5 首的唯有《玉楼春(木兰花、木兰花令)》(13 首),全由七言律句组成,当是因流行易记,才使用、传世较多。

柳永词名篇④用调情况:共 16 调 16 首

(一)小令 2 调 2 首,都属基本律句主导类奇偶句混合式:《凤栖梧(蝶

---

① 《少年游》有两体,分属基本律句主导类与混合类。
② 柳永除 12 首《玉楼春》外,还有《木兰花令》(有个人人真攀羡)一首,全由七言韵句构成,与由三、七言句构成的《木兰花》(始见于韦庄词)不同;而与《玉楼春》较接近,当为同调异体。
③ 这一统计结果参考田玉琪《词调史研究》,第 369—393 页。
④ 本书所统计的名家名篇,指特定名家在历代词论中关注度与评价较高的词作,名家中苏轼、秦观、辛弃疾、吴文英同调名篇较多,难以备列,故每调仅举最著名的一二首。

恋花)》(伫倚危楼风细细)《少年游》(长安古道马迟迟)

(二)中调 1 调 1 首,属混合类:《鹤冲天》(黄金榜上)

(三)长调 13 调 13 首

1. 四六主导类 8 调 8 首:《雨霖铃》(寒蝉凄切)《破阵乐》(露花倒影)《醉蓬莱》(渐亭皋叶下)《戚氏》(晚秋天)《夜半乐》(冻云黯淡天气)《望海潮》(东南形胜)《木兰花慢》(拆桐花烂漫)《玉蝴蝶》(望处雨收云断)

2. 混合类 5 调 5 首:《定风波》(自春来惨绿愁红)《八声甘州》(对潇潇暮雨洒江天)《满江红》(暮雨初收)《二郎神》(炎光谢)《倾杯》(鹜落霜洲)

名篇中小令用调均为传承,中长调用调均为创用。

苏轼词用调概况:共 76 调

小令数量最多,有 47 调,基本律句主导类 30 调,率先采用的有《阳关曲》《翻香令》《华清引》3 调;混合类 11 调,率先采用的有《占春芳》《荷华媚》2 调;六言主导类 5 调,率先采用的有《昭君怨》;三言主导类 1 调。中调 12 调,率先采用的有《皂罗特髻》《祝英台近》2 调,其中基本律句主导类有 4 调。长调 17 调,率先采用的有《醉翁操》《贺新郎》《三部乐》《哨遍》4 调。

使用最多的十一个词调依次是:1.《浣溪沙》(46 首)2.《减字木兰花》(28 首)3.《菩萨蛮》(22 首)4.《南歌子》(19 首)5—6.《蝶恋花》(15 首)《西江月》(15 首)7.《临江仙》(14 首)8.《江城子(江神子)》(12 首)9.《定风波》(11 首)10—11.《虞美人》(7 首)《行香子》(7 首)。唯有排名第八的《江城子》与并列第十的《行香子》是偏短的中调,其余都是小令。长调中,《满江红》《归朝欢》《戚氏》《醉蓬莱》《八声甘州》《永遇乐》6 调始见于柳永词,使用最多的四个词调是《满庭芳》(6 首)《水龙吟》(6 首)《满江红》(5 首)《水调歌头》(5 首),其余各调除《雨中花慢》有 3 首外,均只有 1—2 首词传世。

苏轼词名篇用调情况:共 30 调 36 首

(一)小令 16 调 18 首

1. 基本律句主导类 12 调 13 首

(1)纯奇字句式 7 调 7 首:《鹧鸪天》(林断山明竹隐墙)《卜算子》(缺月挂疏桐)《望江南》(春未老)《阮郎归》(绿槐高柳咽新蝉)《菩萨蛮》(雪花飞暖融香颊)《阳关曲》(暮云收尽溢清寒)《浣溪沙》(山下兰芽短浸溪)

(2)奇偶句混合式 5 调 6 首:《定风波》(莫听穿林打叶声)(常羡人间琢玉郎)《南乡子》(霜降水痕收)《破阵子(十拍子)》(白酒新开九酝)《蝶恋花》(花褪残红青杏小)《减字木兰花》(春庭月午)

2. 混合类 2 调 2 首:《点绛唇》(闲倚胡床)《少年游》(去年相送)

3. 六言主导类 2 调 3 首:《西江月》(玉骨那愁瘴雾)(照野弥弥浅浪)《如梦令》(水垢何曾相受)

(二)中调 4 调 5 首

1. 基本律句主导类 2 调 3 首:《江城子(江神子)》(老夫聊发少年狂)(十年生死两茫茫)《青玉案》(三年枕上吴中路)

2. 四言主导类 1 调 1 首:《行香子》(一叶舟轻)

3. 混合类 1 调 1 首:《洞仙歌》(冰肌玉骨)

(三)长调 10 调 13 首

1. 四六主导类 5 调 7 首:《水龙吟》(似花还似非花)(楚山修竹如云)《念奴娇》(大江东去)(凭高眺远)《满庭芳》(三十三年)《沁园春》(孤馆灯青)《永遇乐》(明月如霜)

2. 混合类 5 调 6 首:《八声甘州》(有情风万里卷潮来)《水调歌头》(明月几时有)《满江红》(江汉西来)(东武南城)《贺新郎》(乳燕飞华屋)《哨遍》(为米折腰)

名篇用调唯小令《阳关曲》、长调《贺新郎》《哨遍》为创用,其余均为传承。

秦观词用调概况:共 44 调

小令数量最多,有 26 调,基本律句主导类 16 调,混合类 8 调,六言主导类 2 调。率先采用的有《夜游宫》(混合类)、《添春色》(六言主导类)2 调。中调 5 调。长调 13 调,率先采用的有《梦扬州》《风流子》2 调。存词 3 首以上的词调依次是:1.《调笑令》(10 首)2.《满庭芳》(6 首)3—5.《浣溪沙》(5 首)《阮郎归(醉桃源)》(5 首)《如梦令》(5 首)6—7.《望海潮》(4 首)《南歌子》(4 首),除排名第二的《满庭芳》与并列第六的《望海潮》是长调外,其余都是小令。长调中,《望海潮》《长相思》《木兰花慢》《醉蓬莱》《满江红》5 调始见于柳永词;《满庭芳》《水龙吟》《沁园春》《满江红》《雨中花》《醉蓬莱》6 调也见于苏轼词。

秦观名篇用调情况:共 23 调 26 首

(一)小令 12 调 15 首

1. 基本律句主导类 7 调 9 首

(1)纯奇字句式 3 调 5 首:《浣溪沙》(漠漠轻寒上小楼)(脚上鞋儿四寸罗)《阮郎归》(潇湘门外水平铺)(湘天风雨破寒初)《南歌子》(玉漏迢迢尽)

(2)奇偶句混合式 4 调 4 首:《踏莎行》(雾失楼台)《蝶恋花》(晓日窥轩

双燕语)《临江仙》(千里潇湘挼蓝浦)《减字木兰花》(天涯旧恨)

2. 混合类 3 调 4 首:《鹊桥仙》(纤云弄巧)《画堂春》(落红铺径水平池)(东风吹柳日初长)《好事近》(春路雨添花)

3. 六言主导类 2 调 2 首:《如梦令》(门外鸦啼杨柳)《醉乡春(添春色)》(唤起一声人悄)

(二)中调 3 调 3 首

1. 基本律句主导类 1 调 1 首:《江城子》(西城杨柳弄春柔)

2. 混合类 2 调 2 首:《促拍满路花(满园花)》(一向沈吟久)《千秋岁》(水边沙外)

(三)长调 7 调 8 首,都属四六主导类:《望海潮》(梅英疏淡)《水龙吟》(小楼连远横空)《八六子》(倚危亭)《梦扬州》(晚云收)《满庭芳》(山抹微云)(晓色云开)《沁园春》(宿霭迷空)《风流子》(东风吹碧草)

名篇用调唯小令《添春色》、长调《梦扬州》《风流子》为创用,其余均为传承。

综上可概见,与唐五代宋初词相比,柳永、苏轼、秦观小令都以传承为主,中、长调则以创新为主。柳永发挥其独到声律造诣,率先大量选用、创用了中、长调,体现出以长调、宋调为主的用调趋向,在宋初独树一帜,堪称时尚先锋。苏轼、秦观词作为元祐词坛的风向标,在词调革新方面明显受到柳词的影响,中、长调总数与名篇数量都明显多于宋初台阁词人群名家;但不如柳词那样激进,占据主流的词作与名篇仍是小令。从三家中、长调名篇看,最能彰显时尚与专长的还是长调,中调的流行词调与传世名篇不仅数量较少,且大都延续了基本律句主导类小令的特色。而长调则能展现出迥别于小令的特色,以四六主导类数量最多,但在苏轼长调名篇中混合类所占比例更大。下面将结合词调体势与相应的意境特色,探讨三家词在唐宋词史正变建构与当今词史研究中最受关注的几个问题。

二、小令:传承为主与刚柔相济

在词体意识自觉的元祐词坛,已公认词体独立特色是柔婉,奠定于唐末五代。肯定词体独立价值的陈师道提出的词体"本色"概念,通行于历代词体正变论中,内涵稳定,都以声情柔婉为词的最佳特征。唐末五代本色词之妙在于婉约蕴藉、活色生香,有深情远韵,也是历代共识。即使是推尊南宋词与慢词的清雅派词学领袖张炎,也肯定"词之难于令曲,如诗之难于绝句……当以唐《花间集》中韦庄、温飞卿为则"①。浙西词派在领袖朱彝尊影响下，也流行小令、慢词分宗之说，主张"小令当法汴京以前"（《水村琴趣序》）。柳永、苏轼、秦观既是兴起长调的主力，又是引领时尚的先锋，综合对比分析三家小令、唐五代小令与宋代流行词调，可概见小令与中长调的渊源关系、相互影响与对词体发展的不同作用，有助于检验上述观念的合理性，也有助于明辨三家词的作风与专长。

三家小令词调大都传承自唐五代，最常用的仍是基本律句主导类词调，其中最流行的仍是仅用基本律句与短律句的词调；使用长句的比例与唐五代词调相近，名篇中兼用长句的《虞美人》《南歌子》都承自唐五代；柳永词调中使用折腰句的比例增加②。三家基本律句非主导类词调与唐五代同类词调相比，同具短句、密韵、变繁的特色；但其中的宋代词调，尤其是柳永词调，换韵相对少，折腰句相对多③，还创用了平仄韵通叶格。

三家相比，柳永小令在体势上革新程度相对大，表现在多用折腰句、基本律句非主导类词调少换韵、创用平仄韵通叶，这些方法应是受到长调影响而形成的，也更适用于长调，故在宋代词调中虽有影响，但无法与唐五代流行的令词体势抗衡。以平仄韵通叶格为例，这是柳永、苏轼词兴起的宋调新特色之一，柳永所创长调《渡江云》、苏轼所创长调《哨遍》《醉翁操》等都用此格，因平仄韵脚属同一韵部，故声韵变化相对小，相应的意境转接也更圆滑，有谐俗之妙，也易滋生浮滑伤气之弊，故比起小令，更适用于长调；比起词体，更适用于曲体，在宋代流行词调中所占比例较小，令词唯《西江月》一调

---

① 张炎著：《词源》，唐圭璋编：《词话丛编》第一册，第265页。
② 柳永小令中，传承的14调中有10调，率先采用的11调中有7调都属基本律句主导类词调。其中，传承自唐五代的《玉楼春》《巫山一段云》《蝶恋花（凤栖梧）》《浪淘沙令》《临江仙》5调、传承自宋代的《鹧鸪天》《少年游》2调、率先采用的《梁州令》《减字木兰花》2调，都只限于基本律句与短律句；而传承自宋代的《燕归梁》《甘草子》《少年游》（另一体）《望汉月》4调，率先采用的《思归乐》《菊花新》《惜春郎》《红窗听》《归去来》5调，都兼用了六、七字折腰句。苏轼47调小令中，属基本律句主导类的有31调，由基本律句与短律句构成的有29调，兼用长句或折腰句的仅有《虞美人》《南歌子》《翻香令》《少年游》4调；秦观26调小令中，属基本律句主导类的有16调，由基本律句与短律句构成的有13调，兼用长句或折腰句的仅有《虞美人》《南歌子》《一落索》3调。名篇中，柳永的2首全部都属基本律句主导类，苏轼18首中有13首，秦观15首中有9首都属基本律句主导类；除秦观《南歌子》一调使用了长句外，都仅由基本律句与短律句构成。
③ 柳永基本律句非主导类词调中，格律完全承自前代的唯有《清平乐》，《河传》《诉衷情》调名虽承自唐五代，但原调换韵频繁，而柳永词不换韵；率先采用的《迎春乐》《红窗迥》词调，都兼用了折腰句，不换韵。苏轼基本律句非主导类词调中，唯有传承自宋代的《占春芳》《瑶池燕》《鹊桥仙》3调兼用折腰句，《西江月》为平仄韵通叶格。秦观基本律句非主导类词调中，唯有承自唐五代的《夜游宫》、承自宋代的《迎春乐》《品令》3调兼用折腰句，《品令》还兼用八言长句。

流行——《西江月》词调在唐五代本为平仄韵转换格,自柳永词创用平仄韵通叶格后,宋人同调词均依柳永体。

重点来分析三家名篇,用调共23调,承自唐五代的13调中唯《西江月》改用平仄韵通叶格,其余各调格律未变。始见于宋代的10调也大都沿用了唐五代流行的小令体势,使用折腰句的唯有《鹊桥仙》。23调中除秦观自创《添春色》、苏轼自创《阳关曲》在宋代后继无人外,其余各调都成为宋代流行词调。

柳永因在小令上着力较少,故名篇仅有的《少年游》《凤栖梧》二首,都秉承了南唐以来流行的基本律句+偶字短律句体势与主流词风,而能体现出柳词以疏放写深衷的作风。《少年游》上片意境承自李白《忆秦娥》,《凤栖梧》意境也与冯延巳、晏殊、欧阳修同调词境相承相似,以致被混入欧阳修集中,王国维甚至认为"屯田轻薄子……'衣带渐宽终不悔。为伊消得人憔悴。'此等语固非欧公不能道也"①。刘熙载《词概》亦云:"耆卿……只可名'迷恋花酒'之人,不足以称词客,词客当有雅量高致者也。"殊不知柳词特色正是在"迷恋花酒"的"疏狂"之态中,隐含着"萧索"之意与"为伊消得人憔悴"之情。而且多是用自言、融情景入叙论的方式来表达的,与冯延巳《蝶恋花》"日日花前常病酒。敢辞镜里朱颜瘦"的代言方式不同,与李白《忆秦娥》的融情入景方式也不同。《少年游》的"狎兴生疏,酒徒萧索,不似去年时"、《凤栖梧》的"拟把疏狂图一醉。对酒当歌,强乐还无味。"也都是能体现柳词作风的情语。

苏轼与秦观都擅写小令,秦观尤其偏爱小令,但词风差异显著,苏词刚柔相济,风骨清健,神思超逸;秦词则尽温柔婉约之能事,情思深挚刻骨。究其原因,与选调有关,秦观小令中最宜婉约的基本律句非主导类词调所占比例更大;更与由性情、作风决定的用调方式有关。

苏轼小令名篇与体势偏向小令的基本律句主导类中调名篇,意格可分为三种:

(一)纯以婉约柔情见长,秉承唐末五代主流词风,而能体现苏词疏秀的作风。包括基本律句主导类小令《阮郎归》《阳关曲》《蝶恋花》《菩萨蛮》《减字木兰花》与中调《江城子》(十年生死两茫茫),混合类小令《少年游》。佳句如《阮郎归》的"微雨过,小荷翻。榴花开欲然。玉盆纤手弄清泉。琼珠碎却圆"、《江城子》的"夜来幽梦忽还乡。小轩窗。正梳妆。相顾无言,惟有

---

① 王国维著:《人间词话》手稿本,彭玉平疏证:《人间词话疏证》,第279页。

泪千行"等,或融情入清景,体贴入微;或叙论含深情,婉转缠绵,不逊于前代本色词。

在技法上颇具创意的是利用《菩萨蛮》词调环环相扣的对称体势,创作了一系列回文词,堪称就句回文词先驱。回文体要力避空疏,苏词佳句如"归不恨开迟。迟开恨不归";"楼上不宜秋。秋宜不上楼";"郎笑藕丝长。长丝藕笑郎"等,回文后意境翻转出新,颇有韵致,《菩萨蛮》也因此成为后世回文词常用调。

(二)柔婉中含清健,重点抒写的是雅士风度。包括基本律句主导类的《鹧鸪天》《望江南》《卜算子》《浣溪沙》《定风波》(常羡人间琢玉郎),六言主导类的《西江月》二首,基本律句主导类中调《青玉案》。大都是苏子自道其风雅,《西江月》所咏梅花与《定风波》所咏宇文柔奴同具雅士品格。佳句如《鹧鸪天》的"翻空白鸟时时见,照水红蕖细细香⋯⋯殷勤昨夜三更雨,又得浮生一日凉"、《望江南》的"休对故人思故国,且将新火试新茶。诗酒趁年华"、《卜算子》的"拣尽寒枝不肯栖,枫落吴江冷"、《青玉案》的"春衫犹是,小蛮针线,曾湿西湖雨"等,景语活色生香、明艳与幽秀兼备,不逊于前代本色词;情语则能体现出苏词超逸中含妙悟、见沉郁的气度。

《西江月》二词颇能彰显平仄韵通叶之妙,促成了此调的流行。试看其一云:

> 照野弥弥浅浪,横空暧暧微**霄**。障泥未解玉骢**骄**。我欲醉眠芳**草**。可惜一溪明月,莫教踏破琼**瑶**。解鞍敧枕绿杨**桥**。杜宇一声春**晓**。

先用两平韵表现和缓幽静意境;前后结换用同韵部的上声韵,灵动流畅,在此前平韵的蓄势、反衬下,嘹亮活泼的特色更得彰显,正能突出纵情不羁的风姿与杜宇报晓的嘹亮、春光破晓的明亮。

(三)刚柔相济,亦庄亦谐,抒写由狂态、柔情、谐趣、雅趣、沉思、逸思合成的名士风流。包括基本律句主导类小令《南乡子》《破阵子》《定风波》(莫听穿林打叶声)与中调《江城子》(老夫聊发少年狂);六言主导类小令《如梦令》与混合类小令《点绛唇》。

其中,基本律句主导类小令与中调名篇兼具豪放风格,如《破阵子》下片云:

> 玉粉旋烹茶乳,金齑新捣橙**香**。强染霜髭扶翠袖,莫道狂夫不解**狂**。狂夫老更**狂**。

末二句化用杜甫《狂夫》"欲填沟壑唯疏放,自笑狂夫老更狂"诗境,但得此前雅士精致、翠袖温柔与老夫龙钟的反衬铺垫,更能将狂生的放浪推向极致,畅快道出,不羁不屈,犹胜"少年狂"。再如堪为壮士词典范的中调《江城子·密州出猎》,容量更大;以奇字句为主,擅用连环三言短句,音节铿锵有力;上下片二至六句句式逐渐增长,文气渐趋酣畅。如上片云:

> 老夫聊发少年<u>狂</u>。左牵<u>黄</u>。右擎<u>苍</u>。锦帽貂裘,千骑卷平<u>冈</u>。为报倾城随太守,亲射虎,看孙<u>郎</u>。

起句痛下断语,直揭起因与题旨,然后充分论证:对仗的三字短韵句有聚焦作用,聚焦于最能突显"少年狂"的双手动作特写,此后视野、气势随句式逐渐拓展,直教此狂感染"千骑","倾城"涌出,席卷"平冈"。动词"为报"承上启下,与"亲射""看"形成联动效果,在陡缩句式的带动下,重新聚焦到狂放领袖身上,这回看到的已非"老夫",而是迅猛射虎的年少"孙郎"了。又如末三句云:"会挽雕弓如满月,西北望,射天<u>狼</u>。"七字长句正能为挽弓充分蓄势,连环三言短句又恰能表现出瞄准、发射的迅猛气势,因此,能展现出词体独有的豪放风格,故苏轼自信地称其"虽无柳七郎风味,亦自是一家……令东州壮士抵掌顿足而歌之,吹笛击鼓以为节,颇壮观也!"

　　而基本律句非主导类名篇风格流丽滑稽,兼有雅趣俗趣。试看《点绛唇》云:"与谁同<u>坐</u>。明月清风<u>我</u>……还知<u>么</u>。自从添<u>个</u>。风月平分<u>破</u>。"化用李白《月下独酌》中"举杯邀明月,对影成三人"的诗境,相比之下,原诗更雅健,而苏词更滑稽通俗。再看《如梦令》云:

> 寄语揉背人,尽日劳君挥<u>肘</u>。轻<u>手</u>。轻<u>手</u>。居士本来无<u>垢</u>。

连环短韵正能模拟连声嘱咐的急切声情,令人忍俊不禁。词序称此词为"浴泗州雍熙塔下戏作……此曲本唐庄宗制,名《忆仙姿》,嫌其名不雅",故据后唐庄宗原词中重叠短韵"改为《如梦令》"。此序的影响远大于词,新名更能体现原词①婉雅空灵的特色与重叠短韵的关键作用,故在后世流行开来。相比之下,苏轼此词本为游戏之作,题材与表达都属谐俗一路,并非正格,在

---

　　① 庄宗词云:曾宴桃园深洞。一曲清歌舞风。长记欲别时,和泪出门相送。如梦。如梦。残月落花烟重。

苏词中也不算出色。后世同调词中名篇如秦观(门外鸦啼杨柳)、李清照(昨夜雨疏风骤)(常记溪亭日暮)等,大都延续了后唐庄宗婉雅的正格。

究其原因,基本律句主导类词调与诗体大同小异,故兼容性较强,受短句、密韵影响,最适合表现的仍是婉约意格,佳作比诗更胜一筹;但也能兼容阳刚意格,佳作与诗相比,各有胜场。而基本律句非主导类词调以短句密韵为主,变化繁多,故专擅柔婉意格。其中像《如梦令》《点绛唇》这样句短、韵密而不换韵的词调,体势圆转流滑,故用以表现滑稽流丽的意格,虽也别有风味,更能通俗,但油腔滑调,气格易流于卑弱,类似曲体,不如婉雅蕴藉的正格能彰显词体之妙。

秦观基本律句主导类小令与中调名篇全以柔婉为基调,秉承唐末五代主流词风。与苏词相比,都擅写儿女柔情与雅士风度,却没有壮士豪放。其中最具刚气的词是《添春色》卒章云:"觉健倒,急投床,醉乡广大人间小。"同样用兼容性强、长短悬殊的奇字句式来表现,但风格是抑郁,而非豪放,配合凄艳婉转、声色灵动的上片[1],更觉沉郁顿挫,与李煜《乌夜啼》的"醉乡路稳宜频到,此外不堪行"一脉相承,体现出悲观避世的柔弱心性。

而最能体现秦观词作风与专长的意格,一是婉约淡雅,咀嚼无滓,余韵悠扬,最能彰显词体本色。最佳代表是《浣溪沙》:

> 漠漠轻寒上小<u>楼</u>。晓阴无赖似穷<u>秋</u>。淡烟流水画屏<u>幽</u>。　　自在飞花轻似梦,无边丝雨细如<u>愁</u>。宝帘闲挂小银<u>钩</u>。

此调是唐宋最流行的词调,大体如近体诗,而篇短韵密,上下片末二句韵律重叠,故比近体诗更简明,轻盈摇曳,韵味隽永,更适合表现婉约意境。秦观此词全由极细美、轻灵、清雅的意象构成,无一重语、俗语,却能展现深美宏约的情韵,这也是词体专擅的本色词境。如过片二句沿用律诗对句格律,但若入诗则嫌纤弱,入此词中却别具宏深张扬之妙,能将此前在轻淡幽微意象的潜移默化下酝酿、堆积的愁梦,揭示出来,拓展开来,变得自在无边,又能与此后精致闲静的意象相反相成。同类名篇还有《如梦令》《鹊桥仙》《画堂春》(东风吹柳日初长)等。

二以纯粹极致的深悲见长,柔中带刚,婉中见直,神似李煜词,最能彰显词情魅力。历来名家词中悲境,大都有起伏回旋,如在自我宽解、排遣中展

---

[1]　此词上片云:"唤起一声人悄。衾冷梦寒窗晓。瘴雨过,海棠晴,春色又添多少。"

现乐观、包含乐事,在幻想、梦境或憧憬中包含乐境,在欲说还休时故作轻松等,有助于丰富词境,体现婉转蕴藉之妙;而纯粹、极致、有增无减,与乐不兼容的悲境十分罕见,佳作须有深挚感悟为寄托,悲情力度、深度过人,尤能动人。试看秦观名篇《踏莎行》云:

> 雾失楼台,月迷津渡。桃源望断无寻处。可堪孤馆闭春寒,杜鹃声里斜阳暮。　　驿寄梅花,鱼传尺素。砌成此恨无重数。郴江幸自绕郴山,为谁流下潇湘去。

凄郁意境重重叠叠,层层转深,刻入肌骨:起三句便已合成绝望之境,断言象征着美好回忆与希望的桃源已无寻处;前结二句中"孤馆"、"春寒"、"杜鹃声"、"斜阳"都是公认的惹愁意象,"闭"字尤深刻,将绝望人闭入绝望景中,无法逃避,自然会变为"凄厉"之境;过片三句中的"梅花"、"尺素",在他人眼中大都能慰藉愁肠,在此绝望人眼中反而更添恨无重数;后结二句愁起更奇,能被此种经久不变,司空见惯的自然现象触发愁恨,提出这样饱含同情之"不理解"[1]的奇问的,仅此一人;但能被此奇问感动的人却极多,连旷达的苏轼也不例外。从中可概见秦观深悲意境的成因:根源于悲观、多愁、善感的性情,人愁我更愁,人喜我亦愁,无端也添愁,仿佛一切景事专为添我愁恨而设,真不愧为"千古伤心人"。同类名篇还有基本律句主导类小令《阮郎归》二首、《减字木兰花》与中调《江城子》;混合类小令《画堂春》(落红铺径水平池)《好事近》;六言主导类小令《添春色》。

　　总之,三家小令与唐五代小令相比,在体势与意境上都以传承为主,而更接近南唐词,占据主流的都是基本律句主导类词调与清疏柔婉意境。名篇中都包含了刚健风骨与柔婉风韵,但程度与表现不同——柳永词刚柔折中,与前代主流词风差别不大;苏词刚健程度大增,其最者为前代名篇所难及,足以变体,比本色词更接近诗,其次者有助于增强合体词的表现力;秦观词中最婉约者可与前代名篇中极婉约者媲美,最能彰显词体别于诗的风格特色,而最有骨力者可与前代名篇中极致深悲者媲美,最能彰显词胜于诗的情感魅力。

---

　　① "为谁"实为"谁教","谁"即不可抗拒的自然与命运之力。秦观不理解郴江与郴山相绕相伴,何其有幸,何其圆满,自然却为何要让它独自流下潇湘去;其实是不理解命运为何要让自己为离开"桃源"所指代的京城与故旧,独自被贬谪到郴州来。

三、长调：基本特色与两大类型

长调是柳永最偏爱、最擅长，在体势、技法上最具创意，也最能彰显其词风特色，发挥其作风优势，为后世指示门径的一类词调。柳永名篇绝大多数是长调，中调《鹤冲天》有 88 字，也很接近长调了。元祐词坛李之仪《跋吴师道小词》云："大抵以《花间集》中所载为宗，然多小阕。至柳耆卿始铺叙展衍，备足无余，形容盛明，千载如逢当日。较之《花间》所集，韵终不胜。"①已认识到柳永能兴起词坛新风，因词调篇幅增长，与小令相比，优势是更擅铺叙，有助于成就形容盛明的正大功用；而不足在于缺乏深情远韵。这些观点也成为后世学界的共识。其实，柳永长调擅长铺叙与歌咏太平，还有一个不容忽视的重要原因，那就是擅用尤宜铺叙的四六言句式与各式精妙对法。

柳永长调的基本特色是篇幅增长，句式、句法变化更灵活，擅用领字与折腰句法，相应的对法也更灵活，尤其适用参差对、连环对、扇面对、尖头对，声律也更精严巧妙，不仅讲求平仄，关键处还讲究四声；以平韵格、仄韵格为主，少换韵——柳永长调名篇中唯有《戚氏》用平仄韵通叶方式换韵，其余均是一韵到底。这些特色都为苏轼、秦观词所继承发扬，堪称宋代流行长调的基本特色。

由柳永长调兴起的四六主导与混合类两大类型，同样在苏轼、秦观词中发扬光大，综合对比分析这两大类长调在三家名篇中的比重、特色与影响，可概见这两类长调合时宜、有影响的体势与意境特色，也有助于明辨三家长调的特色与贡献。

四六句式主导类长调以四六句式为主，灵活兼用各类句式，故流丽擅铺叙。柳永长调以此类为主，13 首长调名篇中，四六主导类占 62％，有 8 调；混合类中的《八声甘州》《倾杯》2 调也有近半是四六言句，故大都以铺叙见长。

以散句铺叙的佳句如《玉蝴蝶》的"望处雨收云断，凭阑悄悄，目送秋光。晚景萧疏，堪动宋玉悲凉。"《雨霖铃》上片的"寒蝉凄切。对长亭晚，骤雨初歇。都门帐饮无绪，留恋处、兰舟催发。执手相看泪眼，竟无语凝噎。念去去、千里烟波，暮霭沉沉楚天阔。"开篇都是以四六散句铺陈情景，娓娓道来，为后文作铺垫。《雨霖铃》开篇频押入声韵，更凸显凄郁之感，若改为律诗句"寒蝉凄切长亭晚，怅饮都门骤雨晴。"便嫌平板，不如四六言句婉转流畅。

---

① 李之仪著：《姑溪居士前集》，《文渊阁四库全书》第 1120 册，第 580 页。

此后兼用折腰句、领字与七言基本律句,文气便转跌宕,景致更开朗,情味也更浓。

以对句铺叙的佳句更多,技法更精妙。《诗经》颂体已注重用各种对句来铺陈盛况,如《周颂·执竞》云:"钟鼓喤喤,磬筦将将,降福穰穰。降福简简,威仪反反。既醉既饱,福禄来反。"《鲁颂·閟宫》云:"奄有下国,俾民稼穑。有稷有黍,有稻有秬。奄有下土,缵禹之绪。"以铺叙见长的汉赋与六朝骈文都擅用对句,故灵活使用各种对句也是柳永词铺叙的重要法宝。柳永以形容太平著称的名篇《破阵乐》《醉蓬莱》《望海潮》《木兰花慢》都属四六主导类且擅用对句。以柳永创调,最负盛名的《望海潮》为例:

> 双调一百七字,上片十一句五平韵,下片十一句六平韵。
> 平平平仄,平平中仄,平平仄仄平平。
> 东南形胜,三吴都会,钱塘自古繁华。
> 平仄仄平,平平仄仄,平平仄仄平平。平仄仄平平。
> 烟柳画桥,风帘翠幕,参差十万人家。云树绕堤沙。
> 仄平仄平仄,平仄平平。仄仄平平,平平平仄仄平。
> 怒涛卷霜雪,天堑无涯。市列珠玑,户盈罗绮竞豪奢。
> 平平仄仄平平。仄平平仄仄,中仄平平。
> 重湖迭巘清嘉。有三秋桂子,十里荷花。
> 平仄仄平,平平仄仄,平平仄仄平平。平仄仄平平。
> 羌管弄晴,菱歌泛夜,嬉嬉钓叟莲娃。千骑拥高牙。
> 仄仄平中仄,平仄平平。中仄平平仄仄,平平仄仄平平。
> 乘醉听箫鼓,吟赏烟霞。异日图将好景,归去凤池夸。

此词共 22 句,非四六句式仅 7 句,下片第二句虽为五言,但"仄中平仄仄"的格律本就是专为领字而设的,使用领字后,变为"一、四"句法,故包含四六言节奏的句子所占比例高达 73%,这样的体势当然能"铺叙展衍,备足无余";以律句为主,讲求四声,擅用拗句,如"烟柳画桥"的"画"字例用去声,而非如寻常律句那样平仄不拘,有助于振起声情,而"怒涛卷霜雪"一句使用拗句,能增拗怒之感;基本律句只有 5 句,故迥别于古、近体诗。而大量、多样的对法、对句更有助于铺叙,试看词中用下划线标出的对句,不拘长短,有工对,有宽对,也有参差对;有句中对,有韵中对,也有跨韵对;有语义自足者,也有承上启下者,环环相扣,灵活多变,丰富多彩,因此才能使清雅与通俗、纯朴与繁华、壮美与精致、自然与人文相映生辉,从而将钱塘的胜景、乐事表现得淋漓尽致。

在柳永的引领下,一时词人同调词都以形容名城盛况为主题,章法、对法、技法也多承自柳词。除上词中采用的各种对法外,柳永歌咏太平名篇所用对法还有:鼎足工对,如《醉蓬莱》的"玉宇无尘,金茎有露,碧天如水。"鼎足参差对,如《破阵乐》的"露花倒影,烟芜蘸碧,灵沼波暖。"折腰句中对,如《破阵乐》的"临翠水、开镐宴。"流水对,如《破阵乐》的"各委明珠,争收翠羽,相将归远"等等。

秦观同样擅写四六主导类长调,故能将歌咏太平词发扬光大,推陈出新。仍以《望海潮》为例,在技法上,秦观词的创意主要表现在开篇两韵兼用韵中工对与韵间扇面宽对,在章法上也自成一家。如其一云:"星分牛斗,疆连淮海,扬州万井提封。花发路香,莺啼人起,珠帘十里东风。豪俊气如虹。"流丽的四六扇面对能让人领略壮景盛气与清景柔情相得益彰的名都繁华;再以稳健的五言散句作总结,精当有力。其二云:"秦峰苍翠,耶溪潇洒,千岩万壑争流。鸳瓦雉城,谯门画戟,蓬莱燕阁三休。天际识归舟。泛五湖烟月,西子同游。"先用扇面对铺陈古迹故事、壮景豪情,"争流"与"三休"对仗尤妙,既能形成酣畅与坎坷的对比,又能彰显自然与人文、长阔与高峻的对比;继而笔锋一转,改用散句引入"有我"之扁舟、清景、柔情。以上二词,清壮潇洒,有别于秦观主流的婉约风格,故往往被视为秦词别调,而这种别调的形成,显然与柳永奠定的此调正体体势、题材与风格密切相关。

在意格上,秦观词比柳永同类词更富有柔情、深情与韵致。在时人心目中,以情韵动人是唐末五代本色词能胜于诗赋的一大妙处,柳永歌咏太平词过分注重客观铺叙,夸饰渲染,故难免有"韵终不胜"之憾,而秦观词中的"有我之境"正能弥补此憾,重现本色词之妙。试看公认能代表秦词特色的《望海潮》名篇云:

> 梅英疏淡,冰澌溶泄,东风暗换年华。金谷俊游,铜驼巷陌,新晴细履平沙。长记误随车。正絮翻蝶舞,芳思交加。柳下桃蹊,乱分春色到人家。　　西园夜饮鸣笳。有华灯碍月,飞盖妨花。兰苑未空,行人渐老,重来是事堪嗟。烟暝酒旗斜。但倚楼极目,时见栖鸦。无奈归心,暗随流水到天涯。

一则取象精妙婉约,描写细腻生动,如冯延巳般擅体贴人情物态间的联动关系，并通过上下句意象的渗透加强联动效果，配合长调宜有的精妙章法，故即使写名城盛况，也能使纤宏、直婉相成。开篇仍用扇面对，第一韵中初绽梅英与初融冰澌，都是东风杰作，物象、变化虽微，已能体贴出暗换的年华。第二韵意境转开朗，最终仍聚焦到"新晴细履平沙"上，这一合天人之力造就的微妙景观，同样是"暗换年华"的标志，也是"金谷俊游，铜驼巷陌"的缩影。

二则因善感秉性与坎坷遭际，尤擅作刻骨悲情语，故即使用此类更宜铺叙的词调，也能化景语为情语。参看柳永"东南形胜"一词，前20句一直在以旁观者的视角渲染孙沔治下的繁盛，直至最末韵2句才站在孙沔的立场抒情，故全词以景语胜，而不以情语胜。而此词至第三韵"长记误随车。"主人公便已出场，此后一切景语皆情语，先由"正絮翻蝶舞"的拗句推出生动的春景春情。翻飞的柳絮、桃花引来飞舞的蝴蝶，最终交加的芳思、春色都被乱分到人家，惹起无限春情。下片进一步将春情具体化，由人家落实到我家，追思当年西园雅集之盛况，而感叹今日身世之飘零。下片末四句文气之酣畅却胜于他句，也胜于"东南形胜"一词的后结，因其擅用动词串联名词，前后语义融贯，又以较长的七言奇字句作结，故能增强情感力度与气韵。对比冯延巳词中同类意境："双燕飞来，陌上相逢否。撩乱春愁如柳絮。悠悠梦里无寻处。"（《鹊踏枝》）"起来点检经游地，处处新愁。凭仗东流。将取离心过橘洲。"（《采桑子》）可更为直观地感受到秦观长调与前代小令的渊源与异同；也可见只有心思婉转细腻、多情善感的词人，才擅写此种千回百转而仍酣畅的景语、情语。

苏轼也擅写此类长调，与秦观词相比，同样善于言情，但有豪放与婉约之别。四六言句本来不太适合写热烈之情，苏轼词能成功，一则因其擅用连贯句义的方式来接短成长，形成酣畅之势。如苏轼《满庭芳》"三十三年"一词，虽是在秦观"山抹微云"一词的影响下创作的，章法、句式都可见传承痕迹；但秦观词开篇云："山抹微云，天连衰草，画角声断谯门。"单句语义独立，还用了精美的参差对，故婉约；而苏轼词开篇云："三十三年，今谁存者，算只君与长江。"各句语义连贯，一气直下，质朴酣畅。二则擅用短句来衬托长句，常句来衬托奇句，名篇中以雄放著称的《水龙吟》《念奴娇》《八声甘州》，在体势上发挥关键作用的都是体势独特的长句，在下一部分将有详论。

混合类长调中，奇字句式所占比例相对多，句式、句法更多变，故文气更跌宕充沛，更适合抒写有深度、力度的情感，有气象、远韵的景致；容量也更大，对奇丽、阳刚意格的兼容性更强，部分词调以俊健为本色。对此类词调兴起贡献最大的两位名家即是有奠基之功的柳永与有开拓之力的苏轼。

如风靡古今的《满江红》①词调，始见于柳永与同时张先词，相传唐时名《上江虹》，原调要表现的应是阔朗跌宕中含婉艳的虹映沧江意境，故体势尤为跌宕灵变，以三、七言律句为主，多用七、八言折腰句，兼有四、五言句。上下片两个格律对仗的七言基本律句与过片四个连环的三言短律句，分别是全词最疏朗与最绵密处，尤为醒目，适用对句，能成词眼；作为前后结的三言律句也颇关键，收束若斩截有力，便能点睛；其余句式则发挥着铺垫蓄势的作用。适合配以清健、奇丽或婉中有骨的意境。柳永有四词，其中三词与张先词一样写恋情，如"恶发姿颜欢喜面，细追想处皆堪惜……鳞鸿阻，无信息。梦魂断，难寻觅"之类，俗靡无气格。但在过片三言四连句中用扇面对，却是能传世的创举。唯有"暮雨初收"一词，依调名赋江上意境：

> 几许渔人飞短艇，尽载灯火归村落……桐江好，烟漠漠。波似染，山如削。绕严陵滩畔，鹭飞鱼跃。游宦区区成底事，平生况有云泉约。归去来、一曲仲宣吟，从军乐。

用入声韵，景致清健，思致超逸，声情激越，能发挥体势之妙，故成为名篇与典范。在柳永影响下，宋代佳作也以描述江景、水景者居多，多用入声韵，有清健、豪迈气韵。

继柳永后擅填此调且影响颇大的是苏轼，所作五首词均能顺应体势，造诣颇高。其中佳句如"江汉西来，高楼下、蒲萄深碧。犹自带、岷峨云浪，锦江春色。君是南山遗爱守，我为剑外思归客……江表传，君休读。狂处士，真堪惜……不独笑书生争底事，曹公黄祖俱飘忽。""枝上残花吹尽也，与君更向江头觅。问向前、犹有几多春，三之一……君不见兰亭修禊事，当时坐上皆豪逸。""衣上旧痕余苦泪，眉间喜气添黄色。"开创性贡献主要有二：一是率先为此调注入阳刚之风，使其成为宋代能兼容变体词的流行词调。值得注意的是，苏轼诸词中的壮景豪情，是在清丽景、婉转情的衬托下成就的，而将七言基本律句增长为八言超长句，也有助于抒写酣畅之情。二是顺应体势，在上下片两个格律对仗的七言句与过片四个连环的三言句中，灵活采用工对与扇面对，后世同调词在这几处也惯用对句。

又如在苏轼引领下成为宋代第一大流行词调的《水调歌头》。此调本宋

---

① 在宋代流行词调中排名第 6。

代大曲,共 19 句,以五言基本律句与三言句为主,四六言句仅 6 句,句法以渐变、对称为主,圆转流畅,故普及性、兼容性颇强。现存最早的是刘潜的一首慷慨边塞词,造诣较高,奠定正格。此后的尹洙、苏舜钦词,都清雅有风骨,并不以柔情为限。然后便是影响最大的苏轼此体及词:

> 明月几时有,把酒问青**天**。不知天上宫阙,今夕是何**年**。我欲乘风归**去**,又恐琼楼玉**宇**,高处不胜**寒**。起舞弄清影,何似在人**间**。 转朱阁,低绮户,照无**眠**。不应有恨,何事长向别时**圆**。人有悲欢离**合**,月有阴晴圆**缺**,①此事古难**全**。但愿人长久,千里共婵**娟**。

体势特色是起结两个五言句,稳健如诗,此词以天问开篇,妙答收尾,常中见奇,堪为典范;而上下片"六、六、五"句式与过片三个三言句,分别是全词中最疏朗处与最绵密处,骈散皆宜,是节奏转换的关键。刘潜词云:"极目平沙千里,惟见雕弓白羽,铁面骇骅**骝**……堂有经纶贤相,边有纵横谋将,不作翠蛾**羞**。"三句语义连贯,相连的六言句分别用由动词"极目""惟见""堂有""边有""不作"引领串联的散句与对句,有助于增加变化,贯注文气,故为尹洙、苏舜钦、苏轼词所传承。而苏轼词独到处是连贯中含转折,议论更精妙,而且夹叶两仄韵,音律更谐美,后世不少同调词都沿用此种夹叶两仄韵体。过片三句刘潜词未用对仗,尹洙、苏舜钦词末两句对仗,而苏词则创用鼎足兼流水对,"转""低""照"三个动词,逼真绘出月光的动态,既意味着夜已转深,无眠已久;又仿佛专为照此离人而动,自然引发"不应有恨"之问,此种对法也在同调词中流行开来。总体而言,全词在清健超逸中包含了温柔深挚、曲折变化的情思,是多情雅士词,而非豪放壮士词。之所以被后世奉为豪放词先驱,因其造诣颇高,将以往离情词中罕见的潇洒情景融入叙论,同韵各句语义连贯,不可分割,各韵间语义也是自然融贯,故能让人强烈感受到此调圆转清畅的体势特色,这也是适合表达豪放的体势特色。

再如《贺新郎》词调,原名《贺新凉》,为苏轼"乳燕飞华屋"词所创用,仄韵格,共 20 句,四六言句只有 4 句,唯起句、过片沿用基本律句,句法大开大阖,杂用近体诗所无的三、四、六、八言句,五、七言句则多为拗句、折腰句,故灵变奇崛,迥别于诗,接近于文,兼容性更强。苏轼此词仍用柔情题材,佳句如"手弄生绡白团扇,扇手一时似**玉**……帘外谁来推绣户,枉教人、梦断瑶台

---

① 苏轼词中习惯将十九部合韵与十八部屑韵通押,物属十八部。

曲。又却是,风敲**竹**……若待得君来向此,花前对酒不忍**触**。共粉泪,两簌簌。"已能彰显此调矫如龙虎,摇曳生姿的体势特色,于妩媚风流中见风骨,此后辛弃疾等进一步发掘出其体势上的潜能,为其注入阳刚之风,令其如龙入海、虎添翼,表现力大大增强:柔美俊逸与阳刚雄放兼能,情景叙论兼擅。既能言诗文所能言之意,又能彰显词体所独有的郁凄、激壮之境。

宋代流行长调中四六句式所占比例明显多于小令,排名前 50 的流行词调中,长调有 13 调。在这 13 调中,四六句式占主导的有 9 调,占 69%,与在柳永名篇中所占比例差不多;混合类的仅有《水调歌头》《满江红》《贺新郎》《木兰花慢》4 调,但《水调歌头》《满江红》《贺新郎》在流行长调中排名分别为第一、第三、第五。因此,在宋代流行词调中,混合类占据的是塔尖位置,与四六主导类相比,数量虽远远不如,质量却更胜一筹。柳永自然是各类兼能的长调大宗师,苏轼则堪称促成长调,尤其是混合类长调流行的第二大功臣——流行程度最高的五大长调《水调歌头》《念奴娇》《满江红》《沁园春》《贺新郎》都是在苏轼名篇的引领下流行开来的;而秦观词对四六主导类词调的流行也是功不可没——长调名篇都属四六主导类,故与柳永词一样以柔婉为主流,擅长歌咏太平,而更能发挥词体婉约深情的专长。

四、长句与短韵的特色与作用

唐宋小令以短句见长,但长句也发挥着独特功用,因其在短句衬托下,更能彰显、发挥畅快体势,展现相反相成之妙。唐宋流行小令《虞美人》《南歌子》中最为醒目、关键的都是九言长句,同调名句多集中于此。长调中占据主流的仍是短句①,正所谓长短相形,诗中常见的七言句进入长调中,已算是较长句,更何况长调比小令更常用七言以上的超长句,故在短句衬托下,能形成跌宕、酣畅气韵,兼容豪情壮景。在填词时,对于词调中位置醒目、作用关键的长句,为了能将其体势特色发挥到极致,往往会将其与同韵各句的语义连贯起来,以增添气象、声势。

柳永 13 调长调名篇中,《破阵乐》《八声甘州》《定风波》《戚氏》《木兰花慢》《夜半乐》《雨霖铃》《倾杯》8 调都用了八、九言超长句,其中与上下句语义连贯者尤为疏快,如《戚氏》的"况有狂朋怪侣,遇当歌、对酒竞留连"、《雨霖铃》的"多情自古伤离别。更那堪、冷落清秋节"等。苏轼、秦观词也都擅

---

① 所谓长短是相对近体诗而言的,近体诗句为五、七言,而长调主要由四、六言句构成,其他句式也以二、三言句为主,故普遍比诗句短。

用长句,成就自成一家的特色。

如《八声甘州》词调,始见于柳永词,应是由唐教坊大曲《甘州》截取改制而成,《甘州》作为边塞曲,本应有旷远、苍凉、劲直的风韵在。柳永很可能是此调的改制者,其词在同调词中影响深远。此调为双调九十七字,上下片各九句、四平韵。独到特色是押韵频率较低,开篇即用超长句,又擅用领字接短句成长句,擅用折腰句改变句法节奏,故属于长调中体势尤为疏快者。试看第一韵句格律为“仄中平中仄仄平平,中中仄平<u>平</u>。”是全词最具特色也最易出彩之处。柳词起句:“对潇潇暮雨洒江天,一番洗清秋。”由“对”字引领七言基本律句与五字拗句,构成八字长句,十三字一韵,从而形成破空而出、流贯直下的气势,可谓:运洋洋八字启新篇,气吞十三言,此种体势与旷远酣畅的词境配合无间,顿觉江天间秋风暮雨扑面而来,清冷沁入肺腑。第二韵句格律为“仄中平中仄,中平中仄,中仄平<u>平</u>。”同是十三字一韵,文气融贯,但句式变化了,韵律感便不同。柳词:“渐<u>霜</u>风凄紧,<u>关</u>河冷落,<u>残</u>照当楼。”由“渐”字领起,将三个参差对的悲壮景象放入整齐简短的四字律句中,便形成铿锵的音响效果,并列中有递进之势,与开篇“对”字遥相呼应,形成霜风、关河与残照纷涌入楼之感,托出了景中之人。此前诸外景仿佛专为楼中人而设,令读者如临其境,在听觉、视觉、触觉上都感受到无尽的苍凉。再看篇末第七、八韵句:“想佳人、妆楼颙望,误几回、天际识归舟。争知我、倚阑干处,正恁凝愁。”以七、八言折腰句为主,体势颇奇,语义在“想”字引领下自由盘旋,经由“误”、“争知我”、“正”诸字引导贯穿,将26字语义连成一体。文气不逊于诗文,而奇丽韵律则为词体所独有。后世同调佳作,大都能以开篇长句先声夺人,形成笼罩全篇的气势。

要之,此调长短、徐急相济的体势特色令其兼容性颇强,具有创作杰出变体词的潜质。柳永此词虽仍是离情题材,但柔情中已有悲壮、直截的成分在;到了苏轼手中便成为变体的利器。试看苏轼阳刚词中名篇《八声甘州》开篇二句云:“有情风万里卷潮<u>来</u>。无情送潮<u>归</u>。”未用领字,首句入韵①,正适合配以参差对的意境;而“气吞十三言”声势未改:两句间语义连贯,只觉

---

① 此词实已开起句入韵之格,尽管在《词林正韵》中,“来”与“归”分属第五部“灰”韵与第三部“归”韵,但苏轼词受诗韵影响,普遍习惯将分属第三、五韵部的“灰”韵通押,有的词又兼于邻韵通押,如《南乡子》(怅望送春杯)中就将属第五部“佳”韵的“怀”与第三部“灰”韵的“回”通押。又如《临江仙》(昨夜渡江何处宿),也是属第五部“佳”韵的“怀”与第三部“灰”韵的“催”通押。所以晁补之步苏轼此词韵的《八声甘州》云:“谓东坡、未老赋归来。天未遣公归。”起句也押了“来”韵。还有用韵多承自苏轼词的汪莘《八声甘州》也云:“惜余春蛱蝶引春来。杜鹃趣春归。”后来张炎等人词起句入韵,很可能也是受了苏轼此词的影响。

万里风潮来去盘旋,气象雄杰、气势磅礴,与李白《将进酒》起句"君不见黄河之水天上**来**,奔流到海不复**回**。"异曲同工。在柳永、苏轼引领下,《八声甘州》成为宋代能兼容合体与变体词的流行词调,在宋代流行词调中排名44。

又如使苏轼壮士词名远播的《念奴娇》词调,依唐玄宗时著名歌伎——念奴的典故命名。据《开元天宝遗事》记载,念奴的演唱有两大长处:一是"每执板当席顾盼……眼色媚人";二是"每啭声歌喉,则声出于朝霞之上,虽钟鼓笙竽嘈杂,而莫能遏。"可见其歌态固然妙在娇,其歌声则妙在高亢响亮,与那些只适合表达柔情的软媚曲调不同,有可能兼容雄健激昂之情。现存《念奴娇》词,最早的是沈唐的一首柔情词,为此调正体;然后便是苏轼的两首词,其中,"凭高眺远"一词沿用了沈唐体;而"大江东去"一词创用变格,不仅是苏轼变体词中最著名者,而且是历代同调词中最著名者:

> 双调一百字,上下片各十句、四仄韵。
>
> 仄平平仄,仄平仄、平仄平平平<u>仄</u>。仄仄平平,平仄仄、平仄平平仄<u>仄</u>。
>
> **大江东去,浪淘尽、千古风流人物。 故垒西边,人道是、三国周郎赤壁。**
>
> 仄仄平平,平平仄仄,仄仄平平<u>仄</u>。平平平仄,仄平平仄平<u>仄</u>。
>
> 乱石穿空,惊涛拍岸,卷起千堆雪。江山如画,一时多少豪杰。
>
> 平仄平仄平,仄平平仄仄,平平平<u>仄</u>。仄仄平平,平仄仄、平仄平平平<u>仄</u>。
>
> 遥想公瑾当年,小乔初嫁了,雄姿英发。**羽扇纶巾,谈笑间、强虏灰飞烟灭。**
>
> 仄仄平平,平平仄仄仄,仄平平<u>仄</u>。平平平仄,仄平平仄平<u>仄</u>。
>
> 故国神游,多情应笑我,早生华发。人间如梦,一尊还酹江月。
>
> (最具特色的"四,三、六"句式标示为加粗体)

体势特色是句式灵变,以四六言句为主,兼有五言句与三个九言长句;用韵极疏朗,12.5字一韵,未换韵;常用领字、同韵各句语义连贯;这样的体势当然是具有表达豪情的潜力的。与正体相比,苏轼此体最大的特色是三处改用"四,三、六"①句式,由四言短句与九言折腰长句构成,配合连贯语

---

① 将正体起句的"四,五、四"句式,第二韵、第六韵的"七,六"句式,都改为"四,三、六"句式。

义,别具盘旋倾泻之势,恰似:大声镗鞳,断崖间、倾作翻飞云瀑,正适合表达豪情壮志。此种句式先在开篇两韵连用,配合词境形成扇面宽对、流水对,从而将盘旋倾泻的节奏感发挥得淋漓尽致,形成笼罩东西古今的气势。又在下片第二韵用以叙论,同样畅达有力,也令此种新节奏在调中更为醒目,形成一唱三叹的效果。宋代同调词中继承此种句式者颇多,但三处连用者较少,大都仅一、两处采用,其余仍依原律,扇面对则无人采用,致使其独至之妙难以尽显,实属遗憾。

再如《水龙吟》词调,22 句中有 15 句都是四言短句,最长的是七言句,起二句格律为"中平中仄平平仄,中仄中平平仄。"或"中平中仄平平,中平中仄平平仄。"虽非超长句,却已是全调中最长、最醒目的句式,故在苏轼词引领下,同调名篇起二句往往语义融贯,起到如《八声甘州》《念奴娇》起句般以全词中最长句式开篇,盛气先声夺人的效果,这也是流行长调的常用起法之一。苏轼之前的欧阳修、章楶也有同调词传世,起二句分别是"缕金裙窣轻纱,透红莹玉真堪爱"、"燕忙莺懒花残,正堤上、柳花飘坠。"太过软媚纤弱,未能很好发挥体势优势。而苏轼名篇起二句如"似花还似非花,也无人惜从教坠"、"楚山修竹如云,异材秀出千林表"等,无论是柔情词,还是高士词,都是文气融贯,意象健美,有气象、见风骨,与独到体势相得益彰。再看秦观同调名篇起二句云:"小楼连苑横空,下窥绣毂雕鞍骤。"既隐含了妓名,也能发挥醒目、畅健的体势优势,以顿入方式,突显出横空而出、居高临下、骤驰而去的时空感受,写活了惊鸿一瞥,转瞬分离的情景,与主题及后文配合,尤见刚柔急徐相济之妙,并非如苏轼调侃的那样"十三个字只说得一人骑马楼前过",试看苏轼同调佳句"小舟横截春江,卧看翠壁红楼起"与秦观此词极相似,当有渊源,不能谓"十三个字只说得一人乘舟江上过"。

秦观名篇中最精彩的长句,是能利用痛快体势,表现凄厉深悲,不嫌说尽的意境者。如《江城子》下片云:"韶华不为少年留。恨悠悠。几时休。飞絮落花时候、一登楼。便做春江都是泪,流不尽、许多愁。"《江城子》上下片第四、五句格律原是"中仄平平,中仄仄平平。"此词却连成九字超长句,末二句格律原为"平仄仄,仄平平。"此词却连成六言折腰句,语义与上句连成一气。配合意境,由三言短句构成的问句"恨悠悠。几时休",简明顿挫,便如打开愁江的闸门一般,此后愁恨便化为泪雨,随着飞絮、落花、春江奔腾而出,绵延不绝,永无休时。妙处略同的是《千秋岁》篇末云:"携手处,今谁在。日边清梦断,镜里朱颜改。春去也,飞红万点愁如海。"先以短问句开启愁门,再以对句排比愁事,都是为了抒发愁情蓄势,末二句由全篇最短的三言句与最长的七言句构成,大阖大开,短叹未尽之意,转用长吁道出,文气贯注,汇成愁海。而以上两篇意境又都与李煜《虞美人》中经典长句"问君都有几多愁。恰似一江春水向东流"一脉相承,二家词风之神似与长句写热情之妙,由此可见一斑。

宋代最流行的 13 调长调中,《念奴娇》《满江红》《沁园春》《贺新郎》《木兰花慢》《摸鱼儿》《八声甘州》7 调都使用了八至十言的超长句,《水龙吟》《齐天乐》2 调正体起二句格律相同,均是全调中最长的句式,适用以多变长句先声夺人的起法。

宋代流行词调不仅擅用长句,还擅用短韵。本书所说的短韵,指位于起句或连接在韵句后的一至四言韵句,因其比近体诗中最短的五言韵句①更短,故称短韵,包括唐五代小令中已流行的独立短韵与由柳永长调兴起的句中短韵。短韵可以使句法、韵法的变化更丰富,也更有助于维护词体本色。

唐末五代词调中颇多短韵句,令、慢词都有使用。如温庭筠创调的《河传》14 句中就包含了二、三言短韵句各 4 句,杜牧慢词《八六子》起句也是三言短韵句,这些短韵基本都是单句语义自足的。苏轼小令名篇也较擅用此类短韵,如上述《如梦令》词,又如《定风波》二词:

> 双调六十二字,前段五句三平韵、两仄韵,后段六句四仄韵、两平韵。
>
> 莫听穿林打叶<u>声</u>。何妨吟啸且徐<u>行</u>。竹杖芒鞋轻胜<u>马</u>。谁<u>怕</u>。一蓑烟雨任平<u>生</u>。　料峭春风吹酒<u>醒</u>。微<u>冷</u>。山头斜照却相<u>迎</u>。回首向来潇洒<u>处</u>。归<u>去</u>。也无风雨也无<u>晴</u>。
>
> 常羡人间琢玉<u>郎</u>。天应乞与点酥<u>娘</u>。尽道清歌传皓<u>齿</u>。风<u>起</u>。雪飞炎海变清<u>凉</u>。　万里归来颜愈<u>少</u>。微<u>笑</u>。笑时犹带岭梅<u>香</u>。试问岭南应不<u>好</u>。却<u>道</u>。此心安处是吾<u>乡</u>。

此调承自五代,虽以基本律句为主,但句句入韵,平仄韵错叶且三换仄韵,频繁地在七言句中穿插二字短韵,故句法之奇变,韵法之繁密、巧妙堪比混合类小令。苏轼此二词都能发挥体势特色:每两个七言基本律句为一组,构成一意境,四组间意境起承转合,一如律诗;而以短韵为词眼,有点睛之妙的是"谁怕",如闻豪气干云的壮士一呼,呼出了"轻胜马"与"任平生"的快意旷

---

① 首句入韵的五言近体诗中,前两句均是五言韵句。

放;"微笑",如见云淡风轻的美人一笑,难怪"颜愈少",神似"岭梅香",均能为主人公潇洒魅力传神。有承启之妙的是"微冷",被"料峭春风"吹醒却只觉微冷,只因有温暖的"斜照相迎"。有翻转之妙的是"归去",由何妨行转为不如归,享受"也无风雨也无晴"的宁静;"风起",用精致温柔的觱齿清歌,兴起"雪飞炎海变清凉"的巨大力量,只因其中饱含雅量与深情;"却道",转引出出人意表的绝妙回答。从中也可见苏词押韵时擅用四声,如"起"字为抑扬的上声,富有动感,正能表现如风雪飞起的歌声;"怕""去""道"字为斩截的去声,正能表现出无畏与果断。若将词中各短韵都除去,则变为两首失粘的七律,文理仍可通,而气象、风韵却大减。

二词中主人公虽有壮士与美人之别,性情气度却极为相似,可互为知音,章法与意境也多有相通。从中可见苏词能自成境界,因其生性旷达,乐观善感,且有识力,纵使洞见世情,仍能率性而为,随遇而安。二词的四组意境其实也展现出苏轼超旷的四种境界:去取是第一境,以"莫听"、"常羡"的方式将风雨、贬谪之类的人生坎坷置之度外,而专注于徐行乐与知音人,与晏殊"满目山河空念远,落花风雨更伤春。不如怜取眼前人"(《浣溪沙》)的境界略同。应对是第二境,最有气势,以"谁怕"的态度,巧妙利用资源,凭借轻胜马的竹杖芒鞋、蔽烟雨的蓑衣、如风雪飞扬的清歌等,变逆境为乐境。超脱是第三境,最为温柔,能于无情中见有情,不遇中求佳遇。风雨后相迎的斜照、万里外带回的愈少颜与岭梅香,都属此类。反思是第四境,最见识力。"回首向来潇洒处","此心安处"即如同"归去"后"也无风雨也无晴"的"吾乡"。前二境能入,第三境能出,第四境参悟出入自如之理。

柳永中长调名篇中,《破阵乐》《定风波》《戚氏》《夜半乐》《木兰花慢》《二郎神》《玉蝴蝶》《倾杯》8 调用了二言短韵,《鹤冲天》《戚氏》《二郎神》《玉蝴蝶》《倾杯》4 调用了三言短韵,《定风波》《雨霖铃》《木兰花慢》3 调用了四言短韵。继往开来的特色主要有:

(1)短韵最常见于换头与起句。唐末五代小令中短韵位置不固定,最常见于起句。如上所述,文人长调中率先使用短韵的杜牧《八六子》,短韵位于起句与换头——换头作用其实与起句相近,相当于另起一片,短韵能利用短促、醒目的体势,发挥迅速切入词境与转入新境的作用。五代长调尹鹗《金浮图》起句与换头也用了三言短韵。柳永长调中短韵位置灵活,在起句、过片、片中与结句都有使用,但最常用处仍在换头,其次在起句,名篇中《破阵乐》《定风波》《木兰花慢》《倾杯》《二郎神》《玉蝴蝶》都在换头使用,《鹤冲天》《雨霖铃》《戚氏》《二郎神》都在起句使用。后来词人、词调大都继承了这种规律。

（2）换头二言短韵除前代常用的语义自足衔接方式外,还创用了语义与下句连贯的衔接方式,既能增强韵律感,又能使文气更融贯,堪称令词与慢词体势融合的典范。名篇中换头二言短韵除《雪梅香》外都接四言律句,其中语义连贯者如《玉蝴蝶》的"难忘。文期酒会,几孤风月,屡变星霜";《倾杯》的"为忆。芳容别后,水遥山远,何计凭鳞翼",短韵与下韵句语义连成一体,读去便如六言句般自然流畅。而《雪梅香》调名取自温庭筠《河传》,过片短韵"临风。"与下句"想佳丽。"语义连贯,相应的格律可连成"平平仄平仄",是近体诗中常用的当句自救五言律句。同时尚有被一些学者认为是创调的无名氏《雪梅香》换头云:"争妍斗鲜洁",则未用短韵,直接用五言律句。

由此可见,柳永语义连贯的换头短韵能形成并流行,因其本为常用句中韵,最常用的"二。四"式应是长调中常用的六言句中韵,为柳永创用;偶用的"二。三"式应是诗词中常用的五言律句中韵,如上所述,此种用法并非创自柳永,在唐五代小令中已常用,始见于《花间》鼻祖温庭筠词。这些用法在宋代流行长调得到继承,故正体换头为六言句的流行词调,常在句中加短韵,变成"二。四。"式的,如《沁园春》贺铸体,《水龙吟》姜夔体等。而正体换头为五言基本律句的流行词调,也有加短韵,变成"二。三"式的,如《满庭芳》,晏几道体原用五言律句"年光还少味（平平平仄仄）",至周邦彦体则加句中短韵,变成"年年。如社燕。"

（3）短韵与长调独到体势配合后,发挥出新的功效。如《木兰花慢》云:"拆桐花烂漫,乍疏雨、洗清**明**……倾**城**。尽寻胜去,骤雕鞍绀幰出郊**坰**……盈**盈**。斗草踏**青**……欢**情**。对佳丽地,信金罍罄竭玉山**倾**。"全调短韵有三处之多:上片中短韵"倾城"与此后"四、八"式长韵句语义连贯,14字一气,生动绘出清明时节京中人倾城出游的繁盛、畅快场景。换头叠字短韵"盈盈",聚焦到春游人群中最吸引作者的佳丽身上,与其后四字短韵句配合,句短韵密,更觉活泼轻盈。下片中短韵"欢情"语义独立,总结了此前乐事,又引出其后用"四、八"式长韵句表现的欢畅尽兴的场景,故声情抑扬有致。

总之,短韵其实是对温庭筠小令所创句短、韵密体势的传承与发展;置于体势舒展的长调中,颇为别致、醒目,能形成婉转顿挫之势,起到调节节奏、维护本色的作用。苏轼、秦观长调名篇使用短韵的唯有《满庭芳》（二言短韵）《哨遍》（一言短韵）《八六子》（三、四言短韵）《梦扬州》（三言短韵）,都位于起句或换头,但唯有《满庭芳》使用了柳永新创的语义连贯式二言短韵。宋代最流行的13调长调中,《满庭芳》《木兰花慢》《摸鱼儿》《瑞鹤仙》《齐天乐》5调使用了短韵，《满庭芳》《木兰花慢》《瑞鹤仙》3调都传承了柳永开创的特色，在换头使用二言短韵，语义可自足也可连贯。

五、拓展词量的大堂庑与转成主流的自言体

新兴的词调体势堂庑颇大，柳永、苏轼、秦观词境相承互补，有助于拓展词量，是三家词能引领时尚，促成词体意识自觉与词体纵横正变体系确立的关键原因。

柳永词调体势经过革新，篇幅加长，灵变程度不仅远胜于诗，也更胜于小令，故能容纳的题材、意蕴、风格也大大增加；换言之，柳永革新词体，本就是为了顺应拓展词量的时代需要。柳词最受词体正变论关注的新意格主要有二：一是描写都市盛景，繁盛和乐，在正变论中备受称道，因其能秉承《诗经》正始——颂歌咏盛世的宗旨与铺叙延展的表达方式。二是描写恋情，谐俗艳冶，在正变论中备受谴责，因其类似郑卫靡靡之音，与雅正宗旨背道而驰。其实，这两种新意格都是由柳永兴起的盛世繁华题材与中长调体势所成就的。

盛世繁华本就熔刚柔雅俗情景于一炉。即如秦观《长相思》云："铁瓮城高，蒜山渡阔，干云十二层楼。开尊待月，掩箔披风，依然灯火扬州。绮陌南头。记歌名宛转，乡号温柔。"具有盛世雄杰气象的大都市，也正是催生市井艳情的温柔乡。与唐末五代占据主流的闺情题材相比，同样擅写室内柔情，而更擅写户外景观，繁华都市当然比精致闺阁能容纳更多宏阔、疏畅、豪逸的意境。因此，即便是作风婉约的秦观词，描写都市也有"星分牛斗，疆连淮海，扬州万井提封……豪俊气如虹"（《望海潮》）这样清壮豪逸的意境。

中长调能兴起，正因其体势特色能顺应描写盛世繁华的时代需要，兼容刚柔雅俗情景。上文在阐释柳永词体势新变时，主要列举了繁盛和乐、清雅俊健的例子，下面重点来看谐俗艳冶的例子。擅用四言句述说衷肠者，如《慢卷绸》："算得伊家，也应随分，烦恼心儿里。又争似从前，淡淡相看，免恁牵系。"擅用奇字句抒写热情者，如《昼夜乐》："其奈风流端正外，更别有、系人心处。一日不思量，也攒眉千度。"擅用长句畅快抒情者，如《玉女摇仙佩》："细思算、奇葩艳卉，惟是深红浅白而已。争如这多情，占得人间千娇百媚。"擅用短韵呢喃言情者，如《定风波》："终日厌厌倦梳裹。无那。恨薄情一去，音书无个。早知恁么。悔当初、不把雕鞍锁……针线闲拈伴伊坐。和我。免使年少，光阴虚过。"都妙在以情人间私语的方式叙景抒情，亲昵如晤，此种方式李白、李煜等前辈名家也曾用，但柳词更为生动，因日常言语本

就是长短不拘,灵活多变的,更适合用新兴长调来表现。

柳永在日常生活中对恋人情态体贴入微,才能创用、发挥灵变的词调体势,来抒写恋情。柳永词中的此种意格,因生动、可爱、通俗而风靡一代,苏轼、秦观虽在理智上不屑于学,在实际上却也不禁要学,不少佳句都从柳词中学来,而能去粗存精,变俗为雅。如冯延巳《南乡子》云:"薄幸不来门半掩,斜阳。负你残春泪几行。"柳永《忆帝京》云:"万种思量,多方开解,只恁寂寞厌厌地。系我一生心,负你千行泪。"苏轼《雨中花慢》云:"一自醉中忘了,奈何酒后思量。算应付你,枕前珠泪,万点千行。"一脉相承,各成其妙:冯词展现出令词的深情远韵,柳、苏词展现出长调的铺陈尽意,而柳词末二句更深刻,苏词总体更雅致。又如柳永《西江月》云:"师师生得艳冶,香香于我情多。安安那更久比和。四个打成一个……奸字中心着我。"秦观《水龙吟》云:"小楼连远横空,下窥绣毂雕鞍骤。"都是在风月场上用谐俗拆字法赋恋情,但秦词的婉雅远胜于柳词的鄙俗。后来周邦彦一派词人更是不拘一格,雅俗兼收。

柳永词量颇广,堂庑颇大,不仅章法、技法为后世广泛继承,能为后世名家道其先路的意格也不限于上述两种。如《雪梅香》:"楚天阔,浪浸斜阳,千里溶溶"、《归朝欢》:"沙汀宿雁破烟飞,溪桥残月和霜白"、《内家娇》:"但赢得、独立高原,断魂一饷凝睇"等,清空雅健,堪为苏、辛一派宏雅词与姜夔一派清雅词开先。又如《巫山一段云》:"醮酹争撼白榆花。踏碎九光霞"、《轮台子》:"雾敛澄江,烟消蓝光碧。彤霞衬遥天,掩映断续,半空残月……九疑山畔才雨过,斑竹作、血痕添色。"设色奇丽,构思奇崛,又为吴文英词开先。而且往往同一调中,同一词中便兼有数种风格,如上述《满江红》四词,题材、风格便不同。又如《二郎神》中"乍露冷风清庭户,爽天如水,玉钩遥挂……极目处、微云暗度,耿耿银河高泻"的意境,清雅婉妙,秦观名篇《鹊桥仙》(纤云弄巧)词境即承此而来;至篇末云:"愿天上人间,占得欢娱,年年今夜。"又变回直俗风格了。再如《夜半乐》中"怒涛渐息,樵风乍起,更闻商旅相呼。片帆高举……凝泪眼、杳杳神京路。断鸿声远长天暮"的意境,高朗激壮,可为苏轼词开先;而"败荷零落,衰杨掩映,岸边两两三三,浣沙游女。避行客、含羞笑相语"的意境,又全是柳词风味了。

苏轼词能兴起清健新风与阳刚变体,被公认为壮士词,因其擅于发挥唐五代小令与新兴的中长调中能兼容刚健意格的体势特色,来抒写别是一家的情怀。综上可见,苏轼以阳刚著称的词与能兴起阳刚风尚的词调,影响最大、造诣最高者集中在以下三类:1.基本律句主导类小令与中调,包括小令

《南乡子》《破阵子》《定风波》与中调《江城子》；2.混合类长调，包括《满江红》《水调歌头》《贺新郎》；3.以长句为词眼的四六主导类长调，包括《念奴娇》《八声甘州》《水龙吟》。由此可知，时论为何会公认苏轼"词如诗""以诗为词"：只因苏轼小令、中调名篇体势确实有如诗之处，占据主导的基本律句承自近体诗，故能兼容近体诗所能容的阳刚意格；而韵句灵变胜过近体诗，故能通过短韵跳跃、长句拓展、换韵斡旋等表现出近体诗所难及的阳刚意格。而长调名篇体势与古近体诗都差别显著，之所以会给人以"如诗"的错觉，因其比小令与以短句见长的四六主导类词调更具跌宕、奇崛、畅快之势，更适合表现阳刚意境。而时人对词体本色的一贯印象是柔婉，相应的对诗词之别的印象也是刚柔之别，因此才会认为此类擅写阳刚的词如诗，殊不知其能流行，正因其所展现的是词体特有的阳刚之妙。

　　苏轼也尝试给基本律句非主导类小令与以短句见长的四六主导类词调注入刚健变风，但因这两类词调体势本不适合表现阳刚意境，故传世词数量较少，造诣也较低，其中较著名的《如梦令》《点绛唇》《满庭芳》，与采用婉约正格的同调名篇相比，虽也别有一番风味，但造诣与名气毕竟不如，在苏轼阳刚词中也非上乘。因此，苏轼能成为杰出的变体词先驱，只因其对词调体势有较强的驾驭能力与革新精神，能发挥专长，顺应时势，善因善创，创作出许多如诗且能胜于诗的阳刚词，为词坛注入新风。

　　秦观词无论是以传承为主的小令，还是能展现新时尚的中长调，传世名篇都擅长表现最宜入词的两大意格：一是最能彰显词体特色的婉约淡雅意格，二是最能彰显词情魅力的极致深悲意格。因此，在元祐词坛，宛如新变浪潮中的定海神针，能利用新旧体势防止词体荡而不返，维护词体本色，发挥词体专长。

　　综观三家名篇，柳永名篇中代言体仅《定风波》(自春来惨绿愁红)1首。苏轼词名篇小令18首，代言的只有《阮郎归》(绿槐高柳咽新蝉)《减字木兰花》(春庭月午)《西江月》(玉骨那愁瘴雾)《少年游》(去年相送)4首；中调5首，代言的只有《洞仙歌》(冰肌玉骨)1首；长调13首，代言的只有《水龙吟》(似花还似非花)《贺新郎》(乳燕飞华屋)2首。秦观词名篇小令15首，代言的只有《阮郎归》(潇湘门外水平铺)《南歌子》(玉漏迢迢尽)《蝶恋花》(晓日窥轩双燕语)《减字木兰花》(天涯旧恨)《如梦令》(门外鸦啼杨柳)《画堂春》(落红铺径水平池)(东风吹柳日初长)7首；中调3首，代言的只有《满园花》(一向沈吟久)1首；长调8首，只有《水龙吟》(小楼连远横空)采用上下片分别为代言与自言的特殊表达方式。这再次证明了适合女儿歌唱之词未必要是男子作闺音的代言体，也可以是男子直抒婉约柔情的自言体，唐宋柔情名篇中，自言的数量并不少于代言。

具体来看，唐末五代名家的代言体名篇大都是纯寄托、普适化的，而三家代言体名篇中，唯有秦观词仍以普适化代言体为主，故词风最接近唐五代本色词。而三家都擅写的是有具体对象、情景和因由的代言体，如柳永《定风波》、秦观《满园花》《南歌子》《水龙吟》都是代其所恋人立言，情事、对话具体生动，秦词还隐含了恋人陶心儿、娄琬之名。苏轼《减字木兰花》《少年游》都是代妻子言，或转述妻子"春月色胜如秋月色"的韵语，或借妻思我自言我思妻之情；《洞仙歌》代蜀主孟昶立言，《贺新郎》代官妓秀兰立言，都注重刻画传说或现实中的具体情事。相比之下，普适化代言体更蕴藉，更适用寄托，而具体化代言体更为坦率真切。

宋代名家词中自言体与具体化代言体的增加，一则更有助于直抒男子阳刚情志，二则更有助于直抒男子婉约柔情，三则同样可用婉转寄托来表达身世之感，而同病相怜的寄兴方式与代言体也相通。如柳永《少年游》云："一生赢得是凄凉……万种千般，把伊情分，颠倒尽猜量"；《长相思》咏京妓云："又岂知、名宦拘检，年来减尽风情"；晏殊《山亭柳》："若有知音见采，不辞遍唱阳春"等，都寄托了作者的身世之感。恋情题材的词，代言体能通过比附君臣、上下级的关系来寄托家国身世之感，情感内容也因此相对单一；而自言体大都是纯粹言情而无寄托的，情感内容也更为具体、丰富——用长调来表现，具体、丰富的特点就更突出，故一些卫道者更倾向于将这类词归入"丽以淫"的邪变之列，如柳永就因作了"针线闲拈伴伊坐"这类纯粹言情、具体生动的自言体词，而受到晏殊的讥讽；在现代词评中，这类词则因真挚纯粹而备受称道。

六、苏轼词正变之争的实质与意义

苏轼词是在历代词体正变论中关注度最高、正变定位分歧最大的名家词。在众多词论中被视为纵向正宗或横向变始，但被认定为正宗、变始的特征是不同的——被认定为变始，因其兴起的宏壮词风为横向变体；但能被推尊为正宗的特征则多种多样，如高雅、真挚、清超、沉郁等，非宏壮所能限。也有少数论者将其视为横向正宗。

客观而言，若从时人的词体观出发，苏轼词被称为横向变始，是实至名归的。在词调发展史上，堪称变始的应是柳永词，因其率先兴起的长调，促成了词调体势的大变革。但时人判断词体特色与正变的主要依据并非词调体势,而是能更直观感受到的词作意格,而率先在意格上促成大变革的正是苏轼词。因其在词体定型后,率先发挥既有与新兴词调的潜能,兴起了为世所瞩目的宏壮新风。

值得注意的是,变始和正始尽管在正变语境中有高下正邪之别,但二者也存在着一个共通点——必须具有一定的规模及影响力。换言之,能称得上变始的是质变,而非量变。在苏轼词之前,并非没有创作宏壮词者,但数量少,影响不大,不足以变体;而苏轼利用各种能够兼容宏壮意格的词调,因势利导,融入诗文中的意境、技法,大量创作宏壮词,凭借作者声望、作品造诣及感染力,得到词坛的普遍关注,让时人意识到其与印象中正常词风有显著的差别,从而引发对词体特征的反思,促成了词体意识的自觉,催生出词体本色与变体的概念。

正是这一共通点,令变始和正始得以随正变立场的变换而互相转换,如唐末五代初步定型的词体,本是诗之流中发生了质变的变始,但在独立价值得到普遍认可后,便成了词体正体,温庭筠也被尊为正始;同理,苏轼变体词也可以推为宏壮词正始,但历来却没有这个说法,只因历代词体正变论大都习惯于在纵、横两大源流体系中选择立场,而未见有论者选择立足于这一由横向源流派生的小分支来论正变的,可能是受既定思维的限制,也可能是由于这一变化尚不够大,仅是文体内部的支流,故尚不足以自立正始。然而,这一变化对词体发展的积极影响毕竟是不容忽视的,如振起气格、发掘词体兼容性、增强词体表现力、缓解审美疲劳、在词成为一代文体后满足壮士抒情的需要等等,在正变语境中,这些优势既然无人尝试通过自立正始来肯定,那惟有寻求其他较为迂回的方法。

最行之有效、也最常用的方式就是攀附地位至尊的纵向正源,赋予其纵向正宗地位,更有将其推尊为词体的拨乱反正之始者,以弃"横"从"纵"类论者为代表。耐人寻味的是,历代赋予苏轼、辛弃疾一派词纵向正宗地位的论者,无论是弃"横"从"纵"类,还是立"横"追"纵"类,实际界定的正宗特征都并非宏壮,更非豪放①——只因按照诗体正变传统,宏壮并非正声,在通常情况下属于邪变声,如孔子厌听的"由之瑟";在非常情况下属于权变声,如孔子认为尽美而未尽善的《武》;而是能被纳入正声的高雅、真挚、清超、沉郁等,然而,这些特征,其实并非宏壮词所专擅的,试看历代诸家论者所标举的

---

① "豪放"一词本是张綖等持横向立场的论者用来概括变体词特色的,与"婉约"相对,包含等而下之的意味,只因按诗乐正变传统,以温厚含蓄为正,激越横放为邪变。

苏轼正宗词典范,也并不限于宏壮,反而以合体词为多。如此,对弃"横"从"纵"类论者而言,在推尊宏壮词的目的与推尊苏轼词的特征间便出现了一个论点与论据错位的现象。而立"纵"尊"横"类正变论者则选用了一种特殊的方法,将李白尊为正始,依据《忆秦娥》将正宗特征定位为悲壮,据此将唐末五代词视为变调,而将苏轼词尊为拨乱反正的横向正宗,但如上所述,这不仅违背了词体发展的实际情况,也曲解了李白的主流词风及《忆秦娥》的实际意格。

归根到底,历代推尊宏壮变体词的词体正变论在理论建构上难以自圆其说,其实是由于没有选对正变立场造成的。然而,正变观毕竟只是立论工具,那些希望推尊宏壮词的论者,在利用这种工具与推尊柔曼词的论者展开论争时,尽管因为使用不当而影响了推尊的效果,但论争的意义仍不容忽视:首先,弃"横"从"纵"、立"纵"尊"横"类正变论者所偏爱、所重视的宏壮词优势是客观存在的,能揭示出宏壮变体词对词情拓展、词体发展的贡献;再者,各类正变观围绕苏轼词正宗特征展开的论争,揭示出苏轼词风的多样性,辨明其能成就词坛大宗的优点并不限于宏壮。在当今学界,苏轼词风的多样性及变体词的积极影响已得到普遍认可及深入探讨,与历代词体正变观多有共识。

第三节　周姜吴:清雅派三大词宗考论

清雅词派是在词史与词学史上,影响最大、流行时间最长的词派,不仅在南宋至元末词坛占据主流,而且堪称清代主盟词坛的浙西词派远祖。在此派中造诣最高、影响最大的三大词宗是北宋末周邦彦、南宋姜夔与吴文英。这三大词宗都是音律造诣颇高的专业词人,对词调发展与词体演进贡献卓著,为南宋词之极盛、体之大备奠定了坚实基础。其中,周邦彦词风融各派,总北开南,堪称艳挚(宗唐五代北宋)与清雅(宗南宋)二派正变离合的缩影。而姜夔与吴文英词承中有变,各成一格,合成一派,风靡南北,堪称清雅派内部正变离合的缩影。即如第二章第六节所述,清空和质实词风本就具有相反相成的特点,都对清雅派词风形成发挥着关键作用。

历来普遍认为唐宋间主流词风的变化,表现为从唐末五代到北宋,由密丽、繁促、精致、隐约转到疏秀、啴缓、宏阔、明快,由专擅柔婉转为刚柔相济。至南宋后,又渐变为密丽、繁促、精致、隐约与专擅柔婉,促成转变的主力便是三大词宗引领的清雅派词。这种转变，又是在体势、意境与技法的配合下成就的。因此，对比分析这三家词的渊源与特色，不仅有助于把握清雅派词的总体特色与内部词风词学的差异、演变及影响；也有助于探讨南宋以来愈演愈烈的唐宋、两宋词风之辨与正变之争。

一、用调分析：长调占主流，善创转善因

周邦彦词用调概况：共 110 调

小令 37 调，基本律句主导类 21 调①，率先采用的有 2 调；混合类 14 调，率先采用的有 5 调；四言主导类 1 调，率先采用；六言主导类 1 调。中调 15 调，率先采用的有 10 调，其中有 1 调属于基本律句主导。长调 58 调，率先采用的有 37 调。同调存词大都只有 1—2 首，超过 5 首的唯有属基本律句主导类的《浣溪沙》（10 首）《蝶恋花》（10 首）《玉楼春》（7 首）《虞美人》（6 首）4 调。

周邦彦名篇用调情况：共 39 调 39 首

（一）小令 12 调 12 首

1. 基本律句主导类：8 调 8 首

（1）纯奇字句式 4 调 4 首：《浣溪沙》（楼上晴天碧四垂）《菩萨蛮》（银河宛转三千曲）《望江南》（歌席上）《玉楼春》（桃溪不作从容住）

（2）奇偶句混合式 4 调 4 首：《少年游》（南都石黛扫晴山）《蝶恋花》（月皎惊乌栖不定）《一剪梅》（一剪梅花万样娇）《秋蕊香》（乳鸭池塘水暖）

2. 混合类 4 调 4 首：《一落索》（眉共春山争秀）《少年游》（并刀如水）《夜游宫》（叶下斜阳照水）《苏幕遮》（燎沉香）

（二）中调 1 调 1 首，混合类：《隔浦莲近拍》（新篁摇动翠葆）

（三）长调 26 调 26 首

1. 四六主导类 20 调 20 首：《瑞龙吟》（章台路）《琐窗寒》（暗柳啼鸦）《风流子》（新绿小池塘）《渡江云》（晴岚低楚甸）《扫地花》（晓阴翳日）《解连环》（怨怀无托）《丹凤吟》（迤逦春光无赖）《瑞鹤仙》（悄郊原带郭）《忆旧游》（记愁横浅黛）《满庭芳》（风老莺雏）《法曲献仙音》（蝉咽凉柯）《过秦楼》（水浴清蟾）《齐天乐》（绿芜凋尽台城路）《庆宫春》（云接平冈）《解语花》（风销焰蜡）《大酺》（对宿烟收）《水龙吟》（素肌应怯余寒）《意难忘》（衣染莺黄）《夜飞

---

① 《少年游》词调有两体，一体 3 首属基本律句主导类；另一体"并刀如水"1 首属混合类，在此归入基本律句主导类中统计，但在名篇统计时，仍分作两类。

鹊》(河桥送人处)《烛影摇红》(芳脸匀红)

2. 混合类6调6首:《**浪淘沙慢**》(昼阴重)《**塞翁吟**》(暗叶啼风雨)《**六丑**》(正单衣试酒)《**兰陵王**》(柳阴直)《**西河**》(佳丽地)《**尉迟杯**》(隋堤路)

名篇中小令用调除《一剪梅》外均为传承,中长调用调除《风流子》《瑞鹤仙》《满庭芳》《法曲献仙音》《齐天乐》《水龙吟》《浪淘沙慢》《尉迟杯》8调外,均为创用。

姜夔词用调情况:共56调

小令18调,基本律句主导类10调,率先采用的有2调;混合类8调,率先采用的有2调。中调7调,率先采用的有3调。长调31调,率先采用的有14调。同调存词大都只有1—2首,超过5首的唯有属基本律句主导类的《卜算子》(8首)《鹧鸪天》(7首)《浣溪沙》(6首)3调。

姜夔名篇用调情况:共23调23首

(一)小令6调6首

1. 基本律句主导类:4调4首

(1)纯奇字句式3调3首:《**小重山令**》(人绕湘皋月坠时)《**鹧鸪天**》(巷陌风光纵赏时)《**鬲溪梅令**》(好花不与殢香人)

(2)奇偶句混合式1调1首:《**踏莎行**》(燕燕轻盈)

2. 混合类2调2首:《**点绛唇**》(燕雁无心)《**少年游**》(双螺未合)

(二)中调,混合类1调1首:《**淡黄柳**》(空城晓角)

(三)长调16调16首

1. 四六主导类11调11首:《**庆宫春**》(双桨莼波)《**齐天乐**》(庾郎先自吟愁赋)《**念奴娇**》(闹红一舸)《**眉妩**》(看垂杨连苑)《**法曲献仙音**》(虚阁笼寒)《**探春慢**》(衰草愁烟)《**扬州慢**》(淮左名都)《**疏影**》(苔枝缀玉)《**惜红衣**》(簟枕邀凉)《**角招**》(为春瘦)《**翠楼吟**》(月冷龙沙)

2. 混合类5调5首:《**霓裳中序第一**》(亭皋正望极)《**满江红**》(仙姥来时)《**琵琶仙**》(双桨来时)《**长亭怨慢**》(渐吹尽枝头香絮)《**暗香**》(旧时月色)

名篇中小令用调除《鬲溪梅令》外均为传承,中调《淡黄柳》、长调《扬州慢》《疏影》《惜红衣》《角招》《翠楼吟》《霓裳中序第一》《琵琶仙》《暗香》均为创用。

吴文英词用调概况:共145调

小令38调,基本律句主导类20调;混合类14调,率先采用的有1调;六言主导类3调,四言主导类1调。中调13调,率先采用的有1调。长调94调,率先采用的有14调。存词数量超过5首的词调依次是:1—3.《浣溪沙》(10 首)《水龙吟》(10 首)《声声慢》(10 首)4.《齐天乐》(9 首)5—6.《木兰花慢》(8 首)《瑞鹤仙》(8 首)7—8.《点绛唇》(7 首)《宴清都》(7 首)9—11.《风入松》(6 首)《江城子(江神子)》(6 首)《绛都春》(6 首)

吴文英名篇用调情况:共 34 调 36 首

(一)小令 7 调 7 首

1. 基本律句主导类:4 调 4 首

(1) 纯奇字句式 3 调 3 首:《浣溪沙》(门隔花深梦旧游)《玉楼春》(茸茸狸帽遮梅额)《唐多令》(何处合成愁)

(2) 奇偶句混合式 1 调 1 首:《踏莎行》(润玉笼绡)

2. 混合类 2 调 2 首:《点绛唇》(时霎清明)《夜游宫》(窗外捎溪雨响)

3. 六言主导类 1 调 1 首:《西江月》(枝袅一痕雪在)

(二)中调 3 调 3 首:

1. 基本律句主导类 2 调 2 首:《风入松》(听风听雨过清明)《青玉案》(新腔一唱双金斗)

2. 混合类 1 调 1 首:《祝英台近》(剪红情)

(三)长调 24 调 26 首

1. 四六主导类 17 调 19 首:《霜叶飞》(断烟离绪)《瑞鹤仙》(泪荷抛碎璧)《水龙吟》(艳阳不到青山)《宴清都》(绣幄鸳鸯柱)(病渴文园久)《齐天乐》(凌朝一片阳台影)《扫花游》(水云共色)《过秦楼》(藻国凄迷)《法曲献仙音》(落叶霞翻)《瑞龙吟》(黯分袖)《秋思》(堆枕香鬟侧)《惜红衣》(鹭老秋丝)《莺啼序》(残寒正欺病酒)《绛都春》(情黏舞线)《木兰花慢》(紫骝嘶冻草)《声声慢》(檀栾金碧)《高阳台》(修竹凝妆)(宫粉雕痕)《澡兰香》(盘丝系腕)

2. 混合类 7 调 7 首:《满江红》(云气楼台)《珍珠帘》(蜜沉烬暖萸烟袅)《贺新郎(金缕曲)》(乔木生云气)《塞翁吟》(草色新宫绶)《西子妆慢》(流水曲尘)《八声甘州》(渺空烟四远)《忆旧游》(送人犹未苦)

名篇用调除长调《秋思》《西子妆慢》《澡兰香》外均为传承。

辛弃疾词用调概况:共 101 调

小令 55 调,基本律句主导类 34 调;混合类 16 调,率先采用的有 2 调;六言主导类 4 调,四言主导类 1 调。中调 18 调,基本律句主导类 3 调,四六主导类 3 调,混合类 12 调。长调 28 调,四六主导类 16 调,混合类 11 调,三言主导类 1 调。辛弃疾惯用词调颇多,存词数量超过 10 首的词调依次是:1.《鹧鸪天》(58 首)2.《水调歌头》(38 首)3.《满江红》(34 首)4—5.《临江仙》

（24首）《贺新郎》（24首）6—7.《菩萨蛮》（22首）《念奴娇》（22首）8.《浣溪沙》（20首）9—10.《玉楼春》（17首）《西江月》（17首）11.《清平乐》（16首）12—14.《沁园春》（13首）《水龙吟》（13首）《卜算子》（13首）15—16.《蝶恋花》（12首）《生查子》（12首）17.《定风波》（11首）

辛弃疾词名篇用调情况：共 27 调 35 首

（一）小令 12 调 14 首

1. 基本律句主导类 7 调 9 首：

（1）纯奇字句式 2 调 4 首：《鹧鸪天》（枕簟溪堂冷欲秋）（壮岁旌旗拥万夫）《菩萨蛮》（郁孤台下清江水）（青山欲共高人语）

（2）奇偶句混合式 5 调 5 首：《蝶恋花》（谁向椒盘簪彩胜）《浪淘沙》（身世酒杯中）《采桑子》（少年不识愁滋味）《破阵子》（醉里挑灯看剑）《南乡子》（何处望神州）

2. 混合类 3 调 3 首：《一落索》（羞见鉴鸾孤却）《霜天晓角》（吴头楚尾）《寻芳草》（王孙信）（有得许多泪）

3. 六言主导类 2 调 2 首：《清平乐》（绕床饥鼠）《西江月》（明月别枝惊鹊）

（二）中调 4 调 4 首：

1. 基本律句主导类 1 调 1 首：《青玉案》（东风夜放花千树）

2. 混合类 3 调 3 首：《最高楼》（长安道）《祝英台近》（宝钗分）《粉蝶儿》（昨日春如十三女儿学绣）

（三）长调 11 调 17 首：

1. 四六主导类 6 调 9 首：《沁园春》（三径初成）（叠嶂西驰）《水龙吟》（渡江天马南来）（楚天千里清秋）《念奴娇》（我来吊古）（野棠花落）《木兰花慢》（可怜今夕月）《汉宫春》（春已归来）《永遇乐》（千古江山）

2. 混合类 5 调 8 首：《摸鱼儿》（更能消几番风雨）《满江红》（过眼溪山）（敲碎离愁）《水调歌头》（带湖吾甚爱）（落日塞尘起）《贺新郎》（凤尾龙香拨）（绿树听鹈鴃）《醉翁操》（长松）

名篇用调除小令《寻芳草》外均为传承。

李清照词用调情况：共 35 调

小令 24 调，基本律句主导类 17 调，混合类 5 调，六言主导类 2 调。中调 3 调，四六主导类 2 调，混合类 1 调。长调 8 调，四六主导类 7 调，混合类 1 调。存词数量超过 2 首的词调仅有《浣溪沙》（5首）与《蝶恋花》（3首）。

李清照词名篇用调情况:共14调18首

(一)小令10调14首

1. 基本律句主导类7调10首:

(1)纯奇字句式3调5首:《玉楼春》(红酥肯放琼苞碎)《渔家傲》(天接云涛连晓雾)《浣溪沙》(小院闲窗春色深)(髻子伤春慵更梳)(绣面芙蓉一笑开)

(2)奇偶句混合式4调5首:《一剪梅》(红藕香残玉簟秋)《蝶恋花》(暖日晴风初破冻)(永夜恹恹欢意少)《醉花阴》(薄雾浓云愁永昼)《武陵春》(风住尘香花已尽)

2. 混合类2调2首:《怨王孙(忆王孙)》(帝里春晚)《点绛唇》(寂寞深闺)

3. 六言主导类1调2首:《如梦令》(常记溪亭日暮)(昨夜雨疏风骤)

(二)长调4调4首,都属四六主导类:《凤凰台上忆吹箫》(香冷金猊)《念奴娇》(萧条庭院)《永遇乐》(落日镕金)《声声慢》(寻寻觅觅)

综上可概见,清雅派三大词宗用调最显著的特色是长调数量超过小令,占据主导,周邦彦长调占用调总数的53%,名篇用调的67%;姜夔长调占用调总数的55%,名篇用调的70%;吴文英长调占用调总数的65%,名篇用调的71%。此前具有大宗地位的名家词大都是以小令为主的,长调占主导的惟有柳永词,占用调总数的56%,名篇用调的81%。同时具有词宗地位的名家李清照、辛弃疾词也是以小令为主,李清照长调仅占用调总数的23%、辛弃疾长调占用调总数的28%。从名篇用调看,三家长调名篇数量与创用调所占比例相对大,最流行的仍是四六主导式。小令所占比例相对小,创用调仅有周邦彦《一剪梅》与姜夔《鬲溪梅令》,大都沿用唐五代流行的词调与词调体势。

总之,宋代小令在体势上始终以传承为主,流行小令大都承自唐五代,也有不少新增词调,主要特点是折腰句数量增多,换韵频率降低,出现平仄韵通叶格,这些新特点的产生应是受到长调的影响。但即便是以词调革新见长的词宗柳永、周邦彦与姜夔,小令体势仍以传承为主,稍见新风的折腰句法也未能占据主流;其余各大词宗用调都仍以小令为主。可见奠定词体本色的唐五代小令生命力极旺盛、影响极广远。而长调则是新变迭兴,能体现出宋调的独到特色。流行长调与前代流行小令相比,一大特色是大量采用了四、六言偶字句与各式折腰句。继柳永之后,在长调上着力最多的便是由三大词宗引领的清雅派,此派的兴起,促成了宋调主流由小令主导转为长调主导,标志着词体进入了词调大备、集成尽变的成熟期。

时代较早的周邦彦、姜夔词与柳永词一样,很少重复使用同一词调,同调存词大都只有1—2首,超过5首的唯有流行易记的基本律句主导类词调。率先采用的词调,尤其是中长调数量颇多,因此,在"因情立体"——即词调创新上贡献更突出。而吴文英用调数量堪比柳永,虽然创用调不多,但常用调颇多,且能兼容并包:属基本律句主导类小令的有《浣溪沙》《鹧鸪天》,属混合类小令的有《点绛唇》,属基本律句主导类中调的有《风入松》《江城子》,属四六主导类长调的有《水龙吟》《声声慢》《齐天乐》《瑞鹤仙》《庆春宫》《宴清都》《绛都春》,属混合类长调的有《木兰花慢》《满江红》,因此,在"即体成势"——即词调传承与技法精研上贡献更突出。

从三家用调的演进中,也可概见从两宋间到南宋,由词变日繁到词体大备的发展轨迹。三家均是在填词上着力极多的专业词人,在周邦彦、姜夔时,词体未备,故与前代专业填词的温庭筠、柳永一样,都致力于词调创制与革新。至吴文英时,可选用的既有词调已极丰富,故着力重点发生变化,由善创转为善因,常用词调的增多,有助于增进对词调的体势了解与技法积累,能臻登峰造极、炉火纯青之境,却也难免"虽逾本色,不能复化"之弊。

此三大词宗词公认能开宗立派的鲜明特色主要有二:一是意境转接奇妙,历来词论所谓"空际转身""潜气内转""空中荡漾"等,强调的都是此种特色。二是意境清雅婉约,此派词学领袖张炎已明确标举"清空""骚雅""婉于诗"的宗旨,历来词论对此派称呼虽不一,却都离不开一个"雅"字;评价虽不一,却公认其婉约特色能与同时流行的苏辛派词分庭抗礼。下面主要着眼于词调体势与独到技法,探讨这两大特色形成的渊源、动因、历程及影响。

二、远承温柳的奇变体势与奇妙转境

清雅派三大词宗名篇中的奇妙转境,是以用调的奇变体势为依托的。主要渊源是前代两大专业词人温庭筠与柳永词——温词是最先也最擅表现各种奇妙转境的名家词,但以小令为主;而柳词是率先兴起长调的名家词,故三家词要用长调来表现奇妙转境,自然需要综合、灵活地借鉴温、柳词的体势与技法。主要表现在:

(一)声律奇变,尤常用"仄仄仄""仄平仄""仄平仄仄"结尾式拗句(以下简称仄结拗句)。这类仄声主导的拗律,顿挫、急促、拗怒的程度更甚,能增强气韵,促成奇崛矫健、潜气内转的意境。如前所述,温庭筠《荷叶杯》《河传》《蕃女怨》词调率先采用此类拗句来表现奇妙转境。如姜夔名篇《齐天

乐》上下片衔接处云:

> 仄仄平平,仄平仄仄仄平<u>仄</u>。　平平仄平仄<u>仄</u>。仄平平仄仄,平仄
> 平<u>仄</u>。
> 曲曲屏山,夜凉独自甚情绪。　西窗又吹暗雨。为谁频断续,相和
> 砧杵。

此词过片历来备受称道,被认为既能"承上接下……意脉不断"①,又能于"过处争奇"②。只因各韵句均用仄声主导式拗律作结,此调中除这几句外,均是律句与平声主导式拗句,故这几句置身其间,既能连成一气,又能脱颖而出,顿挫拗怒的韵律感十分鲜明,与意境相得益彰:上片经过重重景事铺垫,至前结后半句,终于逼出"夜凉独自甚情绪"的直接情语,换用仄结拗句,正可突显出此情绪之抑郁不平。过片二韵句连用仄结拗句,吹入的雨声、相和的砧杵也因此而显得激荡不平,怀此情故能闻此声,有此声又更能促此情,从而成就了"潜气内转","意脉不断",且能"争奇"的奇妙转境。

(二)韵法奇变,同调词中极密韵与极疏韵交替,并擅用短韵、入声韵。温庭筠小令常换韵,故奇变韵法主要是通过平仄韵陡转(如《河传》)、频换韵与不换韵交替(如《诉衷情》)来实现的;而长调很少换韵,故奇变韵法主要是通过改变押韵频率来实现的。温庭筠词兴起的短句密韵,有助于加速意境切换,而长调中最能传承短句密韵之妙的是短韵,置于前后长句疏韵中,还能起到聚焦作用,重现细美幽约的本色风韵。

清雅派三大词宗名篇较之前代词宗名篇,短韵的使用频率增加,技巧增强,能将由柳永词兴起的短韵特色发扬光大:三家名篇用调都有大半用了短韵,而且秉承前代传统,绝大多数都位于上下篇起首处。周邦彦长调名篇26调中有19调用了短韵,其中14调位于上下片起首③;姜夔长调名篇16调中有11调用了短韵,全都位于上下片起首④;吴文英长调名篇24调中

---

① 张炎著:《词源》,唐圭璋编:《词话丛编》第一册,第258页。
② 先著:《词洁辑评》,唐圭璋编:《词话丛编》第二册,第1354页。
③ 《琐寒窗》《渡江云》《忆旧游》《满庭芳》《浪淘沙》《寒翁吟》《兰陵王》7调都在换头采用二言短韵;《法曲献仙音》《六丑》2调分别在换头采用三、四言短韵;《瑞龙吟》《解连环》《兰陵王》《西河》《意难忘》5调都在起句采用三、四言短韵;只有《扫地花》《瑞鹤仙》《齐天乐》《解语花》《尉迟杯》5调在上下片中间采用短韵。
④ 《念奴娇》《眉妩》《惜红衣》《翠楼吟》《霓裳中序第一》《长亭怨慢》《暗香》7调都在换头采用二言短韵,《法曲献仙音》1调在换头采用三言短韵。《疏影》《角招》《暗香》3调都在起句采用三、四言短韵。

有 13 调用了短韵,其中 11 调位于上下片起首①。

三家词调中的二言短韵与部分三言短韵,都传承了柳永词开创的特色,语义可独立,也可与下韵连贯②;而且短韵连用更频繁,创用调中尤多见,从而使句短韵密的特色更突出;多用在换头,对成就各片间的妙转颇有帮助。如周邦彦创用的《琐寒窗》上下片衔接处云:

> 洒空阶,夜阑未休,故人剪烛西窗**语**。似楚江暝宿,风灯零乱,少年**羁****旅**。 迟**暮**。嬉游**处**。

上片末两韵句用韵疏朗,正宜驰骋想象,正在浮想联翩之际,忽被换头处连用二短韵收勒住,一瞬间由少年奇想跳转回迟暮现实,故周济《宋四家词选》评曰:"奇横。"俞平伯《清真词释》评道:"'迟暮'点出,与'少年'作偶,章法大开大合。以前荡漾遥远,一语即归本题。"又如姜夔所创《暗香》上下片衔接处云:

> 但怪得、竹外疏花,香冷入瑶**席**。 江**国**。正寂**寂**。

换头处连用二短韵,意境由此前的玲珑疏花,陡转为辽阔无际的江国,而意脉不断,仿佛此疏花的冷香,蔓延入瑶席,进而蔓延遍江国,使之笼罩在冷寂凄凉中。纤宏对比如此强烈,正宜以"但怪得"三字概之;而在上片种种个人婉约情景的铺陈后,忽转入如此宏阔悲壮、音节铿锵的意境中,用笔甚奇,力甚健,也难怪后来读者会认为其中寄托了家国身世之感,乃至作恨偏安、悲二帝一类微言大义的解读了。再如姜夔《眉妩》(戏张仲远)上下片衔接处云:

> 听艳歌、郎意先**感**。便携手、月地云阶里,爱良夜微**暖**。 无**限**。风流疏**散**。

上片末用跌宕绵长的折腰连句配疏韵,过片转用二短韵,"无限"二字宛如一声短

---

① 《瑞鹤仙》《惜红衣》《绛都春》《木兰花慢》《珍珠帘》《塞翁吟》6 调都在换头采用二言短韵,《法曲献仙音》《西子妆》2 调在换头采用三言短韵。《霜叶飞》《瑞龙吟》《绛都春》3 调都在起句采用三、四言短韵。

② 三言短韵语义连贯者多位于片中,如周邦彦《侧犯》云:"谁念省。满身香、犹是旧荀令。"姜夔《玲珑四犯》:"教说与。春来要、寻花伴侣。"

叹,既能总评上文,又能转出下文,仿佛此前温馨缠绵的风流情事,就在这短短的二韵句中疏散了,传神表现出绵长回忆后瞬间惊醒的痛苦与无奈。

(三)句式、句法奇变,句式长短陡转,擅用折腰句法。奇偶长短交替的句式自温庭筠词后大兴,而折腰句法自柳永词后大兴,不断翻新出奇。与上述奇变的声律、韵法相配合,共同成就了奇妙转境。

以周邦彦词中公认最能展现奇妙转境的名篇《兰陵王·柳》为例。早在南宋王灼《碧鸡漫志》中,已盛赞此词"最奇崛"。常州派周济、谭献、陈廷焯诸论者更对其推崇备至,所谓:"冠绝一时"[1],"已是磨杵成针手段"[2],"笔力之高,压遍千古。又沉郁,又劲直,有独往独来之概。"[3]调及词云:

　　一百三十字,前段十一句七仄韵,中段八句五仄韵,后段十句六仄韵。
　　仄平仄。平仄平平仄仄。平平仄,平平仄平,仄仄平平仄平仄。
　　柳阴直。烟里丝丝弄碧。隋堤上,曾见几番,拂水飘绵送行色。
　　平平平仄仄。平仄。平平仄仄。平平仄,平平仄平,平仄平平仄平仄。
　　登临望故国。谁识。京华倦客。长亭路,年去岁来,应折柔条过千尺。
　　平平仄平仄。仄仄仄平平,中仄平仄。平平平仄平平仄。
　　闲寻旧踪迹。又酒趁哀弦,灯照离席。梨花榆火催寒食。
　　平仄仄平仄,仄平平仄,平平平仄仄仄仄。仄平仄平仄。
　　愁一箭风快,半篙波暖,回头迢递便数驿。望人在天北。
　　平仄。仄平仄。仄仄仄平平,平平平仄。平平仄仄平平仄。
　　凄恻。恨堆积。渐别浦萦回,津堠岑寂。斜阳冉冉春无极。
　　仄仄仄平仄,仄平平仄。平平平仄,仄仄仄,仄仄仄。
　　念月榭携手,露桥闻笛。沈思前事,似梦里,泪暗滴。

此调此体当为周邦彦所创,属混合类,兼有各种奇变体势:1.全调三换头。2.押入声韵,至密处五字连押两韵,至疏处十六字才押一韵。3.兼有二

---

①　周济著:《介存斋论词杂著》,唐圭璋编:《词话丛编》第二册,第1629页。
②　谭献著:《复堂词话》,唐圭璋编:《词话丛编》第四册,第3990页。
③　陈廷焯著:《云韶集》,孙克强、杨传庆点校整理:《云韶集》辑评(之一),《中国韵文学刊》2010年03期,第57页。

至七言句式,而以短句为主,频繁使用短韵——29句中包括2个二言短韵、2个三言短韵与1个四言短韵,6个三言句、4个四言散句、4组8句加领字的四言工对,较长的五至七言句大都单句入韵且语义自足,故节奏多紧凑。

4.全词以拗折韵律"仄仄仄""仄平仄"结尾的有十三句之多,篇末连用两个全仄句,更可谓百上加斤,尽急拗之能事,从而将此前郁积已久的顿挫之感推向极致。这种结法是周邦彦独创的——更确切地说,是为"沈思前事,似梦里,泪暗滴"的意境量身定制的,梦里暗滴的泪珠本极轻微,但在此千回百折体势的支撑下,在种种可思"前事"的铺陈后,便显得极抑郁、极沉痛,如有千钧力,滴可穿石。据毛开《樵隐笔录》载:"绍兴初,都下盛行周清真咏柳《兰陵王慢》,西楼南瓦皆歌之,谓之《渭城三叠》。以周词凡三换头,至末段声尤激越,唯教坊老笛师能倚之以节歌者。"[1]可见此种奇变体势,特立杰出,能引领时尚。

总体而言,全调疏缓处少,繁促处多,句之长短与韵之疏密转折变化快,正宜配合奇妙转境,试看词中意境随换头与韵、句的疏密长短转换而变换:全词每片时空一大转,如上片主要描述"京华倦客"眼中所见的柳与想象中贯注了千古离愁的柳,时空穿越古今,以疏朗的14字长韵句作结;继以句短韵密的三韵句转入中片,此前是泛写想象中的旧踪迹,此后转而细写回忆中的旧踪迹。而各片中时空也有转折:如词的中片,前句还在离席,后句陡转上行舟,由"愁"字领起全词中最疏朗的16字长韵句,正宜表现轻舟飞流而去的意境,用四仄尾,能令畅快之势中显出抑郁之意。片末转用长度不及前韵句三分之一的五言拗句作结,突显出转瞬人已远隔的惊讶、失落感。而这系列情景究竟处在何种时空中? 是作者在离席上对别后情景的想象,还是作者在离席后乘舟别去的情景,或者是作者在离席后,想象友人乘舟别去的情景? 历来众说纷纭,一如温词,可谓时空偷换浑难觉,不仅似蒙太奇,更似意识流。

相比之下,温词篇幅、句式偏短、单句语义自足,故时空转接更为迅速、描述更为精炼,惯用融情入景之法;而此调篇幅长,句式长短不一,语义有断有连,故时空转接有速有缓,对特定时空的描述也有繁有简,有融情入景,也有直抒胸臆。转接腾挪,游刃有余。

总之,清雅派三宗词可谓是站在巨人的肩膀上,将前代主要源自温庭筠、柳永的各种奇变体势都囊括入词中,为表现独到的奇妙转境服务,颇有

---

① 转引自田玉琪:《词调史研究》,第447页。

出蓝之妙。

三、承中有变的意境转接与叙述方法

清雅派特色的形成是一个渐进的过程,远祖周邦彦词风不拘一格,融各派,跨两宋,颇多能为清雅派开先的体势、意格、技法,也不乏与清雅派旨趣背道而驰的软媚、直质、谐俗风格。正祖姜夔确立清雅宗风,词风偏向清疏空灵,存词数量相对少,风格相对单一。至大宗吴文英词,则能凭借过人才力,集成尽变,代表时尚——密丽、奇巧、隐约的主流特色,与后世对南宋主流词风的印象一致。关于三家词风异同及其成因,历来多有探讨,下面主要从意境转接与叙述方法这两方面进行探讨,因这两方面作用颇为关键,而在此前研究中却未得足够重视。

在意境转接上,试比较三家同调名篇意境,如清雅派中流行的《庆宫春》词调:

> 云接平冈,山围寒野,路回渐转孤城。衰柳啼鸦,惊风驱雁,动人一片秋声。倦途休驾,澹烟里、微茫见星。尘埃憔悴,生怕黄昏,离思牵萦。　华堂旧日逢迎。花艳参差,香雾飘零。弦管当头,偏怜娇凤,夜深簧暖笙清。眼波传意,恨密约、匆匆未成。许多烦恼,只为当时,一饷留情。(周邦彦)

> 双桨莼波,一蓑松雨,暮愁渐满空阔。呼我盟鸥,翩翩欲下,背人还过木末。那回归去,荡云雪、孤舟夜发。伤心重见,依约眉山,黛痕低压。　采香径里春寒,老子婆娑,自歌谁答。垂虹西望,飘然引去,此兴平生难遏。酒醒波远,政凝想、明珰素袜。如今安在,唯有阑干,伴人一霎。(姜夔,序云:绍熙辛亥除夕,余别石湖归吴兴,雪后夜过垂虹……后五年冬,复与俞商卿、张平甫、钴朴翁……中夕相呼步垂虹……因赋此阕。)

> 残叶翻浓,余香栖苦,障风怨动秋声。云影摇寒,波尘销腻,翠房人去深扃。昼成凄黯,雁飞过、垂杨转青。阑干横暮,酥印痕香,玉腕难凭。　菱花乍失娉婷。别岸围红,千艳倾城。重洗清杯,同追深夜,豆花寒落愁灯。近欢成梦,断云隔、巫山几层。偷相怜处,熏尽金篝,销瘦云英。(吴文英)

三词上片意境、技法相似相通,重点来对比各见特色的下片,换头都带动时空变换,周词与吴词由现实转入回忆,姜词则由回忆转回现实。不同的

是,周词仍秉承五代北宋词风,描述华堂旧日与意中人邂逅的情景,圆转疏畅,写法也是前代词中惯用的,先渲染活色生香,进而写更能扣人心弦的乐声,再聚焦于最动人的伊人情态,与李煜《菩萨蛮》的"花明月暗笼轻雾""铜簧韵脆锵寒竹。新声慢奏移纤玉。眼色暗相钩。秋波横欲流。雨云深绣户。未便谐衷素。宴罢又成空。梦迷春雨中"如出一辙。最精彩的是结句,转用情语直抒胸臆,沟通今昔,绾合全篇。这种艳质真率的情语为本色词所擅用,却是南宋清雅派名家词中罕见的。

姜词下片大体仍是圆转疏畅,末几句与周词(加下划线处)用意略同,但表述方式却明显有婉约清雅与直质通俗之别,从中也可概见艳质情词与清雅情词的异同与得失:同样是形容回忆中的意中人,"眼波传意"言情更真率,胜在妩媚动人,而"明珰素袜"更重修饰,胜在明艳清雅,但言情终隔一层——在情人记忆中印象最深的自当是含情脉脉的音容神姿,然后才是能体现品味素养的明艳服饰。因此,况周颐词论特别标举此句为"南宋人词"代表,认为其与周邦彦词中"说尽而愈无尽"的情语相比,"庶几近似,然已微嫌刷色。"王国维认为姜夔引领的清雅派词中情景太"隔",不如周词能洞见"神理"的原因也与此略同。同样是诉说不能相见的相思苦,"许多烦恼,只为当时,一饷留情。"胜在语质情深,一语道破烦恼根源,可见体悟之深,虽深知而仍不能免,又见用情之深。而"如今安在,唯有阑干,伴人一霎。"胜在清雅隽永。以问句提起,以融情入景语作答,其中哀婉深情虽不直言,却不难领会,而通过今昔久暂对比,突显刻骨深情的技法则与周词相通,善创善因,难分轩轾。

吴词咏荷兼咏意中人,以双关语见长,下片转接甚奇,耐人寻味。换头"菱花乍失娉婷"与开篇"残叶翻浓,馀香栖苦"呼应,都是衰残花景;接下来的"别岸围红,千艳倾城"却突变为繁盛花景,期间全无转接提示语,令人费解。此前学者都将"别岸"解作别处的岸,故认为"别岸围红"指此处花虽零落,别处岸边却围满了红艳盛开的花朵。然而,就花而言,既已到了众芳芜秽的季节,别岸和此岸应无差别;就人而言,在苦相思时,意中突然闯入其他佳丽,也不合情理。学者们这样解读,很可能是习惯了以跳跃性思维来解读吴词,也因此影响到对下片意境,乃至全词主题的理解,并引发了争议①。其实,"别岸"在当时通常指的是另一边的岸,即对岸或旁岸,故"别岸围红"

---

① 如杨铁夫认为"入妓席,即所谓'别岸'也",由此界定主题"为在妓席忆姬之词"。(吴文英著、杨铁夫笺释,陈邦炎、张奇慧校点:《吴梦窗词笺释》,广东人民出版社1992年版,第50—51页。)而吴蓓则认为:"此乃梦窗借屈骚之法……以围红托喻百花……围中之人,非必侑酒之妓,实多指高朋之辈也。"(吴蓓笺校:《梦窗词汇校笺释集评》上册,第134页。)

指的仍是眼前的荷花,象征的仍是意中人,而非指想象中别处的其他花,或其他人。试看此前咏荷的宋祁《荷花》云:"别岸香风起,横塘夕雾开。歌须静婉至,步忆贵妃来。"康与之《洞仙歌令》云:"若耶溪路。别岸花无数。欲敛娇红向人语……新妆明照水,汀渚生香,不嫁东风被谁误。"与此词或有渊源,也可知"别岸"之意。那么,当如何理解其间的衰盛陡转呢?窃以为此词换头与周词的"华堂旧日逢迎"一样,都起到运转时空,转入回忆的作用,不同的是周词是明示,而此词是由联想构成的微妙暗示。"菱花乍失娉婷",指目睹波上荷花初凋零,宛如菱花镜中乍失娉婷花影;不禁联想到与伊人在此处惜别时,窥见这菱花镜中乍失娉婷如花颜的情景——那时荷花正盛开,"别岸围红,千艳倾城",正如伊人青春正盛、恋情正浓啊!如此佳人欢情,突然失去,自然倍觉惆怅。第三韵的"重洗清杯,同追深夜,豆花寒落愁灯。"时空又由昼转夜,有"同追"提示,可知夜为追忆中境,周邦彦《青玉案》曾以"良夜灯光簇如豆。占好事、今宵有"追忆与情人欢会情景,"豆花寒落愁灯"可能也是这样一个相会的良夜,即后文所谓"近欢"。只是因为已临近别离,又在别离中追忆,才会产生"寒""愁"之感。而"重洗""同追"所处的时空与相伴的对象同样是难明的,可能是发生在惜别时,相伴同追者有伊人与荷花。也可能发生在分别后,相伴同追者唯有昔盛今衰的荷了——荷叶如杯承露,故能"重洗";见证前欢,故能"同追"。末两韵的取境与转接法与周、姜词相通。"近欢成梦,断云隔、巫山几层"与姜词的"酒醒波远,政凝想、明珰素袜"都是醒后转回现实,前欢幻灭,相思转深远之境。结韵的"偷相怜处,熏尽金篝,销瘦云英"与周词的"许多烦恼,只为当时,一饷留情"、姜词的"如今安在,唯有阑干,伴人一霎",都是物是人非,长相思,苦相思,唤奈何之境,立意相通,而更密丽深婉。"销瘦云英"既是怜悯荷花露衰残飘零,不复昔日盛况;又因此联想到伊人此际也应如此消瘦可怜,只因君思怜我,亦如我思怜君也。客观而言,此种转接方式过于奇巧,致使情气不畅,令人费解,故不如周、姜词动人,在吴词中并非上乘。那么,能彰显吴词转接独至之妙的上乘之作是怎样的呢?请看下面这首与《庆宫春》词调体势相近的《高阳台》词:

修竹凝妆,垂杨驻马,凭阑浅画成图。山色谁题,楼前有雁斜书。东风紧送斜阳下,弄旧寒、晚酒醒余。自销凝,能几花前,顿老相如。

伤春不在高楼上,在灯前敧枕,雨外熏炉。怕舣游船,临流可奈清臞。飞红若到西湖底,搅翠澜、总是愁鱼。莫重来,吹尽香绵,泪满平芜。
(吴文英,丰乐楼分韵得如字)

下片由现实转入想象,本是题丰乐楼的,但换头以"伤春不在高楼上"一句拓开后,下片竟再无一语言及楼上实景。而是时空频换,浮想联翩,密丽幻境迭出,陡转盘旋:各韵句依次幻想出比高楼上更为难堪的雨夜独居、临流照影、湖底怜鱼、重来惜春意境。最精彩的是第三韵句"飞红若到西湖底,搅翠澜、总是愁鱼。"利用全词中最长的七言句与折腰句,配合触类通感法,表现出奇思、壮采、激情。妙在纤宏相成,极绚烂、奇丽、生动之能事,更妙在化实为虚,应是由眼前触目惊心、深入心底、搅动心潮、总是愁人的凄艳春景幻化而出的。因此,这种种意境,本身如七宝砖瓦,绚烂精彩,以被高楼春景触发的真实情思为地基,以突破时空限制,自由飞动的奇妙想象作支架,便能建成七宝楼台。张炎将其比作"拆碎七宝楼台",实是以偏概全,有失公允。

又如始见于周邦彦词,尤为清雅派名家青睐的《齐天乐》词调:

绿芜凋尽台城路,殊乡又逢秋晚。暮雨生寒,鸣蛩劝织,深阁时闻裁剪。云窗静掩。叹重拂罗裀,顿疏花簟。尚有綀囊,露萤清夜照书卷。　　荆江留滞最久,故人相望处,离思何限。渭水西风,长安乱叶,空忆诗情宛转。凭高眺远。正玉液新篘,蟹螯初荐。醉倒山翁,但愁斜照敛。(周邦彦)

庾郎先自吟愁赋。凄凄更闻私语。露湿铜铺,苔侵石井,都是曾听伊处。哀音似诉。正思妇无眠,起寻机杼。曲曲屏山,夜凉独自甚情绪。　　西窗又吹暗雨。为谁频断续,相和砧杵。候馆迎秋,离宫吊月,别有伤心无数。豳诗漫与。笑篱落呼灯,世间儿女。写入琴丝,一声声更苦。(姜夔咏蟋蟀)

凌朝一片阳台影,飞来太空不去。栋与参横,帘钩斗曲,西北城高几许。天声似语。便阊阖轻排,虹河平溯。问几阴晴,霸吴平地漫今古。　　西山横黛瞰碧,眼明应不到,烟际沉鹭。卧笛长吟,层霄乍裂,寒月溟蒙千里。凭虚醉舞。梦凝白阑干,化为飞雾。净洗青红,骤飞沧海雨。(吴文英咏齐云楼)

都堪为清雅派词风典范,一脉相承而各见特色:第一第二句,周、姜词都用渐入起法,先从旁铺叙,再用"又逢""更闻"递进点题,凄婉动人;而吴词则用顿入起法,所咏主角破空而出,声势夺人。第三节,三家都用短韵运转意境,不同的是,周词的"云窗静掩"、姜词的"哀音似诉",都是由生动户外转入幽静室内,故此后情境更趋于婉约(姜词中对蟋蟀的形容当承自周词),至前结的练囊露萤、曲屏孤绪,极婉约之至。而吴词的"天声似语"则是从楼中转出楼外,故此后情境更趋于宏阔雄奇,至前结涵盖吴地古今,极壮丽之至。

换头都是时空运转而意脉不断,不同的是,周词转从对面写来,用故人视角作情语,此后的"渭水西风,长安乱叶,空忆诗情宛转。"均是运景入情,妙在以恢弘之景写宛转之情,姜词中"候馆迎秋,离宫吊月,别有伤心无数"即承此妙法。而吴词仍用融情入景语,妙在语带双关,人景合一——"横黛瞰碧"既可指似黛眉横的西山,又可指楼中人,也可理解为用触类通感之法,将西山拟人,注入楼中人情。此后"卧笛长吟"三句声色跌宕变化,由极细转极宏,极动转极静。

下片第七句,三家都再次用短韵运转意境,转回并聚焦于现实中的主人公身上,不同的是,周、姜词意境圆转,意象疏朗,词义晓畅;而吴词意境陡转,奇思壮采纷呈,而文气贯注,越转越盛。试看同样是凭高借酒遣怀,周词顺理成章:情思重,酒肴美,自然能"醉倒山翁",醉后本欲暂忘愁,只怕见"斜照敛"又惹愁思。与第一韵首尾呼应,殊乡又逢秋晚,醉倒偏逢斜照,可谓天意弄人。而吴词则翻新出奇,明明正在醉舞,忽然入梦,意境陡转,却合情理——醉中恍如梦,醉后易入梦,即便是当事人也难分辨。"凝"字将无形梦变为有形,而"白阑干"本是楼上实物,梦如何能凝在其上呢? 历来众说纷纭,通常按实物化虚理解,认为是迷离醉眼中的白阑干被卷入梦境中,幻化成洁白飘渺的飞雾,正能呼应起首"阳台影"的云梦之意。此解尚合常理——梦前所注目的事物能给人留下深刻的印象,故随之入梦也是常事。但"化为飞雾"的主语耐人寻味,可能是仅指白栏杆,更可能是连梦的主人也包括在内,与阳台上朝云暮雨的神女形神相通。还有读者按虚物落实理解,认为梦与飞雾都指在白栏杆上题墨[1]。如此奇解,也只有熟悉并习惯遵从吴文英虚实相生思路的读者才能得出。结句"净洗青红,骤飞沧海雨"的主语与时空同样耐人寻味,可独立理解为现实中能惊醒醉梦的骤雨,也可承上理解为梦中飞雾所化之雨。而此词题旨也因此奇幻结尾而变得更丰富多彩了。

总之,三家名篇都擅长表现时空交错变换的妙转意境,都擅用景语转接,不同的是,周、姜词在转接时大都有较明确的提示语,姜夔词还有序作说明,故相对疏朗、晓畅,姜夔词配上骚雅的语言、意蕴,便能成就清空之妙,但

---

[1]　吴文英著,吴蓓笺校:《梦窗词汇校笺释集评》,浙江古籍出版社 2007 年版,第 166 页。

也易滋生出空疏之弊。唯有吴文英词如温庭筠词般,时见依托奇变体势,凭仗奇思妙想,将不同时空、种类的意象直接拼接、融合的意境。相比之下,温庭筠词成就陡转意境,更擅用静物拟生法,而吴词则更擅用虚实互拟交融法,能将实物化虚,虚物落实,无缝拼接,融为一体。故尤显奇丽、繁促、深隐,但也易滋生"凝涩晦昧"的"质实"之弊。三家词中唯有周邦彦词如柳永词般,擅用直接情语转接。直质真率,文气舒畅,妩媚动人。故在偏重高格的张炎词论中,被斥为"软媚""为情所役";而在偏重真情的况周颐、王国维词论中,则被赞为"愈朴愈厚,愈厚愈雅,至真之情,由性灵肺腑中流出,不妨说尽而愈无尽""专作情语而绝妙"。

在叙述方式上,温庭筠名篇以代言体为主,而柳永及元祐词坛诸名家名篇多用自言体。周邦彦、姜夔名篇中自言体所占比例更大,周邦彦名篇中代言体唯有《秋蕊香》(乳鸭池塘水暖)《塞翁吟》(暗叶啼风雨)二首,姜夔名篇则全为自言体。但这并不意味着代言体的传统无以为继,在最能彰显词体特色的恋情词中,常见在自言中转用代言视角的现象,即所谓从对面写来的技法。如韦庄《浣溪沙》的"想君思我锦衾寒";柳永《八声甘州》的"想佳人、妆楼颙望,误几回、天际识归舟"等。清雅派词宗周邦彦、姜夔都有将此法发挥到极致的名篇:

> 记愁横浅黛,泪洗红铅,门掩秋宵。坠叶惊离思,听寒螀夜泣,乱雨潇潇。凤钗半脱云鬓,窗影烛光摇。渐暗竹敲凉,疏萤照晚,两地魂销。
> 迢迢。问音信,道径底花阴,时认鸣镳。也拟临朱户,叹因郎憔悴,羞见郎招。旧巢更有新燕,杨柳拂河桥。但满目京尘,东风竟日吹露桃。(周邦彦《忆旧游》)
> 燕燕轻盈,莺莺娇软。分明又向华胥见。夜长争得薄情知,春初早被相思染。别后书辞,别时针线。离魂暗逐郎行远。淮南皓月冷千山,冥冥归去无人管。(姜夔《踏莎行》)

有近半篇幅都是从对面写来,自我视角与对方视角灵活穿插。但这类词,在接入对面视角时,有"想""记""问音信,道""分明又向华胥见"这类表明叙述者身份与视角转变的提示语引领,所以仍属自言体,读者也不难领会视角的变化。

而吴文英词中独擅一种多种叙述视角混合,陡转穿插的技法,叙述视角之奇变,前所罕见,从而使密丽、深隐的特色更为鲜明。名篇中《浣溪沙》(门隔花深梦旧游)《瑞龙吟》(黯分袖)《声声慢》(檀栾金碧)《塞翁吟》(草色新宫绶)《忆旧游》(送人犹未苦)都属此类。如上节所述,秦观《水龙吟》(小楼连远横空)创用了代言、自言混合体,上下片分别为代言与自言,但因为有分片的提示,读者不难领会视角的变化。相比之下,吴词的叙述视角混合法更为奇崛。

这种技法用在体势最平常的基本律句主导类小令中,已能表现出与众不同的特色。如《浣溪沙》云:

> 门隔花深梦旧游。夕阳无语燕归愁。玉纤香动小帘钩。　　落絮无声春堕泪,行云有影月含羞。东风临夜冷于秋。

此词究竟是自言,还是代言,在学界存在争议:"前贤今哲皆将作品主人公直属为梦窗,以为男梦女、男思女之作";而吴蓓则"以为不妥。此词创作手法乃承袭唐五代小词代妇人拟、代言之作。确切而言,此乃深闺(包括秦楼楚馆)怨妇思春怀人之词。词中主人公为女子。"①窃以为会存在这样的争议,只因词本就存在多重叙述视角与解读可能。

开篇的"门隔花深"意象,通常是男子遥望深闺意中人时才会有的视角与感受,此前舒亶《菩萨蛮》已有"门外立双旌。隔花闻笑声",可望而不可即,正所谓"隔花门巷是蓬山"(詹安泰)也。加上吴文英在词中回忆所眷恋的苏、杭二姬时,常见类似意境,如《渡江云三犯·西湖清明》的"肠漫回,隔花时见,背面楚腰身。逡巡。题门惆怅,堕履牵萦,数幽期难准";《风入松》的"西园日日扫林亭。依旧赏新晴。黄蜂频扑秋千索,有当时、纤手香凝";《祝英台近·除夜立春》的"翦红情,裁绿意,花信上钗股。残日东风,不放岁华去……旧尊俎。玉纤曾擘黄柑,柔香系幽素。归梦湖边,还迷镜中路"等,无论是春时节,还是隔时空交流的方式与意象,都极相似,可见隔门深花中窥见的倩影、旧物(帘钩、秋千、尊俎)上嗅到的纤手余香,都是现实中眷恋的伊人化身,常在回忆、梦境与幻觉中出现。即如陶文鹏《论梦窗词气味描写的艺术》所论:"吴文英在忆姬词中追忆她们的音容笑貌和捕捉她们留存的气味时,总是带着一种凄迷惝恍的梦幻情调和气氛,营造出亦真亦幻、真幻交织的意境,以一种非同寻常的神秘感强烈地吸引着读者。"②因此,此词应

---

① 吴文英著,吴蓓笺校:《梦窗词汇校笺释集评》,第297页。
② 陶文鹏、赵雪沛著:《唐宋词艺术新论》,南开大学出版社2005年版,第245页。

是作者梦忆所念姬，而非泛写思妇怀人。"玉纤香动小帘钩"的"香"应是融合了帘外花与帘间纤手的香，留存在作者的记忆深处，常由梦境幻化而出。

然而，过片的"落絮无声春堕泪，行云有影月含羞。"却俨然是闺人相思的传神写照——当春的飞絮宛如伊人春容上的泪珠，无声飘落，绵绵不绝；半藏入行云影中的明月宛如伊人在帘、花掩映下的玉容，含羞含情；也暗含妩媚温柔，能羞花闭月，似巫山神女之意。此种人景合一，似真似幻的意境，即如吴蓓所说，是唐五代代言体词中惯用且擅用的。此词特色正在于用无缝拼接的方式将其植入自言体意境中，只因作者梦见的正是伊人在思忆自己的情景，想君思我亦如我思君也。至结句"东风临夜冷于秋"，可谓笔力千钧，最能动人，体现出两种叙述视角的融合——之前由嗅觉、视觉、听觉传递的相思，最终成就了这挪移时空、刻骨铭心的触感，为沉浸在梦幻相思中的男女主人公所共有。

用在清雅派专擅的长调中时，更能展现出前所未有的奇境。如《瑞龙吟》云：

> 黯分袖。肠断去水流萍，住船系柳。吴宫娇月姣花，醉题恨倚，蛮江豆蔻。　　吐春绣。笔底丽情多少，眼波眉岫。新园锁却愁阴，露黄漫委，寒香半亩。　　还背垂虹秋去，四桥烟雨，一宵歌酒。犹忆翠微携壶，乌帽风骤。西湖到日，重见梅钿皱。谁家听、琵琶未了，朝骢嘶漏。印剖黄金箍。待来共凭，齐云话旧。莫唱朱樱口。生怕遣、楼前行云知后。泪鸿怨角，空教人瘦。

此词题为"送梅津"，此类为友人赠别之作，通常是用自言体的，词中加下划实线的部分也明显是自言体，但加下划虚线的部分却明显是换用女子身份与口吻写成的；相应的在言别情时，便有男性间的友情与男女间的恋情之别。不同的叙述视角陡转直接，全无转接提示语。细味其中用女子口吻所写的意境，与前代词中惯用的代言体也有微妙差别。寻常代言体是作者代女子立言，而此则更像是自换成女子身份来言己之情。

此种奇特的言情方式耐人寻味，历来众说纷纭。不少学者认为是兼代梅津所恋女子立言，窃以为此解不甚合情理，因各词句的抒情主体既不同，穿插陡接后情感便难以融贯，真如拆碎七宝楼台般"不成片段"了。而吴蓓称之为"骚体造境酬赠法"①，则颇有见地。因《离骚》中率先出现类似的叙

---

① 吴文英著，吴蓓笺校：《梦窗词汇校笺释集评》，第262页。

述视角混合言情法,以"帝高阳之苗裔兮,朕皇考曰伯庸"的自述方式开篇,以自言体为主导,又穿插了如"众女嫉余之蛾眉兮,谣诼谓余以善淫"一类换用女子身份言己之情的叙述方式。

此法的显著特点是尽管叙述者身份多变,但抒情对象与情感类型却始终如一。如《离骚》中抒写的始终是对君王的忠爱之情,而此词抒写的始终是对梅津的惜别之情。优势是能在保证情感连贯的基础上,令同类情感的具体表现更丰富,毕竟不同身份人的同类情感是同中有异,异而能通的。然而,《离骚》中以男女之情比附君臣之义,是自古就有的传统,作者往往在真情贯注时信手拈来,有助于加强情感力度与忠贞之意,读者也不难理解。而吴词换用女性恋人身份来言朋友之情,不太符合传统的抒情习惯,更像是戏为与炫技的结果。在当时或能表达友人间特有的戏谑亲昵之情,在后世则容易显得晦涩怪诞,造成阅读的隔膜。

四、集大成的"空际转身"法

学界公认"空际转身"是能集中体现清雅派词特色的重要技法,但对此词内涵与此法在体势与意境上的具体表现,却缺乏详细考证与系统论述,因此难免被误读、泛化与滥用,有廓清的必要。率先提出此词、论及此法的是常州词派领袖周济,相关词论有二则:

> 良卿曰:"尹惟晓'前有清真,后有梦窗'之说,可谓知言,梦窗每于空际转身,非具大神力不能。"梦窗非无生涩处,总胜空滑。况其佳者,天光云影,摇荡绿波;抚玩无斁,追寻已远。君特意思甚感慨,而寄情闲散,使人不易测其中之所有。(《介存斋论词杂著》)①
>
> 评周邦彦《浪淘沙慢》(晓阴重)空际出力,梦窗最得其诀。三句一气赶下,是清真长技。钩勒劲健峭举。(《宋四家词选目录序论》)②

可见"空际转身"原是用以评吴文英词的,此法对作者造诣要求甚高,"非具大神力不能"。奠基者是周邦彦,大成者是吴文英,被认定为典范的具体词例是周邦彦名篇《浪淘沙慢》:

---

① 周济著:《介存斋论词杂著》,唐圭璋编:《词话丛编》第二册,第 1633 页。
② 周济著:《宋四家词选目录序论》,唐圭璋编:《词话丛编》第二册,第 1649 页。

双调一百三十三字,上片九句六仄韵,下片十五句十仄韵。

仄平平,平平仄仄,仄仄平仄̲。平仄平平仄仄̲。平平中仄仄仄̲。中仄仄平平平仄仄̲。中平仄、仄仄平仄̲。仄仄仄平平仄平仄,平平仄平仄̲。

晓阴重,霜凋岸草,雾隐城堞。南陌脂车待发。东门帐饮乍阕。正拂面垂杨堪缆结。掩红泪、玉手亲折。念汉浦离鸿去何许,经时信音绝。

中仄̲。仄平仄仄平仄̲。仄仄仄平平,平中仄、仄仄平仄仄̲。中中仄平平,中仄平仄̲。

情切。望中地远天阔。向露冷风清,无人处、耿耿寒漏咽。嗟万事难忘,唯是轻别。

仄平仄仄̲。中仄平中仄,中平平仄̲。

中仄平平平平仄̲。

翠尊未竭。凭断云留取,西楼残月。罗带光销纹衾叠。

中中仄、中平仄仄̲。仄平仄、中平平仄仄̲。

连环解、旧香顿歇。怨歌永、琼壶敲尽缺。

中中仄、仄仄平平,仄仄仄,平平仄仄平仄̲。

恨春去,不与人期,弄夜色,空余满地梨花雪。

此调属混合类,重点分析被认为是"空际出力"的第二片换头"情切。望中地远天阔。"在体势与意境上相辅相成的特点主要有:1.用了二言短韵,且句句入韵,此种句短韵密的繁促体势置于前后舒展体势中,大阖大开,犹如凌空跃起盘旋,有助于成就奇变,彰显空际转境。2.换头前后均为仄结拗句,又押入声韵,有助于成就急切、拗怒、抑郁之境。3.时空陡转切换。具体而言,上片结句是由"念"字领起的十三言长韵句,翩若惊鸿的伊人远去已久,不知在何方,连信音也断绝了,一念及此,自当作此长叹。对比李煜的"问君都有几多愁。恰似一江春水向东流。"同样是以问句引出长叹,但李词押平声韵,恰如水流不尽,情感也随之喷薄而出;而周词押入声韵,恰如影灭信绝,将刚被触发的浩叹截断,情感也因而积郁于中,由此自然推出"情切"之感。此"情切"置于换头,由十三言长韵句陡缩为二言短韵句,极醒目、迫切之能事,令人皆瞩目于此处的纵跃旋转,妙在明承暗转——"念汉浦离鸿"故"望"之,不知"去何许",故唯见也更觉"地远天阔",踪迹难寻,相思情更切。仿佛一切都是自然而然的顺承,其实已由忆中情事暗转为眼前实景。

下句又大开为"向"字领起的十三言长韵句,不露痕迹地运转时空——仍是望而不见之境,却由开阔转为幽约,昼景渡到夜景。

再看结句"空余满地梨花雪",用声律和谐舒缓的七言基本律句来表现轻婉空灵景致,若置于律诗或寻常词调中,都应给人留下柔婉的印象。而在此调中却能实现"钩勒劲健峭举",关键原因便是之前用"三句一气赶下",由三个参差变化、折长成短的折腰句与一个全仄三言短句构成的奇变繁促体势,来直抒重叠激怨的离情。这种安排,宛如在千回百折中不断壮大,即将喷薄而出的愁江,注入开阔大海后,却都归为平静。"空余"二字举重若轻,道出了尽力宣泄仍无力挽回的不甘与无奈,自然劲健峭举,堪称是"潜气内转"的典范。

结合"天光云影,摇荡绿波;抚玩无斁,追寻已远"的形象比喻与"意思甚感慨,而寄情闲散,使人不易测其中之所有"的抽象概括,可知此"空际转身"因有以"实"为依托,故与虚有其表的"空滑"者不同;表现为变化灵动奇幻,令人看难清,意蕴重叠深隐,令人解难明,故与显明者不同;尽管难以捉摸,却能让人都觉其美,为其独到魅力所感动,与有"生涩"之弊的"质实"者不同。这样的表现,很容易让人联想到张炎同样以虚实相成为要求的"清空",而差别在于:就内涵而言,奇丽迷幻、难以捉摸是"空际转身"的关键特征,却并非"清空"的必备特征。就代表而言,"清空"的最佳典范是姜夔,北宋苏轼、秦观等名家名篇也堪为代表;而"空际转身"在标举典范时,强调的是"前有清真,后有梦窗"。周邦彦词风兼容并包,而吴文英词风则相对统一,公认主流特色是密丽、奇幻、深隐,高者有蕴藉隽永之妙,而无质实晦涩之弊,正与"空际转身"的表现相符。

参看常州派刘熙载《词概》云:

> 空中荡漾最是词家妙诀。上意本可接入下意,却偏不入。而于其间传神写照,乃愈使下意,栩栩欲动。《楚辞》所谓"君不行兮夷犹,蹇谁留兮中洲"也。

"荡漾"即"转身"之意,互相发明,可知要实现"空际转身",关键在擅转,上意与下意间,虽欲入而未入,虽未入而将启,于出入间荡漾、意脉妙转,姿态空灵生动,与空疏、显明、生涩者皆不同。也可知此境与风骚意境颇有渊源,能相通:周济所谓"天光云影"之境,显然源出于《秦风·蒹葭》,而刘熙载所谓"君不行兮夷犹,蹇谁留兮中洲",则取自《楚辞》。

而前代一流名家词中,率先表现出类似意境特色的,恰是花间词祖温庭筠词。试看废名《已往的诗文学与新诗》评温词云:"长短句才真是诗体的解放,这个解放的诗体可以容纳得一个立体的内容……以前的诗是一个镜面,温庭筠的词则是玻璃缸的水——要养个金鱼儿或插点花儿,这里都行,这里还可以把天上的云朵拉进来。"①这一感悟及妙喻,与"天光云影,摇荡绿波"何其相似! 而历来评吴文英主流词风,公认的特征是密丽、婉约、深隐。或谓其"如七宝楼台眩人眼目,碎拆下来不成片段"②,或谓其"密处能令无数丽字,一一生动飞舞"③,褒贬不一,所指则同,与对温庭筠与花间词特色的评论何其相似! 即如陈洵《海绡说词》云:"飞卿严妆,梦窗亦严妆。惟其国色,所以为美。若不观其倩盼之质,而徒眩其珠翠,则飞卿且讥,何止梦窗?"④

因此,在唐宋一流名家词中,最神似温庭筠词的莫过于吴文英词,而至吴词中大成的"空际转身"技法也是源出于温词中的意境陡转法。常州派论者在宗主张惠言引领下,旗帜鲜明的将温词推尊上"最高"的正始地位,一再强调其最得风骚真传,实质上是要藉以推崇清雅派中偏向密丽、宏深、隐约的一路词风,以纠正浙西词派空疏的流弊。"空际转身"概念的提出者周济强调温庭筠词奠定的正始特色在"酝酿最深"、"下语镇纸"、"神理超越,不复可以迹象求"⑤,也是为了彰显其与最得"空际出力"之诀、"抚玩无斁,追寻已远"的吴文英词的渊源关系,以将吴文英代表的一路词风推上极变而复归于正的地位。

五、小结:极变与返正的矛盾统一

清雅派作为促成词体成熟、极盛转衰的关键流派,表现出相反相成、耐人寻味的两大特点,一是集成尽变,二是守体返正。三大词宗堪称唐末小令词祖温庭筠、宋初长调大宗柳永的隔代知音,使得温、柳词在当时曲高和寡的重要体势、技法,得以发扬光大,风靡后世。

文体正变观中最受今人诟病的便是"百家腾跃,终入环内"的循环论。但从唐宋词体演变轨迹看,确实存在某些暗合于循环论的现象。

---

① 废名著:《招隐集》,第 38 页。
② 张炎著:《词源》,唐圭璋:《词话丛编》第一册,第 259 页。
③ 况周颐原著,孙克强辑考:《蕙风词话·广蕙风词话》,第 33 页。
④ 陈洵著:《海绡说词》,唐圭璋编:《词话丛编》第五册,第 4841 页。
⑤ 周济著:《介存斋论词杂著》,唐圭璋编:《词话丛编》第二册,第 1629—1630 页。

唐末温庭筠引领的花间词风,奠定了词体本色,除柔婉外,还给人留下了繁促、隐约的强烈印象。而由南唐大宗李煜、宋初台阁词宗晏殊与欧阳修、长调大宗柳永引领的宋初词风,雅俗异趣,而共同的特征是不改柔婉,趋向疏缓、畅达。元祐词宗苏轼、秦观也延续了疏朗的词风,苏轼还兴起了宏壮变体。总体而言,北宋名家词风多变,不拘一格,刚柔雅俗兼而有之,而普遍的趋向是疏缓、畅达。至南宋后,渐成主流的清雅派词风,又渐变为密丽、繁促、精艳、隐约。即如刘熙载综论两宋词云:"北宋词用密亦疏,用隐亦亮,用沉亦快,用细亦阔,用精亦浑。南宋只是掉转过来。"

就词人而言,能代表南宋词特色的清雅派三大宗词,无论在用调上,还是在意境上,都表现出远承温、柳,集成尽变的特色,其中登峰造极的吴文英词,词风更神似花间鼻祖温庭筠词。

究其原因,由温庭筠词开创的奇变词调体势与意境转接法,在当时能令词别于诗,自成一体;在柳永、周邦彦时则以韵律、技法新奇、高妙著称,发挥到丰富词体、词境的作用;到了宋末元初,便能够发挥维护词体特色的关键作用了。只因此时词体染指既多,变化既繁,特色面临被变体掩盖与被新兴曲体取代的危机,当务之急也由拓展兼容性,变为维护独立性。而这种能彰显词体本色的词调体势与技法,犹如定海神针,正有助于保障词别于诗、曲,自守一体。这也是其能在南宋中期至元初盛行的清雅词派中,能得到普遍青睐与长足发展的重要原因。

第四节 词坛三李说考论

词坛三李,即盛唐李白、南唐李煜与两宋间李清照。三李说在明清之际被提出后,以丰富多彩的方式流播开来,影响颇大。此说认为三李可并称为三大词宗,建构出垂范后世的最佳词统;而其立论基础则是在明代正变论中,三李词均上升到正宗地位,且在艳挚派内部出现正变之争。目前学界对词坛三李说少有关注,但实际上此说能集中体现出艳挚派内部词风分支的交锋,堪称是时代词学观念转变的风向标,成因及影响值得重视。

历代文艺界同姓并称颇多,却罕见流行程度高的异代同姓并称。查阅《历代名人并称辞典》①可知,同姓并称者通常为共擅某种文艺的同时代人,

---

① 龙潜庵、李小松等:《历代名人并称辞典》,上海辞书出版社 2001 年版。

又以血缘、学缘、地域相同者居多,极少见异代人。此书收录的异代同姓并称仅有三例——词坛三李与画坛二顾、三董,除三李外,其余两个并称流行程度都不高。究其原因,难能可贵、言之成理与适用性强,堪称决定并称流行程度的三要素。就稀有性而言,文艺专长相同的同姓人同时出现,实属难得;若出现在不同时代,则无甚稀奇。就合理性而言,同时同姓人因经历、交游、师承相近,文艺相通处颇多,相提并论有助于求同辨异;而异代同姓人存在密切关系与神似风格的较少,缺乏可比性,相提并论的意义不大。就适用性而言,同代同姓并称的主要目的是推选出同时同姓同专长的杰才,以彰显特定家族、姓氏的文艺盛极一时,如晋代书法二王、北宋文章三苏、明代公安三袁等,并称能彰显家学渊源及盛况;而如西汉文章两司马、南朝山水诗三谢等,并称能彰显同姓一时之盛,因此,能为后世崇尚相应的文艺、时代、家族或姓氏的论者所采纳。而异代同姓并称的主要目的是借古尊今,即通过攀附古代同类名家,来推尊当时作者。立说者通常会将要推尊的时人纳入并称中,如南唐李煜将其爱重的当时画家顾德谦与晋代顾恺之并称,谓"二顾相望,继为画绝"[①];清代山水画家董邦达的推崇者将其与五代董源、明代董其昌并称,谓"三董相承,为画家正轨。"[②]但因推尊对象过狭,且在文艺界声望有限,影响了并称的合理性,适用性也不高——惟有称赏顾德谦、董邦达的论者才会采纳。

词坛三李说能流行,因其立说方式与众不同,恰能弥补影响异代同姓并称稀有性、合理性与适用性的各种缺陷:首先,此说打破了借古尊今的习惯性思维,立说者与并称者均不同时,尊今方式比较委婉,是通过推尊符合论者审美好尚的前代名家来实现的。目的是通过攀附唐宋一流词家三李,来推尊清丽疏畅、多情善感,包含士大夫情怀的词风,这也正是创立此说的云间派偏尚的词风。如此便增强了并称的合理性与适用性,不仅能为云间派及其拥护者所接受,也能为喜爱类似词风及偏好三李词者所采纳。更具创意的是,此说以同姓并称来重建正统史观,从而在稀有性与适用性上独具优势:唐宋作为词体发展的关键时期,名家向来最受瞩目,而此说认为其间三个李姓词人恰能代表正统的最佳典范,实属难能可贵,足以垂范后世。然而,在言之成理方面,按词作造诣与存词数量,将三李推为唐宋最佳词人实在勉强,究竟如何能成说并流行颇耐人寻味,这也是本文探讨的重点。

---

① 龙潜庵、李小松等:《历代名人并称辞典》,第19页。
② 同上,第157页。

在三李说影响下,近代学界常将李煜、李清照相提并论①,当今学界更将二李誉为婉约词史上的男帝女皇,对二家词的比较研究也成为学术热点②。但在解读与传承时,往往忽视"三李"作为异代同姓并称的特殊性,很少将其作为密不可分的整体进行研究,仅将研究重点放在由其衍生的二李(李煜、李清照)并称上,甚至误认为三李说源于二李说③。学者普遍认为诸李并称的主要依据是词风相似,三李具有"感情真挚、不假雕琢的共同艺术特征"④,而二李堪称"婉约词天空中最耀眼的双子星座"⑤,具有"极其相似"⑥的悲情美。这些说法未能把握三李并称的深层原因与重建正统史观的立论宗旨,对三李说的词学史地位及与其他重要学说的关系也未有深究。有鉴于此,本书通过对此说立论基础、发展与接受情况的系统分析,揭示其独到特色、影响与价值。

一、明代词学风尚的转变与三李词史地位的提高

词坛三李说的流行时间比三李所处时代要晚很多,这意味着其形成不仅与三李词特色有关,更与成说时代的词学风尚有关。众所周知,明代中期以后词学勃兴,词学风尚与此前流行的清雅派相比,由偏重雅正,强调"词欲雅而正",就不能"为情所役"⑦;变为偏重柔情,主张"宁为大雅罪人,勿儒冠而胡服"⑧,以纠正前代过分以雅节情,致使词情不媚不真,丧失本色的流弊。相应的,取法重心由南宋清雅派名家词转为最能彰显词体本色的唐五代北宋名家词。至明末清初,乱而望治、抑郁难言的世运要求词体发挥婉约特长,承载更多雅正的政教功用,但最看重的仍是真且深的柔情,最推崇的

---

① 如唐圭璋《李后主评传》:"中国讲性灵的文学……在后主之后一百多年,有女词人李易安……词的情调,都类似后主。"(唐圭璋:《词学论丛》,第 905 页。)

② 相关成果颇多,包括一篇硕士论文:刘姝麟《李煜与李清照词作中的艺术世界》(云南大学2012 年硕士论文);几部词选,如靳极苍《李煜李清照词详解》(山西古籍出版社 2002 年版)、周仕慧等《风住尘香花已尽 李煜李清照词品读》(新世界出版社 2011 年版)等;二十余篇期刊论文,如李放等《李煜及李清照后期词的构思方式及其创作渊源》(载《武汉大学学报》2004 年 05 期)、吴帆等《论李煜李清照词相似的审美特征及其成因》(《吉林大学社会科学学报》2006 年 04 期)等;不少专著也有论及。

③ 杨义、邵宁宁选评:《李煜·李清照》,岳麓书社 2005 年版,前言第 2 页。

④ 高峰:《乱世中的优雅南唐文学研究》,人民出版社 2013 年版,第 142 页。

⑤ 刘姝麟:《李煜与李清照词作中的艺术世界》"摘要",第 1 页。

⑥ 董武:《异代同杯,异曲同工:李煜、李清照词中之愁比较谈》,《华中师范大学学报》1994 年01 期。

⑦ 张炎著:《词源》,唐圭璋编《词话丛编》,第 266 页。

⑧ 王世贞著:《艺苑卮言·论词》,唐圭璋编:《词话丛编》第一册,第 385 页。

是不俗艳、不豪放的本色词。这种词学时尚以云间词派为主导,在其影响下,三李的词史地位显著提高,从而为三李说的形成奠定了基础。

（一）李白词史地位的变化表现为锦上添花。

中国素有尊祖崇正的观念,在各个领域被奉为始祖正宗者必具有先源、至尊、典范的地位。故而在选定词祖时,会综合考虑主客观各方面因素:必备条件是问世早与造诣高,在奠定词体本色上贡献突出。而辅助条件是声誉好、格调高、词风具有多样性、互补性和兼容性,能满足诸家各派攀附正源的需要。总之,论者希望词祖其人其作都能尽善尽美,又会设法抬高所认定词祖的人品词境。这种心理,和人们争相标榜为名人之后,又尽力维护自己祖先名誉是一样的。

而李白其人其世其词正能近乎完美地契合于人们对词祖的各种期待:集高尚人品、盛世正声、文坛宗匠于一身,名下《菩萨蛮》《忆秦娥》诸词风韵天然、刚柔相济,体势开风气之先,从而使后世刚柔雅俗诸派都能从中找到可追攀的特质,故成为古典词学史上认可度最高的象征性词祖。

五代欧阳炯《花间集叙》已将李白与温庭筠并尊为词坛前辈。南宋词选家黄昇明确将李白尊为"百代词曲之祖"[1]。明代词学正变观的兴盛与审美风尚的转变,使李白正始词祖的地位更受推崇。此时最流行的选本《草堂诗余》就被认为是据李白《草堂集》命名的,杨慎《词品序》云:"其曰草堂者,太白诗名《草堂集》……太白本蜀人,而草堂在蜀,怀故国之意也。曰诗余者,《忆秦娥》《菩萨鬘》二首为诗之余,而百代词曲之祖也。"[2]如此释名,正能为明中期至清初的词学时尚张目:《草堂诗余》原编本为南宋坊间选本,录词以北宋为主,主流风格与当时流行的二派词都异其趣——婉约谐美,自别于宏雅派,而不讳俗艳,又别于清雅派,佳作情韵声色,妩媚动人,正符合明代审美时尚;而攀附李白后,不仅能成为诗体正宗之余,还被赋予正大的"怀故国之意",至明末清初,尤能顺应寄托忧患意识的时代需要。

（二）李煜词史地位的变化表现为开宗立派。

在词体定型的唐末五代,最受瞩目的是开启《花间》词风的温庭筠词与引领南唐词风的李煜词,二者有精艳、繁促、含蓄与清丽、醇质、疏快之别,而后者能下开北宋主流词风,即如刘熙载《词概》云:"北宋词用密亦疏,用隐亦亮,用沉亦快,用细亦阔,用精亦浑;南宋只是掉转过来。"王国维《人间词话》

---

[1] 黄昇选:《花庵词选》,第 11 页。

[2] 杨慎著:《词品》,唐圭璋编:《词话丛编》第一册,第 408 页。

云:"词至李后主而境界始大,感慨遂深,遂变伶工之词,而为士大夫之词。宋初晏、欧诸公皆自此出,而花间一派微矣。"①

明代以前词体正变论通常将唐末五代词作为一个整体来审视,公认的特色是柔曼精美。按此种视角,问世早的花间词自然最受瞩目,或被斥为邪变罪魁,或被尊为词祖正始;而南唐词则多被视为花间附庸,一荣俱荣,一损俱损。惟李清照《词论》与众不同,开篇纵论宋前词史,特别标举各位李姓前辈:首先是盛唐歌唱家李八郎,擅以凄婉悲情动人,受众是新及第进士,乃文士翘楚。继云:"自后……流靡之变日烦,已有《菩萨蛮》……等词,不可遍举。五代……斯文道熄,独江南李氏君臣尚文雅……所谓'亡国之音哀以思'也。"②论五代词,只字不提《花间集》,而强调独南唐李氏君臣词"尚文雅",可继唐之"斯文",等于将花间词归入"斯文道熄"之列。此种唐五代词史观前所未见,当是兼顾了同姓之谊与婉雅、悲情的审美好尚。论中虽未提及己作,但在"乃知(词)别是一家,知之者少"的感慨中,已隐然流露出对由李家先辈开创的词体难得知音的遗憾,与以知音自居,以彰显词体独至之妙为己任的自信。此种委婉的借古尊己方式与偏重南唐词的审美好尚,与词坛三李说颇为相似,或有渊源。学界一直未留意其中借古尊今的同姓之谊,可见此推尊法确实巧妙,能避免涉嫌溢美、自夸而引起反感。

明人偏尚北宋词,故尤其重视开启北宋词风的南唐词,使其别于花间词的特色得到广泛关注与深入阐发,逐渐取得与花间派分庭抗礼的词史地位。在不少词论中,李煜甚至取代温庭筠成为地位至尊的词体正始。这类词论的先驱是明代中期的王世贞,他将词体特征界定为"婉娈而近情"、"柔靡而近俗",若要填词,则"宁为大雅罪人,勿儒冠而胡服",强调宁可违背雅正诗源,也要展现词体本色。故其论词体正变云:"言其业,李氏、晏氏父子、耆卿、子野、美成、少游、易安至矣,词之正宗也。温、韦艳而促……又其次也,词之变体也。""《花间》犹伤促碎,至南唐李王父子而妙矣!"③最大的创见在于越过温、韦,转以南唐二主为正始,北宋名家词为正宗,依时代先后列举的正宗典范,始于词风与南唐一脉相承的二晏,终于词风与南唐隔代相通的李清照。此种独特的词体正变史观,是为其喜清疏自然,而不喜繁促雕琢的词学好尚服务的,在明清词学界可谓一石激起千层浪,此后关于温庭筠与李煜

---

①　王国维著:《人间词话》重编本,彭玉平疏证:《人间词话疏证》,第338页。
②　徐培均笺注:《李清照集笺注》,第266—267页。
③　王世贞著:《艺苑卮言·论词》,唐圭璋编:《词话丛编》第一册,第385—387页。

的正始之争愈演愈烈,而选择结果则是论者词学审美取向的缩影①。后世支持者中最有声势的当数云间词派,因李煜词中的家国感慨比温庭筠词更能引起此派共鸣。

(三)李清照词史地位的变化表现为跻身正宗。

唐宋一流词家中,引领北宋词风的是南唐君臣,而在两宋易代之际仍能秉承北宋词风的则有李清照。她作为闺秀词中翘楚,词风在当时独树一帜,情辞均婉媚多姿、雅俗兼收,真挚动人,较好地实践了"别是一家"的词学主张。

明代中期以前,词论虽肯定李清照词的艺术魅力,但对其格调评价普遍不高,排除在正宗典范之外。鄙视词格,主张词体为诗邪变的论者是如此,如南宋王灼《碧鸡漫志》认为李清照词虽在"本朝妇人"中"词采第一",却属于"闾巷荒淫之语肆意落笔"的邪变;推尊词格,主张词体堪为风雅遗音的论者也是如此,如南宋张炎评李清照《永遇乐》云:"以俚词歌于坐花醉月之际,似乎击缶韶外。"②元末明初杨维桢批评李清照词云:"出于小聪狭慧……而未适乎性情之正。"③,都认为这种无拘无束的情辞背离雅正。

从明代中期起,学界对李清照词的雅俗正变定位却发生了显著变化,人们认为其不仅堪为横向正体典范,更能接续纵向古诗乐的雅正宗风。以杨慎《词品》对李清照的评价为例,同样是强调李清照不让须眉的一流女词人身份,在王灼《碧鸡漫志》看来,李词特色在俗亵"无所羞畏",连前代"多作侧辞艳曲"的温庭筠词都望尘莫及,乃是当时"士大夫学曹组诸人鄙秽歌词"的不正之风波及闺房的恶果;而在杨慎看来,李词特色却在婉妙和雅,如"'清露晨流,新桐初引',乃全用世说语","《声声慢》一词最为婉妙……叠字又无斧痕",因此能与北宋擅写本色词的男性名家"秦七、黄九争雄",且能接续"选诗乐府"等古诗乐的雅正传统。同样是评价李词名篇《永遇乐》,张炎斥为"击缶韶外"的"俚词",而杨慎却将其中口语化的佳句"于今憔悴,风鬟霜鬓,怕见夜间出去"奉为"平淡入妙……以故为新,以俗为雅"的典范④。同时刘体仁也称赏李清照《声声慢》中擅用口语的末句"深妙稳雅,不落蒜酪,亦不落绝句,真此道本色当行第一人也。"⑤

---

① 参见本书第三章第三节。
② 张炎著:《词源》,唐圭璋编:《词话丛编》第一册,第263页。
③ 杨维桢著:《曹氏雪斋弦歌集序》,《东维子集》卷七,《文渊阁四库全书》1221册,第445页。
④ 杨慎著:《词品》,唐圭璋编:《词话丛编》第一册,第438、450—451页。
⑤ 刘体仁著:《七颂堂词绎》,唐圭璋编:《词话丛编》第一册,第622页。

可见,明代论者对词的雅正要求比前代宽松得多,提倡的是能通俗的雅,而非不食人间烟火的大雅,故正宜推李清照词为典范——李清照词中典故清丽圆转,能使雅俗共赏,而通俗平易的语言,叠字险韵的技法,在前人论中是不足为训的纤巧俚俗、小聪狭慧,在明人论中则是堪为典范的以巧行气,以俗为雅。至明末清初,因李清照词寄托了北宋名家词中罕见的乱世情怀,尤能引起时人共鸣,故更受推崇,这集中体现为词坛三李说。

二、三李说的形成、发展与传播

云间三子(陈子龙、宋征舆、李雯)对词坛三李说的正式形成发挥了关键作用。三子唱和词集名《幽兰草》,旨在寄托如古曲《猗兰操》般的感遇伤时情怀。陈子龙在被公认为云间派词学纲领的《幽兰草词序》中率先将四个异代李姓词人相提并论。此序综论历代词体正变,将晚唐词视为"犹齐梁对偶之开律"的正体滥觞,南唐二主至北宋末词奉为"天机偶发,元音自成"的正始,南宋词则归为正声"遂渺"的邪变。界定的正体特征是"繁促之中尚存高浑",故不像王世贞那样甘为"大雅罪人",而主张"虽高谈大雅,而亦觉其不可废。"①论词宗旨实为去晚唐的"意鲜深至"与南宋的"亢率""鄙浅",而专取南唐北宋的深挚浑雅。元词仅得一"滥"字,属衰变。明词则被视为中兴,主力是三子代表的晚明词,即如序末云:"宋子汇而梓之,曰《幽兰草》。今观李子之词丽而逸,可以昆季璟、煜,娣姒清照。宋子之词幽以婉……本朝所未有也。"②沿用了异代同姓并称惯用的借古尊今模式,将尊为正宗典范的李璟、李煜、李清照与同时李雯相提并论,以推尊李雯词,进而赋予云间诸子后出转精、拨乱反正,追配南唐北宋名家的词史地位。此种"四李"提法在后世极少受关注,对三李说却有启发作用。

序中提到的那个参与创作并负责刊刻《幽兰草》的宋子,便是正式提出三李说的宋征舆。他与兄长宋征璧在词学交流中形成的三李说,堪称云间派中后期词体正变观的理论支柱。宋征璧在《倡和诗余再序》中率先将李白、李煜并称为统率词坛、造诣最高的"二李",认为"倚声首推二李",又号召云间诸子传承二李词统,"本之以性情,澹之以风骨,又且茂于篇卷",以弥补李白存词太少,李煜词良莠不齐的缺憾,上承"惆怅兮私自怜"的骚雅宗旨。而《倡和诗余》收录的正是顺治四年(1647)云间诸子寄托明亡后

---

① 陈子龙著:《王介人诗余序》,《陈子龙全集》中册,第1081页。
② 陈子龙著:《幽兰草词序》,《陈子龙全集》中册,第1107—1108页。

"私自怜"情怀的唱和词。《倡和诗余序》认为词"至南宋而敝",以与云间词风相近的"我辈之词"为最高,其最欣赏的七家词中,前六家欧阳修、秦观、苏轼、张先、贺铸、晏几道均属北宋,唯第七家李清照处两宋间,实居于"至南宋"而尚未"敝"的关键地位①。这种词学观也体现在其顺治五年选编的《唐宋词选》中,宋征舆《唐宋词选序》秉承其兄宗旨,明确用三李说建构唐宋词正统:

> 是书也行,后之学者可得唐与宋词之变及盛衰之源流矣!太白二章为小令之冠:《菩萨蛮》以柔澹为宗,以闲远为致,秦太虚、张子野实师之,固词之正也;《忆秦娥》以俊逸为宗,以悲凉为致,于词为变,而苏东坡、辛稼轩辈皆出焉……南唐主以亡国之余,篇章益工,一唱三叹……无其遇不为其言,故后人莫续也。李易安妇人耳,其词丽以淫……宋之词于是为盛,亦易安功也……今作者不能不出于"三李",有妇人焉,将安适从矣?尚木(宋征璧)欣然而笑曰:"姑识之以俟后之论者。"②

其中影响深远的创见不少:首先,率先将"三李"并称。与陈子龙"四李"说相比,李白的加入,使词统建构更符合正始必先于变始的正变逻辑——盛唐李白当然比南唐二李更有资格与晚唐词争夺正始地位。而李雯的退出,实是用以退为进的方式,更有效地实现了借古尊今——三李分别为盛唐大诗人兼词祖、为北宋词风开先的南唐国主兼词宗、为北宋词风收官的两宋间闺秀词宗,用以建构正统词史,正能推尊云间诸子偏尚的南唐北宋词。其次,别出心裁地利用李白二词风格的差异,构建出一套刚柔同源而分派的词体正变史,对后世正变论颇有启发。再者,将李清照的词史地位抬到前所罕见的高度,李清照此前最多是在宋代正宗词人中占一席之地,在此说中则成为宋代首屈一指的正宗典范。而特别强调其"丽以淫"促成了宋词之盛,既反映出对雅正要求相对宽松的时尚,也反映出论者心目中北宋词虽盛,仍不及唐五代词。

词坛三李说形成后,在清代词坛以多种方式流播开来,使三李词史地位进一步提高,相通与互补处也得到进一步阐发。清初沈谦云:

---

① 宋征璧:《倡和诗余序》《倡和诗余再序》,宋存标等著,陈立校点:《倡和诗余》,序言。
② 宋征舆著:《林屋文稿》,《四库全书存目丛书》集部215册,第290—291页。

男中李后主，女中李易安，极是当行本色。前此太白，故称词家三李。①

通过言简意赅的对比，突出了李煜与李清照男女词人典范的地位；对李白则一语带过，无甚高论，故后世引用者索性略去末句，简化为二李说。此说流传较广，对近现代学界影响尤大，因其简明易记，更因二李身份、词风隔代相通与互补，能满足特定的审美好尚与取法需求。即如蔡嵩云云："自来治小令者，多崇尚《花间》……若性不喜《花间》……或取清丽芊绵家数，由漱玉以上规后主……此一途也。"②

三李说尊奉者还别出心裁，将三李绘成图画，观摩推崇，对此说流行大有帮助。只因李白是潇洒飘逸若谪仙的大诗人，李煜是"神骨秀异"③的南唐国主，李清照是有林下风气的大家闺秀，三李气质、性别、身份各异且相通互补，堪称绝妙的偶像组合，正宜入画。试看乾嘉间孙原湘《拜李图题词》④云：

词中三李，太白词之祖也，南唐后主继别者也，漱玉继祢者也。词家多奉姜、张，而不知溯其先。予与诸子学词而设醴以祀三李，作《拜李图》，各就三家调倚声歌之，以当侑乐。

菩萨蛮　侑谪仙人

诗仙自被蛟龙得。何人笔灿青莲色。杯酒问寒空。一星摇酒中。瓣香心礼佛。蕊向豪端活。可惜一千年。江山风月闲。

浪淘沙　侑南唐后主

吟管太生香。名士文章风流强。要作君王。染就一襟天水碧，褪了黄裳。　春短愁长。落花休自怨苍黄。放下射雕词赋手，挽住斜阳。

醉花阴　侑易安居士

餐尽百花人独秀。露洗聪明透。风卷一帘秋。满地寒香，飞上新词瘦。　玲珑藕孔香生九，绝调今谁又。我欲绣青莲，有个人儿，先劝将伊绣。

---

① 转引自王又华：《古今词论》，清康熙间刻本。
② 蔡嵩云著：《柯亭词论》，唐圭璋编：《词话丛编》第四册，第4904页。
③ 文莹：《湘山野录》，第37页。
④ 孙原湘著：《天真阁集》，清代诗文集汇编编纂委员会编：《清代诗文集汇编》第464册，上海古籍出版社2010年版，第402页。

采用以词论词的别致形式,精辟揭示出三李说的实质:别子为祖,继别为大宗,继祢为小宗。此说将李白奉为诗之别子,词之正祖,因其集"诗仙"与最早词坛名家于一身,代表名篇是《菩萨蛮》。将李煜奉为词之嫡传大宗,"染就一襟天水碧,褪了黄裳"妙在语意双关,即指其不擅"作君王",致使被称作"天水一朝"的宋朝取代;又指其"风流强",《浪淘沙》代表的亡国后词名篇,上得唐音嫡传,下开宋词正宗。将李清照奉为大宗派生的小宗。代表作是《醉花阴》一类新巧生动、一往情深的词。为何要特别崇拜这一小宗呢?一则因她是唐宋最佳女词人,与另外二李身份互补,正能满足不同的审美需求——词中劝先绣李清照的那"个人儿",可能是作者的红颜知己,也是仰慕女性词特有魅力那部分观众的代言人;二则因她时处两宋间,词风偏向北宋,与另外二李时代联合,恰能绾合唐五代北宋词统,彰显出别于南宋词的独特魅力,纠正"词家多奉姜、张,而不知溯其先"的时弊。综观词境可知,作者欣赏三李词的隔代相通处在多情善感、活色生香,这也是历来持此说者的共识。

参看晚清张应昌《金缕曲·题冯栖霞绘词家三李图》云:"艳说词人,系溯源流,中唐北宋,后先三李……殊代隔,妙才俪。后来词伯姜张起。踵遗音花间乐府,瓣香相继。"①此图作者冯箕也是孙原湘时人,擅画人物,此词可证此图在晚清尚有流传。"殊代隔,妙才俪"一语尤能精辟概括出三李隔代相通的并称依据;但将三李词风混同花间词,又将姜、张引领的南宋清雅派纳入传承典范中,则又回到柔曼词不分派的老路上来,可见此说在流传中内涵有泛化的趋向。

晚清论者还将三李说引入论词绝句中,如谭莹《金陵录》云:"三李名标词苑重,六朝才亚选楼班。"《论词绝句》云:"若并诗中论位置,易安居士李青莲。"②冯熙评李清照词云:"金石遗文迥出尘,一编漱玉亦清新。玉箫声断人何处,合与南唐作替人。"③近代郭沫若题李清照纪念堂下联云:"漱玉集中,金石录里,文采有后主遗风。"④即由冯熙诗脱化而出。这些诗联所见与前人略同,妙在精辟的三李说与简练的绝句、对联体裁相得益彰。

光绪庚寅(1890)杨文斌辑录的《三李词》⑤刊行,同样是三李说流行的

---

① 张应昌著:《烟波渔唱》,《清代诗文集汇编》第 568 册,第 872 页。
② 谭莹著:《乐志堂诗集》,《清代诗文集汇编》第 606 册,第 419、385 页。
③ 冯熙著:《论词绝句》,孙克强、裴喆编《论词绝句二千首》,南开大学出版社 2014 年版,第 617 页。
④ 曲树程等辑:《郭沫若楹联辑注》,山东教育出版社 1983 年版,第 132 页。
⑤ 杨文斌辑录:《三李词》,清光绪庚寅(1890)香海阁刊本。

产物与动力。此书共收录李白词 14 首，数量超过此前各选本，基本囊括了李白名下诸词——曾昭岷等编撰《全唐五代词》考证后归入李白名下的词共十三首，除《菩萨蛮》（举头忽见衡阳雁）外，均为此书收录。同时收录了李煜词三十九首，李清照词四十三首，前后期名篇均有选录。张文田在序言中感叹三李所遇良可悲，读者须知人论世，才能领悟其词之精神感人，立言不朽。

三、由三李说派生的重要并称与学说

清代词坛与三李说颇有渊源，且有创意和影响的并称与学说还包括：

（一）李白为刚柔二派词祖说。此说由宋征舆提出，为后世提供了一个与花间鼻祖温庭筠争夺正始地位的新思路。尽管宋征舆本义是以《菩萨蛮》的柔澹闲远为正始，《忆秦娥》的俊逸悲凉为变始，但晚清希望推尊阳刚词者却反其道而行之，用以重建刚柔正变史观。如晚清刘熙载《词概》云："太白《忆秦娥》声情悲壮，晚唐、五代惟趋婉丽，至东坡始能复古。后世论词者，或转以东坡为变调，不知晚唐、五代乃变调也。"沈祥龙（刘熙载弟子）《论词随笔》承其说云："唐人词风气初开，已分二派。太白一派，传为东坡，诸家以气格胜……飞卿一派，传为屯田，诸家以才华胜……后虽迭变，总不越此二者。"[①]都利用李白的时代优势与词风多样性，为一直屈居变体的阳刚派争得了正体地位。李白也因此成为词学史上唯一一位统摄刚柔各派的象征性词祖。

客观而言，此说带有诡辩性质，不足为训：李白名下存词十三首，均属柔婉词，唯一含悲壮风骨的《忆秦娥》也以柔情为底蕴，且仅凭一二首词的片面风格，难以与诸家各派建立实质性的继承关系。但对受正始至尊观念束缚的古典词论而言，此说却是推尊疏快、宏壮等词体变格的难得良方，对拓展词体兼容性颇有帮助。

（二）至今仍流行的二安（李易安、辛幼安）说。此说实是明清间词坛由偏尚北宋，向偏尚南宋过渡的产物。立说者是卓人月与徐士俊，二人合作选评的《古今词统》，历代兼收，"破除北宋词长期以来的一统格局"[②]。徐士俊在卷首评王世贞"李氏……易安至矣，词之正宗"的论断云："余谓正宗易安第一，旁宗幼安第一，二安之外，无首席矣。"又在《古今词统序》开篇盛赞李清照其人其词，奉为"能统一代之词人"[③]的正宗，推尊程度可谓空前绝后。

---

① 沈祥龙著：《论词随笔》，唐圭璋编：《词话丛编》第五册，第 4049 页。
② 凌天松著：《明编词总集丛刻述评》，上海古籍出版社 2014 年版，第 236 页。
③ 卓人月汇选，徐士俊参评：《古今词统》，杂说第 36 页、序第 1 页。

宋氏三李说率先将李清照推为宋词正宗的最佳典范,二安说应是在其启发下产生的。卓人月以"三李名斋"①,徐士俊云:"后主、易安,直是词中之妖,恨二李不相遇。"②都受到宋氏三李说的影响,但三李说中地位至尊的是李白词,推尊重点实是李煜词,李清照代表的北宋词在词统中仅居于正宗末流的地位;而二安说的推尊重点则变为李清照,在词统中居于集前代大成的首席地位。而且与辛词并称后,虽有北宋余风,所处时代则偏向南宋。

清初广陵词派王士禛大力宣扬此说,论词体正变云:"语其正则景、煜为之祖,至漱玉、淮海而极盛……语其变则眉山导其源,至稼轩、放翁而尽变。"③"词派有二……婉约以易安为宗,豪放惟幼安称首,皆吾济南人。"④参看同时唐允甲评王士禛词云:"旖旎而秾丽者则璟、煜、清照之遗也。"⑤可知王士禛兼采了二李与二安说,且能身体力行,体现出广陵派的词学风尚:作为云间派分支,同样尊南唐北宋为正宗,但能兼赏豪放之变、长调之变与南宋之流,从而为浙西派的兴起奠定了基础。

总之,二安同字同乡,词颇有渊源,又恰是南宋初刚柔二派的代表名家,故二安并称在稀有性、合理性与适用性上都较突出,能流行。持此说者最欣赏的仍是深挚多情词风,但更希望用刚柔相济、令慢兼采的方式来表现,以在维护词体本色的同时,尽其变,极其盛。

(三)在毛泽东大力提倡下颇受学界重视的唐诗三李说。据学者考证,李白与李贺、李贺与李商隐并称"二李"由来已久,但"三李"并称至乾嘉间才正式提出⑥,而乾嘉间正是词坛三李说与三李填词图流行之时。

率先提出唐诗三李并称,为时人瞩目的是金学莲(1772—?)。他与诗词界名流交游频繁,因追慕三李诗,书堂名为"三李堂",诗词集名为《三李堂集》。自序谓三李诗同具穷而后工特点,"予固无三李才,而遇穷乃数倍之",故追慕三李,以诗词来抒发"愁苦之音";而云间诸子提倡词坛三李说的原因也略同,卓人月也曾以(词坛)三李名斋。吴锡麒《三李堂集序》详论此集命名原因云:

---

① 冯金伯辑:《词苑萃编》,唐圭璋编:《词话丛编》第二册,第 1931 页。

② 卓人月汇选,徐士俊参评:《古今词统》,第 143 页。

③ 王士禛著:《倚声集序》,王士禛、邹祗谟辑:《倚声初集》,顺治十七年(1660)刻本。

④ 王士禛著:《花草蒙拾》,唐圭璋编:《词话丛编》第一册,第 685 页。

⑤ 唐允甲著:《衍波词序》,冯乾编校:《清词序跋汇编》第一册,南京:凤凰出版社 2013 年版,第 15 页。

⑥ 参见余恕诚《诗家三李说考论》(《文艺研究》2003 年 04 期)与阮堂明《三李之称及其相互关系》(《天津师大学报》1999 年 05 期)。

有唐诗人之盛实太白始，至中叶亦稍凌夷衰微矣。长吉以俶诡奇谲之才振之，而诗一昌。其终也得义山为之举，高率铿耀，余勇可贾。是三李者，固合前后而成有唐一代诗人之局者也。然其源皆出于离骚，故其旨多幽郁……子青(金学莲)学三李者也，又穷于遇者也……惟此忠爱之情，婉转缠绵，一唱三叹。①

立论方式与词坛三李说极相似，当有渊源：首先，主张三李分别为唐诗盛始、中兴、后劲，"合前后而成有唐一代诗人之局"。这种以并称建构正统的方式，是词坛三李说首创，而此前唐诗二李说中所未见的。其次，认为金诗继承了三李诗的穷而后工，能上承骚雅宗风，这种借古尊今模式也与词坛三李说相同，而幽郁、婉转、缠绵的特征界定其实更接近词体，为历来希望攀附骚雅的词论所常道。再者，就学理而言，词坛三李说称李白为词坛名家之始尚可，而唐诗三李说称李白为"唐诗人之盛"始则实在勉强，这也是套用前人成说常见的弊病。吴锡麒本就是能诗，尤工于词的浙西派名家，又主张词比诗更具"穷而后工"的特色②，故能与金学莲诗词观相通——都欣赏并继承有类似审美趋向的词坛三李说，用以建构唐诗三李说，也在情理之中。

同时采纳了唐诗三李并称的还有舒位(1765—1816)《读三李二杜集竟岁暮祭之各题一首》，前三首诗分别点评李白、李贺、李商隐，未直接论及彼此关联，从诗境看关联处也在于穷而后工。此后这一并称在清代采用者不多，更乏深论。因此，综合对比诗词三李说的形成时间、立说方式、成熟度与影响力，可知乾嘉间词坛三李说的流行，使三李并称及立论方式深入人心，才促使时人将既已流行的两个唐诗二李并称组合起来，并称三李。

四、三李的隔代相通与互补

唐末五代词体能代诗兴起，本就因其一方面体势精致灵变，以婉约善感见长，能顺应衰乱世的需要；另一方面作为新兴文体，受技法、政教限制少，能摆脱"梏于俗尚""日趣浅薄"③的诗坛故态，以自然真率、活色生香见长。宋词中婉约善感仍是主流，家国忧患意识也常见，因此，唐宋间兼有自然真挚、婉约、悲情美这三种相似处的名家词颇多，相比之下，三李在这些方面并

① 金学莲著：《三李堂集》，《清代诗文集汇编》第508册，第131页。
② 吴锡麒著：《张渌卿露华词序》，《有正味斋集》，《续修四库全书》第1468册，第664页。
③ 陆游著：《跋花间集》，《陆游集》，第2277页。

不像一些学者认为的那样具有过人的相似处。

先看李白词,存词数量少而词风多样,如《清平乐》"禁闱清夜。月探金窗罅";"夜夜长留半被,待君魂梦归来";《忆秦娥》"西风残照,汉家陵阙";《清平调》"名花倾国两相欢。常得君王带笑看";《菩萨蛮》"何处是归程。长亭连短亭";"待雁却回时。也无书寄伊"等,都以自然柔美为底色,兼有精美、凄婉、悲壮、欢乐、妩媚、浑成、文雅、直质、通俗诸格。因此后人在梳理词史流变时,才能将他与温庭筠、李煜、苏轼、李清照等主流风格迥异的各派名家之间建立似是而非的渊源关系。大多数名家都能从李白词中找到与其主流词风类似的词,却难以仅凭一、二首词风的相似,论证为嫡传神似。

再看李煜与李清照词,存在隔代知音与借鉴关系。李清照因与李煜有着同姓之谊与易代盛衰剧变的相似遭际,故在《词论》中对李煜词特别推崇,尤其欣赏其"亡国之音哀以思"的悲情美。她的词也擅写真且深之悲情,且借鉴了李煜词的一些经典意象,这也是学界主张二李词的婉约与悲情美特别相似的主要依据。然而,名家词间常有相似经历与学习借鉴,并不意味着词风特别相似。词风百变知际遇,作风不改见胸襟,二李不同的作风决定了主流词风的差异:

李煜前后期词都胜在纵情任性、淋漓尽致,而李清照词却胜在柔肠百转、婉约缠绵。因此,将李煜作为男词人中的婉约典范并不合适,其最具特色的词风并非婉约,反是无拘无束,直截尽致,如赤子之啼笑,故能与婉约香弱的《花间》鼻祖温庭筠分庭抗礼,正所谓:"如生马驹,不受控捉","粗服乱头,不掩国色"①。其实,婉约本是词体特色,唐宋杰出的男性婉约名家甚多,堪为典范的当属温庭筠、秦观、晏儿道等,而轮不到李煜。

二李词作风既不同,悲情美也非一路:李煜前、后期词的绝妙处在于乐是尽情纯粹的乐,乐中有雅趣在,沉溺其中不能自拔;悲也是尽情纯粹的悲,悲中有彻悟在,喷薄而出不能自已:亡国前最具个性特色的是那些乐境翻新出奇的名篇,每疑乐极还添乐,而罕见国将亡之君应有的家国忧惧,如《浣溪沙》"酒恶时拈花蕊嗅。别殿遥闻箫鼓奏";《玉楼春》"归时休照烛花红,待放马蹄清夜月";《菩萨蛮》"奴为出来难。教君恣意怜";《一斛珠》"绣床斜凭娇无那。烂嚼红茸,笑向檀郎唾";《渔父》"一壶酒,一竿身。快活如侬有几人"

---

① 周济著:《介存斋论词杂著》,唐圭璋编:《词话丛编》第二册,第1633页。

等，色、声、香、味、情、韵兼备，君王繁华乐、士大夫清雅乐、小儿女真率乐、江湖逍遥乐并收，真是防止审美疲劳的高手，深谙富贵人享乐之诀。宋初台阁名家颇能传承其中士大夫式的清雅乐与富贵态，却罕有能学得其无拘无束的极乐境。而亡国后最具个性特色的是那些纵情宣泄悲痛的名篇，已叹悲深更尽悲，而罕见亡国之君应有的避讳。如《虞美人》"问君都有几多愁，恰似一江春水向东流"；《乌夜啼》"自是人生长恨水长东"，《浪淘沙》"流水落花归去也，天上人间"，《清平乐》"离恨恰如春草，更行更远还生"等，都承载了人类永恒情感与生命感悟，用直截尽致的方式表达，具有过人的深广度和力度。

而李清照前期因家庭卷入党争，聚少离多，名篇中多愁善感，罕见纯粹乐境，如《玉楼春》"要来小酌便来休，未必明朝风不起"；《如梦令》"知否。知否。应是绿肥红瘦"；《念奴娇》"日高烟敛，更看今日晴未"；《一剪梅》"此情无计可消除，才下眉头。却上心头"；《醉花阴》"莫道不消魂，帘卷西风，人似黄花瘦"等，或乐中含隐忧，或忧中犹盼乐，或忧中强自宽，或自宽不成坦承忧，千回百转；后期家愁更添国恨，生离竟成死别，名篇中悲情更深重，但以婉约为主，质直为辅的作风仍未改，如《鹧鸪天》"不如随分尊前醉，莫负东篱菊蕊黄"；《蝶恋花》"酒美梅酸，恰称人怀抱。醉莫插花花莫笑。可怜春似人将老"；《武陵春》"闻说双溪春尚好，也拟泛轻舟。只恐双溪舴艋舟。载不动、许多愁"；《永遇乐》"不如向、帘儿底下，听人笑语。"欲说还休，欲休还说，或在苦中强作乐，或以乐景衬哀情，多方渲染，擅以淡语、常语写深情，举重若轻。

总之，二李词中悲情都以深挚见长，但李清照词中悲情如雨中轻花般辗转飘落、层层堆积，以微妙、婉转动人；与如峡间巨浪般喷薄而出，奔腾而下，震人心魄的李煜悲情词恰成鲜明对比。究其根源，李清照擅写之情，是求之难得，得之有限，有限仍恐失，而求之终不已，故往往悲乐相随，这种情是唐宋婉约词中常见的，清照词胜在能体现出女性特有娇痴口吻与微妙心理；而李煜词擅写的是绝望与沉痛，以血书之，故悲无止境，与乐不兼容。在唐宋词名家中，悲情美与李煜最为神似的当推千古伤心人秦观，其次是韦庄、冯延巳、辛弃疾等易代之际的士大夫词人，而不应是李清照。

那么，这是否意味着三李并称仅因同姓且都为唐宋一流词家呢？若仅如此，不可能被尊为最佳典范，用以建构正统词史，也不可能具有这样大的流行性与影响力。在历代词论中，唐宋词风主要分为唐五代、北宋与南宋三个阶段,主流词风由自然多情,渐变为精工重法;而唐五代词又分为花间与南唐两大阵营,主流风格有繁促与清疏、伶工与士大夫之别,后者公认下开北宋。因此,时代之争归根到底是词风好尚之争。偏尚南唐北宋的论者推崇三李,只因其人其世其词能隔代相通与互补,在词史中具有独一无二,不可替代的地位:

李白最适合当正始词祖,因其具有后代名家所难及的时代与身份优势。他时处盛唐,身兼诗坛泰斗与词坛先驱,词能在葆有诗风骨的同时,彰显出自然深挚、柔美多情、句短韵密等词体特色。因此,根据古典词论尊奉的正变逻辑,推尊李白为词祖,既能使词体摆脱诗体末流的卑下地位,又有资格与唐末温庭筠争夺正始地位。

李煜最适合当南唐北宋词大宗,因其是南唐身份、造诣最高的词人,词兼具富贵气与文雅风,且清丽疏畅,与花间派的差别最显著,正可彰显南唐词特色,为宋初士大夫之词导其先路。

李清照最适合当宋词正宗典范。因在宋词众多名家中,她的词造诣虽不是最高的,但论同前二李配合的默契程度,则是最好的:她独具性别优势,是唐宋间成就最高的女词人,词兼具士大夫式的文雅寄兴与女性特有的细腻灵巧,能引起男女读者共鸣。她偏爱小令的用调①,自然妩媚、语质情深的词风,放在唐五代词中并不突出,但放在两宋间词中则颇罕见,在希望推尊、延续北宋词风的论者眼里,显得尤为珍贵。只因女性词与唐五代词一样,都具有受政教功用影响少,纯真鲜活,无拘无束的优势,因此李清照能在一定程度上突破词体发展阶段的限制,遥接唐五代本色词风;又能发挥词体发展成熟的优势,前二李独擅小令,而她兼擅长调,技法也更成熟,从而能给偏爱这路词风者提供更多的审美享受与取法选择。

综上所述,词坛三李具有相通且互补的偶像气质,以时代、身份、性情为依托的词风,一方面贵在隔代相通,同具清丽疏畅、深挚善感,包含士大夫情怀的特色,既类似南唐、北宋的主流词风,又能用以绾合唐宋词统;另一方面贵在相异处正可互补,加上同姓并称特有的新奇、精炼优势,适用填词图、词选、论词绝句、对联等多种方式传播,从而使这种词风特色得到充分展现与多角度演绎。正所谓同声相应,同气相求,人们总能在各时代中敏锐把握,并设法推崇符合自己词学旨趣的词人词风,这也是三李说能形成并广泛流

---

① 参看上节对李清照词用调情况的统计,小令在词用调中所占比例为69%,在名篇用调中所占比例为78%,高于同时名家词。

行的关键原因。至于此说所推重的词风与构建的统续是否最佳,当然是见仁见智,难有定论。但其主要价值并不在论断本身,而在于其产生是三李词史地位显著提高的标志;在发展过程中,又与明清词坛盛行的南北宋之辨、雅俗之辨、正变之争存在千丝万缕的联系,堪称时代词学审美的风向标;而其流行,又促使后世具有不同词学旨趣的论者重视并从不同角度阐发三李词特色与得失,也由此成就了三李独特的词学史地位。

余论:辩证认识词体正变观的意义

一、崇正推源:若遵国际评裁法,诺奖还应授正宗

正变观能得到儒家推重,在历代众多的源流论中脱颖而出,广泛流行,正因其是一种特殊的源流论——不仅注重明辨源流,更注重通过判定流的正变来分优劣、定等级。因此,要判定特定源流论是否为正变论,关键不在于是否直接出现"正"、"变"字眼的对举,而在于是否以崇正推源的精神为理论支柱。这一核心特征当然是存在缺陷的,但缺陷并不能掩盖其价值。只因这种理论在古典批评中并不是个别、偶然的失误,而是颇具权威性的流行理念,故要了解相关理论的立论方式及目的,必须以还原其正变语境为前提。更重要的是,这一核心特征决定了其理论优势与缺陷是相反相成的,所提倡的守正复古与达变创新也是相反相成的。其缺陷众所周知,而优势却往往被忽视,主要表现在:

(一)洪流变化孰能驭,正始犹如定海针。逐异追新迷本性,归真返璞见初心。

考察正变观的成因,可知其承载了人类返璞归真、醇化风俗的朴素愿望。在事物发展过程中,"变"是大势所趋,不可逆转,"变"之妙也是有目共睹,不容忽视的;反而是本源之妙容易被潮流所淹没,难以彰显。而正变论大力推尊本源,主张以"正"来引导"变",对论者的定力及智慧提出了更高的要求,正能促使人们在"变"的大势中反思本源之妙,用主观意志干预客观事物的发展,防止因逐流忘本而产生的种种弊端。这也是儒家推行正变观的初衷所在。

就词体而言,在纵向上,各文体演变由质趋文、由简趋繁,越能媚俗越易流行是客观规律,如任其自流,则会丧失简朴、典雅、浑厚之美,而正变论推崇文体本源简朴、浑成的初始特色,又赋予其文雅的内涵,有助于提高各体诗词的格调,拓展审美境界,承载社会功用,防止逞新、弄巧、媚俗等弊端。

（二）善创当居第一功，功成垂范众流从。若遵国际评裁法，诺奖还应授正宗。

正变观以崇正推源为核心特征，在"正"字源中就已兼有"正直"与"源始"双重含义。其强调"正直"与"源始"合一、以源始为主导、为最佳、为基准，而以流变为附庸，判定流变的正邪必定要以正始为参照。这种观念固然不是放之四海而皆准，但确有其立论依据。在现实中，源始虽然未必优于流变，但确实在源流体系中居于最关键的地位，对流向有主导、基准的作用。因此，才要"慎始"。在正变论中，被尊为正始的源头确实有不变才能维系的优势——事物只有在创始时表现出独树一帜的优势及发展传承的可能时，才能被誉为正宗，传世流行。而此种具有开创性的优秀特征不仅实现了从零到一的突破，难能可贵；而且能有效发挥榜样的力量，垂范后世。这是正变理论的主要支柱，也是其能发挥理论优势的基础。

其实，现代学界同样认可及重视源始在源流体系中的关键地位、肯定优秀源始对社会发展的显著贡献。参看《人民日报》论国际评奖规则道："以'第一'论英雄，也是其他国际科学奖项所遵循的共同原则。在历届诺贝尔科学奖中，就不乏这样的例子……旨在强调第一发现者在科学研究中独一无二的贡献。在探索未知世界的茫茫黑夜中，是第一个发现者或发明人开启了希望的大门，为后来者找到了通往成功的路径，其地位和作用无可替代……只有尊重'第一'、崇尚'首创'，才能激发更多的勇者不畏艰难，向着光辉的顶点执着攀登。"①

就词体而言，在横向上，词体定型的本色，是词别于词源——诗与燕乐自立一体的关键特色。在唐末奠定词体本色的《花间》词祖温庭筠，令词凭借擅写柔婉的特色风靡文坛，最终取代诗成为当时文人主要的抒情文体，发展为一代之文学，对词体发展而言确实当居首功，堪为典范。历来被主流评论认可的正体特征，尽管不是词体唯一能表现的意格，但确实是词体最擅长表现的意格——唐宋流行词调普遍偏短且奇偶混合的句式、灵巧多变的章法、韵法、句法与对法、严整精工的声韵要求，最宜表现的是细美柔婉的意蕴，若用以表现宏壮意蕴，在正常情况下，反不及诗文有优势。因此，是词体唯一可能被认可的正常意格；而宏壮变体，虽能充分发挥词体的兼容性及表现力，在格调、审美上有独到的优势，但只能、也只有在作为词的非常状态存在时，这种优势才能发挥，如取代本色成为填词主流，必然会导致词体丧失

---

① 《屠呦呦为什么落选院士，一人获奖公平吗》，2015 年 10 月 5 日《人民日报》。

与诗文抗衡的优势特色,而趋于衰微。因此,横向正变论敢于突破传统雅正观念的限制,推尊词体特色,确有胆识,有助于维护词体的独至之妙,确保其存在价值。

(三)论史须将经纬分,源流交错各相因。正宗亦是变宗改,成见不除看不真。

正变观以崇正推源为核心特征,是否意味着其对流变均持等而下之的保守态度,对偏离正的流变均持贬抑态度,难以肯定新变的价值呢?其实不然。正变论者只要灵活运用正变原则,便能将其所推崇的新变推尊为正宗,而且在发现、推尊重大新变上独具优势。只因源流正变是相对而言的,特定事物从属于不同的源流体系——源可以分成多个支流,流也可以通过开辟或引进新源的方式发展壮大,自成流派。词体即是由诗与燕乐二源结合,形成新特色后自立一宗的。源流体系的复杂性,源流关系的相对性,令正宗与变宗、继承与创新间存在着辩证关系:

当流变中的某一分支发展壮大到一定程度,具有了能别于先源自成一家的新特色,并且得到广泛继承时,它就有资格自开宗派了;如果这种特色能得到论者的肯定,被认为是顺应时势变化,且足以垂范后世时,它就可以被誉为正始了。因此,在正变观中最受推崇的往往是那些变化足够大,且影响力足够强,能够自立门户的新变——自成一家、开宗立派在古今都是对创新者很高的评价。这是正变观能在后世广泛流行的关键原因。

在现实中,重大变革产生后往往会招致普遍关注及正反两极的评价,相应的,在正变观中,会出现正始与变始两极的定位。即如苏轼词,在历来评论中就集纵向正始、横向变始与横向正宗于一身。换言之,除了绝对正始外,正变观中的正始与变始都是能自立宗派的重大变革才有资格担当的,可以根据论者正变立场与好尚的不同相互转换。那么,要怎样看待旧、新源流体系中正始的关系,要怎样评价二者的优劣呢?旧正始是源,新正始是流,而新旧特征又不相同,在评价时就会产生二者不可兼尊的矛盾了。就笔者研究所及,历代各类正变论普遍秉承崇正推源的理论核心,在理论上认可旧正始地位高于新正始,但会采取各种巧妙、迂回、甚至带有诡辩性质的方式来自圆其说,极力证明新、旧正始间的本质其实没有变。这是正变观巧妙修复自身缺陷的表现,也是正变观本身存在无法弥补缺陷的明证。

因此,今人要明辨源流,首先要明确所研究的源流体系,然后要明辨它与其他源流体系的关系,才能准确地界定创新、继承和演进。同理,要正确认识正变观,扬长避短地发挥其在明辨源流、肯定首创上的优势,首先要注重区分正变立场,如果拘于正变观必定为守旧理论的成见,就容易导致源流关系的混淆。

以近现代词学中本色词、变体词的得失与境遇为例。近现代不少学者将词体正变观视为守旧理论,而且不注重区别正变立场,将各类正变观都视同横向正变观。据此认为古典词体正变论一贯是支持本色词,反对变体词的,苏轼兴起的一派变体词一直处在被压制的地位,不如本色词那样受到尊崇,只受到少数通达论者的肯定。相应的,在评词时也往往习惯将本色词及其作者视为保守,变体词及其作者视为创新。

其实不然,所谓本色、变体只是词体横向正变论中点明词体制内源流的一种称谓,不能望文生义,认为凡是变体词就是创新,本色词就是保守。

就创新性而言,无论本色词、变体词,创新的都是开创者,而非后继者,故仅以词作风格来界定保守、创新不合逻辑。若就开创者而言,本色词先驱创新性更强——本色词是在纵向文体演变大源流中的创新,开创了一种新文体,最终凭借独到特色取代诗体成为“一代之文学”;而变体词是在词体内部横向源流中的革新,增强了词体的容量和表现力。就创新勇气而言,本色词面临的阻力更大,创新更须勇气。只因按照正变原则,横向的体制标准是难以凌驾于纵向的雅正标准之上的。词体柔美纤弱、儿女情多的特征,与雅正观念存在抵牾,自创始之初就被贬为小道末技,词人也备受非议及打压。试看《花间》词祖温庭筠、专力填词的柳永都因醉心于填词而落得无行文人之名,一生仕途坎坷;即使位高权重如和凝、孙光宪、晏殊等,也难免因好填词而受到讥评。相比之下,苏轼开创变体词时,所谓的压力不过是一些师友间的玩笑嘲弄而已,并且一直不乏支持者,肯定其重回大雅、拨乱反正之功。

相应的词体正变论也是如此,支持本色词的横向正变论产生时间远远晚于贬抑合体词的纵向正变论,所受压力、所须勇气也更大。而在这样的境遇下,正体词仍能占据填词主流,以横向为主的正变论仍能占据正变观主流,就是由词体本身的体势特色所决定的了。

二、纵横体系:秉承诗教定词源,别于诗曲铸词魂

词体所涉及的源流体系呈复杂的网状结构,而其中最为重要,最受历代源流正变论关注的有两大体系,故本书以这两大体系来定纵横坐标,依据正变立场来划分词体正变类型。综观纵、横正变观的发展情况,可知彼此关系及其在认识词体、词史上发挥的作用。在两大体系中,更具权威性的是纵向正变体系——纵向正始与横向正始是源流关系,故根据崇正推源的原则,居

于至尊地位、具有绝对权威的是纵向正始及将正始特征发扬光大的正宗；而最具活力、最能反映词体正变观特色的是横向正变体系——其产生本就是以词体意识自觉与对词体价值的肯定为前提的。因此，历代正变论者选择"纵"、"横"立场的目的及界定"纵"、"横"正宗特征的方式是不同的：

（一）秉承诗教定词源，纵向正宗居至尊。风雅无邪融万象，古来攀附亦多门。

论者选择纵向立场的主要目的是借助纵向正宗的至尊地位，来推尊符合其审美好尚的词。这决定了论者在选择正源时，首先考虑的是权威性，其次才是与词体的契合性。因此，在历代韵文文体正变论中，公认的正始是得到儒家推崇的第一部诗歌总集《诗》，配乐文体公认的正始还有孔子大力推崇的盛世正声《韶》，词体也不例外。在《诗》中又以风雅，尤其是变风雅最受青睐，只因其与多情善感的词体更为接近。正始之后，最受推崇的正宗是《骚》与古乐府，因时代近古，是认可度较高的诗体正宗，而且"美人香草"的寄兴、声情并茂、自然深挚、雅俗共赏的民歌风味，与词体体性相类，故成为认可度仅次于《诗》的词体正源。

上述主要目的也决定了纵向正变论所界定的正宗特征与词体是若即若离的。《诗》一类公认正源与词体的实际关系本来就比较疏离——彼此时间差距、文体差异都较大。然而，历来正变论者要争相攀附正源，本就是醉翁之意不在酒，看重的并非实际、直接的渊源关系，而是其至尊地位，因此，无直接关联也要设法建立关联，而要建立若即若离的关联其实不难：《诗》《骚》的公认正宗地位由来已久，文人在创作各体诗词时都习惯以之为榜样，故潜移默化，在思想、意象、典故、技法等方面自然存在一定的传承关系。

更重要的是，"正直"与"源始"合一的习惯思维及攀附需要，令《诗》成为箭垛式文体，历代论者将所推重的各类文学优点都赋予《诗》，将符合自身审美需求的各类意格也赋予《诗》：纵向正宗特征界定依据的是儒家传统的诗教观念，重视道德格调与社会功用，貌似统一，严格要求无邪雅正；实则"无邪"、"雅正"都不过是重申"正"之义，具体内涵如何界定，则存在较大的灵活性：《诗》的题材、内容、风格本极丰富，加上诗意因年代久远、语境差异而难以确定，解读空间颇大。

历来公认的特征如辞乐和谐、温柔敦厚、典雅、自然真挚、寄兴、发情止礼等①，实现方式本就不拘一格，能兼容各种题材、内容、风格。至于《韶》乐

---

① 这些特征与其说是《诗》的特征，不如说是人们以部分诗作特征为依据，参照对事物初始状态的理解、儒家的教化而拟定的。

失传已久,公认特征是从少数儒家文献中总结出来的,如"集大成"之类,更无定准,自然成为另一箭垛。而《骚》的文采正可与《诗》的质朴互补。如此,便为不同好尚的论者寻求攀附依据提供了便利。如婉雅可攀附《韶》的典雅与风骚的善用比兴、温柔敦厚;直质通俗可攀附风骚的体察民情、融合民歌;宏壮可攀附《诗》中的正大题材;柔曼可攀附风骚的柔情题材、美人香草寄兴等等。更有越过文体,直接攀附最早的自然之道、人伦之始以推尊儿女柔情的;直接攀附字源"意内言外"以推尊婉约寄兴的。可谓只要肯攀附,何患无门路。

总之,古典词论中,参照风骚、风雅之旨、变风骚雅之义、古乐府遗音等来衡量词体价值、词作高下者比比皆是,几成通例,历代诸家藉以推尊的意格也是五花八门。其中固然多有人云亦云,如同套话者;也不乏见解独到,极具思辨且合学理者。纵向正变论的流行原因和流行程度由此可见一斑。

(二)别于诗曲铸词魂,横向正宗元至亲。柔婉声情诚本色,箫韶九变转纷纶。

论者选择横向立场的主要目的是通过对纵向正宗的界定,阐明词体观,以推尊词体及自己心目中的合体词。这决定了论者在选择正源时,首先考虑的是与词体特色及发展过程的契合性。故在界定正宗特征时,不能如纵向那样随心所欲,而要以词体发展的客观规律为依据。所界定的正宗特征通常是词自成一体的优点:公认的本色特征为声情柔婉,是词别于先源文体——诗与燕乐,自立一体的关键特征;南宋以来在正体特征中加入婉雅,是词别于后继文体——曲,自守一体的关键特征。

从历代横向正变论对正始、正宗典范、变始、邪变典型的界定中,可概见词体发展的历史轨迹,及其中发挥关键作用的时代及名家。以正始的界定为例,在历代词体正变论中认可度最高的正始是唐末五代词,普遍认为词体本色奠基于此时。而唐末五代作为词体初步定型的时期,在词史上确实居于至关重要的地位,创下了无可替代的第一功,令词别于诗自立一体,且逐渐取代诗体成为主要的时代抒情文体。此外,还有以六朝、盛唐、南唐、南宋为正始者。结论虽不甚合理,但却能揭示出六朝、盛唐作为词调、词体滥觞的时期,对词体定型的先导作用;南唐作为继西蜀花间派后兴起的填词中心,词风自成一派,具有上承唐音,下开宋调的枢纽作用;南宋作为词承担一代文学任务的收官时期,词调完备、技法娴熟,对词体成熟的催化作用。

浙西词派在推尊南宋词为正始时云:"舞箾至于九变,而词之能事毕矣。"其实,词体至南宋后虽不再为一代之文学,但也未到能事毕的地步,明清词的复兴就证明了这一点。但用簫韶九变来形容南宋词,乃至词体发展趋向,却颇有见地。南宋作为词体成熟的时期,在词调和技法等方面确能集前代之大成。词体本色固然是正常情况下、大多数词调最合适表现的特色,但不少词调本就具有兼容其他意格的潜质,又有部分作者、环境需用词体来表现其他意格,这些特殊的潜质正可顺应特殊的需要而发挥作用。因此,在顺应词体各调式体势特色的前提下,集成善变,便能维护词之正道,最大限度地发挥词体的优势。

综合来看,词体特征的生成是一个以词体本色为基础,与时俱进,不断丰富的动态过程。即如《文心雕龙·定势》云:"循体而成势,随变而立功……虽复契会相参,节文互杂,譬五色之锦,各以本采为地矣。""本采"即是文体本色,如锦缎的底色,在文体发展中起到至关重要的奠基作用。词体本色是在词体定型时确立,并在词体发展中被证明是词体最宜表现的特色,典型特征是柔婉,这种柔婉比词源中的柔婉更为精炼绵密、婉转灵变。成就本色的关键是由温庭筠奠定的句短、韵密、灵变体势,及与此体势相得益彰的自足句义与陡转意境。词体势与意境的发展,即如织锦,须增绣五彩丝线,部分改变本色才能拓展兼容性与艺术性,令其绚烂多姿。但变化是有原则的:其一是新增色须与本色相匹配,有助于发挥本色之长。唐宋词体最富活力的特色是精巧灵变,篇幅、句式、声调、押韵、对仗、语义衔接方式等精妙灵变程度都胜过诗体。这种灵变体势是由本色词奠定的,不仅能兼容阳刚变体,也适合表现柔婉本色。时人称词为"长短句",并非不知古诗句也有长短,词调也有齐言的常识;而是在强调词具有句式长短变化比诗体更灵活的特色。其二是新增色不能喧宾夺主,掩盖大部分本色。唐宋词体变化虽繁多,但句式普遍偏短、体势趋向灵变、韵律趋向精严,都能维系本色。中后期为遏制越演越烈的新变,能更好维系本色的短韵、拗结句、时空陡转法等也日益流行。因此,宋代流行词调兼容性虽强,但始终以柔婉为主流,彰显出词体本色的魅力与约束力。

(三)倘使诗词皆一理,小词岂得代诗兴。亲亲始悟尊尊法,学步邯郸未足凭。

综观各类词体正变观的接受及发展史,可知纵横正变的特色及作用:

在词体观尚未成熟时,论者大都遵从权威,选择纵向立场:纵向正变论最早产生,最初将词体纳入评论范围是无意识的——在词体产生前,关于各体诗的纵向正变论就已存在,在词体意识未自觉的中唐时期,初步萌芽的词体雏形就已被当作歌诗的一种纳入诗体正变论中;在词体意识自觉后,最先在两宋间占据主流的，也是推尊宏雅词的弃"横"从"纵"类正变观，然而后劲不足，宋元之交已呈现盛极而衰的趋向，此后便再难与横向正变论抗衡。只因其主要立论依据"诗词一理，不容异观"本就是违背文体发展规律的：词若不具备别于诗的特色和优势，就丧失了存在价值，不可能成为有宋一代之文体，也不可能得到论者的关注；同理，倘若评词时不注重为词量体定制一套评价标准，就无法客观评价及发扬词体特色及优势，也不能正确地指导填词：不顾词体体性，一味学习诗源，等同于邯郸学步，不仅难以尽得诗之妙，反而会因此丧失词之妙。

随着词体发展，词体观也趋于成熟，增进了自知之明，逐渐偏向横向。横向正变论产生于词体意识自觉的北宋元祐词坛，以词体"本色"概念的提出为标志。除两宋之交外，以横向为主的正变观一直占据主流。随着词一代文体地位的自觉，南宋论者开始意识到文体代兴的发展规律，由此催生出舍"纵"取"横"类正变观，可视作对当时流行的弃"横"从"纵"类的一种反拨，但仍未能充分彰显词体之妙与正变观的理论优势：

首先，词体内部源流也有分支，如长调分支、宏壮变体词分支等，各分支也自成其源流，但因历代词体正变观很少探讨这些分支的正变，以致于首创的特色未得推尊，源流关系也未得辨明。其实，如深入研究这些分支，就会发现其能形成及壮大其实也是因情立体、即体成势——词情新变与词调革新相配合的结果，而非是全然不顾体制，随心所欲的破体。如上所述，既然苏轼及其兴起的宏壮词不能通过体制内的正变观得到推尊和关注，那么，要正确认识及评价其特色与价值就唯有仰仗纵向正变观了：尽管纵向正变论与其体制关系疏离，无法揭示其体制革新之妙、自立正始之功；但却能推尊其意格——宏大意格与纵向正源多有契合，且有振起柔靡的功效，堪称救治柔曼词流弊的良方，故被许多支持者尊为拨乱反正的正宗，从而为其争得能与合体词抗衡，甚至凌驾于合体词之上的词史地位。再者，是否合体并非衡量词作高下的唯一标准。论者评价词体高下，还须兼顾格调、时势需求、审美好尚等多种标准。这些标准要得到正变原则的支持，也唯有仰仗纵向正变观：如上所述，历代界定的纵向正宗无所不包，可谓集各类优点、各种意格之大成，论者要从中找到支持自己心目中评词标准的依据，颇为便利。

因此，在词体观进一步成熟后，论者更倾向于选择能兼有"纵"、"横"之长、调和"纵"、"横"矛盾的立场，综合类正变观也应运而生，逐步将专取一向的正变类型收归旗下——最先被兼并的是弃"横"从"纵"类，此类正变观既不得不喜好、关注填词，又要否定词体特色及价值，不合逻辑。因此，其发展越成熟,潜在横向体制标准的介入就越明显,在宋金元之交大盛后,并入综合类中——其对格调功用的推重及对词体包容性的领悟均为综合类所用;随后被兼并的是舍"纵"取"横"类正变观,毕竟只有纵向正源才具有绝对正宗的地位,此类安于小道的正变观并不利于推尊词体。随着词体的发展及尊体观念的成熟,作为此类正变观立论依据的文体代兴观,在尊体上的优势也逐渐被认可,因此,在明代逐步并入综合类中。

在各类正变观中,流行最广、兴盛最久、数量最多的是立"横"追"纵"类——随唐五代词体正变观萌芽而萌芽,元祐词体意识的自觉而正式确立,经久愈盛,自南宋末起就一直占据正变观主流,其间流行最广的几个词派——宋元清雅派、明末清初云间派、清代浙西、常州派,都以此为主流。只因其采用了以横向为主,以纵向为辅的最佳立场,从而最大限度发挥正变理论的优势。随着此类正变观的发展,所定义的正宗特征能从不同角度展现词体的独至之妙;而且发展越成熟,理论的建构越严密,能容纳的时代、词家、意格增多,而流弊减少,能更好的契合于崇正推源的正变原则及词体独立而能兼容的体势。

由明末至清,随着综合类正变观一统局面的形成,为适应特定时势、群体的需要,一些比较特殊的综合类型也开始产生,但理论缺陷比较明显,故只为少数论者所采纳:其一是"纵"、"横"并行类正变观。在明末开始萌芽,在学界备受称赏的"不以正变分优劣"的正变观就属此类。此类正变观的"纵"、"横"逢源,兼收并蓄,是通过偷换"纵"、"横"正变立场来实现的,自相矛盾处远多于其他类型,缺乏一以贯之的立论原则,难以自圆其说。故而在萌芽后只有寥寥数家采用,从未流行;其二是立"纵"尊"横"类正变观,其实是对前代弃"横"从"纵"类正变观的改良——同样持"诗词一理,不容异观"的文体观,但对词体的评价由贬抑转为推尊。此类正变观在清初阳羡词派中流行,在常州词派中尚有延续。但在逻辑上同样存在缺陷:其所推尊的特征并非词体最宜表现的特征,也非是唯独词体才能表现的特征,故在通常的情况下,尊体理论是难以成立的,但若遇到个性偏好宏壮词的词人,又处于衰乱压抑,不敢为诗文的时势中,则颇能引起共鸣。上述两类正变观,尽管兴盛、普及的程度远不及其他类型,但也自有其优势,能充分发挥词体的兼容性,彰显变体词之妙,从而给横向正变论过于强势的词学界注入新风,让时人更多的关注词体的非常之美及非常之用。

总之,词体正变观既然要明辨的是词体的源流高下,理当紧扣词体特征,故占据主导的应是横向标准;但仅恪守横向正体也不能尽词体之妙,发挥正变观的理论优势。对正变论者而言,最佳的立场是以横向为主,以纵向为辅,先"亲亲",把握能彰显词体优势的横向特色;进一步"尊尊",依据词体特色,借鉴纵向正源,才能扬长避短,为词量体定制一套合适的通变及推尊方法。

三、词史印证:奇偶疾徐成万化,纵经衰老可回春

实践是检验真理最可靠的标准,将词体正变观与词史相印证,可知:

(一)诗文燕乐势兼容,韵句精灵善变通。奇偶疾徐成万化,翻疑腾跃入环中。

综合考察唐宋词调体势特色的定型及演进,词能自立一体,盛极一代,因其能根据时代需要,兼容词源——诗、骈文、燕乐的体势,融会贯通,推陈出新,从而使韵、句达到了前所未有的精巧灵变程度,能够在奇、偶、徐、疾间灵活变化。因此,历来正变观多持"百家腾跃,尽入环中"的守正循环论,其实是只见其"通",不见其"变";而近现代一些学者忽视正变观的价值,甚至否定词体与诗、文的渊源,却又是只见其"变",不见其"通"了。

综合来看,在各类流行词调中占据主导的律句与近体诗律句一脉相承,彰显出汉语诗歌特有的格律规范与特色。

小令中最流行的基本律句主导类词调,是历来被视为以诗为词者的常用调。主要采用了近体诗的基本律句,句式组合方式也有与近体诗一脉相承处,其中纯奇字式借鉴了古体诗中常用的三、五、七言组合;但与各体诗相比,篇、句趋短,韵趋密,章法、句法、韵法均更灵变;奇偶句混合式加入了偶字句,变化更多。因此,能兼容诗所能表现的大部分意格,又比诗更适合表现细美柔婉意格。

长调中最流行的四六主导类词调,是历来被视为以赋为词、以文为词者的常用调。主要借鉴了骈文中擅铺叙的四六句式与排比对仗方法;其余体势则非骈文所能限,句法与句式组合方式翻新出奇,相应的章法、对法也更灵变。

在小令、中长调中都占有重要分量的混合类词调,体势最灵活——兼容了诗文中各种句式与常用句式组合、其他类词调中的各种体势,故特色最鲜明,意境也最多变。其中混合类小令,篇、句、韵均能极繁促精致之能事,因此,大都专擅细美柔婉意格,与诗文差别显著。而混合类长调,是历来被视为以文为词者的常用调,句式最灵变。因此,对意格的兼容性最强,能兼容诗所能表现的各种意格,比其他类词调更适合表达热情、壮景、快论,特有的

韵律感则为诗文所无。

唐宋词体演进受燕乐演变的影响,却非燕乐所能限:唐五代燕乐本是刚柔兼备的,在胡乐影响下,形成了此前中原流行音乐中罕见的繁促奇变韵律。而此时词有选择地利用燕乐中适写柔情的韵律,与中原流行诗韵律结合后,形成了独树一帜的新特色,正能服务于精美婉约的时代抒情需要。中唐起流行的基本律句主导类词调不断注入新特色,《花间集》中兴起的混合类词调尤能彰显新特色,由此奠定了词体本色。此后燕乐在中原韵律影响下,趋向"啴缓",词中也出现了疏缓趋向,在南唐已兴起,主要表现为基本律句主导类词调所占比例显著增加、混合类词调有向诗律靠拢的正常化趋向;至北宋盛时最分明,促成了长调的兴起与宏壮变体的产生,各种意格新变也层出不穷。由此拓展了词量,正能服务于"一代之文学"的抒情需要。从北宋末至南宋,词在清雅派引领下,又趋向繁促,当与同时燕乐"古典化"的趋向有关;但此时燕乐已"走向衰微"①,而词调却日益繁兴,能广开源:兼容了新兴曲乐与前代各类流行词调的体势,故不仅词乐得到革新,也获得了不依赖配乐独立发展的空间。

以词调大备著称的清雅派,乍看去是对《花间》本色的归复:各名家词比北宋名家词更能继承发扬由《花间》鼻祖温庭筠兴起的精致奇变体势与意境陡转法,因此成就了更接近《花间》词的繁促婉约意格,是对南唐北宋以来趋向疏缓、杂入宏壮风尚的反拨。相应的,在词学观念上也主张维护横向正体特色与词体本色。但细看来与《花间》词的差别十分明显,其实是融会与权衡此前的各种变化后,以正驭变的结果:《花间》词以小令见长,而清雅派词则以长调见长,其实是以北宋流行的长调体势为基础,融合了《花间》小令的体势特色。所以,其相对北宋词风而言,固然显得繁促柔婉。但与《花间》词相比,因篇幅更长、用韵更疏朗、长句更多、句式组合方式更灵活,反而会显得疏畅跌宕,更能兼容清健气韵与奇巧技法。受词体发展阶段影响,相应的意境也有自然灵动与精巧稳健之别。

总之,无论是以诗为词、以赋为词、以文为词,还是配燕乐为词,都要能展现出词体独到的特色与优势,才能成就佳作。综观词体正变史上备受关注与争议的"循环"、"返祖"现象,基本都是在善因基础上善创的成果,是在顺应时需的基础上成就的隔代知音。词体以词体本色为基础,在不同发展阶段可以从不同的先源文体中,借鉴不同的特征;这种借鉴并非是被动接受

---

① 谢桃坊著:《宋词概论》,四川文艺出版社 2016 年版,第 5 页。

的——并非各种词源结合所必然产生的特征;而是主动选择的——是作者根据当时审美需要,从各种词源中选择借鉴的特征。因此,各种词源对词体的影响力是不同的,同一种词源在各发展阶段中对词体的影响力也是有别的,要了解竟哪种文体是主要词源,最有力的证据就是定型后、演进中的词体本身。

(二)缘情创调即定势,因势利导始尽情。考辨源流参意境,词心词法转分明。

词作为一种文体,能决定其体势的关键还是词调格律。词调体势的产生是燕乐与中原流行诗韵律融合的结果,韵律特色最终会在格律上体现。在词调形成后,纵使脱离音乐也能独立发挥作用,故唐宋及后世许多不精通音律的词人也能倚调填出佳作。即如《文心雕龙·定势》云:"因情立体,即体成势"。各个词调本是创调者根据抒情需要而创制的;而后来作者唯有因势利导地选调或改调填词,才能从心所欲地抒情。

如今唐宋词所配乐虽大都失传,但文本却大量保存下来,为我们探讨由格律构成的体势提供了可靠的依据。通过系统研究,可知在词体正变论与现代学界都备受关注的唐宋名家词,都拥有敏锐的时尚嗅觉、独特的风格好尚与高超的体势驾驭能力,对促成、彰显词体特色与优势贡献突出。

唐五代两大词祖李白与温庭筠,都是诗坛领袖,又都精通繁促奇变的流行音律,所以能灵活驾驭诗与燕乐这两大词源,率先采用、创制出开风气之先的三大类小令,在数量与质量上都胜过同时文人,在奠定词体本色上贡献卓著。在体势上,二家所用词调格律与近体诗相比,普遍具有句短、韵密、变化繁多的特点,这种特点在李白率先采用、温庭筠隔代继承的混合类小令中表现得尤为鲜明,由此形成了繁促细密的风格状态与趋势。在意境、技法上,二家兼擅的室内柔情意象与普适性代言体,温词独擅的意境陡转法,都有助于引发寄托联想,配合词调体势,充分彰显出婉约精美的特色;都能服务于宫廷演奏、娱情遣兴、寄托感慨的需要;温词更能补诗体之不足,服务于抒写细美幽约情境的时代审美需要。

《花间》词宗韦庄词顺应时代审美需要,大体秉承并发扬了温庭筠词体势特色,以混合类小令为主,意象、技法也多有传承,故能与温词共同奠定繁促精艳的《花间》风尚。但与温词相比,在体势上,基本律句主导类词调所占比例增加,少量词调出现向近体诗律靠拢的正常化趋向,由此形成了相对疏畅的风格趋势;在意境、技法上,惯用传统的意境圆转法,尤擅写富有个性、具体生动的直接情语。因此,词风相对疏畅、清丽、热烈,体现出豪宕深挚的性情与承载家国情怀的时代需求，能拓展《花间》风尚的容量与门径。

南唐两大词宗冯延巳与李煜，意象、意境仍有不少承自《花间》，在词调中占据主流的也仍是句短、韵密、变繁的小令，故能与《花间》词共同奠定柔婉的词体本色。但与《花间》词相比，词调体势已变为以基本律句主导类为主，更擅用领字、长律句与基本律句主导类奇偶句混合式词调，相应的风格也由繁促趋向疏朗，能下开宋初风尚。相比之下，冯延巳词调兼容性更强，基本囊括了前代曾出现的各类词调与体势，相应的意格也丰富多彩，从中可见其宏博、繁复、微妙的思想与境遇，故有"堂庑特大"之誉。而李煜词调体势趋向单一，特色更鲜明，九成都是基本律句主导类词调，正适用以抒写性质纯粹而内蕴丰富的极悲极乐情境，所以能迥别于繁促密丽的《花间》词主流，进一步彰显南唐风尚。

北宋初主导词坛的台阁词领袖晏殊与欧阳修，用调同样以基本律句主导类词调为主，词风也与南唐二宗一脉相承，同为唐宋词风转换的枢纽。

同时的词宗柳永，小令体势大体仍承自前代，相应的名篇意境、风格也与前代名家词差别不大。其能成为率先受瞩目的词坛新变，主要因其凭借过人的音律造诣，大量选用、创制了中长调。尤具创意与影响的是兴起了四六主导类与混合类长调，以四六言句为主，不换韵，擅用领字、折腰句、短韵与长句，正能弥补前代词调在体势上难以延长的缺憾。与近体诗相比，普遍具有以短句、偶字句为主、押韵频率与句式句法灵变的特色，在圆转流丽中含跌宕之势，更适合铺叙延展，表现直俗、疏畅、艳质意格，配合自言体与具体化代言体的叙述方式，服务于歌咏太平、抒写市井风情、拓展词体兼容性的需要。这种需要随着词体"一代之文学"的地位与燕乐"啴缓"的趋向逐渐明朗，由个人需求上升为时代需求，柳永长调也因此风靡开来，为此后异彩纷呈的词坛新变奠定了体势基础。

元祐词宗苏轼与秦观，词作与名篇用调仍以小令为主，体势大体仍承自前代；但中长调数量较之前代名家已显著增加，体势大体承自柳永词调中较疏畅者。共同的特色是以雅士风度见长。相比之下，苏轼词最显著的特色是利用兼容性较强、体势较疏畅的词调：一是选用"似诗"的基本律句主导类小令与基本律句占大半篇幅的混合类小令；二是选用、改制新兴的长调，尤擅用跌宕奇变的混合类长调，来抒写阳刚、酣畅的意格，正能服务于壮士的抒情审美需求，因此成为了备受瞩目的变体词宗，也进一步顺应时需，拓展了词体的兼容性。而秦观词的独造处主要是能兼用小令与中长调，尤擅用能引领新时尚的四六主导类长调，来表现类似唐五代本色词的细美婉约意格,体现出最宜入词的善感之心与深悲之情。有助于在新变迭兴的时代,维护、彰显、拓展词别于诗的柔婉特色。

北宋末至南宋引领时尚的清雅派三大词宗周邦彦、姜夔与吴文英,词作与名篇用调转以长调为主,最常用的仍是四六主导类,特色是擅用源出于混合类小令、中兴于柳永词的短韵与拗句,构成奇变韵律,故体势渐趋向繁促、绵密、奇巧。相应的在意境、技法上,源出于温庭筠词的意境陡转法,在周邦彦词中得到隔代传承,利用长调在容量、句法、声律、铺叙上的优势,对情景进行多角度地勾勒渲染,令时空变换更丰富,文气更顺畅,层次更分明。经由姜、吴词发扬光大,形成了著名的"空际转身"法。周、姜词中以自言体为主,杂入代言视角的叙述方式,在吴词中发展为一种多种叙述视角混合、陡转穿插的奇变视角,更有助于配合奇变体势,表现奇妙转境,使密丽、深隐、精巧的特色更为鲜明,能服务于抒写幽郁婉雅情怀、维护词体特色的时代需要。

相比之下,北宋周词与柳词一样,在体势与意格上的兼容性更强,堪称南北宋词风转换的枢纽。而南宋姜、吴词渐趋向专精,共同奠定了此派独树一帜的清雅特色。与前代精通音律的词宗相比,吴文英词调由善创转为善因,创用调数量大幅度减少,而常用调数量大幅度上升,因此,能在精研词调体势与技法上着力更多,创获更多。

同处易代之际,词风独树一帜的李清照与辛弃疾。词作与名篇用调以小令居多,故主流风格有别于清雅派词。李清照作为闺秀词宗,词受政教限制相对小,能体现出婉约深挚、活色生香的闺秀本色,故尤其适合用精美婉约的小令来表现,名篇多半是基本律句主导类小令,兼擅奇字句式与奇偶句混合式,所以与同时名家相比,词风更接近南唐北宋,公认有本色词余风。辛弃疾词作为苏轼的隔代知音,与苏轼词相比,名篇中各类各式词调所占比例相近,都擅写适合表达豪情快论的混合类长调;但总体用调数量与长调所占比例大于苏轼词,相应的词风也更丰富多彩,所以被认为比苏轼词更当行,是"由北开南"的词风转换关键。

总之,词体能在唐末五代给时人留下有别于诗的柔婉印象,自立一体,本就是词调体势与意境相辅相成的结果;唐宋间词体在流变中能兼容不同的风格,也是发挥既有体势兼容性与革新体势的结果。许多能展现词体特色的独到意境、技法都是以体势为依托,才能成就的。因此,将对体势、意境与源流的研究融会贯通起来,有助于洞见词心与领悟词法,进而考见词体特色与演变轨迹。

（三）斯文体似谪仙人，历尽凡尘终出尘。须待脱胎方自立，纵经衰老可回春。

学界常将文体发展过程与人生命历程相对照，笔者认为总体来看，文体发展历程更像是谪仙人，初谪入凡尘，确实经历了与常人生命历程相通的几个发展阶段，唐宋词史及其正变建构就印证了这一点；终重返仙界，此后发展变化便不拘成规，呈现出有别于寻常人生的新特色。可分为以下五大阶段：

1. 孕育期。正体滥觞阶段相当于人的胚胎阶段。胚胎虽初步具有的人的特征，但还不能算是真正的人，只有在婴儿离开母体降生后，才能称为人。文体也是如此，尽管在先源文体中孕育时已初具特色，但只有在别于先源文体，自成一家的优势特征稳定下来，并且具有一定的社会关注度和影响力后，才能称为独立的文体。

词体在中唐前虽已显雏形，由诗体与燕乐共同孕育，但只能算是正体滥觞。此时诗体活力旺盛，恰合时需，故词体尚无独立需要。中唐诗体活力衰减，渐难胜任趋向柔曼的新时尚，故基本律句主导类纯奇字句式词调开始流行；但时需尚不迫切，特色尚不显著，故仍为诗体附庸，在时论中也仅被视为诗之一体。此时词调具有的配合燕乐、倚调填词、格律化等形式特征，有助于词体定型特征的孕育与推广，但尚不足以脱胎自立；其在后世被视为词，只因与定型后词调的特征或渊源相近。其中，作者越著名，与定型词调特征越近者，影响越大。如李白本是诗坛泰斗，名下《菩萨蛮》《忆秦娥》为基本律句主导类与混合类词调先驱，故能成为后世认可度最高，统摄刚柔二派的象征性词祖。

2. 脱胎与童年期。人在从母体脱胎后，就成为独立的生命，并进入童年阶段。文体也是如此，在别于先源文体的优势特征稳定下来，具有一定的社会关注度、需求度和影响力后，便能从先源文体中脱胎，成为独立的文体。

唐末五代诗体已无法满足表达柔婉情志的迫切时需，故混合类词调开始流行，凭借合时宜的鲜明体势特色，促使词体脱胎为新文体。即如时装设计，在发布会展示时，须将各设计元素放大，彰显引领时尚的新概念，才能得社会关注和认可；但上市时仍须将新元素适当简化、淡化，趋向正常，才能为大众所接受。许多惊世骇俗的新元素是从既有时尚中提炼、改良而成的；而具有前瞻性、普适性的新元素也可能获得跨时代的继承与发展。温庭筠堪称词体设计大师，能在既有词调中提炼出合时宜的特色，兴起能更充分展现这些特色的混合类词调，极柔婉、精艳之能事，故发布后，能为世瞩目，引领时尚,成为实至名归的词祖;而唐末五代后继名家在传承词调新特色的同时,令其趋向正常,并创作大量佳作,最终促成了混合类词调的流行与词体定型。

人在童年时期,活力渐长,而且天真纯朴,无拘无束,是最可爱、最有趣的。就像婴儿,即使不修饰,不训练,也很可爱;正因不修饰,才很可爱。新生的文体也是如此,唐末五代,词作为新兴文体,最能彰显柔婉的文体特色和优势,而且受技法、政教限制少,故能摆脱平淡寡味的诗坛故态,形成一种无拘无束、活色生香的真情真趣。因此具有一种不可抗拒的魅力和不可遏抑的生命力。词体刚建立时,因为以儿女柔情为主要内容,在酒筵歌馆中提供声色之娱为主要用途,又恰逢衰乱世,所以在当时评价甚低,被认为是文体末流,贬为邪变之尤。这种贬抑态度在很长一段时间内都占据主流,其间虽有疑义,词人也作了许多推尊词体的尝试,但仍然无法消除,直到清代还有不少论者持这种态度。但是这种贬低并没有能阻止词体在唐五代流行,许多人都是一面骂词贬词,一面听词赏词,在评价词时虽极尽贬抑之能事,但在日常生活中却不能不爱词,以至于词体越骂越火,风靡一时。这种理论与实际、理智与情感矛盾分裂的现象,恰能证明新兴词体具有足以抵消成见,令人难以抗拒的魅力与活力。因此,要了解词体本色,最佳的研究对象就是唐五代词。

值得注意的是,文体定型与文体自觉是不能混同的两个阶段。就像人在诞生的那一刻起就已经是真正的人了,但并没有人的自觉,初生的婴儿无知无识,要意识到自己的身份还需要时间。

3. 青壮年期。文体成为一代文学的时期就像人的青壮年时期,身体的活力达到巅峰,知识、阅历增多,受到道德、环境等各种因素的约束更多,故性格、思想也变得复杂多变了。本心、本色不可避免的会被掩盖或改变,成年人通常都不能再像小孩子那样想说就说,想笑就笑,在言行时难免有所顾忌,有所掩饰,有所取舍,但也因此能接纳、包容的东西更多,能驾驭、展现的东西也更多。

词体发展到宋代,成为当时最流行的抒情文体,填词赏词的人增多,必然要求词体能容纳、表现更丰富的内容,以适应不同个性、处境、审美人群的抒情需要。故此时词坛在体势与意格上新变迭兴,不同体派间特征交错杂糅,各大词宗作为领军或转换枢纽斡旋期间。主要发展趋向有:(1)基本律句主导类词调持续流行,因其能顺应雅化词体格调与拓展词体容量的时需。(2)混合类小令与其他类词调特征趋向融合,有助于在维护词体特色的同时增强普及性。(3)中长调日渐流行,因其传承了最能彰显词体优势的精巧灵变特色,又能满足于拓展词量的需要。具体特征与混合类小令由分到合:宋初革新词调体势的柳永,元祐词坛兴起宏壮变体的苏轼,南宋盛行的清雅词派各词宗,分别是促成其兴起、分、合的关键人物。

这些新变的出现,对词体来说是双刃剑,虽不可避免的玷污的词体本色,但却有助于发掘、丰富词体表现力,扩大影响力。更能促使人们在对比中反思词体的本来面目,促成了词体意识的自觉。

4. 衰老期。人在青壮年后,活力会逐渐衰减,而生命的延续,活力的复兴可以通过孕育下一代来实现。文体也是这样,当一种文体活力衰减后,可以通过孕育新文体来恢复活力,唐末诗体衰落而词体兴起,宋末词体衰落而曲体兴起,而诗词曲本就是一脉相承的。壮年人是不是就不如青少年呢?当然不能这么说。青春有青春的美,成熟有成熟的美,青少年胜在纯真,展现出一种活泼灵动的美;壮年胜在强健,展现出一种昂扬博大的美;而老年胜在有经验,展现出一种沉静厚重的美。

5. 平稳发展期。文体和人生最大的不同就在于人的生命进入老年后,活力基本上呈现一种逐步衰退,终将消亡的发展趋向。文体则不同,全盛期过后,便会进入漫长的平稳发展期,中时有衰落的低谷,但不至于消亡;有复兴的高峰,但盛况也难以超过全盛时。而词人的造诣则不受时段的限制,无论哪个阶段,都有可能出现造诣足以与前辈抗衡的一流词人。只是由于参与人数下降,一流作者和作品的数量不可能比得上全盛期。

因此,会出现在同一时代,产生先后不同的文体却处于同样状态的情况。即如诗在唐,词在宋当然是极盛的一代文学,诗发展到宋代便丧失了一代文学的地位,无法与新兴词体抗衡了;但诗体并没有消亡,因此,可以说词代诗兴,却不能说词兴而诗亡。到了元代后,诗词的发展又趋于一致了,同样进入了平稳发展的成熟期,并且一直延续下去。直到今天,格律诗词的地位总体而言也是平等的,虽没有古典时期兴盛,但也没有灭亡,而且来日未必不可能复兴。为什么会出现这种情况呢?

只因文体处于流行全盛状态时,人们都不由自主地参与其中,用以抒发各种情志。好处之一是能让真正有天分、有才能的人得到很好地训练和实践,取得更高的造诣;适合此种文体的情志也因此得到更好地抒发。相应地缺陷就是难免会滥用,许多本来不适合用这种文体表现的内容,也勉强用这种文体来表现;本来在这方面没有天分的人也被迫参与其中,创作出许多粗制滥造或平庸的作品。而且,当各类人都广泛参与后,当时的相关教程、理论为了顺应时需,当然会更侧重于全民教育,而非精英教育。更倾向于推崇、赞赏一些适合大众修习、实践的技法。毕竟思想精神难学,而技巧方法容易学;在技法中,高深的技法难学,而浅显的技法易学。这样难免会落俗套,太过追求技法,而忽视内容。尽管参与创作的人数众多,但真正能具备宜入词的胸襟气度,能够且愿意修习精妙技法的人比例反而下降了。再者,欣赏得多了,就难免会审美疲劳。何况还有上述种种因非理性的狂热参与而导致的流弊泛滥,淹没优点,就更容易惹人生厌,在新鲜活泼、无拘无束的新兴文体面前,更是相形见绌,因此而衰落,主流地位被取代,就不可避免了。

但当它进入相对沉静的平稳发展期后,审美疲劳就不存在了,人们能以相对平常客观的态度来创作和欣赏,既能重新发挥、发现其文体优势,又能作为当时流行文体的辅助调剂品,毕竟适当的距离是能够产生美的,而过分的亲近反而会掩盖美。当狂热消退后,文体的美将重新被发现,重新得到相对冷静、客观的审视。作者也可以重新回到"因情立体,即体成势"的正道中,根据性格、处境、时代的需要,灵活地从已有文体中选择一种,然后顺应体势,自由选用心仪的风格、技法等来抒情言志。

四、现实意义:倘欲通明得鱼理,用筌活法要深研

尽管词体正变观是一种脱离古典语境便难以维系及流行的批评理论,但在当今学界的研究价值及现实意义却不容忽视,主要表现在以下方面:

(一)纷争正变虽难定,真理从来辩愈明。参较当今流派史,可知千古有同情。

词体正变观界定正宗的目的及方式,决定了历代纵横正变之争是难有定论的,但在词体、词史研究上却有独到优势及跨时代价值:首先,正变观崇正始、抑邪变的典型特色,使其定义的正宗、邪变词特征,融入了正反对比鲜明的褒、贬色彩,能集中反映论者的词学好尚。而论者凭借对偏好、厌恶事物的特殊敏感,又能对词体及词风的源流有着异常细致的分析与敏锐的把握。再者,关注词体、明辨源流是划分正变的基础,而词体正变观的权威性与流行性,使其被众多论者所采用,从而使词体特征及词史源流得到普遍重视及深入研究,在彼此传承与论争中相关问题也越辩越明。因此,如拘泥于某家理论,难免受正变理论缺陷及论者偏好的误导;但若综观历代诸家词体正变观,就能全面认识各时期、各体、各家词的特色、源流及优缺点。

系统研究唐宋词史的正变建构,参照当今学界对唐宋词史及流派史的

建构,会发现词体正变观凭借理论优势,对词体、词史所作出的不少合理判断和精辟见解,在当代学界仍然流行,得到普遍肯定和深入阐发。许多由其派生出的理论和现象也成为当今学界关注及论争的焦点。古今词论对词体发展史的认识、词风转向的分期、词家源流的述评等多有继承关系。在词体正变论中备受推崇,具有词祖、词宗地位的名家词,在当今学界同样被公认为促成词体演进与时代词风转向的领袖,对各派诸家特征及彼此渊源关系的认识也略同。这正印证了古典词体正变论有不少结论是经得住历史检验的。因此,与其说古典词体正变论在建构词史时,往往为豪放、婉约的正变分法所限,不能很好地认识到词学流派的复杂性及多样性;不如说是当今学界在研究词体正变观时,往往为豪放、婉约的正变分法所限,不能很好地认识到历代词史正变建构中词学流派的复杂性及多样性。

(二)须知正变为论具,世上得鱼多忘筌。倘欲通明得鱼理,用筌活法要深研。

词体正变论的实质是借助正变观这一在古典语境中具有权威地位的立论工具,来为论者所希望推崇的词体特色、词学门径提供理论依据,而其理论建构又是通过对词体发展史的梳理来实现的。尊"正"的真正目的是自尊——历代诸家词体正变观都有一个共同的特点,就是将论者所属的时代及流派置于拨乱反正的地位。对正变论者而言,正变观作为权威立论工具,其恒定性与流行性固然是立论及彼此交流的基础;而各自词体正变论中体现出的词学特色,才是真正实用的精华部分。历代诸家在广泛使用与激烈论争中积累经验、互相借鉴,从而令正变观的使用方法日趋灵活巧妙,纵横源流问题越辩越明。

明清时期,随着词体正变观的发展,"正直"与"源始"难以合一的矛盾也日益暴露,故不少论者根据时代、个性及词体发展的实际需要,采用各种方式,灵活运用正变原则来构建词学体系,调合"正"、"始"不一的矛盾。如明代王世贞在正体源始前加入了一个正体滥觞的预备阶段,此后不少论者都沿用了这种方式,这样所标举的"正",其实已非文体的初始状态,只是一个符合论者心目中最佳要求的象征性源始而已。又如清代浙西词派中盛行的南北宗说,常州词派周济提倡的由南追北说,更进一步将正始与实际取法的正宗典范分离开来。再如明清间沈际飞、杨慎等对正常与非常关系的辨析,陈子龙对哀乐与正变关系的重新定位,张綖、毛先舒、王士禛等对文体代兴观尊体作用的把握,刘熙载对阴阳正变关系的辩证认识,陈廷焯对"与古俱化"而又"莫可复兴"之变的论述等等,都有助于拓宽词体的正宗门径,包容及肯定词体的纵、横之变。因此,不能简单地将词体正变观理解为泥古不化,固步自封,而否定其实用价值。

得鱼忘筌,原是世之常情。正因词体正变观只是古典语境中流行的立论工具,故当今学界虽继承了其在词体、词史研究上的成果,却未能充分认识其特色及价值,被轻视、误读的现象较为严重。然而,得鱼不如得渔,如果希望通晓前人得鱼的道理,就不得不重视筌,研究用筌捕鱼的各种巧妙方法。对待词体正变观也应如此,毕竟这一工具不仅有助于认识古典词学,与现代精神也多有相通之处。

(三)英雄出处何须讳,饮水思源正道行。各自开源迎活水,善因善创转相成。

庾信《徵调曲》云:"落其实者思其树,饮其流者怀其源。"重视源、不忘本是正变观的初衷及优势所在,也是今人研究正变观时当秉承的精神。即如真正的英雄是不避讳考究出处的:出身显贵,站在巨人的肩膀上,凭借自身努力更上一层楼,固然为众所瞩目;而出身寒微,善于利用及开发资源,自建台阶,攀上新高,后来居上,也并不是一件需要遮掩、羞耻的事,反而更能突显出个人的天分和努力,更令人尊敬。真正有价值的词作与词学理论也是如此,继承前人成果本身并不是需要避讳的事情,关键是能在继承中有创获、有拓展、有建树。提倡要考明出处,明辨源流,既是出于对善创者的尊重和推崇,也是为了更好地认识传承者的价值:明确其中继承前人之处,更能彰显推陈出新、继往开来的可贵,突显出作者、论者的学养之深、视角之新、造诣之高。至于那些一考出处,就发现是完全照搬或简单拼接前人意境、观点,全无新意者,本身就没有价值,也理当被轻视。

善创与善因本是相辅相成的:善创还需善因,善创主观上要求作者、论者有敏锐的观察力及悟性,而客观上要受时代的限制。作者时代越靠后,已受关注的意象、道理就越多,要发掘创新就越难。而且并不是每个时期都有开创新文体或在体制内革新文体的必要,有价值的新文体、新理论开创后,也需要进一步的应用、发展才能完善,发扬光大;而善因也需善创。善因受客观限制少,最能展现出后来作者、论者的创意及造诣。历代作者、论者要有所成就,就应在继承前人已有源泉的同时,自开新源接活水,这样才能给原有的流水注入新的活力,有需要、有能力者也可另辟新源头,自立一宗,建立新流派。所以历代佳作妙论大都是在善创善因中成就的。

明乎此,可知词体正变观的价值——如上所述,其作为古典词学中的权威立论工具,用者众多,用法灵活,有助于推崇首创、明辨源流及宣扬己说,曾在词体、词史研究上发挥过重要作用;而今人客观评价词体正变观的价值,同样是尊重前人成果的表现,以此为参照及借鉴,有助于正确认识历代词体、词史观的善因与善创之处,并有效利用其成果为现代词学服务。

总之,词体正变观看似十分简单、僵化守旧;实际却错综复杂、变化无穷;是一种复古守旧与达变创新相反相成的辩证理论。任何一种理论都不可能兼顾各方面的需求。常言道蚌病成珠,文学评论中也有因病成妍之说。许多事物的优点和缺点本就是如影随形,共同成就其个性的。如果强求消灭缺点,那其优势也就不复存在了,相应的个性也消失了,变得平庸了。正变观也是如此,崇正推源的精神内核是其能展现特色、焕发活力的根源所在。因此,今人固然不必如古人般奉为至理,却应在尽可能还原其本来面目的基础上,以辩证的态度评价其得失。而不宜求全责备,以一种极端取代另一种极端,认为必定要不以正变分优劣的正变观才是融通——毕竟正变观的独至之妙正在于旗帜鲜明地表达出论者对本源的推崇及重视,如失去了这层肯定的含义,其理论特色及优势就不复存在了。

主要参考文献

古 籍 文 献

经史类

［先秦］郑玄注，孔颖达疏：《礼记正义》；何晏注，邢昺疏：《论语注疏》；公羊寿传，何休解诂，徐彦疏：《春秋公羊传注疏》；左丘明传，杜预注，孔颖达正义：《春秋左传正义》；王弼注，孔颖达疏：《周易正义》；范宁集解，杨士勋疏：《春秋穀梁传注疏》；毛亨传，郑玄笺，孔颖达疏：《毛诗正义》，《十三经注疏》，北京大学出版社2000年版。

［先秦］庄子著，郭庆藩辑、王孝鱼点校：《庄子集释》，中华书局1961年版。

［先秦］孟子著，赵岐注、孙奭疏：《孟子注疏》，北京大学出版社2000年版。

［先秦］荀子著，王先谦集解：《荀子集解》，中华书局1988年版。

［宋］朱熹注，简朝亮述疏：《论语集注补正述疏》，北京图书馆出版社2007年版。

［宋］朱熹注：《诗集传》，中华书局1958年版。

［明］马瑞辰通释：《毛诗传笺通释》，中华书局1989年版。

［汉］司马迁著：《史记》，中华书局1959年版。

［汉］班固著：《汉书》，中华书局1999年版。

［汉］班固著，陈立疏证：《白虎通义》，商务印书馆1937年版。

［唐］房玄龄等著：《晋书》，中华书局1974年版。

［唐］魏征等著：《隋书》，中华书局1973年版。

［宋］欧阳修、宋祁著：《新唐书》，中华书局1975年版。

[元]脱脱等著:《宋史》,中华书局 1977 年版。

[宋]刘祁著:《归潜志》,《知不足斋丛书》第五集。

[清]张廷玉等著:《明史》,中华书局 1974 年版。

[汉]刘向编著,石光瑛校释:《新序校释》,中华书局 2001 年版。

[宋]孙光宪著,孔凡礼选评:《北梦琐言》,学苑出版社 2000 年版。

[宋]文莹著:《湘山野录》,中华书局 1984 年版。

[宋]欧阳修著:《归田录》,《唐宋史料笔记丛刊》,中华书局 1981 年版。

[宋]张舜民著:《画墁录》,丁传靖辑:《宋人轶事汇编》,上海商务印书馆 1958 年版。

[宋]李廌著,孔凡礼点校:《师友谈记》,中华书局 2002 年版。

[宋]沈括著:《梦溪笔谈》,江苏古籍出版社 1999 年版。

[宋]邵博著:《邵氏闻见后录》,中华书局 1983 年版。

[宋]祝穆编:《新编古今事文类聚》续集,中文出版社(株式会社) 1989 年版。

[宋]徐度著:《却扫编》,《景印文渊阁四库全书》第 863 册,台湾商务印书馆。

[宋]朱翌著:《猗觉寮杂记》,《知不足斋丛书》第三集,乾隆道光间长塘鲍氏刊本。

[宋]赵令畤著:《侯鲭录》,《知不足斋丛书》第二十二集。

[宋]陈善著:《扪虱新话》,中华书局 1985 年版。

[宋]刘祁著:《归潜志》,《知不足斋丛书》第五集。

[宋]洪迈著,穆公校点:《容斋随笔》,上海古籍出版社 2014 年版。

诗词文论类

[西晋]挚虞著:《文章流别论》,严可均辑:《全上古三代秦汉三国六朝文》卷七十七,中华书局 1987 年版。

[南朝]刘勰著,黄叔琳注,李详补注:《文心雕龙校注》,中华书局 2000 年版。

[宋]胡仔纂集,廖德明校点:《苕溪渔隐丛话》,人民文学出版社 1962 年版。

[宋]曾季狸著:《艇斋诗话》,中华书局 1985 年版。

[宋]惠洪、朱弁著:《冷斋夜话·风月堂诗话》,中华书局 1988 年版。

〔宋〕陈振孙著:《直斋书录解题》,上海古籍出版社 1987 年版。

〔宋〕王灼著,岳珍校正:《碧鸡漫志校正》,巴蜀书社 2000 年版。

〔宋〕张炎著,夏承焘校注;沈义父著,蔡嵩云笺释:《词源注·乐府指迷笺释》,人民文学出版社 1963 年版。

〔宋〕张炎著,蔡桢疏证:《词源疏证》,中国书店 1985 年版。

〔明〕高棅编选:《唐诗品汇》,上海古籍出版社 1982 年版。

〔明〕王世贞著:《艺苑卮言校注》,齐鲁书社 1992 年版。

〔明〕胡应麟著:《诗薮》,上海古籍出版社 1958 年版。

〔明〕吴讷著,于北山校点;徐师曾著,罗根泽校点:《文章辨体序说·文体明辨序说》,人民文学出版社 1998 年版。

〔清〕刘熙载著,袁津琥校注:《艺概注稿》,中华书局 2009 年版。

〔清〕陈廷焯著,屈国兴校注:《白雨斋词话足本校注》,齐鲁书社 1983 年版。

〔清〕况周颐原著,孙克强辑考:《蕙风词话·广蕙风词话》,中州古籍出版社 2003 年版。

唐圭璋编:《词话丛编》,中华书局 2005 年版。

朱崇才编纂:《词话丛编续编》,人民文学出版社 2010 年版。

屈兴国主编:《词话丛编二编》,凤凰出版社 2013 年版。

葛渭君编:《词话丛编补编》,中华书局 2013 年版。

施蛰存主编:《词籍序跋萃编》,中国社会科学出版社 1994 年版。

金启华等编:《唐宋词集序跋汇编》,中国社会科学出版社 1990 年版。

冯乾编校:《清词序跋汇编》,中华书局 1981 年版。

王兆鹏主编:《唐宋词汇评》,浙江教育出版社 2004 年版。

何文焕编:《历代诗话》,中华书局 1981 年版。

丁福保辑:《历代诗话续编》,中华书局 1983 年版。

郭绍虞辑:《宋诗话辑佚》,中华书局 1980 年版。

郭绍虞编、富寿荪校点:《清诗话续编》,上海古籍出版社 1983 年版。

诗文集类

〔南朝〕萧统编,李善等注:《六臣注文选》,中华书局 1987 年版。

〔唐〕李白著,安旗等笺注:《李白全集编年笺注》,中华书局 2015 年版。

〔唐〕李白著,詹锳主编:《李白全集校注汇释集评》,百花文艺出版社 1996 年版。

［唐］刘禹锡著，瞿蜕园笺证：《刘禹锡集笺证》，上海古籍出版社1989年版。

［唐］许浑著，罗时进笺证：《丁卯集笺证》，江西人民出版社1998年版。

［唐］元稹著：《元稹集》，中华书局1982年版。

［唐］温庭筠著，刘学锴校注：《温庭筠全集校注》，中华书局2007年版

［唐］韦庄著，聂安福笺注：《韦庄集笺注》，上海古籍出版社2002年版。

［宋］黄裳著：《演山集》，《景印文渊阁四库全书》1120册，台湾商务印书馆1986年版。

［宋］欧阳修著，洪本健校笺：《欧阳修诗文集校笺》，上海古籍出版社2009年版。

［宋］苏轼著，孔凡礼点校：《苏轼文集》，中华书局1986年版；王文诰辑注，孔凡礼点校：《苏轼诗集》，中华书局1982年版。

［宋］黄庭坚著，刘琳等校点：《黄庭坚全集》，四川大学出版社2001年版。

［宋］李之仪著：《姑溪居士前集》，《景印文渊阁四库全书》第1120册。

［宋］郑刚中著：《北山集》，《景印文渊阁四库全书》第1138册。

［宋］薛季宣著：《浪语集》，《景印文渊阁四库全书》第1159册。

［宋］杨冠卿著：《客亭类稿》，《景印文渊阁四库全书》第1165册。

［宋］周紫芝著：《太仓稊米集》，《景印文渊阁四库全书》第1141册。

［宋］刘克庄著：《后村先生大全集》，《四部丛刊》第1312册，商务印书馆。

［宋］王炎著：《双溪类稿》，《景印文渊阁四库全书》第1155册。

［宋］陆游著：《陆游集》，中华书局1976年版。

［宋］刘辰翁著：《刘辰翁集》，江西人民出版社1987年版。

［宋］吴澄著：《吴文正集》，《景印文渊阁四库全书》第1197册。

［宋］俞德邻著：《佩韦斋集》，《景印文渊阁四库全书》第1189册。

［宋］林景熙著：《霁山集》，中华书局1960年版。

［宋］李清照著，徐培均笺注：《李清照集笺注》，上海古籍出版社2002年版。

［宋］朱熹著，王景贤点校：《朱子语类》，中华书局1986年版。

［金］王若虚著，胡传志、李定乾校注：《滹南遗老集校注》，辽海出版社2006年版。

［金］元好问著，姚奠中主编，李正民增订：《元好问全集》，山西古籍出版

社 2004 年版。

〔元〕邓牧著:《伯牙琴》,《知不足斋丛书》第十一集。

〔元〕刘将孙著:《养吾斋集》,《景印文渊阁四库全书》第 1199 册。

〔元〕杨维桢著:《东维子文集》,商务印书馆 1937 年版。

〔明〕茅元仪著:《石民四十集》,《续修四库全书》第 1386 册。

〔明〕陆深著:《俨山外集》,上海古籍出版社 1993 年版。

〔明〕陈子龙著,王英志编纂点校:《陈子龙全集》,人民文学出版社 2010 年版。

〔明〕胡震亨著:《唐音统签》,《续修四库全书》第 1620 册。

〔清〕彭宾著:《彭燕又先生文集》,《四库全书存目丛书》集部 197 册,齐鲁书社 1997 年版。

〔清〕宋征舆著:《林屋文稿》,《四库全书存目丛书》集部 215 册。

〔清〕毛先舒著:《潠书》,《四库全书存目丛书》集部 210 册。

〔清〕吴绮著:《林蕙堂全集》,《景印文渊阁四库全书》第 1314 册。

〔清〕陈维崧著,陈振鹏标点,李学颖校补:《陈维崧集》,上海古籍出版社 2010 年版。

〔清〕王士禛著:《王士禛全集》,齐鲁书社 2007 年版。

〔清〕王岱著:《了庵文集》,《四库全书存目丛书》集部 199 册。

〔清〕朱彝尊著,王利民校点:《曝书亭全集》,吉林文史出版社 2009 年版。

〔清〕李良年著:《秋锦山房集》,《四库全书存目丛书》集部 251 册。

〔清〕厉鹗著,董兆熊注:《樊榭山房集》,上海古籍出版社 1992 年版。

〔清〕王昶著:《春融堂集》,《续修四库全书》第 1438 册。

〔清〕吴锡麒著:《有正味斋骈体文》,《续修四库全书》第 1468 册。

〔清〕孙原湘著:《天真阁集》,清代诗文集汇编编纂委员会编:《清代诗文集汇编》第 464 册,上海古籍出版社 2010 年版。

〔清〕陈文述著:《颐道堂文钞》,《续修四库全书》第 1506 册。

〔清〕金学莲著:《三李堂集》,《清代诗文集汇编》第 508 册。

〔清〕张应昌著:《烟波渔唱》,《清代诗文集汇编》第 568 册。

〔清〕谭莹著:《乐志堂诗集》,《清代诗文集汇编》第 606 册。

〔清〕刘熙载著、薛正兴点校:《刘熙载文集》,江苏古籍出版社 2000 年版。

〔清〕谢章铤著、陈庆元主编:《谢章铤集》,吉林文史出版社 2009 年版。

词集词选类

[五代]赵崇祚辑,李一氓校:《花间集校》,人民文学出版社 1981 年版;李冰若注评:《花间集评注》,人民文学出版社 1993 年版;杨景龙校注:《花间集校注》,中华书局 2014 年版。

[五代]李璟、李煜著,王仲闻校订,陈书良、刘娟笺注:《南唐二主词笺注》,中华书局 2013 年版;靳极苍编注:《李煜李清照词详解》,山西古籍出版社 2002 年版;杨义、邵宁宁选评:《李煜·李清照》,岳麓书社 2005 年版;周仕慧、徐建委点评:《风住尘香花已尽 李煜李清照词品读》,新世界出版社 2011 年版。

[宋]黄昇选著:《花庵词选》,中华书局 1958 年版。

[宋]晏殊、晏几道著,张草纫笺注:《二晏词笺注》,上海古籍出版社 2008 年版。

[宋]欧阳修著,黄畲笺注:《欧阳修词笺注》,中华书局 1986 年版。

[宋]柳永著,薛瑞生校注:《乐章集校注》,中华书局 1994 年版。

[宋]苏轼著,邹同庆、王宗堂校注:《苏轼词编年校注》,中华书局 2002 年版。

[宋]秦观著,徐培均笺注:《淮海居士长短句笺注》,上海古籍出版社 2008 年版。

[宋]秦观著,[明]王晋象编:《少游诗余》,《四库全书存目丛书》第 425 册。

[宋]秦观著,[明]张綖编:《淮海集》,《四部丛刊初编》第 1010、1014 册,商务印书馆。

[宋]周邦彦著,孙虹校注,薛瑞生订补:《清真集校注》,中华书局 2003 年版。

[宋]李清照著,徐培均笺注:《李清照集笺注》,上海古籍出版社 2002 年版。

[宋]张孝祥著,宛敏灏笺校:《张孝祥词笺校》,黄山书社 1993 年版。

[宋]辛弃疾著,邓广铭笺注:《稼轩词编年笺注(定本)》,上海古籍出版社 2009 年版。

[宋]姜夔著,陈书良笺注:《姜白石词笺注》,中华书局 2009 年版。

[金]元好问著,赵永源校注:《遗山乐府校注》,凤凰出版社 2006 年版。

[宋]吴文英著,吴蓓笺校:《梦窗词汇校笺释集评》,浙江古籍出版社

2007 年版。

　　［宋］张炎著，江昱疏证：《山中白云词疏证》，上海古籍出版社 1958
年版。

　　［明］吴讷编：《百家词》，天津市古籍书店据 1904 年商务印书馆排印本
影印，1992 年版。

　　［明］张綖编：《诗余图谱》，明嘉靖丙申年（1536）刊本；《续修四库全书》
第 1735 册，上海古籍出版社；《四库全书存目丛书》第 425 册，齐鲁书社
1997 年版。

　　［明］张綖著，王晋象编：《南湖诗余》，《四库全书存目丛书》第 425 册。

　　［明］钱允治著：《类编笺释国朝诗余》，《续修四库全书》第 1728 册。

　　［明］毛晋辑：《宋六十名家词》，上海古籍出版社 1989 年版。

　　［明］沈际飞评正：《草堂诗余》正集、续集、别集、新集，莫友芝藏本。

　　［明］卓人月汇选，徐士俊参评，谷辉之校点：《古今词统》，辽宁教育出版
社 2000 年版。

　　［明］宋存标等著，陈立校点：《倡和诗余》，辽宁教育出版社 2000 年版。

　　［明］沈亿年选编：《支机集》，《词学》编辑委员会：《词学》第二辑，华东师
范大学出版社 1983 年版。

　　［清］邹祗谟、王士禛辑：《倚声初集》，影印南京图书馆藏清顺治十七年
（1660）刻本。

　　［清］聂先辑：《百名家词钞》，《续修四库全书》1721 册。

　　［清］朱彝尊、汪森辑：《词综》，上海古籍出版社 1999 年版。

　　［清］王昶辑：《国朝词综》，《景印文渊阁四库全书》集部第 1731 册；《明
词综》，《四部备要》本。

　　［清］黄燮清辑：《国朝词综续编》，《景印文渊阁四库全书》集部 1731 册。

　　［清］张惠言辑：《词选》，中华书局 1957 年版。

　　［清］周济选编，谭献评：《宋四家词选谭评词辨》，广文书局 1967 年版。

　　［清］王鹏运辑：《四印斋所刻词》，上海古籍出版社 1989 年版。

　　［清］陈廷焯编选：《词则》，上海古籍出版社 1984 年影印。

　　［清］朱祖谋辑校：《彊村丛书》，广陵书局 2005 年版。

　　［清］吴昌绶、陶湘辑：《景刊宋金元明本词》，上海古籍出版社 1989
年版。

　　［清］杨文斌辑录：《三李词》，清光绪庚寅（1890）香海阁刊本。

　　胡适选注：《词选》，河北人民出版社 1999 年版。

陈乃乾辑:《清名家词》,上海书店 1982 年版。

赵尊岳辑:《明词汇刊》,上海古籍出版社 1992 年版。

俞平伯选释:《唐宋词选释》,人民文学出版社 1979 年版。

任半塘编:《敦煌歌辞总编》,上海古籍出版社 2006 年版。

曾昭岷等编:《全唐五代词》,中华书局 1999 年版。

唐圭璋编纂,王仲闻参订,孔凡礼补辑:《全宋词》,中华书局 1965 年版。

饶宗颐初纂,张璋总纂:《全明词》,中华书局 2004 年版。

周明初、叶晔补编:《全明词补编》,浙江大学出版社 2007 年版。

南京大学中国语言文学系《全清词》编纂研究室编:《全清词·顺康卷》,中华书局 2002 年版;《全清词·雍乾卷》,南京大学出版社 2012 年版。

张宏生编:《全清词·顺康卷补编》,南京大学出版社 2008 年版。

孙克强、裴喆编著:《论词绝句二千首》,南开大学出版社 2014 年版。

工具书类

[汉]许慎著:《说文解字》,中华书局 1963 年版。

[汉]许慎著、[清]段玉裁注:《说文解字注》,上海古籍出版社 1981 年版。

近 现 代 文 献

著作类

饶宗颐:《中国史学上之正统论》,上海远东出版社 1966 年版。

吴承学:《中国古代文体形态研究》,中山大学出版社 2000 年版。

罗立刚:《史统道统文统——论唐宋时期文学观念的转变》,东方出版社 2005 年版。

刘文忠:《正变·通变·新变》,百花洲文艺出版社 2005 年版。

朱东润:《诗三百篇探故》,云南人民出版社 2007 年版。

朱自清著,邬国平讲评:《诗言志辨》,凤凰出版社 2008 年版。

废名:《招隐集》,中国文联出版社 2009 年版。

浦江清:《中国古典诗歌讲稿》,北京出版社 2016 年版。

华钟彦:《华钟彦文集》,河南大学出版社 2009 年版。

吴世昌著,吴令华编:《吴世昌全集》,河北教育出版社 2002 年版。

叶嘉莹:《迦陵文集》,河北教育出版社 1997 年版。

袁行霈:《中国诗歌艺术研究》,北京大学出版社 1996 年版。

俞平伯:《读词偶得》,上海书店 1984 年版。

夏承焘:《月轮山词论集》,中华书局 1979 年版。

唐圭璋:《词学论丛》,上海古籍出版社 1986 年版。

龙榆生:《龙榆生词学论文集》,上海古籍出版社 1997 年版。

缪钺:《诗词散论》,上海古籍书店 1982 年版。

叶嘉莹:《迦陵论词丛稿》,上海古籍出版社 1980 年版。

邱世友:《词论史论稿》,人民文学出版社 2002 年版。

刘庆云编:《词话十论》,岳麓书社 1990 年版。

邓乔彬:《词学廿论》,上海古籍出版社 2005 年版。

梁荣基:《词学理论综考》,北京大学出版社 1991 年版。

徐柚子编著:《词范》,华东师范大学出版社 1993 年版。

陈学广:《词学散步》,黄山书社 2004 年版。

蒋哲伦:《词别是一家》,上海社会科学院出版社 2005 年版。

刘贵华:《古代词学理论的建构》,中国文史出版社 2006 年版。

张影:《历代教坊与剧演》,齐鲁书社 2007 年版。

朱崇才:《词话理论研究》,中华书局 2010 年版。

胡建次:《中国古典词学理论批评承传研究》,凤凰出版社 2011 年版。

艾治平:《婉约词派的流变》,辽宁大学出版社 1994 年版。

夏承焘:《唐宋词欣赏》,浙江古籍出版社 2003 年版。

唐圭璋:《唐宋词学论稿》,齐鲁书社 1985 年版。

叶嘉莹:《唐宋词十七讲》,河北教育出版社 2000 年版。

吴熊和:《唐宋词通论》,商务印书馆 2003 年版。

陶文鹏、赵雪沛:《唐宋词艺术新论》,南开大学出版社 2005 年版。

杨海明:《唐宋词美学》,江苏教育出版社 1998 年版。

刘尊明、王兆鹏:《唐宋词的定量分析》,北京大学出版社 2012 年版。

刘尊明:《唐宋词调研究》,凤凰出版社 2019 年版。

苗菁:《唐宋词体通论》,中州古籍出版社 1998 年版。

刘学锴:《温庭筠传论》,安徽大学出版社 2008 年版。

高峰:《乱世中的优雅南唐文学研究》,人民出版社 2013 年版。

詹安泰:《宋词散论》,广东人民出版社 1980 年版。

黎小瑶:《宋词审美浅说》,中山大学出版社 1992 年版。

孙维城:《宋韵宋词人文精神与审美形态探论》,安徽大学出版社,2002 年版。

刘锋焘:《宋金词论稿》,中国社会科学出版社 2002 年版。

王定璋:《宋词寻故》,四川教育出版社 2003 年版。

彭国忠:《元祐词坛研究》,华东师范大学出版社 2002 年版。

杨海明:《张炎词研究》,齐鲁书社 1989 年版。

李世英、陈水云:《清代诗学》,湖南人民出版社 2000 年版。

陈美朱:《明末清初诗词正变观研究——以二陈、王、朱为对象之考察》,花木兰文化出版社 2007 年版。

李丹:《顺康之际广陵词坛研究》,上海古籍出版社 2009 年版。

朱德慈:《常州词派通论》,中华书局 2006 年版。

黄志浩:《常州词派研究》,中国社会科学出版社 2008 年版。

杨柏岭:《晚清民初词学思想建构》,安徽大学出版社 2004 年版。

徐林祥主编:《刘熙载美学思想研究论文集》,四川大学出版社 1993 年版。

王运熙、顾易生主编:《中国文学批评通史》,上海古籍出版社 1996 年版。

宗廷虎、李金苓:《中国修辞学通史·隋唐五代宋金元卷》,吉林教育出版社 1998 年版。

陆侃如、冯沅君:《中国诗史》,百花文艺出版社 2008 年版。

王易:《词曲史》,东方出版社 1996 年版。

方智范、邓乔彬等:《中国古典词学理论史》,华东师范大学出版社 2005 年版。

谢桃坊:《中国词学史》,巴蜀书社 2002 年版。

黄拔荆:《中国词史》,福建人民出版社 2003 年版。

朱崇才:《词话史》,中华书局 2006 年版。

杨海明:《唐宋词史》,天津古籍出版社 1998 年版。

刘扬忠:《唐宋词流派史》,福建人民出版社 1999 年版。

李冬红:《花间集接受史论稿》,齐鲁书社 2006 年版。

丁放:《金元明清诗词理论史》,安徽大学出版社 2000 年版。

张仲谋:《明词史》,人民文学出版社 2002 年版。

姚蓉:《明清词派史论》,广西师范大学出版社 2007 年版。

江合友:《明清词谱史》,上海古籍出版社 2008 年版。

凌天松:《明编词总集丛刻述评》,上海古籍出版社 2014 年版。

严迪昌:《清词史》,江苏古籍出版社 1990 年版。

陈水云:《清代前中期词学思想研究》,武汉大学出版社 1999 年版;《清代词学发展史论》,学苑出版社 2005 年版。

工具书类

谷衍奎编:《汉字源流字典》,语文出版社 2008 年版。

张章主编:《说文解字》,中国华侨出版社 2012 年版。

马兴荣等主编:《中国词学大辞典》,浙江教育出版社 1996 年版。

王兆鹏、刘尊明主编:《宋词大辞典》,凤凰出版社 2003 年版。

龙潜庵、李小松等:《历代名人并称辞典》,上海辞书出版社 2001 年版。

学位论文类

周明秀:《词学审美范畴研究》,华东师范大学 2003 年博士论文。

李艳:《唐宋时期的词学本色论》,新疆大学 2005 年硕士论文。

刘姝麟:《李煜与李清照词作中的艺术世界》,云南大学 2012 年硕士论文。

曹利云:《宋元之际词坛格局及词人群体研究》,南开大学 2010 年博士论文。

李睿:《清代词选研究》,华东师范大学 2006 年博士论文。

曹明升:《清代宋词学研究》,扬州大学 2006 年博士论文。

秦惠娟:《民国时期词学理论新变研究》,中央民族大学 2009 年博士论文。

期刊论文类

高建中:《婉约、豪放与正变》,《词学》第二辑,华东师范大学出版社 1983 年版。

殷光熹:《简论词体中的正变说》,《西北师大学报》1988 年 02 期。

邵明珍:《试论词体正变说的历史发展》,《宁波大学学报》1995 年 04 期。

胡建次:《中国古典词学批评中的正变论》,《南昌大学学报》1999 年 02 期;《清代词学批评视野中的正变论》,《赣南师范学院学报》1999 年 04 期;《清代词学批评中正变论的嬗变及其特征》,《贵州文史丛刊》1999 年 04 期;《承传与融通:古典词学批评中的正变论》,《社会科学研究》2003 年 03 期;《中国古典词学正变批评的发展及其特征》,《东方论坛》2005 年 05 期。

徐安琪:《词学本色论在唐宋时期的形成与发展》,《华中理工大学学报》2000 年 02 期。

施议对:《传统词学本色论的推进及集成》,《河南大学学报》,2005 年 04 期。

刘石:《苏轼词"正""变"之争的是与非》,《古典文学知识》1995 年 04 期。

王松涛:《从黄庭坚等人的艳曲俗词创作看〈后山诗话〉之"本色"》,《社科纵横》2004 年 05 期。

刘贵华:《明清词学中的正变批评观》,《湖北师范学院学报》2005 年 04 期。

孙克强:《清代词学正变论》,《中山大学学报》2008 年 06 期;《词学史上的清空论》,《文学遗产》,2009 年 01 期。

朱绍秦、徐枫:《清代词学"正变观"的新立论——论周济正变观与张惠言的异同》,《华中师范大学学报》2002 年 02 期。

彭玉平:《陈廷焯正变观疏论》,《词学》十二辑,《华东师范大学出版社》2000 年版;《选本编纂与词学观念——晚清陈廷焯词选编纂探论》,《学术研究》2006 年 07 期。

刘石:《试论"以诗为词"的评判标准》,《词学》第十二辑。

彭国忠:《对"以诗为词"的重新认识》,《词学》第十四辑。

彭玉平:《唐宋语境中的"以诗为词"》,《复旦学报》2009 年 05 期。

诸葛忆兵:《"以诗为词"辨》,《北京大学学报》2011 年 01 期。

岳珍:《艳词考》,《文学遗产》2002 年 05 期。

李定广:《"声诗"概念与李清照词论"乐府声诗并著"之解读》,《文学遗产》2011 年 01 期。

阮堂明：《三李之称及其相互关系》，《天津师大学报》1999 年 05 期。

余恕诚：《诗家三李说考论》，《文艺研究》2003 年 04 期。

董武：《异代同杼，异曲同工：李煜、李清照词中之愁比较谈》，《华中师范大学学报》1994 年第 1 期。

李放等：《李煜及李清照后期词的构思方式及其创作渊源》，《武汉大学学报》2004 年第 5 期。

吴帆等：《论李煜李清照词相似的审美特征及其成因》，《吉林大学社会科学学报》2006 年 04 期。

颜祥林：《论〈词源〉的词学理论》，《文艺理论研究》2007 年 02 期。

林玫仪：《罕见词话——张綖〈草堂诗余别录〉》，《中国文哲研究通讯》第 14 卷 04 期。

朱崇才著：《论张綖"婉约—豪放"二体说的形成及理论贡献》，《文学遗产》2007 年 01 期。

岳淑珍：《张綖〈草堂诗余别录〉考论》，《新乡学院学报》2008 年 05 期。

张仲谋：《张綖〈诗余图谱〉研究》，《文学遗产》2010 年 05 期。

丁放、甘松：《草堂诗余四集的编选评点及其词学意义》，《文学评论》2009 年 03 期。

陈水云：《康熙年间词学的辨体与尊体》，《华中师范大学学报》1999 年 06 期。

张宏生：《词学反思与强势选择——马洪的历史命运与朱彝尊的尊体策略》，《文学遗产》2007 年 04 期。

曹济平、何瑛：《历史地辩证地认识常州词派—兼评常州派尊体是"虚假、歪曲"说》，《中国韵文学刊》1998 年 01 期。

朱惠国：《张惠言词学思想新探》，《石油大学学报》2005 年 01 期。

孙克强：《张惠言词学新论》，《文学与文化》2010 年 01 期。

皮述平：《论刘熙载文学批评的特色》，《齐鲁学刊》1994 年 05 期。

孙维城：《陈廷焯的宋词发展史观》，马兴荣主编：《词学》第二十一辑。

后　记

　　我的主要学术目标是通过理论、作品与创作相结合的方式，探讨诗词体演进与词学发展史。本书是在我博士学位论文《词体正变观研究》的基础上增订而成的，比原论文增加了 22 万字，从选题到出版历时 12 年——作为我人生的第一部书稿，她浓缩了我的学术进程，实践了我的学术目标，也留下了我的青春记忆。

　　本书论题的选定，源于与相关理念的屡次邂逅交锋。记得大三我在读苏轼词评时，与陈师道的词体本色论不期而遇，第一印象便是此论过于迂腐，既已领会苏词能"极天下之工"，又何必以"非本色"为憾呢？精彩的文学本应是不拘一格，变化万千的，"本色"真的就那么重要吗？也是在这一年，我才开始师从彭玉平老师学习词学，又加入中大新成立的岭南诗词研习社学习诗词创作。随着学习的深入，逐渐认识到在理论方面，崇尚"本色"并非一家之言，而是历代通行之论。在创作方面，柔婉词风一直占据词坛主流——如果说这是词体发展的自然趋势，那么崇尚本色便能在一定程度上顺应词理了；如果说这是受唐五代本色词与词体本色论的影响，那么其何以有如此强大的号召力与影响力，同样耐人寻味——虽然不能说存在就是合理，但全不合理，或可以轻易被替代的存在是难以长期指导、引领创作实践的。更耐我寻味的是，尽管我从一开始就对本色论持怀疑态度，但在创作中却真切体会到选用词调来表现柔情确实比诗更得心应手。

　　这些经历，让我对"词体本色"产生了浓厚兴趣与探索欲望。我的本科毕业论文题为：论况周颐词论中"纤"的内涵，重点论述的便是"纤"在历代词论中原兼有词体本色和词学弊病两种含义，况周颐的主要贡献在于审时度势，以"气"为标准，将词弊意义上的"纤"与词体本色区别开来，使其得以作为"及则太过"的界线，来界定轻、巧、小、尖等相关特征：这类特征若涉"纤"，便超出了词体宜有的界限，属于弊病；若不涉纤，便不为弊，为合本色，若在气格、气质、气象上能渐近为重、拙、大，则为雅正上品。如此既能避免纤靡太过的词弊,顺应尚雅正的时需;又能避免矫枉过正,兼顾了词体本色。但在此文中,我对词体本色的理解尚不十分准确,仅限于词体宜有的特征与更宜于词体表现的特征。

2008 年申请硕博连读后,彭老师便要求我在进入博士阶段前,先写一篇学年论文,选题自定,最好能不局限于晚清词论,拓宽眼界,为今后的研究奠定基础。我初步拟定的论题是:古典词学中的词体本色论研究,希望通过系统考察历代对"词体本色"的特征、价值界定及论争,同前辈论者探讨哪些特征更适合词体,哪些特征在词体定型与演进中发挥了关键作用。起初我认为词体本色的概念应是不断发展演变的,历代诸家的特征界定与价值判断也应是多种多样的,刚柔兼容,褒贬各异。出乎意料的是,不管我怎样努力的收集资料,也没能在古代词论中找到预期的变化与演进:自元祐词坛的陈师道率先将"本色"引入词体论后,历代词论中词体本色的定义基本未变,特征定位为能令词体别于先源文体——诗自立的特点:声情柔婉;价值定位为词体的最佳必备特色。而我与不少从事相关研究的学者,此前误将词体本色与词体特征、词体当行、词体正变、自然本色、个性本色、词源本色等不同类型的概念混淆,将许多似是而非的词论都纳入词体本色论中,才造成了变化的假象。于是,便调整了研究角度与方向,最终论题改为:古典词论中的"本色"概念辨析。

这次研究,让我体会到即便是流行已久的经典概念,也可能会发生普遍的误读,仍存在系统研究的空间与必要;也让我与"词体正变"邂逅相遇,意识到之前希望与前辈学者探讨的词体问题,虽不能通过研究词体本色论来实现,却可能通过研究词体正变论来实现。进入研究后,逐渐发现这一论题在古典词论中的关注度与争议性颇高,各论者划分正变的立场与标准各异,并不仅限于在当今学界最受关注的横向体制标准,相关资料的数量与涉及问题的复杂性都远远超出了我的设想,并非单篇论文可以容纳,有可能作为博士论文选题。这一初步的选题设想得到了彭老师的肯定,并提醒我要将研究建立在正变的历史渊源及历代词论史发展上。随着研究的深入,我逐渐发现词论中"纵""横"正变体系交织的情况比预期更为复杂,面对大量的资料和纷繁的理论,常常感到力不从心,尤其在资料匮乏、文思枯涩之时,更是感到截稿遥遥无期;又因此选题在学界已有不少研究成果,故在梳理学术史时,常有如履薄冰之感,惟恐忽略了前人的成果,尤其是在提出一些与前辈观念有冲突的见解时,每每再三斟酌,仍恐受思维定式影响,有论证失当之处;期间幸得老师一次次的鼓励和提点,才得以坚持下来。但直到毕业提交时，我仍觉得这是一篇未成品，后续研究的路还很长。

2012年我进入武汉大学文学院博士后流动站工作，师从陈水云老师。陈老师建议我在后续研究中，拓宽研究思路，不能满足于从理论到理论的研究模式，而应更多的关注作品与选本。陈老师的点拨和教诲，让我意识到要想使研究有所突破，必须改变原先查缺补漏式的修改计划，从新的视角去认识诗词体渊源与词体特色。鉴于要检验词体正变论的是非得失，还须以诗词演进的实况为依据，而历代诗词作品繁多，难以尽考，便打算选择有代表性的时代与类型进行研究。经过一年多的阅读，我将博士后报告选题定为：汉唐爱情诗歌中的室内意象研究。只因这类意象不仅具有丰富而独特的思想艺术魅力，也是成就词体本色的关键因素，考察其由诗体支流发展为词体大宗的历史轨迹，有助于用一种见微知著的方式把握诗词体渊源及异同。在研究中，我强烈感受到诗词体势与意境是相辅相成的，各体诗词适合表现的意境不同，在抒写类似意境时展现的风貌也有别，由此激发了研究词调的兴趣，希望下一步能结合流行词调体势与名篇意境，探讨唐宋词体定型与演进的轨迹。却苦于相关词调数量较多且体势多变，未能找到合适的研究方案。

2014年出站后回到中大，在博雅学院做驻院学人。因工作不稳定，无心再做系统研究，唯有将对词调的探索融入日常教学中。在准备"唐宋词史"课件时，为了让学生更好地理解不同词调体势与意境间的关系，我依据读词填词时的直观感受与对常用词调的初步统计，将唐宋词调分为三种类型：彰显诗词体渊源的词调、彰显词体本色的词调与具有变体潜质的词调。闲暇时又尝试进行同调阐释词的创作实验，以放松心情，加深对词调体势的理解与把握。

2015年，我又回到了最熟悉的中文系，跟着彭老师做副研究员。刚入职时同老师谈起近年研究，自愧于无甚实用的成果，没想到同调阐释词的创作尝试竟能得到老师的肯定，还建议我将创作心得应用于论文中。老师的鼓励，让我增强了调和研究兴趣与发文需要的信心。

接下来的一年，我都在苦苦寻觅合适的选题，正在举棋不定之际，有幸得到了陶文鹏老师的指点。记得当时我带着四个备选题去请教陶老师，出乎意料的是，陶老师较看好的并不是前三个已成初稿的论题，而是将上述教学课件改成提纲的第四个选题：论唐宋词调的三种类型。陶老师听我讲述选题缘起后，再三嘱咐我做这类选题，一定要摆脱先入为主的成见，将研究结论建立在实证之上。初稿完成后，又在陶老师和彭老师的指导下，多次修改,最终论题定为:三类词调与唐宋词体之演进。如果没有两位老师的鼓励与指导,我的词调研究很可能会受不合时宜的消极情绪制约,止步不前。

正是这次研究,为我开辟了系统研究唐宋词调的门径。为了免受先入为主观念的误导,我对唐五代文人词调、《花间集》词调、宋代前五十名流行词调与唐宋十五名家词调做了统计分析,发现给唐宋词调分类的设想确实可行,对实现系统研究颇有帮助;但之前的分类与认识还是比较粗浅的,有进一步细化深化的必要。本书新增的第六、七章中创用的词调分类法便是在这次研究的基础上得出的。这两章重点研究唐宋词史的正变建构,尝试通过体势与意境相结合的方式,探讨在古今学界都备受关注与争议的词体生成及演进、名家词特色及地位等问题。受时间和精力限制,对唐宋名家词调的统计分析还有许多缺漏和不足,在后续研究中会努力补正。

回顾写作历程,种种偶然的机缘、意外的收获都值得纪念,衷心感谢让偶然成为机缘、收获不再意外的各位老师!

中山大学康乐园,是本书萌芽之地,也是完成之地。如今看着窗外明媚亲切的风光,便想起了从本科起就在课堂教学、诗社活动及日常交流中给予我鼓励和指导的各位老师,同时想起的是彭老师常说的一句话:"师父领进门,修行靠个人。"这句话我小时候就听过,但在师从老师后,特别是自己也当了老师后,才逐渐领悟其妙。首先,要将学生领进门是不容易的。我自幼就爱好古典文学,进入大学后,渐知爱好与研究毕竟不同,长恨小说与诗词不可得兼。正为选择具体研究领域而苦恼时,是彭老师阐幽探赜的文章与循循善诱的教学,为我开启了词学之门,让我由衷地喜欢上词学研究,也因此决定了今后的研究方向——对于我这种一根筋的学生来说,要做出这个决定是很不容易的,因为一旦决定了,便很难更改。好不容易领进门后,要让学生能够独立修行,就更不容易了。彭老师在指导我时,比起授之以鱼,更注重授之以渔。他从来不会说:"卫星,我给你一个选题,你就按我说得方法去做研究好了。"而是会给我推荐阅读书目,教授研读的基本方法,然后让我根据兴趣与阅读所得,去选择适合自己的论题,并在关键时刻为我把关,给予指导。一路行来,我越发深切地体会到这种指导方法可以让我学术的道路开得更宽,走得更远,能够更自由地欣赏沿途的风景,寻找到更适合自己的驻足之处。即如我在博士毕业时赠别恩师的《鹧鸪天》词云:

学海沉浮几度寻。春风导引入词林。拂开浩瀚千秋月,照彻迷茫一寸心。

迎紫气,度金针。渐教青涩转修森。尚无妙悟升堂室,愿致精诚嗣玉音。

我从本科起就在中大求学,唯独在博士毕业时,与康园诸师惜别了这么一回,两年后又回来了,仿佛一直都没毕业,直到这几年自己也当了老师,才有了毕业的感觉,但每次一见到老师,又产生没毕业的错觉了。常说所谓大学,不仅要有大楼,还要有大师。康乐园中的老师就像是飞逝时光浪潮中的定海神针一样,让我感觉青春还在,活力还在,初心还在。

康园中令我难忘的还有相伴成长的众多同门及同学! 在读博期间,李惠玲、刘兴晖、徐新韵师姐,王湘华、黄建军、宋豪飞、陈桂清、夏令伟、程刚、李兴文、梁家满师兄,李冠兰、唐碧红、王隽、阮玉英同学,习婷、鹿苗苗师妹与方隽师弟,在学习生活上给予我各种建议及帮助,为我顺利完成论文提供了便利。感谢各位让我在同学渐少的校园中,仍能感受到绵绵不绝的温馨与快乐!

在博士论文撰写与国家后期资助项目评审过程中,还得到吴承学老师、张海鸥老师、孙立老师、赵维江老师、朱惠国老师、孙克强老师、王兆鹏老师与匿名评审专家的教导指正,使书稿得以不断改进。博士论文因无法查阅到《诗余图谱》嘉靖初刊本,在统计相关数据时只能采取《续修四库全书》本与《四库全书存目丛书》本对勘的方式,承蒙林玫仪老师赠予台北图书馆藏嘉靖本复印件,才能弥补缺憾,非常感谢各位老师!

书中部分内容已在《文艺研究》《词学》《中山大学学报》《广西民族大学学报》《河南师范大学学报》《古代文学理论研究》《中国诗学》《古典文学知识》《文艺评论》《长江学术》《武陵学刊》等刊物上发表,感谢各位编审老师的辛勤付出! 还要真诚感谢上海人民出版社编辑黄玉婷女士与责编崔燕南女士在项目结项与书籍编校上给予的诸多帮助与支持!

最后要特别感谢我的爸爸妈妈! 我大部分科研都是在他们的陪伴下完成的,他们一贯支持我的理想,尊重我的选择,在生活上也给予我无微不至的照顾,是我顺利完成书稿的坚强后盾。

词体正变观原是古人阐扬词体词史观与指示词学门径的权威工具,在这些年的研究中也成为我探索词体与词学的得力工具。本书稿2020年完成,在此附上我在研究中所作的论唐宋词史律诗20首,作为纪念:

李白词其一

长笑出门虽不悔,举头望月讵能平。光回汉阙箫声咽,梦断秦楼柳色清。

莫道小词无气象，须知壮士有柔情。纷争代起如烟织，难撼千秋词祖名。

李白词其二

斯文斯世配斯人，相得益彰称绝伦。叙论含情多妩媚，短长随势见天真。

但求尊派且尊体，何必合形兼合神。是故词坛推始祖，众流争认作前身。

温庭筠词

狂态原非世可禁，奇才天纵最知音。江天雁度迷离梦，朝暮妆成重叠金。

运转时空真有术，揣摹声色岂无心。自公传得生花笔，结子芬芳满翰林。

韦庄词

俊爽晨风鸣凤池，脱胎温尉有殊姿。绿窗莺语成三叹，春雪梅香借一枝。

花下初逢谢娘处，江南忽忆洛阳时。昭昭历历真词史，苏柳渊源或在斯。

花间集

生香活色花间集，浅笑轻颦梦里通。帘卷水楼鱼浪起，尘侵金缕凤屏空。

幸承南国江山助，妙与中原诗乐融。词史论功推第一，独殊机杼寄深衷。

冯延巳词

追步花间开北宋，独标清韵领南唐。一池春水为卿皱，千里夕阳牵恨长。

每觉温柔含劲气，只缘忠恕铸悲肠。平林新月人归后，此日风流未绝香。

李煜词

国家不幸词家幸，雅趣痴情钟在兹。红烛兴阑清月续，春江愁永梦魂随。

每疑乐极还添乐，已叹悲深更尽悲。真羡君心如赤子，人生百变任驱驰。

柳永词

潇潇暮雨洗秋清，挥洒江天无限情。青眼频回盈市井，白衣不用羡公卿。

同尘时见出尘态，摛艳何辞逐艳名。辟得词家门户广，苏辛姜史此中行。

张先词

宛转微词天下闻，风流韵事老弥殷。白头歌畔随花颤，红袖意中如雪纷。

自是钟情甘入彀，欣言顾影迥超群。同游欧晏齐名柳，今古斡旋宜有君。

晏殊词

遍唱阳春谁见采，似曾相识燕重临。楼高尽望天涯路，日近稍宽泽畔吟。

金玉从来未留意，风花归去独知音。贫家岂乏溶溶月，难得公家赏月心。

二晏词

无可奈何花落后，小词流入管弦中。幸将儒雅传公子，别有疏狂胜乃翁。

舞尽香风拼一醉，惯成轻梦逐千红。秀师若见休嗔怪，大道痴情元自通。

欧阳修词

晏苏把臂入词林，天水为传正始音。俯仰流年犹一霎，去来垂柳已千寻。

痴情何必关风月，小道偏能披腹心。白发仙翁真善饮，教人同醉到如今。

元祐词坛

势分鼎足柳苏秦，辨体风行费讨论。商较刚柔明本色，纷争雅俗入迷津。

大江暮雨皆能畅，还泪销魂也解辇。词笔岂须拘一格，信知相反复相因。

苏轼词

别有高怀传正音，铜琶岂足概词心。古今月色遥遥共，诗酒年华浅浅斟。

万里惊涛长笑傲，几番幽梦苦追寻。大江东去淘难尽，留予来人仔细吟。

秦观词

一江春水终归海，万点飞红是后身。天若同情天也瘦，雁如知道雁相亲。

佳期似梦还须醒，丝雨无边可奈频。千古伤心何处遣，为防肠断做词人。

周邦彦词

秦柳姜吴常并称，诗文谣谚入新声。熔今铸古兼双美，总北开南集大成。

瀚海漂流长作客，梦魂凝想转怜卿。时空偷换浑难觉，共话西窗未了情。

李清照词

造化从来惯弄人，如君风度亦蒙尘。既教成匹翻成梦，欲遣载愁先载春。

一世钟情余盼盼，几回临卷唤真真。二安三李因何妙，难得天然笑与嗔。

辛弃疾词

众里寻他千百度，秋宵梦觉几重关。栏干拍遍谁能会，篱菊栽成君又还。

纵使峥嵘余白发，何妨妩媚似青山。驱驰经史真间气，苏子风流庶可攀。

姜夔词

清雅浙西朝一宗，实情化育始能空。千山皓月为伊冷，两处离魂无路通。

暗雨又吹频入梦，幽香重觅已随风。争趋刻鹄佳门径，野鹜纷纭却累公。

吴文英词

传得温周运化功，平添一涩入其中。欲飞晴练凌霄碧，搅碎流花彻底红。

东阁官梅都瘦尽，西窗幽梦未清空。由南追北方虽妙，怎奈唐音不可通。

当年我在博士论文后记中写道："从选题之日起,就一直怀着惴惴不安的心情",这种心情贯穿了整个写作历程,直到如今。只因对我这样的年轻学人而言,做这样历来备受争议的热点论题,既有站在巨人肩膀上的幸运,又有与巨人论道的敬畏。昔人常常自悔少作,恨不能焚尽而后快。窃以为少作虽多瑕疵,却不必追悔,因其中不变处蕴藏初心,变化处昭示成长。回忆当初,"邂逅相遇,适我愿兮";展望未来,"路漫漫其修远兮,吾将上下而求索"!敬请各位方家不吝赐教!

王卫星

2020年7月初稿、12月定稿于康乐园

图书在版编目(CIP)数据

词体正变观研究/王卫星著.—上海:上海人民
出版社,2021
ISBN 978-7-208-17064-3

Ⅰ.①词… Ⅱ.①王… Ⅲ.①词学-诗词研究-中国
Ⅳ.①I207.23

中国版本图书馆 CIP 数据核字(2021)第 070672 号

责任编辑　崔燕南
封面设计　夏　芳

词体正变观研究

王卫星　著

出　　版	上海人民出版社
	(200001　上海福建中路 193 号)
发　　行	上海人民出版社发行中心
印　　刷	上海商务联西印刷有限公司
开　　本	720×1000　1/16
印　　张	37.75
插　　页	4
字　　数	625,000
版　　次	2021 年 7 月第 1 版
印　　次	2021 年 7 月第 1 次印刷

ISBN 978-7-208-17064-3/H・121
定　　价　158.00 元